FALLAS DE ORIGEN

Esta novela obtuvo el I Premio Letras Nuevas de Novela 2012, concedido por el siguiente jurado: Ángeles Mastretta, Marisol Schulz, Francisco Martín Moreno, Fernando Solana y Gabriel Sandoval. La reunión del jurado tuvo lugar en la Ciudad de México el 24 de septiembre de 2012. El fallo del Premio se hizo público el 5 de octubre de 2012, en la misma ciudad.

DANIEL KRAUZE

Fallas de origen

PREMIO LETRAS NUEVAS
DE NOVELA 2012

© 2012, Editorial Planeta Mexicana, S.A. de C.V.
Bajo el sello editorial JOAQUÍN MORTIZ M.R.
Avenida Presidente Masarik núm. 111, 2o. piso
Colonia Chapultepec Morales
C.P. 11570, México, D.F.
www.editorialplaneta.com.mx

Primera edición: noviembre de 2012
ISBN: 978-607-07-1451-1

Esta obra hace referencia a personas reales, acontecimientos, documentos,
lugares, organizaciones y empresas cuyos nombres han sido utilizados
solamente para darle sentido de autenticidad y son usados dentro del mundo
de la ficción. Algunos personajes, situaciones y diálogos han sido creados
por la imaginación del autor y no deben ser interpretados como verdaderos.

Impreso en los talleres de Litográfica Ingramex, S.A. de C.V.
Centeno núm. 162, colonia Granjas Esmeralda, México, D.F.
Impreso y hecho en México - *Printed and made in Mexico*

Para Mateo, con los pies en el norte y el corazón en el sur.

When there is nothing left to burn,
you have to set yourself on fire.

STARS

Cuando no queda nada más por quemar,
tienes que prenderte fuego.

STARS

Todos traicionamos la promesa de nuestro mejor destino.

Solo una vez escuché a mi papá decirme esa frase, fuera de contexto, de forma espontánea, como una canción de cuna que en ese instante le vino a la mente sin motivo. Me la dijo con la vista clavada en el cielo, asintiendo con la cabeza; no tanto un rezo sino la invocación de un recuerdo atávico, una verdad sabida desde hace tiempo, vuelta a confirmar en ese momento, quién sabe por qué. Estábamos parados frente a un volcán nevado, que yo insistí en visitar. Quería ver la nieve, salir de la ciudad y estar a solas con él. Hacía frío, y mi papá me había disfrazado como esquimal. En mi recuerdo, su frase y el volcán huelen a azufre.

Dieciocho años después, dentro del departamento que compartía en el East Village de Nueva York, sentado en un sofá mullido pero tan cómodo que parecía abrazarme, justo después de abrir una Corona helada a las doce del día, recibí una llamada de mi mamá.

—Tu papá se enfermó hoy en la mañana. Lo tuvimos que llevar al hospital —me dijo.

Me tranquilicé: mi papá se enfermaba todo el tiempo, a todas horas, sin importar el mes o la circunstancia. Siempre que me hablaba, sufría por algo: su tos de fumador empedernido, la migraña que no lo dejaba dormir, una vieja lesión en el hombro izquierdo y, por supuesto, la gastritis que, como yo, a duras penas podía controlar. Solamente en el último año, me mandó *mails* comunicándome que le habían diagnosticado esófago de Barrett, bronconeumonía y parásitos intestinales.

—¿Qué tiene?

—Le dio un derrame cerebral —me dijo, como si se tratara de un desmayo. Mi pecho pareció oírlo antes que mis oídos: se contrajo, sofocado por una presión externa e invisible, revolcándome el corazón. Me llevé el dedo índice a la boca y caí en la cuenta de que estaba temblando. En busca de un paliativo insuficiente, mis deseos repararon en la cerveza a mi lado, como si un trago de Corona fría pudiera aplacar el impacto de la noticia.

Tras empacar con prisa la mitad de mi ropa y dejar mi celular sobre la mesa del comedor, como los policías deshonrados dejan placa y pistola en las películas, le escribí una nota a David, mi compañero de departamento por cinco de los seis años que viví en Nueva York, y esa misma tarde tomé un vuelo a la Ciudad de México.

Una semana después, mi papá murió en el hospital en la madrugada mientras mi hermana Tania, mi mamá y yo dormíamos en la casa, sin nadie que le tomara la mano y escuchara su último aliento.

Pude haber regresado a Nueva York, pero mi mamá me convenció de quedarme en México. Me pidió que supervisara lo del testamento, apoyara a mi hermana e intentara estar a gusto en el país en el que crecí. Pensé en lo que mi papá habría querido que hiciera y, tras meditarlo por un par de días, le avisé a mi mamá que no regresaría a Estados Unidos.

—Me voy a ir a vivir al consultorio de mi papá. El licenciado Valverde me acaba de avisar que me lo dejó.

—Y qué, Matías, ¿vas a dormir en el diván donde atendía a sus pacientes?

—No te preocupes. Me voy a llevar el colchón de mi cuarto.

Aunque me mudé, jamás me llevé mi vieja cama. Arrojé mi ropa en un cajón vacío, compré dos cobertores en el súper y de ese momento en adelante dormí en el sillón de superficie sintética del vestíbulo, aquel donde los pacientes se sentaban a esperar que los atendiera el doctor Lavalle. Desde ese lúgubre departamento de la colonia Nápoles comencé a reordenar mi vida.

Seis años antes, tras haberme recibido de la carrera de Comunicación, le pedí permiso a mi papá para vivir en Nueva York por un plazo no mayor a seis meses. Acababa de publicar un libro con tintes autobiográficos; una especie de diatriba contra la burguesía chilanga en la que incluía anécdotas personales de mis amigos más cercanos. Prefería no estar en México cuando lo leyeran. Quizá desde entonces ya les tenía demasiada confianza: de los tres, solo Pablo, mi mejor amigo, lo hizo. Felipe hojeó el primer capítulo —una especie de recopilación abstracta de todos mis desagradables sueños recurrentes—, me dijo que le daba güeva y me regresó la copia que le dediqué, como si no le hubiera regalado un libro sino unos zapatos número nueve y medio en vez de diez. Adrián lo puso encima de su librero y ni siquiera se fijó en la dedicatoria. Quizá fue mejor así. Después de todo, mi amigo y sus escapadas habían sido la inspiración directa para muchos de los relatos que poblaban la novela. Le cambié el nombre, pero apenas si modifiqué las anécdotas.

Me enteré de que Adrián no leyó mi libro hasta que regresé a México por la muerte de mi papá y un día, en una de las múltiples, idénticas e intercambiables pedas que nos acomodamos en esas primeras semanas, me aseguró que no vio ni la solapa. Me molestó, claro, pero no por motivos evidentes. No lo pensé mientras lo escribía y, sin embargo, el hecho es que escribí la novela para vengarme de él. Nunca tuve los güevos para partirle la cara o siquiera recriminarle que durante años me sometiera a doscientas madrizas en antros, a pasar mis noches intentando calmarlo en el baño de un bar y quitándole botellas de las manos para que no se las arrojara a los tipos de la mesa de junto. Esa obra era mi única, sonora y final mentada de madre a todo ese mundo sórdido que Adrián representaba, y si no la leía, mi revancha perdía potencia. También era mi emancipación. La llevé a una editorial durante mi último semestre de la carrera, recibí el dictamen positivo, le di el visto bueno a la portada y salí rumbo a Estados Unidos tres semanas después de su publicación, apenas acabé de promocionarla. Mis padres y mi hermana ignoraban que no tenía planeado volver en seis meses, ni en doce ni en veinticuatro. Quería irme para no regresar nunca.

De todos mis conocidos, solo Inés (mi novia) y Pablo sabían mis verdaderas intenciones. A Pablo se lo dije durante mi primera, maravillosa tacha, con el coche estacionado en algún meandro de la carretera que rodea el Ajusco mientras escuchábamos nuestra canción favorita, con un amanecer caleidoscópico y sublime del otro lado del parabrisas, decorado por las siluetas negras del Popocatépetl y el Iztaccíhuatl. No sé si fueron las tachas, nuestra amistad o una mezcla de ambas, pero Pablo pareció entenderme. Él también estaba hasta la madre de Adrián, y de Felipe, acólito del protagonista de mi libro: su compinche obeso, su sombra mononeuronal. Pablo escuchó mi confesión y me dijo:

—Yo también me quiero ir, cabrón. ¿Tú crees que quiero ser como mis papás? No mames. Estoy hasta la madre de este puto país.

—Pues vente. Aplica para una maestría, una chamba, lo que sea.

—¿Y qué hago con mi vieja? Ni modo que corte con Natalia.

No insistí más. Le subí el volumen a la música y ambos volteamos a ver el amanecer que poco a poco se azulaba frente a nosotros.

Las confesiones fueron menos sencillas con Inés. Un día antes de que mi novela saliera al mercado me pidió que la visitara en su casa, tomé mi coche y manejé rumbo a avenida Toluca para verla. Me estacioné en el lugar de siempre, en los cajones para visitas, a un costado de los columpios y las resbaladillas donde jugaban los niños de su escueta privada. Toqué el timbre de su casa y ella me abrió la puerta, vestida con unos *jeans* anticuados y una sudadera del tamaño de una carpa. Tenía los ojos hinchados de tanto llorar. Me preparé para escuchar la peor de las noticias. Se murió mi papá. Atropellaron a mi perro. Me enteré de que me pusiste el cuerno hace un año con Denisse.

La abracé.

—¿Qué onda contigo?

Inés se dio la vuelta, caminó al baño y regresó con una barra de plástico que a lo lejos se veía del tamaño de una pluma fuente. La puso en mis manos y señaló dos orificios en un extremo del cilindro. Ambos contaban con una raya de color rosáceo.

Llevaba cuatro años con ella, desde el final de nuestro último año de prepa hasta ese día lluvioso de junio de 2006. Por lo tanto, tener un hijo ya no era una irresponsabilidad adolescente, de esas que te arruinan la vida. Yo acababa de terminar la carrera y podía entrar a trabajar para hacerme cargo de ellos. Y conocía lo suficientemente bien a Inés como para saber qué me esperaba. Además de todo, la quería. Sí, claro que la quería. Pero no di pie a que siquiera jugueteáramos con la posibilidad de tenerlo. Un hijo me anclaría a México y estaba harto de vivir aquí. No quería pasar ni un minuto más metido en casa de mis papás, con sus putos silencios como crucigramas en arameo, durmiendo en el cuarto contiguo al de mi hermana, con sus pedas hasta las cinco de la mañana y los gemidos que le arrancaba un adolescente distinto cada sábado y que invariablemente me despertaban. No quería volver a salir ni a la esquina con Adrián y sus puños hiperactivos, ni con Felipe y su jodida lambisconería, ni con Pablo y Natalia, su soporífera novia, cuya única ambición en la vida era casarse y tener hijos igual de soporíferos que ella. Así que me senté con Inés en un café por su casa y, a sabiendas de que mi decisión terminaría con nuestro noviazgo, le pedí que abortara.

—Yo consigo al doctor, lo pago y me encargo de todo —le dije, como si el proceso de extirpación se centrara en un lunar amorfo en vez de en un feto.

Me preguntó por qué no quería tenerlo:

—No sé si quiero tener un hijo ahorita, pero quiero saber por qué tú no quieres.

Le dije que ya había comprado mi boleto para Nueva York y no tenía fecha de regreso. Ojalá se me hubieran llenado los ojos de lágrimas, para darle autenticidad a mi confesión. No pude mentir. Le dije que estaba deprimido, que por las noches salía a perderme por la ciudad, como buscando una salida, sin saber adónde dirigirme, ni con quién hablar. Le dije que nada de mi futuro en México me llamaba la atención. Ni mis prospectos laborales, ni mi libro ni mis amigos.

—¿Ni nosotros? —preguntó con la voz entrecortada, y yo, como buen cobarde, le tomé la mano intentando que el tacto, un mentiroso más hábil que cualquier otro sentido, la reconfortara. No sirvió de nada. Inés buscaba palabras de aliento, promesas. Y de nuevo, como buen cobarde, le cumplí.

—Tenemos veintidós años, Inés. Te prometo que tendremos otras chances.

Así fue la promoción de mi novela: por las mañanas hablaba de mi libro, despotricaba contra la burguesía chilanga, bordaba diatribas contra las revistas de sociales, hablaba mierda de mi país con la comodidad de un expatriado en ciernes, y después, por las tardes, acompañaba a Inés a ginecólogos para hacerse pruebas de sangre que confirmaran el embarazo, practicarse ultrasonidos durante los que le preguntaban si quería escuchar el latido de ese diminuto corazón, conseguir a un doctor que estuviera dispuesto a practicar el aborto y, finalmente, a abortar, un viernes a las once de la mañana, ella con las piernas abiertas y flexionadas, como dos columnas caídas, sobre una pequeña camita de hospital en la que apenas cabía su cuerpo (la superficie de la cama era plástica, de un tono café opaco y deprimente), y yo frente a ella, crujiendo los dientes cada vez que el doctor introducía una jeringa o un algodón entre sus piernas.

—Ya habrá otras, ya habrá otras —le repetí mientras la llevaba de vuelta a su casa, sin saber a qué me refería con exactitud. ¿Otras oportunidades?, ¿otras hijas?, ¿otras mentiras?, ¿otras relaciones que acaben como la nuestra: con un abandono furtivo, en un trámite de hospital, con el futuro posible canjeado por un boleto de avión a otro país, sin regreso programado? Ahora fue ella la que se guardó todas las palabras y solo se limitó a estrechar mi mano. Intenté traducir su tacto, pero únicamente obtuve lo que quise obtener: Gracias, Matías. Yo tampoco quería tener un hijo tuyo. Fue la mejor decisión. Estoy tranquila. Ve a Nueva York. Sé feliz. Y aquí te espero si quieres regresar.

A los tres años de mi estancia en Nueva York, y tras intercambiar cuatro correos, de los cuales tres fueron en el día de su cumpleaños, Inés se casó con un tipo cinco años mayor que ella, gerente de alguna marca en alguna central de medios dentro de algún edificio de Santa Fe, y cuatro o tres o dos meses antes de que mi papá muriera, tuvo a su primer hijo. Así que sí había querido embarazarse, no estaba tranquila y mucho menos quería que me fuera a Nueva York ni que fuera feliz. Y por supuesto: tampoco me esperó.

De nuevo, nadie se enteró del aborto más que Pablo. Contarle no estaba en mis planes, pero en mi primera —y penúltima— visita a México, a un año de haberme ido a Nueva York, mientras me llevaba a mi casa después de una peda prescindible y maratónica en un bar de la Condesa, me eché a llorar adentro de su sedán del año del caldo. Nos topamos con unas amigas de Inés, quienes me ignoraron mientras le platicaban a Pablo chismes de nuestros compañeros de prepa. Quizá fue eso lo que me empujó a confesar el aborto. O quizá fue mi primer, incomodísimo, regreso a México. Días enteros de leer solo en mi cuarto, de acabar en jornadas nocturnas de *zapping* televisivo (¿hay algún ocio más indigno?), de hablar con mi hermana de nada, con mi mamá de nada y con mi papá de mi futuro (o sea: de nada), siempre con angustia, como si regresar a Nueva York fuera el equivalente a volver a ser reclutado para la guerra.

Pablo escuchó el relato del aborto, despegó la lengua de su paladar emitiendo un desagradable chasquido y cerró los ojos, como si meditara.

—Qué horror —me dijo mientras negaba con la cabeza. Fue lo único que necesitó decir; lo único que yo, su mejor amigo, esperaba que dijera. Me limpié los mocos con la manga de mi suéter, le di las gracias por escucharme y arrancamos de vuelta rumbo a mi casa. Antes de llegar le pedí que se detuviera y vomité en el carril de alta del Periférico, a las cinco de la mañana.

Regresé a Nueva York a intentar hacer lo que en México le prometí a mi papá: leer y escribir como loco, gastar menos de su dinero y aplicar para un par de maestrías. Lo hice. Me rechazaron. Y entré en un periodo de sequía creativa que duraría cinco años. Me volví un escritor compulsivo de ocurrencias, retazos de poemas, primeros párrafos, premisas, vagas ideas. Para quitarme a mi papá de encima, conseguí un trabajo. Y después me mudé con mi mejor amigo estadounidense a un departamento en el East Village y, básicamente, me drogué y bebí hasta el borde de la inconsciencia semana con semana. Salimos a todos los bares y todos los antros: *dive bars* cutres por Midtown, megadiscotecas en Chelsea donde un *gin and tonic* tamaño duende costaba dieciocho dólares, lugarcitos *hipsters* en Brooklyn, *speakeasies* en el Lower East Side y el East Village, cuevas de música electrónica en Williamsburg, departamentos de meros conocidos, *rooftops* de dizque cuates. Así se fueron los años: entre la borrasca de la coca, los ácidos, las tachas, los chupes, y las mañanas y las tardes de trabajar en chocolaterías en Soho, restaurantes de tapas en el West Village, fondas en Park Slope y puestos de frutas en Union Square. Lentamente olvidé la textura de mi cama en México, el olor de la cocina de mi mamá, la imagen de mi papá leyendo en su estudio y todos los sonidos que componen el zoológico chilango: el chiflido del afilador, las grabaciones de «tamales oaxaqueños», el lamento arrítmico del organillero y los cláxones desaforados en las calles.

Llevaba casi un año de relativa sobriedad cuando recibí la llamada de mi mamá. Había hecho lo posible por llevar una vida más sana: correr en el East Park por las mañanas, beber solo cerveza, no meterme nada, leer más y escribir algo que rebasara dos cuartillas. Paradójicamente, solo la muerte de mi papá liberó mi creatividad. Regresé a México y un día después del velorio en Gayosso comencé a escribir lo que sería mi segunda novela.

En ella, de nuevo, estaba mi vida salvo la muerte de mi papá (en la historia el padre vive, como personaje tangencial): mi vuelo de vuelta a México, mis intentos por volver a conectarme con mi familia, pero, sobre todo, mis amigos y las pedas y nuestras noches tiradas a la mierda. Porque, tal como sucede en todas las historias similares, regresé para toparme con ellos, y no los encontré iguales sino peores. Felipe, cuyo papá dedicó su existencia entera al periodismo deportivo, y al que mi gordo amigo siempre odió, ahora trabajaba en Televisa como reportero, en cancha, de la liga nacional. Acababa de cortar con su novia y lo único que hacía era entrevistar a futbolistas del Atlante y el Puebla, intentar cogerse a la que daba el clima en Canal 4 y empinarse cuatro botellas de ron cada fin de semana. A simple vista, Adrián parecía estar mejor que nunca. Atrás había quedado el madreador. Ahora mi amigo parecía discípulo de Deepak Chopra. Me preguntaba por mi estado de ánimo, me marcaba todos los días, me abrazaba en las pedas y parecía genuinamente contento al lado de su nueva novia, Mica: más *hipster* que Coachella. Se dedicaba a organizar eventos y de allí sacaba suficiente dinero como para pagar la renta de un departamento estilo *loft* en la Condesa que parecía la casa de un adinerado diseñador de interiores. No obstante, un mes después de llegar me enteré de que en realidad seguía siendo el mismo de siempre: que su espíritu amoral se había graduado de la escuela de las madrizas en antretes para entrar a la universidad de algo bastante más siniestro. Pero esa es otra historia.

El único reencuentro que me sorprendió de manera decepcionante fue Pablo. Mi mejor amigo, el tipo que quería ser músico, paciente, gran conversador, medio tacaño y lacra pero indudablemente bueno, se convirtió en un burócrata autista, obsesionado con sueldos, comisiones y aguinaldos; hampón de poca monta, recogiendo las migajas del pastel que sus jefes cortaban. Conversar con él era misión imposible. Fue al sepelio de mi papá, pero jamás me volvió a preguntar cómo me sentía ni se ofreció para llevarme a comer en una de las muchas tardes desempleadas en que yo no tenía nada que hacer más que sestear en mi casa. Vivía para dos cosas: conseguir una beca para la maestría a la que lo habían aceptado en Londres y ganar dinero. Ni siquiera le importaba Natalia, su novia de siempre, a la que trataba como si fuera un estorbo. Al vernos, nadie hubiera pensado que éramos amigos siquiera; no nos dirigíamos la palabra. Al principio intenté acercarme a él hasta que un incidente en una fiesta que armó antes de irse de maestría, para la que rentó una gigantesca *suite* de un motel y la llenó de putas y drogas, me obligó a tirar la toalla. Pero esa también es otra historia.

Escribí este segundo libro en cinco meses. Hablé poco de mi papá y nada sobre mi infancia a su lado: las tardes que pasaba en su consultorio mientras él atendía pacientes, los viajes que hacíamos a provincia cuando Tania y yo éramos niños; las heladerías, jugueterías y ferias que frecuentábamos y que ahora ya no existen en el mapa de la Ciudad de México. No dediqué ni una sola parte de la difusa narrativa de mi novela a mi duelo. Resistí la tentación de escribir una crónica de lo que su muerte despertó dentro de mí: el insomnio que solo pude remediar con ansiolíticos, la culpa de no haber estado a su lado antes del derrame cerebral, los recuerdos arbitrarios que me atacaban en los momentos más inesperados y esa tortura, autoimpuesta, de vivir en su viejo consultorio, rodeado de sus tiliches y sus libros, entre pasillos en los que aún podía escuchar su voz. Preferí, en cambio, revivirlo a través de las páginas e imaginarlo en casa, como un personaje distante que solo me reprochaba los años que pasé lejos. La más cómoda de todas las mentiras.

Acabé el libro hace un mes, justo después de haber cumplido medio año de vuelta en México, y lo llevé a mi editorial. Aún no recibo noticias de su publicación, pero me gustaría que me dieran el sí. De esa manera, la muerte de mi papá quizá tendrá una pequeñísima justificación: el hombre que muere para regresarle la creatividad a su hijo, para darle algo de qué hablar. Porque nada quería con más fuerza que verme florecer como escritor. Siempre quiso ser poeta. Leía poesía en castellano de manera obsesiva: declamaba a López Velarde, a Gorostiza, a Vallejo, a Salinas, a Cernuda y a Paz de memoria. Pero nunca pudo escribir. Ahora podría hacerlo, de manera póstuma, a través de su hijo. Esa novela era el pago de mi deuda con él; la prueba de que no había tirado más de la mitad de mis veinte a la basura. Y lo más importante: en esa historia, mi papá sigue vivo.

¿Qué sería de mí sin esa obra publicada? O, más bien, ¿qué sería yo, a los ojos de mi papá, sin ese libro en los estantes? Otro tipo que pasa la vida contando los martes y los miércoles y los jueves en busca del fin de semana, otro embajador del ron y el desmadre, un pez que aletea en la arena sin encontrar el agua, un hombre que no pudo despedirse de su padre, otro amigo mediocre, otro comunicólogo sin rumbo. Además, fuera de esa novela, mi regreso a México había sido desastroso. Independientemente de la muerte de mi papá, me sentía ajeno a todos mis conocidos, lejos de mi hermana, a millas de distancia de mi mamá; aturdido, confuso, siempre extraviado, como si mi vida se me hubiera perdido y solo pudiera hallarla si encontrara una manera de regresar el tiempo y tomar otro camino. ¿Qué había hecho desde mi regreso? Meterme suficiente cocaína en dos bodas como para llenar una bolsa Ziploc jumbo, empezar una dizque relación romántica con la mejor amiga de Mica (una tal Daniela, a la que no soporto), ponerme pedo todos los fines de semana y —aquí viene lo mejor— empezar a trabajar en *Kapital*, la revista de sociales que edita mi primo Mario. Tenía que ganar dinero haciendo algo, y como lo único que sé hacer es escribir, decidí tomar el trabajo de redactor y ocasional reportero en esa *tan* renombrada publicación.

De buscar con un poco más de ahínco tal vez hubiera encontrado una mejor chamba; en una revista más afín a mis gustos o una editorial, por ejemplo. Pero me pareció que trabajar en *Kapital* le iba bien a mi regreso al pantano. Tener un trabajo más enriquecedor habría resultado disonante con el resto de mi vida. Qué adecuado que el autor de un tratado en contra de la frivolidad chilanga terminara formando parte de una revista de sociales. Me merecía la penitencia. No puedes traicionar a la persona que más quieres en el mundo y esperar que la vida no te lo cobre. Trabajar ahí y redactar notas sobre partidos de polo, desfiles de moda, inauguraciones de tiendas de ropa y fiestas en antros era el castigo que ameritaba mi desaparición por tanto tiempo.

Pero todo eso cambiará con la publicación del nuevo libro. Tengo la confianza de que me darán el sí definitivo. Por lo tanto, hace una semana decidí despedirme de *Kapital* en forma. Desde el primer día, cuando corregí la nota sobre el noviazgo entre una cantante y un futbolista, supe que me iría por la puerta grande. Suficientes humillaciones viví sentado frente a ese horroroso armatoste que tenía por computadora, en un cubículo más pequeño que una caja de zapatos, como cronista oficial de la nada. Así que hace una semana me acerqué a Mario, le pedí que me dejara llevar la revista a imprenta y, para mi enorme sorpresa, mi primo, que a duras penas me prestaba un bolígrafo, me dio el USB con el archivo para que me encargara de la impresión. Esperé paciente a que la oficina se vaciara y después entré a la oficina de Mario, prendí su computadora, abrí las galeras y reemplacé un archivo que yo había redactado con otro también de mi autoría. El original era una crónica sosa de una fiesta de disfraces en Acapulco que escribí sin haber atendido a tan inolvidable *soirée*. El nuevo, que aparecería en el número de junio, era una crónica sobre el mismo acontecimiento, contada, digamos, con autenticidad, sin maquillaje ni eufemismos.

La bromita me valdría la chamba, de eso estaba seguro. Y le costaría uno que otro anunciante a Mario, quien probablemente no me volvería a dirigir la palabra en su vida. No me importó. Mi novela saldrá a la venta y publicar ese texto, en el que exhibo a una revista tan miserable como *Kapital*, me independizará para siempre del desliz que implica haber trabajado para ellos por casi cinco meses.

A pesar de que la novela está lista y en manos de los dictaminadores, no he dejado de pensar en mi papá. Pienso mucho en si estaría orgulloso de mí o no. Últimamente despierto y me toma varias horas caer en la cuenta de que ya no se encuentra aquí, cuando antes, justo después de su muerte, vivía con un yunque sobre los hombros: la certeza ineludible de que se había ido y que jamás volvería. Quizá tiene que ver con que, tras haberlo pospuesto por unos meses, Tania se casa este fin de semana en Cuernavaca. Es el primer momento significativo en el que él no estará, y es eso lo que propicia la enumeración de otros instantes similares. Intento digerir el hecho de que no lo veré cuando Tania tenga un hijo, ni cuando me case o publique algo que de verdad valga la pena (odió mi primer libro, al que llamaba «una bola de historias desagradables sobre gente desagradable contada de manera desagradable»). Los muertos deberían poder regresar de vez en cuando para hacer acto de presencia, como un último acto de generosidad con los vivos que dejaron. Pero esto supone que mi papá —o su alma o su esencia— sigue vivo en algún lugar, arriba o debajo de mí, y esa sensación siempre me inquieta. ¿Sabrá todas las cosas que pienso y me callo? Peor aún: ¿podrá ver las cosas que hago?

No puedo asegurarlo, pero creo que siempre me quiso por sobre todas las cosas. Me quiso así a pesar de que no soy hijo suyo. Me enteré de esto a cuentagotas, a lo largo de los años, recopilando datos entre cartas y fotos, discusiones de mis padres y comentarios inoportunos de mis tíos borrachos. Finalmente, a los dieciocho años, por esa época en que empecé a andar con Inés, mi papá se sentó conmigo en un Sanborns del sur de la ciudad y, con un café tibio entre las manos, me confirmó lo que yo sospechaba desde niño. Mis padres se habían separado a principios de los ochenta, mientras vivían en Nueva York y mi papá estudiaba una maestría. Durante esa separación, mi mamá entabló una relación con un gringo casado, quien le prometió que dejaría a su esposa para irse con ella. Sin embargo, al enterarse de que esperaba un hijo suyo, el hombre la cortó y regresó con su mujer. Mi mamá volvió a tocar la puerta de su marido y le pidió que la aceptara de vuelta a pesar de que estaba embarazada de otro. Y él, que la adoró hasta el día en que dejó de respirar, así lo hizo y crio al niño como si fuera suyo, a pesar de que claramente no tenía sus genes. Nací rubio, de ojos claros, con la tez pálida: facciones que conservo hasta el día de hoy y que contrastan de forma marcada con el rostro moreno, de ojos negros y cabello oscuro de mi papá. Tres años después, ya de vuelta en México, nació Tania, su hija biológica, una copia calca del físico de nuestro padre.

Mi papá acabó su historia, le dio el último sorbo a su espantoso café y me confesó que de la manera más extraña yo, el hijo de John Doe, salvé su matrimonio. Mi mamá regresó con él por mí, porque mi padre biológico me rechazó y ella no quiso criarme sola.

—Tania nació gracias a ti, güero. Tu mamá y yo estamos juntos gracias a ti. Por eso te queremos como te queremos.

Esta inusitada expresión de cariño no vino acompañada de una palmada en el hombro ni de una lágrima furtiva o un guiño del ojo. Mi papá solo me observó fijamente, sin parpadear, para que quedara claro que esto que me había dicho no era una fantasía que él mismo urdió para justificar sus decisiones, ni una mentira para reconfortarme. Era la verdad. O, en todo caso, su verdad. Después pidió un *cheesecake* de mermelada sintética y fresas recién descongeladas y se lo comió como si se tratara de la más fina repostería. Así era mi papá: poco exigente, feliz en casi cualquier circunstancia, optimista aun frente a un pastel sabor celofán. Ahora fui yo quien lo observó mientras comía sin quejarse. Nunca se quejaba de nada que no tuviera que ver con su salud. Y a pesar del bonito corolario de su confesión, odié su capacidad para tragar mierda y seguir viendo de frente. Fue esa epifanía —saber que su vida entera estaba fincada en aprender a tolerar los tragos amargos— la que me distanció de él, quizá para siempre.

(Y ni qué decir de ese plural. «Queremos» en vez de «quiero», como si mi mamá me tuviera cariño porque salvé su matrimonio. Hay veces en las que pienso todo lo contrario: que no me aguanta porque, si no fuera por mí, jamás habrían vuelto a estar juntos.)

En un acto que mi papá quizá consideró elocuente desde un punto de vista psicológico, mi primera novela contenía un capítulo profético en el que un personaje llamado Matías (igual que yo) se enteraba de la enfermedad terminal de su padre mientras vivía en el extranjero e intentaba, sin éxito, regresar a tiempo para verlo, quedándose varado en un aeropuerto. Al igual que yo, Matías no había hecho gran cosa durante su exilio. Un poco menos drogadicto, un poco más promiscuo, pero igualmente a la deriva, manteniéndose lejos para batallar con la alergia que México le causaba. Al final del capítulo, el Matías ficticio volvía después de enterarse de la muerte de su padre por medio de una llamada telefónica mucho más dramática que aquella que recibí de mi mamá mientras vivía en Nueva York. Puse el punto final a la historia, dejé implícita la llegada de mi personaje y después imaginé su vida en México, consolando a su madre y a su hermana menor. El porvenir que pensé para aquel Matías era esperanzador. Lo vi sentar cabeza en el DF, resarcir sus errores, alejarse de amistades nocivas, conciliar la herencia vital de su padre, conseguir una novia, casarse, tener hijos y ser un hombre de bien. Por medio de este álter ego homónimo exploré mi propio destino, teoricé sobre mi eventual despedida y deposité esperanzas en mi futuro. Muy adentro sabía que, como él, también perdería el tiempo en Nueva York; que, como él, también regresaría a México para hacer las paces con mi familia.

De saber lo que me ocurriría seis años después y de haber podido prever las circunstancias de mi retorno, ¿lo habría publicado? No sé. Tal vez debí dejar ese relato fuera del libro. No puedo ni imaginar lo que mi papá pensó al leerlo. Como psicoanalista, como padre, ¿a qué conclusiones lo habrá llevado encontrar una historia prácticamente parricida, escrita por su único hijo varón?

¿Por qué no cambié los nombres?, ¿por qué el personaje de ese capítulo se llama igual que yo? Quizás esa novela no era solo una mentada de madre para Adrián y todo el mundito de mierda que representaba. Quizás era también un corte de mangas para mi papá. Y así, en mis últimos meses en México, vendí las más desagradables anécdotas de mis mejores amigos a cambio de un libro publicado, forcé a mi novia de cuatro años a abortar un hijo nuestro y entre las páginas, pero con los mismos nombres y el mismo esquema familiar, acabé con mi papá.

Regresé sin querer regresar. Encontré a Inés con un hijo en brazos en doscientas fotos de Facebook, a mi papá inconsciente sobre una cama, con un tubo respirando por él, y a mis amigos zozobrando en un miasma de transas y ron. Ese es el país donde tengo que vivir, contra mi voluntad, por segunda vez. Me queda claro que no le debo nada a esas decepciones andantes que son mis amigos, ni tampoco a Inés, que no tiene ni voz ni voto en mi vida. Con el único con el que estoy en deuda es con mi papá. Y, cuando se publique, mi nuevo libro saldará todas las cuentas pendientes entre nosotros.

JUEVES

Despierto a las diez y media de la mañana, ignorando los mensajes de texto que me llegan de la oficina de *Kapital* y de mi primo Mario en específico, y manejo rumbo a Perisur para comprar el nuevo número de la revista, que salió a la venta ayer. Van dos noches que duermo en casa de mi mamá, porque ella me lo pidió. *Horacio*, nuestro pequeño schnauzer, ese anciano adolescente que ha estado con nosotros desde que Tania tenía nueve años y yo doce, lleva una semana gimiendo de dolor, sin poder moverse, acostado al lado de la cama donde mi papá durmió durante los últimos diez años de su precioso matrimonio, en un cuarto separado del de mi mamá. Curioso que el perro haya escogido ese lugar para tumbarse y no volver a ponerse de pie, como si esa cama fuera el hoyo negro sobre o alrededor del cual toda mi pequeña familia peregrinará para morir. Allí encontró Tania a mi papá, bocabajo, hace seis meses, con un brazo sacudido por espasmos y el cráneo inundado por su propia sangre. Ahora, *Horacio*, famélico, a punto de evanescerse, gimotea con dos tumores en los güevos, del tamaño de una guayaba (cuando deberían tener el tamaño de un tejocote). Me gustaría decir que me entristece su muerte, que con él se va mi adolescencia, mi infancia y mi blablablá, pero la realidad es que me despedí de *Horacio* hace tiempo. Jamás pensé que seguiría vivo para cuando volviera de Nueva York. Cuando finalmente regresé, ya no era mi perro el que me dio la bienvenida, si es que a olisquear mi zapato por medio segundo y después gruñir de manera inconforme se le puede llamar «dar la bienvenida». En 2006 dejé a un perro inquieto, protector y curioso; en 2012 me reencontré con un animal que ni siquiera respondía a su nombre.

Tengo la impresión de que mi mamá me pidió que volviera para que yo, por mis pistolas, sin preguntarle, me lo lleve al veterinario y lo duerma antes de la boda de Tania. Así como no podía entrar a ver a su marido moribundo en el hospital, tampoco quiere hacerse cargo de su pinche perro.

Me estaciono en Perisur y troto ansioso hacia el Sanborns, zigzagueando entre la gente, con la vista cegada por el sol que rebota en los cristales de la entrada y los cofres de los automóviles. Entro a la tienda y camino hacia las revistas acompañado por la voz neoflamenca de Luis Miguel, quien canta alguno de sus viejos éxitos con una entonación tan intensa y dolorida que cualquiera pensaría que la letra narra la muerte de su madre. De quince personas, quince leen ejemplares de revistas del corazón. Y junto a ellas, están las de sociales. Una conductora en la portada de esta, un futbolista en la portada de aquella. Y en la de *Kapital*, un *socialité* y su esposa *socialité*. A la mitad del ejemplar encuentro mi artículo.

MIDNIGHT MONSTERS MAY PARTY IN ACAPULCO
por Matías Lavalle

Antes de leer el artículo publicado, recuerdo la crónica original:

MIDNIGHT MONSTERS HALLOWEEN PARTY IN ACAPULCO
por Matías Lavalle

Batichicas, guasones, vaqueros del viejo oeste, diablitos, diablitas, libélulas y hasta un invitado disfrazado de cajetilla de cigarros desfilaron por el fabuloso chalet de Tony Rivero en el puerto de Acapulco.

«Me encantan estas fiestas porque todos tenemos la oportunidad de ser alguien más por una noche», compartió Tony en entrevista exclusiva para *Kapital*. «Tenemos la mejor música, la gente más linda y el mar a dos pasos, ¿qué más podemos pedir?»

Los invitados disfrutaron de una deliciosa degustación de vinos californianos, con maridaje escogido especialmente para la velada por el chef Manuel Olavarrieta, quien preparó una selección de aperitivos y canapés, fusión de comida mediterránea y japonesa.

Acompañado de su flamante novia, Marlene Bustamante, Tony departió con todos sus invitados hasta altas horas de la madrugada en una fiesta que incluyó un concurso de disfraces con una bolsa de diez mil pesos para el ganador y que contó con la música de DJ Lokomotiv, uno de los más versátiles de México.

Qué prosa, qué vocabulario. Cuánto eufemismo *chic* (*chalet*); cuánto elogio políticamente correcto (flamante, fabuloso, versátil). Meses de escribir esta mierda habían comenzado a convencerme. De tanto hablar de *socialités*, hasta empezaba a creer en las descripciones que se me ocurrían. Después de todo, fui yo el autor de célebres encabezados como:

«Luigi Terán le puso el *mood* a la velada con una mezcla de salsa y hip-hop...»

«Los invitados disfrutaron de una deliciosa mariscada, cortesía del chef Carlos Hagsater...»

«Chabela y Lili Marcos estuvieron presentes en el *brunch* organizado por la galería de Pepe Lizaldi...»

«Gente *cool*, buena vibra y mucha fiesta fueron los ingredientes para el megarreventón de Memo Kuri...»

«Las diseñadoras de moda Mireille Macías y Casilda Becker, echándose un *break* con un rico tinto en la terraza del Habita.»

Cinco meses pasé entre los *breaks* y los *moods* y los *brunchs* y los chefs y la gente *cool* y la buena vibra. Cinco meses en los que, por ocho horas al día, mi vida fue una digestión de banalidades sin freno. Atado a ese cúmulo de nada por veinte mil pesos menos impuestos al mes.

El artículo que tengo enfrente acaba con eso de una vez por todas. Leo la nota que inserté sin el consentimiento de Mario, con las manos sudando de la emoción, escondido en una esquina del Sanborns, como si estuviera cometiendo un delito:

> Batichicas, guasones, vaqueros del viejo oeste, diablitas, diablitos, libélulas y hasta un imbécil disfrazado de cajetilla de cigarros desfilaron por la casa acapulqueña de Tony Rivero, el actor más naco de todo México.
>
> «Me encantan estas fiestas porque tengo la oportunidad de ser alguien más por una noche», compartió Rivero sin darse cuenta de que, siendo actor, ser otra persona es exactamente lo que hace todos los días. «Tenemos la misma música que en todos los antros, la gente más ridícula y el mar a dos pasos, ¿qué más podemos pedir?»
>
> Los invitados disfrutaron de unos vinos comprados al mayoreo en el Sam's Club, junto con comida preparada por uno de los veinte mil chefs mexicanos que se creen franceses por haber estudiado en el Cordon Bleu, quien montó una selección de bocadillos horrorosos de dizque procedencia mediterránea (por llevar aceite de oliva) y dizque influencia japonesa (por usar pescado crudo).
>
> Acompañado de su novia Marlene Bustamante (aunque cualquiera que tenga dos dedos de frente sabe que Rivero es más gay que Liberace), Tony departió con todos sus invitados hasta altas horas de la madrugada, en una fiesta que incluyó un concurso con una bolsa de cinco salarios mínimos para el ganador y que contó con la música del DJ Lokomotiv, al que no conocen ni en su puta casa.

Suelto una risilla nerviosa. Ahí están las mismas fotos que acompañaban la nota original: Jaime, Lisa, Paty, Marcos y

Billy, todos disfrazados de pies a cabeza. En junio. En Acapulco. Y Tony, por supuesto, vestido de Linterna Verde junto a su novia Marlene, disfrazada de contenedor de silicón, o bien de conejillo de Indias para experimentos extremos de bótox. Todas con el pie de foto íntegro, sin cambio alguno. No las respeté por buena onda sino porque no tenía la menor idea de cómo manipular las galeras para cambiar esos textos. Cierro la revista y la llevo a la caja listo para comprarla, sonriendo como imbécil, incapaz de contener mi entusiasmo frente a tan maravillosa travesura.

Saco el celular y la cartera, en busca de mi tarjeta de crédito. Tengo cinco mensajes del celular de Mario («hablame en este instante, Matias», «se puede saber en que estabas pensando cuando hiciste esto???»), uno de Daniela, la chica de veintidós años con la que salgo y a la que odio («marcame amor... quiero saber a que hora llegas en la noche!») y, finalmente, tres mensajes de otra chica con la que llevo más de dos semanas postergando un encuentro en nuestro motel predilecto, por Revolución («a ver si hoy ya me levantas el castigo, no???») No tengo ganas de contestarle a ninguno de los tres. Pago mi revista y cuando me la entregan, escondida dentro de una bolsa, juro que se siente como si acabara de recibir un trofeo.

Mi mamá me consiguió el trabajo en *Kapital*. Después de verme buscar chamba por un par de semanas, se sentó a hablar conmigo en la sala de la casa y me dijo que, después de una larga charla, había convencido a Mario de que me contratara a pesar de mi poca experiencia laboral. ¿Poca experiencia laboral?, pensé. ¿Cuántos de sus pinches colaboradores tenían una novela publicada? Le dije que prefería echarme un maratón de comedias románticas al lado de Tania que trabajar para una revista de sociales y no volví a tocar el tema hasta que pasaron dos semanas más: muerto de aburrimiento y harto de no tener nada que me distrajera entre semana, decidí aceptar la oferta. Económicamente podría haber dejado de trabajar en *Kapital* desde hacía meses, cuando recibí el medio millón de pesos y el departamento en la Nápoles que me dejó mi papá, pero, como ya dije, trabajar para Mario —con su oficina marca Apple y su vestimenta de catálogo de J. Crew— era el precio que tenía que pagar por haber huido a Estados Unidos seis años. Además, Mario siempre ha sido el sobrino predilecto de mi mamá. El niño bueno, que se casó con una niña buena en una bonita boda y que ahora tiene dos niñas muy lindas; con un buen trabajo, un buen sueldo y que vive en un departamento bien bonito en Santa Fe. A mí siempre me ha caído peor que una patada en el culo. Me parece más falso que el ratón de los dientes, más plástico que un *burbupack* y tan idiota como su revista.

Antes de subirme al coche suena mi celular. No tengo el número guardado, pero aun así lo reconozco. Es de mi editorial.

Dejo caer la revista sobre el pavimento. Contesto y pongo la palma de la mano derecha sobre la frente, cubriéndome del sol inclemente de junio. El corazón amenaza con romperme las costillas. De un solo golpe siento todas las venas del cuerpo hincharse de sangre, disparada por el susto.

—¿Bueno?, ¿Matías?

—Hola, Gaby. ¿Qué tal?, ¿cómo estás? —pregunto con la voz aguda, casi afeminada, haciendo lo posible por sonar casual.

—Bien, bien —me responde—. Oye, te hablo porque me acaba de llegar el último dictamen de tu novela…

Me recargo en el coche y cierro los ojos, en espera de la conclusión. Atrás de mí, una señora camina de la mano de su hija pequeña, quien llora desconsolada con la impudicia con que lloran los niños pequeños. Gaby continúa:

—Sí. Fíjate que no fueron enteramente positivos. Lo hablé con Ricardo y preferimos no publicarla.

Los llantos de la niña me perforan los oídos. El nerviosismo que sentí al ver el número de mi editorial en la pantalla del celular poco a poco le abre paso a un sudor frío, cuyas gotas se escurren lento por la espalda, las axilas y las sienes.

—Ah. Okey —respondo, después de una aparente eternidad.

—Sí. Pues así son estas cosas, Matías. Pero, ¿por qué no nos hablas la próxima semana y te das una vuelta para que platiquemos? Seguro se nos ocurre algo más que podamos hacer.

Colgamos cinco segundos después. Me agacho para recoger la revista del suelo. La tomo entre mis manos, pero ahora ya no se siente como un trofeo.

No le pego al parabrisas, no miento madres, no pongo canciones de Sepultura para gritar dentro del coche. No me echo a llorar, no maldigo mi suerte, no vuelvo a marcarle a Gaby para rogarle una segunda oportunidad. Lo único que hago es hablarle a Felipe, que desde hace semanas está desempleado por mi culpa, para pasar a verlo a su departamento en la Condesa. Podría ir a casa de mi mamá, recoger a *Horacio* y llevarlo al veterinario para que lo duerman, pero suficiente tengo con una noticia de mierda para un día. Si hago eso, en la noche voy a tener que mezclar un lexapro con mi rivotril. Podría ir a mi departamento, que sigue siendo el consultorio de mi papá, y leer un rato.

Prefiero no estar solo. Son las doce y media del día, y mi llamada despierta a Felipe. Ayer se durmió tardísimo.

—¿Haciendo qué, güey? —le pregunto.

—Jugué Uncharted hasta las tres y después me puse a ver *Jerry Maguire*.

—Ah.

—Entonces, ¿vienes para acá?

Colgamos y me enfilo rumbo a la Condesa intentando no pensar en mi novela, o más bien contemplando alternativas para publicarla. Podría llevarla a otra editorial. Pero mejor no. Si mi propia casa la rechazó, ¿qué puedo esperar de otros que no conocen mi trabajo y no me han publicado antes? Tal vez puedo hablar con Gaby para ver si me deja reescribirla y volver a someterla a dictamen.

Lo habló con Ricardo, el director editorial, y él decidió que no debían publicarla. No hay manera de que me editen este libro.

Me estaciono afuera del departamento de Felipe, quien vive en un pequeño edificio cuya fachada recién remozada apenas si logra disimular la precariedad de sus espacios internos: el elevador es una caja de madera en la que hay que martillar cada botón para que te lleve de piso en piso, las escaleras son de un mármol cuarteado y cochambroso, y los departamentos son cubículos de alfombras polvorientas, con humedad en las esquinas de los cuartos y viejos focos en el techo que titilan antes de encenderse. Jamás le he preguntado por qué vive aquí y no en la casa en la que creció. Me queda claro: Felipe preferiría vivir dentro de un bote de basura que depender del cobijo de su papá. Suficiente orgullo tuvo que tragar cuando, un año antes de que yo volviera de Nueva York, y después de que su cuenta de ahorros se quedara en cero por culpa de una inversión francamente imbécil, se acercó a su papá, comentarista deportivo *extraordinaire*, as en el análisis de la liga nacional y dueño, junto con el Perro Bermúdez, de las más molestas metáforas futbolísticas, para pedirle chamba en Televisa. La respuesta fue un sí a medias. Un «sí, pero no». Al mes siguiente, Felipe entró al equipo de cobertura deportiva, encargado de viajar a Tijuana para entrevistar al lateral derecho de la banca de la banca de la banca de los Xolos. Le tomó más de un año ganarse el respeto del equipo y obtener una invitación para algo más significativo que un partido de segunda división. Desgraciadamente, una noche antes de que volara a cubrir un partido de la Libertadores o la Concachampions o uno de esos torneos de mierda, a Felipe se le ocurrió contestar mi llamada mientras yo estaba con Daniela y dos amigas suyas en un bar en la Roma. Lo que empezó como tres tragos acabó en una noche en la que nos metimos dos tachas cada uno y nos dormimos a las ocho de la mañana, después de que le disolviera un rivotril en su cuba sin que él se enterara. Su vuelo a Bogotá salía a las diez. Felipe se despertó a mediodía. Adiós oportunidad de oro. Adiós carrera como comentarista de futbol. A los tótems del periodismo deportivo les importó un cacahuate que Felipe se apellidara Palacios y que fuera hijo del gran Joaquín. En cinco minutos mi amigo estaba en la banqueta de Televisa Chapultepec, deprimido después de tanta tacha, con su gafetito aún colgando de su gordo cuello. Y me prometí entonces que le ayudaría a conseguir un trabajo que reemplazara a aquel que perdió por mi culpa.

Entro a su departamento y eso es lo primero que me pregunta.

—¿Qué onda, güey?, ¿ya hablaste con tu tío?

—Ya, cabrón. Desde el lunes. Le mandé tu currículum y todo. Hasta le dije a mi jefa que le eche un grito para que te ayude.

—Vientos —responde Felipe acostado en su colchón a ras del suelo, con un submarino en la boca y el control remoto de su tele en la mano: la viva imagen del estereotipo del amigo obeso y desempleado. Me acerco a él y tomo dos empaques vacíos de ese pan dulce para tirarlos al basurero.

—¿Submarinos? ¿Así de mal estás, cabrón?

—Si tanto te molesta, ahí está la cocina para que me prepares unos apios con queso panela.

—No, gracias —le digo, porque me da güeva cocinarle y porque nadie que se quiera entraría a esa cocina, antesala del infierno, cultivo viviente de todas las bacterias del Distrito Federal.

Felipe apaga la tele y se sienta con la espalda recargada en la pared, viéndome de frente. Su boca aún mastica el submarino de vainilla y un testículo, moreno y velludo, se asoma entre su pierna y sus bóxers. Con los ojos entrecerrados le pido que lo guarde y mi amigo obedece de buena gana, arrojándome una sonrisa que es mitad pan con relleno cremoso y mitad dientes.

—¿Qué traes? Parece que alguien se te murió —pregunta, y hago caso omiso de su finísimo tacto. Aunque han pasado cinco meses desde la muerte de mi papá, no me parece el comentario más atinado.

—Nada, carnal. Me rechazaron la novela.

—Qué mal pedo.

Nos rodea ese silencio incómodo del que suelen pender preguntas. Siento que Felipe quiere que le pregunte por él, que le platique lo que dijo mi tío o que hablemos de Luisa, su exnovia, con la que sigue obsesionado a pesar de que cortó meses antes de que yo regresara.

—¿Y cuál era? —me pregunta—. ¿La que escribiste allá, o qué?

—No escribí ninguna novela allá —le respondo y tomo asiento en una esquina de su colchón, casi dándole la espalda.

—Ah. Pues qué mamada. ¿Y no la puedes llevar a otro lado?

De nada serviría explicarle mis problemas a detalle, así que me conformo con habérselo confesado y cambio el tema. Le pregunto si ya tiene listo el traje para la boda.

—A güevo. Lo compré hace dos semanas, con lo que sobró de mi último sueldo. ¿Tú ya compraste todo?

—Nel. Tengo que hablarle a ese güey hoy. Si no me contesta, le tengo que marcar al contacto de Pablo.

No quiero marcarle al contacto de Pablo. La última vez que le compré me vendió unas tachas que me cayeron como ácido sulfúrico al estómago y nunca me pegaron. El tipo me da mala espina. Cita en lugares extrañísimos; nunca puede verme cerca de mi departamento. Y, además, siempre tiene el buen gusto de decirme «puto». ¿Cuántas quieres, puto? No, así déjalo, puto. Te van a encantar, puto. Por otra parte, la fiesta del sábado es la boda de mi hermana y si en la historia de la humanidad ha habido una en la que se necesite de algo extra para pasarla bien, sin lugar a dudas es esta. Tan solo pensar que de ese día en adelante mi hermana dormirá con el imbécil de José Luis es suficiente como para darme epilepsia. Así que si no me queda de otra tendré que marcarle. Le aseguro a Felipe que así será.

—Venga. Llévate cuanta madre puedas —me pide.

—Échate al erizo.

—¿Qué, güey? La última vez que se armó la fiesta con Patricio ni me hablaste.

—Te la quise ahorrar. Ese güey no es de los buenos.

—Si no lo quiero ver a él.

—No te preocupes, Pipe. Yo compro todo.

Hace seis años, Felipe se enojaba si cualquiera de nosotros —menos su exaltadísimo líder, Adrián— fumaba marihuana. Hoy en día es el más intenso de todos. Más que el nariz pronta de Pablo, más que yo y, claro, mucho más que Adrián, quien desde que anda con Mica se las da de *rockstar* reformado (en seis meses no lo he visto pedo ni una sola vez). Entiendo que Felipe haya empezado a pegarle al perico y a otras madres. Después de todo, la vida le pasó por encima en poco más de medio año. Si yo viviera en este departamento, si una vieja como Luisa me hubiera puesto el cuerno quinientas veces y, sobre todo, si me corrieran de mi trabajo como corresponsal deportivo en Televisa, también viviría pedo o puesto o ambas al mismo tiempo.

Felipe se levanta rumbo al baño, pisando el control de su PlayStation en el proceso y musitando unas cuantas groserías. Lo escucho levantar solo una de las tapas y después orinar el borde del escusado: el chorro en busca de agua. Una pila de cajas, marcadas con un plumón, aún se encuentran cerradas en la esquina de su recámara. Lleva meses aquí y todavía no termina de mudarse.

—¿Te llegó el *mail* de Pablo? —me pregunta desde el baño y mi corazón se contrae, angustiado.

Prendo un cigarrillo.

—¿Cuál *mail*?

—No mames que no lo leíste…

—¿Qué decía, cabrón?

—Tranquilo. Ahorita te digo.

Felipe acaba de mear y me sorprende escuchar que le jala al baño. Regresa a su recámara, caminando tan lento que parece como si su alfombra fuera arena movediza, y arroja su inmensa carrocería sobre el colchón.

—¿Qué chingados decía el *mail* de Pablo? —pregunto, esta vez con mucha menos paciencia.

—Que viene a la boda de Tania. Llega mañana.

Escuchar esta información no me tranquiliza. Estoy harto de vivir ansioso, de tener que dormir con ayuda de ansiolíticos, de digerir con espasmos, escalofríos y sobresaltos toda la información que me sueltan. Pienso, miserablemente, que si la vida dejara de soltarme patadas quizás aprendería a recibir noticias como alguna vez lo hice: con calma y con la cabeza fría. Pero una vez que deja en claro que una de esas malas noticias puede ser la muerte de un padre, uno aprende a entrar en estado de pánico cada vez que alguien abre la boca.

—No mames, Matías. Y yo que pensé que te iba a emocionar lo de Pablo.

—¿Qué? No, no. Me emociona cabrón. Está chingoncísimo que venga. Ya quiero verlo.

—Y a ver si namás viene para la boda, eh —me dice Felipe y extiende la garra de panda que tiene por mano derecha para pedirme una fumada de mi Camel.

Se lo entrego, no sin antes jalar un poquito de cáncer para adentro, y le pregunto a qué se refiere.

—En una de esas viene a darle el anillo a Natalia.

—Pues qué pendejo.

—¿Y por qué va a ser una pendejada? Llevan como diez años juntos.

—Namás.

—Yo ya quería comprometerme con Luisa —dice y me regresa el cigarro.

—No empieces, Pipe.

Mi amigo se encoge de hombros. Nos vuelve a amarrar ese silencio incómodo y esta vez Felipe prefiere darle la vuelta prendiendo la televisión. Aprovecho este paréntesis para meterme al baño y contestar algunos de los mensajes de texto que recibí mientras compraba el ejemplar de *Kapital* en Sanborns.

A la chica que me invitó al motel le escribo: «Puedes en dos horas??»

A Daniela le respondo: «Te veo en tu casa a las diez».

Regreso a la recámara para despedirme de Felipe. Mi teléfono vibra dos veces, casi consecutivas.

La primera me responde un sí entusiasmado.

La segunda me pide que no llegue tarde a su fiesta.

Antes de irme, Felipe me pide que le platique más de mi tío. Me dice que necesita un trabajo para pagar la renta o tendrá que regresar a casa de su papá. Le reitero que hice lo correcto, que mi tío está enterado de su interés y que muy pronto tendrá una respuesta. Me despido de él sin siquiera darle la mano y le aseguro que pronto le confirmaré cuando consiga todo lo que quiere para la fiesta. Él me sonríe. Creo que me sonríe. Su cara está casi a oscuras. Sus ojos fijos en la televisión. Sus brazos firmemente cruzados, como si pretendiera abrazarse a sí mismo.

Mi tío Mario, papá de Mario (mi exjefe, ahora enemigo jurado y director de ese estandarte del periodismo de altura llamado *Kapital*), es director de la empresa que mi abuelo fundara en los cincuenta, una pujante acerera de la que Mario, mi mamá y sus otras cuatro hermanas, tres de las cuales no viven en el país, han mamado siempre. ¿Esa casa impersonal y gélida del Pedregal a la que nos mudamos cuando cumplí veintiuno, y que Tania y mi mamá aún habitan? Comprada con la herencia que dejó mi abuelo. ¿Esos cruceros multitudinarios, esos viajes a Houston y a Miami, esos fines de semana de comprar ropa y bolsas en Estados Unidos hasta llenar veinte maletas? Financiados por la acerera. Nunca lo he hablado con mi mamá, ni jamás lo platiqué con mi papá, pero calculo que la fortuna de cada uno de los seis hermanos debe estar por arriba de los tres millones de dólares y es muy posible que mi tío tenga aún más lana, ya que desde hace once años está a cargo de la compañía. Mi papá jamás permitió que mi mamá le pagara nada. Si por él hubiera sido, la familia aún viviría en esa casita sobre Desierto de los Leones en la que crecí, pero mi mamá lo obligó a mudarse. Sé que nunca fue feliz en esa nueva casa. Yo tampoco.

Por lo tanto, después de que Felipe perdió su trabajo por mi culpa, lo primero que se me ocurrió fue pedirle a mi tío que lo ayudara. Mi amigo estudió Administración de Empresas y probablemente lo haría bien en un puesto de medio pelo en la acerera. Pero en realidad se me ha olvidado llamarle a mi tío, y ahora, después de que me cagué en la revista de su retoño, es poco probable que me haga un favor. Tal vez le marque hoy o mañana, o hable con él en la boda, para darle una disculpa, explicarle que la inclusión de mi texto en la revista fue un error y mencionarle a mi amigo desempleado, al que una buena chamba le caería inmejorable.

Salgo del departamento de Felipe y me enfilo rumbo al Palace: el motelito donde quedé de verme con esta chica. El lugar tiene paredes color rosa mexicano y el nombre del establecimiento en letras color plata, con la segunda «A» colgando chueca, como un diente de leche, arriba de las puertas de cristal de la entrada. Sin embargo, sus instalaciones son bastante decentes para ser un motel con nombre de putero que cobra cuatrocientos pesos la hora. Entro al estacionamiento, voy al *lobby*, le pido un cuarto al conserje (un chico que a fe mía no rebasa los doce años) y me da mi llave. Camino por los pasillos mientras le mando un mensaje de texto a la chica con el número de nuestra recámara.

Intento dormir un rato en lo que llega mi invitada. No puedo. Cierro los ojos y despierto cinco minutos después, casi ridículamente agitado, como si en mi brevísimo sueño me hubieran dicho que me tienen que cortar ambas piernas. Hoy debió haber sido un día distinto. Un día para festejar la publicación de mi segundo libro y mi triunfal salida de la revista. En cambio, aquí estoy, acostado sobre estas sábanas de poliéster verdoso que quién sabe cuánta mierda han visto y recibido, esperando a alguien a quien no debería de esperar.

Recibo un mensaje de ella en el que me avisa que está entrando al motel, me meto un chicle a la boca y me recuesto sobre la cama. Una erección, dolorosa y palpitante como aquellas que me atacaban antes de nuestros primeros encuentros, se yergue debajo de mis *jeans*. No tengo idea de por qué ahora, tras semanas de no querer verla ni desearla, tengo esta necesidad de cogérmela. ¿Será que siento que muy pronto me la van a quitar?, ¿que volverá a ser prohibida?

Natalia toca la puerta, le digo que está abierta y entra, vestida con pantalones grises, un suéter de cuello de tortuga desafortunado para la temporada de calor y un collar encima que entre sombras parece de piedras redondas y equidistantes. Le he enseñado todo, le he arrancado el pudor a base de cogérmela en todas las posiciones y por todos los huecos posibles, y aun así se sigue vistiendo como monja. Su indumentaria contrasta con la idea que tengo de ella en mi cabeza. Cuando la sueño, siempre la imagino desnuda o prácticamente encuerada, caminando por este u otro de los cuartos del motel, sudorosa, con el pelo recogido en una apresurada cola de caballo. Años de verla al lado de mi mejor amigo me impidieron pensar en qué había detrás de tan recatados atuendos. Y si durante casi una década me pregunté qué diablos le veía Pablo, me bastó con desnudarla una vez en mi departamento de la Nápoles para salir de dudas. Si bien su cara no es particularmente agraciada, con una nariz de mazo que desbalancea el resto de sus finas facciones, el cuerpo de Natalia parece sacado de un personaje de libro vaquero: curvilíneo, con la piel ajustada al hueso y al músculo, de piernas carnosas y nalgas discretas pero firmes. Su figura fue una linda sorpresa, que sirvió para atenuar el remordimiento y atizar mi fijación por ella. Pablo se fue, la invité a tomar un café por semana y, tras un mes de coqueteo, un día nos besamos en el estacionamiento de un centro comercial de Polanco. De ahí en adelante cogimos durante meses, en mi departamento y en este motel, hasta que llevé la novela a la editorial y decidí que era mejor alejarme de ella y regresársela a mi amigo. Hoy es la primera vez que nos vemos en todo junio.

Se sienta a mi lado, me lanza una sonrisa que es más amor que lujuria, y la beso en los labios. Me toma de la barbilla y me aparta.

—Ya te extrañaba —me dice, mientras yo guardo silencio y me enfilo rumbo a sus labios de nueva cuenta.

Otra vez me detiene:

—¿Por qué no contestabas mis mensajes, eh?

Tanto la confesión como la pregunta vienen acompañadas de una cálida sonrisa, como si ella, que me ha conocido de toda la vida y por lo tanto sabe que no soy un hombre iracundo, quisiera evitar molestarme. No le veo sentido a mentirle o inventarle una excusa. No pierdo nada si se levanta y se va.

—Se me fue la onda —le digo—. ¿Me perdonas?

Natalia me acepta entre sus brazos. Nos besamos, esta vez con más fuerza, y encaramo mi entrepierna a su muslo, haciendo lo posible por recostarla sobre las sábanas. No cede, y después de un instante vuelve a separarme de ella.

—Estás saliendo con alguien, ¿verdad?

La calentura me gana. Sé que no debo mentirle, pero también que necesito coger con ella. Pienso en Daniela, en la fiesta a la que tengo que ir en la noche, y decido ocultar su existencia.

—No estoy saliendo con nadie.

Natalia pega su frente a la mía. Puedo oler su aliento, que huele fresco, a yerbabuena sintética, mientras me habla:

—¿Me lo juras?

—Te lo juro.

Cogemos como cogíamos las primeras veces: con prisa y con furia; un acto salvaje en cámara rápida, como si nuestros cuerpos fueran agua, y un desierto el tiempo que pasamos lejos. Nos desnudamos sin despegar los labios y, aún embrocados, ella me frota los güevos mientras yo deslizo mi mano por su coño recién depilado. No gemimos, ni exclamamos nada: gruñimos, hambrientos, como animales desahuciados. No sé qué nos une así, qué propicia estos choques atómicos, ni quiero saberlo. Prefiero mantener ese misterio bajo tierra (o bajo piel), sin analizar nuestra mutua necesidad, simplemente disfrutando que esto ocurra. La he lamido, besado, penetrado decenas de veces y todavía se siente ilegal, casi sucio, como el encuentro a escondidas entre dos personas infelizmente casadas con otros y que se han amado en secreto por una vida entera. Así fue desde el principio, cuando aún no había sentimientos involucrados, y así sigue siendo ahora, tras semanas de no vernos, cuando es evidente que Natalia siente algo por mí. No sé si es amor o un simple enamoramiento pasajero, pero ahí está, claro como el agua, en sus párpados bien cerrados, en el gusto con el que me la mama, en el líquido que fluye por los bordes de su coño desde antes que yo dé el primer, certero lengüetazo desde el borde de su ano hasta el monte de su pubis. Amo cómo huele, cómo besa, cómo se mueve, pero sé que no la amo a ella. Por eso me la cojo de espaldas, sin verla a la cara, en busca de concederle el más breve anonimato, para pretender que todo lo que me da no proviene de la novia de Pablo sino de otra chica, a la que conocí en un bar a las dos de la mañana.

Me vengo, salgo, tomo el condón desde la punta y tiro de él como si se tratara de una gasa que cubre una herida. Lo arrojo al suelo, prendo un cigarro y me acuesto al lado de Natalia, cuyo pecho se alza y desciende, con la respiración agitada después de coger. Paso mi mano derecha por su torso, abrazándola de lado, y beso la ladera de sus tetas, subiendo hasta su pezón, al que beso de manera juguetona. Natalia rodea mi nuca con sus dedos y me aprieta contra su piel.

—Ya nos hacía falta —le digo en secreto, como si alguien pudiera escucharnos, y ella voltea al techo y exhala en señal de asombro. Recojo mi brazo derecho, le doy una fumada a mi cigarrillo y después bajo hasta su pelvis, con sus pocos vellos púbicos de frente, hablando directo con su coño mientras ella me hace piojito.

Natalia recibe una llamada y aleja el celular de mí, para que no sepa quién le llama. Antes de que lo aparte veo que en la pantalla aparece una foto de su mamá. Aún vive con sus padres, que le marcan cada hora para ver dónde se encuentra, con quién está y cuáles son sus planes. Natalia deja que la llamada se vaya al buzón, mientras yo apago mi cigarro y vuelvo a recostarme en el mismo lugar. El cuarto huele a sexo, las sábanas están húmedas y mis piernas emiten desagradables chasquidos mojados cada vez que las separo de mi escroto. No estoy cómodo.

—Matías… ¿De veras no estás saliendo con nadie? —Su tono ya no es el mismo de cuando entró a la recámara. Parece mucho más grave, mucho más serio, como si yo fuera su hijo y no su amante.

—De veras —replico cansado.

—Te vi con una tal Daniela en Facebook. Una amiga de la novia de Adrián.

—Ajá.

—Le estabas dando un beso.

Natalia quita sus manos de mi cabeza y se cruza de brazos, comprimiendo la carne de sus senos. Los veo y mi erección regresa súbitamente, como por arte de viagra.

—Puedes salir con quien tú quieras. No somos novios —me explica.

—Hablando de novios… —le digo mientras mis dedos reposan sobre su vello púbico—. ¿Sabías que Pablo llega mañana?

Natalia tarda un instante en contestarme. Finalmente me dice que no sabía nada y vuelvo a arrastrarme por las sábanas hasta llegar a la altura de su rostro. Ciño mi verga contra su muslo derecho. Primera llamada.

—¿Viene a la boda de tu hermana? —me pregunta.

—Dice Felipe que igual y viene a darte el anillo.

Natalia no contesta. Se mantiene con los ojos clavados en el techo, mordiendo su escueto labio inferior. No creo que ni ella sepa lo que está pensando.

—¿Le vas a decir que sí?

Ignoro por qué le pregunto esto o qué respuesta espero. Quizá quiero demostrarle que es mejor cuando no hablamos, porque todo lo que no sea coger amenaza con disolver nuestro frágil simulacro de relación. Ni su cuerpo ni el mío saben nombrar a Pablo. Solo las palabras lo invocan.

—No sé. Igual y sí. No sé —me responde.

—Y qué, ¿me vas a invitar cuando se casen?

Natalia reacciona como una serpiente acorralada. En cuestión de milésimas de segundo aparta mis manos de su cuerpo y se levanta de la cama, lista para vestirse, sin responder a ninguna de mis preguntas. Yo llevo a cabo algunos pueriles intentos por detenerla. Recojo sus zapatos y los arrojo a una esquina, me prenso de sus pantalones antes de que se los ponga y escondo su celular debajo de una almohada.

—Quédatelo. Al rato me compro uno nuevo.

—Tranquila. ¿Qué dije?

Me avergüenza admitirlo, pero mi erección no desaparece a pesar de nuestra pelea. Sigo queriendo coger con ella, en busca del segundo *round*, como si todos mis impulsos fueran un embudo que terminara en su cuerpo.

—Namás me estás jode y jode con Pablo. ¿Para qué tenías que contarme lo del anillo?, ¿qué chingados ganas mencionándome eso? Y además de todo me dices mentiras.

—¿Cuáles mentiras? —pregunto y le devuelvo su Black-Berry de oficinista.

—Estás saliendo con esta vieja, Matías. ¿Por qué no me dices la verdad?

—No estoy saliendo con nadie. Tú tienes novio y no te digo nada.

—Lo mío es diferente.

—¿Por qué?

Natalia termina de ponerse los zapatos, se levanta, abre la puerta y antes de azotarla me espeta:

—Porque sí.

Me quedo solo, en calzones, con la verga tiesa. Lo único que queda de Natalia es la cuenca yerma de su nuca sobre la almohada y su collar de piedras redondas sobre un taburete. Sin pensarlo dos veces lo tomo y lo arrojo a la basura, esperando que haya sido un regalo de Pablo.

Salgo del motel diez minutos después, sin haberme dado un baño. Se me antoja una cerveza, como si fuera viernes en la noche y no jueves a las dos de la tarde, pero no tengo ganas de invitar a Felipe a comer, ni de buscar a Adrián y mucho menos a Daniela. Faltan ocho horas para su cena. Ocho horas que parecen una eternidad.

Decido regresar a la Condesa, al Starbucks de Nuevo León, para comerme un sándwich y tomarme un café mientras leo el libro que traigo en la cajuela. Vacío las bolsas de mis pantalones y arrojo mis cigarros, mi cartera y mi celular en el asiento del copiloto. El recibo del motel lo hago bolita y lo pongo hasta abajo del portavasos.

Es la primera vez que Natalia se enoja conmigo y me deja solo en el motel tras azotar la puerta, sin beso ni abrazo para suavizar el impacto de la despedida. Necesito esos besos aunque no la ame. Me hacen falta porque cuando se va me quedo solo, sintiéndome mierda, y solo un adiós tierno es capaz de asegurarme que lo que hicimos estuvo más cerca del romance que de la agresión, y porque ese abrazo, antes de salir, me confirma que volveremos a vernos. Sirve, pues, para bordar la ilusión de que nuestros encuentros construyen algo en vez de destruirlo.

Es curioso pensar que Natalia, Adrián, Felipe, Pablo, Inés y yo nos conocemos desde que teníamos trece, y a pesar de todos esos años que hemos pasado juntos, nuestras vidas jamás han estado más enredadas que ahora. Durante la secundaria y la prepa hubo bandera blanca. Después vino la colisión, cuando chocamos entre nosotros, desviándonos para siempre. Quizás Inés no estaría casada si no fuera por mí. Yo tal vez habría visitado Nueva York por una temporada —tenía que hacerlo—, pero sin la presencia de Adrián nunca hubiera huido de México como lo hice, ni jamás habría escrito mi único libro publicado. Y si nunca hubiera regresado de Estados Unidos, Felipe tendría un trabajo, y Pablo y Natalia seguramente festejarían su compromiso mañana. De haber sabido todo esto, ¿nos hubiéramos sentado juntos, en las mismas bancas, en primero de secundaria? Tal vez yo sí lo haría. Sin Adrián y Pablo jamás habría sobrevivido la secundaria, cuando todos los chicos mayores se burlaban de mi pelo rubio y mi corte de bacinica a la inversa, insultándome cada vez que me veían en los pasillos. Adrián, que desde los trece tenía cuerpo de luchador de la WWF, y Pablo, que por más de diez años me quiso como el hermano que nunca tuvo, me cargaron sobre sus hombros y me ayudaron a salir adelante hasta que fui capaz de defenderme por mi cuenta. Pero todo eso también fue antes. Antes de la muerte de mi papá, de mi fuga y del aborto de Inés. Antes de que viera a Adrián romperle el cráneo a un elemento de seguridad de una privada con una llave de tuercas, tan fácilmente como cualquier otra persona abriría la cáscara de una nuez. Antes de que a mí me quebraran una botella de Bacardí en la cabeza porque él insistió en agarrarse a madrazos con los dueños de un antro al que fuimos. Antes de que presenciara cómo él y Felipe tramaban un plan para bajarle la novia a un pobre cabrón de nuestra prepa que, sin saberlo, la llevó a casa de Adrián en Acapulco y regresó soltero, en autobús, con los pantalones orinados, mientras su ex dormía cómodamente entre los cuerpos desnudos de mis dos amigos. Antes de que me volviera testigo del pantano. Antes de que viera a todos mis amigos convertirse en una mierda.

Todos salvo Pablo, quien siguió siendo mi apoyo a lo largo de la prepa y la universidad. Siempre respetó que durante años no quisiera probar nada más que la marihuana e incluso le bajó a su consumo cuando entabló una relación con Natalia, que no podía ver un gallo de mota ni en pintura. Lo acompañé en todos esos años en los que quiso ser músico, visitándolo en su privada (la misma donde Adrián atacó al policía) para echarnos una cerveza y acabarnos media cajetilla mientras veíamos la programación insulsa de MTV o escuchábamos a Radiohead, Live o, ya entrados en la melancolía, Travis. Estudiamos en distintas universidades pero nos seguimos viendo al menos tres veces por semana, casi siempre en su casa porque yo prefería salirme de la mía. No me importaba que Natalia me cayera mal, ni que me pareciera el tipo más aburrido de chica mexicana: obsesionada con el matrimonio y con el futuro de los cuatro hijos que quería procrear. Pablo y yo éramos hermanos porque así lo decidimos desde que platicamos en nuestro primer día de clases en secundaria, y no fue hasta que regresé de Nueva York que las cosas cambiaron. El hombre que me recibió en México no tenía nada que ver con el amigo al que dejé seis años antes. Áspero, desatento, avaro, el Pablo que volví a ver después de la muerte de mi papá era irreconocible. Reencontrarme con él y constatar este cambio de ciento ochenta grados fue de las cosas más tristes de mi muy jodido retorno a México.

Dejo de pensar en Pablo y mis amigos en el instante en que le doy un trago a mi café y me siento en la terraza del Starbucks para fumarme un cigarrillo mientras leo mi novela. El día sigue soleado: ni una nube mancha el domo azul de la Ciudad de México. Me quito el suéter, con el sol golpeándome la frente, y disfruto este breve paréntesis de tranquilidad en un día que no ha tenido uno solo de esos hasta ahora. El café me dura menos de diez páginas, y antes de que pueda entrar en el libro y verdaderamente poner atención en la trama, me dan ganas de mear. La terraza está llena: hombres trajeados hablan de negocios con sus *laptops* abiertas en presentaciones de PowerPoint, grupos de amigas chismorrean alrededor de las mesas redondas y unas cuantas parejas comparten bebidas con crema batida. No quiero pararme al baño y perder mi lugar (y hoy, en el día de la mala suerte, bastaría con pararme cinco segundos para que alguien más se sentara en mi silla). Pero no tengo de otra: o voy al baño o destapo el vaso vacío de mi café del día y orino ahí dentro, frente a las parejitas y sus *frapuccinos*. Decido dejar mi libro sobre el asiento y corro a cambiarle el agua a las aceitunas.

Salgo del baño y en el piso de abajo, haciendo fila para ordenar, veo a una chica delgada, de cabello castaño y corto, con una carriola negra frente a ella, observando los pasteles, sándwiches y panes detrás de la vitrina de la barra. Me detengo, intrigado por esta figura que, por lo menos de espaldas, me resulta familiar. La chica empuja y jala la carriola, en un movimiento rítmico, quizás inconsciente, y después yergue el cuerpo y avanza rumbo a la caja para pedir un café. La veo de perfil, y con eso basta para saber quién es. Llevo seis años sin verla, desde esa mañana en que salí rumbo a Nueva York y ella me visitó en casa de mis papás para darme un beso de despedida en la puerta y regalarme algo de comida que su mamá preparó para mí (no recuerdo qué era; solo sé que tuve que tirarla a la basura, por cuestión de espacio en mi equipaje, antes de entrar a las salas de abordaje). A pesar del matrimonio y el hijo, Inés se ve prácticamente idéntica. Trae el mismo corte de pelo y viste de manera más o menos similar a como lo hacía cuando la dejé: *jeans* entallados, zapatillas sin tacón, camiseta holgada y una sarta de pulseras decorando solo una de sus muñecas. Me da la espalda para ordenar e intento verle las nalgas, pero un mostrador lleno de bolsas de café en grano me tapa la vista. El cliente atrás de ella, un tipo de mi edad, de bermudas kaki, camisa a cuadros y lentes de pasta gruesa, me observa con mirada molesta, quizá creyendo que estoy allí, parado detrás del barandal del segundo piso, espiándolo a él. Le arrojo una sonrisa idiota y después troto rumbo a la terraza sin saber qué hacer, aterrado ante la posibilidad de que Inés se quede aquí para tomarse su café.

Salgo y me asomo por la barda que da al cruce entre Tlaxcala y Nuevo León, en espera de ver a Inés caminar rumbo al *valet parking*. No la quiero ver a ella, pero sobre todo no quiero ver a su hijo. Es más, si viniera sola probablemente la saludaría. Lo que me da miedo es tener que platicar sobre el bebé e inventar algún piropo idiota (qué mono está, tiene tus ojos) para demostrar que no hay agravios entre nosotros, que me da alegría verla con un niño y que siempre la recuerdo con afecto. No. Lo mejor sería no toparnos frente a frente. Ya habrá otros momentos para el reencuentro.

Me agacho y avisto la punta de la carriola pisar la banqueta y después a Inés, con un café en la mano, caminando rumbo a la sombrilla que esconde a los dos encargados del *valet parking*. Aunque mi corazón vuelve a acelerarse, esta vez no le presto atención. Es la cuarta (¿o quinta?) sorpresa en menos de cinco horas y creo que me estoy acostumbrando. Así, la observo caminar, con mi raída camiseta azul agitándose al compás del tambor en mi pecho, sin quitarle los ojos de encima. Qué lindo el ritmo de sus pasos, como dictados por un metrónomo, y qué linda su figura, la misma que veía alejarse de mí cuando nos despedíamos en la entrada de su fraccionamiento, tan compacta, discreta y agradable a la vista. La observo sin añoranza, como quien mira una vieja fotografía o una postal y simplemente se acuerda de que en ese momento, en ese lugar, la pasó bien.

En el momento en que Inés sube a su coche recibo una llamada de Felipe. Contesto a regañadientes: prefiero escuchar el escape de una Harley Davidson que su voz gangosa.

—Güey. ¿Dónde andas?

—En la Condesa. En un Starbucks. ¿Qué pedo? —le digo sin quitarle la vista a la camioneta negra, recién comprada, en la que Inés arranca y desaparece.

—Güey, güey, güey. Tienes que oír esto.

Felipe toma aire. De su lado, escucho el ruido de la televisión encendida: las voces de uno o dos actores, indescifrables, como si estuvieran hablando debajo del agua.

—Te fuiste del depa y me fui a casa de mi jefe para recoger unos zapatos para la boda de tu hermana. Estoy parado en un alto de Revolución y, cala esto, ¿a quién crees que veo salir del pinche motelito ese, el Palace, todavía medio poniéndose los pantalones y arreglándose el pelo, cabrón?

Ya sé la respuesta. Me doy media vuelta, de cara a la terraza, y prendo otro cigarrillo.

—¿A quién viste? —le pregunto.

—A Natalia, güey.

Tengo el cigarro en la boca y estoy intentando prenderlo, así que no puedo opinar mucho más que murmullos con los labios apretados.

—¿Matías?

Por fin logro prender mi cigarro y quitarlo de mi boca para fingir que estoy impresionado:

—No mames. ¿Natalia?, ¿en serio? —Me basta un segundo para caer en la cuenta de que no reaccioné como Felipe esperaba. Me arrepiento. Quiero añadir otro «no mames», alguna expresión más que denote mi supuesta indignación, pero presiento que es demasiado tarde. O quizás es puro pensamiento mágico. Después de todo, no hay manera de que Felipe sepa que Natalia y yo tenemos algo que ver. Nadie nos ha visto en público y nadie, más que el policía de mi edificio, al que apodo el Koala porque duerme veintidós horas al día, sabe que me visita.

—Claro que es en serio, cabrón.

—¿Estás seguro de que era ella? —pregunto, y esta vez me basta una milésima de segundo para saber que estoy diciendo y preguntando puras pendejadas. Estoy nervioso, con la cabeza demasiado fresca con las imágenes de Inés y su carriola y su bebé y su camioneta del año, para poder actuar de manera convincente.

—No, Matías. No estoy seguro. Te estoy inventando que vi a la vieja de nuestro mejor amigo saliendo de un motel porque no tengo nada mejor que hacer —me dice, con demasiado énfasis en su tono sarcástico.

Esta vez medito mi respuesta. Le doy un par de fumadas a mi cigarrillo, me rasco la nuca y decido que esto es lo más inteligente:

—Hay que decirle a Pablo, Pipe. ¿Qué tal que viene a darle el anillo y su vieja está cogiendo con otro?

—No, no mames, güey. ¿Te cae? —pregunta Felipe muy lentamente, como si su voz fuera reproducida por una grabadora con la función *slow* activada.

—Es nuestro amigo, ¿no?

—Puta madre. No sé. Está muy cabrón este pedo.

—Bueno, pues platiquémoslo al rato. Hay que ver qué hacemos —le sugiero, más tranquilo.

—Venga. Un abrazo.

Cuelgo y camino rumbo a mi lugar. Mi libro está en el piso, bocabajo. En la silla donde estaba sentado hace apenas diez minutos está una señora, leyendo *Kapital*.

Media hora después llego a la Nápoles, al departamento que hace un año seguía siendo el consultorio de mi papá, con toda la intención de no hacer nada de aquí a que tenga que regresar a la Condesa, al *penthouse* donde vive Daniela con sus padres, para su fiesta de cumpleaños. No le dedico ni un minuto más a pensar en lo que Felipe vio sobre Revolución ni mucho menos pienso en Inés: hacerlo es tirar el tiempo a la basura. Entro al estacionamiento del edificio, una especie de catacumba de pilares de concreto, coladeras y señalizaciones pintadas en los ochenta, e intento recordar, como si fuera un examen, lo que Inés traía puesto hace una hora, cuando la vi en el Starbucks. No me acuerdo de una sola prenda. Así de inconsecuente es.

Estaciono mi Jetta prehistórico y camino rumbo al vestíbulo del edificio, a través de una portezuela que gime como bebé con cólico cada vez que la empujo o la cierro. El Koala me escucha entrar y despierta detrás del mostrador de seguridad, exaltadísimo, como si yo acabara de disparar una escopeta. Con la voz amodorrada, el viejo policía me pide que me detenga antes de subir al elevador porque tiene un paquete para mí.

—Llegó hoy en la mañana para usté, joven.

—Gracias, jefe —le respondo mientras tomo entre mis manos la caja de cartón, momificada con *masking tape*.

Entro al departamento y un sonoro chiflón de aire que se cuela por la puerta me da la bienvenida, como si el departamento estuviera desahuciado y este fuera su último aliento. Dejo caer la caja de cartón sobre la mesita del comedor, alrededor de la cual se sentaban los pacientes de mi papá a esperar que los recibiera, y voy a la cocina por un cuchillo que pueda acabar con el mazacote de cinta adhesiva que la cubre. No encuentro más que uno de punta roma, parte de una vajilla ancestral, con manchas de óxido alrededor del mango. Batallo durante una eternidad para cortar la *masking tape* y abrir la caja. Finalmente lo logro y observo los contenidos.

Es el último paquete que me envía David, mi viejo compañero de cuarto en Nueva York, con todas mis pertenencias. Le dio güeva hacerlo de un sentón, así que me ha enviado una caja cada dos semanas, a veces con calcetines y zapatos, a veces con libros y películas, a veces con tiliches inservibles. Es normal que esta sea la última, porque sus contenidos estaban escondidos en el último clóset de mi recámara: todas las cartas y los paquetes, muchísimos aún cerrados, que me mandó mi papá durante mi estancia en Nueva York (¿por qué chingados me mandaba más cartas que *mails*? Me da la impresión de que era un hombre del siglo diecinueve hasta en asuntos de comunicación). «Para Matías» dicen todos, con su casi ilegible caligrafía de niño de primaria. Más que entusiasmarme, el prospecto de abrir los sobres y las envolturas me incomoda. Tanto, que hubiera preferido que David no me enviara nada y que todas estas cartas se quedaran allá en Nueva York, como mensajes en una botella que jamás encontrarán una costa. Meto mi mano en la caja y revuelvo los contenidos con apatía. Hay envolturas pesadas que claramente no contienen hojas de papel ni fotografías, como muchas veces me enviaba. Palpo la consistencia de dos de estos sobres y estoy seguro de que adentro hay casetes VHS. ¿Para qué me habría mandado una película a Nueva York?

No me interesa averiguarlo. ¿De qué sirve? Esas cartas, esas fotos y esos videos son parte de una conversación, jamás iniciada propiamente, con alguien que está muerto. ¿De qué me sirve escuchar lo que tiene que decirme si ahora es él quien no puede oír? Mi papá ya no escucha, pero habla todo el tiempo. No como dice Hollywood que se comunican los muertos, con la voz viva en el inconsciente, aconsejando como una especie de guía espectral, a la Obi Wan Kenobi. Mi papá me habla a través de la ausencia, de los sillones donde ya no se sienta, las camas donde ya no duerme, los cuartos donde ya no atiende a sus pacientes; los costados de sus libros, aún apilados en el librero, deslucidos por el sol que entra por el ventanal del departamento; los renglones de polvo que atraviesan las recámaras en las que antes caminaba. Y si guardo los libros, tiro la cama y cierro el departamento, entonces me hablará el vacío. Lo extrañaré con el extrañamiento confuso del que ha perdido todo. La ausencia del objeto me obligará a imaginarlo. A recordar cómo lo recordaba cuando podía recordarlo con facilidad. Hoy todos esos lugares y esos objetos me hablan y me dicen una sola cosa, repetida hasta el hartazgo, como una cacofonía interminable: estás solo.

Las horas que restan para la fiesta de Daniela las gasto sentado en la pequeña recámara, en una esquina del departamento, donde hace veinte años me encerraba a jugar mientras mi papá acababa de dar consulta y nos íbamos rumbo a la casa. Pasé gran parte de mi infancia aquí, en esta habitación que él arregló y convirtió en un cuarto de juegos para su hijo. Tenía una televisión y un Nintendo, mi colección de tortugas ninja y un estante lleno de los libros que me compraba los fines de semana. Tania estudiaba en el Americano, un colegio con servicio de camiones, y por lo tanto no necesitaba que la recogieran a la salida. Sin embargo, yo había empezado tres años antes en una escuela al sur de la ciudad, cerca de donde vivíamos. Aunque en teoría mi papá solo debía pasar por mí los martes y los jueves, la agenda social de su mujer era tan apretada (desayuno a media mañana con sus primas, comida con mis abuelos) y estaba sujeta a cambios tan «impredecibles», que iba por mí tres o cuatro veces por semana. Supongo que cualquier otro niño hubiera detestado vivir de esa manera, pero yo disfrutaba esas tardes. Salía del colegio, íbamos a comer a algún restaurante de la Condesa —mi favorito era el Daikoku, de comida japonesa— o a alguna fonda de la Nápoles y regresábamos a su consultorio a las cinco, para que pudiera atender a sus últimos pacientes del día. Me visitaba entre consulta y consulta para preguntarme cómo estaba, para pedirme que le bajara el volumen a la televisión y para descansar en el sofá café que compramos juntos en Perisur. Las reglas eran pocas y claras. No podía hacer mucho ruido, no debía salir a la sala si había algún paciente en espera de ser atendido y no podía usar el teléfono. Así transcurrió toda mi infancia y parte de mi adolescencia, hasta que me compraron mi coche al cumplir dieciséis. Tan acostumbrado estaba a la rutina que, aun pudiendo irme a casa para comer con mi mamá y mi hermana, visitaba a mi papá en la Nápoles y lo invitaba a cualquier lugar. Ahora solo queda ese sofá. Mis juguetes, el Nintendo, la televisión y los libros deben estar arrumbados en alguna bodega o en una caja en la esquina del garaje. Mi papá limpió la recámara en algún momento de los seis años que pasé en Nueva York. No sé por qué. Quizá le dolía entrar a este cuarto y sentir la presencia de su hijo pequeño ahí dentro. Tal vez era lo mismo que siento cuando entro a su consultorio o al estudio que él mismo se mandó construir, para la infinita molestia de mi mamá, en una esquina del jardín de la nueva casa: esa ausencia que palpita, que no se calla.

Empiezo a imaginar ese día cuando sacó todas mis cosas, pero me interrumpe un coro de voces femeninas en el departamento de abajo; las escucho gritar y poner música pop a todo volumen. Antes vivía allí una familia con dos hijos pequeños. Hoy lo habitan un trío de putas ambulantes cuyas identidades cambian cada tres meses, y a las que me topo en el elevador y en el estacionamiento cuando llego en la madrugada. Están ahí aun cuando no están: desde la cocina puedo oler sus guisados y, desde que llegaron, el elevador se aferra a ese perfume, pertinaz y empalagoso, con el que las de su oficio se bañan el cuerpo. He cruzado un par de palabras con ellas: todas extremadamente cordiales, como si fueran embajadoras en vez de prostitutas. Hasta la fecha no he conocido a una sola que no sea sudamericana o centroamericana. Tampoco he conocido a una sola que no tenga tetas siliconadas del tamaño de sandías. Felipe dice que eso le está pasando a la Nápoles: su cercanía con el corredor de puteros en Insurgentes la ha convertido en la zona predilecta para prostitutas y padrotes. Los aromas de mi infancia, mandados a la chingada por perfumes que huelen a pulparindos rancios. A toda madre.

Suena mi celular y contesto. Una voz femenina, acaso más desagradable que la del trío de putas, me grita del otro lado.

—¿Me puedes decir qué carajos hiciste con la revista de tu primo? —pregunta mi mamá, y tengo que apartar el teléfono de mi oído para no quedarme sordo.

Con toda calma, como si estuviera explicando la lógica que me llevó a deducir el resultado de una ecuación matemática, le cuento. Después prendo un cigarrillo (¿el décimo de la tarde?) y me siento frente a la ventana, a ver pasar a los peatones sobre la avenida Pennsylvania mientras mi mamá derrama bilis telefónica.

—No es un chiste, Matías. Dice que lo pueden demandar, que podría perder a la mitad de sus anunciantes.

—La revista vende miles y miles de ejemplares al mes, ma'. Te aseguro que no le van a hacer falta.

—Mario es tu familia.

—Mi familia eres tú y Tania. Ese güey no es mi familia.

—Ese güey es tu primo —añade mi mamá en tono conciliador.

Abro la ventana y me asomo hacia abajo. A lo lejos escucho el silbido de un vendedor de camotes. Y más allá, como ruido de fondo, el aullido espiral de una ambulancia.

—Ese cabrón me caga desde que teníamos cinco años. Es un asno. Y su revista es una porquería.

Mi mamá vuelve a alzar la voz:

—Te contrató. Trabajaste ahí por seis meses. Te pagó…

—Una mierda…

—¡Te pagó, Matías! Lo que hiciste es una grosería no solo con tu primo sino con tu tío y tu tía que tanto te quieren.

—¿Qué tanto me quieren? —pregunto a sabiendas de que hay muebles en sus casas a los que mis tíos millonetas quieren más que a mí.

—Te pido que les hables, a los tres, y les ofrezcas una disculpa hoy mismo.

—La veo difícil —le digo, y arrojo la colilla a la calle.

—Hazlo por la boda de tu hermana. Para que todos la pasemos bien y ella esté tranquila. Tus tíos podrían cancelar.

—Uy. ¿Y qué diría la sociedad?

—Te ruego que les marques.

La conversación me está dando dolor de cabeza y discutir

con mi mamá es como hacerlo con la perilla de una puerta, así que decido portarme buena onda:

—Mándame su teléfono por mensaje y ahorita les marco.

—¿Me lo juras?

—Te lo juro.

Colgamos y levanto la mirada. Afuera anochece. Las ventanas de los edificios vecinos se tiñen del fulgor ambarino del atardecer. Arriba, el cielo congrega a unas cuantas nubes grises y delgadas, como listones perdidos en el agua. Voy a la cocina, me tomo dos aspirinas, me pongo una camisa y un par de zapatos, y salgo del departamento dejando abierta la caja que David me envió, con sus contenidos al aire libre, intactos, de regreso al lugar del que salieron.

—Hola —me dice Daniela en el instante en que me abre la puerta de su *penthouse*, vestida de negro de pies a cabeza, como si su fiesta fuera un velorio. Le doy un beso en el cachete y camino un par de pasos detrás de ella, a lo largo del pasillo de la entrada, rumbo a la terraza.

—¿Vienes solo? —me pregunta agobiada, y yo le arrojo un vistazo a la puerta y después vuelvo a plantar los ojos en ella.

—¿A quién esperabas que trajera?

—No sé. Pensé que Mica iba a venir contigo, o alguien.

Soy el quinto en llegar a la fiesta. Idiota. Debí ver una película antes de salir. Ahora voy a tener que platicar con Daniela hasta que lleguen otros invitados que la distraigan.

—¿No tienes frío? —le pregunto a sabiendas de que hablar del clima es prueba inequívoca de que no tienes ningún otro tema de conversación en la chistera. Daniela ni siquiera me ve a la cara. Su atención sigue fija en la puerta de su departamento. Pasa lo que se siente como un siglo sin que nos dirijamos la palabra, hasta que vuelvo a abordarla con preguntas:

—¿A quién esperas?

—Es mi fiesta. ¿Cómo que a quién espero?

—Apenas son las diez. Seguro ahorita llegan los demás.

—Benji y Deborah quedaron de llegar hace horas para ayudarme con el *catering*.

No tengo la menor idea de quiénes son Benji y Deborah. Prendo un cigarrillo y camino hacia el barandal que separa su balcón de avenida México.

—¿Quieres una copa de vino? —me pregunta, aún sin voltear a verme—. Es de Baja. No tienes idea. Está deli.

Estoy dispuesto a hacer lo que sea para que Daniela se aleje por treinta segundos, así que acepto su oferta. Me cuesta trabajo explicar qué tan mal me cae. Supongo que salimos, nos vemos y cogemos porque me cae mal. Y precisamente por eso sé que somos algo pasajero. Mi creciente antipatía funciona como vacuna: me asegura que nunca seremos nada más que esa pareja que una o dos veces por semana revuelve las carnes en el sofá de mi departamento, ella empecinada en demostrarme que tiene experiencia cogiendo, y yo intentando que por favor deje de «seducirme» y se quede quieta por diez segundos para poder eyacular. La pregunta pertinente es por qué le parezco atractivo, cuando traigo el pelo hasta la barbilla (al conocerme me describió como un «*wannabe de oso de Kurt Cobain*»), no hablo de arte o literatura a no ser que me pongan una pistola en la cabeza y no he cambiado de tenis desde 2007. Quizás es mi libro, pero lo dudo: sé que sus amigos ven mi novela como un remedo dizque sórdido de novelita gringa; un panfletucho en el que no vale la pena gastar el tiempo cuando hay *playlists* que armar, galerías que visitar, fiestas que planear y DJ que escuchar (la mitad de los amigos de Daniela son DJ). Supongo que tener veintiocho años no afecta. Dudo que cualquier otro tipo de mi edad fuera capaz de aguantarla por más de dos citas al hilo.

La fiesta comienza a llenarse. Adrián y Mica no han llegado y no tengo más remedio que entablar una conversación con los amigos de Daniela. Ella está, pero no está; se sienta a mi lado, me toma de la mano con desidia y después se levanta en busca de otros interlocutores. La veo deambular por su sala, entrar y salir de círculos de conversación, y sé que no ha escuchado una sola palabra en horas.

Frente a mí, una pareja de gays, ambos vestidos con camisa y corbata de moño, hablan con una rubia —divina aunque su rostro parece incapaz de gesticular— sobre un museo; a mi derecha está un primo de Daniela, vestido como comercial de Nautica, platicando con Patricio Vergara, artista conceptual, becario del Fonca, proveedor de extraordinaria cocaína durante la fiesta y peso pesado del equipo de los ojetes. Es a ellos a quienes me acerco justo antes de recibir un mensaje en mi celular.

Es Felipe: «Estas en lo de Daniela wey??»

Me acerco a Patricio y al primo sosteniendo la copa de vino a la altura del pecho, como si se tratara de un escudo, mientras ellos hablan de una exposición de arte que se va a llevar a cabo en la playa y, más adelante, de un actor que puso su marca de mezcal.

«Vivimos en la espuma de los días —me dijo mi papá antes de que me fuera a vivir a Nueva York—. Nos preocupa todo lo que está en la superficie y nunca nos metemos a nadar ni a ver qué hay en el fondo.»

Para él, los libros, la poesía y el cine eran una puerta de entrada a esas profundidades. Y su trabajo, que siempre lo apasionó: entender al ser humano desde adentro. Aunque a mí el psicoanálisis siempre me ha parecido una mamada, entiendo el impulso que lo llevó a estudiar eso en vez de hacer una carrera como pediatra (su otra especialidad). Mi papá fue discípulo de un grupo de psicoanalistas que, en la década de los cincuenta, creyó poder entender a México, conocer su psique, como una perpetuación de *El laberinto de la soledad*: un intento por entender el corazón de un país entero. Y cuando esto no funcionó, mi papá se limitó a entender el corazón de un puñado de mexicanos. Parecía bastarle. Nunca he conocido a nadie más contento con su profesión que él. Quizá su afecto por los locos venía desde su infancia, cuando iba con su papá al hospital de La Castañeda —donde mi abuelo trabajó al llegar de provincia— tal como yo lo acompañé durante años a su consultorio. A mí me tocó ver a unas cuantas señoras taciturnas, adolescentes traídos a terapia a la fuerza, señores de traje gris con ojeras como medias lunas opacas pendiendo de sus párpados, mientras que él creció rodeado de orates, entre alaridos y risas maniáticas, colchas cagadas y cubetas con vómito. El día que me enteré de esto, a los quince años, entendí por qué soportaba a mi mamá, sus ataques de ira y sus días dentro del capullo de persianas cerradas de su cuarto: frente a lo que vio en su infancia, mi mamá y sus desplantes eran nada.

Otro mensaje de Felipe me espabila, alejando el estambre de recuerdos con el que empezaba a juguetear: «Voy para alla o que???», me pregunta.

«Ven», tecleo, y devuelvo mi atención a Patricio y el primo justo cuando Daniela pasa a mi lado acariciando mi antebrazo, rumbo al iPod, para cambiar la *playlist*. Patricio habla de Ai Weiwei y la muerte de Lucian Freud.

—El retratista más verga del siglo veinte.

—Me tocó su retrospectiva en el Tate.

—En el MOMA.

Patricio deposita su tétrica mirada azul en la mía, posa una mano teatral en mi hombro y, acompañado de esa sonrisa de dientes perfectos, obra maestra de la odontología, me pregunta por mi estado de ánimo:

—¿Tú cómo vas, mano?

—Ahí la llevo.

—¿Sigues trabajando para la revista?

—Nel. Renuncié hace una semana —le respondo, viendo al piso.

—¿Dónde trabajabas? —me pregunta el primo al tiempo que sus pulgares juguetean con el teclado virtual de su iPhone.

—En una mierda ahí. No creo que la conozcas —le digo, esquivo, y da lo mismo porque el tipo no me hubiera hecho caso aunque le respondiera que se trataba de la *New Yorker*.

Patricio voltea a ver al primo y suelta mi hombro.

—No tienes idea lo que le pasó a este güey. Acaba de regresar hace seis meses de vivir en Nueva York, ¿cuánto tiempo? —me pregunta, de refilón.

—Seis años.

El primo deja su celular, atento a la historia de Patricio, quien le da un trago a su vino, sorbe mocos y vuelve a sonreír.

—Seis años, cabrón. Y un día le habla su jefa, le dice que su papá está muy enfermo, se retacha para acá y en una semana se muere su jefe.

—No mames —añade el primo, aunque su frase no denota mayor asombro. Imagino que así podría haber respondido si Patricio le avisara de un abultado marcador en contra del Barcelona. Asiento con la cabeza, esbozando la más escueta de todas las sonrisas, listo para moverme a otro sitio de la sala.

—Y ahora está escribiendo un libro sobre eso —dice Patricio.

—Órale —responde el primo, con la cabeza y el cuello de nuevo fijos en otro punto de la fiesta.

Patricio me voltea a ver. Aún sonríe, como si el dato de mi biografía que acaba de revelar hubiera sido cualquier cosa: un tropezón en la vía pública, un pleito en la chamba.

—Te ves bien, güey. Mejor. La última vez que te vi estabas frito.

Esa última vez a la que se refiere es una boda en Cuernavaca, a la que fui como pareja de Felipe: uno de los mejores amigos de Patricio, Lalo Antoni, se cogió a la novia detrás de un árbol, y yo, tras acabarme la mitad de la barra y meterme polvo como si mi nariz fuera una trompa de elefante, vomité sobre una de las mesas que colindaban con la pista. Bonitos recuerdos.

No sé qué responderle y gracias a Dios no tengo que pensar demasiado porque una mano familiar me toca la espalda, rescatándome de la plática. Es Mica, acompañada por Adrián, quien me abraza y me levanta del piso con efusividad, como si no me hubiera visto en diez años.

—¿Ya puesto? —me pregunta entusiasmado mi viejo amigo, mientras yo aún levito entre sus brazos de fisicoculturista.

—¿Para qué? —reviro, sin aire en los pulmones.

Adrián me deja caer y la duela del piso suena como tambor al recibir el impacto de mis zapatos. Viene disfrazado de novio de Mica. Para pertenecer a su nuevo círculo, se ha dejado crecer un ridículo bigotito, trae un corte de pelo rarísimo que es largo arriba y al ras a los lados, y siempre combina mocasines con *jeans* de colores chillantes: rojos, verdes y anaranjados. Hoy tocan los verdes.

—Para la boda de tu hermana.

—Listísimo —le digo mientras saludo a Mica y ella, para variar, me deja un rastro de saliva en el cachete. Hay dos características inmutables de la novia de Adrián. Primero: siempre está de buenas. Y segundo: ninguna mujer blanca en el mundo, salvo Angelina Jolie, tiene labios más abundantes que ella. Sin embargo, a pesar de su tamaño, su boca siempre me ha parecido torpe en vez de *sexy*. Cuando la veo hablar me da la impresión de que no sabe manejar tanta carne, como si hubiera pasado la mayor parte de su vida comiendo a través del pico de una codorniz y esta boca nueva, tan generosa y tan humana, fuera un estorbo.

Como buena anfitriona, Daniela se acerca rápidamente para saludar a Adrián y a Mica. Le da un beso a su amiga en la mejilla mientras le pregunta:

—¿Qué pedo, güey?, ¿por qué se tardaron tanto?

—Estábamos cenando con Sergio, Alex y Fede —le responde Mica.

—¿Cómo está Fede?, ¿que cortó con Raúl? —pregunta Daniela.

—Sí, güey. Que igual y al rato viene. Tenía que pasar un rato a casa de Pato.

—Ay, no, güey. Dile que venga. ¿Le hablo?

Suena mi celular. Otro mensaje salvador. Meto mi mano a la bolsa, listo para responder otra pregunta idiota de Felipe, y me topo con un mensaje de Natalia: «Perdon por hoy pero neta no se que me pasa. Siento que no deberia haberte visto, como que hay cosas que no nos hemos dicho».

El mensaje acaba ahí. No le pongo más atención y rápidamente guardo mi celular. Mica y Daniela siguen hablando de personas que no conozco y que, sospecho, por el bostezo que a duras penas logra contener, Adrián tampoco.

—También salimos ayer —dice Mica, feliz por ningún motivo en específico.

—¿A dónde? —pregunta Daniela.

—A una fiesta en casa de Alexis.

—¿Ves? —me reclama Daniela—. Te dije que fuéramos.

—Ya sé —le digo, fingiendo desilusión y encogiéndome de hombros, aunque no tengo ni la menor idea de qué está hablando: no recuerdo que me haya mencionado la fiesta de ese (¿o esa?) tal Alexis.

Vuelve a sonar mi celular y esta vez Daniela se percata cuando lo saco. Es Natalia, de nuevo: «Y neta no te entiendo Matias. No se si quieres conmigo. Por que me buscas tanto y luego me dejas de buscar?»

No respondo.

—¿Quién era? —me pregunta Daniela.

—Pipe. Que viene para acá en un rato.

—¿Ya le ayudaste a encontrar chamba? —me pregunta Adrián. Niego con la cabeza y le doy un sorbo a mi vino. Mi celular vuelve a sonar. No sé si leer el mensaje o no. Mica y Daniela me ven fijamente, en espera de que lea lo que me acaba de llegar. Lo saco y reviso el último mensaje de Natalia.

«En fin. Ya no te molesto. Muchos bss!!»

Y en ese instante se abre la puerta de la sala y entra Felipe, con su abultada barriga apenas contenida detrás de una camisa azul. Daniela me voltea a ver con una mirada que no se decide entre la más franca sospecha y el más abierto aborrecimiento mientras Felipe se acerca a nosotros, caminando como pingüino, con las manos adentro de su anticuada mezclilla.

Antes de saludarlo, Daniela me espeta:

—¿No que llegaba en un rato?

Evidentemente molesta por mi mentira, Daniela me esquiva por dos horas seguidas, reacia a hablar del tema y preguntarme quién me envió esos mensajes. Ese tiempo lo utilizo para planear un pretexto verosímil con ayuda de Felipe, quien se bebe cuatro cubas en una hora mientras me asegura que él se echará la culpa y, si es necesario, le dirá a Daniela que todo fue un error suyo.

—A ver si te cree —le digo.

—A ver —me responde, ya borracho.

—Si no, me vale madres. Que se encabrone y ya.

Felipe me voltea a ver de soslayo. Ahora es él quien me observa con mirada sospechosa.

—Y a todo esto, ¿con quién te estabas mensajeando?

—Con tu jefa. Le dije que al rato la veo.

—¿Vas a ir a San Diego?

—A echármela.

—Pendejo —me dice y suelta una risilla ebria, aguda, que vagamente suena como un caballo relinchando.

Adrián y Mica platican en el sillón, tomados de las manos, como si se acabaran de conocer ayer. Alrededor de ellos, en la terraza y en el resto de la sala, tríos y cuartetos de *hipsters* mueven las caderas al ritmo de la música mientras platican entre sí. No veo a Daniela por ningún lugar.

—No, ya, en serio, ¿quién te mandó esos mensajes? —me pregunta Felipe.

—Una vieja de la revista. No la conoces. Estoy viendo qué onda con ella.

Satisfecho con mi respuesta, Felipe asiente y se lleva su vaso de cuba a la boca, tragando ron, Coca-Cola y dos hielos enteros en un mismo, sediento bocado.

—Hoy me voy a mandar a la verga —me confiesa, y no sé si lo dice como advertencia o con resignación.

—La suerte de los que no tienen nada que hacer el viernes en la mañana.

—Muérdete la lengua, cabrón.

Felipe sirve dos cubas más, una para él y otra para mí, y después vuelve a sentarse a mi lado para platicar de Natalia, el motel del que la vio salir y la inminente llegada de Pablo. Está seguro de que mañana le dará el anillo y no sabe si decirle o no sobre aquello de lo que fue testigo hoy al mediodía. Yo, obviamente, no sé qué pensar. Quizá sería mejor que las cosas volvieran a su orden natural, al curso que llevaban antes de que Pablo se fuera a Londres, con ellos dos juntos, y Natalia y yo como meros conocidos de la prepa. Ultimadamente, el problema está fuera de mi control. Felipe fue el que la descubrió y la responsabilidad de contarle a Pablo es toda suya. Yo no puedo abrir la boca porque Natalia no puede enterarse de que fui yo quien impidió que él le diera el anillo.

Pienso en el registro del motel. ¿Di mi nombre completo? No, pero pagué con tarjeta. Bah. No creo que el lugar sea capaz de dar el nombre de un huésped a un desconocido que busca viejos recibos. No hay manera de que sepan que estuve ahí con Natalia.

—Dile tú si quieres. No es mi pedo —le digo.

Felipe acaricia el vaso de su cuba con la mano derecha, la vista perdida en un lugar de la fiesta pero aún interesado en nuestra plática. Lo veo mientras trama una respuesta, algo que decirme. Y es así que agrega, sin verme a los ojos:

—No sé por qué, cabrón, pero estoy seguro de que si esto hubiera pasado hace seis años tú habrías sido el primero en decirle a Pablo.

—La gente crece, Pipe.

—¿Crece? —Siento que no es un insulto sino una pregunta al aire, como si acabara de escuchar una palabra en un idioma desconocido.

El resto de la fiesta transcurre entre conversaciones que se me olvidan al segundo de haberlas escuchado, todas ellas interrumpidas por interlocutores más interesados en revisar sus cuentas de Instagram, Twitter y Facebook que en entablar una plática por lo menos llevadera. Yo tiendo a estar en desventaja porque nunca he abierto una cuenta de Twitter y jamás he tomado una sola fotografía con mi celular. En México siento que todas estas reuniones, y las charlas que en ellas intento entablar, son como versiones del sobado *speed dating* gringo en el que un grupo de mujeres y hombres tienen cinco minutos, cronometrados, para presentarse, hablar de sí mismos y decidir si quieren darse sus números telefónicos. La diferencia es que aquí suelen ser diez segundos en vez de cinco minutos y, fuera de buscar una llamada al día siguiente, lo único que espero es poder hablar sin que la otra persona revise su teléfono, se dirija a alguien más o me responda con algo que no tiene nada que ver con lo que acabo de decirle. Cualquiera diría que yo tengo la culpa, que soy yo el que no es suficientemente interesante. Es posible que no les falte razón, pero a la hora de la hora eso importa poco. Una plática entre Patricio, Felipe, Alfonso y yo se escucha como un diálogo de las primeras temporadas de *Seinfeld*, cuando todos hablaban de un tema sin escuchar al otro.

—Cabrón el *line-up* de Coachella de este año. Lo chequé hoy. Te cagas —dice Alfonso.

—Yo quedé de ir a Vegas este año. Me mata de güeva —añade Patricio.

—Nunca he ido —digo al aire.

—¿Eh? —pregunta Felipe, más pedo que un diputado en día de asueto.

Busco a Daniela para estar con ella un rato, pero apenas me ve acercarme se aleja, aún molesta por mi mentira blanca, como si a un mes de salir, nuestro compromiso fuera tan sólido como el de una pareja festejando sus bodas de oro. Daniela se indigna como mocosa preparatoriana: no oye razones, todo es el fin del mundo, nada nunca ha sido más grave que esto de hoy. La envidio. Envidio la claridad, los decibeles y la duración de su encono. Ojalá pudiera odiar con la nitidez de la adolescencia, antes de que mis sentimientos olvidaran el blanco y el negro y aprendieran a habitar los grises. Hace solo diez días me dejó de hablar por un fin de semana porque me negué a ir a una exposición organizada (perdón: curada) por unos amigos suyos. Qué maravilla que sus agravios provengan de pendejadas de ese tamaño.

La décima cuba se lleva las neuronas restantes de Felipe, quien termina sentado en un sillón con los ojos entrecerrados, su pecho sacudido intermitentemente por un feroz ataque de hipo, y me obliga a buscar otras personas con las que estar, en lo que Daniela —que al fin y al cabo es la festejada— se digna a hablar conmigo. He tenido suficiente de Patricio y su visión de cosmopolita *light*, una especie de Notimex del arte moderno, y del resto de los invitados, a los que apenas si conozco y, más importante, me vale verga conocer. Reparo en Adrián y Mica, quienes —quizá conmovidos por mi reciente mala fortuna— son siempre interlocutores atentísimos, de esos que no despegan la mirada y te bombardean con preguntas de toda índole. Él me pregunta por mi estado de ánimo, mi trabajo en *Kapital*, la boda de mi hermana y mi relación con mi próximo cuñado. Le respondo, en orden: ahí voy, ahí va, a ver qué tal, me caga. Quizá sería más cálido si no me hubiera enterado de lo que me enteré hace poco más de tres meses, cuando me escapé de un evento que fui a cubrir para *Kapital* y me encontré a su papá, pedísimo en el bar de un hotel en el Centro Histórico. Pero ahorita no quiero pensar en eso.

Adrián va al baño y de regreso se topa con Lalo Antoni, el Brad Pitt de la prepa, la Ibero y el mejor amigo de Patricio; el tipo al que vi cogiéndose a una recién casada, el día de su boda, detrás de un árbol en un jardín en Cuernavaca, así que prefiero quedarme con Mica, quien me mira con ojos traviesos y una enorme, casi grotesca sonrisa en el rostro.

—¿Te cuento un secreto? —me pregunta, y súbitamente siento que acabamos de cumplir siete años y estamos en el recreo de la primaria.

—Cuéntame —le digo, fingiendo entusiasmo.

—Encontré tu libro en El Péndulo de la Condesa...

—Qué horror —le digo, y esta vez mi consternación no tiene nada de fingida.

—Y me lo compré.

—Ay, güey.

—Lo leí en cuatro horas ayer. No lo pude soltar.

—¿Neta?

—Neta.

Me doy cuenta de que, por vigesimosexta vez en el día, estoy nervioso, y no encuentro cómo ocultarlo. Siento claramente cómo mi entrepierna se humedece con sudor, mi escroto se adhiere al interior de mis muslos y mis axilas mojan la camisa. Me ataca la sensación de que apesto y echo un paso atrás, alejándome de ella.

—Oye, dime algo —me pide y se acerca a mí con curiosidad, sin atisbo alguno de coquetería—. ¿De dónde sacaste tantas cosas?

—¿Cómo? —le respondo en voz baja, como si estuviéramos tramando una conspiración. Apenas dejo de hablar, le arrojo un vistazo a Adrián y a Lalo, para cerciorarme de que no vienen para acá.

—Sí. Todo eso que cuentas, neta se lee como si te hubiera pasado a ti, ¿sabes? O sea, hay cosas que no me gustaron y de repente no me fascinó cómo está escrito, pero creo que no se lee como un libro de literatura.

—¿Ficción?

—Exacto. Tipo, la historia de la niñita esa a la que este cuate se echa y la graba y así, como que está llena de detalles súper explícitos. ¿Fuiste tú?

Echo la cabeza hacia atrás sintiéndome genuinamente agredido, como si me hubieran tildado de priista.

—¿Por eso te fuiste a Nueva York? —me pregunta.

—No, claro que no. No fui yo.

—¿Entonces?, ¿quién fue? Es que neta me sacó muchísimo de onda. No me dejó dormir. O sea, me imagino que si eso me pasara a mí, neta voy y mato al tipo ese... ¿cómo se llama en el libro?

—¿Santiago? —le respondo, preguntando para que no parezca que tengo fresco el contenido de algo que escribí hace siete años.

—Exacto. ¿Quién te platicó todo eso?, ¿de dónde lo sacaste?

Pienso en decirle la verdad.

Pues fíjate que me basé en tu novio, Mica. Así como lo ves de cariñoso, trabajador y tierno, cinco años antes de conocerte, mi amigo Adrián era un verdadero psicópata. En mi libro están todas sus aventuras.

¿Ese cuento en el que un tipo de veintiún años se graba cogiendo con la hija de un político influyente, distribuye copias del video en la universidad, se vuelve una especie de leyenda en su facultad y meses después lo intercepta un coche lleno de guaruras pagados que le rompen la cara, las costillas y las piernas a batazos?

Adrián.

¿Esa viñeta donde un adolescente le roba un cachorro a un pordiosero y amenaza con arrojar al animal por las escaleras del metro?

Adrián.

¿Ese relato en el que un personaje planea cómo bajarle la novia a uno de sus compañeros de la prepa y termina invitándolos a su casa de Acapulco, donde lentamente humilla al novio y, por supuesto, se coge a la vieja?

Adrián.

¿Esa historia donde el mismo tipo se enfrenta con el vigilante de una caseta afuera de un residencial y le revienta la cuenca ocular con una llave de tuercas?

Fue Adrián quien se grabó quitándole la virginidad a María Fernanda de Haro, esa rubia de cuerpo compacto de apenas dieciséis años, sobre las sábanas de su cama (que aún eran de cochecitos a pesar de que él tenía más de veinte años). Y fue quien le dio una copia del video a Lalo Antoni, tácitamente dándole permiso para que hiciera más copias y las distribuyera con el resto de los administradores. Fue él quien se tuvo que ir a Boston por un año después de que su papá —¡su papá!, ¡otro político de mierda!— recibiera amenazas de muerte para ambos y luego de que tres hombres, clichés de matones a sueldo con chamarras de cuero, pantalones y botas negras, lo mandaran al hospital por un mes entero a punta de batazos. Fue él quien se cogió a Ana, la novia de David, en su casa en Acapulco, después de abandonar al novio —madreado y meado, a una gota de la congestión alcohólica— en un motelucho en la Costera. En pocas palabras, Adrián era el monstruo que alarmó a todas las amigas de mi mamá que leyeron mi novela y me escribieron correos electrónicos a Nueva York, casi pidiéndome que les asegurara que el tal Santiago Hernández —álter ego literario de Adrián, mi amigo— era un invento de mi puerca imaginación.

Claro que no podrías haberlo sabido mientras leías mi libro, Mica. Fui suficientemente inteligente como para esconder la identidad de Adrián detrás de ciertas máscaras. Por ejemplo: en vez de que en la novela fuera un *junior*, convertí a su personaje en dueño de antros, como esos que iban conmigo en la prepa y a los que a duras penas conocí. Me pareció más cabrón y más elocuente, como símbolo generacional, que Santiago fuera propietario de una de esas mazmorras de música y alcohol a las que ustedes todavía van y donde yo tiré a la basura mi adolescencia y todo mi paso por la universidad. Pero que no te quepa duda de que ese güey es Adrián Serna —hijo del señor Serna, uno de los encargados de la seguridad nacional desde los noventa—, ahora organizador de eventos para gente bien, asiduo en revistas de sociales, íntimo de todos tus amigos *hipsters* y, según lo que tú me has dicho, próximo padre de tus hijos.

Titubeante, respondo:

—Pues… los saqué de muchos lados, la neta. Todos los personajes son como monstruos de Frankenstein. Cositas mías por acá, anécdotas de cuates por ahí y algunos inventos. Mucho es choro, eh. Mucho me lo inventé.

—*Cool* —me dice Mica, satisfecha con mi explicación.

—Pero gracias por leerlo —agrego, como si fuera una entrevistadora que acaba de apagar la cámara.

—No. A ti. Lo voy a recomendar.

Pánico. No quiero que Adrián lo lea. Prefiero que no haya problemas entre nosotros. Nunca volveremos a ser amigos, y mucho menos después de lo que me confesó su papá, pero no me enorgullezco de lo que dice mi libro ni de haberlo expuesto así.

Suelto una risilla que pretende salpicar mi siguiente pregunta de un tono casual:

—Qué, ¿se lo vas a prestar a Adrián?

—¿No lo ha leído? —me pregunta sorprendida.

—Creo que no.

—Pues, ¿para qué se lo doy? No lee ni las cajas de cereal.

—Sí, ¿verdad? —le digo y vuelvo a soltar la misma risa, ya más tranquilo.

Otro mensaje en mi celular me interrumpe y le ruego al cielo que no venga de Natalia. Me preocupa que pueda empezar a ponerse (más) obsesiva conmigo. Le ofrezco una disculpa a Mica y saco el celular de la bolsa del pantalón. Lo que leo me sorprende, pero no para bien.

Viene de mi mamá: «*Horacio* ya está muy enfermo. Te pido por favor que vengas mañana a primera hora para llevarlo al veterinario y que lo duerman. Ni tu hermana ni yo podemos por obvias razones. Es lo mínimo que puedes hacer después de lo que le hiciste a tu primo».

Y yo que pensé que la jornada maldita iba a estar limitada únicamente a este día. Ahora sé que mañana tengo que despertarme, ir directo a casa de mi mamá, recoger al perro que mi papá me regaló y llevarlo al veterinario para que lo duerman. Así que el viernes, que pensé sería un oasis entre la retahíla de malas noticias de hoy y la trágica boda de mi hermana con ese idiota, pinta para ser otro día de mierda. Siento que debería irme de la fiesta en este instante y esconderme en la recámara del departamento, solo para estar lejos de todos y evitarme otra racha de malas nuevas.

Adrián deja a Lalo y regresa con su novia, a la que abraza mientras le planta un sonoro beso sobre esas mejillas acolchonadas, un tanto rojizas, como las de los bebés.

—¿Qué onda, flaco?, ¿todo bien? —me pregunta, con sus brazos aún rodeando la espalda de Mica.

—¿Qué pasó? —reviro despistado, con la mente ocupada en mi perro y en lo que tendré que hacer mañana.

—Estás pálido.

Me llevo las manos a la frente, palpándola en busca de indicios de fiebre. Solo eso me falta.

—No, nada. Estoy bien. No he comido nada en todo el día más que un pinche sandwichito de Starbucks, de esos que saben a cartón. Igual y es eso —le digo.

—Pues cómete algo —me sugiere Adrián—. Allá afuera hay canapés. ¿Te traigo unos?

—Nel. No te preocupes, carnal. Ahorita con una cuba se me quita.

Me empino tres cubas más. No ayudan. Siento como si estuviera a punto de ir a la guerra. ¿Cómo puede cambiar todo de un día para otro? Ayer me dormí arrullado por los gemidos de mi perro viejo, pero vivo, esperando que mi editorial le diera el sí a lo más importante que he escrito en la vida, feliz de saber que en la mañana compraría el nuevo número de *Kapital* con mi atómica mentada de madre adentro. Hoy me dormiré peleado con Daniela y Natalia, con la novela rechazada y con la duda de si Mica le platicará a Adrián del libro que leyó. Ah, y lo de Inés. Años de no verla tenían que culminar hoy. Pero eso es lo que menos me importa. Nunca pienso en ella.

Me despido, no sin antes intentar arreglar las cosas con Daniela, quien no me dice nada más que mañana tenemos que comer para hablar de nuestra relación. Intento explicarle que no me mensajeaba con nadie más que con Felipe, pero después me pide ver mi celular y cuando me niego, pretextando que eso sería invadir mi privacidad, Daniela me espeta que haga lo que yo quiera y desaparece, lista para seguir atendiendo a sus invitados.

Antes de salir, Felipe trota y me alcanza en la puerta.

—¿Ya compraste todo para la boda? —me pregunta susurrando con los ojos desorbitados.

—Mañana, pinche erizo.

—Chido. No se te olvide —me dice y después se va con la camisa completamente desfajada, listo para acabarse otra botella de ron.

Antes de tomar el elevador que me llevará del *penthouse* a la calle, recibo un último mensaje de Natalia.

«Perdon por hoy. Te extraño mucho.»

Lo leo y me da una mezcla de tristeza y hambre. Mi piel y mi corazón reaccionan al unísono. Quiero buscarla, pedirle que salga de su casa, a pesar de la hora, rumbo a mi departamento para coger de nuevo, con prisa, como si mañana se acabara el mundo. Y quiero abrazarla. Pedirle perdón por esto y por todo. Regresar el tiempo y arrancarme de ahí adentro. Desaparecer.

Al final, las dos sensaciones cotejan fuerzas, se anulan y me dejan aquí, parado en la banqueta de avenida México con la nariz llena del olor a orines del parque, temblando como si fuera enero y no junio, con la verga tiesa, confusa como una pistola sin mira, listo para llegar a mi casa, echarme un rivotril y dormir ese sueño oscuro, sin vida, que propician los ansiolíticos.

Llego al departamento a sentarme en el sofá sintético que tengo por cama, sin quitarle la vista de encima a la caja que me envió David desde Nueva York. No vuelvo a inspeccionar sus contenidos ni arrojo un vistazo hacia adentro, pero no puedo dejar de verla. Me debato entre leer las cartas de mi papá, reproducir sus VHS en la tele de su consultorio, dejándome llevar por la culpa, o recoger la caja, bajar hasta donde duerme el Koala y dejarla allí para que mañana se la lleve el camión de la basura. Aquí, a un metro de mí, está todo lo que no pudo decirme en vida, y en vez de enfocarme en eso, decido permanecer sentado y pensar en todo lo que no le confesé. Uno por uno enumero los secretos que guardé en mi infancia, el tesoro que solo yo sabía encontrar, tal y como solo mi papá y mi mamá sabían los motivos detrás de sus silencios, su distancia y sus rostros afligidos. Nadie en esa casa sabía de mis sueños recurrentes, de la otra familia que los protagonizaba. Dos padres nuevos y dos hermanos nuevos. Una chica de la edad de Tania y un gemelo mío. Todos se parecían a mí. Tenían mi piel, mis ojos, mi boca, hasta mi lamentable corte de pelo. A veces, cuando estaba solo, invitaba a mi hermano ficticio para que jugara conmigo y hablábamos en un idioma secreto, sentados en el balcón de mi recámara. En sueños me pedía que fuera con él, que saliera de esa privada, esa ciudad y ese país, de vuelta hacia nuestra casa. Nadie sabía, tampoco, lo que hacía los fines de semana por la madrugada cuando todos aún dormían. Nadie supo de las horas que pasaba en la terraza, de pie junto al tanque de gas, con la vista fija en el horizonte; no podía ver los volcanes, solo pequeñas callejuelas de San Ángel y un par de edificios descollando sobre el gris citadino como piedras en un estanque. Nadie sabía que los domingos por la noche me desnudaba y tomaba asiento en mi balcón, en espera de que al día siguiente amaneciera con gripe. Y jamás hablé con mi papá sobre aquella lagartija que atrapé detrás de una maceta en el patio, cómo la coloqué dentro de un refractario de vidrio y, una por una, le corté las patas y la cola con una cuchara, observándola moverse desesperada sobre el cristal, agitando su amputado cuerpecillo, dando tumbos alrededor del recipiente, batiéndose la piel verdusca con su propia sangre. La llevé a mi cuarto, la guardé detrás de mis camisetas por un fin de semana y esperé a que sus extremidades volvieran a germinar por arte de magia. La encontré muerta un lunes antes de ir a la escuela, bocabajo, con los ojos bien abiertos. Ninguna de sus patas se había regenerado un ápice. Le pedí perdón, la tiré en el basurero de mi recámara y después arranqué unas cuantas hojas de mi cuaderno para esconderla.

Hay cosas que nunca podemos recuperar, pensé de ida a la escuela.

—¿Qué te pasa, Matías?, ¿estás llorando? —me preguntó mi mamá, harta de verme decaído y con los ojos llorosos.

—Nada —le respondí, seguro detrás de la frontera de mis rincones secretos—. Creo que desayuné mucho.

Mi papá jamás se enteró. Aunque supo de las drogas, del aborto de Inés, de mis depresiones y de lo incómodo que me sentía en el país que me obligó a pisar al aceptarme como su hijo, nunca le confesé cuánto me molestaba que mintiera cuando, al comparar nuestro color de piel, desconocidos le preguntaran si yo era su hijo y él respondiera que sí sin titubear. Nunca pude decirle qué tanto detestaba sus fantasías, los sueños de opio que nutría con respecto a mi futuro, su disposición conciliadora frente a las agresiones de mi mamá y sus ideales bienintencionados con respecto a México y a su familia. Siempre era «vamos a estar mejor», nunca «vamos de la chingada». Optimismo venenoso, infértil, ciego y sordo. Años de examinar la psique de «su pueblo», de intentar encontrarle el lado positivo a cada esquina miserable, de leer historia y poesía, de visitar el interior del país y hablar con la gente humilde. ¿Para qué?, ¿para acabar tumbado en una cama de hospital, abandonado por el hijo al que quisiste salvar, con una esposa indolente y una hija frívola, ajena a todos los valores que durante una vida entera le inculcaste? Quizás es mejor que mi libro no se publicara, para que ni el papel te reviviera. Quizás estás mejor ahí; ahí que no es ningún lugar, que no existe. Ausente en todos lados. Y lo que queda de ti se irá en tres pasos, uno cada día. Hoy, mi libro. Mañana, el perro que me compraste cuando cumplí doce años. Y el sábado Tania, la única de los dos que es tuya, se casará con ese novio al que detestabas: *junior* de quinta, yerno adorado de tu esposa, un hombre que no conoce a ninguno de tus putos poetas, que vive para el golf, la apuesta y el despilfarro. Este fin de semana es tu segundo entierro, mano. Ni modo. Así es la muerte.

Me levanté y, sin meterme a bañar, me vestí y alisté para ir a casa de mi mamá y recoger a mi perro. El perfume de las putas en el elevador ahuyentó los últimos vestigios del sueño y los volcanes. Regresé a la realidad de la mano del olor a coño apenas enmascarado por rastros empalagosos de vainilla y *tutti frutti*. Bajé al vestíbulo, pasé al lado del Koala, que roncaba como si tuviera una matraca atorada en la garganta, y fui al estacionamiento por mi coche. Ahí, frente a mi Jetta, estaba el viejo Mustang de mi papá, ese que se negó a vender, comprado en los ochenta, cuando mi mamá y él acababan de regresar a México conmigo en brazos. Desde que regresé de Nueva York no lo he sacado del garaje ni una sola vez.

Llego con mi mamá al filo de las diez de la mañana y me estaciono en la calle, como si fuera un invitado más y no el hijo de la señora de la casa. Toco el timbre y la muchacha —nueva, como los sillones, la decoración, la vajilla y los coches— me abre la puerta.

Horacio, mi perro, está parado con las patas trémulas, observando el costado de uno de los sofás de la sala con total concentración. El veterinario le diagnosticó demencia senil aguda cuando empezó a dar vueltas por el jardín sin ningún motivo, a aullar sin freno por las noches y Tania comenzó a encontrarlo tiritando debajo de los automóviles o escondido en una esquina de la alacena, detrás de cartones de leche. Dicen que los animales se esconden para morir, por pudor, para que la gente que los quiere no los vea en ese trance. Ojalá los seres humanos tuviéramos esa cortesía.

Todo eso fue hace tres meses. Ahora el perro está mucho peor. No da vueltas ni aúlla ni se esconde porque ya no tiene fuerza para hacer ninguna de esas cosas. Ahora se queja dormido o gime mientras observa objetos inanimados por horas seguidas.

Me acerco a él y acarició su pequeño cráneo. El perro reacciona como si mi tacto quemara: agacha la cabeza y se aleja de mí.

VIERNES

Nunca sueño cuando tomo ansiolíticos, pero hoy desperté sacudido por una sarta de imágenes que, como muchas pesadillas, tienen un contexto amenazante solo para el que las sueña y pierden cualquier sensación de peligro cuando se relatan. Soñé que caminaba en la estrecha cuna entre el Iztaccíhuatl y el Popocatépetl, con el Pico de Orizaba a escasos kilómetros, sin vestigio alguno de ciudades a lo lejos, como si mi imaginación hubiese contraído el cinturón volcánico y limpiado los alrededores de vida humana; soñé que escalaba las laderas del Popocatépetl, y en vez de ceniza, su superficie estaba cubierta por un bosque ralo, con árboles de colores; me vi en la cima del Izta y desde allí avisté la punta de decenas de volcanes nevados, con bufandas de neblina alrededor de sus cráteres: una manada de solemnes equiláteros. Con esa certeza que habita en los sueños, supe que algo o alguien le había robado sonido al mundo. Todo era bruma y silencio, como si el tiempo se hubiera detenido. La pausa no tenía tranquilidad; daba, más bien, la impresión de abandono. En algún momento del sueño encontré rastros de pisadas sobre la nieve. De nuevo no tuve que preguntarme nada para saber a quién pertenecían. Eran de mi padre. Aquí había estado, como yo, perdido en el lugar donde alguna vez, hace casi dos décadas, me dijo que todos traicionamos la promesa de nuestro mejor destino.

—¿Ya se lo va a llevar, joven? —me pregunta la mucha-cha, preocupada.

—Ya —le respondo.

—Es que la señora me dijo que si por favor la esperaba para que se despidiera del perrito. Ni ella ni su hermana tar-dan mucho. Me dijo que regresaba antes de las diez y media.

Levanto al perro y, sin decir una sola palabra más, me lo llevo hacia el coche mientras la muchacha intenta detenerme, suplicándome que obedezca. Que se joda mi mamá. Si no tie-ne tiempo para darle una muerte digna al perro que la acom-pañó por dieciséis años, pues yo tampoco tengo tiempo para esperarla.

—Con permiso —le digo a la muchacha cuando se de-tiene, sin extender los brazos, frente a la puerta de la salida. Ella accede visiblemente nerviosa pero no más angustiada que *Horacio*, que no para de temblar entre mis brazos. Antes de depositarlo en el asiento de atrás, le beso el lomo y le ase-guro que todo va a estar bien, tal como se lo dije a mi papá en una de esas noches en que lo visité en terapia intensiva, días antes de que muriera.

Durante todo el transcurso, *Horacio* está tranquilo. Ig-nora adónde lo llevo y me siento culpable por no poder ex-plicárselo. Me gustaría que estuviera consciente de que hoy se va a morir, que nunca volverá a pisar la casa, ni ver a mi mamá ni entrar al estudio de mi papá, que hasta la fecha si-gue siendo su rincón favorito.

Llegamos al hospital veterinario: una casa en la colonia Anzures con dos sillones ajados en el vestíbulo de entrada que colindan con la puerta del consultorio principal. Hay solo dos personas más, con sus respectivas mascotas, dentro del consul-torio: un viejo calvo, vestido de verde de pies a cabeza, sostie-ne una jaula con un gato blanco adentro, y un hombre de tez morena, de torso amplio y brazos gordos, con los codos ocul-tos entre grasa, quien sostiene una correa que lleva al cuello de un mastín napolitano que, dormido, babea el piso de mármol de la clínica. *Horacio* entra en mis brazos y ni se inmuta al observar al perro o al gato. Quién sabe qué ve o cómo percibe al mundo a través de sus ojos marchitos, su mente trastornada y sus oídos inservibles. Los seres humanos muchas veces saben qué les pasa: están conscientes del cáncer que se los come por dentro, el párkinson que atrofia sus músculos, el sida que lentamente los consume. La vejez de los perros es mucho peor porque ignoran todo lo que les afecta. Envejecen en cámara rápida y es imposible entender cómo se explican que lo que antes podían ver ahora esté a oscuras, que los cuerpos que reconocían ahora no sean nada, que las voces y los sonidos hayan huido del mapa de sus sentidos. Una muerte sin explicaciones. Qué solo se debe sentir *Horacio*. Qué confundido.

Pasa el señor y su gato, el hombre de tez morena deja a su mastín para que lo bañen en el piso de arriba y yo me quedo en espera de que el doctor me llame para dormir a mi perro. Aunque estoy triste, logro atenuar la melancolía recordándome que la muerte de un perro no es nada comparada con la de un padre. Quizás está mal pensarlo, quizá no le doy su lugar a *Horacio*, pero me importa poco: uno hace lo que tiene que hacer para sortear el dolor.

Daniela me manda un mensaje de texto: «Comemos?»

Me planteo decirle que no tengo tiempo para estar pensando en comidas porque estoy durmiendo al perro que vivió conmigo diez años de mi vida (y seis que estuve fuera). No lo hago. Es más: no creo siquiera decírselo cuando nos veamos para comer.

Le respondo: «Sí. Dnd?»

Me escribe de vuelta: «Pasa por mi. Aqui vemos».

Un minuto después salen el hombre y su gato, y el veterinario me pide que pasemos con él.

Me recibe con una sonrisa empática mientras trata a *Horacio* como si fuera un cachorro y esta su primera vez en la clínica para recibir vacunas. «Véngase para acá, viejito. Ande, ande, no llore. Véngase. Súbase aquí. No va a pasar nada. Shh. Shh. Tranquilo, viejo, tranquilo.» De nada sirve. Mi perro enloquece de nervios en el instante en que sus patitas tocan la plancha de metal (esa plancha que es, aquí y en China, un cadalso). Tirita, da vueltas, aúlla y el doctor me pide que me acerque para tranquilizarlo y que él pueda hacer lo que tiene que hacer. Mi perro siente mi tacto, pero no lo calma. Sus ojos encuentran los míos y no logro distinguir qué hay en ese intercambio. ¿Miedo?, ¿una súplica de piedad? Todo menos agradecimiento. Hay kilómetros de distancia entre esta mirada y aquella que veía cuando lo acariciaba, acostados en mi cama. Más por agotamiento que por aceptación, *Horacio* se recuesta sobre el metal jadeando con su pequeña lengua rosácea, pálida como carne apenas cocida, asomándose entre su escasa dentadura. Todo ocurre tan rápido, empujado por un frenesí de tareas específicas («acuéstalo, tranquilízalo, deja preparo la jeringa»), que no tengo tiempo de pensar en mi perro. No en este perro, sino en la mascota que fue cuando era joven y recién llegó a la casa. Apenas si puedo mascullar un agradecimiento por tantos años de compañía, porque el veterinario se acerca a él y toma una de sus patas delanteras para propinar la inyección. *Horacio* contrae su pata, la aleja de la mano áspera del veterinario, batallando contra él, hasta que el hombre a mi lado, de ojos tristes como los de alguien que ha visto demasiada muerte, vestido con una bata blanca cuyo nombre, bordado en el pecho, ha empezado a deshilacharse, sostiene la extremidad de mi perro e introduce la jeringa.

Pensé que el instante sería eterno. Me equivoqué. *Horacio*, mi schnauzer negro de rasgos callejeros, el perro con la peor halitosis del planeta, obsesionado con orinar las esquinas de mi recámara, muere en cuestión de segundos. Dieciséis años se esfuman en un parpadeo, a cuenta de una inyección.

—Ya se fue —me dice el veterinario al tiempo que me da una palmada en el brazo, y me acerco al pobre de *Horacio*. Veo su pecho lleno de canas, su pelo enredado y polvoso, sus dos testículos henchidos de cáncer, su hocico casi chimuelo y sus ojos abiertos, opacos y llenos de cataratas. Intento cerrarlos pero sus párpados no se mantienen abajo. No lo intento por él sino por mí. Sé que mi perro ya no ve nada; lo que busco es dejar de verlo a él. No soporto que me vea sin verme.

Paso al consultorio del doctor y dejo a *Horacio* sobre la plancha.

—Tu mamá habló ayer para que lo cremáramos —me dice y toma asiento detrás de su escritorio, mientras me pide que haga lo mismo en una de las sillas frente a él.

—¿Dónde pago la cremación?, ¿ustedes la hacen? —pregunto.

—Sí. La pagas aquí afuera, con la secretaria. Te mandamos su collar, su correa, su placa, un acta de defunción y las cenizas de…

El veterinario toma el historial clínico frente a él, en busca del nombre de mi mascota.

—*Horacio* —le digo.

—De tu *Horacio*.

Pondero la situación. ¿Por qué le voy a dar gusto a mi mamá? Es cierto que el perro vivió diez años en esa casona de mármol y pasillos fríos del Pedregal —esa casa que mi papá y yo odiábamos—, pero no creció ahí sino en nuestra pequeña casa en una privada sobre Desierto de los Leones, con un jardín del tamaño de dos mesas de *ping-pong*, de salas y recámaras alfombradas; vieja, no particularmente linda, pero acogedora. Allí lo trajo mi papá. Allí dormí con él, sobre el piso de mi cuarto cubierto con papel periódico, despertándome en la madrugada para acariciarlo y darle croquetas disueltas en agua, prometiéndole que siempre seríamos amigos. Más que eso: agradecido con mi papá, y con él, por haberme dado a mi primer amigo (el segundo sería Pablo, el tercero Adrián, el cuarto Felipe). ¿Por qué habría de enterrarlo en una casa en la que no tuvimos historia juntos?, ¿por qué *Horacio* habría de descansar en el lugar donde perdió la razón?

—¿Y si me lo quiero llevar ahorita, doctor?

—¿Ahorita? —me pregunta, sorprendido.

—Sí. Es que... fíjese que hoy hablé con mi mamá y me dijo que prefería enterrarlo en el jardín, sin cremarlo. Me dijo que le iba a llamar a usted para explicarle, pero mi hermana se casa mañana, y pues ya se imaginará... andan de arriba abajo con todos los preparativos.

El veterinario recarga los codos sobre el escritorio, se rasca la barba y levantando una ceja me dice:

—Pues es su perro. Nosotros siempre recomendamos cremarlos porque es más limpio. Pero como ustedes quieran.

—Me lo llevo entonces.

Salgo y pago la cuenta con mi tarjeta porque, por supuesto, mi mamá no dejó pagado nada, ni esto ni las tres citas con el veterinario del mes pasado. Detrás de mí, un chico de no más de diez años, quien probablemente se voló la escuela, acaricia a su cachorro de french poodle en brazos. Diez minutos después me ve salir con el cadáver de mi perro anciano, con su lengua pálida aún colgando entre los dientes y su cuerpo guango entre los brazos. Me pregunto si en ese breve instante el niño tiene una premonición, si ve su futuro en mí, cuando él sea quien salga de la clínica con ese cachorro que ahora acaricia, sin vida, con ojos que no ven, oídos que no escuchan y un corazón que una hora antes palpitaba con desgano.

Recuesto a mi perro en el asiento de atrás y rodeo su cuerpecillo inerte con todo lo que puedo encontrar para que no se caiga si es que llegara a frenar en el coche: tres libros de pasta gruesa que tengo en el asiento de adelante, dos series de televisión que me prestó Felipe y el estuche de la cámara fotográfica de Daniela, que dejó en mi coche después de enseñarme pruebas de un dizque *fashion shoot* que le hicieron en la terraza de su *penthouse*. Manejo lento y en cada alto giro la mirada y volteo a ver a *Horacio*, escondido entre ese mugrero de películas y libros con el torso apenas encorvado, claramente sin vida, adaptándose a la forma del asiento como una toalla húmeda sobre el respaldo de una silla. Pasó lo de mi papá y aún sigo sin aprender a no hablarle a los muertos. «Ya casi llegamos, chaparro. Ahí vamos, ahí vamos», le digo mientras salgo de Anzures, tomo Revolución y me enfilo rumbo al Desierto de los Leones, a esa privada de camino empedrado donde viví por veintiún años.

No tengo idea de cómo voy a entrar, ni mucho menos sé cómo le voy a hacer para brincar la barda, pasar desapercibido, cavar un hoyo en un jardín que ahora probablemente le pertenece a otra familia y enterrar a *Horacio* allí. Me estaciono a una cuadra de la privada, saco dos sudaderas viejas de la cajuela y envuelvo a mi perro. En el camino rumbo a la entrada se me prende el foco. Alguno de mis viejos vecinos debe seguir viviendo ahí.

Me acerco a la caseta del policía, observando de soslayo las diversas cocheras de las casas en busca de un automóvil que me resulte familiar. Veo puros autos nuevos hasta que me topo con un Chrysler de los noventa, como los que usan los guardaespaldas, y recuerdo que fue el primer coche de Alan, el chico con el que mi hermana y yo jugábamos a las escondidillas en días feriados y durante las vacaciones. Siempre tenía catarro y escupía cuando hablaba, como el Pato Lucas.

—¿Con quién viene? —me pregunta el guardia de la entrada, de corta estatura y nariz afilada, con un delgadísimo bigote que decora el techo de su labio superior, mientras observa el bulto sobre mis brazos. De repente, viajo hacia adentro de mí y recuerdo con total nitidez al otro policía, el viejo que cuidaba la pluma que daba acceso a la privada donde vivía Pablo, y esa noche, saliendo de un bar, cuando después de que nos prohibiera el paso porque veníamos pedísimos, Adrián sacó una llave de tuercas de su cajuela, caminó hacia el vigilante e impactó el trozo de metal contra su sien a centímetros del ojo derecho, que más adelante perdería en el hospital de quinta al que, inconsciente y sangrando a borbotones, lo llevamos. Recuerdo que, para no ir a la cárcel, Adrián me pidió, con el apoyo de Felipe, que inventara que el policía lo insultó y golpeó previamente, y que él solo se había defendido de los ataques. Adrián llegó a su casa y, para darle verosimilitud a su historia, azotó la frente contra la pared de su recámara mientras Felipe se comía las uñas y yo veía el piso, habiendo aceptado ya que le echaría la culpa al policía, sintiéndome mierda, preguntándome con qué ojos vería a Inés y a mi papá al día siguiente.

—¿Joven? —me pregunta el policía—. ¿A quién visita?

—Perdón, poli. Vengo con Alan. Casa A-6.

El policía se comunica con la casa A-6. Tardan en contestarle, hasta que finalmente escucho una voz conocida del otro lado.

—Que pase —dice el policía y me abre la puerta de la privada donde crecí, a la que no he visitado en casi diez años. Ni siquiera había pasado por esta calle desde que regresé a México. Son tantas las cosas que viví aquí que no vale la pena ni empezar a recordarlas. Por algún motivo que no comprendo, en lo único que pienso es que en esa casa de la esquina, en mi recámara, cuya ventana veía a la fuente que decora la rotonda del estacionamiento, con las persianas abajo, a las seis de la tarde, mientras llovía torrencialmente afuera, cogí con Inés por primera vez. Mis papás no estaban. Tania estaba en práctica de su grupo de porristas. La muchacha había salido a la privada a platicar con el policía. Qué torpe fue. Cómo le dolió. Qué distinta fue esa primera vez a como yo la imaginaba. Se sentía como una obligación, algo que teníamos que hacer para quitárnoslo de la cabeza, para decir que ya lo habíamos hecho. La lastimé tanto que tuve que parar cuando se le llenaron los ojos de lágrimas. Me acosté a su lado para asegurarle que todo estaba bien, que no había prisa. Le hablé al oído, con sus cabellos castaños rozando mis pómulos, metiéndose en mi nariz, haciéndome cosquillas. Y una gota de su sangre quedó sobre las sábanas, como una coma entre nosotros.

Hace más de diez años de eso. Ahora alzo la vista en busca de esa ventana y descubro, para mi fortuna y asombro, que la casa está en venta. Me basta con arrojar un vistazo adentro para saber que se encuentra abandonada. Veo una mesa desvencijada en el comedor y, al lado, un banquito de esos donde comen los bebés. Nada más.

A través de la fuente —sin agua— veo que Alan sale de su casa para buscarme. Sigue igual que como lo dejé: con sendas entradas en el cráneo, pero con la misma complexión de cuchara (tilico, jorobado y cabezón). Me agacho para que no me vea y me acerco a la reja que lleva al jardín de la casa. Podría ir hacia él, saludarlo como viejos amigos y pedirle que me ayude, pero lo que viene es un momento íntimo entre mi perro y yo, y no quiero la presencia de nadie más. Aparte: ¿quién quiere ir al entierro de una mascota ajena?

Veo que Alan y el policía intercambian miradas y que mi viejo amigo empieza a buscarme alrededor de la fuente, así que dejando la reja abierta me escabullo a toda velocidad hacia el jardín con *Horacio* enredado en sudaderas bajo mi brazo derecho. Paso por el escueto pasillo al aire libre que lleva hacia el diminuto pedazo de verde al que llamábamos jardín, y aún encuentro algunas plantas que sembró mi papá: un rosal medio moribundo, un durazno poco más alto que yo y el pasto sin podar que me llega hasta las espinillas. Dejo a *Horacio* debajo del árbol y camino rumbo a la covacha que colinda con el jardín, donde antes guardábamos escobas, recogedores, instrumentos para levantar la caca del perro y herramientas de jardinería. El cuarto es frío y huele a concreto sellado. Prendo el solitario foco en el techo y en menos de un minuto doy con una pala herrumbrosa.

Escojo el lugar donde dejé a *Horacio* para enterrarlo: a la sombra del árbol, donde el pasto no abunda, rodeado de los huesos de la fruta que nadie recogió. Me toma poco cavar un hoyo donde quepa el cuerpo de mi pequeño perro. Lo deposito y de inmediato su lengua se mancha de tierra. El lodo cierra sus párpados. Su pelo negro se pierde entre la oscuridad del hueco y el color del suelo. No digo ni una palabra. No pienso en él ni en lo que me dio y vivimos. Nada. Lo rodeo y lo tapo de tierra, piso la tumba para suavizar la superficie revuelta de polvo, arrojo la pala en la covacha y salgo del jardín sin mirar hacia adentro de la casa ni fijarme en ningún otro detalle.

—¿Qué onda, güey? —me pregunta Alan, quien me espera parado en la entrada de la casa. Trae puestos unos *pants* rojos que le llegan arriba de los talones y una camiseta con un estampado del Guasón; arriba, en letras rojas, dice «*Why so serious?*»

—¿Qué onda, carnal? —contesto.

—¿Venías a verme a mí o te vas a mudar otra vez?

Intento sonreírle. No puedo. Por más que intento no puedo.

—Vine a enterrar al *Horacio*.

—¿Tu perro?, ¿el chiquito?

Asiento con la cabeza y me limpio las manos, sucias de tierra, en el pantalón de mezclilla.

—¿Se acaba de morir? No mames. Debe haber tenido como cien años.

—Dieciséis.

—No, pues sí estaba ruco —añade Alan, conteniendo un bostezo—. Y qué, ¿querías enterrarlo acá en la casa?

—Evidentemente.

—A nosotros se nos murieron la *Chispa* y el *López* hace como un año —me dice en alusión a sus dos yorkies, que ladraban sin cesar y medían apenas más que un hámster.

—¿Neta?

—Los atropelló un güey de la privada. Un güey que no conoces.

—Puta, qué mal pedo —le digo y me doy cuenta de que, más que el entierro, es esta conversación la que me está deprimiendo.

—Pues sí. La *Chispa* acabó como tortilla. El *López* sí sobrevivió un rato, pero luego lo dormimos. De hecho, todavía no recogemos sus cenizas. ¿Tú crees que las hayan tirado a la basura?

—No tengo idea, Alan.

Nos quedamos allí, de pie y en silencio por un rato. Desde los árboles de la privada, esos que decoran la entrada de cada una de las doce casas, se escucha el trinar de una parvada de pájaros e imagino que, sea lo que sea que se estén diciendo, hablan de cosas más interesantes que Alan y yo.

—Pues me dio gusto verte, güey. A ver cuándo vienes con tu hermana a visitar. Nos echamos unos pomos. ¿Juegas Texas?

—No soy bueno para la apuesta.

—Ni pedo —me dice y se va de vuelta hacia su casa, arrastrando la suela de sus zapatos por el adoquín de la privada. Y yo me voy sin voltear atrás, porque sé que no hay nada que valga la pena ver.

Regreso a casa de mi mamá con las canas que mi perro dejó sobre el asiento revoloteando adentro de mi coche como semillas de diente de león. Es casi la una. Podría regresar a mi departamento, a esperar a que den las tres para pasar por Daniela, pero tengo que recoger la ropa que dejé ahí esta semana, en los dos días que dormí en mi vieja recámara, para llevármela de vuelta a la Nápoles de una vez. Solo espero que ni Tania ni mi mamá estén en la casa.

Por supuesto que están. Es más: son ellas, juntas, las que me abren la puerta con los ojos llorosos. Y lo primero que sale de la boca de mi mamá es:

—¿Ya?

—Ya, ma' —le respondo cansado, como si en vez de dormir a un perro hubiera matado a un elefante a puñaladas.

Las dos se llevan las manos a la boca al unísono y después

Tania se deja caer sobre el pecho de mi mamá, consolándose mutuamente. Puta, sí: seguro fue bien duro para ustedes ir de compras, arreglar pendejadas de la boda, mientras yo esperaba en la clínica, dormía al perro y después lo enterraba en un jardín. Las dejo abrazadas y entro a la casa, directo a la cocina en busca de un vaso de agua. Al cabo de un minuto me alcanzan y toman asiento frente al desayunador. Siguen llorando.

—¿Sufrió mucho? —me pregunta Tania.

—No, nada. Lo inyectaron y se quedó dormido en dos patadas.

—¿Te hicieron esperar? —pregunta mi mamá, sepa la chingada por qué.

—¿Que si me hicieron esperar?

—Sí. Es que a Amelia y a Luis siempre los hacen esperar horas —me explica, en referencia a la muchacha y al chofer, encargados de llevar a *Horacio* al veterinario cuando Matías, el santo, no está disponible.

—No, no me hicieron esperar —le digo y le doy un trago a mi vaso de agua tibia—. Todo fue muy rápido.

—Qué bueno —dice Tania a la vez que se aprieta la nariz con el dedo índice y el pulgar. Qué flaca se ve. Su dieta para la boda ha hecho que sus piernas sean popotes, que sus pómulos se afilen y su cuello se adhiera a su garganta. Puedo ver sus costillas a través del *top* blanco, de licra, que trae encima. Mi hermana está literalmente desapareciendo.

—Pues así fue —añado, listo para ir a la recámara, sacar mi ropa y regresar a mi departamento. Aunque no me caería mal recibir un agradecimiento por dormir al perro que vivió más tiempo con ellas que conmigo, sé que es pedirle peras al olmo. Termino el vaso de agua, me dirijo hacia la salida de la cocina y mi mamá me detiene.

—Pérate, Matías. Pérate. ¿Cuándo nos dan sus cenicitas?

—¿Sus cenizas? —pregunto, en lo que gano tiempo y pienso en una respuesta.

—Pedí que lo cremaran —me dice.

—Cuando lo creman te lo regresan con su acta de defunción, súper *cute*, con su nombre y todo —añade Tania.

—Me dijeron que ahorita no están cremando —digo estúpidamente, como si incinerar fuera una oferta de temporada.

Mi mamá sacude la cabeza, confundida, y me pregunta:

—¿Cómo está eso?

—Creo que se les descompuso el horno o la cosa esa en la que queman a los perros y los gatos.

Silencio. Mi hermana y mi mamá intercambian miradas sospechosas, no tan distintas a aquellas que recibí de Daniela en su fiesta y de Natalia en el motel. Para sobrevivir tengo que aprender a mentir de manera convincente. Mi mamá toma aire, como siempre toma aire antes de hablar o discutir conmigo, y me espeta:

—¿Qué hiciste con el perro, Matías?

—Nada. Nada. Lo dejé ahí para que ellos lo entierren.

—¿Cómo? —pregunta mi hermana mientras se levanta del banco donde estaba sentada y camina hacia mí—. ¿Dónde lo van a enterrar?

—Pues ahí, en el cementerio que tienen. Hay un lugar para enterrar perros.

—¿Una fosa común? —pregunta mi mamá, cada vez más alterada.

—No. Es una parcelita para mascotas. Tengo el *ticket* en el coche. Te lo puedo enseñar.

—A ver. Tráemelo —me pide mi mamá.

Arrojo los hombros hacia atrás y adopto un tono indignado:

—¿Cómo no confías en mí, ma'? Es en serio... los entierran en una parcelita que está allá por Santa Fe o Tecamachalco... por el norte. Compras el espacio, que te cuesta según el tamaño de tu perro, y hasta le ponen una lápida o una piedra ahí con su nombre —esto último lo digo viendo a Tania, que es a la que, por algún motivo, le importa que la muerte de *Horacio* quede grabada en algo, sea una hoja de papel o un pedazo de mármol.

Ninguna de las dos parece convencida.

—Es choro, ¿no? —pregunta mi hermana.

—Nunca he oído que exista algo así, Matías —dice mi mamá.

Me queda claro que no las voy a convencer, ni me interesa ahorrarme el inevitable pleito que vendrá cuando llamen a la veterinaria para pedir una explicación o vayan en busca de la parcelita —una de las mentiras más imbéciles que he inventado en mi vida— y no la encuentren. Decido soltarles la neta. A lo largo de mi recuento, sus rostros pasan de la curiosidad a la incredulidad, al asco, a la tristeza, a la molestia y finalmente a una mezcla tan irrepetible de todas las anteriores que casi amerita una nueva palabra que, si no me hubiera tomado dos rivotriles anoche, quizá podría inventar.

Mi mamá cierra los ojos, apretando los párpados como los actores hacen en las películas de guerra antes de que explote una bomba que recién activaron.

—Déjame entender. Déjame *entenderte*, Matías. ¿Dormiste a *Horacio*, te lo llevaste de la veterinaria, entraste a la privada de San Ángel y enterraste al perro en el jardín donde vive otra familia?

—No. Ya no vive nadie ahí. Está en venta.

—Chingón —dice mi hermana—. Enterraste a mi perro en una casa abandonada.

—Allí crecimos —le digo alzando los brazos como si me declarara inocente.

—No mames, güey. Neta tienes pedos —me espeta Tania, siempre cordial, justo antes de echarse a llorar y salir de la cocina, empujándome en el proceso.

—Matías, ¿no has pensado en ir a terapia?

—Ah, ¿ahora sí crees en eso? Porque cuando mi papá estaba vivo decías que su profesión era una jalada.

Mi mamá sale de la cocina, sin intención alguna de culminar la plática. Ni siquiera hemos empezado a discutir en forma y ya me siento derrotado.

—Te estás portando como loquito. Primero le haces esa grosería a tu primo y ahora vas y entierras a mi perro, *mi perro*, en otra casa, sin mi consentimiento.

—Sí, tu perro, tu perro. Nunca en la vida te vi darle ni una pinche croqueta. Ni siquiera tuviste la decencia de estar aquí para despedirte. Me mandaste a dormirlo como si fuera tu mayordomo. Y encima te encabronas porque yo decido qué hacer con el perro que mi papá me regaló... *a mí*.

A lo lejos, en el piso de arriba, se escuchan los lamentos de mi hermana. La muchacha, que aspiraba la sala antes de que nosotros saliéramos de la cocina, huye por la puerta que da al jardín.

—Nada más escucha cómo pusiste a tu hermana un día antes de su boda —me grita.

—No te voy a dar una disculpa. Ni a ti ni a ella. Si tanto les importaba *Horacio*, hubieran ido a dormirlo conmigo.

—Mañana es la boda, ¿tienes idea de la cantidad de pendientes que hay que arreglar antes de salir a Cuernavaca?

Me cruzo de brazos y me recargo contra la pared de la sala mientras mi mamá da vueltas zigzagueando entre sus sillones nuevos, grises como banquetas, incómodos como asientos de avión. Sonriendo, le digo:

—No me puedo ni imaginar todas las cosas que tienen que hacer. Comprar flores, asegurar el *catering*, contratar un DJ... Uff, debe ser más complicado que coordinar un despegue de la NASA.

—Si te involucraras en algo...

—No tengo por qué involucrarme en la boda de Tania, así como no tengo que ir solo a dormir al perro porque a ti no se te pega la gana acompañarme.

Mi mamá se echa a llorar como siempre lo hace: con el rostro compungido en un puchero infantil, indigno de su edad.

—Ni siquiera me dejaste despedirme de él —me recrimina entre sollozos.

—Tuviste mucho tiempo para despedirte de él. Y preferías dejarlo afuera en el jardín que cuidarlo.

—Qué injusto eres, Matías.

—No soy injusto. Llevas meses en los que nada más me hablas para pedirme favores. Para que lleve tu coche a revisión si tu chofer está enfermo, para que instale tu computadora, para exigirme que venga a sacar todas mis cosas porque quieres poner un cuarto para hacer ejercicio, y ahora para dormir al perro. No me has hablado ni una sola vez para que venga a comer ni a cenar contigo. Y lo peor es que no me sorprende. En seis años no me fuiste a visitar a Nueva York ni una sola vez.

Mi mamá se limpia las lágrimas y, en un acto digno de telenovela, entra a la cocina, recoge el cojín donde dormía *Horacio* y me lo avienta al pecho.

—Ve y tíralo a la basura. Nunca se puede hablar contigo.

Mi mamá trota hacia arriba de la casa y mientras la observo alejarse, le grito:

—¿No se puede hablar conmigo? Eso es precisamente lo que estoy intentando hacer, chingada madre.

Me quedo solo en la sala. La muchacha me observa del otro lado de la vitrina, a la vez que finge podar el jardín de mi mamá. Allá a lo lejos, detrás del verde se ve el pequeño estudio que mi papá se mandó construir para tener un lugar que sintiera como propio dentro de esta casona impersonal. Las persianas están abajo.

Abrazo el cojín sobre el que mi perro durmió durante dieciséis años, desde cachorrito hasta ayer. Huele a polvo.

Subo a mi cuarto a recoger mi ropa.

Llego por Daniela a las tres en punto, no por un afán de puntualidad sino porque estoy consciente de que mientras más rápido empiece esto, más pronto terminará. Estoy seguro de que quiere cortar conmigo y la expectativa me emociona. Prefiero hundir el rostro en una cubeta llena de chile habanero que salir con ella una semana más. Qué bueno que dará el primer paso.

Tarda veinte minutos en bajar. Por segundo día consecutivo viene vestida de negro, con una apretada minifalda y una blusa de seda arriba. Mientras camina hacia mí la veo tomar el borde de su falda y jalarla hacia abajo, con pudor, como si no se sintiera cómoda con su atuendo.

—Hola —me dice, igual que siempre: extendiendo la última vocal, más cansada que entusiasmada. Le doy un beso en el cachete y pregunto si prefiere buscar un lugar que esté cerca de su departamento o subirse a mi coche para ir a Polanco o la Roma.

—Uy, en la Roma acaban de abrir un restaurante italiano que está deli. La agencia de Luigi lleva todo el PR. Seguro nos dan mesa.

No tengo ganas de ir a ningún lugar que trabaje con la agencia de relaciones públicas de Luigi, al que no conozco pero me basta con que sea amigo de Daniela para que me caiga mal.

—¿Por qué no vamos a algo más cerquita? ¿Unas tostaditas de atún?

—Al Contramar.

Primero muerto.

—¿Qué tal a uno de los que están sobre Nuevo León? —pregunto.

Daniela pone una cara como si le hubiera dicho que quiero ir a comer cachorritos muertos. Hay personas a las que corren de sus trabajos que no ponen gestos de decepción de este calibre. Generalmente cedo con ella y acabo en uno de esos lugares que le gustan, donde siempre me siento incómodo. Hoy no. No pienso esperar cuarenta minutos en la banqueta del Contramar para comer las mismas tostadas de atún que sirven en todos lados, ni voy a ir a la Roma a su restaurante «deli». Triste, preocupada, molesta por lo que está a punto de comer, Daniela camina tres pasos delante de mí hasta llegar al restaurante.

Nos sentamos afuera, en una de las mesas donde dejan fumar, y lo primero que me dice es:

—Este lugar es de ñores. Me deprime.

—Se come bien.

—Ni siquiera tengo hambre.

—Come pan entonces.

—Agh.

Nos traen el menú. Mientras decido qué comer, Daniela se levanta e intercepta, para saludarlo, a un chico de chamarra de mezclilla, lentes de sol y estrafalario corte de pelo, quien pasea a un pitbull mal encarado. No estoy seguro de que el chico la reconozca, pero parece genuinamente feliz de platicar con él en una banqueta de la Condesa. La veo mover las manos de forma animada, sin parar de hablar, y después agacharse, cuidando que no se le vean los calzones, para acariciar al pitbull, que inmediatamente le gruñe. Daniela se echa para atrás, asustadísima. Yo contengo la risa. Estoy seguro de que *Horacio* hubiera hecho lo mismo. Ese pitbull es mi nuevo mejor amigo.

Llamo al mesero y le pido dos tacos de pescado y unas tostadas de atún, mientras veo cómo el chico se despide de Daniela sin darle un beso en el cachete. Ella vuelve a la mesa.

—¿Ya ves? Por andar acariciando perros desconocidos —le digo.

Ella claramente no escucha mi comentario completo porque me responde, indignada:

—Marco no es ningún desconocido. Es súper amigo de mi exnovio. Me dijo que no me reconoció porque antes yo traía el pelo cortito. Es súper lindo. ¿Sabes con quién trabaja?

Niego con la cabeza, aunque lo que quiero decirle es: no, ni me importa.

—Con Chema y Magali. De hecho quedé de cenar con ellos la próxima semana. Deja lo apunto.

Daniela saca su celular, apunta la cena, y a través del cristal que colinda con nuestra mesa, veo que entra a revisar su Twitter, su Facebook y finalmente le da un vistazo a su Instagram. Se tarda tanto que me echo un cigarrillo y chiflo una canción entera antes de que guarde su teléfono y me vuelva a poner atención. Cuando voltea a verme no se disculpa. Las redes sociales no pueden esperar.

—Y, ¿qué onda? —le digo, ya con esas cosquillas en el pecho que avisan que me estoy poniendo de muy mal humor. Si hubiera un tercero sentado en esta mesa, seguro pensaría que Daniela está molesta conmigo y por eso se comporta así. Estaría equivocado. Se ha portado de la misma manera desde la primera cita, cuando me llevó a un restaurante de dos pisos en la Roma y, en total, platicó conmigo dos minutos. El resto del tiempo lo pasó buscando a quién saludar y señalando gente.

—No sabes... estoy muerta. Ayer que te fuiste salimos al Roy. Acabamos a las cinco de la mañana. De ahí querían ir a un *after* en casa de Patricio, pero neta yo ya no podía. Estuvo *heavy* —me dice.

Me traen mis tostadas de atún e inmediatamente me concentro en ellas. Lo que sea para no tener que prestarle atención a Daniela.

—Qué onda con tus mentiritas ayer, ¿eh? Como de niño chiquito, Matías.

—Ya te dije que fue un error de Felipe. No me dijo que estaba afuera de tu edificio.

—Me da la peor güeva tener una relación así. Es como de kínder —me dice con la mirada fija en la banqueta y la calle, quizás en espera de que pase otro cuate u otro conocido a quién saludar.

—Tú eres la que se encabronó —le digo.

Daniela guarda silencio mientras me acabo mis tostadas

de atún. Le ofrezco, pero me dice que no con tal vehemencia que parecería que le estoy ofreciendo una lata de Whiskas.

—Tienes que comer algo —sugiero.

—Me urge ir a LA. Hay un lugar de pizzas que te mueres al que me llevaron unos amigos.

No tengo idea de cómo brincó de una tostada de atún en la Condesa a una pizza en Los Ángeles. Supongo que es porque las dos son redondas. ¿Qué le respondo?, ¿bien por ti?, ¿vamos?, ¿le pregunto qué ingredientes lleva esa mítica pizza californiana de la que habla?

—La mejor que he probado está en Nueva York —me dice—. Un lugar chiquitito en Brooklyn. Roberta's.

—Lo conozco —le digo con la boca llena, pero le vale madre (por supuesto).

—Ahorita está la expo de Cindy Sherman en el MOMA. Neta tengo que ir. Le voy a decir a Patricio y a Mica para ver si me acompañan.

—Hoy dormí a mi perro.

—Voy al baño. Pídeme una copa de vino blanco.

No llamo al mesero ni le pido nada. Me como mis dos tacos de pescado de una mordida, listo para dar por terminada esta cita. Me gustaría dar por terminada esta relación también, pero algo tiene que existir para acabar y esto entre Daniela y yo no es ni un simulacro. Somos menos que dos extraños a los que les toca sentarse juntos en un avión. No solamente nos desconocemos sino que, mientras más sabemos cosas del otro, menos nos interesa conocernos, más huecos se abren y más preguntas se quedan flotando entre nosotros; preguntas cuyas respuestas no nos interesan. Es decir: vamos en reversa.

En lo que la espero me llega un mensaje de Felipe. Me dice que acaba de hablar con Pablo.

«Pablo le va a dar el anillo a Natalia wey!! Que hago?? Le digo o no?»

Mierda. Mi talón empieza a temblar de manera incontrolable.

«Cuándo?», pregunto y Felipe me responde en una milésima de segundo: «Hoy a las 8».

Medito mi respuesta. Pablo está en México con un anillo de compromiso, listo para proponerle matrimonio a una mujer con la que apenas ayer cogí como conejo. De nuevo me pregunto qué quiero que suceda y, por primera vez desde que Felipe me dijo que Pablo le pediría a Natalia casarse con él, una voz que viene de muy hondo me dice lo que yo ya sabía: no quiero que Natalia acepte. Quiero que lo mande a chingar a su madre, de vuelta a Londres con la cabeza agachada. Y apenas me lo confieso, mi corazón galopa, inexplicablemente entusiasmado. Pero no quiero que él no intente darle el anillo. Quiero que lo haga y que ella lo rechace. Que escuche ese «no» en el que se esconden todas nuestras cogidas en el motelito, todos los encuentros furtivos en mi departamento y todas las veces que me vine adentro de su novia. Ese «no» que aunque venga de Natalia es mío.

Le contesto a Felipe: «Haz lo que quieras, Pipe. Si quieres arruinarle la vida a Pablo basándote en una sospecha tonta, adelante».

Daniela regresa después de retocarse el maquillaje. Trae los labios pintados de un rojo intenso. Una sola ceja separa sus párpados de su frente y el delgado cordón de vello parece la sombra de un ave vista a la distancia: una «v» marcada, así sonría o se enoje.

—¿Y mi vino? —me pregunta.

—Ahí viene —le miento, aún ansioso por la noticia que me dio Felipe. Daniela llama al mesero. Pide que le mencione los vinos que tiene por copeo. Finalmente escoge uno mexicano.

—Seguro sabe a aguarrás —dice mientras mete la mano dentro de su bolsa de piel y saca unos lentes de sol. Después se cruza de brazos y recarga la espalda sobre el respaldo de su silla, alejándose de mí. Le traen su copa de vino, yo acabo de comer y prendo un cigarrillo. La boca me sabe a tabaco, cebolla y pescado, y si esta cita fuera con cualquier persona menos con Daniela, probablemente correría a la tienda más cercana por unos chicles. Con ella prefiero que me huela a todo eso. Antes de despedirnos le voy a dar un beso tronado y pestilente.

—Vamos al Leonor hoy, ¿no? Toca Debbie —me sugiere.

—Vamos —le digo, sin importarme que mañana tengo que estar en Cuernavaca a las once de la mañana para ir a la ceremonia religiosa y acompañar a mi hermana.

—Me voy a ir con Adrián y Mica a la boda. Me dan súper güeva las misas —me dice Daniela.

Apago mi cigarro en el cenicero de vidrio entre nosotros. A lo lejos se escucha el estruendo de una decena de cláxones desesperados en alguno de los semáforos de la Condesa.

—¿No querías hablar de ayer? Pensé que a eso habíamos venido —le digo.

Daniela extiende su mano y toma la mía. Tiene dedos delgados y uñas largas, afiladas, pintadas de color rosa, como las de una anciana soltera. Su blusa anticuada, digna de una cuarentona, contrasta con el rojo violento de sus labios y sus zapatillas de chica universitaria. Quién sabe cuántas personas habitan dentro de esta mujer.

—Amor, ya lo hablamos. A mí no me digas mentiras. Neta no quiero otra escenita como la de ayer. Ya pasé por una relación así y no quiero que se repita. *I want us to work*, ¿me entiendes? —Todo esto me lo dice como si ya contara treinta años y acabara de salir de un divorcio, no como si tuviera veintidós y apenas hubiera salido de la carrera de Comunicación.

—Ayer no armé ninguna escenita —le digo exagerando mi rostro de absoluta confusión, como si acabara de ver a un chango volar.

—No quiero discutir. Neta no quiero. Me agota.

Pido la cuenta, la llevo a su casa, y al despedirnos es ella la que me planta un feroz beso en la boca, lleno de baba y exceso de lengua. Más que *sexy* me resulta invasivo. No la alejo, por miedo a que vuelva a ofenderse y hoy en la noche tenga que tolerar su mal humor. Por fin se aleja de mí, me acaricia la barbilla y me comenta:

—Le voy a decir a Mica y a Adrián que vengan hoy en la noche.

—Chido.

—Están increíbles, ¿no? Neta nunca había visto a mi amiga tan feliz. Adrián la trata como reina —me dice, esta vez extendiendo las consonantes: Adrián la trata como rrrrrrrrreina.

Si Mica supiera. Si Daniela supiera. Me despido de ella, subo a mi coche, me echo en reversa y enfilo rumbo a mi departamento, recordando esa noche en que me topé con el papá de Adrián en un hotel del centro. Yo había ido a cubrir un desfile de modas organizado por una revista. Mario habló conmigo antes:

—Quiero que llegues con los brazos abiertos, primo. *Open to new experiences*. Haz *eye contact* y preséntate. Todo el mundo va a querer hablar contigo si vienes de *Kapital*. Tú namás tranqui. Y nada de ir en esas fachas, ni pasar la noche todo tímido en un rincón. Este evento es súper importante para nosotros.

Así fui: tranqui, haciendo *eye contact* y disfrazado de *fashionista*. Hasta corbata me puse. Entrevisté con éxito a una famosa conductora de radio (de voz ronca y cuerpo despampanante), a una conductora de tele (que me sacaba una cabeza), a una actriz de telenovelas (guapa y cordial), a un estilista (que me trató como si yo fuera una cucaracha con micrófono) y a la editora de la revista que organizó el desfile (que casi me besa en la boca cuando le dije que iba de *Kapital* para cubrir el evento). A la mitad de la noche, el saldo era positivo y mentiría si dijera que no me empecé a sentir como parte de la banda, uno más dentro del grupo de los bellos, los frívolos, los dienteblanqueados y emperifollados VIP. Llevaba dos meses en la revista, suficientes como para conocer algunos nombres, y por primera vez fui yo quien dirigió al fotógrafo. Mira, ahí está Susana con Lili. Vamos a ver si nos da una foto. Ve con Eric y Paula antes de que se vayan. Montserrat acaba de llegar. Vas, vas, vas...

El sitio se empezó a vaciar y yo, que ya tenía unas copitas encima, decidí dejar al fotógrafo y bajar al *lobby*. Tenía todo lo que quería: entrevistas y entrevistas con las personas más importantes, suficientes como para armar un reportaje que, según me dijo Mario, iría en la portada (a la hora de la hora tuve que compartir crédito con otra chica de la oficina, favorita y probable amante de mi primo, porque me ayudó a redactar la entrada y me dio información técnica del evento). Guardé mi grabadora y el micrófono en la bolsa de cuero falso, de un solo tirante, que Mario me había prestado para la ocasión, y me senté en la barra del hotel para pedir una cuba.

Revolví el ron y la Coca-Cola, le di un trago y exhalé satisfecho.

Una voz cansada me llamó por mi apellido:

—¿Lavalle?

Volteé a mi lado. Ahí estaba el señor Serna, papá de Adrián, con los codos sobre la barra, observándome de refilón con un ojo abierto y otro cerrado: la caricatura de un borracho. Jamás lo había visto así. Nos conocimos cuando yo tenía trece años y empezaba a visitar a su hijo por las tardes. De los papás de mis amigos, el que menos platicaba con nosotros era él. Al papá de Felipe le encantaba ser el centro de atención. Se sentaba a comer a nuestro lado y nos platicaba chismes y anécdotas de futbolistas que, como buenos adolescentes, nos enloquecían. Todos teníamos un apodo. A mí me decía Dunga por ser el único güero del grupo, a Adrián le decía Tonelada porque eso pesaba de chico y a Pablo le decía Mojarra (quién sabe por qué). Por su parte, todo lo que Pablo tenía de avaro y bufón, su papá lo tenía de generoso y discreto. Era de esos señores que nos invitaban a la feria a nuestros dieciséis años y lo único en lo que pensábamos era en coños y fiestas. Nunca nos dejó de tratar como si fuéramos niños. El señor Serna era diferente. Asesor en materia de seguridad nacional desde tiempos del PRI, hombre con torso de barril y rostro de sicario, siempre lo saludamos diciéndole «señor», nunca usando su nombre de pila. Lo vi diez veces en diez años. Su esposa murió cuando Adrián tenía ocho o nueve, y desde entonces se la vivía viajando, cambiando de novias como de calcetines y trabajando hasta la medianoche. Su hijo le importaba tanto como a mí la botánica.

—¿Cómo está, señor? —le dije con las mejillas rojizas de alcohol y de vergüenza. Sentí que había invadido un momento íntimo de un hombre al que conocía poco, como si hubiera entrado al camerino de un actor después de una función, encontrándolo desnudo de pies a cabeza.

—Aquí, aquí namás... —me dijo, y el mesero le sirvió un tequila.

—Me da gusto verlo.

—Igualmente, igualmente. Qué chinga lo de tu papá. Una disculpa por no haber ido al velorio, cabrón.

—No se preocupe.

El señor Serna le dio un trago a su tequila, se levantó y caminó hacia mí. Nuestras rodillas chocaron cuando tomó asiento a mi lado. Me bastó con tenerlo a un metro de distancia para olerlo. No estaba borracho. Estaba pedísimo. Su aliento y su cuerpo exudaban un tufo a alcohol ingerido, digerido y sudado. Potente. Rancio.

—¿Qué haces aquí? —me dijo, y por un momento me sonó a amenaza. Intimidado, tragué saliva y respondí:

—Nada. Vine a cubrir un evento de moda para la revista para la que trabajo.

—¿Cómo se llama?

—*Kapital*.

—Esa chingadera —espetó sin reparos, y fuera de molestarme me cayó bien su comentario.

Volví a revolver el contenido de mi cuba, rehuyendo la vista del señor Serna, quien no me quitaba los ojos de encima.

—¿Quieres saber qué vine a hacer yo aquí? —me preguntó, y asentí. Había algo tétrico en la atmósfera. La fuente detrás de la barra estaba decorada con luces de neón; el pianista en una esquina tocaba canciones de Sinatra; las parejas de oficinistas infieles, escondidas entre la penumbra del bar, pasaban bocados de cacahuates y chicharrones con tragos de whisky; la barra olía a jerga húmeda. Y frente a mí, uno de los hombres más importantes en materia de seguridad nacional, un tipo que había pasado la vida entera viendo a criminales de frente, entre balas y tortura. Tuve miedo.

El señor Serna me arrojó una sonrisa boba —mostrándome su dentadura amarillenta—, estiró su brazo y me embarró el dedo medio y el pulgar en las fosas nasales.

—Pucha —me dijo, blandiendo el pulgar—. Y ano —añadió, moviendo el dedo medio—. Pucha y ano. El famoso candado, cabrón.

No supe qué responder. No quise pasarme la manga de la camisa por la nariz, para limpiarla, por miedo a ofenderlo, así que tomé mi vaso de cuba y me mojé los labios y el bigote con él. Sirvió de poco. Aún podía oler el coño y la mierda de la mujer con la que acababa de acostarse el papá de mi amigo.

—No tienes idea la cogida que le acabo de poner a esta perrita —me dijo y, para celebrar, se bebió su tequila de un trago. Yo me quedé en silencio, sin poder moverme. El vaso se me resbalaba de tan sudadas que tenía las manos.

—¿Tú has hecho eso, cabrón?, ¿has metido un dedo en la pucha y otro en el ano al mismo tiempo? —me preguntó.

No respondí.

—Deberías. Les encanta —repuso.

Me acabé mi cuba, listo para pedir la cuenta e irme, pero el señor Serna decidió ordenar otro tequila para que lo acompañara. Le rogué a Dios que apareciera el fotógrafo de *Kapital* para pedirme que nos fuéramos.

—¿Cómo ves a mi hijo, cabrón? —me preguntó el señor Serna, acariciando su nuevo caballito de tequila.

—Lo veo bien, señor. Contento.

—¿Y qué opinas de su noviecita?

—Me cae muy bien.

—Ta rica.

—Es bonita, sí.

—¿Bonita? ¿Eres joto, o qué?

De no tener tanto miedo, quizá me habría molestado. Me sentí cobarde y minúsculo.

—Pues parece contento, señor. Le gusta mucho su nuevo departamento. Y está muy a gusto con su nueva chamba.

—¿Cómo ves las fiestas que organiza? Están chingonas, ¿verdad? —me preguntó, con las comisuras de los labios manchadas de saliva seca. Sus ojos no parecían tener profundidad alguna: tan inanimados como los de una muñeca.

—Muy padres —le dije.

—¿Y sabes quién pone la lana para esas madres?, ¿sabes quién las paga, güey?

—No. No sé, señor.

El señor Serna irguió la espalda, orgulloso, y después plantó sus puños sobre su pecho, como un gorila.

—Es lana mía. Y tuya, y del mesero y el conserje, y de todos estos pinches asalariados.

—¿Del gobierno? —pregunté a tientas, con voz levísima.

—Es mía, cabrón. Qué, ¿crees que con sesenta mil pesos al mes te compras una casa como la que tengo en Acapulco?

Adrián nos había dicho que su papá compró esa casa con la herencia de su abuelo. Ahora todo caía en su lugar. El señor Serna se bebió su tequila, sacó la cartera y arrojó un billete de mil pesos a la barra.

—Deberías hablar con Adriancito para entrarle al negocio, cabrón. Seguro te iría mejor ahí que en tu pinche revista.

—Gracias, señor.

El señor Serna se fue caminando sin poder mantener una

línea recta y yo me quedé solo, con el tequila enfrente, mientras el pianista comenzaba a entonar *Send in the Clowns*.

Llego al edificio de la Nápoles. A mediodía olvidé bajar el cojín de *Horacio* del asiento de atrás, así que ahora lo recojo y cargándolo con cuidado, como si se tratara de una reliquia, entro al vestíbulo y llamo el elevador. Antes, saludo al policía con el que el Koala intercala turnos: lo apodo Calderón, porque es igualito al presidente: mismos ojos medio adormilados, misma frente del tamaño de un pizarrón, mismas proporciones de uva. Además de ese parecido, lo que distingue a este policía es que nunca entiendo una sola palabra de lo que dice. Siempre habla como ventrílocuo, entre dientes, de tal suerte que un «Buenos días, joven. ¿Cómo está?», se oye más o menos así: «Bensdis, joen. ¿Knstá?»

La puerta del elevador se abre.

—Buenas tardes, poli —lo saludo.

—¿Ktl, joen? Benstrs —me responde.

Entro al departamento y dejo el cojín de *Horacio* junto a la caja que me envió David. Me dirijo al baño para lavarme los dientes (la boca me sabe a una mezcla de jugos gástricos y cebolla) y el celular me interrumpe. Lo saco y veo quién llama. Es Pablo.

No sé si contestarle. Salvo por un par de *chats* en Facebook, no he hablado con él ni una vez desde que empecé a cogerme a Natalia. Temo que mi voz me delate, que sienta que hay algo extraño en mi tono. Pero sobre todo me aterra no saber qué responderle cuando me diga lo que está a punto de hacer hoy en la noche. Decido que no me queda de otra más que contestar:

—¿Bueno?

—Bueno. ¿Qué pedo, güey? Habla Pablo.

—¿Qué onda?, ¿ya llegaste de Londres?

—No, cabrón. Te estoy hablando desde Heathrow. No mames, Matías. Claro que ya llegué.

—Ah, qué chido, Pablo. Qué chido. ¿Ya listo pa mañana?

—Sí, puestísimo. Oye, ¿has hablado con Felipe hoy?

Mierda. ¿Le habrá dicho algo el imbécil de Felipe?, ¿habrá tenido los güevos para decirle que vio salir a su novia de diez años de un motelucho de Revolución? Y si así fue, ¿qué le digo?, ¿qué le sugiero?

—Me mandó un par de mensajitos en la tarde, pero nada más.

—No mames. ¿No te dijo nada de nada?

—¿De qué, güey? —le digo y camino rumbo a la ventana. Necesito un rivotril. Una cuba. Ambas.

—De lo de hoy en la noche.

¿Pretendo que no sabía nada? Si le digo que sí me acuerdo, quedo como un pendejo. O peor: un pendejo que esconde algo. Si le digo que no, me juego que cheque con Felipe, quien le va a decir la verdad: llevo más de un día sabiendo que le va a dar el anillo a Natalia. Me voy por la primera opción:

—Ah, claro. Lo del anillo, carnal. Qué chingón.

—¿Se te había olvidado?, ¿qué pedo contigo? —me pregunta Pablo, con su tono salpicado de indignación.

—Perdón, perdón. He estado en un chingo de madres. Me corrieron de la chamba, me peleé con una vieja con la que estoy saliendo y hoy dormí a mi perro…

—Qué mal pedo. Oye, te hablaba para que le caigas al festejo después de que le dé el anillo a mi vieja. Vamos a estar en un bar en la Roma que acaban de abrir. Ya reservé mesa para veinte.

—A güevo. Yo le caigo —le digo mientras prendo un cigarrillo.

—Ya vas.

—Suerte, carnal. Qué bueno que ya estás aquí.

Colgamos. Y se me queda grabado cómo le valió verga cuando le dije de *Horacio*. Así fue cuando se murió mi papá. Igualito. ¿Un derrame cerebral? Chale, güey. No te preocupes, seguro sale de esta.

¿Y cuando se murió? Qué mal pedo, carnal. Igual y así es mejor. Que no sufriera. Todo va a estar bien. ¿Todo va a estar bien? Como si la muerte de un padre fuera un catarro, un hombro dislocado, una pierna rota. Como si la muerte fuera una nube pasajera, algo que no deja huella, y no un reajuste telúrico, total, el punto y aparte, el corte de caja, el instante que de un solo bocado engulle toda la luz y todos los planes.

Troto al baño, arrojo el cigarro al escusado, orino y saco mi celular. Tecleo un mensaje: «Te extraño. Mucho. Te necesito. Te quiero ver. Qué hacemos?»

Y aprieto el botón de enviar.

Son las cinco de la tarde. A diferencia de ayer, hoy el cielo está nublado, cubierto de nubes esponjosas como el manto de una oveja. Parece que va a caer una tormenta.

La respuesta de Natalia no tarda en llegar: «Estoy muy confundida Matias. No se que voy a hacer…»

Cierro la bandeja de mensajes y entre mis contactos busco a Octavio, el *dealer* de Pablo.

Es hora de conseguir dulces para mañana.

Octavio se apiada de mí y, por primera vez desde que soy su cliente, decide verme relativamente cerca de la Nápoles, en una calle muy poco transitada de la Escandón que desemboca en ese ejemplo de fluidez vial que es el Viaducto Miguel Alemán. Tomo mi coche, me estaciono a dos cuadras y camino hacia allá. Octavio siempre trae el mismo auto: un Cavalier rojo que invariablemente trae una llanta de repuesto, con el techo descarapelado por el sol.

Octavio me ve dar la vuelta por la esquina y prende las luces intermitentes apenas unos segundos. Son las seis y media de la tarde. Empieza a anochecer y el sol se asoma entre los edificios, vertiendo sombras largas sobre el pavimento. Volteo alrededor. Salvo por una señora que camina con dos bolsas del súper y un perro callejero que dormita en la entrada de un edificio, estoy solo. Me acerco al Cavalier por la puerta del copiloto, toco la ventana con mis nudillos y la mano de Octavio me sube el seguro de la puerta.

Entro y lo primero que veo es a dos niñas, de no más de seis años, sentadas en el asiento de atrás, ambas con diademas sosteniendo sus cabelleras negras, una con un vestido azul y la otra con licras anaranjadas. Si generalmente me incomodan estas transacciones, ahora me siento peor. El coche huele a uno de esos detergentes con dizque aroma de pino. Es como el sabor a cereza artificial: quién sabe qué cerezas comían los que lo inventaron, porque así no saben.

—¿Qué pedo, puto? —me dice Octavio, que es tan alto que sus rodillas rozan el volante. Su rostro no denota cómo se gana la vida.

Me asomo al asiento de atrás y las niñas me saludan con un ademán, agitando sus manos como si fueran maracas. Ambas me regalan esas sonrisas obligadas que los niños esbozan cuando acaban de conocer a un extraño. Las dos están chimuelas. Fuerzo una sonrisa, y después volteo a ver a Octavio, negando con la cabeza, evidentemente confundido.

—¿Es neta? —le digo, y con un movimiento de la barbilla le indico que me refiero a las dos niñas.

—¿Neta qué? —me dice, serio.

Me acerco a él y susurrando le pregunto:

—¿Son tus hijas?

—Sí —me responde con desparpajo, y después me las presenta—. Ella es Brenda, la mayor, y Jenny, mi chiquita.

—Buenas tardes —les digo a las niñas.

Octavio ríe al escuchar mi saludo.

—Qué formal, güey. Ni que fueran policías.

—¿Nos vamos a salir del coche para que te pague o qué? —le pregunto en voz baja.

—No, no hay pedo, güey. Todo chido —me dice con una sonrisa de oreja a oreja.

Volteo hacia atrás. Las niñas no platican entre sí. Las dos parecen estar muy atentas a nuestra conversación.

—No me siento cómodo, Octavio.

—¿Con qué? —me pregunta.

—¿Cómo que con qué? —y vuelvo a indicar el asiento de atrás con mi cabeza.

—Pus sácate a la chingada, entonces. Todavía que te hago el favor de venir hasta acá…

Medito la situación. Octavio ya no sonríe. Me observa con una mirada torva, casi pegando el mentón sobre el pecho, y no tengo ni la menor idea de qué pueda pasar si decido salirme del coche sin pagarle. El motor sigue encendido. No tenemos ningún auto enfrente. Octavio bien podría arrancar y llevarme con él a no sé dónde. Me meto el pulgar a la boca y mordisqueo mi uña.

—Papi, tengo hambre —dice Brenda. O Jenny.

—Ahorita que me pague el cliente te llevo por algo de comer, nena —responde, sin dejar de verme a los ojos.

Pasa un coche con el estéreo a todo volumen, y los bajos de la música retumban adentro del Cavalier. En la lejanía, el sol se esconde detrás de los edificios y oculta el rostro de Octavio. No sé con qué cara me está viendo. No me gusta tener esa duda.

—¿Cuánto te debo? —le pregunto.

—Me dijiste que seis y seis, ¿no? —me responde, y saca una bolsita Ziploc que tiene seis tachas azules adentro; de un frasco de medicina vacío saca seis grapitas que coloca sobre su muslo, a plena vista de sus hijas.

—Está bien.

—Te voy a hacer un descuento. Mil doscientos por el perico y mil por las trakas. ¿Va o no va, puto?

—¿Están buenas?

—No mames —replica, como si le acabara de preguntar a Lionel Messi si es bueno jugando futbol.

Saco los dos mil doscientos pesos y se los entrego. Octavio los cuenta con la rapidez de una cajera de banco y los guarda en la bolsa trasera de su pantalón. Atrás, las niñas se ríen de algo, pero no sé de qué. Su padre se despide rozando la palma de mi mano con la suya, y después haciendo un puño que choca con el mío. Volteo a ver a sus hijas, les sonrío avergonzado y tomo la manija de la puerta, listo para salir con la compra escondida en la bolsa de mi pantalón.

—Oye —me llama y volteo con el corazón sobresaltado, ya con la puerta del Cavalier abierta, justo cuando estaba a punto de irme—. Toma. Un obsequio —dice y me da dos capsulitas rellenas de polvo blanco—. Ahí me dices qué tal.

Las tomo y las guardo con el resto de las tachas azules.

—Gracias, carnal.

—Chido, puto.

Me salgo del Cavalier y camino hacia mi coche. Octavio arranca, da la vuelta hacia Viaducto y desaparece. Yo regreso a mi departamento. Quiero leer, ver una película, aprovechar las horas que tengo entre las comidas y las fiestas, las cenas y las pedas, para hacer algo útil. Pero no puedo. Me acuesto a leer en la recámara de la esquina, esa donde pasé tantas tardes durante mi infancia, y no logro entender una sola oración de la novela. Están a punto de dar las ocho de la noche y muy pronto sabré si Natalia le dijo que sí a Pablo. Quiero mandarle otro mensaje a ella, pero sé que no es buena idea. Es posible que ya estén juntos. Volverle a escribir es un riesgo innecesario. Solo espero que esté siendo inteligente y haya borrado todos mis mensajes.

Salgo de la recámara, saco de la bolsa de mi pantalón todo lo que le compré al *dealer* y lo pongo al lado del cojín de *Horacio*. Sobre esa mesa se encuentra el rastrojo de estos días: una caja llena de cartas cerradas de mi papá, el lugar donde dormía mi perro y una buena cantidad de droga. En el momento en que llegué a México llevaba más de un año sin probar nada que no fuera mota (que no cuenta y ni me gusta). Regresé, mi papá se murió a la semana y un mes después Pablo organizó una fiesta en un motel de Insurgentes, en una suite que llenó de putas gracias a todo el dinero que se embolsó de su trabajo en la Secretaría de Economía, para que lo despidiéramos antes de que se fuera a hacer la maestría. Fui con Felipe, quien en menos de una hora se emborrachó hasta quedar inconsciente sobre uno de los sofás del vestíbulo principal. Me quedé solo, rodeado de economistas, burócratas y putas siliconeadas mientras Pablo iba y venía de la recámara principal del brazo de una rubia de cabello oxigenado, con la nariz tan operada que parecía estar a media cirugía de convertirse en una especie de Voldemort travesti. Coqueteé con una puta argentina, de risa fácil y buen sentido del humor, pero volví a quedarme solo cuando otro de los invitados le pagó para llevársela a la segunda recámara. No tuve de otra más que pedirle a Pablo que me acompañara al baño y me compartiera una tacha que tardó en hacer efecto. Cuando finalmente la sentí, me mandó a otra galaxia. Me pegó como me gusta que me pegue: sin ansiedad, sin ganas de dar de brincos, con antojo de platicar y abrazar a la gente que quiero. Intenté sentarme con mi amigo, hablarle de mi vida, de lo que significaba mi regreso, de la muerte de mi padre, tal y como hicimos cuando me metí mi primera traka y nos fuimos al Ajusco a escuchar música mientras veíamos el amanecer a través del parabrisas de su coche. Pero, a pesar de que él no se había drogado, hablar con Pablo resultó prácticamente imposible. Me paré a bailar con él y sus amigos de la carrera, coreé sus canciones, me acerqué para abrazarlo y ni así pude entablar una conversación. Yo llevaba un mes en México y apenas si habíamos cruzado tres palabras. Pablo estaba obsesionado con una beca que necesitaba para irse a Londres con toda comodidad económica (su familia tiene poco dinero), con un bono que le debían, con vender su coche al mejor postor, y era incapaz de hablar de otra cosa. En menos de una semana se iría a vivir fuera de México por un año —mi mejor amigo, el único con el que no tenía agravio alguno— y yo sentía que esa fiesta era mi última oportunidad para acercarme a él. Lo tomé del brazo y le pedí que se sentara conmigo en el sofá al lado de Felipe, quien dormía borracho y con la frente perlada de sudor.

—¿Te acuerdas de mi primera tacha? —le pregunté mientras mis pies tamborileaban sobre el piso del motel.

—En Valle de Bravo —aseveró Pablo equivocándose, con la vista clavada en dos amigos suyos de la carrera y otros dos de la oficina que bailaban con Voldemort travesti y la argentina simpática, todos puestísimos.

—¿Neta no te acuerdas? —le pregunté.

—¿Mmm?

—De mi primera tacha, carnal. Fuimos al Ajusco.

—¿Qué? No. No me acuerdo.

—No mames. ¿En serio?

—¡Deja esa rola, cabrón!, ¡trépale! —le gritó a uno de sus amigos.

—¿Pablo? —insistí, intentando retener su atención por un minuto.

—¿Sí?, ¿qué?

—El amanecer en el Ajusco, escuchando Comforting Sounds. ¿No?

—No sé de qué estás hablando —concluyó con un dejo de hastío en su voz.

Del otro lado de la sala, junto a la barra, los dos burócratas que se habían adueñado del iPod bailaban con una puta de bikini amarillo —que claramente también andaba en Júpiter—, uno de cada lado, con las manos sobre su cuerpo, peleándose por ver quién tenía acceso a sus tetas.

No me di por vencido. Le toqué el hombro a Pablo, para obligarlo a que me viera a los ojos.

—¿Cómo no, güey? Después del Ajusco fuimos a mi casa a jetear y nos encontramos a mi papá en la sala. Le tuvimos que inventar que Felipe había chocado para que no se emputara. ¿Neta no…?

—Güey, güey, güey, deja de estar chingando con lo de tu

papá. Ya. Ta bien, se enfermó, se murió. Qué mal pedo. Pero deja de joderme. Es mi fiesta.

Se paró del sillón y caminó de vuelta hacia sus amigos, mientras yo me quedé sentado. Aún sonreía, químicamente incapaz de enojarme y partirle la madre por lo que me había dicho, a punto de entrar en cortocircuito, sintiéndome mucho más que agredido y traicionado. Una hora después me acerqué de vuelta a la chica argentina, le pagué dos mil quinientos pesos, me la llevé a la recámara y no se me paró hasta que cerré los ojos e imaginé que, en vez de estarme cogiendo a esa puta, estaba penetrando a Natalia. El alivio fue inmediato, casi inenarrable de tan efectivo.

Dan las nueve de la noche y ni Pablo ni Felipe ni Natalia se comunican conmigo para darme el resultado de la propuesta matrimonial. La única que me habla es Daniela, pidiéndome que caiga en su casa a las diez para precopear antes de salir al antro. Abro mi cajetilla de cigarros, guardo adentro dos de las grapas y salgo del departamento.

Estamos una hora en casa de Daniela y a las once salimos rumbo al antro para escuchar a una DJ que es amiga suya y continuar el festejo de su cumpleaños, que empezó en la cena (¿o era fiesta?) que organizó ayer. Durante el precopeo hablamos brevemente de la elección presidencial, de una película mexicana que acaba de estrenarse en los cines, del rompimiento de un tal Fede con su novio, de algo que alguien puso en Twitter y de un caníbal en Miami que le comió el rostro a un transeúnte bajo los efectos de una nueva droga que nadie de los presentes conocía, pero que Patricio Vergara dijo querer probar para ver qué pedo, para ver qué tal.

No nos tardamos nada en entrar. Llegamos ocho y adentro nos multiplicamos. Quién sabe cuántos somos. Daniela señala personas al azar, me asegura que vienen con ella a festejarla y después los veo en otra mesa, platicando con otros más, así que es imposible saber si forman parte de nuestro grupo. Nos sentamos al lado de la cabina del DJ. Apenas van a dar las doce y el antro ya está más o menos lleno; todavía se puede caminar de la mesa al baño sin tener que empujar a nadie. Adrián y Mica deben estar en el bar de la Roma, festejando a Natalia y a Pablo o en espera de que lleguen, y por lo tanto no tengo a nadie con quien hablar. Lo único que puedo hacer para pasar el tiempo es revisar mi teléfono, en espera de alguna noticia sobre Natalia. Hasta ahora se me ocurre lo raro que se verá que no esté con todos ellos en el festejo del compromiso, si es que a Pablo le dan el sí. Pero siempre puedo decir que era el cumpleaños de Daniela y que no encontré manera de zafarme, aunque dudo que me crean. Todos, menos Pablo, con el que no he hablado en meses, saben que Daniela me importa menos que un cacahuate.

Súbitamente alarmado me levanto del sillón y, haciendo lo posible por pasar desapercibido, salgo del antro rumbo a la Roma. Aunque apenas me habré tomado tres cubas, no estoy pensando con claridad. No sé si quiero ir al bar para enterarme de una vez si Natalia y Pablo se van a casar o me dirijo hacia allá para no dar la impresión de que hay algo extraño en mi comportamiento. Cualquiera diría que mi actitud raya en la paranoia. ¿Cómo podría saber Pablo que he cogido con su novia?, ¿cómo podrían saberlo Felipe o Adrián? No hay manera.

Salgo de la Condesa y empiezo a recibir una serie de frenéticos mensajes de texto de Daniela:

«Amor?»

«Dnd estaaaaaas?»

«Q pedo contigo Matias? Es neta????»

«Es mi cumpleaños y t vas?? No lo puedo creer!!!!!»

No contesto. Entro a Insurgentes, volanteo hacia la izquierda y luego llego a la Roma andando a menos de veinte kilómetros por hora, con las luces intermitentes encendidas, en busca del bar. Lo encuentro y me estaciono frente a la sombrilla del *valet parking*.

Comparado con el antro, el bar tiene atmósfera de monasterio budista. Los cantineros atienden con calma a los clientes, tomando órdenes y sirviendo cocteles de diversos colores en vasos de todos tamaños y formas. La música es electrónica y melodiosa, sin voces, de esas canciones que te obligan a pensar en un camastro en una playa. Veo que el lugar tiene una terraza abajo y otro nivel arriba, y decido peinar el primer piso antes de subir en busca de mis amigos. La gente platica en pares, sentada en cómodos sofás donde no caben más de tres personas. La iluminación es tan escasa que me cuesta trabajo distinguir los rostros; tengo que acercarme a distancias casi incómodas para cerciorarme de que no conozco a nadie.

Voy al piso de arriba y descubro que está semivacío. Un grupo de amigas intercambia martinis para ver cuál sabe mejor, y una pareja se besa en una esquina. Al lado de ellos, junto a un balcón que da a la avenida, veo una mesa con un tarjetón de *Reservado* asomándose detrás de un pequeño florero. Me acerco y veo que no tiene ningún nombre escrito. Cuento los lugares: son más de diez. No parece que haya habido nadie aquí. Sobre la mesa hay un vaso vacío, que bien le podría pertenecer a cualquiera de las personas que están alrededor. Me queda claro que esta era la mesa que Pablo reservó.

Decido enviarle un mensaje a Felipe, con mi mente disparada hacia las más preocupantes conjeturas. ¿Y si Natalia le habló de mí?, ¿y si todos me están esperando en el antro, listos para partirme la madre?

Escribo: «Güey! Estoy en la Roma. Qué pedo??»

No digo más por miedo a delatarme.

Exageras, Matías. Seguro llegaron, no cabían en esta mesa y se fueron a otro lugar. Pero, ¿por qué no me avisaron?, ¿por qué nadie me ha mandado un mensaje para decirme qué pasó? ¿Natalia le dijo que sí?, ¿le dijo que no?

Puta madre.

Pago el *valet parking*, espero quince eternos minutos a que traigan mi coche y decido regresar al antro de la Condesa. Aprovecho el primer alto donde me detengo para mandarle un mensaje de texto a Adrián, en el que le pregunto más o menos lo mismo que a Felipe. Llego a la Condesa, dejo el coche con otro *valet* y reviso mi celular. Ninguno de los dos me ha respondido.

Digo que vengo con Daniela y entro sin mayor dificultad. En todo el antro no cabe ni un alfiler. Me toma un siglo caminar a empujones, metiéndome entre los huecos que deja la gente, de la entrada hasta el fondo del sitio, donde está la cabina del DJ. En la pista, debajo de una bola de cristal, veo a Daniela bailando con un chico delgadísimo, con corte de pelo a lo James Dean, y apenas me ve se secretea con él. Hago caso omiso y me acerco, dispuesto a hacer las paces y aclararle el motivo de mi salida, pero recula cuando la tomo del brazo y con James Dean entre nosotros me grita que la deje en paz.

—¡Ven tantito! Vamos afuera y te explico qué onda —le pido.

—¡Déjame! —vuelve a gritar, y tengo la suerte de que sea justo en el instante en que sube de volumen la canción que pone su amiga, porque nadie se percata del altercado. Tengo cosas más importantes en la cabeza que arreglar otro pleito más con Daniela, así que decido salir a la terraza a echarme un cigarro. Aunque podría irme a mi departamento, algo me mantiene aquí. Como tantas otras veces desde mi llegada a México, no sé con exactitud qué es lo que me impide irme, no pedir otra cuba y no ponerme pedo. Brevemente recuerdo la boda de Tania. Reconozco lo bien que me caería estar fresco mañana. Sé que me ahorraría un pleito con mi mamá. Pero no es suficiente para disuadirme de acercarme a la barra de la terraza, pedir una cuba y esperar como uno espera en los antros: a que pase todo o no pase nada.

Le doy un trago a mi cuba, a la que le pusieron demasiada agua mineral, y después camino hacia Patricio, al que encuentro con dos chicas y otro amigo suyo en la esquina de la terraza. Me inserto en su conversación y ninguno de los cuatro parece darse cuenta de que estoy allí. Patricio habla sobre la guerra contra el narcotráfico:

—Cien mil muertos por culpa de un solo pendejo —le dice a su amigo, quien recibe la cifra de Patricio como si su plática fuera un partido de tenis y devuelve otra cantidad, esta vez dirigida a las dos chicas que los escuchan con atención.

—Y eso es solo en los últimos diez años. Este pedo viene desde atrás, desde que el puto PRI empezó a tener tratos con el narco.

—Desde antes de lo de Colosio —asegura Patricio con autoridad.

—Otro pedo entre el narco y el PRI.

—Como todo, cabrón.

Las chicas asienten y después dan sorbos a sus tragos de mezcal con agua de jamaica, manchándose los labios con el chile piquín que rodea el borde de sus vasos. Patricio se da vuelta, encara a la pared y se agacha. Las chicas, el otro tipo y yo instintivamente cerramos filas, escondiéndolo, mientras vemos cómo Patricio arroja la cabeza hacia atrás y vuelve a levantarse, sorbiendo por la nariz. El grupo se mueve, de tal suerte que el otro tipo ocupa el lugar que antes tenía Vergara. Ambos intercambian algo entre manos. Patricio me voltea a ver y por primera vez se dirige a mí:

—¿Tú cómo ves todo este pinche desmadre, Matías? Como un güey que vivió fuera de México, un cabrón que vio las cosas desde afuera… que ve todo como lo ven los gringos, que nos lee desde lejos, que sabe cómo hablan de nosotros y de nuestro puto gobierno, ¿tú cómo lo ves?

El tipo repite el movimiento de Patricio: se da vuelta, se agacha, arroja la cabeza hacia atrás, se lleva las manos a la cara y después se levanta, aún dándonos la espalda.

—Pues no sé, carnal. Las noticias allá sí se centran mucho en el pedo del narco —le digo.

—Es que cómo no, cabrón. La cantidad de... la cantidad... la cantidad de errores, de malos manejos, de desmadre, de asesinatos, de corrupción... está de la verga —dice Patricio, y después prende un cigarrillo con prisa. Su amigo se da vuelta y se presenta conmigo.

—Gustavo —me dice y nos damos la mano.

No sé si debo advertirle que trae una pequeña franja de cocaína en el pómulo derecho, cual apache. Por fortuna, una de las chicas (¿su novia?) se encarga. Me hace a un lado, se acerca a él y, con ayuda de la manga de su camisa, tranquilamente le limpia la mejilla, como si la mancha hubiera sido de salsa Maggi. Patricio se aprieta la nariz entre el pulgar y el índice y vuelve a sorber con toda discreción, mientras sacude las piernas. Ahora le toca a una de las chicas —la que, supongo, es galana de Patricio— y todos nos movemos como las manecillas del reloj para que pueda esconderse en la esquina de la terraza. La muchedumbre se remueve alrededor y nos empuja, pero nos mantenemos firmes en nuestro pequeño círculo.

—Se tienen que hacer cambios de fondo, estratégicos, económicos... no mames con los pinches medios de comunicación... son una mamada... todos esos intereses controlados por... —aquí Gustavo chasquea los dedos con los ojos cerrados, en busca de una conclusión. Su novia se levanta y le arroja una sonrisa a su amiga.

—No mames. Está buenísi... —le dice en referencia al polvo, pero Patricio la interrumpe y me señala de manera acusatoria:

—¿Cómo puede ser que habiendo vivido en el supuesto primer mundo, habiendo visto todo desde allá... toda, toda, toda esta mierda... cómo es posible que no estés más indignado? ¿De qué lado estás, cabrón? Te juro que a veces hablar contigo es como hablar con un pescado, con un flan... con una gelatina sin opiniones.

—Gracias —le digo, parco, y Patricio se ríe.

—De nada, güey. A mí siempre me gusta decir la verdad. De eso vivo. No se puede ser artista si no ves todo tal y como es... Si no ves el pinche fondo de las cosas.

Sigo aquí porque no tengo nada mejor que hacer y porque espero a que sea mi turno en el reloj. Prefiero meterme la coca de Patricio —que es sublime— a gastar lo que compré para la boda de mi hermana. Pero no me da tiempo. En el momento en que llego a la esquina veo a Adrián y a Mica entrar a la terraza con la cabeza bien erguida, en busca de alguien, y sé que ese alguien soy yo. Me alejo de Patricio y levanto la mano saludando a Adrián, quien me encuentra y sonríe claramente satisfecho de toparse conmigo. Por fin voy a saber qué pasó con Natalia y Pablo.

Saludo a Mica primero, quien me babea el cachete como de costumbre, y después me dirijo a Adrián. Le ofrezco de mi cuba, le da un trago apresurado y me la devuelve viendo hacia todos lados, no en busca de alguien más sino como un espía que teme ser descubierto. Deposita su mirada en la mía, da un paso adelante y extiende el cuello hacia mí como una tortuga sale de su caparazón.

—Güey —me dice consternado, y pienso lo peor. Ahí viene: Natalia le dijo todo a Pablo, cabrón. Sabe que te la estás cogiendo. Te quiere matar. Y, si así fuera, me mataría. Me saca una cabeza. Mide casi uno noventa de pura costilla y músculo correoso. Tiene cuerpo de galgo que camina en dos patas.

—¿Qué pedo? —pregunto y volteo a ver a Mica, buscando claves para entender lo que viene.

—No sabes lo que pasó —me dice Adrián.

—¿Qué, cabrón?

Mica intercede:

—Natalia cortó a Pablo.

—En el segundo en que le dio el anillo —añade Adrián.

—¿Cómo? —pregunto, a sabiendas de que es la pregunta incorrecta. Es la pregunta incorrecta porque delata morbo.

Porque queda claro que quiero saber exactamente cómo lo mandaron a chingar a su madre.

—Así, güey —me dice Adrián con los ojos bien abiertos, sacudiendo la cabeza—. Sacó el anillo, y antes de que pudiera echarle el choro de «cásate conmigo», Natalia le dijo que ya no quería andar con él.

—No mames. ¿Por qué?

—No le dijo.

Dos tipos borrachos pasan entre nosotros. Se tambalean. El hombro de uno de ellos golpea mi vaso y derrama cuba sobre mi camisa y mis tenis. Hace seis años, Adrián los hubiera destrozado. Hoy ni siquiera se inmuta. Los deja pasar y continúa:

—Y dice Pablo que él le empezó a gritar a medio restaurante, para ver qué onda. Le preguntó si ya no lo quería, si era por su culpa, si se había enterado de algo, si tenía otro güey...

Me acabo mi cuba y dejo el vaso sobre una maceta de la terraza.

—¿Y?

Adrián le ofrece un cigarrillo a Mica, saca un encendedor que no prende, y después toma otro cigarro para él.

—Y nada. No le dijo ni madres. Pidieron la cuenta y se fueron.

—Pipe se fue a ver a Pablo a su casa. Nosotros íbamos a ir, pero luego pensamos que era mejor dejarlo solo. La debe estar pasando fatal —me dice Mica, con énfasis añadido en la palabra «fatal».

—Pues igual y Natalia se enteró de alguna vieja con la que Pablo estuvo en Londres —sugiero, sin aparente malicia.

—No. Ese güey siempre ha sido súper cuidadoso y, la neta, Natalia no es una persona muy inteligente que digamos. Yo lo he visto meterse un montón de madres y ella ni en cuenta.

—La gente crece, Adrián.

—¿Qué? —me pregunta con la vista fija en su cigarro y el encendedor que, por más que intenta, no logra prender.

Me siento relativamente tranquilo y como festejo decido ir al baño, meterme al apartado, rascar una de las grapas con la llave de mi departamento y darme un pase. La noche es una incógnita y el enigma me hace cosquillas en el estómago. Habiendo sorteado la mayor amenaza (todo salió tal y como yo quería), ahora solo queda estar a la expectativa. Quizá pueda pasarla bien aquí. Rehuir a Daniela, que debe seguir enojada, y comparar producto con Patricio, brincar en la pista un rato y encontrarme a alguien con quién platicar de alguna pendejada. Lo que sea que me mantenga lejos de mi departamento. Lo que sea que me distraiga.

La coca me sienta magnífico. Me despierta de inmediato, y cuando vuelvo a toparme con Patricio, Gustavo y sus dos amigas, hablo con mucha mayor soltura. Hasta decido platicar de literatura, explicándoles el proyecto que ayer me rechazaron:

—Es una novela que trata sobre regresar al lugar del que vienes y darte cuenta de que no lo reconoces. Que lo que pensabas que era tuyo, ya no lo es. Es como si pudiéramos regresar al vientre materno, intentar entrar otra vez y darnos cuenta de que ya no cabemos. Es eso, carnal. Es eso. Esa sensación de no poder volver aunque quieras. Esa incomodidad, ¿me entiendes?, ¿me explico? Es ese pedo. Ese pedo.

—¿Cuántas páginas tiene? —me pregunta una de las chicas, que creo se llama Mariana o María José, mientras la otra mueve las caderas al compás de la música que se escucha lejana aquí en la terraza.

—Puta, no sé. Muchas. Un chingo. Más de cuatrocientas. Es un libro denso… cabrón. Más guiado por la prosa que por la trama, ¿sí me explico?

—Como Murakami —dice la otra chica y Patricio intercede, apenas atento en la plática:

—Ese güey es otro pedo.

—¿Ya leyeron *El psicoanalista*? —pregunta Mariana/María José.

Gustavo dice que no con la cabeza. Patricio dice que cree que sí lo ha leído. Yo admito que no. Y Mariana simplemente levanta el pulgar, recomendándonos su lectura. Ahora soy yo el que cambia de tema sin mayores preámbulos. Decido platicarles a detalle lo que hice en *Kapital*. Al final de la anécdota me cago de risa, agitando la cuba que acabo de comprar y vertiendo la mitad de su contenido sobre el piso de la terraza. Ninguno de los cuatro parece entender el propósito de mi travesura.

—¿Para qué hiciste eso? —me pregunta Gustavo, sonriendo porque yo estoy sonriendo, sometido a una especie de mímesis sobre la que no tiene control alguno.

—No me chingues, Gustavo. No me chingues. ¿Has leído esa revista? Todo lo que está jodido de nuestro país está allí adentro. Todo, carnal. Esa puta gente que finge que la Condesa es Soho. *Socialités* de cagada que se la viven clavados en el opio de las pasarelas, las fiestas y las inauguraciones de antros... igualitos que los franceses que seguían yendo a la ópera mientras su país estaba ocupado por los pinches nazis.

Al parecer, mi plática se ha vuelto demasiado seria para el estado de ánimo de mis interlocutores. Patricio me tilda de «intenso», como si hubiera entrado a su recámara con tambores mientras él dormía. Interpreto sus gestos, y parece que lo que llama «intensidad» más bien quiere decir psicosis. Acto seguido, Daniela llega, lo toma del brazo y pretendiendo que no estoy allí, le pregunta si quiere ir con ella adentro, a la pista. Él me voltea a ver y exclama, aliviado:

—Sí, por favor.

Gustavo y las dos chicas se esfuman como Batman: me acerco a la barra para dejar mi vaso vacío de cuba y cuando regreso ya no están. Necio, sintiendo la punzada del que está consciente de que no pertenece, me dirijo hacia adentro, rumbo a la pista de baile, para reencontrarme con Patricio,

Daniela y Gustavo. No son mis amigos ni quiero que sean mis amigos, y aun así me aferro a su compañía.

Adrián y Mica están sentados en la mesa junto al DJ, tomados de las manos, como una pareja de cincuentones a los que obligaron a salir de antro. Patricio y James Dean bailan con Daniela bajo la esfera de cristal, moviéndose al ritmo de la música con los ojos cerrados. Estoy a punto de ir con ellos cuando una mano de uñas afiladas me toma del antebrazo, apretándolo con fuerza. Volteo. Entre la oscuridad y las luces estroboscópicas, tardo en darme cuenta de quién se trata. La mano me suelta el antebrazo y se desliza hasta mis dedos, los que sujeta con la misma urgencia. Es Natalia.

—Vente, vente —le digo sin soltar su mano, con temor a que Daniela, Adrián o Mica nos vean. ¿Cómo chingados se le ocurre venir aquí después de lo que hizo hoy?, ¿quién carajos le dijo dónde encontrarme? Qué ganas de complicar las cosas. Salimos a la terraza y nos escondemos en un pequeño y oscuro pasillo que lleva de allí a la salida, frente al hueco a través del cual el *bartender* le pasa cocteles recién servidos a los meseros y la clientela.

—Le dije que no —me dice Natalia sin sonreír, con culpa, con vergüenza, como si debiera apiadarme de ella, conmoverme por su decisión. En su frase se esconde esta otra, que jamás dice: No tienes idea de qué difícil fue, Matías.

—Ya sé. Me dijo Adrián.

—¿Y me odia?

—¿Quién?

—Adrián.

—Supongo que ahorita no eres su persona favorita —le digo. Su rostro no parece demacrado ni su vestimenta denota indicio alguno de tristeza. Cualquiera pensaría que para ella hoy fue un día como tantos, no aquel en que cortó a un hombre con el que tuvo diez años de relación ininterrumpida.

—Vine con mis amigas. No sabía que aquí iban a estar ustedes —me dice, curándose en salud.

—A festejar el cortón, ¿o qué?

—No veo que tú estés en tu casa acostado junto a una caja de klínex, Matías.

—Yo no te obligué a que cortaras con él.

—Entonces, ¿para qué me mandaste el mensaje de hoy? —me pregunta y después se acerca a mí, monta mi rodilla y aprieta sus muslos contra el mío. La erección es inmediata, trepidante, casi dolorosa. Me falta aire. Por un segundo pienso en empujarla hasta la salida, encontrar un rincón en esa antesala que lleva a la puerta, y cogérmela como nunca. Como siempre.

—Espérate —le digo.

Una voz familiar, de esas que alargan las vocales, pregunta por mí desde la entrada de la terraza, con la mirada fija en el pasillo:

—¿Matías?

El mesero que cubría el hueco que separa el pasillo de la barra se va y un rayo de luz me ilumina el cuerpo, dejándome al descubierto. Daniela está frente a mí.

—¿Qué haces, amor? —me pregunta con una ternura inusitada, como si no me hubiera gritado que la dejara en paz hace menos de dos horas.

—Nada. Platicando con una amiga —le digo y señalo a Natalia, quien no se presenta y únicamente se aparta de mí. Daniela me toma del brazo, me jala con fuerza hacia ella y me pide que la acompañe a la pista para bailar. Me quiere presentar con unos amigos, dice.

—Ahorita voy —le pido y me zafo de su brazo.

—Ven —me suplica, como una niña de cinco años le pediría a su papá.

—Ahorita.

Daniela se desespera, le arroja una mirada de odio a mi «amiga», da media vuelta y regresa al antro. Natalia sigue frente a mí. Entre sombras distingo su gesto. Me observa con los ojos entrecerrados; sus dientes muerden su labio inferior.

—¿«Amor»? —me pregunta, burlándose del tan inventivo apodo de cariño que Daniela usa conmigo una vez cada eclipse solar.

—La acabo de conocer.

—¿Por qué me dices mentiras? —pregunta Natalia, más desesperada que triste, y yo la tomo del brazo. Tengo ganas de besarla, aquí mismo, y mandar todo a la mierda, destapar la cloaca, abrir el telón, pase lo que pase. Detonar la bomba de una vez—. Suéltame —me pide mientras cede. Cuando estamos juntos, por el motivo que sea, dejamos de ser dueños de nuestros cuerpos e impulsos. Yo soy de ella y ella es mía, no en el sentido cursi de pertenencia sino en el de manipulación, como un títere y el titiritero. Estamos jodidos.

—Ven —le digo, y mis dedos rodean su cuello y se pierden en el pelo que se desprende de su nuca. Entre el alcohol y el polvo, recuerdo la emoción de ese primer beso en un estacionamiento: el inicio de nuestro pequeño romance a escondidas. Siempre supe que acabaría y por eso siempre fue perfecto. Cada encontronazo fue animal y único. Semana con semana la llevé a explorar cosas que jamás había probado con Pablo. Quizá por eso él iba con putas, para tratarlas como tales y luego visitar a Natalia para cogérsela de misionero con los ojos bien cerrados, susurrándole secretos amorosos con voz de bebé. Solo eso explica que Natalia apenas supiera cómo mamar una verga, que me pidiera que apagáramos las luces y reaccionara al contacto con semen sobre su piel como si fuera veneno para ratas. Poco a poco derribé cada una de esas barreras mojigatas. Me la cogí de espaldas, de frente, de lado, por el culo, en la cama, frente a la ventana, en la alfombra, en los baños de bares, con el coche andando, en callejones de la Nápoles y atrás de un cine semivacío. Me vine en sus nalgas, sus tetas, su cara, su lengua y sus labios. Aprendió a mamármela con las dos manos, a chupar los güevos, a lamer esa tierra de nadie entre el escroto y el ano, a disfrutar mi lengua adentro; un dedo, dos, tres y hasta cuatro.

Pasamos tardes enteras desnudos, dando vueltas en la cama del motel, ella sentada sobre mi boca. En menos de un mes, Natalia se convirtió en la mejor pareja de cama que he tenido en toda mi vida. Desplazó del primer peldaño a las gringas más puercas con las que estuve, a una francesa con el mejor cuerpo que una mujer debajo de uno sesenta de estatura puede tener y a una mexicana con la que salí brevemente en Nueva York, que en solo dos meses me limpió de todo vestigio de mesura, herencia directa de mi relación de cuatro años con Inés, a la que me cogía con cariño y respeto, preguntándole cada cinco minutos si le dolía, sin malas palabras, sin nalgadas, sin dedos adentro del ano, con manos que acarician más de lo que rasgan. Cómo quise que Pablo cogiera con Natalia una vez más. Solo una vez. Para que constatara el cambio y luego, solo en su recámara, tuviera que navegar esas horribles dudas: ¿quién le enseñó a hacer todo eso?

Me acerco a Natalia y mis dientes se prensan del lóbulo de su oreja. Ella suelta un quejido y su muslo avanza entre los míos hasta toparse con mis güevos y mi verga. Cómo me daba risa deducir la habilidad de Pablo en la cama por el modo de moverse de Natalia esas primeras veces. Me la cogía e imaginaba a mi amigo haciendo el amor de manera piadosa, con el cuerpo desnudo de su mujer oculto entre la penumbra de su cuartito de mierda dentro de esa privadita de mierda, con sus papás —que a duras penas saben leer— viendo la tele a cinco metros de distancia, pensando que él y Nati estudiaban en su recámara. A través del cuerpo de Natalia reconocí a un amigo ñoño y santurrón. Y ni toda la coca del mundo ni todas sus aspiraciones pendejas de convertirse en músico podían borrar esa verdad que acababa de hallar cogiéndome a su noviecita de la prepa.

Natalia me pide que nos vayamos y estoy a punto de decirle que sí cuando otra figura, esta redonda, de cabello relamido y cara con cachetes amplios, me observa y me llama desde la entrada de la terraza. Natalia también lo ve e inmediatamente recula y pega la espalda contra la pared contraria. Es Felipe.

Ambos salimos frescos del pasillo, como si no tuviéramos nada que ocultar, y él nos ve a los dos sin decidir con cuál hablar primero. Se avecina una escena de telenovela o una de esas pláticas manchadas de silencios, sin rumbo y sin propósito. Me bastan cinco segundos para darme cuenta de que se tratará de la segunda. Felipe tartamudea. Su mente no arranca. No hila una cosa con la otra. Parece como si hubiera visto a un dinosaurio; algo imposible de discernir. Le faltan neuronas para indagar. Le faltan güevos para poner las cosas sobre la mesa. Intuitiva, Natalia es la primera en abrir la boca.

—¿Cómo está Pablo? —pregunta.

—Natalia me estaba platicando cómo estuvo, ya que ni tú ni Adrián me contestan el teléfono —le digo, fingiendo desilusión.

Silencio. Felipe nos barre con la mirada. Tal vez ya está pedo. No sé.

—¿Qué haces en un antro? —le pregunta Felipe a Natalia.

—Vine con unas amigas a distraerme. No quería estar sola.

No sé qué habrá escuchado Felipe durante su conversación con Pablo, pero por la manera en que observa a Natalia lo debe haber visto muy fregado. No hay odio, no hay rencor sino la más honda confusión. Así miré a los siete años a mi mamá cuando, en el jardín donde hoy enterré a *Horacio*, ella vio pasar a un ratón a lo largo del césped y, sin pensarlo dos veces, le dio un pisotón y lo reventó de forma instantánea, como si más que un animal hubiera sido una uva llena de sangre y diminutas vísceras.

Pensé, ¿qué le hizo el ratón para merecer eso?

En este momento Felipe parece meditar: ¿qué hizo el pobre de Pablo para merecer una patada en el culo de este calibre?

—Me voy con mis amigas. Platiquen —dice Natalia, y antes de irse comete el único error dentro de esta breve conversación: la palma de su mano me roza el hombro y lo acaricia, no como una amiga sino como una novia que va al baño y, con ese gesto, promete regresar lo antes posible.

Nos quedamos solos. La gente pasa, nos empuja, se grita, yendo y viniendo en esas micromigraciones que propician los antros, los únicos lugares en el mundo donde la gente jamás se está quieta. Solo por este instante Felipe y yo somos la excepción. Me mantengo inmóvil a pesar del polvo y me observa con una mirada que si viniera de cualquier otra persona sería acusatoria, pero viniendo de él más bien parece vaga y medio inescrutable.

—¿Qué pedo contigo, güey?, ¿por qué no contestas mis mensajes? —le pregunto.

—Llegué y me dijo Daniela que te estabas casi agarrando a una vieja acá afuera.

—¿A Natalia?

—Yo los vi muy juntitos.

Me acerco a él, lo rodeo con mis brazos y casi al oído le digo:

—A ver, güey. Deja ver si entiendo. ¿Crees que, en el día en que la vieja de mi mejor amigo lo mandó a cagar, yo me la encontré en un antro y me la atasqué? —Me separo de él e inclino la cabeza hacia el hombro izquierdo—. ¿Neta crees eso, Pipe?

—Namás te digo lo que me dijo Daniela.

—Daniela es una pinche loca. Solo tú te crees las mamadas que inventa.

Felipe se acerca a mí y mueve su rotundo torso hacia el lugar que minutos antes ocupaba Natalia, entre la oscuridad de ese túnel que lleva a la salida. Lo veo recargarse contra la pared y rascarse la barba como si tuviera pulgas.

—Pablo está dado a la madre, güey. Nunca en mi puta vida lo había visto tan jodido.

—¿Dónde está?, ¿va a venir?

—No mames. Está en casa de sus papás, metido en su cama, pachequísimo.

—Te hubieras quedado con él.

—Me pidió que me fuera.

—¿Va a ir a la boda de Tania?

—Al principio dijo que no, pero después le dije que habías comprado todo tipo de madres y que le haría bien estar con sus cuates y ya después dijo que sí caía. Me voy contigo, ¿no?

Asiento con la cabeza y observo cómo Felipe voltea a ver a la multitud congregada en la terraza. Los años han opacado sus ojos. Su mirada se ha mimetizado con su cuerpo y sus pasos: todo es pasmoso; siempre ve y camina en cámara lenta, como si viviera sumergido en aguas estancadas.

—No puedo creer que esa perra haya salido de antro el día en que cortó a su novio. Pinches viejas, cabrón. Igualito que Luisa. Un día después de que me cortara, Adrián la vio en un antro atascándose con un pendejo de su despacho.

He escuchado esta historia dos mil veces desde que llegué de Nueva York. Intentando no sonar harto, le digo:

—Ya sé, Pipe.

—Están de la verga.

Voltea a verme y sin entusiasmo alguno me pregunta:

—¿Traes o le pido a Patricio?

—Traigo.

—Dame.

Saco la grapa de mi cajetilla de cigarros y la pongo en su mano, donde cada dedo mide la mitad de los míos a lo largo y el doble a lo ancho.

Felipe se va al baño y aprovecho para regresar adentro, no para buscar a Daniela o a Adrián y Mica sino para reencontrarme con Natalia. La busco alrededor de la barra de la entrada, la espero afuera del baño de mujeres y peino la pista, esquivando las miradas de Daniela. El lugar es tan pequeño que un par de vueltas me bastan para concluir que se fue (tampoco veo a ninguna de las amigas con las que dijo haber llegado). Saco mi celular y le mando un mensaje preguntándole dónde está. Esta vez no recibo respuesta.

Son las dos de la mañana y no tengo por qué regresar a mi departamento todavía. Me cuesta trabajo zafarme de la voz de mi mamá en mi cabeza. Mañana es la boda de tu hermana, mañana es la boda de tu hermana, mañana es la boda de tu hermana. Voy a llegar a tiempo, solo necesito dormir cinco horas, despertarme a las nueve, pasar por Felipe a la Condesa y llegar a las once al pueblo ese donde se casará Tania, a veinte minutos de Cuernavaca. Después de todo, soy yo el que tiene que entregarla. Y si no llego, probablemente sea Mario el encargado de llevarla al altar. Solo pensarlo me da náuseas.

Vuelvo a entrar al baño, me doy otro pase y con aquel delicioso amargor goteando por mi garganta, regreso a la pista con los puños bien cerrados, listo para divertirme un rato. No pienso en mi perro, muerto en la plancha del veterinario, ni en mi mamá ni en mi hermana, ni en Pablo ni en Inés. Por supuesto que no pienso en Inés.

La fiesta me lleva de la pista a la barra, a la pista de nuevo, a la terraza, al baño, a la pista otra vez, a la entrada, a la barra, a la terraza, al baño de vuelta y finalmente, una hora después de que Natalia desapareció, regreso a la terraza, al mismo rincón donde platiqué con Patricio y sus amigos, para hablar, precisamente, con Patricio y sus amigos. Llegaron nuevas personas al grupo. Lalo Antoni; Alfonso, el primo de Daniela; cuatro chicas que no conozco, un güey que iba conmigo en la carrera y que quería ser cineasta, Gustavo y el mismo Vergara. Soy incapaz de seguir alguna de sus conversaciones, en menor medida porque nunca sé de quién hablan y principalmente porque no me importa lo que dicen. Felipe está conmigo; sostiene su mezcal con agua de jamaica entre sus dos manos como si se tratara de un cáliz. Se ve feliz, en su elemento. Basta verlo a la cara para saber que es ahorita cuando se le olvida que perdió el trabajo por mi culpa, que su novia lo dejó por otro, que no ha encontrado chamba y que vive en un muladar de colillas, vasos desechables y envolturas de productos Bimbo. Fui yo quien lo convenció de probar la coca unas semanas después de que Pablo se fuera a Londres, y honestamente me alegra. Prefiero verlo con perico encima que con diecisiete cubas y ningún atenuante para la peda que le ponen.

Daniela llega conmigo y me pide que hablemos. Vamos a la barra de la terraza, pido una cuba para mí y un mezcal para ella, y comenzamos.

—Sigo esperando una disculpa de tu parte —me dice con el ceño fruncido, y mido la situación. No sé si es la muerte de mi perro, el dictamen negativo de mi novela o el coche último modelo en que Inés se fue del Starbucks, pero el hecho es que me siento con espíritu combativo como nunca antes en mi vida. Y nada tiene que ver la coca, cuyos efectos han menguado desde mi última visita al baño hace más de cuarenta minutos. Me siento como una pistola cargada, con cartuchos de repuesto en las bolsas, listo para partir madres. ¿Exigirme una disculpa? A mí solo me puede exigir disculpas una persona, y se murió hace seis meses.

—¿Ya acabaste de hacer tu berrinche? —le digo con el tono más neutral que encuentro.

—¿Berrinche? O sea, salgo a buscarte y te encuentro escondido en un rincón con una vieja. Y aparte te largaste a quién sabe dónde. ¿Neta te parece normal irte sin avisar en el cumpleaños de tu novia?

—No eres mi novia, chata.

—¿Ah, no? ¿Entonces qué soy? Tú dime, Matías —me pide con un tonito mamón, como si hablara con un retrasado mental.

Estoy a punto de explicarle cuando se voltea para saludar a un amigo suyo. Cuando me devuelve su atención, ni siquiera puedo empezar a hablar porque se da media vuelta y con todo su esfuerzo estira el brazo para tocar el hombro de una chica alta, de cabello rubio, que le da la espalda. Todo para saludarla; para decirle aquí estoy. Acabado el saludo, que tiene de efusivo lo que yo tengo de negro, Daniela voltea a verme y saca su celular para contestar mensajes. Cuento hasta tres, tomo aire y le arrebato el teléfono, lo pongo sobre un charco de alcohol en la barra y me acerco a centímetros de su rostro.

—Te voy a decir lo que eres. ¿Está bien?

—Por favor —me responde, aún con el tonito altivo en su voz.

—Muy bien. Eres una miserable personita autista. Una niña que trae puesto un disfraz de adulto cosmopolita que le queda como cuatro tallas más grande. Un hoyo negro. La vieja más pinche aburrida que he conocido en toda mi puta vida. ¿Cómo ves?

Espero una cachetada instantánea, casi como un reflejo, pero Daniela se dilata en digerir completa la información. Al final, lo único que le sale es una pregunta:

—¿Por qué me acabas de decir todo esto?, ¿qué te hice?

—Trágatelo. No te lo pienso repetir. Y ni pienses en ir mañana. Pones un pie en la boda y te juro por mi madre que te saco a patadas.

Se le llenan los ojos de lágrimas y justo antes de darse la vuelta e irse, me grita:

—¡Pendejo!

Todos sus amigos voltean al unísono para confrontarme. Felipe ya no está en la terraza. Probablemente se fue adentro a platicar con Mica y Adrián, si es que no se han ido. Así que estoy solo cuando Patricio me empuja contra la barra. Todos, conocidos y desconocidos, me observan en espera de que le devuelva la agresión.

—¿Vas a defender a tu amiguita? —le pregunto a Patricio.

—Te voy a romper la madre —me dice.

—¿Por qué no mejor vas a vender tus pinches cuadritos piteros al mercado de San Ángel? Igual y así vendes uno, puto.

Patricio vuelve a empujarme y esta vez me encara. Mi espalda está doblada contra la barra, así que lo tengo encima de mí, sus manos prensadas de mi camisa, sus pies pisando los míos.

—¿Qué dijiste? —me pregunta.

Y yo le respondo con un generoso y espeso gargajo, mezcla de ron, saliva, mocos, azúcar y cocaína, que le cae directito en la punta de la nariz. En respuesta me suelta un puntapié en la espinilla, seguido por un golpe que me impacta en algún lugar del cráneo. Un elemento de seguridad me toma del hombro y me jala hacia la salida mientras Patricio me persigue. Apenas si me percato de que alguien más me suelta un golpe en el estómago y otro cerca de la sien. El guardia me arroja un tren de insultos en voz baja («órale, cabrón... órale, puto... te sacas a la verga...»), me arrastra entre la multitud y, cuando vuelvo a recuperar la noción del tiempo y el espacio, estoy en la banqueta del antro junto a un puesto de *hot dogs*, sonriendo como no lo hacía en meses, casi temblando de la emoción. Saco mi grapita, la froto para separar las partículas de coca adheridas al plástico, rasco la última esquina y me doy un pase allí sentado frente al vendedor y una pareja que me observa anonadada, como si acabara de ver algo que no pasa nunca.

Son las tres y media de la mañana. Mi celular vibra. Lo saco: «T veo en tu depa en 20 va???»

Y le respondo a Natalia: «Te veo en 15»

Pido mi coche y me voy rumbo a la Nápoles.

Llego al departamento en menos de diez minutos, me estaciono y saludo al Koala, que apenas abre los ojos al oírme entrar al vestíbulo del edificio. Lo encuentro dormido sobre un cobertor a cuadros que tendió sobre el piso, detrás de su mostrador. Su televisión portátil sigue encendida y un periódico, en cuya portada aparece un joven con el estómago abierto de par en par bajo la leyenda «¡TASAJEADO!», descansa al lado del control remoto. No quiero despertarlo: yo mismo le quito el seguro a la puerta principal y la dejo entreabierta para cuando llegue Natalia. Subo al departamento y me siento a esperarla en la sala.

Entra cinco minutos después y ni siquiera tengo tiempo de preguntarle si cerró la puerta de abajo con seguro. Pasa a la sala, la levanto de las nalgas y la empujo contra la primera pared que encuentro. Desde el departamento de abajo se escucha, clarísima, la letra de una canción noventera de mierda: «...desde que me dejaste, la ventanita del amor se me cerró...»

La canción me impide concentrarme, así que nos vamos a la recámara de la esquina (nunca he cogido, ni con ella ni con Daniela, en el cuarto donde mi papá daba consulta). Aquí la música y las risas de las putas son casi imperceptibles; se escuchan tan distantes como los cláxones en las avenidas cercanas, las voces de los transeúntes y las sirenas de las ambulancias. Natalia trae falda y la prisa es tal que no le quito ni los calzones antes de metérsela. Cogemos vestidos, como adolescentes escondidos en un rincón de casa de sus padres con temor a ser descubiertos. ¿Cómo le digo adiós a un cuerpo?, ¿cómo coger a sabiendas de que esta es la última vez que estaré con ella? Natalia está de espaldas, con la frente recargada en los cojines del sofá, y yo atrás, embistiendo con prisa, pensando en Nueva York, en la última mañana que pasé allí antes de regresar a México. Mi vida como una ristra de despedidas, una tras otra; libros que se cierran sin llevar a otros que jamás he abierto. La sonrisa con que pisé la banqueta afuera del antro se esfuma. Sé que nunca volveré a estar con ella. Sé que ya no la necesito. Sacude las nalgas, gime, me habla y yo me concentro en mantenerme firme. Por primera vez en toda nuestra «relación», me cuesta trabajo seguir adentro. Decido salir, sin responderle cuando me pregunta qué me pasa, y le doy la vuelta para despedirnos cara a cara. Dejo de moverme frenéticamente, me acerco a ella, la rodeo con mis brazos y la beso. Quiero pedirle perdón por cómo me huele la boca, a alcohol y cocaína, pero no hace falta porque parece no molestarle. Natalia me abraza y me aprieta a su pecho, sin separar sus labios de los míos. Así me vengo, nuestros cuerpos más cerca que nunca, y ella y yo, como personas, más lejos de lo que jamás hemos estado.

Aún podemos escuchar la música de las putas cuando acabamos de coger y nos acostamos, paralelos, sobre el sofá café que mi papá y yo compramos cuando era niño para decorar este, mi espacio dentro de su consultorio. Veo los estantes de los muebles vacíos de juguetes, el hueco donde alguna vez hubo una tele y las esquinas, antes llenas de tiliches, que ahora solo sirven para acumular polvo. Parece una recámara que abandonó un niño y que espera, yerma, a que llegue un adulto a habitarla. En seis meses no he acumulado objetos, no he comprado nada, ni siquiera un par de tenis nuevos. Mi vida no sabe sumar, me digo casi en voz alta cuando Natalia se levanta para ir al baño y regresa a acostarse a mi lado, en falda y brasier, con el pelo hecho bolas y el lápiz labial medio corrido. Quizás ella también presiente que esta es nuestra despedida: a diferencia de otras veces, no se acurruca en mi pecho ni me acaricia mientras descansamos. Ambos nos mantenemos estáticos, con la vista clavada en el techo. Soy yo el que desanuda el silencio:

—¿Cómo sabías que estaba en el Leonor? —le pregunto.

—Ya te dije. Ahí estaban mis amigas.

—No es cierto. Las conozco perfecto a todas y no había ni una adentro.

Natalia se queda callada mientras pondera una respuesta. Me confiesa que una amiga suya me vio entrar al antro, cuando regresé de la Roma, y le mandó un mensaje. Una amiga que, supongo, sabe lo que pasa entre nosotros. No le sigo dando vueltas ni intento atar un solo cabo suelto más. Me doy por bien servido y vuelvo a guardar silencio. Ahora es Natalia quien intenta platicar, y comienza con la confesión más extraña que me ha hecho desde que la conozco:

—Pablo me dijo que eres adoptado.

Mi pecho brinca. Él fue el único al que se lo dije, antes de irme a vivir a Nueva York, y le pedí que jamás lo compartiera con nadie. No entiendo por qué Natalia trae el tema a cuento.

—No soy adoptado —replico.

—¿Entonces?

—Mi mamá es mi mamá… —le digo, incapaz de finalizar la frase; incapaz de decirle que mi papá no es mi papá.

—Pero eres hijo de otro.

Natalia nunca ha usado este tono conmigo: robótico, como si se tratara de un examen psicométrico, una ronda de preguntas y respuestas. Prendo un cigarrillo y los postes de luz de la avenida iluminan el humo que expulso por la boca, creando formas espectrales que aparecen y luego se ocultan al llegar cerca del techo, donde la luz de la calle no llega.

—También me dijo que te fuiste a Nueva York a buscarlo.

—¿A quién?

—A tu papá.

—No fue exactamente así. Estando allá intenté ponerme en contacto con él, pero no quiso verme.

—¿Sabes cómo se llama?

Jalo aire.

—Sé cómo se llama.

—¿Y lo quieres?

—¿Tú me quieres a mí? —le pregunto moviendo la espalda hacia atrás, de tal suerte que dejo de estar acostado y ahora la observo sentado. Natalia también se levanta y toma asiento al otro lado del sofá, frente a mí, con las piernas flexionadas tapando su pecho semidesnudo.

—Claro que te quiero.

—Entonces hay que hablar de otras cosas.

—Te pregunto para conocerte.

—¿Por qué?, ¿por qué quieres conocerme?

La música del departamento de abajo se apaga mientras Natalia busca una respuesta. Sé que no la tiene. Y si la tiene, no le gusta lo que la respuesta dice de ella. Aprovecho el silencio para seguir hablando:

—No necesito saber que Pablo te platicó de mí. No necesito saber que es una mierda de amigo. Ya le gané.

Natalia deja caer la frente sobre sus rodillas y cuando vuelve a alzar el rostro veo que su mentón tiembla. No sé si está triste o molesta. Lo único que sé es que no me incomoda lastimarla: no hay una sola parte de mí que se arrepienta de lo que le acabo de decir.

—No puedo creer que le dije que no —dice, seguramente en referencia a la propuesta matrimonial de Pablo.

—No mames, Natalia. Por supuesto que sabes por qué le dijiste que no. No lo quieres. ¿Cómo lo vas a querer? ¿Neta crees que el pendejo que hoy te propuso matrimonio se parece al güey que era mi amigo… al tipo con el que empezaste a andar?

—¿Y tú, Matías?, ¿tú qué me ofreces, güey?

—Nada. Pero aquí sigues.

Natalia se para del sillón y da vueltas alrededor de la recámara, la mitad de su cuerpo expuesto a la luz y la otra mitad oculto entre sombras, buscando su blusa, sus calcetines y sus botas. Yo no me muevo de donde estoy sentado, solo espero a que tenga que tomar asiento para vestirse y reanudo la conversación.

—¿Sabes por qué estás enamorada de mí?, ¿sabes por qué viniste hoy? —le pregunto.

Natalia mete el pie en la primera de sus botas y voltea a verme. Aunque sus ojos están húmedos, esta no es la misma tristeza que vi en el rostro de Daniela cuando estábamos en el antro. Esas lágrimas eran parte de un acto, algo que ella había propiciado para darle autenticidad a su rabia. El rostro compungido de Natalia parece estar ahí porque no puede esconderlo. Es evidente que preferiría no llorar frente a mí.

—A la gente le desquicia lo que no la ama de vuelta. Me quieres porque sabes que no siento nada por ti.

Con un pie descalzo y otro con una bota puesta, Natalia se levanta, sale de la recámara, abre la puerta del departamento y se va de mi vida. Yo no muevo un dedo. Van a dar las cinco de la mañana. Tengo que despertar en cuatro horas para llegar a tiempo a la boda de mi hermana. Me visto mientras bostezo, y después me voy a la sala. Las putas salieron a trabajar o se durmieron: nada se oye desde el piso de abajo.

¿Qué pensaría mi papá de lo que acaba de suceder?, ¿qué pensaría si estuviera vivo, sentado en el sillón de su recámara, conmigo frente a él como uno de sus tantos pacientes? Alguna vez le pregunté si él podía analizarme. Tenía diez u once años e íbamos de regreso al sur, sobre Insurgentes, a las seis de la tarde. Era un atardecer áureo. De vuelta a San Ángel, el sol se escondía detrás de los árboles en los camellones, disparando su luz a través de las ramas de forma estelar. Me daba la impresión de que no quería regresar a la casa: él y yo seguíamos siendo un binomio hasta que daban las siete. A la salida del consultorio me ofrecía llevarme por un helado (mi favorito era el *hot fudge*) o a Blockbuster por una película (él rentaba una y yo otra), o a caminar por Coyoacán (y comprar esquites y churros). Ese día en particular me invitó al cine y acepté sin entusiasmo. Llevaba semanas batallando con pesadillas recurrentes. La más inquietante gravitaba en torno a nosotros dos, caminábamos por la colonia Nápoles y otro hombre llegaba, me abrazaba, me besaba la frente y me llevaba con él. Era el sueño más vívido que había tenido. Prácticamente podía oler y sentir al ladrón. Su aliento agrio, matinal, y sus labios secos sobre mi rostro, besándome con una familiaridad desagradable.

—¿Qué te pasa? —dijo mi papá al notarme desencajado—. No tenemos que ver esa película, güero. Si quieres entramos a la del tornado otra vez.

—¿Te puedo contar un sueño? —le pregunté justo cuando el sol golpeaba sus ojos, obligándolo a ver el tráfico de Insurgentes de soslayo.

—Claro que sí.

—Pero, ¿te lo puedo contar como te lo cuentan tus pacientes?, ¿como para que me digas qué significa?

Mi papá guardó silencio. Los rayos de luz sobre su rostro le habían provocado una mueca de disgusto, así que no pude discernir si mi pregunta lo molestó o si simplemente estaba harto de la refulgencia de ese atardecer.

—Eso sí no puedo, güero. Si quieres platicar te consigo a un terapeuta. Quizá te haría bien.

No me gustó esa última oración.

—¿Por qué no puedes? —le pregunté con los ojos entrecerrados y la boca fruncida, como si acabara de lamer la cáscara amarga de un limón.

—Porque no. Porque soy tu papá.

—¿Y eso qué? Ya me conoces. ¿Qué no es más fácil así?

El semáforo frente a nosotros se puso en rojo. Nos detuvimos y la fachada de un edificio de oficinas se apiadó de nosotros y escondió al sol. El resto de la calle seguía bañado en ese dorado luminoso: las ventanas de los negocios en la acera, las partículas cristalinas del asfalto, los portafolios de los oficinistas.

—Nunca es más fácil, Matías.

Dos niños vestidos de payasos, con las nalgas protuberantes gracias a un par de pelotas escondidas en sus pantalones, hacían lo posible por amenizar nuestra espera en ese, el más largo de todos los semáforos de Insurgentes.

—No entiendo —le dije a punto de frustrarme y pedirle que me llevara a la casa en vez de ir al cine.

—¿Te acuerdas cuando te llevé al museo? —Asentí y mi papá tragó grueso, sumido en los pormenores de su analogía—. ¿Te acuerdas que nos acercamos a los cuadros porque querías ver las pinceladas, para ver cómo los habían pintado, y que de cerca no sabías qué es lo que formaban y lo que veías?

Me acordé, claro. Los cuadros de Orozco vistos hasta donde el policía nos permitía acercarnos. Las pequeñas cordilleras de los rojos, negros y blancos del óleo, mezclados unos con otros. Volví a asentir. Afuera, los payasos daban maromas sobre la línea de cebra de los peatones.

—Para poder ver el cuadro, distinguir las figuras, las personas, los caballos que tanto te gustaron, teníamos que echarnos para atrás. A mis pacientes puedo verlos desde esa distancia, pero tú eres mi hijo. Contigo solo veo colores, pinceladas. Estás demasiado cerca. ¿Me explico? —Esto último me lo preguntó viéndome a los ojos, con absoluta seriedad.

—¿Y te gustan esos colores que ves? —le pregunté.

Se puso el verde. Los payasos se acercaron a nuestra ventana, mi papá les dio un poco de cambio, el coche de atrás hizo sonar el claxon y arrancamos rumbo al cine.

—Mucho, güero. Mucho.

Ahora, ¿le seguirían gustando? ¿Qué vería de cerca? ¿Qué vería de lejos? El blanco de la coca, el blanco de la piel de Natalia. El negro del alcohol, el negro de este departamento. El marrón de la tierra en la que enterré a mi perro. La figura oronda de Felipe, los falsos colores tropicales de Adrián, y Pablo como una franja gris en el lugar más recóndito del cuadro, a punto de extinguirse para siempre. Las quejas verdes de mi mamá y mi hermana; el azul plomizo del mar que nos separa. Inés. Inés y el rojo de la sangre derramada.

No te gustaría lo que ves, pero lo que ves es lo que quedó cuando te fuiste.

SÁBADO

La boca me sabe a mierda, mi espalda desnuda se adhiere a la superficie sintética del sofá de la sala y ni mis manos ni mis muslos dejan de temblar. Veo el reloj: son las nueve de la mañana. Debería estar pasando por Felipe en este instante para llegar a tiempo a la boda de Tania, y apenas si puedo abrir los ojos. Tuve pesadillas. No las recuerdo. Siento como si me hubieran anestesiado y acuchillado mientras estaba inconsciente. Quedan sensaciones más que imágenes. Natalia. Pablo. Inés. Mi papá. Frío. Mucho frío.

Aunque mi primer impulso es darme un pase, reflexiono antes de pararme y abrir otra de las grapas que le compré a Octavio. Sé que es un paliativo insuficiente y que en unas horas, al llegar a Cuernavaca, voy a sentir que me muero de la cruda. Me doy un regaderazo en tiempo récord, me pongo el traje beige que mi mamá me escogió y compró, y salgo rumbo a la Condesa.

Felipe sale de su departamento vestido de lino de pies a cabeza, con zapatos recién boleados y un ridículo sombrerito que parece hecho de bejuco.

—Buenos días, señor Escobar —le digo luego que sube a mi coche.

—¿Escobar? —me pregunta Felipe, confundido.

—Como el narco.

—¿De qué hablas? Pura elegancia, güey —me dice mientras extiende los brazos para dejarme apreciar la sofisticación del atuendo.

—Pareces miembro del Buenavista Social Club.

Felipe se ríe, aunque sé que no tiene idea de quiénes son ni de cómo se vestían las personas a las que me refiero. Apenas si platicamos de ayer, cuando el silencio entre nosotros lo obliga a poner su iPod, con el que escoge una canción de antro fresa. Ya la he escuchado, en la radio, y jamás dejo que corra por más de diez segundos antes de cambiar de estación. Lo dejo poner lo que se le pegue la gana, a pesar de que a duras penas puedo escuchar lo que pienso y Felipe no baja el volumen ni siquiera mientras esperamos a que avance la fila de la caseta que lleva hacia la carretera. Observo el reloj, ansioso. Son las diez y media de la mañana. Me falta una hora y cacho para llegar al pueblo que está pasando Cuernavaca, donde se llevará a cabo la ceremonia religiosa, y más adelante, en una hacienda, la fiesta. Le prometí a mi mamá que llegaría a las once para ayudarla con los preparativos y acompañar a mi hermana. Si bien me va, apenas estaré a tiempo para la boda.

Felipe decide bajarle a la música a la altura de Topilejo. Mis oídos, mi estado de ánimo y mi gusto musical lo agradecen de inmediato. Prendo un cigarro para celebrar, mientras me pregunta lo mismo que me ha preguntado desde hace semanas. «¿De veras ya hablaste con tu tío, Matías?, ¿sí crees que me pueda dar chamba?, ¿cómo cuánto crees que me pague al mes?» Le aseguro que ya hablé con mi tío, que el trabajo es algo casi seguro y que probablemente ganará mejor de lo que le pagaban en Televisa como reportero oficial de los equipos más culeros.

—¿Tú crees que le moleste si hoy me presento con él para platicar de la chamba? —me pregunta.

—Creo que es mejor no hablar de negocios durante bodas, bautizos y fiestas así.

—Namás para conocerlo, güey.

—Yo te lo presento —le digo, pensando en que lo primero que debo hacer después de que mi hermana se case es acercarme a mi tío, ofrecerle una disculpa por lo de *Kapital* y explicarle la situación de Felipe. De otra manera, mi amigo tal vez se percatará de que no he hecho nada de lo que me pidió.

Felipe decide reemplazar el sonido de su espantosa música con el de su propia voz. Me habla sin parar de lo harto que está de seguir soltero, lo mucho que odia a Luisa y lo cerca que estuvo de agarrarse a la que da el clima en Canal 4. No entiendo muy bien el concepto que Felipe tiene de la palabra «cerca», porque nunca estuvo ni remotamente próximo a tomar de la mano a la del clima, quien, en las tres veces que los vi juntos, lo trató como si fuera su mascota o su mayordomo. Me quedo callado y dejo que siga hablando hasta más de la mitad de la carretera y solo lo interrumpo cuando su conversación brinca de dolores del corazón a lamentos laborales, aún triste de que por culpa de una noche de tachas haya perdido la oportunidad de perseguir una carrera como la de su papá.

—Pipe —le digo, con toda serenidad—. Si me hubieran dado un centavo por cada vez que te quejaste del trabajo de tu papá cuando íbamos en la prepa, por cada vez que dijiste que ser comentarista deportivo era el trabajo más pendejo sobre la faz de la Tierra, te juro que sería multimillonario.

—Cambié de opinión. Te juro que me gustaba la chamba.

—La odiabas, carnal. Te voy a enseñar los *mails* que me mandabas cuando vivía en Nueva York.

Pasamos el pueblo de Tres Marías y nos envuelve la bruma montañosa que antecede el descenso hacia Cuernavaca. Felipe sigue hablando; el siseo intermitente de los automóviles y camiones que van de vuelta hacia México acompaña su monólogo. Y yo me voy. No es una decisión voluntaria, no lo hago para no escucharlo, sino porque la noche de ayer, cuando me despedí de Natalia, me empuja a pensar en una de las últimas noches en que estuve con Inés. Siento la misma amargura, la misma añoranza difusa, como si me estuviera yendo de un lugar donde fui feliz y por última vez lo viera a través de la ventana de un avión. Quisiera salirme del andén de la memoria, pero algo —reciente, vivo, peligroso— me lo impide. Llevo veinticuatro horas en las que no puedo cerrar los ojos sin acordarme de mi vida antes de este fin de semana, de la muerte de mi papá, de mi regreso a México, de esos años en Nueva York.

Recuerdo haber aprovechado que mi papá salió a una convención y que mi mamá se fue a Houston por una semana, para invitar a Inés a pasar la noche en mi casa. Generalmente yo tendría que haber insistido para que fraguara el plan, pero Inés se unió al coro de preocupación de Pablo y Felipe, y tras confiarme que me sentía «distante», me aseguró que haría todo lo posible por dormir conmigo de viernes a sábado. Un par de horas después la escuché tocar el claxon afuera del garaje.

Teníamos veintidós años y no sabíamos muy bien qué hacer cuando no debíamos escabullirnos de los adultos para estar solos. La rutina habría sido clara si mis papás hubieran estado en la casa: sentarnos a ver una película, comer quesadillas y darle un pretexto a mi mamá para encerrarnos en mi cuarto. Ahora teníamos toda la casa para nosotros —mi hermana andaba de fiesta— y no sabíamos qué impulso atacar primero. ¿Aprovechábamos la ausencia de personas para coger como conejos, abríamos la alacena en busca de algún vino de mi papá para emborracharnos, o nos comportábamos como si mi familia estuviera con nosotros? Inés traía una maletita, ridícula a pesar de su pequeño tamaño. Iba a estar lejos de su regadera y su clóset por una sola noche, y se había preparado como si saliéramos por un fin de semana entero. Adentro traía dos mudas de ropa, todo su kit de maquillaje y un champú. La acompañé a mi recámara para que ordenara sus cosas y la abracé apenas cerré la puerta. Aunque todavía no se me antojaba coger, quería agradecerle que viniera, con todo y su absurdo equipaje, para estar conmigo. Además de que hacía tiempo que no dormíamos juntos, nuestro plan de viernes me dio la coartada perfecta para rechazar la invitación de Adrián para salir al mismo antro de siempre, a cinco minutos de mi casa (la cercanía del lugar solo servía para obligarme a acudir cada que mis amigos iban).

—¿Qué quieres hacer? —le dije con el cuerpo encorvado para poder abrazar algo más que su cabeza.

Se separó de mí y dejó caer su maleta.

—No sé, güero. Podemos ver una peli o ir a rentar algo, o salir a cenar.

—No, no, no. Todo menos salir.

Nos acostamos en el helado sofá de la sala para ver lo primero que escogiera el control remoto. Nunca pudimos acomodarnos. Unos meses antes, con la mudanza, mi mamá se había deshecho de la gran mayoría de los muebles, y la más lamentable víctima de esa extinción masiva fue el sofá pachón y polvoso que durante años ocupó el centro de la sala.

Inés daba vueltas. Me abrazaba de frente y después se volteaba, incapaz de encontrar una posición satisfactoria mientras yo analizaba la nueva casa. Aún no me acostumbraba a su tamaño, a las superficies de piedra y mármol, a la falta de alfombras y tapetes, al estilo minimalista con que la decoradora de mi mamá decidió arreglar los pasillos, la cocina, el vestíbulo y la sala. El sofá no ayudaba, pero supuse que Inés no se sentía cómoda porque yo tampoco estaba a gusto. Imaginé cómo nos veíamos desde la puerta que llevaba al jardín, como dos niños que juegan a ser adultos, intentando calentar un espacio aferrado a su atmósfera impersonal. Sentí que no la había invitado a pasar la noche en mi hogar sino en la casa de una pareja de nuevos ricos, cuya amplia billetera no cancelaba su mal gusto. Tan extraño me sentí que estuve a punto de pedirle que tomara su maleta y nos fuéramos a un hotel de

Polanco, a dejar las medias tintas y pasar la noche en un lugar que no pretendiera ser nuestro.

Vimos una película, un capítulo de *CSI* y parte de un programa de chismes. Solo nos separamos para ir al baño, para servirnos un vaso de agua y, en mi caso, para prender un cigarro. De ahí en fuera nos mantuvimos cerca, con los muslos entrelazados, cubiertos por una cobija que propiciaba el único rincón cálido de toda la sala. Cuando finalmente nos aburrimos, Inés me vio de frente, besó mi barbilla y se acurrucó en mi pecho.

No recuerdo muchos diálogos trascendentales entre nosotros. A duras penas puedo mencionar una conversación esclarecedora, un momento de total honestidad, un breve vistazo a nuestras respectivas médulas. Inés y yo éramos una pareja táctil. No es que pasáramos el día entero cogiendo. Muchas veces me hubiera gustado que así fuera, pero rara vez ocurrió. Éramos, en cambio, una pareja muy cercana, que vivía de la mano, que se nutría de caricias. Jamás pude estar cerca de ella sin tocarla, como si mi cuerpo no confiara en esa proximidad a no ser que mis dedos la comprobaran. Así fue desde siempre. Adopté a su piel —o ella me adoptó a mí— desde el primer día, el primer abrazo, el primer beso. Una sensación difícil de replicar ya que, a pesar de todo lo que me gustaba, nunca pude dormir pegado a Natalia, ni toleré ver televisión adherido al cuerpo de mi primera novia en Nueva York. La piel es mezcla de sentidos. Es olfato, es tacto, es vista, es sabor y, en la cama, es sonido. Mientras que esa mezcla nunca fue precisa con otras mujeres, la piel de Inés parecía hecha a mi medida; la aglomeración exacta, la colección de grandes éxitos de todos mis sentidos. Y no tenía nada que ver con que, como dice la tan sobada expresión, habláramos sin hablar, porque nadie habla por medio del tacto cuando hay quietud. Todo lo contrario. Inés y yo habitábamos nuestros silencios a través de la piel, conciliábamos nuestros agravios por medio de esa oquedad. Nuestro contacto abría un valle mudo, el único lugar donde pueden encontrarse dos personas que no tienen las herramientas para conocerse el uno al otro.

No sé cuánto tiempo estuvimos ahí en el sofá, en silencio, con la tele apagada, sin caer dormidos pero con los ojos cerrados. Lo que sé es que en un momento dado, y sin ningún impulso externo, Inés rompió en llanto. Llevábamos años juntos, en los que la vi caer en ese estado de ánimo decenas de veces, y aún lloraba de manera pudorosa, como si su fragilidad la avergonzara. Aunque ella iniciaba casi todas las pláticas entre nosotros, bastaba con que estuviera triste para que se convirtiera en una niña pequeña a la que era imposible entender y, en muchos casos, consolar. Lloraba cuando le faltaban palabras, cuando era incapaz de nombrar sus dolores, ponerlos bajo la lupa y comprenderlos. No obstante, cada uno de esos llantos era un aviso inequívoco de que algo andaba muy mal, con ella o con nosotros como pareja; no hubo un solo ataque de súbita tristeza que no antecediera a un pleito, un breve cortón o un periodo de lejanía. Bastaba con que la viera con los ojos llenos de lágrimas para que comenzara a sentirme aprensivo; molesto incluso. Sabía que venían horas de preguntarle qué le pasaba sin recibir más que muecas y silencios llorosos a cambio, pero era su novio y no me quedaba de otra más que hacer el intento.

—¿Qué onda? —le pregunté alejándome y ella sacudió la cabeza, con los labios tiesos. Aunque era inútil buscar explicaciones, volví a arrojar la misma pregunta y recibí el mismo silencio como respuesta. Me gustaría decir que fui compasivo, pero la realidad es que estaba a punto de perder la paciencia. La había invitado a mi casa para pasar una noche tranquila, resguardado de mi familia y mis amigos, y lo que menos se me antojaba era tener que apapacharla por dos horas sin poder dilucidar lo que le ocurría. ¿Admito que el prospecto de una noche sin sexo también me desagradó, que su llanto era inconveniente porque no encajaba con mis planes?

—Te quieres ir —me dijo y hundió el rostro en mi camiseta, que comenzaba a mojarse de tanto hacer las veces de gigantesco klínex. Me faltó cinismo para descartar su teoría y me faltaron güevos para mentirle a la cara, para asegurarle que no tenía idea de lo que hablaba y que no tenía ganas de irme a ningún lugar. Además, cualquier explicación de mi parte hubiera delatado mis planes a futuro. Inés no sabía si quería irme fuera del país o a provincia o simplemente cortar. Lo único que presentía es que yo necesitaba un cambio.

—¿Por qué lo dices? —le pregunté, pretendiendo que mi comportamiento en los últimos meses no había sido errático, como si ella se hubiera inventado a ese novio inescrutable.

—Porque sí —me dijo entre sollozos, con la parquedad característica de todas sus conversaciones lacrimosas. No dije más. La rodeé con mis brazos y la acerqué a mí con fuerza en un gesto deliberadamente exagerado, como si un solo, breve, pinche abrazo pudiera transmitirle la seguridad que cuatro años de relación no le habían brindado. Así somos los hombres: los inventores del parche y la sutura, de gestos diminutos que pretenden curar lo que el día a día derruye; los que llevan flores y serenata y dan anillos de compromiso para asegurar lo que la vida desmiente a cada rato. Quizá debí llorar con ella o por lo menos haber sido honesto. Inés hubiera entendido, eso me queda claro. Me habría agradecido tras escuchar mi confesión: la búsqueda que quería emprender; esa empresa ineluctable, parte esencial de mi destino y de casi todos los que tienen una identidad fragmentada. Sin embargo, mientras que ella tenía el valor de desmoronarse frente a mí, yo nunca pude zafarme de mi cerrazón, y ese acto de aparente estoicismo era también un gesto, como las flores, las serenatas y los anillos, para que confiara en mi solidez, que siempre ha sido una máscara.

Fuimos a mi cuarto apenas dejó de llorar. La desnudé porque no tenía otra cosa que hacer. Era mejor pretender cogiendo que nada había pasado, que frente a la tele, con el control remoto en las manos, en busca de alguna película que nos distrajera hasta el margen del olvido. Seguimos la coreografía impuesta tras años y años de hacer la misma cosa. Nos besamos de pie, me senté al borde de la cama, le quité los pantalones, se despojó de su blusa, le desabroché el sostén, apreté sus senos, la besé en la boca, la acosté en mi cama, abrí sus piernas, mordí sus muslos, dejó caer la nuca sobre mi almohada, deslicé mis labios por el borde de su coño y luego lo probé, sin vacilar. Limpié el humor salado que bañaba su clítoris y me supo igual que las lágrimas que minutos antes empapaban su rostro. Se prensó de mi cabello y me empujó hacia adentro con ayuda de sus diminutos dedos (redondos, e igual que los míos, con las uñas masticadas). Me quedé allá abajo por mucho más tiempo que de costumbre. Succioné, lamí y manipulé sin generosidad. Ese tenaz embrocado no era para ella, no buscaba satisfacerla. Sentí que era mi última noche en ese hogar que durante cuatro años habité. Esa piel desnuda: la única casa de la que jamás quise huir o esconderme. No quería agradecérselo sino llevármela, robármela, arrancar aquello que no se puede extirpar; pretender, por una sola noche, que uno puede apropiarse de terceros y no separarse nunca de ellos, sin importar qué tanto los hayamos lastimado. Sudando, con la quijada entumida y la lengua agotada, recosté mi mejilla sobre su coño, como si fuera un caracol de mar y esperara escuchar el sonido que emite. Sonido que es, por cierto, falso: la imitación de otro que aunque el caracol lo conoce, solo lo reproduce. ¿Y qué creí escuchar ahí, tan cerca del núcleo de Inés? El sonido imitado de un futuro juntos, tal vez. Y aunque no sé a qué suenan las promesas, quise creer que sonaban similar al galope de la sangre dentro de sus muslos, a los gemidos que escuchaba, a su petición de penetrarla, al silencio que privó en el instante en que comencé a cogérmela, libres y atados, sin poder vernos desde lejos y de frente y aceptar que eso que éramos —dos células dispares, una afortunada coincidencia— estaba a punto de desaparecer.

Ese día la embaracé.

Algo adentro de mí (¿esa voz reciente, viva y peligrosa?) me asegura: la melancolía que siento está atada a ese momento y no a Natalia. Felipe no se calla, pelea a manotazos con el aire dentro del coche mientras decido no entrometerme en estas especulaciones internas. Por primera vez en meses las dejo fluir. Y como ejercicio, hago lo posible por recordar la noche de ayer, cuando Natalia se fue de mi departamento. Me acuerdo de algunas cosas que dije y de algunas imágenes, casi estroboscópicas, de nosotros cogiendo sobre el sofá. Nada más. Lo que soy capaz de recrear con fidelidad es esa otra noche, con mi exnovia. Y es la misma voz, esa que viene desde adentro, la que me dice, claro como el agua: Algo anda muy mal cuando el pasado es más nítido que el presente.

—¿Güey?, ¿güey? —me habla Felipe y chasquea los dedos para llamar mi atención.

—¿Qué pasó? —le pregunto, expulsado de adentro, irritado.

—Ya se prendió el foquito. Casi no tenemos gasolina.

Solo eso me faltaba. Entre tanta prisa olvidé llenar el tanque. Le digo a Felipe que tiene razón y nos detenemos en la primera gasolinera que encontramos. Mi amigo sigue hable y hable hasta que le pido que guarde silencio por un segundo, saco mi cartera y le entrego un billete de doscientos pesos para que ponga gasolina mientras corro al baño a mear.

—No me tardo, güey. Porfa no te bajes a comprar mamadas —le pido.

—¿Qué mamadas? —me pregunta.

—Refrescos. Papas. Esas madres que tanto te gustan. Ahorita vengo.

Troto hacia el baño y escucho cómo Felipe me grita desde el asiento del copiloto:

—¡Gracias por decirme que estoy hecho un marrano!

Alzo mi brazo, le pinto pitos con el dedo medio y sigo mi camino hasta el baño de la gasolinera que, como buen baño de gasolinera, huele como si el universo entero hubiera meado allí hace una década y nadie jamás lo limpiara. Un niño de menos de diez años, con una camiseta que es azul salvo por una mancha café que podría ser de chocolate o de mierda, me observa desde la puerta mientras orino. Me sacudo la verga frente al mingitorio, cuidadoso de no manchar el traje y así ofender a mi mamá doblemente: llegando tarde y habiendo ensuciado el atuendo que me compró. Después me lavo las manos en un parpadeo, mientras el niño no deja de observarme.

—Una propina —me dice con autoridad, como si fuera un septuagenario que lleva la vida entera pidiendo una moneda de cinco pesos a la salida de un baño público.

—No traigo nada, mano —explico.

—Son cinco pesos —señala con tono exigente este pequeño capitalista de los mingitorios de carretera.

—A ver… —le digo exasperado y corro al coche. Allí encuentro a Felipe husmeando entre los espacios de las puertas donde la gente guarda recibos, encendedores, envolturas de dulces y licencias.

—Dame cinco pesos —le pido.

—¿Para?

—Cinco pesos, cabrón. Tenemos que llegar a la boda a tiempo.

Felipe obedece sin chistar, como durante años se sometió a Adrián, quien lo trataba cual subalterno. Le pregunto qué buscaba antes de que me acercara a él.

—Cigarros —me explica mientras sus manos rascan el fondo de mis portavasos en busca de una moneda. El gerente infantil del baño público me observa diez pasos atrás, detrás de una de las bombas de la gasolinera, con los brazos cruzados, inconforme con mi lentitud a la vez que intento no explotar contra Felipe, que al parecer es incapaz de esperar un minuto a que yo vuelva para que le dé un cigarro. Y encima, seguro estaba dispuesto a prenderlo dentro de la gasolinera.

—Listo —exclama Felipe, y me da una moneda de diez pesos. Corro hacia el niño y coloco el dinero sobre su pequeña mano, al tiempo que le pido que se quede con el cambio. Ni siquiera me da las gracias. No me importa. Me doy la vuelta y corro hacia el coche, listo para arrancar de nuevo.

Giro la llave, acelero y entro a la carretera pegándome al carril de alta a toda velocidad. Noto que Felipe tiene la vista clavada en un *ticket*, cuenta o pedazo de papel que encontró entre los escondites de mi coche.

—¿Qué es eso? —pregunto mientras le paso un cigarro y prendo otro para mí.

—Nada —me responde escueto, y aparta el papel de su vista.

—¿Qué lees?

—Nada, güey. Un pinche boleto de estacionamiento.

—¿Y así de interesante está?

—Ya sabes. Tu amigo el pendejo.

—¿Qué te pasa, cabrón?, ¿estás enojado porque no dejé que te bajaras a comprar donas Bimbo? —le digo con una sonrisa en el rostro. Felipe no se ríe de vuelta. Baja la ventana y arroja el recibo hacia afuera. Después se pone el cigarrillo recién encendido entre los labios, vuelve a sacar su iPod y pone la misma *playlist* con que empezamos el viaje, pero esta vez a un volumen ensordecedor. No sé por qué, pero no me atrevo a pedirle que le baje ni que quite su música. Y así llegamos al pueblo, a las doce en punto, a estacionarnos frente a una plaza, junto a un puesto que vende cocos y mangos, a dos cuadras de la iglesia afuera de la cual los invitados esperan para entrar.

Entre ellos no se encuentra ningún amigo mío. Adrián y Mica llegarán para la fiesta al igual que Pablo, quien, imagino, vendrá por su cuenta. Los que sí están son todos mis tíos y mis primos, incluidos Mario y su esposa, una rubia a la que le faltaron diez segundos en el horno para ser guapa. Ella sostiene un abanico frente a su rostro; lo mueve con verdadero afán, como si estuviéramos en el desierto del Sahara y no en el estado de Morelos. Él revisa su iPhone. Gracias a Dios no me ve.

Los que sí me ven, y se acercan a mí como si fuera más importante que el cura que va a oficiar la misa, son José Luis —el próximo esposo de mi hermana— y mi mamá, disfrazada de pavorreal, con un vestido azul cielo cuya falda tiene una circunferencia de cinco metros y una diadema de plumas en la cabeza que francamente me da vergüenza. No sé quién le dijo que su atuendo es *chic*. Sospecho que fue alguna de mis innovadoras tías y sus modistos.

—Ve nada más tu traje, todo arrugado —es lo primero que me dice mi mamá y yo, por instinto, volteo a ver mi saco y mis pantalones sin encontrar un solo pliegue. Felipe saluda de beso a mi mamá, con la familiaridad de viejos conocidos, y después felicita a José Luis, que a duras penas lo voltea a ver mientras estrecha su mano. Sus ojos están puestos en mí. Estoy seguro de que está a punto de decir algo insufrible. Y, como siempre, mi cuñado no me decepciona:

—Deje usté las arrugas, suegra: el pelo. Tania me dijo que te lo ibas a cortar para la boda.

—No tuve tiempo —le digo mientras me paso las palmas de las manos por el cráneo y me acomodo el pelo detrás de las orejas, como si realmente tuviera que quedar bien con este imbécil.

—Es la boda de tu hermana, compadre. Hay que verse bien. ¿O no, señora? —pregunta José Luis, quien tiene los güevos de hablar de absurdos cuando está vestido como pingüino, con chaleco y moño, cuando estamos a treinta grados centígrados. Pero mi mamá no se percata de esto. Por supuesto que le da la razón.

—Sí, Matías. Qué facha —me dice y, como último recurso, volteo a ver a Felipe, en espera de que me defienda.

—A mí ni me veas, güey. Te he dicho mil veces que te cortes el pelo. Tú eres el único que cree que está *cool* traer pelo de Fabio.

Cualquier debate se acaba cuando te comparan con un cabrón que ha salido en portadas de noveluchas eróticas. Prendo un cigarrillo y, con la vista fija en la flama del encendedor, les espeto:

—Prometo cortármelo para la próxima boda de mi hermana.

Mi mamá escucha mi comentario, acto seguido da media vuelta y, en una imagen cómica, se va golpeteando el empedrado con sus tacones y moviendo las caderas de lado a lado (las plumas en su cabeza se sacuden, como estremecidas por el viento). José Luis se queda parado frente a mí. Hasta acá puedo oler su loción: huele a los vestidores de un club de golf, a madera, limón y talco. Qué tristeza. El tipo tiene treinta y tres años y ya huele como su papá. Sé que huele a él porque de chicos nos lo topábamos en el club al que mi abuelo nos invitaba (ellos dos se conocían y se caían bien). Siempre lo veíamos regresando de jugar dieciocho hoyos, con las axilas y el cuello de su camiseta Lacoste húmedos de sudor. Nos llamó «niños» hasta que cumplimos dieciséis años, cuando se murió mi abuelo y dejamos de ir a comer al club. Aunque a mi papá no lo volteaba a ver, a mi mamá siempre la trató como la hija del señor Díaz: parte de la aristocracia mexicana, rica, guapa y de buena familia. Y dice mi mamá que fue él, el papá de José Luis, quien propició el encuentro entre la «niña» Lavalle y su primogénito. Le salió bien la jugada. Hoy, después de tres años de novios, mi hermana está a punto de casarse con su hijo.

José Luis no deja de verme. No sé si espera que me retracte o que le ofrezca una disculpa. Decido no hacer ninguna de las dos:

—Digo, si es que hay otra boda. Pero ojalá no haya. Ojalá mi hermana se quede contigo toda la vida —le digo, exagerando el tono sarcástico.

—Qué alegría que desde hoy vas a ser de mi familia —contesta él, llevando el sarcasmo al siguiente nivel. Tomo a Felipe del hombro y camino de vuelta a reunirme con mi mamá, para que me indique qué tengo que hacer durante la ceremonia religiosa, pero mi amigo prefiere rezagarse sin dar mayor explicación.

—¿Qué vas a hacer aquí solo, Pipe? Vente conmigo para burlarnos de toda esta bola de pendejos.

—No. Aquí te espero —me dice, sin siquiera poder verme a la cara.

—Ya. No me dejes solo con mi jefa.

—Que te vayas, cabrón. No quiero hablar contigo.

¿Se habrá dado cuenta de que no hablé con mi tío para que lo contrate? No entiendo por qué está tan enojado. Quiero averiguarlo, pero mi mamá me interrumpe y me pide que me acerque a ella. La ceremonia religiosa está por comenzar y los invitados ya entran a la iglesia para tomar sus lugares.

Como todas las ceremonias religiosas, la boda de mi hermana transcurre con una lentitud obscena. Siento que me lleva una hora caminar de la entrada de la iglesia al altar tomado de su brazo, más delgado que una manguera. Y así como ese pasillo, también me resulta interminable el proceso de las arras, los anillos y demás jaladas. Empiezo a bostezar antes de que el cura llegue a la mitad de su sermón, en el que habla de mi papá como si se tratara de Miguel Hidalgo: un caudillo que lleva doscientos años bajo tierra en vez de seis meses. Volteo a ver a mi mamá después de la primera mención, buscando un gesto de empatía o asco, y lo único que previsiblemente encuentro es a una señora que asiente con gravedad y concuerda con cada palabra que sale de la boca del cura. Por el resto de la ceremonia me dedico a pensar en mi papá como solo yo puedo hacerlo. Tengo la impresión de que soy el único que verdaderamente lo conoció, que sabe cuánto hubiera detestado todo este exceso de flores, música clásica, fotógrafos y sacerdotes hablando del significado de la vida, el amor y la muerte. Sobre todo sé qué tan mal le caía José Luis, al que veía como la encarnación de todos los valores podridos que su mujer quiso inculcarle a su hija: la importancia, precisamente, de ser rico, guapo y de buena familia por encima de la sensibilidad, la inteligencia y la bondad. Tania nunca aprendió nada. Su curiosidad infantil, incitada por los viajes que emprendíamos con mi papá y por los libros que nos compraba y las fábulas y cuentos que nos leía, le abrió paso a una muy, pero muy aguda promiscuidad adolescente dedicada a las pedas, los antros y el desmadre, y, finalmente, sin el apoyo de su hermano, con un papá doblegado por la cada vez más opresiva figura materna, a la frivolidad más recalcitrante. Me fui a Nueva York y dejé a una chica de diecinueve años confundida, de caderas inquietas, pero ante todo simpática y ligera. Regresé y todas esas cualidades y defectos se habían esfumado, reemplazados por la obsesión con el matrimonio, los hijos y la luna de miel. Natalia era igual que Tania hasta que llegué yo a desanclar su mundo, a poner sus expectativas en tela de juicio. Tan estúpidas eran que me tomó menos de dos meses acabar con ellas. Desgraciadamente, Tania nunca tuvo un Matías Lavalle que le enseñara que todo esto es pura bisutería.

El cura los declara marido y mujer, ellos se besan, aguanto la náusea, le doy la paz a un montón de extraños, y mi familia y la de José Luis se reúnen afuera de la iglesia para tomarse fotos con la novia y el novio, sonriendo para fotógrafos como si todos nos lleváramos increíble. Después subimos a nuestros coches y manejamos rumbo a la hacienda para comer, bailar y chupar. Busco a Felipe por todos lados, pero no lo encuentro. Después recibo un mensaje de su celular, en el que me avisa que Adrián llegó y se fue con él a la fiesta.

Me dejo de sentir crudo cuando llego al jardín y entro a la carpa dentro de la cual se llevará a cabo el festejo. Observo la pista y el orden de las mesas como un general estudiaría un campo de batalla. La mesa de mis amigos está más o menos al centro, cerca de la tarima en la que tocará el DJ y donde, en este momento, un cuarteto toca un poco de jazz. La mesa de mis primos maternos está al lado; desde acá puedo ver a Mario y a su esposa, quienes platican con otro primo que vive en Texas. Hubiera pagado por que Mario se sentara un poco más lejos. Ni modo. Sigo calibrando y descubro que, afortunadamente, mi tío Mario está sentado del otro lado de la pista, lo que reduce las posibilidades de que Felipe se pare y se acerque a él sin avisarme. Después de analizar el terreno le pido un whisky al primer mesero que veo pasar y pienso en lo que debo hacer para que la boda no sea un desastre. Felipe está enojado conmigo quién sabe por qué. Estoy seguro de que Adrián y Mica están sentidos porque ayer le prohibí a Daniela venir. Pablo va a llegar con el corazón roto por lo de Natalia. Mi primo me odia y espera una disculpa. Igual que mi tío. Y, además, tengo que cuidar que Felipe no vaya con él para preguntarle del trabajo.

Lo más fácil es arreglar lo de Felipe. Apago sobre el pasto mi cuarto cigarrillo en una hora y camino hacia la mesa de mi tío. Lo encuentro sentado junto a su mujer, más aburrido de lo que yo estaba en la iglesia. Aunque tiene más de setenta años, está muy bien conservado. Salvo por un pellejo de papada que se asoma desde su cuello, colgando arriba de su corbata amarilla, su piel y facciones son las de alguien veinte años más joven: los ojos castaños de mi mamá, la tez lozana y blanca, el cabello entrecano y la figura de mi abuelo (que yo no heredé): corpulenta, de hombros anchos y manos de *quarterback* de la NFL. Me ve y lo primero que hace es negar con la cabeza, sin perder el tiempo ni entrar en falsas cortesías. Me sonrojo mientras encorvo mi postura, con la vista clavada en la punta de mis mocasines. Saludo a mi tía, que no me devuelve el beso, y después le doy la mano a mi tío. Se para de inmediato; quizá busca intimidarme. No sé. Lo que sí sé es que no quiero que Mario me vea hablar con su papá, ni mucho menos Felipe, al que le bastaría con verme junto a él para saber que no le había mencionado nada del trabajo hasta hoy. Poco a poco viro hacia la izquierda, para que la espalda de refrigerador de mi tío me oculte del resto de la boda. Y así como él no tuvo reparos en mostrarme lo molesto que está conmigo, yo tampoco me tardo en darle una disculpa. Apuesto a que no sabe cómo funciona una revista y le invento que fue un error: esa versión era solo para divertirme, la metí en las galeras sin querer y estoy muy apenado por lo que esto pueda ocasionar. Parece prestarme atención, pero estoy seguro de que ya tiene preparado un contraataque sin importar lo que le diga. Por eso, y por pudor elemental, prefiero no traer la muerte de mi papá a cuento para justificar mis acciones. Al final, es él quien lo mete al tema:

—Todos sabemos que tú y tu hermanita pasaron por algo muy duro, Matías. Pero nosotros somos tu familia. Mario vive de esa revista. En la vida hay que aprender a distinguir quiénes son nuestros amigos y quiénes nuestros enemigos.

—Sí, yo sé, yo sé. Fue una tontería, tío. No sé con qué cara voy a saludar a tu hijo.

—Ser hombre significa afrontar nuestros errores y dar la cara —dice, y me pregunto si me va a aportar una sola cosa que no sea un aforismo o un consejo de Yoda.

—Claro. Por supuesto. Y ojalá él me entienda. Me siento muy mal con ustedes.

Mi tío guarda silencio, satisfecho con los cinco minutos de su tiempo que me ha regalado, y estoy a punto de irme cuando recuerdo que me acerqué a hablar con él no para ofrecerle una disculpa por algo de lo que no me arrepiento, sino para platicar de Felipe.

—¿Te puedo pedir un favor, tío? —le pregunto, y me responde cerrando los ojos y arqueando las cejas, como si este fuera el vigesimoquinto que le pido en una semana y no el primero en toda mi vida. La explico la situación laboral de Felipe sin mencionar que fue mi culpa que perdiera el trabajo en Televisa, y después le platico un poco de su currículum vitae, haciendo gala de los mejores eufemismos que se me han ocurrido: a la idiota temeridad con que decidió invertir su lana en negocios imposibles la llamo «espíritu emprendedor», a sus ambiciones vagas por ser tan rico y famoso como su papá les llamo «ganas de sobresalir», a la cantidad absurda de trabajos de los que ha entrado y salido sin pena ni gloria le llamo «curiosidad laboral». Mi tío parece convencido. Y harto. Al cuarto eufemismo que arrojo, levanta la palma de su mano y, cual emperador romano, me pide que me detenga.

—Ta bien —me dice—. ¿En qué lo puedo ayudar?

—Quería ver si puede chambear contigo. No necesita un puestazo ni nada. Nada más trabajar.

—Okey —me dice, listo para volver a tomar asiento y aburrirse junto a su esposa botoxeada.

—Está en mi mesa. ¿Crees que te lo pueda presentar, para que lo conozcas?

—Okey.

—Pero, porfa, no le digas que no había hablado contigo de esto. Le prometí que te llamaría hace un mes, pero se me olvidó.

Mi tío vuelve a cerrar los ojos y arquear las cejas. ¿Por qué me siento como la puta oveja negra de la familia cuando lo único que estoy haciendo es pedirle un favor?

—¿No hay bronca? —le pregunto, y él asiente con un pucherito de aristócrata displicente en los labios. Le doy las gracias y palmeo su hombro: se siente como si trajera un yunque debajo del saco.

Voy hacia mi mesa. No quiero que Mario me vea, así que le doy la vuelta al jardín por atrás de la tarima del DJ y me salgo de la carpa que han colocado en caso de lluvia, hasta llegar adonde están sentados Felipe, Mica, Adrián y mis únicos dos primos del lado de mi papá, hijos de su hermano —que regresó a vivir a Veracruz cuando era joven— y muy parecidos a mi hermana: piel morena, ojos y cabello negro; altos y delgados como una espiga. Ambos traen a sus novias, quienes vienen vestidas como si esta fuera una fiesta de quince años: una trae un vestido anaranjado y la otra uno color violeta, largos, barrocos y llenos de holanes. No quiero ni ver la cara que va a poner mi mamá cuando las vea. Oh vergüenza.

Los saludo con afecto, intercambiamos una serie de preguntas bobas (¿cuándo llegaron?, ¿cuándo se van?, ¿dónde se están quedando?), y después me dirijo a Adrián y a Mica. Él viste un traje de lino azul, una corbata de moño rosa y unos Ray-Ban ochenteros, y ella trae un vestido cortísimo y embarrado, del mismo color que el traje de su novio. Adrián me saluda con su característica efusividad mientras que Mica, por primera vez desde que la conozco, no me deja un rastro de saliva en el cachete. Ni siquiera me sonríe cuando le digo lo contento que estoy de que haya venido. Entre tanto, Felipe observa sentado el otro lado de la pista con los codos sobre la mesa y el mentón recargado entre las palmas de las manos.

Me siento junto a él e intento empezar una conversación.

—Acabamos de comer y vamos del otro lado para que te presente a mi tío —le digo.

—Gracias.

—¿Y Pablo?, ¿no se supone que iba a llegar para la fiesta?

—Que luego cae.

No se me ocurre qué otra cosa decirle. Ni siquiera han llegado todos los invitados y los arreglos florales al centro de las mesas ya empiezan a desbaratarse. Pétalos de rosas blancas y rojas cubren el mantel y nadan adentro de nuestros vasos de agua y copas de vino. La voz vuelve a hablarme. No entabla diálogo conmigo. Sé que solo está ahí para advertirme. Tienes miedo, me dice. Sé que tiene razón. No sé a qué se debe, pero tengo miedo de hoy.

—Traigo de todo, eh. El *dealer* me regaló unas capsulitas que al parecer son una mamada.

—Órale.

—¿Qué serán, güey? ¿Como MDMA puro, o qué?

—Quién sabe.

Pierdo la paciencia:

—¿Qué chingados te pasa, Pipe? Desde que salimos de la gasolinera estás como niño chiquito al que le quitaron su regalo de cumpleaños.

El cuerpo de Felipe ve a la pista y su cuello gira hacia mí. A pesar de que está alejado de la mesa, su gorda barriga casi choca con el mantel.

—No seas cínico, cabrón —me espeta.

—¿Cómo que no sea cínico?

—Vi el recibo, Matías.

—¿Cuál recibo?

—El recibo del motel.

—¿De qué hablas? —le pregunto, y arrojo un vistazo a Mica y Adrián para cerciorarme de que no están escuchando esta conversación. Los veo darse un beso y devuelvo mi atención a Felipe.

—No te hagas pendejo. Sabes perfectamente de qué estoy hablando. En tu coche había un recibo, del jueves, del motel ese del que vi salir a Natalia.

—¿A poco la viste salir del Palace? No mames. Qué coincidencia.

Felipe no se inmuta. No sonríe. No parpadea. Y yo invento la mentira mientras continúo:

—Fui con la de la revista ese día, saliendo de tu casa —le digo.

—Estabas en un Starbucks, güey. Yo te hablé.

—Antes del Starbucks fui con esa vieja. Neta.

—¿Al mismo motel que Natalia?, ¿a la misma hora?

—Te lo juro.

Felipe se para de la mesa, camina hacia afuera de la carpa y me levanto detrás de él para seguirlo. Lo detengo antes de llegar al camino de adoquín que lleva al estacionamiento y los baños.

—Cabrón. Es neta —le aseguro.

—No digas mamadas, Matías. ¿Qué tan pendejo crees que soy? Por eso no querías que le dijera nada a Pablo. Tenías miedo de que fuera a averiguar al motel.

—Claro que no.

—¿Por eso fue Natalia al antro ayer? No mames, güey. No mames. Estás de la verga.

Felipe amenaza con volverse a ir. Lo tomo del brazo y, ya que pesa cincuenta kilos más, se zafa como si yo tuviera la fuerza de un bebé de cinco meses. Troto detrás de él, rogándole al cielo que nadie nos esté viendo, y decido confesarme.

—Okey, güey. Sí. Sí fui con Natalia.

Felipe se detiene. El pasto debajo de nosotros está húmedo; puedo sentir el lodo que rodea la suela de mis zapatos.

—Cogimos dos, tres veces. Una en mi depa y el resto en el motel. La cagué. Estaba enojado con Pablo por cómo se portó conmigo en su despedida y un día se me aventó Natalia y la cagué. Ayer saliendo del antro hablé con ella y le dije que ya no nos viéramos.

—Cabrón —me dice viéndome a los ojos, furioso—. Por tu culpa le dijeron que no a Pablo. Por tu culpa lo cortaron.

—Eso no es cierto. Natalia nunca me hubiera puesto un dedo encima si Pablo la tratara bien.

—Y, según tú, cogérsela en ese pinche motelito es tratarla bien.

—Hay peores moteles que el Palace, no mames.

Por un segundo pienso que me va a pegar. Él, quien nunca nos ha alzado la voz, que nos quiere como a los hermanos que jamás tuvo, a punto de darme un madrazo. Doy dos pasos hacia atrás, por instinto, y junto las palmas de las manos a la altura del pecho como si rezara, apelando a la bondad de Felipe:

—Lo único que digo es que, con o sin mí, ella lo hubiera mandado a la verga —le explico. Felipe saca un cigarrillo de una cajetilla nueva y lo enciende, nervioso—. Pipe, ya no se querían. No estoy diciendo que les hice un favor. Claro que no. Pero sí estoy seguro de que los dos van a estar mejor separados.

—Si hubieras visto a Pablo ayer… —me dice con el cigarro entre los dientes.

—Hoy lo voy a ver.

—¿Y le vas a decir?

—¿Para qué? ¿Tú le quieres decir? ¿Quieres que, además de estar jodido por haber cortado con su vieja de toda la vida, tenga que enterarse de que su mejor amigo se la anduvo cogiendo?

—Eso lo hubieras pensado tú antes de cogértela.

—*Too late*.

—Sí. *Too late* —me dice y se va al baño dejándome solo a la mitad del jardín, con mis mocasines y mis pantalones enlodados, y esas últimas palabras haciendo eco adentro de mí. *Too late. Too late. Too late.*

Solo vi a mi papá llorar una vez. No sé si hoy lo hubiera hecho al ver a su hija bailando con su marido al ritmo de una canción de Celine Dion. Tampoco sé si habría llorado al tener que levantarse para bailar con Tania, su única hija, a la que siempre adoró (yo no lo hice cuando hoy tuve que pararme en su lugar; mi hermana me sonrió para que los fotógrafos captaran su alegría aunque apenas si sentí sus manos en mi espalda mientras nos desplazábamos por la pista). Probablemente no hubiera llorado; presiento que vería estos rituales como una concesión frente a la novia, algo que solo estaba dispuesto a hacer para darle gusto.

Después de bailar con Tania regresé con mis amigos y dejé de pensar en lo que Felipe acababa de descubrir. Recordé ese día en que, regresando de un partido, mi papá y yo tomamos la lateral del Periférico y vimos cómo una ambulancia se impactó a toda velocidad con dos automóviles llenos de aficionados del América. Siendo doctor, mi papá se detuvo y, en lo que llegaba otro equipo de paramédicos, ayudó a sacar a la gente de los coches. El joven que iba adentro de la ambulancia y el conductor de uno de los autos murieron. Decenas de peatones se agolparon en el camellón y alrededor de un Kentucky Fried Chicken para ver la escena mientras yo esperaba afuera del carro a que mi papá regresara a mi lado. Aunque tenía dieciocho años, todavía recuerdo el olor de las balatas, el hule quemado de las llantas sobre el pavimento y la gasolina derramada de los automóviles, mezclado con el aroma químico del pollo y las papas del restaurante.

Al cabo de un rato mi papá apareció entre la multitud, se subió al carro y me pidió que hiciera lo mismo. Nos tomó cinco minutos alejarnos del accidente; lo esquivamos y en un santiamén avanzábamos libremente por la lateral rumbo a la casa. Mi papá exhaló, dejó que un escalofrío le sacudiera el cuerpo y me pidió que lo acompañara a tomar algo, adonde fuera. Rara vez bebía, ni siquiera en fiestas o bodas. En toda mi vida lo había visto borracho una sola vez, a mis nueve años, un mes después de que muriera su mamá (mi abuela, a la que apenas si recuerdo). Me pareció raro que quisiera compartir una copa conmigo. Crecí acompañándolo a todos lados, pero casi nunca bebimos juntos. Le dije que sí y me llevó a un restaurante de comida francesa afuera de San Ángel, cerca de la privada en la que unos años después dejaríamos de vivir para mudarnos al Pedregal.

Nos asignaron la mesa y pasamos al baño para lavarnos las manos. Tomamos asiento y mi papá pidió una jarra de clericot, un cenicero y una crepa, en ese orden. Yo no tenía hambre ni sed. Todavía podía oler el pollo de Kentucky Fried Chicken y los coches destrozados; todavía veía al paciente que iba dentro de la ambulancia desangrándose sobre el camellón, al joven con el uniforme del América empapado de sangre y al otro hombre moribundo acostado afuera de su Tsuru. Mi papá puso su mano sobre la mía y me dio palmadas torpes, de simio. Después prendió un cigarro y musitó, en voz baja:

—Chingada madre.

—¿Estás bien? —le pregunté.

—Yo estoy bien. ¿Tú?

Tragué grueso, incapaz de mentirle. No, no estaba bien. Presentía que jamás podría olvidar la escena que habíamos visto en la lateral. Esas imágenes me acompañarían para siempre. Además, me costaba trabajo darle coherencia al accidente: entender el diseño, la lógica detrás de él. No fue culpa de un borracho, de un conductor negligente o de alguien que, en busca de atravesar el tráfico, decidiera perseguir a la ambulancia. La culpa la tuvo el vehículo de la Cruz Roja; el chofer que, en teoría, estaba cerca de salvar una vida, no de acabar con otra. La información era casi contradictoria a través del cristal de mi temprana educación católica. Había algo perverso en la narrativa del choque...

—Cuéntame de la escuela —pidió mi papá, para alejarme de toda conjetura.

—¿De la escuela? —reviré distraído.

Llegó la jarra de clericot. Mi papá se sirvió un vaso, derramó la mitad del contenido sobre el mantel, y después me sirvió a mí con el mismo resultado.

—Sí. Platícame de tus amigos. De tus clases. De tu nueva novia.

—Okey... —le dije, buscando palabras para dar por iniciada esta conversación necesaria para olvidar, aunque fuera por un instante, el accidente, la muerte y los alaridos. Mi papá se acabó su primer clericot de un trago, y cuando levantó el brazo para llevar el vaso a su boca, noté que las mangas de su camisa estaban manchadas de sangre seca color marrón. Prendí un cigarro, que me supo salado, y continué—: Mis amigos están bien. Pablo consiguió un nuevo baterista para su banda, un güey de cuarto de prepa que nos cae muy mal pero toca muy bien. Y este... Adrián ahí anda, ya sabes;

igual que siempre. Lleva dos meses sin agarrarse a madrazos con nadie, que para él es como un récord. A Felipe no lo hemos visto en semanas porque está tomando clases particulares para pasar los dieciocho extraordinarios a los que se fue.

—¿E Inés?

Me sorprendió que supiera su nombre. Llevábamos solo tres meses de salir, y no recordé haberla mencionado en casa salvo cuando anuncié, con la menor cantidad de detalle posible, que ya andaba con ella. Tania, que la había visto en un par de fiestas, le dijo a mi mamá que estaba fea. Mi mamá dijo que le daba gusto. Mi papá guardó silencio.

—¿Inés? Inés... Bien, pa' —le dije—. Raro, pero bien.

—¿Por qué raro? —me preguntó, y se sirvió más clericot.

—Pues es raro que la conozca desde secundaria, pero no la conozco nada. No sabía cómo era su casa ni su familia. Nada.

—¿Te llevas bien con sus papás?

—Sí, me llevo bien. Equis. Son chidos. Su papá es de esas personas que trabajan en el mismo lugar desde hace treinta años. Callado. Su jefa es ama de casa. Está todo el día allí encerrada, con Inés y sus hermanos.

—Como tu mamá —dijo mi papá, sarcástico.

—Ándale. Igualita.

—Y, ¿estás contento?

Asentí y apagué mi cigarrillo sobre el cenicero que nos acababan de traer. Mi papá sonrió, y por los siguientes minutos nos quedamos callados. Dejé que me envolvieran las conversaciones de las mesas de junto: la cena romántica entre un par de novios de mi edad, la cena familiar de una pareja de jóvenes con sus hijos pequeños, la cena de negocios entre dos tipos trajeados y canosos. ¿Qué sabían ellos de nosotros?, ¿intuían lo que habíamos visto en el Periférico? ¿Qué imágenes ocultaban sus ojos y sus conversaciones? ¿Cómo habrán visto a este señor con sangre en la camisa, bebiendo clericot como alcohólico, y a este adolescente que le platica con pudor de su incipiente vida amorosa? ¿Habrán pensado que estábamos lejos uno del otro, que no nos teníamos confianza, que no nos queríamos?

—¿Sabes por qué estás con ella? —me preguntó mi papá con una fuerza inusitada, probablemente envalentonado por el vino.

—¿Que si sé...? Sí, creo que sí. Me gusta. Me cae bien. Pienso que también le gusto.

—A veces, güero... —dijo y después clavó su mirada sobre el mantel, manchado de clericot y trozos de fruta.

—¿A veces qué, pa'?

Se le llenaron los ojos de lágrimas. A mi papá, que nunca lloraba.

—A veces se me olvida por qué me casé con tu mamá.

Volteó a verme, recostó la cabeza sobre su hombro y me arrojó una sonrisa difícil de descifrar. ¿Me pedía que lo entendiera?, ¿me pedía que le perdonara esta confesión, tan atípica en él? La sonrisa le arrugó la cara y lo obligó a entrecerrar los ojos. Por un breve momento las lágrimas amenazaron con escurrir por su rostro, pero apenas si mojaron sus pestañas. Me pareció que era un descuido hablarme de sus problemas maritales a una hora de ver lo que habíamos visto. Ahora fui yo el que volteó hacia el mantel, para rehuir el espectáculo vergonzoso que representaba este hombre —mi menhir— llorando al otro lado de la mesa.

La mesera le trajo su crepa y mi papá se limpió los ojos con la servilleta.

—Ta bueno —dijo, librándose del último vestigio de melancolía. Hace diez años de eso. Si viviera, ¿ya habría olvidado por qué se casó con mi mamá? Quizá yo debí darle la respuesta. Te casaste con ella porque te gustaba, porque era el tipo de chica de la capital que siempre quisiste que te hiciera caso cuando te mudaste a la Ciudad de México y porque te parecía un salto en la escala social, una manera de rebelarte frente a tu padre y sus raíces más bien humildes. Te casaste con ella por frívolo, igual que Tania con José Luis, y José Luis con Tania. Me equivoqué cuando, durante la ceremonia religiosa, pensé que tu hija no había aprendido nada de ti. Claro que aprendió. Hizo exactamente lo mismo que tú.

Felipe no ha cruzado palabra con nadie por más de una hora. Revisa su celular, bebe copa tras copa de vino blanco, pero no me platica nada ni tampoco habla con Adrián y Mica, quienes no han dejado de conversar desde que llegaron a la boda, tomados de las manos, llenándose el rostro de besos. Mis primos lucen aburridos, fuera de lugar. Platican entre sí, bostezan y apenas si picotean la comida que nos sirven los meseros. Yo no dejo de voltear a ver la entrada del jardín en espera de que Pablo aparezca, Felipe le confiese lo que sabe y todo esto se vaya a la basura.

—¿Va a venir Pablo o no? —le pregunto a Felipe con mi tono habitual, como si no supiera nada de Natalia y yo.

—Me acaba de mandar un mensaje. Dice que llega en media hora.

Los invitados inundan la pista. Los jóvenes se concentran cerca de la tarima mientras los adultos hacen el ridículo en la periferia, intentando encontrarle el ritmo a las canciones que pone el DJ. Las flores arriba de nosotros están a medio deshojar; los vasos de los invitados que no llegaron a sentarse están ahora llenos de pétalos y polen. Los meseros los recogen, los reemplazan y en media hora se vuelven a tapiar con pedazos de flor.

—Necesito que me digas si vas a hablar con él, Pipe. Es la boda de mi hermana.

—O sea, ¿ahora te tengo que proteger a ti o cómo está la cosa?

—Sabes a lo que me refiero. No es por mí. Es por Tania. Si se arma una putiza entre Pablo y yo, la boda vale madres. ¿Estás de acuerdo?

Felipe se acaba de un trago una copa de vino blanco que estaba casi llena y después aplasta con su tenedor una de las bolas de helado que tiene enfrente. En ningún momento me ve a la cara.

—Le voy a decir. Pero hoy no. ¿Okey? —me dice.

—Gracias, carnal.

—No me tienes que dar las gracias.

Zanjado este problema, decido que es hora de distraerme y bailar. Le extiendo la mano a Mica para separarla por cinco minutos de Adrián pero me dice que no, sin esbozar ni la mitad de una sonrisa. Me doy media vuelta, le ofrezco una disculpa a mi primo, saco a bailar a su novia y me la llevo a la pista. Mario baila con su esposa cerca de mí. Aunque arreglar las cosas con él me permitiría relajarme por el resto de la boda, prefiero no acercarme. Apenas son las cinco pero siento que es mucho más tarde, como si al día se le hubiera olvidado anochecer. Quiero que la fiesta acabe pronto, que se desate un aguacero tal que derribe la carpa, estropee el equipo de sonido, haga volar las bocinas y regrese a todos rumbo a sus coches. La novia de mi primo baila bien —mucho mejor que yo— y eso me ayuda a entretenerme por un rato hasta que, después de una cumbia, doy una vuelta y encuentro a Pablo sentado en la mesa, entre Felipe y Adrián. Todavía trae el saco puesto. Claramente acaba de llegar.

Me siento como un animal en el claro de un valle, rodeado de francotiradores. Mi primo me releva en la pista y se pone a bailar con su novia mientras yo camino de vuelta a la mesa de mis amigos para saludar a Pablo. Todavía puedo rescatar mi relación con él. Todavía puedo convencer a Felipe de que no le diga nada. Puedo enmendar todos mis errores.

Pablo no me ve llegar. Me pongo atrás de él, le toco el hombro y se levanta para abrazarme.

—Carnal, siento mucho lo de tu vieja —le digo al oído al tiempo que nos palmeamos nuestras respectivas espaldas.

—Ni me digas, cabrón. Así se las gastan.

Me separo de él, prendo un cigarro y tomo la primera copa de vino que encuentro en la mesa.

—¿Y has hablado con ella?

—Nada —dice. Veo que trae uno de los tres trajes que permutaba para ir a la Secretaría de Economía: gris, con muy delgadas rayas blancas, y una corbata más ancha que un babero. Parece como si hubiera salido de la oficina directo a Cuernavaca. Adrián se levanta y, con la caballerosidad que ahora lo caracteriza, jala su silla hacia atrás y trae otra al círculo para incluirme en la conversación. Aprovecho este paréntesis para barrer a Pablo de pies a cabeza. Sus zapatos no están boleados, sus ojos se ven irritados, repletos de venas, y en una mano, la derecha, sus nudillos lucen raspones frescos y rojizos. Supongo que ayer le pegó a una pared o a una puerta.

Mica regresa del baño y toma asiento entre Adrián y yo mientras Pablo nos platica cómo estuvo ayer, qué le dijo Natalia y qué hizo llegando a su casa. Habla del incidente con un dolor que me remite a los días después de que mi papá murió, solo que estoy seguro de que nunca fui así de soporífero. No lloré en el velorio ni en el entierro, ni en ninguna de las misas. Si lloré, lloré con él, cuando lo visité en terapia intensiva, pero prefiero no pensar en eso ahorita. Llega el mesero, y en lo que Pablo y Felipe piden unas cubas, Mica me voltea a ver y me dice:

—Te la mamaste ayer, güey.

—¿Con quién? —le pregunto, fingiendo demencia por enésima vez en el fin de semana.

—Güey, con Daniela. ¿Qué pedo con que le gritaste enfrente de todos?, ¿que te agarraste a madrazos con Patricio?

—Él me pegó.

—Porque insultaste a su amiga, güey.

—Porque su amiga me armó un pancho de güeva.

Mica niega con la cabeza, con un gesto muy similar al que hizo mi tío antes de que lo saludara, y después volvemos a concentrarnos en Pablo para escuchar su versión de los hechos. Incapaz para la sutileza, Felipe me voltea a ver cada vez que relata algo triste de ayer, como si yo tuviera la culpa de todo, pero no hago acuse de recibo. La conversación dura hasta que empieza a llover, suave al principio y después con rabia estival. Así nunca llovió en Nueva York: sin viento, con las gotas cayendo con furia, entremezcladas con trozos de granizo que parecen ametrallar el pavimento, el pasto y las ramas de los árboles. La música sigue, pero la letra de las canciones resulta imperceptible entre el ruido del hielo y el agua que golpetean la carpa que resguarda a los invitados. Los cinco nos echamos un *shot* de tequila. Adrián y Mica se paran a bailar. Pablo, Felipe y yo nos quedamos solos.

—Hablando de exnovias —les digo—. Antier vi a Inés.

No sé exactamente por qué les digo esto o qué espero recibir de vuelta. Quizá solo quiero que quede claro que mi exnovia no es Natalia sino Inés, y que también pasé por algo muy difícil antes de irme a Nueva York. Después de todo, Pablo sabe del aborto. Siento que hablar de esto es como comparar historias de guerra entre tres veteranos. Ninguno de los dos dice nada al respecto, así que continúo:

—No la había visto desde que regresé de Nueva York.

—¿Y qué sentiste? —me pregunta Pablo.

—Nada. No se veía tan bien, la neta. Venía vestida como mamá. Hasta me tardé en reconocerla.

—Yo también vi a Luisa el otro día y te juro que fue como si nunca hubiéramos sido novios. Me valió madres —dice Felipe, mintiendo en ambos frentes: «el otro día» fue hace dos meses y «me valió madres» fue le hablé a Matías para despertarlo a las tres de la madrugada y después le caí en su departamento, pedísimo, a hablar sobre Luisa hasta las siete de la mañana en lo que nos empinábamos un pomo de ron y nos acabábamos unas grapas que sobraron de la última boda. Pero no lo desmiento. Me ayuda cualquier cosa que sirva para que Pablo se dé cuenta de que los dolores femeninos son pasajeros.

Vuelvo a intervenir:

—¿Ya ves, carnal? —le digo a Pablo—. Va a llegar el día en que Natalia ni te pase por la cabeza.

—Lo tuyo es diferente, Matías —me responde.

Recojo mi cuba del mantel y me acerco a ellos, para poder escucharlos entre el estruendo de la tormenta.

—¿Por qué? —pregunto.

—Porque ya no querías a Inés. Te fuiste a Nueva York. Tú la mandaste a la verga. A Felipe y a mí nos cortaron.

Ahora sí tengo ganas de corregirlo. De recordarle lo doloroso que fue separarme de Inés e irme a vivir a otro país. De hablarle del año en que no toqué a ninguna vieja, en el que pasé tardes y noches encerrado en el cuarto de ese primer departamento donde viví, en la Cincuenta y tres y la Novena, jalándomela dos, tres, cuatro veces al día, sin dejar de pensar en ella, casi palpando cómo se me esfumaban los recuerdos táctiles, el timbre de su voz, la cronología de nuestra rutina, reemplazados por una especie de ineluctable ungimiento del que Inés salió como una diosa y yo como el pendejo que no quiso tener un hijo con ella y que la dejó para irse a Nueva York a trabajar de mesero, a conectar droga en *karaoke bars* sobre Bleecker y a rumiar por una ciudad que creí mía, pero que me es tan ajena como Tokio. Pablo no tiene por qué saber nada de esto. No, claro que no. Nada más se lo platiqué ¡dos millones de veces a través de Skype! Mi único confidente olvidó todo lo que le dije en confidencia. Chingón.

—Fue más complicado que eso, Pablo —le digo, y él, molesto, me responde:

—No fue más complicado que eso, cabrón. No tuvo nada de complicado. Andabas con ella, te daba güeva, querías irte a Nueva York, la mandaste a la verga, te fuiste, ella se casó con un pendejo y adiós. Fin de tu historia.

Estoy a dos milésimas de segundo de ser yo el que le diga lo de Natalia. Pero me contengo, como siempre, en aras de una convivencia agradable.

—Si te sirve verlo así, pues velo así.

Pablo emite un sonido de trompetilla con los labios y después vuelve a hablar de Natalia. Así pasan un par de horas. Anochece, deja de llover, los meseros usan palos de escoba para picar los vados de la carpa donde se acumuló el agua, mi hermana arroja el ramo, José Luis la liga, y yo deambulo por la boda evitando a Mario, poniéndome pedo, mientras Felipe y Pablo hacen lo mismo sin moverse de la mesa. Antes de ponerme borracho, voy a la mesa de mis tías e intento sacar a bailar a mi mamá, quien se niega con el pretexto de que tiene una ampolla en el pie. Entonces saco a bailar a una de mis tías, de las que no viven en México, y vamos a la pista a dar vueltas cerca de donde Tania brinca con sus amigas, y por un instante —siempre solo por un instante— olvido todo y pienso que Tania y yo seguimos estando cerca, que nunca me fui, que permanecí junto a ella todos estos años, que todo sigue igual. Mi tía se ríe después de que hago el único truco de baile que me sé: una especie de movimiento de *break dance* en el que, tras girar sobre mi cadera, acostado en el piso, termino posando como para una foto, con el cachete recargado sobre la palma de mi mano. Pero la diversión me dura poco. Felipe se acerca a mí y tan pedo como estaba en la fiesta de Daniela, me pide que le presente a mi tío.

—Estás borracho, Pipe. La vas a cagar —le digo.

—Preséntamelo. Así estoy mejor. Me da menos pena.

—¿Neta quieres que te lo presente?

—Creo que después de hoy estás en deuda, güey. Ándale. Antes de que se vaya.

A sabiendas de que nada malo puede pasar, y de que mi tío sabe lo que tiene que decirle, obedezco a Felipe y lo llevo a la mesa. Allí, mi tío sigue sentado en el mismo lugar junto a su esposa, sin dirigirse la palabra, como si hubiera pasado un minuto desde que nos despedimos hace cinco horas.

—Este es mi amigo del que te platiqué —le digo mientras Felipe extiende su brazo y sacude la mano de mi tío, musitando, repitiendo, «mucho gusto, señor, mucho gusto, señor, mucho gusto...»

Los dejo y regreso a la pista. Adrián y Mica siguen bailando. Pablo está sentado a la mesa, con su iPhone en las manos; cabecea de borracho. Tania baila con sus amigas, mientras José Luis bebe un trago de una cuba que sus amigos prepararon adentro de uno de los floreros gigantes que decoran el centro de las mesas. En toda la fiesta no los he visto juntos en más de dos ocasiones; cualquiera pensaría que esta fue una boda doble, y que el verdadero novio de Tania y la verdadera mujer de José Luis están escondidos en algún lugar, listos para aparecer en cualquier instante.

Bailo con una amiga de mi hermana, y entonces veo a Felipe atravesar la pista. Aunque lo noto molesto, ya no confío en mi sentido común: en este momento no me atrevería a cargar a un cachorro por miedo a que me arrancara un dedo de una mordida. Presiento que algo pasó con mi tío, pero me convenzo de que estoy siendo paranoico y que todo está bien.

Todo no está bien. Y me basta una canción para darme cuenta.

Salí de la boda a toda velocidad, corriendo hacia mi coche como si alguien me persiguiera, y después arranqué rumbo a la carretera que lleva a la Ciudad de México. El reloj marca las doce de la noche. Mi celular vibra una y otra vez. Recibo mensaje tras mensaje de números que no conozco, aunque sé que es Tania la que me marca. El interior del coche, oscuro salvo por las luces de los automóviles que vienen detrás de mí, se ilumina con la pantalla del iPhone cada vez que entra una llamada. Me distrae, así que lo pongo en mi mano derecha, aprieto el botón superior y después tengo que dejar de ver la carretera para apagarlo. Cuando alzo la vista tengo un coche a cinco metros de mí; estoy a punto de chocar. Volanteo hacia la izquierda. Piso el freno. Invado el carril de alta.

Las llantas se derrapan, mi automóvil colea. Y por último, como una aguja que rasga un disco de vinilo hasta que vuelve a tocar la melodía, logro apoderarme del volante y enderezo el rumbo. Me río cuando esto sucede. No lo hago por incredulidad sino por locura. Me siento como un personaje de acción en una película hollywoodense. Mi vida se ha convertido en un deporte extremo, o así la quiero ver; no sé.

¿Adónde vas, cabrón?, ¿adónde vas? Al DF. A seguir la peda. Mis pupilas, dilatadas por el éxtasis, tardan en acoplarse a las luces que arrojan los pocos automóviles que vienen del otro lado de la carretera. Sin embargo, el viento frío que se cuela por la ventana se siente magnífico. Vuelvo a distraerme, esta vez por mucho más tiempo, para escoger una canción que poner en mi estéreo, y solo corrijo el rumbo cuando siento una turbulencia que indica que las llantas del coche andan encima de la grava del acotamiento. Después de lo que pasó en la boda no me importa si me detiene la policía. Quiero creer, aunque no estoy seguro, que tampoco me importa estamparme contra un árbol o contra otro automóvil. Doy con la canción correcta, pico *play* y subo el volumen a todo lo que da. Grito, aúllo, canto y cabeceo como si estuviera en un concierto de Metallica y no en mi auto a las doce de la noche, después de arruinar la boda de mi hermana, rumbo a la Ciudad de México. ¿Para hacer qué? No tengo idea. Y no saber me aterra tanto como me entusiasma.

Después de dos canciones, decido bajarle a la música y disfrutar la carretera. Nunca antes había manejado en tachas y me sorprende lo relativamente bien que lo hago. Incluso pasa una patrulla a mi lado y el policía ni siquiera me voltea a ver ni prende la sirena. Tengo la impresión de que hoy he pagado toda mi mala suerte. Después de todo lo que me acaba de pasar, puedo tirarme de un edificio de doscientos metros y sobrevivir el impacto de la caída, rebotar en el asfalto y salir volando. «Dios no es un seguro de vida contra las idioteces», decía mi papá, pero él qué chingados iba a saber. Nunca hizo nada idiota, y aun así acabó bocabajo, en su recámara, con un derrame cerebral a los setenta y un años. Mi corazón no para de palpitar, mis manos empapan el cuero del volante con sudor y mis pies tiemblan frente al freno, el acelerador y el *clutch*.

Lo que pasó en la boda después de que Felipe habló con mi tío me llega de vuelta en episodios, como parte de una historia que no se decide entre la comedia y el melodrama:

Pablo me empuja en la pista. No me caigo; solo retrocedo. Casi tropiezo, pero jamás me derrumbo. No sé si llora. Escucho un gemido lastimero que me parece impropio viniendo de un tipo de su edad. No, no es un lamento. Es un gruñido. Está encabronado. Sé que quiere atacarme, sé que a eso viene, y no se necesita ser un genio para saber que Felipe soltó la sopa. Pablo sabe lo de Natalia. Esa es la razón por la que me empujó. Toda la pista nos voltea a ver, en espera de una bronca. Yo estoy extrañamente puesto. Si esto va a acabar en una pelea, pues que sea una pelea atómica. Vamos a tirar más de quince años de amistad a la mierda, pero vamos a tirarlos bien: haciéndonos pedazos. Y que gane el mejor.

Pablo claramente no piensa lo mismo. Después de darse cuenta de que la mitad de la pista lo observa, deshace el puño en el que tenía ceñida su mano izquierda y se la lleva a la boca. Sé lo que le pasa por la cabeza. Nunca, jamás pensó que yo le haría algo similar. Y ahí algo lo detiene. Piedad, respeto a los amigos que hemos sido; no sé. El hecho es que se va, y Felipe trota detrás de él.

Debería quedarme en la pista, pretender que no pasó nada, pero no puedo. He pasado demasiado tiempo de mi vida tras bambalinas, sin enfrentar nada. Esta vez tiene que ser distinto.

Lo alcanzo en el jardín. No le pido perdón. Creo que lo llamo por su nombre, y no tengo que llegar a la segunda sílaba antes de que voltee, rápido como una bala, dirigiéndose a mí.

—Hijo de tu puta madre. No puedo creer lo que hiciste

—me dice, y me sorprende que sea eso lo primero que sale de su boca. No sé por qué, pero esperaba que dijera el nombre de Natalia, que recalcara que fue con ella con quien me acosté: ese tótem femenino, intocable de intocables, la mujer de mi supuesto hermano. Para no ser el ofendido, me sorprende lo exaltado que estoy.

—¿Neta no puedes creerlo?, ¿después de que no fuiste para hablarme el día que se murió mi papá porque estabas tramitando tu visa?, ¿después de que en tu despedida me dijiste que «dejara de estar chingando con lo de mi papá»?, ¿de veras te sorprende, cabrón? —le pregunto.

Cae el veinte, como una bomba, y lo veo en el rostro de Pablo. Mis pies se hunden en el lodo. Felipe nos observa a ambos como un réferi que no entiende las reglas del juego.

—No me vengas con la mamada de que fue venganza, güey. Lo hiciste por envidioso. Porque te fuiste seis años a no hacer ni madre cuando yo estoy haciendo una maestría en Londres. Porque en tu pinche vida has ganado más de cinco centavos, y yo te compro a ti y al puto departamento que te dejó tu papá. Porque siempre has envidiado la relación que tengo con Natalia —me dice, sin tomar aire.

—Que tenías, carnal. La relación que tenías. Y si neta quieres hablar de envidias, ahí te voy. ¿Tú crees que envidio tu pinche familia, con un papá que nunca ha leído un libro en su vida, y una mamá que guarda taparroscas para que le den descuentos en el súper?, ¿tú crees que envidio tu relación, que era tan, pero tan aburrida en la pinche cama, que tenías que ir a un putero cada tercer día para no morirte de güeva?, ¿crees que envidio tu puto trabajo de oficinista, detrás de un escritorio, lamiéndole los güevos a tu supervisor? No mames, Pablo. Mínimo atrévete a ver las cosas como son —le lanzo, y por primera vez en mi vida soy capaz de quejarme de un amigo sin quitarle la vista de encima—. Acepta que me trataste como mierda. Acepta que a ella la tratabas de la chingada también. Y acepta que por eso pasó lo que pasó.

—Para ti todo es muy fácil. Nunca te he escuchado reconocer un solo error. Obligaste a Inés a abortar, cabrón. ¡La obligaste a abortar y ni siquiera tuviste los güevos para mantenerte en contacto con ella! Te fuiste a Nueva York, y ahora estás encabronado porque sabes que le fallaste a tu jefe. Sabes que lo dejaste aquí solo, igual que a tu hermana, igual que a nosotros. Y la vida te enseñó, igualito que en tu pinche novelita de mierda, que fui el único que la leyó, por cierto, que a veces sí es demasiado tarde para dar disculpas y aceptar que la cagaste —me dice igual de rápido que la vez anterior, señalando al cielo, como si alguien allá arriba tuviera la culpa de lo que nos ha pasado—. Y en vez de aprender, de hacer algo de provecho, vienes y nos chingas a todos. ¡A todos, cabrón!

Este último grito me obliga a voltear a ver a Felipe. Ya no me importa que se haya enterado de lo de Inés, un secreto que pensé que Pablo jamás compartiría. Lo que quiero saber es por qué lo incluyó en la lista de personas a las que supuestamente les hice daño. Durante esta pausa, mi primo de Veracruz y su novia pasan al lado de nosotros de vuelta hacia la pista, regresando del baño. Les arrojo una sonrisa cortés, como si mis amigos y yo estuviéramos aquí amarrándonos las agujetas y no peleándonos a muerte, como nunca lo hemos hecho.

—Güey, tu tío me dijo que nunca le hablaste de mí —me explica Felipe con calma—. Me dijo que te acercaste antes de que empezara la comida para pedirle que me dijera mentiras. Y sabes que por tu culpa perdí mi trabajo. Sabes que si no hubiera sido por ti, no habría salido ese día.

Me encabrona tanto lo que me acaba de decir que decido contarle la verdad:

—Y lo que no sabes es que llegando a tu depa te disolví un rivotril en un vaso de agua, para que no te despertaras.

—Verga —exclama Pablo, otra vez tapándose la boca con la mano, sin dejar de mover las rodillas—. Verga, verga,

verga. ¿En qué momento te convertiste en esta cagada de persona?

—Me cansé de ser el bueno del cuento, Pablo.

—Nunca fuiste el bueno del cuento, cabrón.

—¿No, carnal? Y antes de irme a Nueva York, ¿qué era? Cuando tenía que defender a Adrián y echarle la culpa al policía al que le sacó un ojo porque sí… cuando me reventaron una botella en la cabeza sin deberla ni temerla… cuando intentaba hablar contigo, Felipe, para que hiciéramos cosas diferentes, para que nos alejáramos de ese güey, para que volviéramos a ser los amigos que éramos en secundaria… cuando llegué a México y se murió mi papá, y me pasé semanas buscándolos para que me hicieran compañía y les valió dos kilos de reata, ¿ahí tampoco era el bueno?

Pablo ya no parece molesto. Lo noto más bien agotado, más allá del límite de la desilusión. Lo último que me dice es:

—¿No te cansa estar tan enojado, Matías?

Y ambos se dan la vuelta, listos para regresar a México y desaparecer para siempre. Antes de perderlos de vista pienso, con absoluta certeza: Ninguno tiene ni la menor idea de lo que significa estar verdaderamente encabronado.

Charcos de agua y lodo rodean la carpa como los lagos que circundaban y protegían a los castillos de la Edad Media, y cuando los brinco para volver a entrar a la fiesta me siento como un invasor. Por lo tanto, no me sorprende cuando Mario, mi primo, el principito de la familia, me recibe con las mangas recogidas hasta los codos y el nudo de la corbata flojo, colgando a la altura del tercer botón de su camisa, listo para pelear, envalentonado gracias a quién sabe cuántas copas de vino y champaña.

—No me digas que te peleaste con tus cuates —me dice, burlón.

—Tuviste que ir a rajar con tu papi —le contesto.

—Namás le dije que no tenía por qué ayudar a un malagradecido como tú.

—Ya relájate. Acepta que estuvo cagado mi artículo.

—Me pareció naco. Muy tú.

Me acerco a él y recargo mis dedos en su hombro, como si fuéramos viejos amigos y no dos parientes que jamás se han tolerado. Le confieso:

—Carnal, aquí lo único naco es tu revista.

Mario hace el mismo puchero displicente que su papá; señal, me imagino, de que no sabe qué responder. Y yo me voy, con las manos adentro de las bolsas del pantalón.

Me viene una imagen. Yo, de niño, en Acapulco, después de haber nadado más lejos de lo que mi papá me permitía, y una ola me revuelca, y luego otra y otra, y no puedo respirar. Lo llamo: papá, papá, ¡papá!, pero no me oye, no me salva, y no dejo de hundirme, ya sin aire en los pulmones, hasta que el mar se harta de mí y me escupe en la arena.

¿Se habrá hartado este fin de semana, también?, ¿estará por escupirme a la proverbial arena?

No, claro que no. Ahí viene lo peor.

Me voy directo a la barra, pido un tequila, me lo tomo derecho y me quema el esófago. Recuerdo a mi papá y sus múltiples quejas gastrointestinales; siempre hipocondriaco, siempre muriéndose de algo. Le hubiéramos hecho caso. Quizá su cuerpo nos advirtió lo que él no podía saber. Mis primos hermanos me alcanzan, junto con sus novias, y se echan otro tequila conmigo. Uno más y vomito. Uno más y tengo que ir al baño por perico. Les pregunto si se la están pasando bien. «Sí», me responden.

—Vente con nosotros a la pista.

—Ahorita voy —les miento.

Adrián me alcanza en la barra. No me acostumbro a su bigote, a su disfraz de *hipster*. Siempre siento que hablo con su hermano gemelo: bondadoso, cordial, a años luz del orate de la prepa y la universidad. Salvo por la naturaleza truculenta de su chamba, no queda nada de ese otro Adrián. Antes su rostro tenía una expresión amorfa: los labios anchos de un payaso, la nariz chueca de un boxeador, los ojos translúcidos de un felino agazapado: la cara inasible de alguien en quien no se puede confiar. Los años han decantado los rasgos característicos de sus facciones. La agresividad en sus ojos le ha abierto paso a una mirada lánguida, como la de un veterano de guerra. Hasta su nariz torcida parece el recuerdo de una vieja batalla. Cuando habla, su voz ya no ataca, no hiere, no intimida. Pretende haberse convertido en una oveja. Y lo único que quiero es quitarle la máscara. Arrancársela de una vez.

—¿Qué pedo con Felipe y Pablo? No me digas que se fueron —me dice.

—Se fueron —le aseguro.

Mica viene hacia nosotros. Camina con toda propiedad, como si fueran las tres de la tarde y no las ocho y media; como si no hubiera bebido ni una cerveza.

—¿Qué onda? —pregunta—. ¿Y los demás?

Adrián recibe una llamada. Saca el celular de la bolsa del pantalón y logro ver quién le llama. Es Felipe.

Llueve en la Ciudad de México. Las gotas convierten mi parabrisas en un caleidoscopio de luces rojas y blancas. No me reconozco cuando veo mis ojos en el retrovisor. Deberías estar feliz, me digo con las piernas trémulas, buscando cómo reactivar el químico de la tacha que lentamente deja mi cuerpo. Tengo ganas de mear. Pienso en detenerme a la mitad del Periférico, caminar hacia el camellón y orinar ahí, muy cerca de donde vimos a la ambulancia chocar. Aquí estuve mientras mi papá hacía lo posible por salvar las vidas de un par de personas, atoradas adentro de un Tsuru y una ambulancia.

Llego al edificio, camino hacia una esquina del estacionamiento subterráneo, me bajo los pantalones, sostengo mi verga, encogida por las tachas, entre mi dedo pulgar y el índice, y orino litros sobre una montaña de periódicos. Entro al vestíbulo, donde el Koala sigue dormido, y subo al departamento. Las luces del elevador me deslumbran, me aturden, y solo vuelvo a sentirme en paz cuando entro al que era el consultorio de mi papá. Me quito la camisa, que huele a sudor viejo, a alcohol, a tabaco. Tengo una mancha de mi propia sangre que zigzaguea entre los botones. Aún me duele la boca, aún me sangra cuando reviso la herida. Tengo el pómulo izquierdo hinchado y las costillas me duelen al jalar aire.

Entro a la recámara donde mi papá atendía a sus pacientes. Las dos incomodísimas sillas de madera en que se sentaban esas señoras con el rímel corrido y el pelo despeinado a las que yo espiaba desde la puerta de mi cuarto antes de que entraran a consulta. El diván que nadie nunca usó, que solo estaba ahí para darle seriedad al lugar. La silla ergonómica de mi papá, disonante con el resto del lugar: más propia de un burócrata que pasa el día entero frente a su computadora. Y en el librero, todavía, esos recuerdos que mi papá guardaba de sus pacientes. Una postal desde Australia, de una chica que tenía miedo a volar; un pequeño móvil de metal, con dos niños columpiándose sobre la barra, se mece con el viento que se filtra por la ventana que dejé abierta; una acuarela, de un duraznero que pintó un chico de apenas diez años al que su mamá traía a terapia, para luego esperarlo en la sala mientras leía las revistas que mi papá dejaba sobre la mesa: *Vanidades* para los frívolos, el suplemento de *El País* para los cultos. Y ese cuadro de una parvada de cuervos flotando en un miasma ambarino que cuelga de la pared contraria al ventanal. Qué desperdicio. Salvar a tantos y morir solo, en un hospital, con el cerebro apagado.

Abro un cajón y de un sobre saco la mitad de mi último sueldo de *Kapital*. En bóxers y calcetines, con ocho mil pesos en la bolsa de una chamarra que le pertenecía a mi papá, bajo un piso, al departamento de las putas, y les toco el timbre. Una, dos, tres, cuatro, cinco veces, hasta que me abre la puerta una chica morena, de hombros angostos y pelo rizado, vestida igual que yo: bóxers azules, decorados con nubes blancas, y un *top* blanco que deja poco a la imaginación: sus tetas, relativamente pequeñas para estar operadas, yerguen la tela, imposiblemente firmes.

—Hola —le digo y toso un par de veces—. Hola, soy tu vecino del piso de arriba.

Otra chica, de pelo castaño, con *pants* rojos y sudadera del mismo color, se asoma desde la cocina para ver quién tocó. La saludo con la mano. Ninguna de las dos dice una sola palabra.

—¿Quieres venir arriba conmigo? —pregunto. La chica morena me observa contrariada. ¿Creerá que le quiero invitar un trago o un café? Para que no quede duda saco el fajo de billetes de mi chamarra.

—Te doy dos mil pesos.

—Buenas noches —me dice, y amaga con cerrar la puerta.

—Cuatro mil —replico, pero la chica no se detiene y cierra la puerta. Parado afuera de su departamento, con el timbre en la cara, grito una última cifra—: Cinco. Cinco por una hora. En efectivo.

Espero a que reaccionen, a que vuelvan a aparecer y me digan que aceptaron la oferta. No ocurre. Tengo frío en los pies y en las pantorrillas. Me doy la vuelta rumbo a la escalera y regreso al departamento. Desde el tragaluz que colinda con la cocina escucho hablar a las putas. Empieza una canción y alguna de las dos la quita de manera abrupta. Dejo de prestarles atención y camino hacia el clóset del consultorio, listo para ponerme unos *jeans* y salir rumbo a la Condesa o la Roma, en busca de alguien con quien seguir la fiesta. Patricio, Daniela, Pablo, Felipe, Natalia, todos me detestan o me desprecian. ¿Quiénes me quedan? Algunas personas de la prepa y la universidad, gente que no he visto en más de seis años. Mi celular no deja de vibrar con mensajes de mi hermana. Para el resto de mi mundo estoy aparentemente muerto. No recibo una sola llamada de mis amigos o del resto de mi familia.

Suena el timbre justo cuando introduzco la segunda pierna dentro de mis *jeans*. Abro la puerta. Ahí está la otra chica, la de pelo castaño, con unos *shorts* de mezclilla, tenis para correr y una camiseta amarilla y entallada. No parece prostituta. Ni siquiera puedo oler su característico perfume. Fuera de molestarme, disfruto esta identidad difusa. Puedo pretender que es cualquiera, que no recibe los cinco mil pesos de antemano, los mete en una bolsita Louis Vuitton pirata y se desnuda en la puerta del consultorio para luego dirigirnos hacia el diván de mi papá, donde jamás me he acostado ni solo ni acompañado, y me quita los *jeans* y los bóxers, me pone un condón y me la mama con una mano acariciando mis güevos y la otra sujetando el plástico. Me observa mientras me engulle, y mi mano se prensa de su cola de caballo y la obligo a bajar más, a que su boca se ensanche para abrirme paso a su garganta. Tiene tetas muy pequeñas, que ni siquiera rozan mis muslos cuando traga toda mi verga. Me ve mientras sube y baja, mientras su lengua lametea mi glande cubierto en plástico. No sé si son las tachas o es otra cosa, pero no logro mantener una erección. Venga, carajo. Venga. Venga. Le pido que no me deje de ver. Le pido que lo haga más rápido. Me aferro a su cabellera, pellizco sus nalgas entre mis nudillos, le clavo las uñas en la piel y agito toda la grasa en un intento por activar algún mecanismo de emergencia para clientes insatisfechos.

—Dime que me quieres —le pido, y ella se saca la verga de la boca y me observa, con un chorro de saliva escurriéndole de los labios.

—¿Qué? —me pregunta, como si querer fuera un concepto ajeno, algo que inventé.

—Dime que me quieres y te pago mil pesos más.

La puta me ve con conmiseración, como un papá vería a su hijo pequeño que le pide quedarse cinco minutos más en casa de su mejor amigo. Después asiente y baja a lamerme los güevos.

—Te quiero —me dice—. Te quiero. Te amo.

Mi verga se vuelve a parar.

—Ven. Ven, rápido —le pido, y la chica se trepa conmigo al diván para montarme. Me deslizo hacia adentro sin mayor problema. Ella se mueve bien. Sube y después azota sus nalgas contra mis muslos. Sube, se deja caer y después sacude las caderas. Lo poco que me queda de la tacha vuelve a encenderse. Me siento cálido, querido y necesitado, allí, rodeado por las sillas donde se sentaban los pacientes de mi papá, por esa acuarela de un duraznero como el de mi viejo jardín, por esa postal enviada desde Australia, por el pequeño móvil que no para de moverse. Feliz con mi puta y su cariño alquilado.

—Te quiero. Te quiero. Te amo —me dice la puta con los ojos abiertos y le pido que se dé vuelta, para dejar de verla a la cara, la recuesto en el diván y me pongo atrás de ella. Estoy tan tembloroso que necesito su ayuda para encontrar su coño y metérsela. Por fin lo logro. Embisto una vez, hasta adentro, y vuelve a decirme que me quiere. Lo vuelvo a hacer, y otra vez repite su mantra. Sus nalgas rebotan al sentir mis golpes. Me tardo tanto tiempo en venirme que se ve obligada a salir de su papel de novia amorosa para pedirme que me apure. Tiene que salir a trabajar.

—Dime que me quieres —le repito, convertido en un limosnero; alguien que exige lo que nadie, nunca, jamás debe exigir.

—Te quiero.

—Otra vez.

—Te quiero —exclama, y apuro el paso, moviéndome tan rápido como puedo, sin parar de sudar.

—Déjame quitarme el condón —le pido.

—Mmm-mmm —me dice con los ojos cerrados, apretando los labios. A pesar de que ella también ha empezado a sudar por el esfuerzo, noto que su piel está fría. Sus nalgas se sienten gélidas contra mi pubis.

—Te pago mil pesos más.

—No. Apúrate —me dice, firme.

—Mámamela sin condón y te pago mil pesos más.

—Que no. Ya vente.

Es sudamericana. No argentina. Quizá venezolana.

—Dos mil pesos.

—¡Que no! —me grita, y yo obedezco y sigo, sintiéndome extrañamente derrotado, atacando su coño con todas mis fuerzas hasta que me vengo, y el orgasmo me duele mucho más de lo que me gusta.

La puta desaparece en un parpadeo. Apenas si me he quitado el condón y ya va de regreso a su departamento, entera, bajando las escaleras con gallardía tras darme un beso en el cachete que se sintió menos íntimo que la cogida que le acabo de meter. Saco más de mis ahorros, y con cinco mil pesos en la bolsa me preparo para irme. Vámonos, me digo en voz alta, como si yo fuera yo y otras personas.

Antes de salir, saco una de las grapas, esparzo su contenido sobre un libro de pasta gruesa de las grandes maravillas naturales mexicanas, enrollo un billete de veinte pesos y jalo dos líneas gordas, grumosas, que me lastiman la nariz y me prenden de manera inmediata. Es buena coca la de Octavio: dura, duradera y potente. Guardo otra grapa adentro de mi cajetilla de cigarros y, como cereza del pastel, saco una de las tachas azules y la trago con saliva. Sabe amargo y me dan náuseas. Pero aguanto vara. Vámonos, repito. Y dejo el departamento.

Son las dos de la mañana. Muevo mi coche, saco el Mustang de mi papá, que nunca he manejado, y salgo de la colonia Nápoles rumbo a Insurgentes, listo para meterme al primer lugar que me llame la atención. Paso puteros, lugares de salsa, farmacias abiertas las veinticuatro horas. Acaba de dejar de llover y el asfalto refleja con somnolencia las luces de la calle. Podría ir a la Condesa o a la Roma, a alguno de los lugares que he conocido en estos meses, pero la voz me pide anonimato. Como en Nueva York, cabrón. Así. Igualito. Vámonos adonde no conozcas a nadie, piérdete entre rostros sin nombre, baila con gente nueva, saluda a personas por primera vez. Estaciono el coche de mi papá en una calle oscura de un barrio desconocido y entro a un antro sobre la avenida Insurgentes con cinco mil pesos en la bolsa, listo para perderme, porque eso es lo que sí sé hacer. Nadie escapa como tú, carnal. Nadie desaparece mejor. Nadie dice adiós así, sin ver para atrás. Nadie olvida de manera más verga. Entro por un garaje, desciendo unas escaleras y me formo para pagar el *cover*. Mis pies no paran de moverse al ritmo de los bajos de la música que se escucha a través de la cortina de la entrada. Los escucha mi corazón y sus oídos amplificados por las tachas. Desaparece el dolor en mi pómulo, en mi boca y en mis costillas. ¿Quién me pegó?

Mientras espero para pagar, recuerdo a Adrián y a Mica parados frente a mí en la barra, preguntándome qué pasó con Felipe y Pablo. Adrián recibe una llamada de Felipe y yo me quedo con Mica que me observa con frialdad, cruzada de brazos.

—¿Sabes algo? —le digo con una mano recargada en la barra, como si me la estuviera ligando en un antro.

—¿Qué? —me pregunta.

—¿Te acuerdas cuando antier querías saber de dónde había sacado todo lo de mi libro, la historia del tipo que se grababa quitándole la virginidad a una chavita de quince años, el güey que le destrozaba la cara a un policía?, ¿te acuerdas?

—Obvio me acuerdo. Te lo dije hace dos días, no hace dos años.

—¿Sabes en quién me basé?

Mica duda antes de continuar con la conversación. La veo que prepara la pregunta necesaria para detonar mi respuesta y después se calla, como quien contiene un eructo. Ya sabe qué le voy a decir y aun así no puede evitar preguntarme. El morbo siempre, siempre gana.

—¿En quién te basaste?

—En tu novio. Tú tenías como catorce años; por eso no lo conocías ni te lo topabas en antros. Pero lo hubieras visto, Mica. Lo vi patear la cara de güeyes a los que había dejado inconscientes sobre una banqueta. También cuando le sacó el ojo al policía con una llave de tuercas. Yo vi el video donde se cogía a la tal Mafer.

Siento cosquillas en los dedos y las piernas. Sé lo que viene y no puedo evitar ponerme nervioso. Adrián todavía habla con Felipe; una mano sujeta su celular y otra su frente en señal de incredulidad. Claro que Felipe le está diciendo todo: que me cogí a Natalia, que por mi culpa mandaron a volar a Pablo, que por eso se fueron de la boda. Y no sabe la sorpresa que le espera aquí en la barra. Continúo:

—¿Qué no has visto las cicatrices que tiene en la rodilla? Después de lo del video, unos pinches guarros lo bajaron de su coche y lo mandaron al hospital un mes. Por eso no puede correr.

—Me dijo que había chocado —comenta Mica, y veo que su cara no sabe qué expresión poner. Nunca en toda su vida de niña rica de Polanco, con papás galeristas y cosmopolitas, recibió una noticia así. Y esa mirada, cuando un ser humano por primera vez conoce el pantano, es inconfundible. Yo la vi en mi propio rostro cuando me observé en el espejo después de que Adrián me enseñó ese video, luego de que los primos de Mafer me quebraron una botella en la cabeza. La vi en Inés cuando el doctor que le practicó el aborto salió del pequeño quirófano y me quedé solo con ella. La vi en Pablo hoy cuando me enfrentó a la salida, cuando se enteró de lo de Natalia y yo.

—Que no mame. Que te diga la verdad.

Adrián regresa exaltado. No veo afán en él de golpearme sino de entenderme. Quizá por eso se acerca a nosotros con los brazos abiertos y las palmas de las manos hacia el cielo, con su iPhone en una de ellas.

—¿Qué onda contigo? —me pregunta sin alzar la voz—. ¿Es neta lo que me acaba de contar Pipe?

Mica voltea a ver a su novio.

—¿Qué te dijo?

—Es neta —les respondo con el gesto más cínico que encuentro—. Me estuve dando a Natalia como por tres meses seguidos. O más.

—No mames, güey. ¿Qué te pasa? —me pregunta Adrián sin acercar los brazos al cuerpo, aún con tono conciliador.

—No es pa tanto, carnal —respondo, y después volteo a ver a Mica—. Ni que estuviera lavando dinero con mi chamba.

—¿De qué hablas?

—Es que se me olvidó decirle algo a tu vieja…

Adrián se cruza de brazos y, por primera vez desde que regresé a México, obtengo atisbos de la persona que fue y que yo sé que sigue siendo. Le hierve la sangre. No puede evitarlo. Así fue desde adolescente: se agarraba a madrazos con tipos de sexto de prepa cuando iba en segundo de secundaria, amenazaba a profesores, golpeaba paredes, se divertía arrojándole huevos a los peatones desde la ventana de su coche. Era un aliado extraordinario para un enclenque rubio, sin amigos, de catorce años de edad. Ahora no necesito que me defienda. No solo eso: no hay nada que Adrián me pueda dar que me haga falta.

—Tu novio lava lana con su negocito de armar fiestas. Me lo dijo su papi, que es el que le pasa la feria. Así se pagó su depa, que tanto te gusta y que le ayudaste a decorar.

—No le hagas caso, *baby* —le pide Adrián.

—No, no. Hazme caso. Neta.

—¿Qué más le inventaste, pendejo?

—Si hubieras leído mi libro sabrías, carnal. Ahí están todas tus anécdotas.

Mica voltea a ver a su novio y, como si hablara de algo inconcebible, le dice:

—Que le sacaste un ojo a un policía. Que te grabaste estando con una niña de quince años.

Ahora resulta que «estar» es el eufemismo de moda para «coger». Decido corregirla, nada más para dar énfasis a lo que hizo Adrián. Nada más por joder.

—No, no se grabó *estando* con una niña de quince años. Se grabó *cogiendo* con ella, en el cuarto de su casa. Por ahí debo tener una copia del video. Si quieres luego te lo paso.

La mirada de Adrián viaja entre mis ojos y los de Mica, en busca de un pretexto verosímil. Si tuviera más neuronas que músculos quizá podría defenderse, tirarme a loco, inventar, como Pablo, que le tengo envidia y que por eso intento herir su relación. Es hora de dar la estocada final:

—Y da gracias de que no grabé al pedote de tu jefe cuando me confesaba lo de tu negocio, güey. Me hubiera encantado mandarlos a los dos a la verga, donde merecen estar.

Tan rápido como un zarpazo, Adrián me empuja y me arroja contra la barra. Mi nuca golpea el metal y después azoto contra el pasto, acompañado de los alaridos de Mica. No meto las manos, no pataleo, no intento defenderme. Dejo que el disfraz de Adrián se disuelva en una sola, exquisita madriza.

—Eso es todo, cabrón. ¡Eso es todo! —le grito mientras sus puños me destrozan la cara. Adrián es un molino averiado: me golpea por todos lados, con todas las extremidades. Su espalda es tan ancha que oculta la luz de la fiesta y son tantos sus impactos que mi cuerpo no logra siquiera registrar dónde me duele. Lo único que distingo es su ridículo moñito de *hipster*, agitado por el movimiento de la percha. Siento presión en las costillas, la cara, las piernas y el estómago, hasta que mis primos lo detienen y lo levantan, separándonos.

Me quedo en el suelo, bocarriba, con la vista clavada en el toldo blanco y las luces de la boda. Mi espalda se humedece con los estambres de agua que se colaron desde afuera de la carpa hasta la barra y que ahora bañan el pasto. Dejo caer la nuca y siento cómo mi oído se inunda de líquido, como cuando me zambullía en la alberca del club sin taparme la nariz con el índice y el pulgar. Lo palpo y después observo mis dedos: la sangre que me escurre de la boca se coló hasta mi oreja.

Mis primos me ayudan a ponerme en pie. Mis piernas salieron ilesas de la golpiza, así que no tengo problema al pararme ni al caminar. Mica ya no está frente a mí cuando me levanto; la veo del otro lado de la pista, a punto de salir de la carpa. Solo está Adrián, quien no deja de sacudir las manos para librarse del dolor de sus nudillos lastimados. Me señala y me dice:

—Te mato si vuelves a abrir la boca.

—Me alegra, carnal.

—No te quiero volver a ver en mi puta vida.

—Sí, hombre. Ya entendí. Alcanza a tu novia. ¿O ya es tu ex?

Adrián inclina el torso hacia adelante sin dejar de verme a los ojos, como un hombre asomándose al vacío, y me espeta:

—Eres una mierda, güey.

—Muérdete la lengua —le digo guiñándole el único ojo con el que todavía puedo guiñar.

Adrián se va trotando, o intentando trotar con lo que le queda de rodillas, y yo me quedo rodeado de mis primos y otros tantos curiosos. Me voy al baño solo, a limpiarme la sangre de la cara, y me tomo dos aspirinas que encuentro en un canasto junto a los lavabos. Cuando salgo, encuentro a mi mamá afuera fumando un cigarrillo, dando pequeños pasos sin rumbo en el jardín.

—¿Ahora qué pasó? —me pregunta sin acercar sus manos a mi rostro para revisar mis heridas, como cualquier otra madre haría.

—Adrián se volvió loco.

—¿Cuántas veces te dijo tu papá que dejaras de ser su amigo?

—Dame —le digo y extiendo la mano para que me preste su cigarro. Le doy una fumada con mis labios cortados y después se lo regreso, pero ella, al ver la colilla manchada de sangre, me pide que lo tire en una maceta que está al lado.

—¿Quieres que el chofer te lleve al hospital? —me pregunta.

—No. Estoy bien. No estuvo tan fuerte.

—Estás borracho.

—Estoy cansado, ma'.

—Todos estamos cansados, Matías —me dice, y siento que se refiere a mí. Llevo años de escuchar este argumento, como si a partir de que cumplí dieciocho años todos los problemas de mi familia fueran mi culpa y no la de ella que siguió casada con un hombre al que tal vez nunca quiso, que siempre me trató con distancia, que convirtió a Tania en una encarnación de todos sus putos valores frívolos.

—Te vas a quedar a dormir en la hacienda, ¿verdad? —me pregunta.

—Sí.

—Por favor compórtate hasta que acabe la boda. Deja que te vean tus tías así. A ver qué les invento.

—Diles que me caí de borracho.

Paso la siguiente media hora de la boda sentado a la mesa, limpiándome la herida del labio con una servilleta hasta que deja de sangrar, tolerando que Mario hijo se pasee por donde estoy con una sonrisita cagante, como si la madriza que me acomodó Adrián fuera obra del karma o de alguna fuerza divina y no algo que yo propicié, que yo busqué, que yo necesitaba. Me podría ir a dormir pero algo me retiene aquí, entre las parejas que bailan salsa, los gritos de las amigas de mi hermana, las hileras de personas que, con las manos en las caderas del de enfrente, bailan por la pista como una víbora humana. Es hora de que yo también empiece a divertirme.

Me levanto del asiento, voy a la barra, pido dos copas de champaña y me voy rumbo al baño. Me meto a uno de los apartados, pongo las dos copas sobre la tapa del escusado y saco mi cajetilla de cigarros. Hasta abajo encuentro la bolsita Ziploc. La abro, la volteo y vierto su contenido sobre la tapa. Separo las pastillas y escojo las dos cápsulas, las que abro por la mitad. Vacío el contenido de ambas dentro de las copas de champaña y después revuelvo el líquido agitándolo. Pruebo el coctel. La tacha no es efervescente, así que la champaña sabe ligeramente amarga y la mayoría del polvo yace en el fondo de la copa: un grumo de éxtasis.

Salgo del baño y entro a la carpa con las copas en mis manos. Sé adónde me dirijo. Cruzo la pista; le sonrío a mi tío, que sigue sentado junto a su mujer.

No sé si he venido antes a este antro. Cruzo la cortina y la música me ataca, como una patada. La entrada está tan cerca de una de las bocinas principales que puedo sentir cómo el estruendo y las ondas de los bajos entiesan los vellos de mis brazos. Ya había entrado aquí. O a algún lugar similar: otra cueva de Insurgentes o la Zona Rosa llena de güeritos entachados, de meseros vendiendo cocaína por debajo del agua, de gente a la que nunca he encontrado de día, que jamás he visto caminar por una plaza, rumbo al cine: fisicoculturistas con camisas entalladas y sus siliconadas acompañantes, modelos brasileños y argentinos, otros parias, otros extraviados. Quizá formo parte de ese grupo de personas que migran de baño en baño, espolvoreándose las narices, y que solo se van cuando los corren a empujones, cuando el DJ ha dejado de tocar, cuando los meseros, esos pobres cabrones a merced de nuestros horarios volteados, te esperan en una esquina del lugar, desde la cual te observan sin asombro ni tristeza porque tu falta de vida es lo que les pone pan sobre la mesa. En todo caso ya he estado aquí, y si no es en este sitio en particular entonces fue en otro antro como este.

Voy a la barra y pido un *shot* de Jaggermeister adentro de un vaso de *boost*. Me zumbo la perla negra en menos de lo

195

que canta un gallo y siento el galope de mi corazón, la quijada tensa y los pulmones llenos de hielo seco, recién expulsado por un par de máquinas al lado de la cabina del DJ. No me acuerdo cómo imaginaba que sería mi vida al llegar a los veintiocho, pero sé que nunca pensé que estaría aquí, a esa edad, tapiado de drogas que hace mucho perdieron la capacidad de sorprenderme; aquí, rodeado de desconocidos, sin nada que hacer. La tacha que me tragué en mi departamento tarda mucho menos en reventar que la primera que me tomé en la boda de mi hermana. Para el segundo ritmo del DJ ya estoy en la pista con una cerveza en la mano, agachando la cabeza, moviendo el puño arriba y abajo como si hubiera metido un gol.

—Salud, ma'.

—¿Qué es eso, Matías?

—Champaña. Lo que quedaba de la última botella.

—Creo que ya tomaste suficiente.

—Es champaña, ma'. Ni que me estuviera echando un caballito de tequila.

Mi mamá no parece convencida y observa su copa con aprensión, como si le hubiera servido un *smoothie* de veneno para ratas.

—Ándale, ándale. Nunca has brindado conmigo —le digo.

—Bueno, está bien.

Dejo la copa frente a ella y me tomo la mía hasta acabármela. Después, sin que nadie se dé cuenta, me lamo el dedo índice, lo resbalo por el fondo de la copa para recoger lo que sobró de la tacha y lo chupo. Me siento al lado de mi mamá y pongo una mano sobre su rodilla.

—Órale, ma'.

Mi mamá le da un trago a su copa. Un buen trago. No sé si eso sea suficiente para entacharla.

Una tía me pregunta qué me pasó en la cara.

—Un amigo, tía. Ya sabes cómo se pone la gente cuando toma.

—Mañana vas a amanecer con la cabeza del tamaño de una sandía.

—Nah. Ni me duele.

Mi mamá me sonríe, le da otro buen trago a su copa y yo la recojo por miedo a que vea lo que hay hasta el fondo. No sobró tanto: un cuarto de píldora, si acaso. En media hora va a estar rebotando de alegría.

Mi tía me revisa el pómulo y dejo que me toque, mientras mis otras dos tías hablan de sus hijas, de cómo están felices de que sus nietos van a nacer en Houston y no en la Ciudad de México, en este clima de violencia, qué horror, con todo lo que está pasando en el país y el desgarriate de las elecciones y la falta de esperanza. No les importa que yo, que nací fuera de México, escuche su conversación. No me hacen partícipes de su plática ni hago el menor intento por incluirme. Solo me acerco a mi mamá y la preparo para lo que está a punto de sentir. Me levanto y hago algo inédito entre nosotros: rodeo su cabeza con mis manos, la aprieto contra mi pecho, húmedo de sangre y sudor, y después le beso la frente.

—Te quiero, ma' —le digo.

—Yo… yo también, hijito.

No me ha dicho así en años. Fuera de ofuscarme, la madriza parece haber esclarecido mis sentimientos. Me siento puro, recién bautizado, libre de cargas. Y es con esa claridad con la que acepto que quiero a mi mamá, la única de mis dos padres biológicos que me acepta, porque el otro cabrón jamás contestó mis llamadas ni me habló después de que le dejé un recado, al mes de haberme mudado a Nueva York. Ni siquiera pude oír su voz: cuando hablé a su oficina me contestó un mensaje pregrabado de una compañía telefónica.

Voy a la pista a bailar con amigas de mi hermana, y la tacha me pega en menos de treinta minutos. Una delicia. Coqueteo con una chica que se llama Claudia, amiga de Tania desde los diez años, y más que hacerme caso, parece genuinamente preocupada.

—¿Te sientes bien? —me pregunta.

—Estoy perfecto —le digo—. Perfecto —y después volteo y le pido al DJ que le trepe a una canción que ni siquiera me gusta. Me pongo a brincar como desaforado. Brinco tanto y tan alto que al cabo de un minuto me duelen las plantas de los pies. Claudia se rasca el cráneo con sus uñas color violeta y me avisa:

—Me voy a ir a sentar tantito.

—No, no, no. Pérate, pérate. Una canción más y nos vamos a sentar.

—Okey —me responde como si tratara con un loco, como esos con los que creció mi papá en La Castañeda.

—Dame un beso —le pido.

—Ahorita vengo. Voy al baño.

Claudia se va y me quedo solo, dando vueltas por la pista sin nadie que me haga caso. Mi hermana llega y me barre con desprecio, desde la punta de los zapatos hasta el pelo. Me vale madre y me le arrojo a los brazos y la beso: un beso mojado, torpe, en el que aprieto todo mi rostro contra su cachete, desde la barbilla hasta la punta de la nariz.

—No solo te madreas en mi boda sino que también te metes una tacha —me dice al oído, desilusionada.

—Y está que te cagas. ¿Quieres una? —le pregunto mientras la suelto.

—Te pasas , Matías.

—Ya, no seas fresa, Tania. Mándate a la verga con tu hermano.

—Me acabo de casar, güey.

—¿Y dónde está el novio?

—Por ahí anda.

Por ahí anda, en efecto, platique y platique con sus amigos, sin bailar con su nueva esposa ni un minuto, más borracho que cualquier otra persona de su fiesta, tomando *shot* tras *shot* de tequila y vodka y ron. Hace diez minutos fui al baño y lo escuché vomitar en uno de los escusados.

Es hora de ir a ver cómo va mi mamá. La encuentro sentada en el mismo lugar, calladita mientras mis tías no paran de hablar de viajes por el extranjero, de un *outlet* increíble a las afueras de Houston y de lo deteriorada que ven a la esposa de mi tío Mario, a la que siempre han odiado. Hago caso omiso de su conversación y le extiendo la mano a mi mamá.

—Vente. Vamos a bailar.

Mi mamá tiene los ojos ligeramente desorbitados. Sus manos no dejan de rozar el borde de su vestido. Y cuando exhala, lo hace con fuerza, como la gente cuando se marea.

—No sé, Matías. No me siento bien.

—Párate a bailar y se te quita. Te lo juro.

—Creo que me estoy enfermando. Siento que me va a dar fiebre.

—No es nada. Es que has estado sentada mucho tiempo. Ven. Párate.

Mi mamá me obedece a regañadientes. La tomo de la mano, zigzagueamos entre las mesas que llevan a la pista y después bailo mientras ella no deja de palparse la frente y de frotar las manos, como si quisiera entrar en calor. Se ve extrañamente bonita, aquí, tan indefensa. Me da pena su ingenuidad, su relativa inmadurez frente a mi experiencia; me da vergüenza la brecha entre esta mujer adulta, de sesenta y tres años, y su hijo que ni siquiera llega a los treinta. Sé que he visto muchas cosas que ella jamás verá. Sé que no tiene las herramientas para entenderme. Nunca una generación de padres ha estado peor equipada para comprender a sus hijos. Y con esa frase revoloteándome en el corazón, así la abrazo, con todas mis fuerzas, y me pide que me haga a un lado.

—Pérate, pérate, Matías. Me siento muy rara.

—¿Qué es?, ¿la música? ¿Quieres otra canción?, ¿algo más tranquilito?

Mi mamá asiente con la cabeza como si tuviera cinco años, con los ojos bien cerrados, y corro con la adrenalina a tope hasta arriba de la tarima para convencer al DJ de que le baje al ritmo y ponga algo salsero, más movido, menos moderno, porque lo pide la mamá de la novia, que también es mi mamá. El DJ, un tipo de mi edad que me dice «compa» y que masca un chicle como si este fuera su peor enemigo, me asegura que después de esta rola va a poner algo «sabroso». Le doy las gracias y bajo con mi mamá. En lo que esperamos a que empiece otra canción, le digo:

—Perdón por lo de *Horacio*, ma'. También era tu perro, debiste despedirte de él.

—No te preocupes. Ya estaba muy viejito. Quizás está bien que lo hayas enterrado allí, en ese jardín que tanto le gustaba. ¿Sabes una cosa, hijito? Pienso que *Horacio* nunca fue feliz en la nueva casa.

—Yo creo que nadie más que tú ha sido feliz ahí —le confieso, y aunque en otras circunstancias este comentario me habría valido un insulto, la tacha suaviza el carácter de mi mamá. Su respuesta lo dice todo:

—Tal vez hice mal en obligar a tu papá a vender la otra casa, pero es que era muy chiquita, ya no cabíamos ahí.

—Cupimos por veintitantos años, ma'.

Mi mamá digiere mi comentario.

—¿Me perdonas por sacarte de ahí, hijito?

—¡Te perdono, ma'!

Nos abrazamos, justo cuando empieza una cumbia movida. Mi mamá me da un beso en la mejilla, el primero en años y años; después grita, emocionada por la canción y yo bailo encantado con ella, tomándola de las manos y dándole vueltas.

—¿No te sientes increíble? —le pregunto sin dejar de sonreír, con la mandíbula trabadísima.

—¡Me siento muy rara! —exclama.

—Te quiero, ma'.

—Yo a ti, hijito.

Bailamos esa canción, y la siguiente y la siguiente frente a las miradas anonadadas del resto de los invitados, sobre todo los más cercanos a nosotros, quienes saben que mi mamá y yo jamás nos hemos llevado bien. Me fascina la escena: el hijo madreado, la mamá entachada, dando brincos por la pista como un par de adolescentes en su primera fiesta de quince años. Después retomamos la conversación, sentados a la mesa donde estuve con mis amigos durante la comida. Hablamos sin silencios, como si tuviéramos los diálogos escritos en una hoja de papel frente a nosotros:

—Te quiero mucho, ma' —le digo.

—Yo a ti, yo a ti —me contesta sudando, con una botella de agua en las manos de la que no para de beber.

—¿De veras, ma'?, ¿de veras?

—Muchísimo. Eres mi hijo, ¿cómo no te voy a querer?

—Es que siento, no sé, siento, siento como si nunca estuviéramos cerca, ¿sabes? Cerca, cerca, cerca... como si mi papá me hubiera querido por los dos.

—¿Sabías que no pasó ni un día, desde que te fuiste hasta que se enfermó, en que tu papá no hablara de ti, que no me preguntara si habías contestado mis *mails*, si sabía algo? Yo siempre le decía que tú no te comunicabas conmigo, que si alguien sabía de ti era él. Y es cierto.

Me levanto y arrastro la silla hasta acercarme más a mi mamá. La tomo de las manos.

—¿Tú me extrañabas? —le pregunto.

—A veces. Es que chocábamos demasiado... —me responde distraída.

—Namás quiero que sepas que yo a ti te extrañé mucho, mucho más de lo que te dije.

—Me encanta esta canción, ¿no quieres bailar?

—A todos los extrañé todos los días que estuve fuera...

—Vente. Vamos a la pista.

—Dame un abrazo.

—Claro que sí, claro que sí.

Abrazo a mi mamá como una boa. La abrazo hasta sentir que le crujen los huesos de la espalda. La abrazo hasta que me pide que me separe porque la sofoco. Me siento aún más limpio que antes. Le digo que ese que nos acabamos de dar es el mejor abrazo de mi vida. Y ella me devuelve el halago:

—Casi me ahorcas —me dice riendo, y río con ella.

—Te quiero, ma'.

La diversión dura poco. Después de un par de canciones mi mamá se detiene, pone las manos en su vientre y corre al baño a vomitar. Una vez más me quedo solo en la pista. Sacudo los pies de forma involuntaria y me siento como —imagino— se sienten los delincuentes a los que están a punto de cachar con las manos en la masa. Mi hermana ve a mi mamá salir de la carpa y corre atrás de ella, pero no tarda en volver trotando hacia mí como un pavorreal albino y encabronado. Sé que sabe lo que acabo de hacer. Y me echo a correr hacia el lado opuesto, rumbo al estacionamiento, listo para huir de la fiesta a toda velocidad.

Y aquí llegué, brincando de la pista de una boda a la pista de un antro, de la música comercial de un DJ al *beat* electrónico de otro, de la cápsula de MDMA a la tacha azul, de estar entre conocidos desconocidos a desconocidos de verdad. El ritmo de este DJ agarra tracción, como las llantas de un coche de juguete. El volumen sube y sube y sube de forma ensordecedora, y después baja, solo por un segundo, antes de explotar. Vuelve a salir el hielo seco, se apagan las luces, se enciende un láser verde y la canción revienta. Todos alzamos los brazos, brincamos y aullamos como lobos de cara a la cabina, hipnotizados por la música. Me quedo en la pista un buen rato hasta que me acabo mi cerveza, otra vez empapado en sudor, con el pelo tan mojado que cualquiera pensaría que me metí a nadar. Acabo bailando con dos chicas tan delgadas y morenas como Tania, que apenas si me prestan atención mientras doy de brincos por la duela. Cada vez que volteo a verlas en un intento por cruzar miradas, caigo en la cuenta de que sus ojos están fijos en otro punto del antro. Se secretean entre ellas, y cuando les pregunto su nombre, me responden en voz demasiado baja como para ser discernible. Les digo el mío aunque no me lo piden, y cuando se cansan de bailar y salen rumbo al garaje del primer piso las acompaño, a pesar de que no me extienden invitación alguna. Cruzo la cortina de la entrada, subo las escaleras y el viento de la madrugada enfría el sudor en mi espalda y mis axilas. Mis pulmones agradecen el aire fresco, pero mi piel se siente incómoda. Otro recuerdo de la playa: mi papá me obliga a ponerme una camiseta en el instante en que salgo de la alberca o del mar, para que mi piel blanca no se queme, y detesto la sensación de la tela seca sobre mi espalda mojada. Otro: mi papá me envuelve en una toalla como si yo fuera un taco humano, y me abraza, acostado en un camastro, mientras lee una revista. Otro más: cada vez que voy a la tienda o me acerco a la barra de la alberca para pedir un coco, la gente que atiende me habla en inglés, asumiendo que no soy mexicano. Y me gusta. Sí, claro que me gusta. La incomodidad vendría más adelante, pero a mis siete años disfruto poder mentir y aparentar que no soy mexicano, que no tengo nada que ver con esos dos papás que a duras penas se dirigen la palabra. Lástima que no hablo suficientemente bien inglés como para fingir con mayor eficacia.

Les pregunto a las chicas si quieren un cigarro. No me responden nada, así que saco mi cajetilla y les ofrezco uno. Ambas lo toman sin voltear a verme. Y cuando les ofrezco una de mis tachas azules, se alejan de mí y vuelven a entrar al antro. Decido quedarme en el garaje hasta dejar de sudar. No sé cómo acabo platicando con un tipo, vestido con una camisa con mancuernillas abierta hasta el ombligo, que no deja de decirme que es de Monterrey y que ahorita me puede conseguir lo que yo quiera. Sigue diciéndome eso a pesar de que le aseguro que traigo todo lo que me ofrece dentro de una cajetilla de cigarros.

—Carnal —le digo—, si quieres te doy una traka. Me sobran como cuatro.

—No, gracias, güey —me responde, como si le acabara de ofrecer una jeringa con heroína—. Ya casi me voy. Mañana me tengo que parar temprano para regresar a Monterrey.

Estoy seguro de que jamás ha probado ni visto una tacha en su puta vida.

—Ya voy para adentro —le digo, y después lo abrazo. El supuesto regiomontano me devuelve el gesto sin mayor efusividad y regreso a la pista a buscar con quién bailar. Antes me observo en el espejo del baño: mi pupila está tan dilatada que no encuentro el azul de mis ojos; la sonrisa del hombre en el reflejo no concuerda con cómo me siento en realidad.

Les pido un abrazo a las primeras personas que encuentro sobre la duela: una pareja rubia, vestidos igual que yo (*jeans* y camiseta blanca), quienes acceden con total alegría. Los dos me abrazan al mismo tiempo y recargo mi barbilla en la cuna que forman sus hombros mientras disfruto la mezcla de sus perfumes: cítrico el de él y dulce el de ella.

—Huelen a pay de limón —les digo y, fuera de molestarse, los dos rubios agradecen mi comentario. Me dan una señal de aprobación con el pulgar y después vuelven a bailar.

Sigo bailando, en busca de alguien más a quién abrazar. Encuentro a una tachuela humana, cabezón y enano, y le ofrezco una de mis pastillas.

—Órale, chido —me dice, y saco una de las tachas azules y la deposito en su mano, cuidando que no me vea ningún elemento de seguridad—. Gracias, *brother*.

—Abrázame —le pido, y él accede y rodea mi cintura con sus brazos.

Voy a la barra por una cuba. Al lado de mí, un mesero entrega una comanda a la cajera. Le pico el hombro con mi dedo índice y me voltea a ver, listo para tomarme la orden, impaciente. Le extiendo los brazos y le pido que se acerque.

—¿Un abracito? —sugiero, y él se aleja y extiende el brazo con la palma de su mano hacia el frente, como un policía detiene el tránsito. No parece haber asombro en su gesto. Me da la impresión de que otros clientes le han pedido abrazos antes.

—Ándele. Un buen abrazo —insisto y el mesero se va sin volver a contestarme, mientras la cajera me pide que le pague mi cuba.

Me la acabo de dos tragos, dejo el vaso vacío en una mesa junto a la barra y voy al baño para darme un pase. Mientras espero a que se desocupen los apartados, le pido un abrazo al hombre calvo de rostro desencajado que atiende a los clientes afuera del baño, ofreciéndoles Pepto Bismol, papel para secarse las manos, aspirinas, coca y tachas. A diferencia del mesero, él sí me abraza, aunque con tanta reticencia que nuestros pechos a duras penas se tocan. Le doy las gracias con un billete de doscientos pesos sobre su charola y después entro a uno de los apartados.

Mi cabeza ya no distingue mi estado físico. No tengo idea de si estoy más pedo que puesto. Ni siquiera me preocupo en ver la hora. Así sean las diez de la mañana, no pienso irme de este lugar. De regreso, vuelvo a abrazar al *pay* de limón y esta vez les pido que me den un beso, cada uno en una mejilla, apretándome el rostro. Acceden y me hacen la noche.

—Gracias, gracias, gracias —les digo. Envalentonado por mi éxito, me alejo de ellos y me acerco a una señora con minifalda de estampado felino, quien baila frente a la cabina del DJ, para pedirle un abrazo. Me dice que no, pero insisto. O insisto hasta que su novio se levanta y me enfrenta en la pista: un tipo cuyos bíceps miden más que mi tórax, más alto que Adrián, coco hasta la última neurona.

—¿Quieres que te parta tu madre? —me pregunta bufando. Y yo dudo por un segundo. En una de esas no me caería mal otra madriza.

—Perdón, carnal. Nada más quería un abrazo.

—Te doy dos pa que te largues, pendejo.

—Sí, sí. Perdón —le pido, haciendo reverencias como si fuera japonés y me alejo de ellos. El tipo me sigue con la mirada hasta que salgo del antro, de vuelta hacia el garaje, para echarme un cigarro. Ahí encuentro a tres chicas de no más de veinte años, quienes fuman recargadas contra la pared. Me acerco a ellas, con las manos detrás de la espalda.

—¿Les puedo pedir un favor?

Las tres me voltean a ver como la gente en México mira a los limosneros: dispuestas a darme una milésima de segundo de su tiempo, y nada más.

—¿Me pueden dar un abrazo?

Una de ellas se ríe. La otra saca su celular, aparentemente rebasada de pena ajena. La última me espeta:

—Quítate.

No reculo. Ahora, en vez de un abrazo les pido un beso:

—En el cachete. Chiquito.

—¡Que te quites! —me dice la misma chica, desesperada, como si llevara horas molestándolas.

—Okey, okey, okey.

Apago mi cigarrillo, no sin antes darme cuenta de que los de seguridad han comenzado a observarme con especial ahínco. Tengo la solución perfecta para aliviar la tensión. Me acerco a uno de ellos, el que cuida la espalda del cadenero, y le ofrezco un cigarro.

—Ve entrando, de favor —me dice sin verme a la cara.

—¿Tienes frío? —le pregunto.

—Despeja esta zona, ¿sí?

—Te doy un abrazo.

—Una más y te saco.

Guardo mi cajetilla de cigarros, levanto las manos y voy de vuelta al antro. Tengo tanta adrenalina que bajo la escalera, de más de veinte escalones, en menos de cuatro brincos. No paro de sudar. Mis puños no dejan de golpear el aire. En la barra me topo con un hombre un poco mayor que yo, de cabello negro y engominado, y facciones finas, casi cinceladas. Cuando me habla no logro distinguir su acento. Lo único que sé es que no es mexicano. Le pido que me abrace y acepta. Mis manos aprietan su espalda, que es más músculo que hueso o grasa, y me siento seguro, ingrávido, al mismo tiempo compacto y amplio, como si el pecho de este desconocido fuera mi casa y su cuerpo una extensión del mío. No estoy seguro, pero creo que hasta ronroneo de placer. Me separo de él, mareado porque su abrazo no me permitía respirar y desconcertado por tantas sensaciones, y cuando se acerca para besarme en la boca no lo alejo. Lo vuelvo a rodear con mis brazos y no me molesta que su boca huela a cocaína y a ron, ni que la textura de su rostro me parezca ajena o que su lengua, que investiga mi paladar con diligencia, me resulte agresiva e invasora. Mis manos suben hasta su nuca y empujo su cabeza hacia mí, más adentro, hasta que él me aparta con una mano en mi cuello y la otra entre mi verga y mis güevos, a los que frota con una fuerza a la que no estoy acostumbrado.

—Ahorita vengo —le digo. Mi cabeza da vueltas. Tengo náuseas. Necesito otro pase. Otro abrazo. Otro beso. Otra cuba. Otra tacha.

Voy al baño. No sé cuánto tiempo ha pasado desde la última vez que vine, pero el hombre que daba toallas, Pepto Bismol y aspirinas ya no está. Me asomo por la escotilla y veo que los dos mingitorios están desocupados y no parece haber nadie adentro de los apartados. Entro y pienso en sacar la grapa aquí mismo, pero sé que alguien de seguridad podría verme. Entre la música, que hasta aquí se oye, escucho gemidos masculinos que provienen de algún lugar cercano. ¿El baño de mujeres, quizás? Opto por abrir la puerta de uno de los apartados para darme un pase, pero resulta que el cubículo está ocupado por un hombre con los pantalones hasta las rodillas, y una mujer, sentada sobre la tapa del escusado, que le mama la verga con una enjundia francamente admirable.

—Disculpen —les digo, cierro la puerta y me meto a otro de los apartados para darme mi último pase mientras escucho cómo los gemidos del tipo se intensifican seguidos por los lamentos de ella, como si la estuvieran lastimando. Después oigo el golpeteo de él, cogiéndosela contra la puerta del apartado. Cuando salgo y me observo en el espejo caigo en la cuenta de que me estoy riendo.

Regreso a la barra en busca de quien sea: el hombre que me besó, el mesero, el *pay* de limón, las chicas que no me pelaron, el enano al que le regalé una tacha y hasta la *cougar* esa a la que su novio defendió en la pista. Me acerco a la primera chica que encuentro, de tez blanquísima, ojos verdes y pelo pintado de negro, probablemente modelo sudamericana, y le pido un beso, solo uno, por favor.

—No, gracias —me dice (¿quizás es brasileña?) con una sonrisa en el rostro que delata la razón por la cual los modelos rara vez sonríen cuando les toman fotos: su belleza desaparece en el momento en que veo sus dientes, pequeños y extrañamente afilados, como el hocico de una piraña.

—¿A que nunca has besado a un gringo mexicano? —le pregunto.

—No, gracias.

—Dame un pinche beso, carajo.

—Que no —me repite, ya sin sonrisa en los labios.

Dos tipos que parecen modelos de Abercrombie and Fitch, con camisetas de licra y brazos venosos, se levantan de sus sillas y se acercan a la chica a la que quiero besar.

—Te ha dicho que no —me dice uno.

—¿No escuchaste? —me pregunta el otro.

—Nada más quiero un beso. De ustedes o de ella. Me da lo mismo.

—Vete —me dice uno de ellos y me pide que me aleje con un económico ademán, como si yo fuera una imaginaria migaja que él estuviera quitando de la mesa. En vez de retirarme doy un paso hacia adelante, seguro de que con mi siguiente propuesta los convenzo:

—¿Por qué no nos vamos de aquí los cuatro? Tengo un departamento cerquita, en la Nápoles. Se podría poner chingón.

Mientras el joven que me pidió que me largara se acerca a su novia y la abraza, el otro me encara.

—¿Eres puto? —le pregunto—. No hay pedo, güey. A mí me gustan las viejas, pero si quieres dejo que me la metas.

Algo me voltea la cara. Me tardo en entender, pero lentamente me percato de que el tipo este me acaba de cachetear. No me empujó. No me pegó. Me cacheteó. Vuelvo a echarme a reír, de forma incontrolable.

—¡No mames que me acabas de cachetear, carnal!

Y me da otra, mucho más fuerte, que vuelve a abrir mi cortada en el labio. De inmediato siento cómo mi boca se llena de sangre. Al verme sangrar, el tipo no se detiene. Esta vez me empuja y me voy de espaldas contra un sillón hasta caer en una mesa donde están sentados cuatro tipos, incluido mi amigo de Monterrey, que claramente me mintió porque sigue en el antro. Lo siguiente pasa en un auténtico abrir y cerrar de ojos: los cuatro tipos se me echan encima, me patean, me pisan, y un guardia de seguridad me toma del pelo, me saca por la cortina, me empuja hacia arriba de la escalera y luego me arroja fuera del antro. Nunca me había pasado esto, y en un solo fin de semana van dos guardias que me expulsan de algún lugar.

Afuera, en la banqueta, vuelvo a acercarme a la cadena.

—¿No quieren un abrazo? —les pregunto a los cadeneros.

Sin voltear a verme, uno de ellos me amenaza:

—Vete o la cosa se va a poner muy pinche fea.

Sin más, con sangre escurriendo de los labios hasta los tenis, camino hacia mi coche. Me tambaleo por la banqueta y tropiezo al dar vuelta en la esquina, a punto del desmayo, cayendo de bruces contra el concreto. Decido quedarme allí sentado, con la nuca recargada contra el ventanal de una pastelería, en lo que vuelvo a sentirme lo suficientemente bien como para manejar. Reviso mi celular y veo veinte mensajes de mi hermana, que prefiero no leer. Son las cinco de la mañana. Todavía me siento en tachas. Un poco pedo, también. Pero nada demasiado grave. En veinte minutos puedo ir a otro lugar. ¿Qué estará abierto? Conozco poco de la Ciudad de México. Tal vez lo mejor sería irme a la Zona Rosa y preguntar por ahí, a ver si hay un putero abierto o algún *after*. Nada más necesito a alguien que me haga compañía. Le mando un mensaje a Patricio, quien no me contesta. Le mando un mensaje a Felipe, y corro con la misma suerte. Llego a la conclusión de que lo más seguro es hablarle a Natalia. Si no quiere venir conmigo, pues paso por ella y nos vamos a mi depa a dormir juntos.

Encuentro su nombre dentro de mis contactos y le marco.

—¿Qué quieres? —me contesta adormilada.

—No vas a creer dónde estoy...

La escucho suspirar y después guardar silencio. Me pregunto si se habrá quedado dormida con el teléfono en el oído.

—¿Natalia? —la llamo.

—¿Dónde estás? —me pregunta, y su tono me recuerda al de mi mamá cuando recibía un telefonazo mío en la madrugada, avisándole que iba a llegar tarde porque teníamos que llevar a Adrián a urgencias.

—Estoy... no me vas a creer... —se me extravían los diálogos. No quiero decirle que estoy sentado en una esquina de una calle que no conozco, afuera de un antro, con dos tachas encima.

—¿Dónde, Matías?

—Nada, nada. Caminando por el Parque México. Vengo saliendo del Leonor.

—No me digas mentiras. Ahí estaba yo hasta hace una hora y no te vi.

—Es que llegué hace treinta minutos.

—Adiós, Matías.

—No, no, pérate, Natalia. ¿No quieres que pase por ti? Me siento súper mal de lo de ayer.

—Me da gusto. Que tengas una buena vida.

Me cuelga. Y cuando vuelvo a marcarle, su teléfono parece estar apagado. No me doy por vencido: le mando uno, dos, tres, cuatro, cinco, seis, siete mensajes de texto en los que le pido perdón, le sugiero que nos veamos mañana, que platiquemos de todo lo que ha pasado. Pero no recibo respuesta. Me pongo de pie y prendo un cigarrillo. Me duele la quijada por las tachas y el resto de la cara por todo lo demás. Creo que es hora de irme.

Quizá debería regresar a Nueva York. ¿Qué chingados hago aquí?, ¿quién queda?, ¿quién vale la pena en este puto país de mierda, culo del mundo, pinche infierno de mediocres y jodidos hijos de puta? Que se los lleve la chingada a todos: a Adrián, a Felipe, a Pablo, a Natalia, a Daniela, a Mica, a mi hermana, a mi mamá, a mi perro y hasta a Inés y a mi papá. Bien por los que ya se están pudriendo, y el resto que se joda y que se quede aquí para siempre, a hacerse viejos en este puto muladar de cagada y polvo y sangre y lodo. Arranco mi coche. Los efectos de la tacha descienden, pero ya no me quiero drogar. Tiro el resto de las pastillas a la calle y vuelvo a tomar Insurgentes, rumbo a casa de mi mamá en el Pedregal. O no sé si voy allí. No sé. Igual y me regreso a Cuernavaca, a ver si la boda sigue, o me voy a Acapulco o ya de plano me doy la vuelta hacia Querétaro y de ahí me enfilo hacia el norte. Total, soy gringo: en una de esas me dejan pasar la frontera si encuentran mi nombre en el sistema. Y no le vuelvo a hablar a nadie de los que viven aquí, en esta puta ciudad en la que solo fui feliz con un cabrón que se murió sin siquiera avisarme, que me trajo aquí cuando yo no se lo pedí, que me crio como su hijo cuando nadie le dijo que lo hiciera. Me subo al segundo piso y acelero rumbo al sur. Afuera llovizna y las llantas del Mustang de mi papá se atoran o derrapan sobre los charcos de agua, mientras sus limpiavidrios se esmeran por deshacerse de las gotas que chocan contra el cristal, aunque solo logran embarrar el agua y manchar el vidrio. Frente a mí está la bandera de México, azotada por la lluvia, casi deprimida, como un trapo mojado, descollando desde la glorieta de Magdalena Contreras. Está a punto de amanecer, pero no encuentro los volcanes en el este:

solo gris, apenas teñido de púrpura, y el sol extraviado entre la bruma. Giro a la izquierda y me vuelvo a enfilar hacia el norte de la ciudad, sin ningún rumbo fijo, listo para dar vueltas por siempre.

Cuatro meses después de que muriera mi papá, Tania me dijo:

—La muerte nunca cumple sus promesas.

—¿Qué? —le respondí molesto. La muerte siempre cumple su única promesa. Ella y el tiempo nunca fallan. Prometen poner el punto final, arrasar con todo, apagar la luz, y eso hacen. Siempre. Sin falta.

Entro al Periférico y aprieto el pedal hasta el fondo. Mi corazón no deja de latir; tengo las manos tan adormiladas de miedo que ni siquiera siento el volante entre mis dedos. Nada se odia con más fuerza que aquello que llegamos a amar profundamente. En el proyector de la memoria aparece Inés. Inés y las aburridísimas películas que veíamos en el cine; Inés y la casita donde vivía con sus padres; Inés y el sofá donde nos sentábamos a ver series gringas; Inés y los restaurantes a los que íbamos a cenar en Coyoacán y San Ángel. Inés y sus fotos de niña. Estoy en su casa. Tengo diecinueve años y me está enseñando los álbumes de su infancia. «Mira —me dice—, esta fue mi primera comunión. Me veía horrible. ¿Qué onda con ese peinado?» La de la foto sonríe: está chimuela y sostiene un cirio. Pobrecita, vestida como merengue humano, peinada con más espray que una corista de los ochenta. «Mira, aquí estoy», con un traje de baño de una pieza, rosa, casi fosforescente, de espaldas a un mar violento flanqueado por un cielo plomizo, sin nubes ni sol. Allí está, también, junto a su papá y su hermano menor, parada al lado de un estrafalario árbol de Navidad que parece a una esfera de derrumbarse. Allí aparece con su cachorro de labrador, al que no conocí, en brazos. Trae frenos de caballo y el pelo atado en una cola que parece despuntar desde lo más alto de su cabeza. Tiene los ojos más verdes que ahora, como el verde que usan los niños pequeños para dibujar el pasto. Allí aparece, aparte, junto a sus primos en algún cumpleaños, todos hincados en sus sillas para poder asomarse al centro de la mesa y soplarle al pastel. Ahí está, a los quince o catorce, sentada al borde de un camastro con un traje de baño cuyas dos piezas son tan grandes que apenas si puede ser considerado un bikini, viendo a la cámara con su copete castaño y húmedo que le tapa la mitad del rostro. Se ve incómoda. Aún no habita con confianza la piel, los senos y la cintura que se le han adelantado en el camino hacia la madurez. «Mira —me dice—, esta era la casa en que crecí.» Dos recámaras arriba. Una sala abajo. Un portón de madera verde. Un solo espacio en la cochera. No tenían mucho dinero, pienso. Creció en una privada, igual que yo. Salía a jugar escondidillas con sus vecinos en las tardes, como yo. Pedían *trick or treat* a finales de octubre, igual que yo. ¿En qué más nos pareceremos?, ¿su papá la habrá llevado a andar en bici al Parque México, a dar vueltas entre viejos judíos y parejas que alimentaban con un bolillo a las palomas?, ¿habrá hecho sus fiestas en los mismos jardines en los que mi mamá invitaba a medio mundo para festejar a su Tania? ¿En qué habrá soñado esa niña que me observa de vuelta, congelada en ese paréntesis fotográfico, como si siempre hubiera estado esperando a que la hallara? ¿Habremos tenido los mismos miedos? Acelero por el Periférico a toda velocidad, y las llantas del Mustang de mi papá a duras penas pueden tomar las curvas. Veo fotos y más fotos: los álbumes vistos y los que aún no abrimos se apilan en la mesa que está frente a nosotros, y brevemente quiero creer que existe lo predeterminado, que hay parejas que se encuentran porque así tuvo que ser y nunca jamás se sueltan. Qué cursi eres, cabrón. Son fotos, chingada madre. Fotos. Vete a dormir a tu departamento y olvida este fin de semana, estos meses, estos años. Y olvida las fotos de Inés: esos instantes de un pasado que no fue tuyo y que no deberías ni conocer. ¿Para qué?, ¿qué hay ahí que sirva? Es la historia de ella, la que ahora está junto a mí en su casita de dos pisos, con dos cuartos un poco más grandes que los pasados, con dos espacios para coches, con un portón de madera blanca en vez de verde. Se me cierra la garganta. La ocluyen las dudas, la sofocan inquietudes. Las fotos que veo no esclarecen nada. No hay luz que venga de ellas. Son, todas, entradas a un laberinto que es insondable porque no es mío (y aunque fuera propio). ¿Cómo marcaré yo esta narración?, ¿cómo esperaré yo entre los pliegues de este álbum cuando me tomen fotos con Inés, cuando me incluyan en este repertorio? Estudio a Inés afuera y adentro de las imágenes. La que abre el telón de los álbumes y la que espera en ese teatro nebuloso. Una sonríe, me besa y me agradece que tenga la paciencia de visitar el pasado. La otra es feliz en una imagen y después llora. La otra observa a su hermano en la cuna y quién sabe qué denota su rostro, quién sabe qué hay detrás, qué ocurrió antes de que se disparara el *flash*. La otra es siempre un enigma, una palabra sin dueño: triste, niña, fiesta, viaje, cuna, cuerda, escuela, salón, dientes, regalos, siesta. Rebaso a un camión que estorba en el carril de alta, le pinto pitos con la mano después de que escucho cómo me mienta la madre cuando le toco el claxon, e Inés me enseña la última foto. Ella, en la cuarteada banqueta afuera de su casa, con un conejo de peluche en una mano, ve a la cámara y fuerza una sonrisa claramente exigida por el fotógrafo en turno. Grietas, juguetes, postales. Y antes de que cierre el álbum, pongo mis dedos sobre la imagen y los deslizo hacia abajo, acariciando fantasmas melancólicos. Nos despedimos cinco minutos después. Aquí y en el recuerdo es tarde. Mañana tengo clase de siete en la universidad, y ella también tiene que despertar temprano. Sus papás deben estar por llegar del cine (hoy es miércoles y los miércoles son los días para ver películas). Nos abrazamos bajo el portón de su casa para darle pelea al frío que se cuela presuroso por la ranura de su puerta. Me separo y camino hacia mi coche, pero antes de llegar al camino adoquinado que lleva a la salida volteo a verla. Ahí vuelve a aparecer Inés. Es otra fotografía, pero esta vez me pertenece. No es un objeto y no hay álbum que la albergue. Es un suspiro adentro de una botella que, desde esa noche, arrojo a la inexorable marea del olvido.

—¿Qué tienes? —me pregunta cruzada de brazos, aterida por el frío decembrino.

—Tengo miedo de algún día extrañar todo esto —le respondo, y mis ojos recorren toda su casa en un círculo que acaba en ella, parada frente a su puerta.

Inés se acerca a mí y me abraza. No sé qué sentimientos me revuelcan, ni sé por qué no puedo soltarla. Quiero volver a su casa y besar todas esas fotografías que no comprendo para agradecerles que estén ahí, como piedras sobre las cuales Inés atravesó el más amplio de los ríos para encontrarme en la orilla opuesta. Qué milagro es que esté junto a mí esa niña del vestido de merengue, del bikini de abuelita, del conejo de peluche. Aunque no le digo nada, porque no sé traducirle lo que siento, quiero rescatar su pasado y el mío, protegerlo de la tempestad del tiempo. Quiero darle una vida mejor, con una casa más grande, con horizontes vastos. Por primera vez siento que quiero a una mujer, y entiendo por qué estoy enamorado de ella.

No digo nada.

Pero lo que quiero decirle es:

Me enamoré de ti para salvarte.

Me enamoré de ti para salvarme.

Quiero acabar con todo eso: con todo lo que vive adentro porque afuera está muerto o le pertenece a alguien más. Quiero apagar la luz de estas velas internas. Hacer daño. Hacerle daño a alguien. Estoy cerca de donde unas vallas de plástico exigen que los automóviles se desvíen hacia la lateral, porque hay una obra inmensa allá adelante. Me pego al carril de la derecha, avisto un automóvil rojo repleto de gente —uno de esos coches tan viejos que sus escapes emiten trompetillas al acelerar— y decido que es hora de darme en la madre. Como el negativo de esa ambulancia a la que vi chocar, así me aferro al volante y así viro hacia la izquierda, a casi cien kilómetros por hora, listo para estrellarme contra ellos y contra todos los automóviles que vengan atrás. Las llantas del Mustang rechinan sobre el pavimento y ni siquiera he terminado de dar el volantazo cuando el automóvil ya está sobre dos ruedas, casi dando una maroma, a punto de impactar el costado del coche rojo. Siento el golpe, acompañado de un crujir de metal estentóreo, casi insoportable, mientras mi frente golpea el volante y me percato de que estoy dando vueltas y vueltas y vueltas sobre el pavimento. Escucho cómo el hule de las llantas revienta y el sonido de las chispas, de fierros chocando contra fierros, de cristales quebrados, se ahoga entre mis propios alaridos.

Abro los ojos. Sigo frente al volante. Por el parabrisas descuartizado observo el cofre del Mustang, mezcla de acordeón y bola arrugada de papel aluminio. El asiento del copiloto se separó del resto del automóvil y ahora descansa contra los diminutos asientos traseros. Escucho gritos afuera. Aún traigo puesto el cinturón de seguridad. Lo desabrocho y giro hacia mi izquierda: la puerta está abierta. Salgo de lo que queda del Mustang de mi papá. Estoy a la mitad del Periférico, súbitamente sobrio, sin nada más grave que un leve mareo. Cien metros atrás de mí está el automóvil rojo, ileso, con sus cuatro tripulantes afuera, quienes lentamente caminan hacia mí. El muro de contención que separa los dos lados de la avenida está resquebrajado, y de donde estoy hasta donde descansa el coche rojo hay una serie de impactos sobre el pavimento: todos los lugares en los que mi coche rebotó, como una pelota, hasta llegar aquí. Dos trabajadores con cascos anaranjados me observan, incrédulos, al lado de una grúa. No pueden creer que estoy vivo.

No lo pienso dos veces y me echo a correr, lejos del Periférico. Nadie intenta detenerme. Corro hasta cansarme, sin voltear hacia arriba, por callejuelas angostas, mientras poco a poco comienza a salir el sol. Escucho el ruido de los pájaros que trinan desde los árboles, apenas despiertos, acompañado por el jadeo convulso de mi propia respiración.

No me detengo hasta topar con una avenida de varios carriles que no reconozco. Camino al lado de bardas con grafiti que anuncian conciertos de la Sonora Santanera, la Sonora Dinamita, Yuri y Moderatto. Paso zapaterías cerradas, estéticas unisex y un par de *sex shops*. Sobre la avenida, un microbús acelera y su motor gruñe como una bestia senil y lastimada. La calle huele a gasolina, a balatas y a ese olor punzante, nauseabundo, de grasa friéndose sobre las planchas de los puestos de comida que invaden las banquetas. Camino sobre carteles de propaganda política que la lluvia de anoche derribó de los postes de luz: paso encima de uno con la leyenda «El cambio verdadero está en tus manos», otro que exige que el gobierno pague vales de medicina y otro más que dice «Bienvenido el voto de los libres». Dando pasos cortos, cruza una señora con un bebé en los brazos, arropado en un sarape, y de su mano otro niño que no para de llorar. La gente me observa con una mezcla de lástima y asombro. En sus rostros veo que no pueden dar con una historia que explique al personaje con el que comparten banqueta: un rubio hecho pedazos, con la ropa rasgada y el rostro ensangrentado, que a duras penas puede caminar en línea recta.

Lo único que quiero es llegar a mi departamento y dormir. Dormir. Hibernar. Hibernar.

DOMINGO

En el libro que publiqué había un capítulo donde uno de los personajes principales regresaba de estudiar una maestría en el extranjero, se establecía en un departamento del DF y un día, tras soñar con su exnovia, decidía visitarla. Aún vivía con sus papás y él iba a buscarla con un fajo de cartas bajo el brazo; cartas que le había escrito pero nunca enviado. Ella le abría el portón de su casa y en menos de dos páginas lo mandaba de vuelta a su departamento. Lo escribí estando con Inés, antes de enterarme de su embarazo, cuando íbamos bien. Quise que fuera una especie de análisis de las consecuencias de nuestros errores. Nada se puede rearmar después de una destrucción total, y el personaje de mi episodio aprendía eso durante aquel encuentro. Después de ciertas heridas, no hay marcha atrás.

Como buena parte del libro, ese relato resultó profético. Al igual que el personaje de las cartas, también yo dejé a mi novia para irme fuera de México, y cuando regresé, ella ya no estaba disponible. Sin embargo, la realidad supera a la ficción. En la historia, el tipo la había cortado sin motivo alguno. Esa era la afrenta, por demás adolescente, que ella no le perdonaba. En mi caso, los agravios entre Inés y yo eran más profundos. Tuvimos una relación estable, sin contar una o dos infidelidades de mi parte y de la suya, y en el transcurso de un mes no solo decidí dejarla sino que le pedí que abortara.

Dos semanas después me fui a Nueva York y no la volví a ver hasta el jueves pasado, en un Starbucks, con su hijo en una carriola frente a ella. Y si a mi personaje le cerraron la puerta en las narices y le devolvieron todas sus cartas porque cortó a su chica ficticia sin dar mayores explicaciones, ¿qué me esperaba a mí al buscar a mi exnovia a la que dejé, con el vientre apenas yermo, para irme a Nueva York por seis años?

Son las once de la mañana y voy rumbo a Polanco, al departamento de Inés. Le tuve que hablar a un par de viejos conocidos de la prepa —tal y como hizo el personaje de mi libro— para obtener la dirección. Rodrigo Ávila, uno de sus mejores amigos a lo largo de la prepa y la universidad, me dio la dirección, no sin antes preguntarme para qué la quería. Le inventé una mentira verosímil: regresé por la muerte de mi papá, apenas estaba en el proceso de ordenar mi antiguo cuarto, había encontrado cosas de Inés y quería mandárselas de vuelta.

—Órale, buenísimo —me dijo, tan amable como siempre—. Oye, ¿y ya conoces a Sebastián?

—¿Quién es Sebastián? —le pregunté.

—El hijo de Inés. Está genial el pinche escuincle.

—No, no lo conozco. Namás he visto algunas fotos de Facebook.

—¿Estás bien, Lavalle? Te oyes medio ronco, güey.

No estoy tan bien, Rodrigo. Fíjate que ayer me metí un coctel de drogas, acompañado por dos botellas de vino y una de ron, me agarraron a madrazos como cinco personas distintas en una noche y, además, choqué el Mustang de mi papá en el Periférico, lo dejé ahí y probablemente tenga que reportarlo como robado para que no me metan a la cárcel. Así que sí, he tenido mañanas más frescas que esta.

—Sí, todo chido, carnal. Ayer me desvelé un poquillo, pero todo bien.

—A toda madre. Me da gusto oírte, güey. A ver cuándo nos vemos.

—Ya vas.

Colgué, me bañé, me vestí y salí del departamento rumbo a casa de mi exnovia. Antes le mandé un mensaje a Tania, para darle una disculpa y asegurarle que llegué a México y que estoy bien. No me sorprendió que no me contestara.

Por primera vez en semanas, desperté sin haber tenido pesadillas. Más allá de la cruda moral y de un dolor de cabeza marca diablo, abrí los ojos y me sentí sucio pero en paz, como quien comienza a observar los escombros que dejó un incendio en casa y acepta el daño. Había algo liberador en poder pisar las cenizas, caminar alrededor de los rescoldos, reconocer ese punto y aparte. Pero más que eso, hay algo reconfortante en saber que ninguna noche, de aquí en adelante, será peor que la que pasé ayer. Y con esa certeza, esa extraña calma, estaciono el coche sobre una calle de Polanco y observo mi rostro en el retrovisor. Mi labio y mi pómulo siguen hinchados, me cuesta trabajo respirar, me duelen las rodillas, pero aun así estoy a años luz del desmadre de ser humano que me miraba en ese mismo espejo cuando regresé de Cuernavaca ayer a las doce de la noche. El champú, el gel, la loción y un poco de ropa limpia tampoco afectan. Lo que menos quiero es que Inés me vea con lástima. Solo espero que esté sola y que su marido haya salido a jugar golf o algo. Si está con él, o si él me contesta el timbre, pues regresaré mañana, o el martes o el miércoles. No tengo prisa. Lo que tengo son nervios. Hace casi siete años desde la última vez que hablé con ella, que nos vimos frente a frente, y no tengo ni la menor idea de cómo me recuerda. No sé si me odia o si hay alguna parte de Inés que aún piensa en aquella relación con cierto cariño. Quizá nada me da más miedo que darme cuenta de que soy el único de los dos que ungió nuestro pasado compartido, convirtiéndolo en una suerte de leyenda; un faro de luz en el túnel de los años. Nada me dolería más que ser recibido con desparpajo, como quien saluda a un viejo e inconsecuente conocido. Prefiero que me saque a patadas a que me sirva una taza de té y me pregunte por la boda de mi hermana.

Cruzo un parque, acompañado de las risas de niños que brincan hacia afuera y hacia adentro de las jardineras. Un vendedor de globos cuenta su dinero, sentado al borde de una fuente sin agua al centro del parque, mientras un hombre de cabello entrecano y pantalones que le quedan cortos lee el más reciente ejemplar de una revista en una de las bancas verdes situadas alrededor. Paso por el puesto de un bolero de zapatos que me ofrece una limpiadita, y después cruzo la calle rumbo al edificio de Inés: una estructura de varios pisos con ventanales marrones y superficie del color del barro. Apuesto a que la renta de su departamento es relativamente cara, pero que por dentro el lugar no es lindo. Saco el papel donde apunté los datos de Inés que me dio Rodrigo, leo el número de departamento y después toco el timbre. Nadie responde, así que vuelvo a tocarlo y esta vez dejo mi dedo sobre el botón. Cuento hasta diez, vuelvo a tocar y después desisto. Quizás están dormidos, pienso, pero después veo el reloj en mi celular. Son casi las doce. Ninguna familia, y mucho menos una con un hijo tan pequeño, estaría dormida a esta hora.

Concluyo que se fueron de viaje. Antes de darme la vuelta y regresar a mi departamento, toco el timbre una vez más. No recibo respuesta, así que decido irme. Justo en ese momento, una carriola que he visto antes aparece en la banqueta. La empuja una chica de cabello castaño y corto, lentes oscuros, zapatillas azules, como de bailarina de ballet, y *shorts* cortos verde olivo. Me ve y se sonroja de inmediato, con el manubrio de la carriola aún en las manos. Yo también me sonrojo. Me siento, súbitamente, como un intruso y como un idiota. ¿Para qué diablos quise venir a verla?, ¿qué voy a ganar con platicar con ella frente a su hijo?

—¿Y ahora, tú? —es lo primero que me dice.

—Hola —le digo, porque no se me ocurre nada más elocuente ni mucho menos nada simpático.

—Hola.

—Vine a visitarte.

—Ya veo.

Pienso en el personaje de mi cuento. Me va a ir peor que a él. La exnovia de mi libro lo trataba con molestia apenas soterrada; su rabia era palpable. A mí me espera algo mucho más jodido: el desprecio.

—¿Me ayudas? —me pregunta, y abre la palma de su mano para señalar la carriola de su hijo.

—Claro —le respondo mientras bajo con la lentitud de un caracol los escalones que separan la calle de la puerta del edificio. Solo espero que el hijo no se parezca a él.

Tomo la carriola desde el frente y subo los escalones en reversa. El hijo de Inés tiene la cara cubierta por una sábana azul cielo: solo veo su cabello, ralo, castaño y enmarañado, asomándose desde debajo de la tela. Llegamos a la puerta e Inés me da las gracias. Nos quedamos allí por lo que parece una eternidad, en lo que someto su rostro a un escrutinio casi científico. Más que cualquier otra cosa en el mundo, esa cara es una puerta al pasado. La veo y simultáneamente veo todos los instantes que pasamos juntos, no como una serie de diapositivas sino como un enorme lienzo: ahí está ella, a la que besé por primera vez, ella, la que me tomaba de la mano saliendo de un antro si me veía muy borracho, ella, la que me despidió afuera de mi casa antes de que me fuera a Estados Unidos, ella, la que me abrazó en ese quirófano cuando nos quedamos solos, con la semilla de nuestro hijo perdida en un algodón con sangre. Lo primero que pienso, y me parece tan mundano que me dan ganas de darme un zape, es que cada vez se parece más a su mamá. Pienso en comentárselo, pero cualquier persona que haya cursado primero de primaria en la escuela de conocer a las mujeres sabe que eso es algo que nunca debemos decir. Así que opto por un todavía más trivial:

—Te ves bien.

—Gracias. Tú te ves como si te hubieran atropellado —me dice sin dejar de ruborizarse.

—Nada más eso me faltó.

—¿Así de mal estuvo?

—Peor.

Me doy cuenta de una de las razones por las que vine a visitarla. Quiero contarle todo. Sé que no puedo hacerlo (¿cómo decirle a Inés que me acosté con Natalia —su compañera de la prepa— durante meses?), pero quiero que me escuche. Siento que llevo años sin hablar, realmente hablar, con alguien.

—¿Quieres echarte un café en algún lado? —le pregunto con un tono mucho más grave del normal, como si pretendiera ser otra persona.

—No puedo.

Silencio. Creo que es mejor dar la vuelta e irme.

—Pero, ¿quieres subir un rato? Tengo Gerber de pollo para desayunar —me dice, sin dejar de sonreír.

—¿No tienes de carne molida? Esos son los buenos.

—Ahorita veo qué te doy.

Entramos a su compacto elevador: una caja que huele a madera, donde hay que apretar cada botón cinco veces antes de que se encienda, igual que el que lleva al departamento de Felipe.

—El edificio es viejito, pero los depas están bastante bien —me dice viendo al frente, con una mano moviendo la carriola de atrás para adelante.

—Sí, yo también vivo en un edificio viejo. Pero mi depa no está tan chido, la neta.

—¿Dónde vives?

Titubeo antes de decirle, pero finalmente se lo confieso:

—Donde mi papá daba consulta. ¿Nunca fuiste?

—Creo que un día lo fuimos a recoger, pero nunca subí.

El elevador llega a su piso, el onceavo, y se abre, dándonos la bienvenida a su departamento.

—No está mal, ¿o sí? —me pregunta.

—No, yo lo veo bien. ¿Tienes vista al parque?

—No, burro, me refiero al consultorio de tu papá.

Entro al departamento. Un ventanal recorre toda la sala y el comedor. La vista es francamente linda: se ve todo Polanco y hasta un cacho de Chapultepec. La duela del piso rechina al marcar mis pasos sobre ella. Inés deja la carriola junto a la mesa redonda del comedor y después desaparece rumbo a la cocina. Respondo su pregunta:

—Pues es un poquito oscuro, pero la zona está bien. O más o menos bien. Hay menos tráfico que en Polanco.

Inés sale de la cocina con una botella de agua en la mano, de la que bebe como si hubiera corrido un maratón. Todavía trae los lentes de sol puestos.

—Perdón —me dice, y exhala y vuelve a tapar la botella—, es que llevo dando vueltas con Sebastián toda la mañana.

Cada vez que le dice «Sebastián» pienso que habla de otra persona, de alguien a quien conocimos hace tiempo, juntos, y no del bebé que está a dos pasos de mí.

—¿Qué fueron a hacer? —le pregunto, y caigo en la cuenta de que no solo me siento nervioso sino que no sé dónde situarme en su departamento: estoy parado entre el comedor y la sala, con ganas de sentarme pero sin la confianza necesaria para jalar una silla y tomar asiento ahí. Tengo miedo de que llegue su marido y quizá por eso prefiero permanecer de pie, por si debo echarme a correr hacia la escalera de servicio.

—Nada, nada. Es que estoy buscando una… —Inés chasquea los dedos, en busca de la palabra correcta—. Una como mesita para mi lado de la cama. Llevamos dos años viviendo aquí y no tengo ni dónde poner mis lentes antes de dormirme.

—¿Y no encontraste nada?

—Sí. Vi un par, pero una está muy cara y la otra no combina con nada de la casa.

Su departamento parece diseñado por alguien obsesionado con combinar patrones cromáticos: los sillones son beige, la mesa del comedor es blanca, el mueble donde está la televisión es beige y todos los floreros son blancos. Hasta los cuadros combinan: hay uno blanco y beige, con retazos rojos, al lado de la cocina, y otro muy similar, probablemente del mismo pintor, junto al mueble de la tele. La casa de los papás de Inés era lo opuesto. Todos los objetos y muebles que la decoraban parecían heredados o escogidos al azar, con una venda en los ojos. Supongo que eso iba con su personalidad: nunca salimos de su casa sin que hubiera olvidado el celular, sus llaves o su cartera. Se vestía bien, pero hasta ahí llegaba su interés por lo exterior. Jamás la vi retocarse el maquillaje. Jamás me pidió que me cambiara de ropa antes de salir a algún lugar. Y jamás la escuché criticar algo por su apariencia.

—¿Desde cuándo te importa que las cosas combinen? —le pregunto áspero.

—El burro hablando de orejas. Me acuerdo que tenías separados tus calcetines y tus camisas por colores.

—Si vieras mi clóset ahorita. Creo que en un mismo cajón tengo todos mis calzones y mis zapatos.

Inés se quita los lentes y los arroja sobre la mesa del comedor.

—Te hace falta una novia —dice y me da la espalda de vuelta a la cocina para dejar la botella de agua en su lugar, mientras yo disfruto las cosquillas que me ocasionó su comentario. Sabe que estoy soltero, pienso. Ha preguntado por mí.

—Lo que me hace falta es alguien que limpie mi departamento —le digo, e Inés sale de la cocina y camina hacia la carriola.

—Ven, acompáñame a llevarlo a su cuna. No lo quiero despertar.

Llevamos a Sebastián a su recámara y por fin lo conozco. Soy malísimo para encontrar parecidos, así que más bien veo lo que quiero ver: la boca y la nariz son las mismas que las de su mamá y el color del pelo es también idéntico al de ella. Inés coloca una mano detrás de la espalda del bebé, otra detrás de su nuca, y después lo saca de la carriola con todo cuidado, emitiendo una especie de siseo rítmico, muy de mamá, para que el niño no se despierte.

—¿Cuántos meses tiene? —le pregunto mientras lo recuesta en su cuna.

—Ocho —me dice en voz baja.

—¿Y quieres tener otro?

—Me gustaría tener uno más. Carlos quiere tres, pero le dije que está loco.

La recámara de Sebastián parece decorada por la misma persona que escogió los muebles de la sala y el comedor. Todo es azul cielo, beige y blanco, y no hay un solo juguete sobre el piso ni fuera de un cajón. En un librero, junto a la cuna, encuentro dos fotografías arriba de un espacio reservado para peluches. En ambas está la familia que ocupa este departamento: Inés, Carlos y Sebastián. Carlos, al que ya he visto en algunas fotos de Facebook, se ve de casi cuarenta años. Tiene el pelo negro, con canas arriba de los oídos, y la frente amplia de alguien que pronto se quedará calvo. Si él no estuviera casado con mi exnovia, probablemente yo admitiría que esas personas que aparecen en las fotos hacen un bonito trío.

—Antier se murió el *Horacio* —le digo a Inés, con la vista fija en sus fotografías de familia.

—Vente, vamos a dejarlo dormir —me dice con una mano en la perilla de la puerta.

Salimos de la recámara y caminamos rumbo al comedor.

—No me digas —exclama Inés al tiempo que toma asiento en la silla que está en la cabecera—. ¿Cuántos años tenía?

—Creo que dieciséis. Casi dieciséis.

—¿Y cómo se murió?

—Yo lo llevé a que lo durmieran. Ya no reconocía a nadie. Daba vueltas y vueltas por el jardín, aullando, ladrándole a las paredes.

Por la ventana veo a un avión atravesar el cielo y después ocultarse detrás de un edificio. ¿Adónde va?, ¿viene de regreso o acaba de salir del aeropuerto? ¿Alguien habrá visto, desde la comodidad de su sala, el avión en el que regresé hace seis meses, ese día cuando me enteré del derrame cerebral de mi papá?

—¿Quieres un café? —me pregunta.

—Sí, por favor. Con leche.

Inés no se levanta de su asiento y se tapa la boca con la mano, como si hubiera dicho algo indecente.

—No sé por qué te acabo de preguntar eso. No tenemos cafetera y no tengo idea de cómo preparar café.

—No te preocupes.

Inés se quita la mano de la boca, pone los codos sobre su mesa beige, recarga la barbilla entre sus manos y meneando la cabeza se ríe con discreción.

—¿De qué te ríes? —le pregunto sin afán de queja.

—Qué mal olía tu perro.

—Oye, estás hablando de un difunto.

—Es que olía horrible. No podíamos comer si se acostaba debajo de la mesa, ¿te acuerdas? Tu papá siempre me preguntaba si yo traía unos Trident para dárselos a *Horacio*.

No sé si siempre se lo preguntó. Recuerdo una vez, durante una comida familiar con mis tías y mi tío Mario, y nada más. No sé por qué Inés prefiere creer que mi papá le decía eso siempre, pero decido dejarle el recuerdo intacto.

—Eran sus encías —le digo sonriendo—. Tenía una infección horrible.

—¿Por qué no lo llevaban al veterinario?

—Por ojetes. A mi papá le daba miedo que lo fuera a morder otro perro mientras esperaba en la veterinaria, y a mi mamá y a Tania siempre les dio una güeva inmunda atender al pobre de *Horacio*.

—¿Y a ti?

—Yo era el único que lo llevaba. Hasta le intenté lavar los dientes un día. Pinche perro, me acabó soltando una mordida.

—Sí. A mí nunca me quiso. Me gruñía.

—Yo le hablaba mal de ti cuando no estabas.

—Típico.

Otro silencio: el segundo desde que nos encontramos afuera de su edificio. Sin embargo, a diferencia del pasado, este es cómodo y comunicativo. Siento que hay más palabras en este momento que en todo lo que nos hemos dicho desde que nos subimos al elevador. Y es quizá por eso que Inés lo rompe, preguntándome por los moretones en mi cara. Sé que quiere llegar al grano; al motivo detrás de mi visita.

—Me pegaron ayer —le digo, reacio a hablar más del tema.

—No, bueno, eso me queda clarísimo. ¿Dónde?

Agacho la cabeza y me rasco la parte anterior del cráneo, avergonzado.

—En la boda de mi hermana.

—¿Ya se casó Tania?

—Ayer.

—¡Ayer!

—Sí, ayer. Nos pusimos pedos y me acabé agarrando a madrazos con Adrián.

—Solo a ti se te ocurre seguir llevándote con ese tipo.

—Ya sé.

Aunque tengo ganas de prender un cigarrillo, presiento que este departamento es zona de no fumar y prefiero no romper las reglas. Inés vuelve a ponerse en pie y camina de nuevo rumbo a la cocina. Antes de desaparecer por la puerta que colinda con el refrigerador, me dice:

—Siempre fuiste buenísimo para reconocer tus errores, pero nunca has sabido cómo arreglarlos.

—¿O sea que siempre sé por qué la cago, pero no tengo los güevos para dejar de cagarla?

—Algo así —contesta desde la cocina.

Inés regresa con un cenicero y una cajetilla de cigarros mentolados. Me ofrece uno, lo acepto y le doy una fumada. Me sabe a estiércol, pero no lo apago.

—¿Y tú desde cuándo fumas? —le pregunto.

—Desde que me casé. Carlos fuma más que tú —me dice mientras abre la ventana para ventilar la habitación.

—Tu depa no huele a cigarro.

—Es que está de viaje. Regresa pasado mañana.

—¿Adónde fue?

Inés le da una fumada a su cigarro mentolado y después lo deja en el cenicero de cobre, similar al que mi papá tenía en su estudio. Después vuelve a sentarse.

—A encontrar un lugar donde vivir. Nos mudamos a Miami en agosto.

Siento que el corazón se me desploma, como si de un segundo a otro se hubiera convertido en una bola de metal, y no tardo en reprimirme por mi idiota tristeza. ¿Qué más da que Inés se vaya a vivir fuera de México? No es como si la vieras todos los días. No es como si fuera tu novia. Cabrón, está casada y tiene un hijo con otro güey. ¿Qué chingados es lo que te preocupa?

—Creo que yo también me voy a regresar a Nueva York —le digo.

—Pero llevas menos de un año en México, ¿no?

—Bueno, no sé si me voy a regresar. Igual y sí. No tengo nada que hacer aquí.

—Pues si tienes ganas, hazlo. No es como que tengas responsabilidades con nadie más, ¿o sí?

No sé qué, pero algo de lo que me acaba de decir me molesta. Quizás es la facilidad con que está dispuesta a devolverme a Nueva York, tan diferente a como fue hace seis años, cuando le rompió el corazón verme huir. O tal vez es el hecho de que llevo media hora en su departamento y sigue sin preguntarme por la muerte de mi papá. ¿A ella tampoco le importa que haya muerto?, ¿será igual que Pablo y el resto de mis examigos?

—Oí por ahí que trabajas en una revista de sociales —me dice Inés, apagando el cigarrillo sobre el cenicero.

—Lo dejé esta semana.

—¿Esta semana?, ¿pues cuántas cosas te pasaron en estos días?

—Todo.

—Pero me imagino que estás contento de haberte ido. Debes haber odiado trabajar ahí.

—Sí. No era lo mío.

—¿Y no escribiste otro libro allá?

—Sí —le digo, y toso adentro de mi puño—. Sí, sí. Me lo publican este año.

—Felicidades.

Apago el cigarrillo, a medio fumar, y volteo a ver la ventana. El avión que había desaparecido detrás de un edificio reaparece y después se pierde en una nube. No viene de regreso. Sube, listo para dejar esta ciudad.

—No es cierto. Escribí otro libro aquí, pero me lo acaban de rechazar.

—Qué lástima —me dice sin burla.

—Gajes del oficio.

—¿Y de qué trataba?

—Ya sabes. Igual que el otro. Como dijo mi papá: «Una bola de historias desagradables de gente desagradable contado de manera desagradable».

Inés guarda el encendedor adentro de la cajetilla de cigarros y después la empuja hacia el florero, blanco y beige, que decora el centro de la mesa.

—Ay, Matías. Tú y tus historias deprimentes.

—Escribo las cosas como son.

—Escribes las cosas como las quieres ver.

¿El matrimonio la dotó de elocuencia? La niña que antes no podía hilar más de tres frases, que a duras penas se comunicaba conmigo cuando había que hablar con seriedad, la que me hacía reír pero jamás reflexionar, ahora se expresa como si fuera otro ser humano. Prefiero creer que sus nuevas dotes de conversadora no son obra de la maternidad.

—Siempre te ha encantado ver la vida negra —me dice.

—Está difícil escribir algo alegre cuando se acaba de morir tu papá —le espeto.

—Es al revés, ¿no? Ahí es cuando tienes que acordarte de lo bueno.

—Eso lo dices porque tú no tienes pedos. Tus papás están vivos, te llevas a toda madre con tu hermano, estás casada, tienes un hijo. Así yo también escribiría novelas color de rosa.

—No te enojes.

—Es la neta.

—No, Matías. Te encanta complicarte la existencia. No me puedo ni imaginar lo que sentiste con lo de tu papá, pero fuiste tú el que quiso irse seis años a vivir a Nueva York, a no hacer nada.

—¿Cuál era la otra opción? ¿Quedarme aquí, a trabajar en una editorial de quinta, casarme contigo, romperme la madre veinte años para conseguir una acción del club de golf y pasar todos mis domingos, de aquí a que me muera, comiendo con Felipe, Pablo y Adrián?

Inés resuella como si tuviera cólico y después hace una mueca de disgusto. No le gusta hacia dónde se dirige esta conversación.

—Me suena mejor que regresar, después de no haber hecho nada, a vivir en el consultorio de tu papá, trabajar en una revista de sociales y empedarte con los mismos de siempre por seis meses seguidos.

—Discúlpame si me da güeva vivir una vida como la tuya.

—Si te doy tanta güeva, ¿qué haces aquí?

El llanto de Sebastián nos interrumpe antes de que pueda responderle. Inés se pone en pie, se limpia las manos sobre sus muslos descubiertos, como si acabara de bajar de un caballo, y camina rumbo al cuarto de su hijo. Me quedo solo frente a la mesa del comedor, esperándola. ¿Así se habrán sentido los pacientes de mi papá antes de entrar a terapia? En una casa ajena, sin nada que hacer más que pensar, ver la ciudad a través de la ventana y, en su caso, hojear una revista.

Como yo, ¿ellos también habrán usado ese tiempo para meditar en lo que iban a decir cuando los atendiera su analista? Me imagino que muchas veces iban a consulta sin siquiera saber de qué querían hablar, y exactamente así me siento ahora. Sé que quiero platicar, pero no tengo idea de qué decirle a Inés. Pasan los minutos y ni ella regresa ni Sebastián deja de llorar. No se me antoja verla en plenas labores maternales, así que me paro y voy a la cocina por un vaso de agua o algo de comer. Abro el refrigerador y encuentro varios contenedores llenos de comida preparada: sopa, carne, frijoles, arroz y lo que parecen ser milanesas de pollo. Hay huevos, leche, jamón, queso y una botella de vino blanco, a la mitad, con el corcho apenas adentro. Pienso en las tardes y las noches de Inés, preparando comida, atendiendo al bebé, llevándolo a la cama y después sirviéndose una copa de vino para ver alguna serie de televisión. Me gustaría envidiarla. Me gustaría desear con todas mis ganas lo que tiene: eso, por lo menos, sería una señal inequívoca de hacia dónde dirigir mis propios esfuerzos. Con eso bastaría para saber que lo que me hace falta es formar una familia. Pero la realidad es que no la envidio. Tampoco la compadezco. Simplemente la entiendo. Este refrigerador tapizado de su trabajo y sus idas al súper, esa sala que no refleja su personalidad en absoluto y este departamento inmenso y frío, hacen sentido con la familia que siempre quiso tener, y si me hubiera quedado en México, quizá nuestra vida sería igual que esta. ¿Qué otra cosa podía ofrecerle yo? Hablábamos de viajar por el mundo, de vivir en Estados Unidos, en Inglaterra y en España, como los adolescentes hablan de viajar: cuando el dinero no es tuyo, y abunda, entonces todo el planeta parece asequible. Creces, te independizas, y tu mundo paradójicamente se estrecha. Hasta este fin de semana, mi vida era una isla en la que habitaban Natalia, Adrián, Mica, Felipe, las oficinas de *Kapital*, mi departamento y unos cuantos bares. La isla de Inés es otra, nada más. Un lugarcito que probablemente incluye el súper, algunos restaurantes de Polanco, este departamento y la casa de sus papás. ¿Cómo pudimos estar tan cerca por tanto tiempo y acabar tan lejos?

—¿Qué buscas? —me dice desde la puerta de la cocina.

—Un vaso de agua.

—La jarra está junto a la estufa. Ahorita te doy un vaso.

Inés abre la puerta de un gabinete que le queda muy alto, y extiende los brazos para alcanzar un vaso de cristal. Veo sus nalgas cuando se estira, la franja de piel entre sus *shorts* y su blusa, los músculos de sus pantorrillas mientras se para de puntitas, y por primera vez desde que la vi en ese Starbucks siento que la quiero abrazar. Si me acerco a ella, si la tomo de espaldas, si le beso el cuello, ¿me dejará o me correrá a patadas de su departamento?

—Toma —me dice después de servirme agua.

Tomo el vaso y lo acerco a mi nariz antes de beberlo. No tengo idea de por qué lo hago, pero lo olisqueo.

—No es de la llave, eh. Tenemos filtro —me explica preocupada.

Le doy un buen trago y salgo de la cocina, en dirección a la sala.

—¿Qué le pasaba a tu hijo? —le pregunto, y tomo asiento en un sillón donde caben por lo menos tres personas.

—Nada. La verdad es que debería despertarlo. Todo mundo dice que es malísimo que tome siestas a esta hora, pero la neta yo lo dejo que haga lo que quiera. Si se despierta en la noche, pues me despierto con él y ya.

—¿No trabajas? —le pregunto, aunque sé la respuesta.

—No, no. Dejé de trabajar durante el primer trimestre de mi embarazo.

Me acabo el vaso de agua y lo dejo sobre una mesa de cristal frente a mí. Inés se sienta en el mismo sillón que yo pero del lado opuesto, alejándose tanto como puede sin caer al piso.

—¿A qué te vas a Miami?

—Le ofrecieron un buen puesto a Carlos. Los dos queremos vivir fuera, así que ya es un hecho.

—Dicen que Miami es aburridísimo.

—Ya veré —me contesta sin perder la compostura ni dejar de ser cordial, mientras yo imagino su vida allá: la misma isla, pero en diferente país. Un supermercado, un kínder, un cine, un restaurante, un gimnasio y un departamento.

—Me siento perdido —le confieso sin verla a la cara, y en el momento en que lo digo se me cierra la garganta, como apretada por una llave de tuercas. Nunca he llorado frente a Inés y no pienso hacerlo hoy, en su departamento, cuando ya no somos nada.

—¿Qué quieres que te diga? —me pregunta, pero siento que hay algo atrás de lo que dice: «No soy tu brújula, Matías». Ese parece ser el mensaje. Y sé que es así, que nadie es brújula de nadie, que todos nos perdemos solos.

—Mi papá me regañó horrible cuando le dije lo que nos pasó —le digo en referencia al aborto, porque así siempre lo mencionamos. Nunca fue «aquello que hicimos» sino «aquello que nos pasó», como si ella hubiera perdido a nuestro hijo de manera espontánea, por gracia divina, y no porque fuimos con un ginecólogo al que le pagamos diez mil pesos adentro de un sobre sin que nadie más lo viera.

Supongo que Inés no quiere hablar del tema, porque se tarda una eternidad en continuar con la conversación. No sé con qué gesto me observa: sigo sin verla a la cara, con mis ojos clavados en el vaso sobre la mesa.

—¿Y qué te dijo? —me pregunta, y en su tono de voz percibo que a ella también le duele.

—No es que estuviera en contra de hacer eso, ni que pensara que era un crimen. Pero creo que quería ver un hijo mío y tuyo. Verlo, cargarlo, criarlo. Supongo que me regañó por egoísta.

—Yo lo quería mucho.

—Y él a ti.

Volteo a ver a Inés. Aunque ambos tenemos los ojos llenos de lágrimas, nos mantenemos lejos. No quiero besarla en la boca ni desnudarla, ni hacer el amor con ella. Lo único que quiero es darle un abrazo y pedirle perdón al oído.

—Hice mal en irme —le digo.

—Estábamos chiquitos, Matías. Quién sabe si hubiéramos funcionado.

—No lo digo por eso. No es que quiera que te divorcies para casarme contigo. Nada más sé que no debí haberte dejado. No debí haber escapado.

—Creo que por eso te dije que pasaras cuando te vi allá afuera. Quería que me dijeras eso. Solo eso. Y no me preguntes por qué, pero sabía que un día me ibas a buscar.

—Te vi el jueves, de hecho.

Inés se limpia las lágrimas con el costado de la mano y después la coloca sobre su vientre.

—¿Y por qué no me saludaste?

—Por maricón.

Estoy a punto de decirle otra cosa, pero Sebastián vuelve a llorar e Inés se levanta del sillón, lista para atenderlo de nueva cuenta. A pesar de que le confesé todo, el nudo en la garganta sigue apretándome con la misma fuerza. A duras penas puedo tragar saliva. Quiero creer que Inés está equivocada y que, de quedarnos juntos, hubiéramos sido muy felices. Siempre fuimos una pareja más estable que Pablo y Natalia, por ejemplo. Yo la quise mucho. No con un enamoramiento desmedido sino con el cariño que nace de la tranquilidad. Éramos buenos compañeros. Fue ella la que me introdujo al hermoso y torpe mundo del sexo, con la que pasé horas y horas tirados en mi cama, desnudos, sin siquiera abrir la boca. Me gustaban su casa y su familia y sus gustos musicales. Nos peleábamos poco. Y quizá con eso hubiera sido suficiente.

Inés regresa con Sebastián en brazos. Está despierto y desconcertado, con los ojos bien abiertos y las pestañas húmedas de llanto. Su mamá le besa la frente. El niño tiene los ojos color almendra. Esta vez no hay pierde: son idénticos a los de Inés.

—Mira, Sebastián —le dice—. Este es Matías. Es un…

Inés no puede completar la frase. Pienso en decirle al niño que soy amigo de su mamá, o exnovio o primo, pero no siento la necesidad. Nunca lo volveré a ver, ni a ella tampoco. Y jamás seré algo en su vida: solo un rostro, perdido entre las fotos que su mamá guarda de su adolescencia y paso por la universidad. Alguien que no tiene nombre. Mucho menos que un fantasma. Una pieza del pasado ajeno. Pero mientras me acerco a Sebastián y a su mamá para despedirme, pienso que, aunque ciertamente no es mi hijo, este niño es consecuencia de mis actos. Está aquí porque, a los veintidós años, decidí no formar una familia con su madre. Está aquí porque me fui y no regresé. Y estoy en paz con que él sea el único fruto de mi huida.

Inés no baja conmigo a decirme adiós. Se queda allí, en su sala de colores coordinados con Sebastián en brazos mientras las puertas del elevador se cierran, y yo me aprieto el cuello, con ambas manos, para no echarme a llorar como si tuviera cinco años.

Salgo del edificio y atravieso el parque corriendo hacia mi coche. Ya sé cuál es la siguiente parada.

Llego a mi departamento y vierto el contenido de la caja que me envió David sobre el piso de mármol de la sala. Veo todas las cartas que me escribió mi papá, todos los sobres que me mandó a Nueva York, y finalmente entiendo por qué me escribía tan pocos *mails*. Quería una prueba física de qué tanto me extrañaba, algo tangible, que no fuera un código o un archivo extraviado en una bandeja de correo virtual. Quería que sintiera que sus cartas no llegaban de un instante a otro, fincadas sobre la mentira que urde internet: que todo queda a tiro de piedra, a un clic de distancia, y no a kilómetros y kilómetros de por medio. Por eso me avisaba cuando las llevaba al correo, para que yo contara los días que tardaban en llegar. Así de lejos estamos, hijo: a tres, cuatro, cinco días de distancia.

Primero leo sus cartas, avergonzado de cómo le mentí durante años cuando le decía que las había leído y le daba las gracias por escribirlas. En varias de ellas me pedía que le hablara a colegas suyos en Nueva York, para ir a terapia y platicar sobre mis problemas. «Aquí te pongo el teléfono de mi amigo Malcolm. Es buena persona y extraordinario terapeuta. Te pido que le hables, por favor.» Dedicaba párrafo tras párrafo a mi falta de dirección laboral: «Hablé con Susan, la esposa de Ian, y dice que te pueden conseguir un *internship* en su revista. Aquí te dejo su número», «Volví a ver a Javier. Dice que la editorial está muy contenta con tu novela. Está vendiendo bien. Y que estaría encantado de enseñarle otro de tus trabajos a otra editorial. Es un buen amigo y un buen escritor. Por favor comunícate con él para ver qué pueden hacer juntos», «Javier dice que si regresas puede conseguirte un trabajo en Editorial Expansión. ¿No te gustaría aprender el oficio de editor? Creo que es un camino interesante para un joven escritor como tú. Claro que sería en México. Llevas ya tres años en Nueva York, Matías, y no veo que empieces a planear tu futuro. ¿No será hora de que vayas pensando en regresar?» Muchas tenían consejos de padre a hijo para ser una mejor persona, como pequeños retazos de libro de autoayuda: «Sé un hombre bueno, Matías. Eso es lo único que importa. Ser bueno y ser feliz. Sé que ya eres lo primero. ¿Y lo segundo? Dime por favor que estás contento y bien», «Haz algo que te apasione, hijo. No puede ser que estés satisfecho trabajando de mesero en Brooklyn. ¿Estás buscando un trabajo interesante?, ¿cuáles son tus opciones?, ¿por qué no volver a intentar en una universidad? Una maestría siempre puede resultar enriquecedora. Para mí ciertamente lo fue». Me preguntaba muchas cosas, queriendo iniciar una conversación epistolar: «¿Qué libro estás leyendo?, ¿alguna nueva novela que te llame la atención? Yo leí un libro de un chico estadounidense, un poco más grande que tú, que me dejó boquiabierto. Hay más cosas allá de lo que tú escribiste, Matías. Tu novela tiene mérito, pero debes buscar nuevos horizontes», «Te estoy mandando un libro con la poesía completa de Salinas y otro con la de Paz. Leer poesía siempre alimenta la prosa del narrador. ¿Cuándo puedo visitarte? Hace más de cinco meses que no te veo».

Me decía que me quería, una y otra vez: al principio, a la mitad y al final de todas sus cartas. «Cuídate, hijo. Aquí pensamos mucho en ti. Tu hermana te extraña horrores y tu ma' también (*Horacio* no sé; sigue sin hablar el güey). ¿Cuándo vienes a México?», «Te quiero mucho, hijo. Eres y serás mi orgullo siempre».

Y la última carta:

Me platicó tu mamá que se pelearon por teléfono antier. Dice que te enojaste con ella porque te pidió que reconsideraras quedarte otro año en Nueva York. Tú sabes que rara vez estamos de acuerdo, pero no puedo evitar ponerme de su lado. Son seis años, Matías. Seis años de no vivir en tu país, rodeado de la gente que te quiere. Durante mucho tiempo he intentado ponerme en tus zapatos, impulsar tu futuro allá si eso es lo que realmente quieres, pero sigues sin hacer nada de provecho con tu vida. Aquí tienes una familia. Está tu perro, viejo y medio loco, pero aquí anda. Está tu hermana, que se casa el próximo año y con la que no volverás a vivir bajo un mismo techo nunca. Está tu ma', que te da una lata horrible pero que te quiere mucho. Y estoy yo, hijo. Tu papá, siempre medio enfermo, *pero todavía aquí.* Sé que te he molestado de más con eso de ser escritor, pero te juro que ha sido buscando tu felicidad y no la mía. Si no quieres escribir, si quieres ser ingeniero o doctor, estás a tiempo. Tienes veintiocho años, Matías. No puedes saber qué tan joven estás (ese es el problema, precisamente, de ser joven). Pero tu edad no te da licencia para desperdiciar, si no tu talento, al menos tu esfuerzo. Te pido que pienses seriamente en regresar. Que vengas a tu casa. Hay tantas cosas que puedes hacer, tanta gente a la que no conoces. Ven y armemos tu futuro juntos, como siempre hicimos, desde que eras niño y platicábamos encerrados en tu cuartito dentro de mi consultorio.

Te quiere mucho, mucho,

Tu papá.

«Todavía».
Esa puta palabra.
«Pero todavía aquí.»
Cuando regresé, ese «todavía» había desaparecido. Esa misma noche, cuando volví de Nueva York, lo visité en terapia intensiva y entré a su cuarto. Allí estaba mi papá. Aunque tenía los párpados cerrados, no dormía tranquilo. Las cuencas de sus ojos parecían sumergidas en su rostro. Sus labios hinchados sostenían un tubo que respiraba por él, conectado a un aparato que jalaba y expulsaba aire hacia sus pulmones. De su cráneo, rapado con prisa, salía un catéter intermitentemente rojo que drenaba sangre a una bolsa de plástico sobre su cama. Su rostro se veía seco, sin vida. Tenía un brazo debajo de las sábanas, el otro descansaba a un costado de la cama. La palma de su mano veía hacia el techo y se contraía en espasmos inconscientes, sacudida por una falla en el sistema, una chispa en la corriente eléctrica de su cerebro inundado. A pesar de estar dormido, mi padre parecía pedirme que me acercara. Y eso hice. Jalé una silla y tomé asiento junto a él. Las camas de hospital son tan altas que mi barbilla estaba al mismo nivel que su pecho. Me había prometido no hablar con él si no lo encontraba despierto. Sentía que llamarlo por su nombre, decirle que aquí estaba, sería pretender que nada de esto había pasado. Pero no pude quedarme callado.

—Aquí estoy, pa' —le dije, y puse mi mano sobre la suya. Su piel se sentía gélida. Imaginé que sus venas habían dejado de llevar sangre de su corazón a su cuerpo y ahora cargaban agua fría, como la de una alberca abandonada—. Aquí estoy, pa' —volví a asegurarle apretando la quijada, con los ojos húmedos. ¿Qué se le dice a un cascarón? Hablar con quien no puede escucharnos es hablar con nosotros mismos, y yo no quería hablar conmigo. No tenía nada que decirme. Sentí que debía hacer algo más (besarlo, tocarle la frente), pero me pareció inútil. ¿Besar a mi papá sin que se diera cuenta?, ¿abrazarlo sin que pudiera sentirlo? ¿Para qué? Ahí estaba yo, pero él ya no estaba. Debió morir para que yo cumpliera su último deseo, igual al primero que tuvo para mí después de que mi mamá me dio a luz en un hospital de Nueva York: venir a México, vivir en México, estar aquí.

Desempolvo la vieja VHS y la enchufo detrás de la pequeña tele que mi papá tenía en la sala de espera. Estoy a punto de llevar a cabo una tortura innecesaria: ver los videos que me mandó a Nueva York. Pinche manipulador, pienso mientras aparecen las primeras imágenes. Pinche manipulador que me quería convencer de regresar a México recordándome lo mejor de mi infancia y adolescencia, grabadas, ambas, con una cámara barata, con la imagen tiritando por culpa de su pulso de maraquero, incapaz de grabar sin inducir al vómito al futuro espectador. En el primer casete aparece lo que cualquiera esperaría que un padre hubiera registrado durante la infancia de sus hijos: un cumpleaños de Tania (lleno de invitados), un cumpleaños mío (en el que no conté más de diez personas), una visita a la feria, otra al lugar de carros chocones, un viaje a Taxco y otro a Tepoztlán. Volví a escuchar la voz de mi papá: grave sin ser melodiosa, como la de un cantante de ópera acatarrado. Le pide a Tania que se baje de un árbol, adentro de un convento en Tepoztlán.

—Quién sabe cuántos años lleva ahí, mija —le dice, y Tania se baja de un brinco, vestida con unas mallas color rosa mexicano y un suéter de flores. Estamos estacionados antes de entrar a la carretera y él me da a probar de su cerveza.

—¿Qué tal?, ¿te gustó? —me pregunta con la cámara dirigida a mi rostro, y yo, como cualquier otro niño haría frente a la lente, exagero mi respuesta: le digo que sí con voz agudísima y asiento una y otra vez, con un entusiasmo casi histriónico—. Namás no le digas a tu ma' que te ando emborrachando.

El segundo VHS tiene más de lo mismo. Otro cumpleaños de Tania, otra visita a provincia, un video de Tania comiendo helado y un pequeño segmento que captura el día en que nos regaló a *Horacio*. Yo correteo al pequeño cachorro por la sala de nuestra vieja casa, le acaricio el cráneo con torpeza infantil, lo abrazo hasta que el perro chilla y mi papá me pide que me detenga.

—Es un bebé, Matías. Trátalo con cuidado.

—Sí, pa'.

Tania dice que el perro parece una rata y mi mamá se echa a reír fuera de cámara. Siempre fuera de cámara.

—Gracias, pa' —le digo y vuelvo a acariciar el cráneo del perro. De repente, por primera vez en todos los videos, la cámara en la mano de mi papá se queda fija y me observa sin que yo me dé cuenta. Acaricio a *Horacio*, que agacha la cabeza cada vez que siente mi tacto, y murmuro cosas inaudibles hasta que la imagen se va a negros.

Mi papá nunca aparece en los videos. Caigo en la cuenta de qué tanto quiero verlo. Pongo el tercer casete y paso la mitad de su duración pidiéndole en silencio a la tele que Tania o yo tomemos la cámara y la volteemos para verlo a él. Está su voz, pero jamás su rostro.

De un viaje a la playa, la imagen se corta de manera abrupta y, cuando vuelve, el video da un salto en el tiempo y el espacio. Ya no soy un niño de seis años, acostado sobre la arena de Acapulco mientras mi papá me ayuda a cavar un hoyo en la playa. Tengo nueve años, quizá diez, y estoy vestido como esquimal de pies a cabeza. Mi papá me pide que me ponga la bufanda. Tania no está. Tiene gripa y está en cama. Mi mamá se quedó para cuidarla.

Ya sé dónde estamos.

—Mira, Mat. Mira —me dice mi papá, y yo volteo hacia arriba junto con la cámara—. ¿Qué opinas?

Mi voz se escucha lejana, ahogada por el vendaval montañoso:

—Guau —le digo de cara al Popocatépetl completamente nevado, desnudo de nubes, frente a nosotros—. ¿Esto es nieve, pa'?

Mi papá camina junto a mí cámara en mano y por un breve momento, cuando apunta hacia abajo, veo la punta de sus botas.

—Claro que es nieve.

—Guau —repito.

Se escucha el viento, acompañado del crujir de nuestros pasos sobre la escarcha.

Corte. Estoy sentado sobre un montículo de zacatones cuyas hojas apenas si despuntan del hielo. Mi papá me observa a través de la cámara mientras yo tomo puñados de nieve y después los aplasto entre mis dedos. El lugar entero está bañado de luz del día y atrás de mí aparece el costado del volcán. Qué cerca estamos de sus faldas. ¿Cómo llegamos hasta ahí? No recuerdo haber caminado tanto.

—¿Me la puedo llevar? —le pregunto a mi papá, señalando la nieve debajo de mis nalgas.

—Si quieres. Pero se va a derretir.

Mi papá se levanta y la toma me graba en picada: soy una isla rubia en medio del hielo. Mis manos no dejan de acariciar la escarcha.

—Ven, Matías. Vamos por una quesadilla.

—No. Ahorita.

—¿No tienes frío?, ¿no quieres un atole?

—Quiero llevarme la nieve.

Mi papá me pide que me levante. Estira su brazo; sus dedos se extienden y después golpetean la palma de su mano. Quiere que vaya con él, pero no le hago caso. Sigo sentado sobre la nieve, fascinado por ella. Y la imagen se va, reemplazada por una pantalla a negros, y el ruido chillante de la estática.

Todos traicionamos la promesa de nuestro mejor destino.

Me lo dijo ahí, después de apagar la cámara.

Son las tres de la tarde y tengo miedo de no llegar a tiempo, así que aprovecho que es domingo de poco tráfico, acelero a cien kilómetros por hora al tomar Viaducto y zigzagueo para rebasar al resto de los automóviles. Aunque me atacan imágenes del choque de ayer y siento que en cualquier momento podría perder, de nuevo, el control del coche, no piso el freno. Tengo que llegar antes de que se haga de noche. Tengo que llegar para verlo de día.

La mancha urbana desaparece poco a poco y las casas opacas le abren paso a restaurantes a la mitad de la nada que con orgullo se jactan de vender barbacoa, lechón y conejo, y a delgadas parcelas de trigo color ocre tatemadas por el sol. Mi parabrisas es una lente que traduce todos los colores, convirtiéndolos en grises y sepias. A lo lejos, entre las nubes, el sol se asoma, velado por el plomo monocromático de la contaminación. Parece que también busca una salida, una manera de iluminarme. Vuelvo a girar hacia la derecha, pago una caseta y por fin comienzo a ver verde. Sobre las cordilleras podadas y los montículos salpicados de ovejas y ganado aparecen árboles frondosos cuyas ramas, que se podrían confundir con los brazos rotos de un espantapájaros, apuntan hacia todas las direcciones. Y ahí aparecen, despejados, los volcanes. Apenas cubiertos de nieve, así me observan, dos centinelas suspendidos en el tiempo: el Iztaccíhuatl y el Popocatépetl. Son un faro: el hombre despierto y humeante, y la mujer dormida y nevada. Sentí miedo cuando los vi por primera vez. Mi papá y yo subimos hasta el Paso de Cortés y allí los encontramos. Ambos parecían estar a una lejanía equidistante de nosotros. A nuestra izquierda, los tres picos del Izta dominaban su cordillera cubiertos con nieve de manera irregular, como si un gigante hubiera pretendido encalarlos y se le acabara el material antes de terminar el trabajo. Aunque durante el trayecto la inusual silueta de su compañera domina el paisaje, de cerca el Popocatépetl gana la batalla. Salvo por el costado vertical del Ventorrillo, todo él está cubierto de nieve, desde la punta hasta Tlamacas, el lugar desde el cual, me explicó mi papá, salían los alpinistas. Caminamos lentamente, sin quitarle la vista de encima a la montaña, hacia la barda que delimita el Paso de Cortés. Mi papá respetó mi contemplación y mantuvo su distancia. «Extraña», fue la primera palabra que me vino a la mente. Qué extraña y solitaria criatura tenía frente a mí. Imaginé la violencia de su nacimiento en cámara rápida, como las tomas que documentan la manera en que se abre un capullo. Vi al ovillo de su cráter abrirse paso entre la vegetación, rasgar el suelo, desajustar la superficie a su alrededor, herir la tierra como una fractura expuesta. Imaginé el fuego escurrir desde su boca, el gruñido titánico de su parto, impelido por algún designio profundísimo pero sin sentido alguno. No pensé en el volcán como una calamidad, ni siquiera como producto de fricciones azarosas e insondables. Pensé en él como un ser vivo, que nació sin pedir haber nacido, arraigado a este lugar, fijo en su puesto: un centinela colmado de tristeza. Quise correr hacia él, perderme entre su nieve, subir hasta oler el azufre de su cima, verlo todo desde esa distancia infinita: a mi padre y a mi madre, atados a su pugna silenciosa; a mi hermana, y su piel y ojos y labios tan distintos a los míos; a la ciudad en la que había crecido, que ahora parecía estar en otra galaxia. Quise pararme en la punta del volcán e intentar encontrar esa ventana, en el consultorio de mi padre, desde la cual observaba este sitio y estas montañas. Se veían desde mi recámara. Me sentaba sobre el sofá que mi papá y yo compramos, y mientras él daba consulta yo veía a esos dos gigantes en el horizonte. A la distancia, las nubes que los rodeaban parecían emerger de sus respectivos cráteres, e imaginaba que ambos eran personajes y que esas nubes eran burbujas de diálogo como las de los cómics. No tenía idea de qué hablaban, pero estaba seguro de que era una conversación peculiar. ¿Qué le dices a una mujer que ha dormido a tu lado durante miles y miles y miles de años?, ¿qué le dices a un hombre que lleva una eternidad sentado junto a ti? Por eso quería conocerlos. Sí, era por eso. Para ver la nieve y escuchar a las montañas. Oír lo que tenían que decirse.

Cruzo el pequeño poblado de Amecameca, con su placita llena de desvencijados juegos mecánicos, su iglesia coronada por el volcán y sus puestos de fruta y discos piratas, y después doy la vuelta hacia la izquierda cuando un letrero anuncia la desviación hacia el Paso de Cortés, la cuna entre ambas montañas, donde mi papá me contó que cruzó Hernán Cortés rumbo a la ciudad azteca que pronto habría de conquistar y destruir.

El cielo se nubla cuando tomo la desviación. Por fortuna escampa antes de que la carretera entre al bosque. Las nubes parecen bostezar y ahí, dentro del hueco de cielo expuesto entre sus labios grises, aparece la mitad del Popo. La piedra marrón del Ventorrillo contrasta con el blanco prístino de la nieve que llega hasta antes de la cintura del volcán. No llevo más de una hora y media en el coche, pero la montaña se ve dramáticamente más cerca. En un abrir y cerrar de ojos la pierdo de vista, y me rodean árboles altísimos, arbustos rastreros y puestos hechizos que venden quesadillas, atole y café de olla. La carretera que lleva al Paso de Cortés es sinuosa y diagonal, de dos carriles, siempre en ascenso. A pesar de que es junio, la temperatura desciende de manera precipitada, y en menos de veinte minutos tengo que ponerme la chamarra para resguardarme del frío. Prendo un cigarrillo, y el humo que expulso por la boca se mezcla con el vapor de mi propio aliento para crear una nube espesa cada vez que exhalo. No veo ni un solo coche que suba o baje de la montaña. Estoy solo.

Llego al Paso de Cortés al filo de las cinco de la tarde. Una placa de piedra me da la bienvenida a un estacionamiento de cascajo, flanqueado por una casona cuyo techo forma un ángulo obtuso. Ni siquiera me tomo la molestia de estacionarme de forma correcta: freno apenas puedo y salgo del coche. Veo la silueta negra de una persona que camina adentro de la casa, pero no se percata de mi presencia. El resto del lugar está abandonado. Avisto una *pickup* a lo lejos, seguida por una estela de polvo, en dirección al Iztaccíhuatl, cuyas tres cumbres están sumergidas dentro de nubarrones cargados de lluvia. Giro hacia el otro lado. El techo de la casona me impide ver el Popocatépetl, así que troto y le doy la vuelta a la propiedad, en busca de un lugar desde el cual poder mirar el volcán sin obstrucción alguna, hasta que me topo con él. Qué cerca estamos. Se ve inmenso y salvaje, tan o más extraño de lo que me pareció la primera vez que lo vi a esta distancia. Mi mirada de niño me impedía apreciarlo en su justa dimensión; mi mente, proclive a la fantasía, dotó a la montaña de características humanas. Hoy, por fin, puedo verlo con ojos adultos: una creación hermosa, la obra de cientos de miles de años; una criatura hecha para contemplarse, que destruye sin querer. El primer, solitario inquilino de esta tierra.

Más por inercia que por curiosidad, sigo caminando hasta que doy con dos tubos de metal, colocados en ambos extremos de un camino de terracería, de los que pende una cadena herrumbrosa que cierra el paso hacia Tlamacas, el lugar desde el cual salían los alpinistas que escalaban el Popocatépetl y que ahora está cerrado por la actividad del volcán. Súbitamente recuerdo: mi papá y yo tomamos este camino. El lugar donde me grabó, donde me senté sobre la nieve y los zacatones, está hacia allá, pasando este obstáculo. Reviso el primer tubo, en un intento por encontrar el gancho del que cuelga la cadena, pero no doy con él. Camino hasta el otro lado y lo veo. No hay cerrojo ni nudo que me detenga. Y, sin pensarlo dos veces, la zafo y la dejo caer sobre el suelo polvoso.

Corro de vuelta hacia mi coche. Antes de entrar y encenderlo, le arrojo un vistazo a la casona que cuida la entrada al parque de los volcanes. La silueta ha desaparecido. Y antes de que vuelva a aparecer, enciendo mi coche, doy la vuelta en «u» y manejo hacia Tlamacas.

Recorrer el camino me toma poco menos de veinte minutos. Otra vez me rodea el bosque y pierdo de vista el volcán. Durante la carretera y el trayecto de Amecameca al Paso de Cortés tuve la impresión de que el día moriría aferrado al gris, a la amenaza de tormenta y al sol, pálido, oculto entre la niebla. Me equivoqué. Justo antes de llegar al refugio de Tlamacas me deslumbra una ristra de rayos de luz disparados entre las hojas de los árboles. Sé que es tarde, que pronto será de noche, pero aun así manejo lento, disfrutando el olor de madera húmeda que se cuela por la ventana.

Me estaciono, salgo del coche y me asomo entre el bosque, en dirección al camino que acabo de tomar, para ver si nadie me ha seguido. No veo ni escucho ningún automóvil. Satisfecho, junto las palmas de las manos, cubiertas con dos delgados guantes de poliéster, y las froto para entrar en calor. Oigo el viento, como un rugido muy hondo, acompañado de algo más; algo que, creo, es el gorgoteo del volcán, sus entrañas trémulas, el suelo que se sacude a su alrededor. No logro verlo desde donde estoy parado. Lo único que distingo es el refugio de Tlamacas: una casa, de techo rojizo y ventanas rotas, que supongo deshabitaron después de que el volcán entrara en actividad a mediados de los noventa. Camino hacia allá, cruzando un patio de adoquines espolvoreados de ceniza oscura. Aquí y allá veo vegetación que nace de las grietas: pequeños capullos morados, hiedras delgadas, arbustos de flores amarillas y tallos gruesos de cuyas puntas emergen girasoles miniatura. Entro al refugio por la puerta principal y caigo en la cuenta de que no lo recuerdo. Quizás estoy en un error. Quizá nunca vine aquí con mi papá. Quizá me grabó en otro lugar. Lo que veo no corresponde con las imágenes del video. El refugio es un lugar fantasmal que huele a encierro, a madera enmohecida, y basta con respirar una sola vez para saber que acá adentro el aire es tóxico. Hay una chimenea inservible en la sala principal y todo el piso está salpicado de cristales rotos. Las puertas que llevan a los cuartos donde dormían los montañistas están tapizadas de calcomanías de clubes alpinos de todo el mundo: venezolanos, italianos, alemanes y mexicanos. Me asomo a un par de recámaras y lo único que hallo son literas estrechas, sostenidas por planchas de cal. Salgo del refugio y sobre el camino adoquinado empiezo a encontrar objetos peculiares. Piso una lata de refresco de 1990, una envoltura de leche en polvo cuya marca ni siquiera reconozco y lo que supongo, porque el óxido ha carcomido su envoltura, son dos baterías. Un viaje al pasado a través de la basura.

Doy con unas escaleras que llevan hacia arriba, en dirección al Popocatépetl. El ruido del viento, y ese gruñido que atribuyo al volcán, se intensifican conforme me acerco. Mis pies dejan de andar sobre la superficie sólida de los adoquines. Siento como si caminara sobre arena. Volteo hacia abajo y veo que mis tenis están enterrados en ceniza volcánica. Antes de dar un solo paso más, me agacho y hundo mi mano dentro de ella. Se siente cálida como pan recién salido del horno y tersa como harina. Sonrío.

El sol baña el suelo de luz anaranjada y las partículas de ceniza refractan la refulgencia. Desaparecen las flores y empiezan a brotar las espigas y los zacatones, cuyas hojas color miel contrastan con el paisaje lunar alrededor. También desaparecen los árboles. Lo único que queda de ellos son algunos troncos muertos que descansan sobre la ceniza, durmiendo con placidez, con lo que queda de sus ramas derruidas por termitas. El volcán está frente a mí. Es más grande de lo que recuerdo, pero el resto de mis metáforas infantiles le siguen quedando como anillo al dedo. Sí, la nieve sobre su manto da la impresión de que un gigante quiso encalarlo y se le acabó el material a media chamba. Tal vez estoy equivocado. Tal vez sigo viendo las cosas como antes. Nunca cambié. Un cascarón distinto cubre la misma semilla.

Por más que camino no logro hallar el sitio exacto donde mi papá me grabó. Quiero hablar con él justo en ese lugar, como si aquí, donde el tiempo se detuvo, también pudiera encontrarlo, cámara en mano, aún grabando a su hijo de diez años mientras el niño recoge puñados de escarcha con sus dedos ateridos.

Comienzo a desesperarme. Siento que mi papá hizo una cita conmigo, que prometió que aquí me vería, y me dejó plantado. Anochece cada vez más rápido y sigo sin dar con las coordenadas del video. Soy un idiota. Un idiota que viajó casi tres horas, solo para enfrentar a un volcán y hablar con un muerto.

Agotado, pero sobre todo triste, me dejo caer sobre el suelo, que expide una nube de polvo y ceniza al recibir el contacto de mis nalgas. Observo al Popocatépetl en absoluto silencio, sin preguntarle nada. Solo está la frase que mi papá me dijo aquí, quién sabe por qué, hace casi veinte años. Todos traicionamos la promesa de nuestro mejor destino. Hoy desperté pensando que lo hizo a sabiendas de que me dejaría huérfano, para que viniera a buscarlo aquí. Ahora no sé qué pensar. Me siento inútil, confuso, como un objeto en caída libre, arrojado desde el más alto de los edificios.

La fumarola del volcán se mueve más rápido que las nubes que lo enmarcan, empujada por alguna fuerza interna que no comprendo ni quiero comprender. Me habré ido y aquí seguirá él, apenas cubierto de nieve, cada vez más difícil de avistar desde la Ciudad de México. Y estoy seguro de que lo mismo ocurrirá con el recuerdo de mi papá. Permanecerá fijo en su puesto, cada día más borroso, más difícil de invocar, hasta que un día no exista nada que me haga recordarlo.

Algo adentro de mí —esa voz, que es mía y es nueva, que es extraña y fresca— me dice que no. Es el «no» más rotundo que he escuchado. Ocupa cada entresijo de mi cuerpo, cada recoveco de mi piel, como una explosión interna. No. Volteo alrededor y lentamente caigo en la cuenta. Aquí, sentado, a la misma altura que tiene un niño, me percato de que estoy en el sitio exacto donde mi papá me grabó. Recargo los codos en las rodillas, hundo los pies en la tierra y me llevo las manos al rostro, con los ojos inundados de lágrimas. Poco a poco dejo que esa voz me venza y me llene. Es mi vida, de la mano de mi papá, como un respiro interminable. Es todo lo que no puse en ninguno de mis libros, el primero, donde él no estaba presente, y el segundo, donde lo reviví de refilón, sin el valor de verlo a los ojos y escribirlo tal y como era. Es él quien me recoge en la escuela, él quien me saluda detrás de la reja de la salida, él quien me espera. Es él quien se pone mi mochila al hombro, esa mochila que me compró en el centro y que olía a anciano, y me pregunta por mi día. Se sienta conmigo a la mesa y me pide que me acabe la sopa, mientras mi hermana quiere que mi mamá le sirva otra cosa. Mi papá. Mi único y verdadero papá me lleva por México y me regala un cachorrito y me hace una fiesta de cumpleaños en el jardín. Mi papá me aprieta el hombro y me jala hacia él cada vez que alguien le pregunta si soy su hijo. Mi papá conoce a Inés, y la abraza y le da la bienvenida a la familia. Mi papá se despide de mí una mañana soleada de 2006, y me pide que vuelva pronto. Entro a la sala de abordaje y cuando volteo sigue ahí con una mano arriba, diciéndome adiós. Mi papá me escribe una carta, me pide que sea un hombre bueno, me dice que soy su orgullo. Mi papá me abraza y me besa la frente mientras lee un libro, echado en su cama, antes de dormir. Mi papá huele a cigarro. Mi papá me ve nacer, me pone un nombre y me quiere, desde ese día hasta el día de su muerte. Mi papá me extraña, solo en su estudio de muros endebles, mientras yo me pierdo en un país ajeno. Mi papá se despide de mí por última vez en agosto de 2011, en la puerta de mi departamento en Nueva York, y me pide que regrese. Regresa, Matías. Ven conmigo. Mi papá me graba mientras yo me siento sobre un montículo de nieve, frente a un volcán. Me extiende la mano. Ven, Matías. Ven.

Y con ese impulso, con el pasado estrechando la mano del presente, me levanto de la ceniza y regreso a la ciudad.

ÍNDICE

JOAQUÍN MORTIZ

All the Best
in 2009

D0556811

The Smart Canadian's
Guide to
Saving
Money

Pat Foran

The Smart Canadian's
Guide to Saving Money

Pat Foran Is On Your Side,
Helping You to Stop Wasting Money,
Start Saving It, and Build Your Wealth

Second Edition

Pat Foran

John Wiley & Sons Canada, Ltd.

Library and Archives Canada Cataloguing in Publication Data

Foran, Pat
    The smart Canadian's guide to saving money : Pat Foran is on
your side, helping you to stop wasting money, start saving it, and
build your wealth / Pat Foran. — 2nd ed.

Includes index.
Previously published under title: Smart Canadian's guide to building wealth.
ISBN 978-0-470-15977-4

    1. Finance, Personal—Canada. 2. Saving and investment—Canada.
I. Title.
HG179.F67 2009   332.024'010971   C2008-905762-7

Production Credits
Cover design: Ian Koo
Cover photo credit: Lorella Zanetti Photography
Typesetter: Joanna Vieira
Printer: Tri-Graphic Printing Ltd.

John Wiley & Sons Canada, Ltd.
6045 Freemont Blvd.
Mississauga, Ontario
L5R 4J3

Printed in Canada

1 2 3 4 5 TRI 13 12 11 10 09

ENVIRONMENTAL BENEFITS STATEMENT

Using 15,414 lb. of Rolland Enviro100 Print instead of
virgin fibres paper reduces John Wiley & Sons Canada,
Ltd. ecological footprint by:

TREES	SOLID WASTE	WATER	SUSPENDED PARTICLES IN THE WATER	AIR EMISSIONS	NATURAL GAS
131	**3,776**	**357,235**	**23.9**	**8,293**	**539**
FULLY GROWN	KILOGRAMS	LITRE	KILOGRAMS	KILOGRAMS	CUBIC METRES

It's the equivalent of :
Tree(s) : 2.7 american football field(s)
Water : a shower of 16.5 day(s)
Air emissions : emissions of 1.7 car(s) per year

This book is dedicated to my older brother James Joseph Foran who died in a tragic farming accident when he was 16 years old. We all miss you terribly Jim and wish you were here to share our lives.

table of contents

Acknowledgements

I'm very pleased this book has been such a success that it warrants a revised edition. I've heard from countless Canadians who say it has been an inspiration to help them save for the future or better manage the money they already have. Consumers like Micky Multani, of Fort McMurray, Alberta, who wrote: "I just purchased this book and feel it is one of the best investments I have ever made. It covers almost every aspect of financial planning and I think it's an excellent book to build a strong base for the future!" This book is dedicated to you, Micky, and to everyone who wants to improve his or her financial situation. This book is also dedicated to investors who had to hang on for the wild ride of Black October 2008, one of the most difficult stock market periods we have experienced since the Great Depression. I truly believe when it comes to finances, it has to be about balance. The right balance to enjoy everything life has to offer and to still have enough set aside to feel secure and comfortable about the future. Thanks to my loving wife, Carole, for all her support, and to our cherished daughters, Lisa, Vanessa, and Sarah. Thanks also to my parents, Gordon and Helen Foran, especially my mother for her spiritual guidance and my in-laws, Hector and Anita Blanchard, for pitching in when I was working on this book and our busy household needed a hand. I also want to thank the CTV Television Network for employing me in a position that I sincerely enjoy and that allows me to help others. Thanks to the experts who have gratuitously contributed to this book and the consumers who have passed on their stories to educate us. I wish you all the best! I hope you achieve your financial dreams.

confronting the debt challenge

A lot has changed in the last three years since I wrote this book. First titled *The Smart Canadian's Guide to Building Wealth*, the publisher asked if we could change the title to *The Smart Canadian's Guide to Saving Money*. Since both essentially mean the same thing, I said sure, but make no mistake—this is a revised edition of that book. It does have new information, statistics, and strategies to build wealth and save money, but I think after the severe toll the stock markets have taken on the savings and investments of many Canadians over the past few years, specifically the major downturn in September and October of 2008, have many consumers as interested in saving money and balancing the family books as they are in trying to build an investment portfolio, hence the publisher's wish to tweak the title. Also, in my daily role with CTV television, I'm always doing my best to help consumers save money. This book contains solid information from many experts that can help you do both. After all, if you can save money, you can build wealth too.

Whether you call it a recession, a downturn, or an economic slowdown, the global market corrections, inflation, and job losses that came during 2007–2008 had many Canadians worried, jittery and even angry about their investment portfolios. After enjoying double-digit growth and low interest rates, now many homeowners are seeing their houses, condos, and cottages decreasing in value.

Investment portfolios have been hammered by falling stock prices and many people have seen their investments decline 30 percent to 50 percent depending on how aggressive their holdings were. Aside from people lucky or prudent enough to be holding safe securities such as government bonds, GICs, and cash no sector was untouched as the problems in the United States with its mortgage meltdown, imploding hedge funds and credit crisis affected the rest of the world including us here in Canada. Rising prices for wheat, corn, rice, and other staples have led to "foodflation," a new reality that we will now have to pay more than ever for groceries. Rising gas prices are costing Canadians hundreds to thousands of dollars a year more in fuel costs. In 2008 as oil hit $150 a barrel General Motors had to consider to stop making its gas-guzzling Hummer. But along with the crash of the markets, oil tumbled back down to $70 a barrel. Where it will be in the future is anyone's guess. Interest rates which had to be slashed following Black October to help bring some stability to the market eventually will have nowhere to go but up, and many Canadians are loaded with mortgage debt, credit line debt, credit card debt, car loans and leases, and other expenses, and they are not sure how they will get them paid off. Of course, taxes in all forms—property tax, income tax, and the PST and GST—aren't going anywhere either. It can get a little depressing and has many people wondering if the good times have come to an end.

Well, don't panic! There is much to be positive about. Gas prices have fallen from highs of $1.50 a litre, and vehicle prices are down. The stock market has declined, but it means there are some great buying opportunities. Some foods cost more, but some actually cost less. A slowing housing market can create opportunities to invest and new tax changes will help you save money this year. To get ahead in 2009, 2010, and 2011, the most important thing, which is at the core of this book, is to control your spending. My concern has always been that we have become a consumption-driven society, buying things we don't need with money we don't have. While there was a time you would never buy something on credit, now drowning in debt is the new normal. We buy cars we can't afford, big-screen

TVs on credit cards, and do expensive home renovations on lines of credit. We're not about keeping up with the Joneses but surpassing them. Well, I've got news for you—the Joneses are broke!

Forty years ago, debt loads were much lower in Canada, and guess what? Forty years ago, credit cards were just being introduced. That little piece of plastic is responsible for changing attitudes about debt and is one of the main reasons Canadians are in such rough financial shape today. Building wealth is possible for all of us, and it is never too late to start. To do so, though, we must take charge of our finances, reduce debt, save money, and invest wisely. As the consumer reporter for CTV, I get to see the most cutting-edge products and services in the marketplace whether it's solar-powered lawn mowers or hotels designed for dogs and cats. How about a TV built into a bathroom mirror—for $5,000. Putting greens for your backyard—$10,000. A fridge with an Internet-accessing computer screen in the door—$7,000. Would I buy any of this stuff? No way! I do find it fascinating to see the kinds of new products on the market, consumer trends, and what may eventually be mass-produced so that one day I can afford to buy them.

Not long ago I was at someone's house and he had recently renovated the home, spending over $100,000 dollars. It looked great and even though he was finished, he still wasn't happy with the outcome and planned to spend tens of thousands more. I said, "You know it looks fine and it doesn't have to be perfect," at which point he looked at me incredulously and said, "Well, of course it does!" It is this quest for perfection—this keeping up with the Joneses— that keeps many Canadians trapped in a cycle of debt. I recall a time when I did a story on the best family van on the market. This particular year it was the Toyota Sienna. I later heard from a couple who took out a $45,000 loan against their home to buy one because they wanted the "best" van there was. Did they really need it, or would a three-year-old domestic van at one-third of the price have been good enough to shuttle their kids to hockey and make runs to the grocery store? Do we always need the best of everything? Of course we don't.

While there are many of us who have our finances in order and are prudent with the way we shop and save, about half of us are lurching from paycheque to paycheque, spending all of it as we go. There is no plan for retirement, no emergency fund for a rainy day, and no savings in the savings account. This group of people has tens of thousands of dollars in what I call junk debt. Junk debt is all of the bills that have been consolidated so many times we can't even remember what the original debt was for. Too many of us are secretly hoping our numbers will come up and we'll win the lottery or inherit wealth so we can coast into our retirement with a nice big bank account. Some plan. The truth is that in our lifetimes, most of us will have more than a $1 million pass through our hands. Many of us will have several million dollars channelled through our bank accounts. What are you doing with your money? Can you find the power to harness that money and make it work for you? Or will you simply trudge along, spending it week in and week out, living from one paycheque to the next? If you think you won't get ahead, you won't. It's a self-fulfilling prophecy.

Earning more is not always the answer, either. Some people will work long hours, be away from their children, and stress their marriage for an extra $5,000–$10,000 a year in overtime. The government is going to take one-half to one-third of it, depending on your tax bracket, so you may be left with only $3,000–$5,000 in after-tax dollars. Imagine if you just tried to cut back your personal spending by that amount in a year and still spend time with your kids and spouse. Spending less on a family vacation, a barbecue, or a home renovation can easily save you that amount. For a family with a combined income of $100,000, saving $5,000 after tax is as good as earning $10,000 of salary or income.

I should stress that I don't believe people should become misers who nickel and dime friends and businesses to try to get ahead. Someone once told me how she had devised a plan to buy things at a major department store and then return used goods by switching receipts. She was proud of this scheme while all I saw was fraud. What good is it to wind up wealthy later in life if we are like Ebenezer

Scrooge, huddled in a room all alone, counting our money? If the ghosts of past, present, and future come to visit me, I hope I like what I see. This book is to help you make wise decisions that will enable you to keep more of your hard-earned money instead of giving it to large corporations. Think about it. When you are loaded with debt, you are giving away thousands of dollars every year to banks and creditors. Once you have amassed wealth and are free of debt, you will be in a position to sponsor a child in a Third World country; give money to a charity; buy a round of drinks; or spoil your kids, nephews, and nieces rotten with a vacation. Wouldn't that be a lot more satisfying than handing over your money to some large, faceless corporation?

If you've had enough and want to get a handle on your finances, then this book is for you. It's not easy to become debt-free and make the wise decisions we should be making. It's about sacrifice and discipline; it's about having a plan and sticking to it, and making sure everyone else in your household does, too. Becoming financially self-sufficient isn't easy, but it is possible for every one of us. In this book I will look at some of the most important steps necessary to build wealth and become free from the shackles of debt. We will start off with insight from Canadians who have shown it is possible to get ahead and become financially secure (and some of them downright rich). We will look at getting your finances in order, speak with experts to see if your investing strategies are on track, make sure your expenses related to shelter and transportation are not excessive, and provide you with general information to help you deal with life's unexpected curveballs. I'm not just talking the talk, either. I'm walking the walk. I want to be debt-free, too, so I can be financially secure in my retirement, travel the world, help my children, and be charitable to worthy causes. I hope you enjoy this book and that it helps you and your family on your journey to financial peace.

taking wisdom from successful Canadians

Quotations have always fascinated me. Those short nuggets of wisdom express and illuminate life, love, money, and thoughts on any number of topics. I was pleased to include excellent advice from many wealthy and successful Canadians in the first edition of my book and I am fortunate enough to have many more great quotes from Canadian business executives, artists, authors, and politicians. Living in Durham region east of Toronto, I am actually only a block away from one of our country's most powerful and influential politicians when it comes to money—Canadian Finance Minister Jim Flaherty. I occasionally see him on Canada Day at ceremonies when I help out with the swearing-in of new Canadian citizens, something I enjoy doing. Flaherty has his hands on Canada's purse strings and controls billions of Canadian tax dollars. I asked him what financial advice he could pass on to the average Canadian, and he gave me this quote:

> Creating budgets and savings, paying off debt, investing wisely—all welcome and essential advice for Canadian families. *The Smart Canadian's Guide to Saving Money* encourages financial literacy, a worthwhile goal for every Canadian.

I didn't expect a plug from the Finance Minister of Canada for my book, but I'll take it! It's true that all of us should be doing more reading, research, and studying into our finances as it affects so many other areas of our lives. One of my favourite quotes came from someone I met as a teenager when I took a job on a farm in Lucan, Ontario. Fred Lewis is a very successful man who has amassed great wealth through land ownership and poultry production. When I asked him what he attributed his success to, he told me this one simple thing that I've never forgotten: "If you want to be successful, just make the right decisions every day." Sounds easy enough, but it's hard to do. However, if you really thought about what you should and shouldn't spend money on every day, over time you couldn't help but be successful.

For this book I wanted to find out if there were any words of wisdom that wealthy, accomplished Canadians could pass on to the rest of us about success in their lives. I asked them to think about a quote, short story, or piece of advice that they could share with others that might help them be successful. Some wrote back with advice about money and others about choosing the right career, while still others spoke of the importance of giving back to the community once they became successful. All of the comments are interesting and informative and I thank everyone for taking part.

Not everyone I contacted was interested in providing a quote, but in true Canadian fashion, they were polite as they declined. Representatives for Céline Dion said she was too busy singing in Las Vegas (and I'm sure she was). Keanu Reeves was on some far-flung movie set, but his assistant assured me he was honoured to be asked. Movie director James Cameron was underwater in a submarine somewhere, but passed along his best wishes. The rep for Paul Shaffer, of "The Late Show with David Letterman," said that contractually, Paul wasn't allowed to, but that he was pleased he was included in any list of successful Canadians.

Something also happened that caught me by surprise. I wrote a letter to one well-known, successful Canadian whom I thought I might hear from, but didn't. I ran into him at a function in Toronto some time later and he was embarrassed to say that he might be famous and successful, but that, unfortunately, he wasn't very good with his money. "I would be a hypocrite if I tried to give other people financial advice," he said. Another person I sent a letter to later told me, "If you want financial advice, ask my ex-wife. She's got all the money." To me this was a bit of a wake-up call that while it may *appear* that you are successful, your bank account could be nearly empty. This is, of course, true of how many Canadians are living today.

* * *

One of my favourite quotes came from former Alberta Premier Ralph Klein. In a province rich with resources, he led a government that had its fiscal house in order. It's also Canada's only province that doesn't have a provincial sales tax. Klein compares running a province to running a household:

> Albertans have a long-standing reputation for being fiscally conservative, and that tendency has always been reflected in my government's approach to handling the province's finances and spending taxpayer dollars. If I could share one piece of advice with Canadians interested in becoming wise consumers and saving money, it would be this: When my government first began working to get Alberta's fiscal house in order, we quickly realized that the province did not have a revenue problem; it had a spending problem. We spent years paying off deficit and debt and Albertans had to sacrifice to get back into the black. My advice is simple: Never spend what you do not have. It is far better ... to put off a purchase for three months until you can afford it than to spend the next six months paying it off. Do not line the pockets of your bank; line your own!

Canadian rocker Sass Jordan, who topped the music charts throughout the 1980s and 1990s, is now a judge scouting new talent on the hugely popular "Canadian Idol." Jordan comes across as a very caring person, so it was no surprise that she had some good advice to pass on to Canadians who want to get ahead. (I especially like the "buy pre-owned" line, Sass!)

> In my opinion, the wisest investment you could ever make is in yourself. Whatever attracts you as a career, invest in that. If you are drawn to a particular career, invest in educating yourself about it, everything about it. The knowledge you accumulate will pay off huge dividends as you age. Use one credit card, and one only. Pay it off every month. Ownership is key as well,

unless it is something you are prepared to pay for as a form of convenience. Buy pre-owned as much as possible while you build your wealth. You prosper once you believe that you can.

Who would know more about money than a CEO of a Canadian bank? John Hunkin, former president and CEO of the Canadian Imperial Bank of Commerce, told me the key to financial success was to save and save early:

> If there is one piece of financial advice I would give people, it would be to save and invest as early as possible in life. Thanks to the magic of compound interest and the track record of equity investment growth over the mid- to long term, this is the best single move that one can make.

* * *

CTV's Lloyd Robertson is Canada's most trusted news anchor and, in case you didn't know it, he's also a very nice guy. I asked Lloyd if there was anything he could pass on to the average Canadian regarding finances, and he told me that he learned the value of money early. Robertson was born during the Great Depression and his father instilled in him that he should hang onto any job he might get, work hard, and save his money.

> I can recall that my first job was after school and Saturdays at the Dufferin Market in my hometown of Stratford, Ontario. I delivered groceries on a bicycle and stocked shelves. One early spring day, with a big box of goods stacked in a cardboard box on my bike's carrier, I went spinning out of control on a patch of black ice and smashed onto the roadway. I picked up a couple of bruises, but, more importantly, the groceries spilled all over the street and a large glass bottle of Javex broke in a hundred pieces and the smelly liquid oozed its way through the celery, apples, and potatoes. Twelve dollars' worth of supplies, a lot of money in the late 1940s, was completely ruined. There was never any question that the money would come out of my pay. Since I was making about $4.50 a week; it took me three weeks to pay off the store. It was a lesson learned in the true value of the dollar.

* * *

James (Jimmy) Pattison is a Vancouver-based entrepreneur who is the chairman, president, CEO, and sole owner of the Jim Pattison Group, one of Canada's largest privately held companies. While growing up, he sold magazine subscriptions and garden seeds door to door, and while attending university, he washed cars and worked at a used car lot. He worked his way up to owning a car dealership, which then turned into 13 dealerships. He eventually expanded his empire into transportation, communications, food products, packaging, real estate, financial services, and the Ripley's Believe It or Not! museums. His company currently has a net value of $5.2 billion and employs 26,000 people in 48 countries—not bad for someone who started out selling garden seeds door to door. I asked Pattison what advice he could give the rest of us to be successful.

> I have never met anyone who was successful at anything who didn't work extremely hard. If you are going to be a good violin player, you have to practise. If you work hard and force yourself to save money early in life, then I don't think you can miss. But you have to want it to succeed. It has to come from within.

* * *

Galen Weston and his family have a net worth of about $8.7 billion, second only to the Thomson family, who have a net worth of $22 billion. The food empire, George Weston Limited, owns Loblaw Companies Limited, the largest food retailer in Canada. It has more than 10,900 supermarkets operating under the Atlantic Superstore, SaveEasy, Maxi, Provigo, Fortinos, Loblaws, Zehrs, No Frills, Valu Mart, Extra Foods, Your Independent Grocer, and The Real Canadian Superstore banners. I would guess that Weston is a sailor and I thank him for this bit of advice, which he must call on when there are storms on the horizon in the boardroom: "'Tis the set of the sails and not the gales that determine the way they go."

* * *

He may not be the financially richest man in Canada, but Philip Maher, of World Vision, is definitely one of the richest in spirit and one of the most impressive people I have ever met. When I travelled to Uganda with World Vision to take part in a project to renovate a centre where children of war would be rehabilitated, Philip Maher was in charge of ensuring that our group was kept safe and that we got the job done. Maher has travelled to more than 80 countries around the world, helping eradicate poverty and bringing about a better standard of living for the world's poor. I remembered this quote from Maher as he spoke under the hot African sun about the people he has met in his travels around the globe:

> I've travelled the world and I've seen greedy rich people and generous poor people. I've also seen generous rich people and greedy poor people.

* * *

One of my favourite paintings is one called *Pancho* by Canadian artist Ken Danby. You may be more familiar with *At the Crease*, the famous painting of a goalie standing in front of a hockey net, waiting for the action to happen. That print is hanging in tens of thousands of homes across Canada. Danby is one of this country's greatest artists who died too soon at the age of 67 in 2007. He left behind a legacy of his work and this advice to help his fellow Canadians:

> As an artist, my focus is always on the creation of my work and the means to achieve it. Therefore, I must also remain aware of my ability to financially sustain my efforts by thinking ahead, rather than simply month by month. As a result, my commitments are planned at least a year in advance, knowing what can be successfully achieved in that period. I never use credit cards for borrowing—only for convenience and record keeping—so the monthly balance is always paid without incurring interest. My philosophy is that every day is a learning experience, as is every painting that I create. Therefore, my best work will always be my next, which is the only criterion that can attempt to ensure my future.

* * *

Moses Znaimer is the internationally known Canadian broadcaster who helped change the television landscape with the launch of Citytv in Toronto. He is responsible for the creation of MuchMusic, Bravo! and MusiquePlus, as well as many other television channels and productions. He has been at the forefront of television programming, developing shows and talent. He is not just a broadcaster but also an entrepreneur, quitting the CBC to start up Toronto's first UHF station, Channel 57, in 1972, now known as Citytv. Znaimer's distinctive visionary style is now being copied across the country and around the world. He also has an alliance with the Canadian Association for Retired Persons and helped rename CARP's magazine *Zoomer*. A "Zoomer" is a Boomer with zip, says Znaimer. When I asked Znaimer for advice for the average Canadian, he said to be the boss, do something you love, and eventually you will make money at it.

> In my opinion, the most important thing is autonomy. Bosses live longer. It's a fact. So my advice is, forget the job. Start something for yourself, something that expresses you in the sense that you'd be doing it even if it didn't make you lots of money. Whatever it is, stick with it, suffer as you must, but know that the problems will eventually yield and you will get rich in spirit as well as in stuff. Remember, it's important to make money as well as things. That proves that someone other than you cares for the work. But it's equally important to make things, useful things, as well as money, because financial jiggery-pokery soon leads to business and social sterility.

* * *

Alex Trebek, the host of the popular game show "Jeopardy," is a proud Canadian who hails from Sudbury, Ontario. He's a busy man, but took the time to fax me this quote. (I'll take "How to be careful with money" for 100, Alex.)

> Pay off your credit cards every month and be careful when asked to invest in large projects.

* * *

Canada lost an excellent broadcaster when Jim O'Connell, of the Business News Network, formerly Report on Business Television, died of colon cancer in 2007. O'Connell was also a former international correspondent with CTV News, serving as bureau chief in Washington and London. When I asked Jim for advice, he had this to say:

Embrace your work and life with enthusiasm and integrity and always
remember: Attitude is everything.

* * *

Sadly, we also lost Jeff Healey since I first wrote my book. Healy, a
Canadian artist with an international reputation as a guitarist and
singer, was born with a rare form of cancer called retinoblastoma,
and was blind by the age of one. He died at the age of 41 of cancer,
a disease he had battled his entire life. He received his first guitar
at age three and learned to play it lap-style because his hand wasn't
large enough to grip the guitar's neck. He was friendly and accom-
modating when I spoke to him by phone while he was on a music
tour in western Canada, and had this to say about debt and finances:

> It almost seems the more successful you become, the more debt you have.
> My grandmother survived with very little money and no credit cards. But
> this seems to be the way our society has gone. The way we have set our-
> selves up is that debt seems to be part of our lives. Car leases, no money
> down, no payments for a year—it just seems to be part of our society and
> it's a very easy trap to fall into. We are all in this together. Everyone has
> debt. My best advice is to buckle down, work hard, and get yourself a
> good accountant.

* * *

Alexander Shnaider is a soft-spoken Toronto billionaire who,
despite his enormous wealth, tries to remain low key—that is, as
low key as he can be while driving $400,000 sports cars, flying in
his luxury jet, and buying and selling steel mills in Europe. Rus-
sian by birth and Canadian by upbringing, he is the director of the
Midland Group. Shnaider is the owner of the exclusive penthouse
suite located atop the Trump International Hotel and Tower in
Toronto, which he developed in collaboration with Donald Trump.
It is one of the most expensive condominiums sold in Toronto in
2007, valued at $20 million. Not bad for a guy who stocked shelves
and mopped floors in his parents' deli. What advice does Canada's
youngest billionaire have for the rest of us?

My keys to success can be summed up with the following simple truths: Work as hard as you can while you still can. Don't put off until tomorrow what can be done today, as tomorrow always brings new challenges. Always seek to improve. And finally, stay true to your word—it's the most valuable asset you possess.

* * *

Ed Mirvish, or "Honest Ed" as he was known, was one of Toronto's most interesting characters, who died at the age of 92 in 2007. A charismatic person who loved the media and public attention, he had the classic rags-to-riches story. Mirvish came from a poor family and had to share his bathroom with up to 50 people during his childhood. What began as a small store in 1948 grew into Honest Ed's and now takes up a Toronto block. He also created an impressive theatre district, which continues today and includes the impressive Princess of Wales Theatre, which was built in 1993 for $22 million. The first time I met Mirvish was at one of his turkey giveaways, which I covered for CTV early in my career. I asked what advice he would pass on to Canadians trying to get ahead.

I would say if you ever have the urge to make money, don't fight it—it's not all that bad. In many of my public addresses over the years, young people would often ask me how can they succeed. Are there still opportunities to become successful and make money? My answer was and is: "Find something you enjoy to work at, something that interests and motivates you, work at it diligently, and you will succeed." With the technology we have today, there are more opportunities to succeed than ever before.

* * *

Allan Slaight is the founder of the Standard Broadcasting Corporation. The son of a veteran newspaperman, he is a radio pioneer now in Canada's Broadcast Hall of Fame. Slaight has a long history in the broadcasting business, beginning as a reporter/announcer and working his way through the ranks of news director and general sales manager to eventually become vice-president and general manager of CHUM-AM/FM. When I asked Slaight for advice to help the average Canadian, his answer was short and to the point:

Surround yourself with the right people so there are many slaps on the back and no kicks in the arse.

* * *

I did a story on beer wars in Canada and interviewed an impressive young entrepreneur, Manjit Minhas. She started taking on Canada's big brewers at the age of 19 and now, almost 10 years later, she continues to compete in western Canada against Canada's traditional big brewers, bringing new, competitively priced beers to market. Her business, the Minhas Creek Brewing Company, is growing at a rate of 50 percent per year, and the company she started in university now does $30 million a year in business. I asked her what advice she had for the average Canadian.

As a consumer, we have been branded to the nth degree. In my estimation we pay 30 to 40 percent more for brand-name products that are somehow supposed to make us feel cool, sexy, or just plain smart. If buying a brand-name product means having the assurance of buying a product that proves to have a good cost-to-benefit ratio, lasts longer, looks better, tastes better, etc., then I am all for brand-name products. But this isn't so all the time, so I cannot understand why Canadians buy these brands of beer from companies that spend hundreds of millions of dollars in advertising to convince consumers that these beers will attract people of the opposite sex, make you patriotic, or help you join a hip crowd. Remember, just because you pay more does not mean it is a superior product; it just means the company makes more profit margin. If consumers followed this simple principle, it would keep millions of dollars in their pockets.

If possible, never borrow money from a bank or any other individual because it will give you a false sense of how much money you have and are making, never mind the high interest rates you will have to pay back. If you only spend what you have in cold, hard cash, you will never be in debt or spread yourself too thin. Also, remember each penny counts because they are the ones that add up to dollars, so watch your costs very closely.

* * *

Ted Rogers is the hands-on leader of the media empire Rogers Communications Inc., which has controlling stakes in Rogers Media, Rogers Wireless, and Rogers Cable. In 1960, while still a student, Rogers bought Toronto radio station CHFI, the first FM

radio station in Canada, for $85,000. Rogers broadcasting opera-
tions now include more than 40 radio stations across Canada, television stations in Ontario, The Shopping Channel, as well as interests
in countless other enterprises, including the Rogers Centre in
Toronto, formerly known as SkyDome, and the Toronto Blue Jays.
While Rogers is clearly a business icon, when I asked him to share
financial advice with his fellow Canadians, he wanted to speak about
the importance of charity.

> One of the things I am most passionate about is individuals and busi-
> ness supporting the community. I began early when I didn't have a lot of
> money, but I really thought it was important. I started a scholarship fund at
> the University of Toronto in honour of my father 35 years ago with a few
> hundred dollars. I added to it year after year and slowly built it up so we
> could afford two annual scholarships. And obviously we've made significant
> contributions lately.
>
> You, your family, and your business exist in a community. Our commu-
> nity supports and encourages you—we must give back to it and it doesn't
> always have to be money. Give your time! Become passionate about your
> community.

* * *

Collecting these quotes from so many busy Canadians was a long
and arduous process, but I was very pleased with the results and
their input. A year after my book came out in the spring of 2007,
I was pleasantly surprised when *Maclean's*, Canada's weekly news-
magazine, showed up at my door. (I am a subscriber.) *Maclean's*
had conducted a similar survey of Canada's wealthy and successful
citizens and was able to connect with many people I was unable to.
The following quotes are reprinted with permission from *Maclean's*.
People were asked to address the following statement: "The most
important thing I've learned about money..."

* * *

Conrad Black, the former CEO of Hollinger International, was
once the third biggest newspaper magnate in the world. In 2007 he
was convicted in United States federal court of three counts of mail
and wire fraud and one count of obstruction of justice and sentenced

to six and a half years in prison. Black's quote is an interesting one considering his current situation. He said:

> Money is difficult to accumulate in any quantity, even harder to retain, and easy to dissipate, but at no stage of its pursuit, useful though it is, is money as important as good health and luck, peace of mind, a permanent relationship, serious cultural attainments, or a good reputation.

* * *

Peter Munk is the founder and chairman of the Barrick Gold Corporation, the world's largest gold-mining company. Munk passes on this advice:

> As I've told my children many times, I had the benefit of knowing what wealth can give you, but I also had the drive to get there without being given it. I've seen too many people who never achieve anything because they have been handed very large amounts of money, which takes away the very drive and incentive that gives you the self-confidence to succeed. I never wanted to rob my kids of that vital ingredient of self-confidence.

* * *

Sherry Cooper, the executive vice-president of BMO Financial, has a reputation for simplifying and demystifying the complex subjects of economics and finance. Her answer was characteristically to the point. She said, "Spend less than I earn."

* * *

I first saw Denise Donlon on MuchMusic when she hosted "The New Music." She went on to hold many positions in Canada's music industry, starting with managing Canadian rock bands such as Doug and the Slugs and the Headpins (whom I remember seeing at Mingles in London, Ontario, in my youth). She also went on to become the director of music programming for MuchMusic and later became vice president and general manager of the station. In the year 2000 she left to become the president of Sony Music Canada and in 2008 became the new executive director of CBC Radio. Her quote says a lot about balance when it comes to money:

My mother always said, "If you save your pennies, the pounds will take care of themselves." I learned to be careful from her. I've always been generous yet practical, extravagant yet thrifty. I buy luxury cars, but they are two years old. I buy designer suits, but wear them to death. I indulge my friends and family, but brown bag my lunch.

* * *

An interesting perspective. Professional golfer Mike Weir is the first Canadian to ever win a professional major championship when he won the prestigious Masters Tournament in Augusta, Georgia, in 2003. When it comes to money, Weir says, "The first thing I learned about financial management is that there is always plenty more to learn." Hockey broadcaster and former NHL coach Don Cherry is the highest-paid sports announcer in Canada, but when asked about money, he said, "It ain't everything."

* * *

Jim Cuddy is the singer and songwriter for one of Canada's most popular bands, Blue Rodeo. Not only is he a talented musician (I've seen him with the band and on his own solo), he has a well-earned reputation as a very nice guy and was when I met him after one of his shows. Cuddy had this to say when asked about finances:

> The first thing we learned about money was that the easiest thing in the world for someone to do is not pay you once you've done the work. The second thing we learned about money that was very important is that if it looks like someone in your organization is spending more money than they have, they probably are and it's probably yours. Thankfully our problems are way in the past and we are surrounded by people we love and trust.

* * *

Maclean's also got quotes from four accomplished Canadian authors. Here is what they had to say when asked "The most important thing I've learned about money is…"

> What I have learned about money, from living in the United States for the past two decades, is that the rich care about it in inverse proportion to need. That is, the people who argue most for things like tax breaks are the

people with the most money, and the more money they have, the more strongly they feel about claims on their money even though, of course, you'd think that someone with a billion dollars wouldn't care two hoots about what their tax bill was. They have a billion dollars! I still haven't figured this one out.
—Canadian writer Malcolm Gladwell, author of *Blink* and *The Tipping Point*

That, sadly, it matters. Having money in the bank helps you sleep at night. Having too much does seem to lead to unhappiness, but having too little leads to desperation and despair.
—Writer Mary Lawson, author of *The Other Side of the Bridge*

Not to bet foolishly. I was 12 and my sister, Emma, 11 when the family moved to Canada in 1972. My father, the novelist Mordecai, took us to the Royal Bank in Montreal's Westmount Square to exchange the English pounds sterling we'd saved as pocket money and deposit them in Canadian accounts. Very exciting, it was. At the teller, my father turned to my sister first, and (a favourite ruse of his) offered her double-or-nothing on a coin toss. She called heads and it landed tails, but before my sister saw it, my father winked at me and flipped it, so my sister doubled her money. Then it was my turn and when he offered double-or-nothing on my $52.50 (about $125 then—a fortune for a kid), I figured I couldn't lose. Called heads. The coin landed tails, but my father didn't flip it and grinned as he took all my money. I'm sure he gave it back to me later, but what I remember is that it was morally futile to protest, and a dodgy bet in the first place. In fact, two lessons learned.
—Noah Richler, author of *This Is My Country, What's Yours?*

Money is like love. To paraphrase Joni Mitchell, you don't know what you've got until it's gone.
—Barbara Gowdy, Canadian author of *Helpless and The Romantic*

* * *

Mike "Pinball" Clemons, former CFL pro and Toronto Argonauts head coach, is well known not only for being an accomplished athlete but also for his uplifting speeches to young people and his friendly, approachable style. When asked about financial management, he had this to say: "I've learned very early on that really good friends don't necessarily give really good advice. A good financial adviser is worth their weight in gold."

* * *

Don't think that former world poker champion Daniel Negreanu is bluffing when he talks about money. When asked about the most important thing he has learned about money, Negreanu sounds like he always likes to have some cash at the ready in case a great poker opportunity shows up:

> Never overextend myself and leave myself cash-poor. Investments are great, but if you invest too much of your bankroll, it could affect your earning power if a better investment comes along, like maybe a billionaire banker who decides he wants to sit with the world's best at a poker table.

* * *

Canadians also talked about the importance of giving. Maude Barlow, the national chairperson of The Council of Canadians, said:

> My guiding philosophy about money is not to worry about it; to enjoy it for what it can give you, your family, and friends; to give tons of it away to those who need it more than you do; and to not let its pursuit shape your life decisions.

* * *

Milton Wong, the chairperson of HSBC Investments Canada, also talked about the importance of giving as well:

> I've spent a lifetime being a financial social worker. I manage other people's anxieties. Some people never learn how to give. They end up keeping it till they're in their grave. That's a disconcerting value I've seen in people.

* * *

And a final thought from J.P. Ricciardi, general manager of the Toronto Blue Jays, about money:

> It's important to have enough to live on, but it shouldn't be the end all and be all. There are two teams in our division that are always one, two in payroll in the league. If we could print it [money], we still wouldn't have

enough. Money really doesn't bring you happiness and solve your problems. At the end of the day, if money is the most important thing, then
your priorities are mixed up.

I thank *Maclean's* for allowing me to share these quotations
with you along with the ones I have collected myself. While many of
these successful Canadians are now household names, most started
with little, and it was only their tenacity and sheer determination
that propelled them to the top of their careers and professions.
Their success has brought wealth not only to them, but to countless
others who have been able to benefit from their vision. I wanted to
speak with them because too often, people assume that the successful and rich are that way because it came easily to them. That's
almost never the case and even those born with a silver spoon in
their mouths must manage their wealth carefully or what they have
can be lost in a generation. I have always felt it was wrong to blame
poor people for being poor, and I believe it's also wrong to blame
rich people for being rich. Not all of us can attain the greatness that
some of these Canadians have been able to achieve, but it does show
that hard work and perseverance pay off. Their advice is inspiration
to us all and I thank them for their words of wisdom.

checking in with the wealthy barber

You have to live within your means. That is 90 percent of the financial planning game.

—David Chilton

When I wrote *The Smart Canadian's Guide to Building Wealth*, I couldn't do so without mentioning *The Wealthy Barber*, a book that has had a huge impact on the finances of a generation of Canadians. It sold more than 2 million copies in North America, and is the best-selling book in Canadian publishing. In it, Chilton tells the fictional story of a small-town barber named Roy, who uses a common-sense approach to save money and build wealth.

The book is not filled with new techniques, complex strategies, or get-rich-quick schemes; instead, it focuses on the basics of financial planning that, when put into practice, can make anyone wealthy over time. Years ago my brother, Bill, gave me Chilton's book and after reading it, I embarked on a forced savings plan that enabled me to save tens of thousands of dollars. I wanted to check in with Chilton to see if anything has changed since he first wrote *The Wealthy Barber* in 1989.

"I'm the first to admit *The Wealthy Barber* is not an original thought," Chilton says. "In fact, it was basically the conventional wisdom of financial planning repackaged to make it more acceptable." He adds, "As far as my philosophies on saving, they really haven't changed a whole lot. It's difficult to argue against pre-authorized chequing and payroll deduction, as both have made a lot of people a lot of money over the years." That was Roy the barber's advice. "Wealth beyond your wildest dreams is possible if you follow the golden rule: Invest ten per cent of all you make for long-term growth. If you follow that one simple guideline, someday you'll be a very rich man." He may have been a fictional barber, but people took that approach to heart.

Chilton claims, "The one thing that I did aggressively switch from most other books and most other planners was the approach to budgeting, and that's only because when dealing with hundreds of clients when I was a broker/planner briefly in my early twenties, I realized that very few people can budget successfully. It's great in theory, but seldom works in practice and that's when I recognized that forced savings has to play a major role."

Chilton believed then and still does now that we should all be paying ourselves first. Most of us who are drowning in debt or paddling to keep our head above water pay our bills on time. We don't miss payments to the phone, cable, and electric company, nor do we skip mortgage or rent payments. Paying yourself first means that making a payment to you is as critical as the one to the gas company. Chilton says, "I guess I didn't recognize it at the time, but it ended up that the major contribution of *The Wealthy Barber* was that it moved people away from budgeting and toward forced savings. The argument in *The Wealthy Barber* was save your 10 percent, put some money in your RRSP, and shorten your mortgage's amortization. These are all forced-savings techniques.... How you spend the rest of your money is frankly none of my business."

Of course if people spent only the money that was left over from their paycheques after paying all the bills, there wouldn't be a problem. The dilemma facing a growing number of Canadians is that "keeping up with the Joneses" has driven them so far into debt that despite using an aggressive saving strategy, they're still not much further ahead. Chilton agrees, saying:

> The one problem with forced savings and, for that matter, any approach to saving is that it can still be overwhelmed by debt and by lack of discipline on the spending side. If a person goes beyond spending the rest of his money and spends way more than the rest by piling on a tremendous amount of debt, especially high-interest debt, this can lead to serious financial problems. We've certainly seen a lot of people fall victim to that. There is no doubt the easy availability of money through incredible credit card availability, through debit cards, through easy withdrawals, and through cheap money with low interest rates has hurt people. Keeping up with the Joneses, which was a problem in 1989 when I wrote the book, has now become an epidemic. In fact, staying ahead of the Joneses is the objective of most people.

For this edition of *The Smart Canadian's Guide to Saving Money* I wanted to ask Chilton his observations as we enter 2009 and beyond. For him, excessive spending—keeping up with the Joneses— is still a big problem. Chilton says, "As I sit down and look at the financial plans of many Canadians, one of the things that jumps out at me that is very troubling is the aggressive use of lines of credit that has come into play in the last 10 years. Way too many people are borrowing excessively on lines of credit and it is allowing them to live beyond their means! They rationalize that it's a low-interest rate. So what? You still have to pay that money back. In fact, it's that rationalization that led to the abuse."

It's true that many Canadians have turned to lines of credit to get at the increased equity in their homes, especially since real estate values increased substantially during the period of 2002 to 2009. Many people are using their home equity to do home renovations, take trips, or just live the high life. Chilton believes that rising home values can create a false sense of security. He says, "People believe their real estate will always increase in value. Well, the two are not as closely connected as you might think and nothing lasts forever. Real estate can plateau. You have to live within your means. That is 90 percent of the financial planning game. Lines of credit make it too easy to not do that, and I actually think the banks have been too aggressive in pushing them. On occasion they can be a prudent move and a prudent planning technique, but for the most part, they are to be avoided."

It's true that bank lenders practically fall over themselves trying to get you to sign documents that will give you access to thousands of dollars of credit from the equity in your home. Chilton says that credit lines for the undisciplined are like a large credit card. "Yes, they're a lower interest rate, but they're still very damaging for people. For some reason, when people get a credit line, they treat it like it's already their money. They forget that it's borrowed money." Chilton is optimistic that consumers can get a handle on their finances and says most of the people he deals with come to the realization they can't spend more than they make—another one of Roy the barber's common-sense guidelines. "The vast majority of people that I deal with have handled their finances quite well and have applied the principles of *The Wealthy Barber* and other very good books and have worked with financial planners to successfully put forced savings to good use. The sad tale is there is no way for a book to stop [their] overspending. That requires a lot of self-discipline and almost personal coaching."

Chilton becomes philosophical when I ask him what he feels consumers have to do to get a handle on their finances if they are overwhelmed by debt. "We all have to buckle down and try to find some joy in non-materialistic goods. I don't mean to sound like a New Age thinker because I'm not at all, but that really is the problem that most people have. As corny as it sounds, what people have to do is stop caring so much about stuff. It's funny; the older I get, the more I realize that good financial planning is less about the intricate knowledge of the stock market and forecasting future interest rates and more and more about discipline and not wanting so much stuff." Well said, David. I don't think Roy the barber could have put it better himself.

living next door to a millionaire

When two researchers set out to interview the wealthy in America, they combed through affluent neighbourhoods on streets dotted with extravagant homes, luxury vehicles parked out front, and in-ground swimming pools in the backyard. They were shocked to find out that the people living in these homes were not wealthy.

Thomas Stanley and William Danko discovered in their research for *The Millionaire Next Door*, a bestseller that has sold more than 3 million copies, that many of the millionaires in the United States are not necessarily living in what most of us would consider upscale housing. Instead, millionaires are in modest homes, working and living next door to people who have a fraction of their wealth.

The millionaires next door are not handed their riches either. Stanley and Danko discovered that 80 percent of America's wealthy are first-generation rich. They are compulsive savers and investors.

Stanley and Danko found seven factors that they believe will help someone become a millionaire. These factors are as relevant here as they are
south of the border.
1. They live well below their means.
2. They allocate their time, energy, and money efficiently, in
    ways conducive to building wealth.
3. They believe that financial independence is more important than
    displaying high social status.
4. Their parents did not provide economic outpatient care (their
    moms and dads didn't pay the kids' bills).
5. Their adult children are economically self-sufficient.
6. They are proficient in targeting market opportunities.
7. They chose the right occupation.

* * *

I got the chance to talk to author William Danko about the success
of the book and why it resonated with so many people. Danko says,
"When I look at my own life, I've done very well with my research.
I was doing fine before *The Millionaire Next Door* as well. I was
consulting and I'm still a professor of marketing at the University at
Albany, State University of New York. I still have the same spouse
of more than 30 years. I still have the same house. I have three well-
educated, emancipated kids that don't ask me for money. Things are
good. I practise what I preach. I still don't have cable television—I
couldn't afford it 30 years ago and I don't need it now."

It's estimated that in the United States, about one of 15 households—that's 8.2 million households out of 110 million—would be
considered a millionaire household. Conversely, 14 out of 15 are not
even close to $1 million. "When you look at the anatomy of that
one out of 15, you find that these millionaires are living in ordinary
housing and not calling attention to themselves. They believe that
financial security is more important than outward manifestations,"
says Danko.

The original research on millionaires still resonates 13 years
later and is likely to stand the test of time. What Stanley and Danko
found was that the neighbourhoods they assumed were filled with

wealthy people were not. Many of the huge homes had huge mortgages. The luxury cars were leased, and while the occupants had high salaries, they had no net worth. Notes Danko: "We called this big hat—no cattle." While they were surprised, there was no arguing with the data and that's when they had to face the fact that many millionaires were living in regular, traditional neighbourhoods. "We had a number of surveys, government information, and personal interviews that consistently gave the same result, so we had convergent validity—that's when you have multiple data sources converging on the same basic truth. It just bolsters the argument even more."

So what does the man who studied millionaires have to say about the road to riches? "Live on 80 percent of what you make. If you can systematically save and invest 20 percent of whatever you are making and let the time value of money work for you, you can't lose. That's what we mean by frugality." Many people who are strapped with debt are looking for a magic bullet, something that will make them say, "Ahhh, yes, here is how I can get out of debt and continue the free-spending ways I have become accustomed to." It won't happen without lifestyle changes. "It really is [about] buckling down and living on less," claims Danko, "yet no one wants to hear the hard medicine and begin doing that. How in the world can you be an investor and let the time value of money work for you with compounding if you are not a saver? And how can you be a saver if you are in debt?"

Americans are struggling with their consumer debt the same as we Canadians are. The median household income in the U.S. is about 43,000 a year and Americans are spending about $45,000 a year. In Canada, the median income is about $60,000 and we are spending at the same rate. Only about 1 percent of total income is being saved, so people are digging themselves in deeper and deeper every year.

Danko says that people should not worry about doom and gloom on the news and things they can't control, but instead plan for their own future. "Wars happen, terrorist attacks happen, SARS happens, and the point is we all get over it. Life goes on. What you have to do is have that long-term view that you are probably going to live until 70 or 80 years of age or older and if you don't start working, saving, and investing when you're young, you won't have the money you need when you are older to look after yourself and your family."

He mentions that Franco Modigliani won a Nobel Prize for his work studying the life cycle of money. In its simplest form, Danko explains, Modigliani was saying that when you are young, you work for money, and when you are old, money works for you. This is exactly how Benjamin Franklin laid out his life. The American who became famous for being a scientist, inventor, statesman, printer, philosopher, musician, and economist once said he was going to retire from Congress at the age of 42 and live on his interest and dividends, and he did. Danko said, "He turned his life to productive things like inventions and other public works. He [understood]." (I'll have more on Franklin in the following pages as many of the things he said 250 years ago ring true today.)

Danko suggests that while old-fashioned virtues can guide us today regarding money management, he would add three additional points to wealth building:

> Those include a good marriage, good health, and good income. A good marriage, if it really is good, gives you greater life satisfaction, and greater life satisfaction adds to a longer life, and a longer life allows for greater compounding opportunities. If you are making a good income and you are consistently saving that 20 percent, over time it's really hard not to make a fortune. If you have a bad marriage and you find yourself in divorce court, at a minimum you will lose half of your assets. I interviewed one physician who made a good living, but he made most of his money in real estate. He used to be worth $60 million; now he's worth $30 million.

He adds that if you're young and savvy enough to be a good saver, despite government activities, worldwide disease, natural disasters, and terrorism, and consistently make a commitment to live below your means, then again, you can't lose.

The man who has interviewed thousands of high-net-worth individuals (HNWIs, loosely defined as people with $1 million in investable assets) also has some other interesting perspectives on wealth, including the fact that money doesn't always change you, but it does change the people around you. Danko says he interviewed a man who was worth $20 million because of an invention he made. He married for love and had two daughters prior to striking it rich. Danko says, "He had to move from his community because everybody thought he was just a lucky son of a gun. So he moved to a new place, started a new life with his family, and now tries to keep a low profile. He can do anything he wants, but he just wants to try and live a normal life."

Danko's latest research is about quality of life, which he has entitled "Richer Than a Millionaire." He studied 1,400 HNWIs and reviewed value issues concerning their spouses, children, parents, and even religions, spirituality, and life satisfaction. He says, "I'm looking at those people who are rich but miserable, as well as rich and happy. Of course, being rich and happy is where you want to be." Danko studied a group of very happy up-and-coming millionaires with a net worth between $100,000 and $1 million who can't quite retire, but they're not hardscrabble either. There was also a group between $100,000 and $1 million who are miserable. Danko says, "Well, when I look at those up-and-comers who are very happy, I will take their life any day of the week as opposed to someone who becomes a millionaire yet belongs to that rich and miserable group."

Danko believes that if people can get a handle on their spending and make an effort to save 10–20 percent of their income, they, too, can become the millionaires next door. He says, "The basic truths never go out of style—hard work and perseverance. While no one wants to hear that, it is the reality. Some people may say he just got lucky. Well, sure, maybe luck is part of it. But I would say the harder I work, the luckier I get."

Throughout this book I will be providing practical advice as well as excellent information from Canadian experts who can tell us how to put Danko's research to good use. Investing wisely, being frugal, and setting aside a portion of your income for the future are global strategies that are applicable not just in the U.S., but in any other country in the world, including Canada. In the pages ahead we will discuss how you, too, can become "the millionaire next door."

finding out what makes Canadian millionaires tick

The world's millionaires club is getting bigger every year and its members richer. According to 2007 statistics, there are now 10.1 million millionaires globally, with the average millionaire's wealth about $4 million. This may sound like a lot of rich people in this elite group, but the figure represents just 0.15 percent of the world's 6.7 billion people. India, China, and Brazil saw the largest jump in millionaires, but the United States, Japan, and Germany still have the highest number of wealthy individuals. Following the stock market crash of October 2008 there will be fewer millionaires now as trillions of dollars around the globe were wiped off balance sheets, but since the rich usually get richer many millionaires were probably able to weather the financial storm just fine. When it comes to their mindset, Canadian millionaires really aren't that different from American millionaires or any other wealthy people in the world today. As we learned from *The Millionaire Next Door* by Thomas Stanley and William Danko, millionaires don't all drive round in flashy cars, sport Rolex watches, and spend their weekends lounging aboard luxury yachts. In fact, most drive Ford pickups, live in modest homes, and shop at Sears. Stanley and Danko also found that 80 percent of millionaires are first-generation rich. They made it on their own. Accumulating wealth takes discipline, sacrifice, and hard work, and, most importantly, *millionaires live well below their means!*

The situation is no different here in Canada.

In the first edition of this book I interviewed Thane Stenner, who is known as Canada's "adviser to the wealthy," and is therefore uniquely qualified to tell us about Canadian millionaires. When I first interviewed Stenner, he was the leader of the T. Stenner Group, a team of specialists that provide wealth-management solutions to millionaires and their families, and he was a first vice-president of CIBC Wood Gundy in Vancouver. He is now the managing director of Stenner Investment Partners, GMP Private Client L.P. He is the co-author, with James Dolan, of *True Wealth: An Expert Guide for High-Net-Worth Individuals (and Their Advisers)*, a book to help millionaires deal with the complexities and strategies of their enormous wealth. It's a book that tells you not how to get rich, but what to do once you are. (It would help to be wealthy, as the book sells for $80 a copy.)

Stenner classifies someone as wealthy (an HNWI) if they have at least $1 million in investable assets. This does not include the house, cottage, and RRSPs; it's $1 million free and clear that can be used to generate new wealth. Currently, there are approximately 370,000 Canadians who would be considered in this category. Those individuals with $10 million or more in investable assets are ultra-high-net-worth individuals (or UHNWIs). Canadians with a bankroll that includes more than $100 million in investable assets are called superwealthy (I think we can all agree with that).

> While the number of millionaires fluctuates from year to year, it's estimated that 40 percent of Canada's millionaires live in Ontario, 23 percent in Quebec, 16 percent in British Columbia, and 12 percent in Alberta.

So what can Canadian millionaires teach the rest of us? "There are many things that the average Canadian can learn from the habits of Canadian millionaires," says Stenner. "First and foremost, they are not prone to overconsumption. In almost all cases, they are ready to sacrifice something today in order to achieve greater wealth and prosperity in the future."

Stenner says that when it comes to wealth, it's what is in the investment account that counts, not what is on the paycheque. "There are a lot of people who look wealthy. They drive fancy cars, live in upscale homes, and wear expensive suits, but when you examine their true wealth, it's a different story."

In dealing with Canadian millionaires, Stenner learned what the authors of *The Millionaire Next Door* found earlier: Many Canadian millionaires have small, community-based businesses, reside in reasonably priced neighbourhoods, and live well below their means. People who have a six-figure salary but nothing to show for it are not wealthy; they are just living high. Many successful Canadian millionaires are business owners and entrepreneurs who have used leverage wisely to get ahead. But Stenner says you don't have to own a company to get into the millionaire's circle, and that if someone is prudent with his or her wealth, it's possible to use an average income to accumulate an above-average net worth. Stenner's *Millionaires Survey* offers a fascinating perspective into how Canada's wealthy think. It's an inside look at the attitudes of Canada's high-net-worth individuals. Before we get to that, I wanted to talk to him about his thoughts on the stock markets and other investments heading into 2009 and what advice he could offer the rest of us as we work our way toward joining the millionaires club.

With stock markets getting hammered, the U.S. in recession, and inflation on the way up, I wanted to know how Stenner's millionaire clients were coping. "Our group is set up as a private family office, so we are dealing with 42 families now worth $10 million-plus all the way up to multi-billionaire status. In that sphere or sector, diversity of assets has been key and actually we weathered the storm quite well," Stenner told me. The interesting thing about investment advisers is that while many of us see doom and gloom, they see investment opportunities when the markets are down. Stenner told me: "We are trying to place a fairly significant amount of assets in the financial service sector globally given the fact that today, that sector is down about 40 percent from its peak 11 months ago. When it comes to banks and other financial services, you basically get valuations on those holdings you haven't seen in five years. From an investment point of view, that's one of the areas we are jumping on right now."

It's true that Canadian banks have been hit hard by financial problems in the U.S., but what is also true is that banks are in the business of making money and they will again. (By the way the World Economic Forum found that Canada has the world's soundest banking system closely followed by Sweden, Luxembourg, and Australia. Britain, once ranked in the top five, has slipped to 44th place. U.S. banks are rated 40th.)

Stenner says, "The reality is that the only time you get high-quality assets in the financial service sector is after a major negative systemic story, which we clearly have had. I think there is going to be some good profit there. It is a buying time—not everywhere, but there are really two areas that I would say would be good areas for the average investor right now: Getting back into bank stocks, and the second thing I would strongly recommend is real estate south of the border." I was watching a home auction on television one evening and was amazed to see homes that were selling for $150,000 just a few years ago now selling for $40,000, homes that were $500,000 selling for $200,000. Owning real estate in the U.S. is not for everyone, but if your retirement plan or semi-retirement plan was to own property in the U.S., then there may not be a better time to jump in. Stenner says, "There are many people down south looking in Florida, California, or Arizona that have seen price decreases of 40 percent in the real estate market, and we think that by the end of 2009, the real estate market in the U.S. will have bottomed, so between now and then there are some good opportunities down there. We believe other research shows that the last half of 2009 is when the real estate market will bottom."

Stenner says there is one other reason that Canadians who invest in U.S. real estate will do well. He says, "The Canadian dollar has gone in the past six years from 61 cents to as high as $1.10 in relation to the American dollar. Our forecast in the next 12 months is for the Canadian dollar to be at the 92-cent range. Again, there is a double play there. If the Canadian currency, which has been on a rocket of a run, cools off and the U.S. dollar, which has been hammered, strengthens a bit, there's a potential for currency appreciation there if you have assets in U.S. dollars." Buying property in the U.S. is not for everyone. I'm not sure it's for me as once you buy a place, you have the expense of flying there, maintenance, taxes, etc. But if this is in your plans anyway, Stenner says there may never be a better time to buy due to current market conditions.

Something I will address with other financial experts in this book is the concept of moving money into cash. This is when stockbrokers and investment advisers feel a downturn is coming and decide to move sums of money out of stocks and other investments into cash. Good financial advisers who moved investments to cash or safe investments before the stock market crash of 2008 would definitely be worth keeping. Many people who manage their own funds, especially large amounts, do not have the required financial expertise to know when to do this. While there is the long-held view that it is not "timing the market, but time in the market," good financial advice from an expert—the right one—can be beneficial to your bottom line and peace of mind. When it comes to managing wealth, Stenner says, "The reality is that you have to do something full-time and really focus on it. You also have to ask yourself, even if you could focus on it full-time, are you the best person to be managing your money? That may be a tough question to ask yourself, but there are a lot of really bright people out there doing this for a living. Personally, I have yet to meet someone who is willing to be at their screens all day, every day, analyzing research studiously ad nauseum. Even if they do, it's not an effective way of living a life."

As for investment advice, I asked the man who advises millionaires what he would advise the average investor. Stenner says, "There is one key question to be asking yourself: If I had new money today, would I be buying what I hold currently? It's a key question because you never want to hold things inside your portfolio just because they are down or just because they are up or just for tax reasons. You want to be assessing your portfolio based upon if

I had fresh cash today, would I be willing to add to my holdings? If the answer is yes, then you should continue to hold those things." Stenner adds, "In my opinion, it's never been good enough to simply answer that I'm kind of neutral on a holding. You should either really like a specific holding enough to add to it if you had new cash or get rid of it. There are just too many opportunities out there right now and that's the way to cull a portfolio—to make sure you always have the best ideas and investments inside your portfolio. That's a question I have learned to ask myself for my own holdings as well as my clients."

Now to Stenner's wealth survey. In one question, the survey asks the rich what they actually think about the process of attaining and securing their wealth. The two top results show that in most cases, Canadian millionaires want what we all want: the sense of long-term security and peace of mind that wealth provides. They also are pleased that their wealth allows them to have a comfortable lifestyle that provides advantages for family members. The actual survey is conducted by interviewing hundreds of millionaires and is an ongoing document that also details how millionaires feel about the service they receive from their financial advisers. While the survey is extensive, I have included some questions and answers from 2004 that I feel can benefit those of us aspiring to be millionaires. The first question asked the rich what they like about being rich.

Please rank the following benefits of wealth in order of importance to you. Results:

1. Allows me to live comfortably and where I choose
2. Gives me long-term security and peace of mind
3. Allows me to provide advantages for my family
4. Allows me to enjoy luxuries such as travel and recreation
5. Enables me to maintain good health and access to medical expertise
6. Allows me to leave an inheritance to my family members or others
7. Allows me to support charitable causes

This question asks the rich how they got rich.

What is your primary source of wealth? What is your secondary source of wealth?
Results:

	Primary source %	Secondary source %
Earnings from a business	30.3%	19.9%
Earnings from a professional practice	10.3%	12.4%
Real estate holdings	9.8%	8.5%
Sale of business	8.1%	3.0%
Inheritance	9.4%	9.0%
Stock or stock options in employer	5.1%	7.5%
Sale of real estate	6.8%	10.0%
Other	10.7%	10.4%

This question asks Canadian millionaires about their annual household income. It's particularly telling that while all of the people surveyed are millionaires, more than 60 percent spend less than $250,000 annually. This is a huge figure for most of us, but is also an indicator that many Canadian millionaires are living well below their means and could spend much more if they wanted to.

What is your household's average income from all sources?
Results:

Average household annual income

Less than $100,000	12.4%
Between $100,000 and $250,000	49.3%
Between $250,000 and $400,000	16.9%
Between $400,000 and $500,000	8.0%
Between $500,000 and $1,000,000	5.8%
Between $1,000,000 and $2,000,000	4.0%
Greater than $2,000,000	3.6%

And what do these Canadian millionaires do with their time? Many of them are business owners and retirees.

What is your current occupation?
Results:

Primary occupation

Business owner	30.6%
Retiree	23.3%
Corporate executive	14.7%
Partner in a professional firm	7.8%
Sports/entertainment/media	1.7%
Medical/dental practitioner	0.9%
Other	21.1%

The following question also shows that wealthy people are no different from the rest of us when it comes to worrying about money. While one-fifth of Canadian millionaires never have to worry about the handling of expenses, such as paying bills, fixing the roof, buying groceries, and paying other household bills, 65.4 percent worry sometimes and 13.2 percent worry a lot about their wealth.

Please indicate whether or not you spend time worrying about handling your household wealth.
Results:

Amount of worry about handling household wealth

A lot	13.2%
Sometimes	65.4%
Basically never	21.4%

The Stenner survey also asked Canadian millionaires to rank what worries them.

What is it that you currently worry about?
Results:

1. Lower future returns on my investments
2. Unpredictability of the return my investments will provide over the long term

3. I won't be able to maintain the income level to which I have become accustomed
4. My following generations will have a more difficult time financially than I did
5. Terrorism and how it will affect the economy, the markets, and therefore my investments
6. Terrorism and how it will affect my personal security and that of my family
7. Education costs for my children and grandchildren
8. Uncertainty about estate taxes

...and how many financial advisers they use. This just goes to show that even millionaires admit they don't know everything about money.

How many advisers/counsellors does your household use regularly to manage its wealth?
Results:

Number of advisers/counsellors used

None, it is done by myself	17.6%
One adviser	38.2%
Two advisers	32.6%
Three advisers	6.9%
More than three advisers	4.7%

There is no quicker way to divide wealth in a household than a divorce. Not surprisingly, then, many Canadian millionaires are married.

What is your marital status? Results:

Marital Status

Married	76.2%
Single	8.9%
Divorced	6.8%
Widowed	4.3%
Common Law	3.8%

The survey finds that Canadian millionaires are frugal, but are proud of their accomplishments, and they do tend to enjoy their wealth when they feel they have attained a certain level of success and security. Stenner says, "Canadian millionaires like to spend money at some point in their lives, but they are willing to make sacrifices early in life so that they can enjoy their wealth later. This also allows them to have security for their families as well." Stenner continues, "The key is delayed consumption. Keep in mind that people are living longer, so someone who is 40 years old could live another 50 years. People can use this time to save and accumulate wealth. They will want, as well, to ensure they have enough money in their retirement." Stenner says one aspect benefiting Canadian families is that nowadays, people are more willing to discuss finances openly and teach their children ways to save money and build wealth, whereas the people who went through the Great Depression didn't speak freely about issues like money.

Another interesting thing Stenner has noticed after working with Canadian millionaires is that money amplifies the kind of person you are. "If someone is a generous person before they become wealthy, they will be even more generous after they attain wealth." He says it's true, conversely, that a miser will become more miserly. In his book *True Wealth*, he breaks down Canadian millionaires into groups that reflect their personality.

- *The Caregiver* (20 percent of the millionaire population): Someone with a strong desire to provide for the family and who is generous and charitable with money.
- *The Runaway* (17 percent): Someone who is stressed, anxious, and worried about his or her wealth and would rather have professionals manage it.
- *The Libertarian* (13 percent): A highly motivated, focused individual whose sole goal is financial freedom.
- *The Recluse* (12 percent): An intensely private person who wants to keep it that way.
- *The Boss* (10 percent): A strong, aggressive person who wants to control all financial decisions.
- *The Superstar* (8 percent): A status-oriented individual who uses money as a source of his or her identity and has big spending habits.

- *The Empire Builder* (8 percent): A focused, performance-driven investor who uses money as a measure of success.
- *The Player* (6 percent): A high-risk individual who sees investing as a game that offers excitement as well as opportunity.
- *The Academic* (6 percent): Someone with a strong desire to be innovative and invest in new products. He or she feels that being wealthy means being knowledgeable and well informed.

What Stenner's research tells us is that millionaires are really no different than the rest of us. They want to provide for their families. They want security for the future. They want to live comfortably and have good health. When they feel the time has come to reward themselves, they do it with luxuries or vacations. What may be different about Canadian millionaires and the rest of us is their work ethic, discipline, and their ability to live well below their means.

What else can we take from this research? Well, if 80 percent of millionaires are first-generation rich, we all have the ability to become millionaires. Even if you can't bank $1 million, you can still save enough to achieve what these millionaires have: safety, security, and peace of mind. In the pages that follow we will look at the strategies necessary to become part of *this* select group. For more information on Stenner's investment group, his book, and survey information, check www.stennerinvestmentpartners.com.

asking experts what the economic future holds

The Price Is Wrong

Many Canadians remain outraged at the huge differences in prices in consumer goods between Canada and the United States when we have free trade and the products in question are identical. Cars are the biggest sore point (which we will talk about later in this book), but there are many identical items for which Canadians pay more than Americans. Douglas Porter is the deputy chief economist with BMO Capital Markets. Porter has 20 years of experience forecasting economic conditions and monitoring global economies, and came on the national radar when he did price comparisons with American goods as the Canadian loonie reached parity with the U.S. dollar. Porter said, "The unprecedented 50 percent surge in the Canadian dollar over the past five years has produced plenty of pain for the country's manufacturing base, yet has created very little joy for the average consumer." He made the following comparisons for identical items sold through similar retail channels when our dollar was trading at 88 cents to the American dollar, so imagine what the differences would have been for that brief time in 2007 when our dollar was $1.10 compared to the U.S. buck!

	Converted	Can. Price	U.S. Price	Price Gap
Business Week magazine	$6.99	$6.15	$4.99	23%
Birthday card	$4.25	$3.74	$3.13	20%
Harry Potter book	$45	$39.60	$34.99	13%
Honda Accord	$26,500	$23,320	$20,475	14%
Blackberry 8100	$499	$439	$399	10%

As you can see, Canadians are paying substantially more than Americans for the same goods. Porter compared prices again in June 2008 and found the gap had narrowed slightly from when he first conducted his survey in 2007. However, he said, "The price difference is still 18 percent different if both Canadian and U.S. currency are at parity, so Canadians are paying 18 percent more for the same goods American are buying." Even though this was a maddening period for many Canadian consumers and drove many shoppers over the border on a cross-border shopping spree, looking forward to 2009 and beyond, Porter believes that our currency's best days are behind us and the further the currency dips away from U.S. parity, the less of an issue it will be. Porter says, "Our dollar has been remarkably stable throughout 2008. It's traded on 3 cents on either side of parity, which is [an] incredibly stable period for it, especially with what the currency has been through in the past 10 years. Given that it couldn't really benefit when oil was close to $150 a barrel and gold was around $1,000 an ounce, it's tough to see the currency making another big run higher. As the stock market dropped in the fall of 2008, so did our dollar compared to the American greenback. From $1.10 in 2007 back to as low as 79 cents in 2008.

As an investor, it means that in the last few years the currency has really hammered investments outside of Canada. If you've been holding onto U.S. stock, for example, you have been hurt by a high Canadian dollar, but that may not be such a big factor in the next few years. Porter says, "The currency might start to be an investor's friend again as a slightly weaker Canadian dollar actually helps investments held outside of Canada."

So what does Porter see ahead for Canadian investors? "We have just come through a global bear market in equities and Canada saw a fairly hefty correction. My advice would be to keep an eye on the medium term, even though we have had a tremendous pull-back in prices, I don't necessarily think that this is a fantastic time to plough into the markets. I think the U.S. economy is going to go through an extended period of healing here. They have taken a tremendous hit on the housing side, and I think that is going to take some time to repair." Porter says to expect a period of modest growth in the U.S., which will keep a lid on activity not just there but in Canada as well as the global economy. He says, "It may be a slow recovery for the equity markets. However, usually the equity markets are the first thing to turn around. They tend to sniff out a recovery long before the pundits do or that the economic data shows it. The equity markets can turn upwards four to five months before the economy does as the markets do tend to lead the economy."

While the markets got hammered, this economist believes that in time, the markets will be a good place to be and money can be made once again. Porter says, "It seems the markets are a little bit gun-shy about the banking sector now and nerves are still frayed on that front. However, I suspect by 2009 the markets will be looking forward to recovering. I think we will have [hit] bottom before then and we will be in recovery in 2009. After a devastating market that we have seen globally over the past year or so, it's tough to invest in equities, but in many ways, longer term, it's the time to get in." Porter suggests that those who are concerned about the market conditions and who were burned in the last correction should move back into equities slowly. "The best strategy is to slowly scale in and not shift radically from holdings that are GICs or cash and push completely back into equities. I think by early 2009, it will be time to start scaling into the equity markets once again."

The economist says it's important to look outside of Canada as well. "On the investing side, the Canadian markets have had a tremendous period of over-performance basically since the start of the decade. While I don't think our day is up, the foreign markets have underperformed the Canadian markets so much in recent years that for the medium- or long-term investor, now is actually a very good time to slowly start increasing your investments or your holdings outside of Canada. You can buy indexes, you can buy foreign mutual funds, but it is prudent to invest outside of Canada." As for consumer spending advice, what does Porter have to offer? He says, "I would say on the spending side, it's going to be another year of sluggish growth at best. I think it's probably a good time to stay within your budget and not make huge gambles in real estate or the stock market." So if you make any big moves, think them through carefully.

I spoke to another of Canada's most well-known economists, Jeffery Rubin, chief economist and strategist for CIBC World Markets, for the first edition of this book. His claim to fame was being the first to predict "the real estate bubble would burst" in 1989, just before it did.

Rubin says when housing prices were rising at a record pace, consumers were taking equity out of their homes to spend, plunging them into more debt and putting them at the mercy of interest rates. Rubin says if interest rates rise sharply, debt-laden Canadians would be in trouble. "The lethal implications of this debt, or the potentially lethal implications of this debt, would be if we reached a level of interest rates equal to what average interest rates have been over the past 30 years. If that happened, this would be extremely challenging and troubling for our economy." Rubin says the fact that Canadians are so debt-laden means that interest rates could never be allowed to rise sharply or it could send the entire economy into a tailspin. "There is so much consumer debt that a rise in interest rates could have catastrophic consequences on the financial positions of households, with draconian consequences for spending. This very heightened vulnerability of the economy to higher interest rates due to this huge increase in consumer debt is an anchor and will likely be an anchor on interest rates for years to come." There is almost some irony in the fact that Canadians have so much debt that interest rates can't be allowed to go up or the whole country would be in trouble.

While housing prices will slow and interest rates have nowhere to go but up, Rubin doesn't believe the bubble will burst this time, which is good news if you have purchased a home recently or have your home heavily leveraged. Rubin says this about the Canadian housing market: "Instead of a sharp drop like we saw in the stock market in 2000 or what we saw in the Canadian real estate market in 1990, I think we will see a prolonged period of stagnation in terms of stagnant real estate prices."

As for interest rates, they won't stay low forever. Rubin adds, "At some point, interest rates will go up and when they do, people are going to have to de-leverage in a big hurry." I also asked Rubin, as one of the top officials at a large financial institution, for the single best piece of advice he would share with Canadians. He says borrow short and invest long. In other words, when you borrow money for something, go short term. Research has shown over time it's always better to take a one- or two-year mortgage than it is to lock in for five to seven years. When it's time to invest, invest for the long term. The stock market will always have its ups and downs, but over time it's been shown to outperform almost all other investments, including real estate. Rubin says:

> It's something that I have always believed in when I was a mortgage holder and something that I have always adhered to as a long bond investor, and they are really both flips sides of the same coin. When I had a mortgage, I never had a mortgage longer than a year because I believe that it never paid to get a two-, three- or five-year mortgage, so I always borrowed short. And the same difference between short- and long-term interest rates is why I've been an investor in long-term bonds. I would say the moral of the story is if you are borrowing, borrow short. And if you are investing, invest long.

This is great advice. I'll address short- and long-term mortgages in a future chapter and you will see how going short over the term of a mortgage can help you save tens of thousands of dollars on

your home. If you have a lot of debt, Rubin's words may be some-
what comforting, but what this really means is that we all have an
opportunity to take advantage of low interest rates to pay down our
debt. Every extra payment on a mortgage, line of credit, or car loan
will go toward paying down the principal instead of servicing debt.

CHAPTER 7

what we learned from black october 2008

If you were an investor in the fall of 2008 you know it was an anxious, depressing, and worrisome period. The Toronto Stock Exchange surpassed 15,000 points for the first time in its history in May, but months later the TSX dropped below 8,000 points during Black October as panic gripped the markets. Stocks were dropping at rates of 10 percent a day. Many lost between 30 and 90 percent of their value during the market meltdown. When we started going through the archives in our newsroom to find film from the Great Depression era to show people in soup lines there was no doubt it was a serious financial mess that would affect the finances of everyone whether you were an investor or not. The bull run had come to a screeching halt. It was a bear market and an angry bear at that.

This caused me and every other investor in the market to do some deep soul-searching, as the sell-off grew worse day by day. There were huge decisions to make. Do I sell at a loss or ride it out? Am I in the right investments? Did I take on too much risk? Will my retirement funds be secure? Should I get out of the market completely and just put my money in safe secure investments such as GICs, government bonds, or cash? People were also mad as hell. Many blamed their financial advisers. Here is just a sample of some of the e-mails I received from CTV viewers.

> "My mother is 84 years old and had a great financial adviser. He retired and sold his business to a new adviser who put my mother's money into equity funds. She is now down $50,000! Shouldn't an 84-year-old woman have been in safer investments? —Melanie

> "I use a financial adviser with a respected company and our investments are down. He says long term we will see gains in five to ten years. 10 years! Right now a 4 percent GIC is doing better than a multi-billion-dollar investment firm." — Elio

> "My stepfather used a 'professional financial adviser' and his retirement was destroyed. The expert gambled & my stepfather lost. Only you really care about your money. Remember financial advisers will be paid no matter what—even as you lose." —James

> "Complex financial products are sold to 'sheeple' who are uneducated investors. Unfortunately, it is consumers who are the food chain of our financial services industry." —Joseph

Whether you had a financial adviser or not almost everyone watched his or her portfolios crash. The stock market was the daily topic of conversation. How long will this go on? How low will it go? Will the "bottom" of the market ever arrive? Of course there were those too who claimed they knew it was going to happen and sold all of their investments before the crash. Still others said they were then going to turn around and put their money back into the market to buy stocks that were now "on sale." If you were one of those people—congratulations. It was very difficult to know what to do and only with hindsight will you know what was the most prudent decision to make. It also had people re-evaluating their portfolios, goals, and retirement plans. Some people who borrowed money on lines of credit to invest in the markets were then stuck with bank loans to pay back along with monthly interest payments and stock worth half of what it was just months earlier. Many mistakes were made. Many investors lost faith in the market system.

As you get older you should reduce your risk to more volatile investments, but there are people who want to be aggressive with their investment choices to try to get the most out of the market. After all it's said, "You must speculate to accumulate." With safe investments there is little risk, but also little reward. Still as the markets came tumbling down, those with money in safe investments were able to sleep soundly. Some advisers say to use you age as a guide. If you are 30 years old 30 percent of your investments should be in safe investments such as cash, bonds, and GICs—the rest can be in stocks. When you're 40 you should then have 40 percent in safe investments and 60 percent in stocks and so on as your age through your fifties, sixties, and seventies. This formula will change depending on if you are a conservative or aggressive investor. Many would argue once you have retired all of your money should be in safe investments that face no risk and after Black October this may be a wise thing to do.

Another thing that the stock market crash did was shake the belief that the market system will always work and is the best place for people to put their hard-earned money. Many funds and stocks were reduced to values that they had 10 years earlier—10 years of growth wiped out! That is another reason I along with the publisher wanted to change the title of this book to *The Smart Canadian's Guide to Saving Money* from *The Smart Canadian's Guide to Building Wealth*. After going through the turmoil, many people have been soured on the markets. It's very difficult to put your hard-earned money into investments and watch them drop in value by 30 to 50 percent. It's even tougher if you know someone who spends all his or her money on vacations, flashy cars, and fine dining. It's easy for people to wish that they too had spent some of that money on themselves instead of watching its value nosedive in the stock market. Black October also had people considering different kinds of investments such as land, rental income properties, or a cottage. So this book is about saving money and what you decide to do with it will be up to you.

Will the markets come back? Conventional wisdom says *yes*. The so-called financial experts say *yes*. Past history says *yes* too. In this book you will hear from a wide range of people who offer differing suggestions on what you should do with your money. One expert talks about the benefits of leverage to help you grow wealthy; while another says he would never put money in the stock markets— ever. Instead he would rather keep his money in safe investments so he can sleep at night and know his cash will always be there when he wants it. This is the choice that you will have to make for yourself. You should also do what you can to educate yourself on your investments and the roles and responsibilities of financial advisers. Every province has a body that oversees the investment community. One very good website is www.investored.ca. As you will hear in this book, financial advisers offer advice, but it is your money and it's up to you to make sure it will be there when you need it most.

CHAPTER 8

keeping calm during troubled times

Imagine being able to get a return on your investments of 40 percent every year. Sounds impossible? Some money-management professionals are able to do just that for their clients. For the first edition of my book I spoke with Andrew Cook, a partner with Marquest Asset Management Inc. in Toronto. Cook manages funds with Gerry Brockelsby, Marquest's founding partner, and portfolio manager Alice Tsang. Marquest is one of the leading investment companies in Canada and has been producing results that have amazed investors even through the market turmoil of the past two years. Cook manages The Marquest Resource Fund, which was the top-performing resource fund in Canada with a five-star rating from fund-rating agencies Morningstar and Globefund. The Marquest Resource Fund had returns in 2007 of 52.4 percent. The fund has a five-year average annualized return of 26.6 percent since its inception on October 1, 2003.

I wanted to talk with Cook about his company's success and what he can teach other investors, especially when the markets are in a tumultuous state. I asked him how his company was able to get returns of 40 percent and 50 percent, especially in the investment climate of 2007 and 2008. Cook says,

> To be fair, the broad resource sector has been a wonderful place to invest. There has always been some commodity that has been moving up, even

while others pull back or go sideways. One of the things we have done very well is to recognize these shifts and move from one sector, which is likely to go sideways, to one which is beginning a strong upward move. As an example, we were completely out of the domestic oil and gas sector from the fourth quarter of 2005 to the first quarter of 2008. During this time, these stocks went sideways to down. We put our money to work in areas such as uranium, international oil and gas stocks, coal and agriculture stocks, which all appreciated significantly.

Cook also credits his company's success with stock picking. He says, "We have done a good job of identifying individual stocks with excellent growth prospects and have taken profits after good runs."

Five years of returns at 40 percent is definitely a good run. Is it over? Cook says no. "Despite softening in demand due to slower global economic growth, no significant sources of new supply have been found so that once global growth re-accelerates, as we believe it will in late 2009/early 2010, demand will quickly exceed supply, pushing prices higher. This, combined with the excellent values created as a result of the recent market sell-off, means we believe there are significant gains ahead over the next five years," says Cook.

Cook says the key to judging when we are coming close to the end of a cycle is when supply is increased and/or demand decreases to bring supply and demand closer to balance. He says, "Essentially, this requires higher prices to reduce demand and provide incentive for exploration and development of new resources, as well as development of alternatives. Despite record commodity prices, we have had very few new major discoveries of oil or base metals, while demand continues to increase. Global oil production actually decreased in 2007 for the first time in five years despite record high oil prices." Cook believes the good times in the stock market are not over, and that investors can still be rewarded with substantial profits. According to Cook, "Our investment thesis has been and remains that we believe we are in an environment of sustainably higher commodity prices which are necessary to induce increases in supply and reduce demand. This does not mean continually higher commodity prices, but rather a higher range of prices. As a result, companies can earn a reasonable return on capital throughout the cycle and therefore will be accorded a higher valuation."

When I spoke with Cook three years ago, he felt that oil, gas, copper, and nickel had strong upsides. Certainly with gas hitting $1.50 a litre, he was right about oil and gas, but, as we all know, almost as quickly as gas shot up in the summer of 2008 — it fell back below a dollar a litre during the market meltdown in the fall of 2008. I asked him which areas he sees as profitable for investors moving forward into 2009 and beyond. Cook says, "In the fall of 2008 we experienced a bottoming process for equity markets and commodity prices. This may mean that we will trade in that range for a number of months. We don't know. However, we do believe that the values we are seeing will provide outsized returns over a three to five year period. Our focus is on companies that are profitable, even at lower commodity prices that have good balance sheets and are generating significant cash flow. The values we are seeing do not come about very often, and as painful as the fall of 2008 was for investors, we have to look past it to see the rare opportunity that is being presented to us."

While many investors manage their own funds, there comes a point when individuals may not feel comfortable managing large amounts of money. I asked Cook what advice he has for those who have decided that they no longer wish to manage their own money and wish to seek out the services of a money manager like himself. Cook says, "I would suggest interviewing a number of money managers to get a feel for different approaches to money management and to get a level of comfort with the managers. It is important to feel comfortable with the manager. If you don't feel comfortable, don't let them manage your money. They should also consider splitting the money between a few money managers who have complementary investment styles, such as a growth manager and a value manager."

During the last downturn, many people who managed their own funds watched as their investment tanked or at least went down substantially, while some money managers had the foresight to put funds into cash to prevent huge losses. I asked Cook if this is the benefit of having a money manager who watches the markets every day. They may know when to move large amounts of money into cash while the average investor may not do this or know the right time to. Cook says this strategy can be a benefit, but not necessarily. "First of all, a fund manager has to be correct. Then they have to have the ability to sell enough stock in the market to execute the strategy. From our perspective, timing the market does not necessarily mean that you catch the ultimate tops and bottoms, but it can enhance performance and it also means that you have cash to deploy when the market approaches a bottom," says Cook. He adds that a good money manager can be an asset in what he calls a "sideways market," which is knowing when to buy and sell instead of using a traditional buy-and-hold strategy. I asked Cook if this sideways money-management strategy has helped his investment company achieve high returns. "That is certainly part of it. We are quite active and try to keep the portfolios focused on the strongest stocks and sectors. Given our outlook on commodities, we believe that buy and hold works for the commodity stocks, but not for the financial stocks any longer."

Not all of us have the funds to be able to invest with a Bay Street investment company as many of them have thresholds of $50,000–$150,000 just to get in the door. I asked Cook what advice he would give someone who is just starting out with $10,000–$20,000. He says, "I would suggest they invest in a good mutual fund or ETF (exchange-traded fund) that reflects the broader market. A good financial adviser could help them with this." While not every money manager can achieve results of 40–50 percent, what can people do if they are not happy with the results their money manager is currently giving them? Cook says, "Any time an investor is unhappy with their returns, they should sit down with their adviser and revisit their goals and risk tolerance. This can help determine whether or not their returns are subpar given the adviser's mandate. At the end of the day, it is the investor's money and they have to feel it is invested in a manner in which they feel comfort-able." (I'll have more on choosing an investment adviser with Cook later in this book.)

What advice would Cook give people who are hoping to do well in the markets in 2009 and beyond? The man who ran the top-performing resource fund in Canada says, "Investing is a marathon, not a sprint. Historically, the best opportunities to buy stocks are during financial crises like the one we have just gone through. I be-lieve it is important to have maximum exposure to those sectors that are in long-term up-trends and minimal exposure to other sectors in order to generate above-average returns. In the current environ-ment, this means maximum exposure to commodities and minimal exposure to financials." Many people will be keeping an eye on The Marquest Resource Fund in 2009 to see just what kind of year Andrew Cook has.

calculating your financial worth

If you want to get in great physical shape, you have to work at it. You have to exercise, watch what you eat, and live a healthy lifestyle. If you do, you'll lose weight, gain muscles, and keep your body in prime condition. If instead you lie around watching television for five hours every day, eat junk food, and drive half a block to get your mail, you will be in terrible physical shape. The same is true of your financial health. If you are unsure of your net worth, you will never get ahead. If you want to be a lean, mean, debt-reducing machine, you will have to pay as close attention to your finances as athletes training for the Olympics pay to physical activity.

It's hard to reduce your debt and improve your net worth if you are in denial about your current financial situation. It's amazing how many people aren't sure what the interest rates are on their credit cards, what the management expense ratios are on their mutual funds, or what the true cost is to operate their car. Many of us are coasting through life without taking the time to analyze our finances and look for potential savings—savings we are sure to find if we would only look! We spend 20 minutes picking out a movie at the video store, but not that amount of time going over our financial position each week. The only way to make sure we are on course to becoming debt-free is to keep a close and constant eye on the money flowing in and out of our lives.

Before you can get started climbing out of debt, you have to know just how big a hole you are in. This is a crucial part of your net-worth plan. The big picture—your financial worth, such as mortgage, lines of credit, and investments—should be examined every six months or so, while the small picture—your bills and general expenses and your strategy for reducing them—should be examined every payday.

Determining your net worth is easy. If you had to sell everything you owned and pay off every debt you had, what would you be left with? Simply subtract your assets (what you own) from your liabilities (what you owe) to determine what you're worth.

Here's an example of what this review might look like:

Assets

Savings account	$500
Chequing account	$500
Investments	
mutual funds	$5,000
stocks	$6,000
bonds	0
GICs	0
term deposits	0
Value of home	$220,000
Value of automobiles	$35,000
Property or big-ticket items	
boat	$4,000
RRSPs	$20,000
Pension holdings	$15,000
Other holdings	0
Total Assets	$306,000

Liabilities

Mortgage (balance owing)	$165,000
Car loans	$23,000
Other loans	
consolidation loan	$12,000
Line of credit	$15,000
Credit cards	$5,200
Property taxes owing	0
Income taxes owing	0
Bills owing	$4,800
Other debts	$2,600
Total Liabilites	$227,600

Assets – Liabilities = Net Financial Worth
$306,000 – $227,600 = $78,400

A net worth of $78,400 might not seem too bad if you are 28 years old and starting out. It's not so great if you are 46 years old and will soon have children heading off to college or university. Nevertheless, you will not get ahead by being in the dark, so figure out what you are worth and keep a close watch on your assets and liabilities. There is comfort in watching your net worth grow and your debts disappear. Some people who do not carry out this exercise pay their credit card bills, car payments, and other debts every month, while at the same time running up almost equal amounts of debt. They are stuck in a holding pattern that is not reducing debt or gaining equity. They are swimming upstream.

While you have all your investments, tax returns, bank accounts, credit card debts, loans, safety deposit box information, and other important documents at hand, organize them somewhere easily accessible in case you die or become seriously ill. When you die, it would be a shame to have $10,000 sitting in an account that no one knows about. Your will, life insurance policy, and financial adviser's contact information should be kept in a safe place where your family can find them. That's money that can end up in Ottawa at the Bank of Canada in the unclaimed balances division. As you will read later in the book, more than $200 million has gone astray from people not watching their money closely enough.

monitoring your expenses

Once you have established your financial worth, the most important thing you can do is monitor the amount of money that is flowing in and out of your life every month! The only way you can tell if you are getting ahead is if you write down your income and expenses and see them in black and white. It is something I do myself with every paycheque and it really does give you a true picture of the financial progress you and your family are making. Here is an example of what a monthly budget worksheet looks like for Robert and Sarah's family.

May 2009

CASH INFLOW

Robert's salary	$2,800
Sarah's salary	$1,800
Other income	0
TOTAL CASH INFLOW	$4,600

CASH OUTFLOW

Living Expenses

Mortgage	$1,400
Property taxes	$250
Phone and cellphone	$110
Natural gas	$150
Electricity	$180

Water	$85
Car insurance	$120
Home insurance	$40
Groceries	$360
Total Living Expenses	$2,695
Debt Payments	
Credit card	$150
Department card	$80
Car loan	$340
Credit line interest	$58
Gas card	$50
Total Debt Payments	$678
Investments	
Education funds (RESPs)	$60
RRSPs	$100
Company stock plan	$140
Total Investments	$300
Miscellaneous Expenses	
Piano lessons	$60
Hockey	$50
Vacation budget	$100
Dining out	$100
Movies	$50
Golf	$120
Total Miscellaneous Expenses	$480
TOTAL CASH OUTFLOW	$4,153

Once you have these totalled, you simply take your cash inflow—the amount of money coming in—and subtract the cash outflow—the amount of money going out—to determine your surplus or deficit. In Robert and Sarah's case, it would look like this.

Cash Inflow – Cash Outflow = Surplus or
Deficit $4,600 – $4,153 = $447 Surplus

This budget worksheet shows that Robert and Sarah are living very close to the edge of their finances. They are saving some money in RESPs and RRSPs, but it would take only an expensive car repair, costly school trip for their kids, or urgent home repair to quickly put them in a deficit situation.

Even if you don't have a major expense there are always minor ones happening throughout the month that can quickly add up to hundreds of dollars. New coats, birthday parties, and medicine are just some of the unforeseen things you may not be able to budget for.

This exercise monitors only cash flow and the servicing of debt. It does not deal with the debt accumulated on charge cards, loans, and lines of credit. Nevertheless, this is an important exercise that should be performed every month to determine your financial position and help you identify problem areas of spending.

I find that what works best is to make the budget worksheet up once (leaving spaces for the amounts) and print off or photocopy 10 or 20 copies at a time that you can use over the course of the year. (Don't forget to save the budget worksheet on your computer so it's there when you need to make more copies.)

Keep a briefcase or filing cabinet dedicated to this and make the effort to complete this exercise every month. You will be glad you did. It will also help both you and your spouse keep an eye on your joint finances. This is extremely important, as you will see in our next chapter, "Seeing Marriage as a Partnership."

CHAPTER 11

seeing marriage as a partnership

Deciding to get married is one of the biggest decisions of your life, guided, of course, by Cupid's arrow and matters of the heart. It's also the biggest business decision you will ever make. You have chosen a financial partner and will now have your own company together, a partnership. While there are many different phases and spending patterns we all go through in life, one thing is clear: Marriage is just as important a partnership in the business sense as it is in the romantic one, and a couple will never get ahead financially if both people involved are not on the same page.

What good is it for a wife to scrimp and save and clip coupons if her husband is customizing an overpriced truck? Why should a husband spend long hours working overtime if his wife racks up credit card debt to wear the latest expensive fashions? All the money-saving techniques and strategies are thrown out the window if both parties are not working together, heading in the same direction.

Before embarking on any financial strategy, you and your partner should sit down and review your current financial situation. And, as discussed in the previous chapter, you should also do this on a regular basis; you both should know how much money is coming in and out of the home every month. At least once a year, perform a year-end analysis the same way a small business would. Sit down together and plan to spend an hour or more on your finances.

How is it going? Are you on track? Did you have unexpected losses or, hopefully, gains?

I have always been amazed when one spouse says the other looks after all the finances and they're not really sure what is going on. Would the part owner of a company allow the other partner full access to the books without looking at the accounts themselves? If you are the one on the outside, you should find out exactly what is going on. If you're the bookkeeper, throw open the balance sheets to your spouse so they know your company's bottom line, whether it's good, bad, or otherwise. Too many couples are running on a financial treadmill, paying off $300 in debt one month, but in the same month overspending and adding another $300 to their credit cards. It may feel like you are getting ahead if you are paying off debt, but if you or your spouse are just racking up more debt at the same time, you'll never get ahead. That's why it is so important to sit down and look at the cold, hard figures.

One of the main things couples fight about is money, so if you want to have peace at home and keep your marriage on a solid footing, treat your marriage like a company and your spouse like a partner and your firm will prosper. It's not always easy and it's not always pleasant, but it won't do you any good to be in denial about your finances. If you do have a hard time talking about money, you will have to find some way to open the lines of communication. Don't bring up money issues in the heat of an argument. Set aside time in a non-confrontational way, such as by saying, "This week-end let's talk about our financial situation. Let's do it this Sunday afternoon at two o'clock over a pot of coffee." In extreme cases, you or your spouse may need counselling, but if that is what's necessary, do it.

should you sign a prenup?

Who gets Fido in the event the marriage doesn't last? How many football games is a husband allowed to watch in one week? How many pairs of shoes is a wife allowed to have? How often are your in-laws allowed to visit? These are some of the clauses that couples have built into their prenuptial agreements. Actress Catherine Zeta Jones has an infidelity clause in her prenuptial agreement with actor Michael Douglas that if he gets caught sleeping around, then she stands to pocket millions of dollars. Some prenups even stipulate the weight of a spouse. In one prenup, a wife had to agree to stay at 54 kilograms throughout the marriage. Another included a $500 fine for each kilogram gained. Even sexual activity is written into some agreements. One older couple agreed to sex at least once a month, while a younger, friskier husband and wife decided that three to four times a week was required to keep their marriage valid. Now, some of these agreements are a bit bizarre and hard to enforce in court, but they do exist.

While there is the belief that half of all marriages end in divorce, it's actually slightly lower at about 40 percent. The divorce rate in Canada also tends to be less than that in the United States, but there is no doubt that divorce rates have risen steadily since the 1950s. The riskiest year is the fourth year of marriage. In the first year of marriage, there is less than one divorce for every 1,000 marriages. After one year, there are 5.1 divorces for every 1,000 marriages in Canada. After two years of marriage, there are 17 divorces for every 1,000 marriages in Canada. After three years of being married, there are 23.6 divorces for every 1,000 Canadian marriages. After four years, there are 25.5 divorces for every 1,000 Canadian marriages. After that, the chances of divorce decline slowly for each subsequent year of marriage. Currently, it's expected that 37.7 percent of all Canadian marriages will end in a divorce before the 30th anniversary.

While anyone can get married and make their union last, some studies have shown that those who tend to get divorced are from a lower socio-economic status, have low household income, were young when they got married, or are from a family in which the parents are divorced as well. With divorce rates at almost 38 percent you might think that most couples are signing prenuptial agreements before they walk down the aisle. Family law expert Michael Reilly, of the Ajax law firm Reilly D'Heureux Lanzi LLP, says that a prenuptial agreement is a domestic contract between two parties contemplating marriage. Reilly says, "The primary reason for having one is to protect property already owned by one or both parties (in particular real estate or a business), although other issues are often addressed, such as a release of spousal-support obligations." Reilly says that there are different kinds of legal agreements relating to marriage, common-law relationships, and even divorce: "Other domestic contracts include cohabitation agreements (for common-law couples), marriage contracts (made after marriage), and separation agreements (made after the parties separate). Sometimes a contract starts out as a cohabitation agreement, but has provisions for what happens if the parties marry. It doesn't really matter what you call it. It matters what you put into it."

Who should have one? Reilly says, "Anyone with an asset or assets which may be subject to division despite the fact that one party owned those assets before marriage. A common example is real estate. Let's say one person owns a house and then gets married. If this person still owns the house on the date of separation and it is the matrimonial home (i.e., the couple is living in the house on the date of separation), all of the equity in the house must be included in the division of property. Many people seek an agreement to protect the equity in the house which is in existence on the date of marriage." Other people who may consider a prenup include someone who is marrying a spouse who already has children and does not wish to have to pay child support in the event of a breakup. Reilly says, "In this situation, someone could benefit from a prenuptial agreement. This is not foolproof, but at least a statement of intention not to treat the children as your own would be of assistance in avoiding a support order on marriage breakdown."

Another reason to consider a prenuptial agreement would be if one of the people in the relationship is inheriting significant wealth or expects to receive significant gifts from a third party. Reilly says, "If this wealth or gifts are kept separate, they would be excluded from division on marriage breakdown. However, if the inheritance or gift is co-mingled to pay down a mortgage (without a prenup or marriage contract), any money put into the matrimonial home cannot be excluded from the division of property." Having a prenuptial agreement can help reduce legal fees in the event of a marriage breakdown, although there can also be litigation on the terms of the prenuptial agreement, which could even increase fees.

Okay, so a prenuptial agreement seems to make sense depending on your situation, and with divorce rates at almost 40 percent, you would think that couples would be lining up to sign one before they say "I do." However, that is not the case. Reilly says, "My sister used to own a bridal show business. One year I decided to set up a booth and offer free legal consultation on prenups. Literally thousands of people walked by my booth and not a single couple stopped over three days." It could be that no one wants to think that a marriage could fail before it even begins. Reilly agrees, saying, "There's no easy way to broach this issue with your fiancé. There are almost always immediate hard feelings. Even though a prenup is probably something the majority of those contemplating marriage should have, almost no one gets one." You also can't force anyone to sign a prenup, and someone producing an agreement at the last moment and threatening to cancel a wedding would not hold up in court. Reilly says, "Even if the spouse signs, the result is an unenforceable agreement as any decent lawyer will get it set aside on the grounds of undue influence."

So does a lawyer who deals with divorce cases every day recommend signing a prenup? "Wholeheartedly for those who need them. A young couple without children, assets, and who does not expect to inherit any money or own a business and who earn about the same money and have about the same potential for earnings probably do not need one. Everyone else should seriously consider it." Still Reilly says, "I have had many couples over the years who expressed a desire to have a prenup and ended up not having one because of the hard feelings that the negotiations created. It is not something people want to contemplate, and I would estimate that less than 1 percent of people get one." Reilly has this food for thought: "You can pay a lawyer $1,500 for a prenup or $20,000 to negotiate a separation agreement. After all, you can negotiate hard issues when their intended spouse loves them or they can negotiate those same issues when their ex-spouse hates them."

setting goals

Depending on your current financial position, you may feel on track, concerned about your situation, or totally depressed and wondering if you will ever get your head above water. No matter where you are, it's important to set goals and then achieve them. If you think you will never get out of debt, you never will. If you envision yourself with bills paid off and money in the bank, that's what will happen. However, you have to be realistic about your goals. If you focus on a million bucks, a waterfront cottage, and a new Mercedes, you will have great trouble getting there. Even a 1,000-mile journey begins with a single step, and the same is true of getting your finances in order.

If you are serious about tackling debt and saving money, you need to keep track of your spending and see just how much money is flowing in and out of your life. How much do you spend in a day? In a week? You need to sit down with every paycheque and see where the money is going. You will need to reassess where you are spending your money. Is the weekly dinner out really necessary? Would monthly do? Do your children really need $120 running shoes? Wouldn't shoes at half that price be just fine? Too often people feel their situation is so hopeless that they don't know where to start. You need to start addressing how much money you are spending right now! You can't change the past, but you can the future.

When I was in my twenties, I decided to allocate $200 a paycheque to buy mutual funds. The first few times, my weekly spending habits sorely missed this money. It seriously affected my entertainment budget and there was less going out and fewer CDs and gadgets to buy. But after a while I didn't miss the money, and $400 a month sure adds up fast. I was able to use this money to help buy my first home. Many of us spend whatever is left over after the necessities are paid. People who make $50,000 a year tend to spend $50,000. Those who earn $120,000 a year tend to spend $120,000 or more. This is why it is so important to allocate money to pay off debt, save for your child's education, and pay down your mortgage.

Throughout this book I will talk about the importance of setting goals. Your first goal may be to pay off a credit card or a car loan or to start a vacation fund. Whatever it is you will have to stick with it! This will be difficult when the holidays arrive and you feel you should purchase expensive gifts. You will feel the pressure when the snow arrives and you would love a week in the sun in Mexico. There will always be expenditures around the corner, and you will have to decide if they are wants or needs. Recently our daughter had a birthday party at the local grocery store. It's a new idea where the kids get to make a small cake and wear a chef's hat. It was cute and the kids had fun, but I was shocked when the bill was $380 for a two-hour party! I told my wife that next year I'll make the cake. We all deserve a good party, a vacation, or a chance to reward ourselves once in a while, but you should always be looking at the big picture. Does spending this money now fit in with my short-, medium-, or long-term strategy? By following the advice throughout this book you'll be able to make your goals a reality.

PART 1

REDUCING DEBT

One of the most vital things we need to do to become financially successful is reduce our debt load. When I started interviewing experts and successful Canadians, I was told that some financial advisers claim that they know the "secrets to success." In truth, there really are no secrets.

Throughout history there have been people who have understood the core values of saving, paying down debt, and investing. Benjamin Franklin was one of those people. I know you're saying, "Whoa, Pat, why are you talking about some guy who has been dead for 200 years? I want to save money in 2009!" Well, in 1757, Ben Franklin wrote a 3,500-word essay under the pseudonym Richard Saunders entitled *The Way to Wealth*. Even though over 250 years have passed, many of the things that Franklin said then still hold true today.

On overspending, Franklin said that "what maintains one vice would bring up two children" and that even "a small leak will sink a great ship." He felt it was foolish to spend money on expensive clothing, saying, "Silks and satins, scarlet and velvets put out the kitchen fire" and that "we should all wear our old coat a little longer."

He knew of the desperation that people feel when they are deep in debt. "Poverty often deprives a man of all spirit and virtue. 'Tis hard for an empty bag to stand upright."

Franklin advised not to borrow as "the borrower is a slave to the lender ... ; be industrious and free; be frugal and free."

I know that time has passed and we now live in a much different world than Ben Franklin did, but many of his observations remain relevant today. It is nearly impossible not to be a borrower in this day and age, but in the following chapters we will look at some of the problems we face dealing with debt, such as debt consolidation, good debt versus bad debt, and why your credit score is so important. Once you rid yourself of unnecessary debt, you will feel more secure, at peace, and confident in your future. As Franklin said, "a ploughman on his legs is higher than a gentleman on his knees."

attending credit counselling

In 1990, households saved about $7,500 of their annual incomes. This dipped to under $2,000 by 2002 and is now near $1,000. The personal savings rate (savings as a percent of disposable income) fell from 10% in 1990 to about 1% currently.

—*The Vanier Institute of the Family, 2007 Report*

If you want to know about the state of consumer overspending, just ask any front-line worker at credit counselling services across the country. They see hundreds of thousands of consumers coming in, looking for a way to get out of the debt hole that they have dug themselves into. The Credit Counselling Service of Toronto is a non-profit organization that has helped more than 55,000 debt-ridden consumers in 2006 by phone and in person. Those numbers were up again in 2007 and debt loads were also much higher.

I interviewed Executive Director Laurie Campbell for the first edition of this book and wanted to check in with her again to see how her clients are coping as we enter 2009. Campbell says, "The situation today is definitely worse than it was three years ago. Debt loads are at a record high with Canadians owing a staggering $1.3 billion. This, coupled with a negative savings rate, means Canadians are hard-pressed to meet their debt obligations. Further to this, in parts of Canada the real estate market is hitting a downturn and certain provinces are experiencing a depressed economy." Depressed stock market conditions have had only a partial effect on Campbell's clients as many of them are in such severe debt that they have already cashed in their investments, including stocks, RRSPs, and GICs. It's a similar situation to the 1990s when the bubble burst in the housing market. "At that time individuals who speculated and hoped for an increase in the market only to be faced with a downturn got caught and many were unable to meet their mortgage obligations."

Campbell says from coast to coast, many Canadians are living beyond their means. "There is no doubt about it. Savings rates are in a negative for the first time ever in Canadian history compared with a 10 percent savings rate in 1990. Debt loads are at a record high as well." Debt as a percentage of an average household's disposable income hit 131 percent in 2007. That is more than double the 61 percent level in 1961. Simply put, people are now spending significantly more than they make. Campbell says, "I don't know how people are going to get out of this. What it means is that people are even borrowing to pay debt. There is just no way they are able to finance their debt with the income they have." The number one reason consumers finally seek credit counselling is credit cards. "It's as simple as that. It tells us it's unsecured debt, high-interest debt, and debt that could have been avoided. It's usually because of impulsive spending because one thing we know with credit cards is that it is very easy to spend impulsively," says Campbell.

As the consumer reporter for CTV, I know all too well about the number of new consumer goods that come onto the market every week to encourage impulsive spending. People want the best BBQ, biggest television, and fastest computer. It's really not necessary and yet it's one way that people spend a huge chunk of their disposable income. Campbell says, "There is nothing wrong with buying the best product. It's just that consumers are not planning ahead. The biggest problem I see is that people have no goals that are specific enough for them to save money for. If they see a new gadget for their home on TV, they want to run out the next day and buy it. They are not looking at the larger picture because everyone needs short-term goals, intermediate goals, and long-term goals. If people can have goals and stick to them, then they have a reason to save money and a reason to curb debt."

Just wanting to make changes and get out of debt is not enough. It's hard work and it's easier said than done. Whether you're trying to pay off $3,000 on one credit card or owe $35,000 in consolidation loans, student loans, and credit card debt, you have to make serious lifestyle changes. "There is no magic solution. It takes a long time to get into debt and it's going to take a long time to get out of it. Changing lifestyle habits may mean not buying three or four coffees a day, not eating out all the time, or not shopping at the mall for frivolous items every week. People have to really rethink where and how they spend their money."

Campbell encourages you to review your bank account monthly to see if your savings and equity are going up and your debt rate is going down. There are serious red flags if you constantly worry about how bills will be paid, you're afraid to open your mail, you're getting calls from collection agencies, you're behind on rent or mortgage payments, you're using one credit card to pay for an-other, or you're using credit for minor everyday expenses. I was once behind someone at a McDonald's who was using a credit card to buy a Big Mac. If you've reached that level, it's definitely time to reassess your finances. If you need help, credit counselling is a free, confidential place to get it. Campbell says there is no need to be ashamed or embarrassed about your situation. "Basically we try to look at the whole financial picture. We look at everything—their income, their assets, their expenses, and their debt—and we try to figure out the best possible way to resolve their financial problems. It may be consolidation loans or working with creditors to get the interest stopped and reduce payments," says Campbell.

A credit counselling consultation alone won't appear on your credit report, and that's what 85 percent of clients do—they go to get advice. The advice may be to make lifestyle changes, such as downsizing from an expensive apartment, getting a roommate, reducing their expenses, or taking a part-time job to generate extra income. If it's a more serious situation, counsellors may suggest a debt-repayment program. They can also ask creditors to stop interest from accumulating and reduce payments. If you do go on a debt-repayment program, it will go on your credit record and remain there for up to two years after you have paid back your debt. If it is an extremely serious situation, a "consumer proposal" may be necessary. This is someone saying to creditors, "I can't pay you back 100 percent, but I can pay you 30 percent." This is based on a number of factors within the debtor's financial picture and at least it's not a bankruptcy. (I'll have more on bankruptcy in an upcoming chapter.)

As well as credit cards, more consumers are using lines of credit as extensions of their income, which is causing problems too. Campbell says, "While the interest is much less on LOCs, without a solid plan and goals set for spending, some people are using these LOCs with little forethought. We are also seeing a greater increase in home-equity loans, which eats into the home equity people may have. Some of this is speculation, assuming the housing market will continue to climb, but recent data show the housing market is slowing down, meaning people could essentially owe more than their home is worth if this trend continues."

Campbell, who sees new debt-laden consumers coming through her door every day, tries to be optimistic, but has grave concerns. "If interest rates start to spike and home prices fall, we could see some real problems." If you have financial problems, don't put them off. Try to get help as quickly as possible. "Often people are reluctant to get help in dealing with their finances due to embarrassment and pride, but left unchecked, it can not only result in financial disaster but a host of other personal problems such as arguments, divorce, addiction problems, depression, health problems, inability to sleep, and even inability to function adequately at work. The number one comment we get from people who come to our agency is that they wish they had come sooner as the relief and peace of mind they gain from getting counselling has helped give them direction and an ability to tackle their debt," says Campbell.

Non-profit, charitable credit counselling is available right across Canada. (There may be a small fee based on ability to pay for some debt-management programs, but the interest relief is so much greater that it's well worth it.) You can get more information by calling 1-800-267-2272 or checking the website, www.creditcounselling canada.ca. Be aware that while debt consolidation can help, it's not a cure-all for debt woes. I'll tell you why in the next chapter.

consolidating debt

Like many people, I have consolidated debt in the past and have seen the wisdom of piling together several debts into one loan to get a lower interest rate. It's a no-brainer, right? Well, not really, and here's why.

Consolidating debt often just allows people to dig themselves further into debt. Those who constantly roll their debt into new loans never deal with the problem that is causing the consolidating in the first place—overspending! If you shuffle debt from one card to another or from a loan to a line of credit, you will never get ahead, period. Consolidating various high interest rate balances into one easy-to-handle payment is often just a quick fix to roll your "junk debt" into a bigger pile. What is "junk debt"? It's what I call debt that has been rolled around so many times you can't remember what you originally went into debt to buy in the first place.

Studies have shown that more than half of consumers who consolidate credit card debt have equal or higher amounts of credit card debt within two years. No wonder banks and credit card companies make it so easy for you to consolidate. Remember, just because a banker will approve a consolidation loan for the maximum amount you qualify for doesn't mean you should accept it.

And low-rate introductory credit card offers that allow you to transfer balances to take advantage of lower rates usually have time limits that make your savings minimal. *Lenders aren't in the charity business. They are trying to reel in another spender so they can make money off them for years.* Also, before you consider consolidation loans from those companies that advertise in the newspaper classifieds (the ones with rates akin to those of loan sharks), you really need to speak with a credit counsellor to assess just how deep a debt hole you are in.

Here's an example of junk debt in action. If you are like many people, you have probably bought a pizza on a credit card. No big deal, right? It's just a pizza. Well, let's say you bought a pizza deal worth about $30 (maybe you got them to include some chicken wings) and you charged it to your credit card. You don't pay off your balance at the end of the month and you actually have an ongoing balance of about $1,500. Your credit card has an interest rate of 19 percent, so after a year you have paid $5.70 interest on your pizza. Still no big deal, right? Maybe it was really great pizza. You continue to pay minimum payments on your credit card and drag the balance through to another year. At this point, you still haven't paid for your pizza and now you're paying interest on the interest. Your pizza has cost you the original $30 + $5.70 in interest + another $6.78 in interest for a total of $42.48 so far, and you still haven't paid for it.

You eventually decide you shouldn't be paying such high interest on your credit card balance and take out a consolidation loan at the bank. With a lower interest rate, you are going to be saving money on your debt, or so you think.

And while you were getting a consolidation loan, you added in some debt from a couple of other credit cards—what was left of a car loan and a borrowed couple of grand for a trip to Florida. Well, this consolidation loan is for 10 percent over four years. This means the yearly interest on your pizza is now $4.25 a year over four years, so $42.48 + $4.25 + $4.25 + $4.25 + $4.25 = $59.48. You digested that pizza long ago, *but you still haven't paid for it!*

If you are like many consumers with a home, you may be convinced by a banker to take out a line of credit to get an even lower interest rate. At some point throughout the period of the consolidation loan, you decide to lump it into that line of credit with home renovations or a new car at an interest rate of just 6 percent. Great, or is it? Now that you have an interest rate of 6 percent, you are likely to just make the minimum monthly interest payments because you think it's such a terrific deal and you've racked up debt elsewhere that you have to pay off as well. So every year you pay 6 percent on your line of credit, paying off little of the original balance. This could go on for years, paying 6 percent on that pizza one year, 6 percent the next, 6 percent the year after that, and so on and so on. I hope that pizza tasted good because it will end up costing you hundreds of dollars.

This calculation makes the point that consolidating debt just means it will take you longer to pay it off. Consolidating is a short-term solution that in the long run costs you plenty. The example could also have been of a CD that wasn't very good anyway and you listened to it only three times, a sweater you wore twice, or a night on the town that you would rather forget.

Having said all this, if you are truly ready to turn your financial life around and put your nose to the debt-reduction grindstone, then debt consolidation can be a good thing. Just be mindful that the odds are against you and the banks are counting on you to run up your credit cards again so you will be back to consolidate again in the future. As for me, I like pizza as much as the next person, but now I only pay cash for it.

CHAPTER 16

curbing bad spending habits

It's hard to get ahead if you have bad habits eating away at your bank account. The obvious ones that come to mind are the vices of smoking and excessive alcohol consumption. Neither is good for your physical nor financial health. A pack of smokes a day at $9.50 a pack equals $3,467.50 a year. And that is after-tax spending, so you would need to earn about $4,750 to keep yourself puffing for 365 days. A friend of mine and his wife, both lifelong smokers, were finally able to butt out. They wanted to quit for health reasons, but the final straw was when they calculated that their bad habit was costing their family about $10,000 a year. A case of 24 bottles of premium Canadian lager at $36 a weekend is $1,872 annually. The cost is about the same if you buy just two bottles of fancy wine every week. No one is suggesting you give up your glass of wine, but everyone should be aware that expensive wine, jewellery, and movie collections can make saving money nearly impossible.

Author David Bach coined the phrase "The Latte Factor," meaning the little expenses can really add up. A $4-a-day latte habit can add up to $1,460 over a year. In Canada it could be called the "The Tim Hortons Factor," as we all know someone who can't start the day without a Tim Hortons coffee. (People actually call me at CTV, wanting to know if there is a drug in Tim Hortons coffee that keeps them going back. "Yes," I tell them. "It's called caffeine.")

Now, you may not want to cut out your morning coffee if it really is an important part of your daily routine, but you may be surprised at how much you're spending. When I asked a family to monitor their spending over a week's time for a segment I was doing for "Canada AM," they were amazed to see that over a year they would spend more than $1,500 at the local coffee shop. They decided not to cut out their morning coffee completely, but to at least cut back.

Collecting CDs can really add up. When I was younger, I would buy one or two CDs a week. They were 20 bucks each back then. Even buying one CD a week adds up to more than $1,000 a year. I curtailed my CD spending long ago and have to admit there are only about 20 in my large collection that I listen to with any regularity now.

The hot new trend these days is people buying DVDs and having huge DVD collections. How many times do you really need to watch a movie? Sure, movies for the kids make sense, and if you are a *Lord of the Rings* or *The Godfather* series fanatic, then you might want to pick them up to have, but starting a DVD collection is an expensive proposition. I was behind someone at a store recently and he was buying three DVDs for $75. If that's something he does often, that kind of spending will add up fast. I know someone with a massive DVD collection. He takes the bus because he can't afford a car, but he does have every episode of "The Twilight Zone."

Another expensive habit is eating out. I'm the first to admit I hate packing a lunch but I do try to brown bag it if I can. I don't mind spending $5–$7 a day to eat lunch, but I've noticed in the past few years that even a basic lunch is creeping up toward $10, which can really add up fast. I don't mind spending on lunch if I have to as I am often in different locations doing interviews or live hits, as we say in the business, so it really is much easier for me to grab something on the go. It's when I dine with big spenders who want to do the sit-down lunch thing, complete with appetizers and desserts, that lunchtime spending can get out of control. Of course, there is nothing wrong with dining out occasionally, whether it's for lunch or for dinner, but when people make it normal practice to spend $25 or more for lunch, it becomes reckless spending. I knew a couple who ate out every Friday night at an upscale restaurant, spending at least $100 a week. That's $5,200 a year! They did it to reward themselves and said it helped their marriage, but they eventually divorced. I don't think the expensive meals made much of a difference in the end.

This can also be said of buying expensive clothing or furniture. I know of parents who keep themselves in debt just so their children can wear the latest fashions to school. Talk about teaching kids to keep up with the Joneses at a young age. The same is true of people who buy expensive clothing for themselves. There is nothing wrong with having a good wardrobe, especially if you can afford it, but spending thousands of dollars a year being a clotheshorse is wasteful and unnecessary. And again, the same is true of furniture. Once you buy one high-end piece, you will feel compelled to surround it with similar pieces. I know someone who bought an expensive, imported, custom-made leather couch and then felt he had to complement it with other high-end furniture that cost him a fortune. He is still renting an apartment. (It has nice furniture, though.)

Going to the movies is another area where costs can really add up. I did a story that calculated how much it would cost for a family of four to see just two movies a month over the course of a year—with popcorn and drinks, of course.

Tickets for a family of four	=	$37
Popcorn and drinks	=	$15
Total	=	$63
Two movies a month for 12 months	=	$1,512

Hard to believe that going to the movies a couple of times a month would cost more than $1,500 a year.

And then there's golf. I know people who golf three or four times a week. Golfing twice a week at a course where it costs $50 to play 18 holes, which is not uncommon, adds up to $100 a week, $400 a month, and $2,400 a season. Many courses cost much more.

I was a guest at one golf course that charged $250 a round! Hard to believe some people have that kind of money to spend on an afternoon of golf.

---

10 Common Money Wasters
Dining out often at restaurants
Buying expensive clothing and jewellery
Using premium gasoline (if your car doesn't require it; most don't)
Dry cleaning clothes you could wash yourself
Buying a brand new car
Using name-brand products when generics will do
Flying first class
Running up excessive cell and phone bills
Purchasing extended warranty plans
Buying DVDs, CDs, and computer games

Another area of concern is gambling. People, especially young people, are visiting casinos and spending hundreds of dollars on each visit. There is nothing wrong with an entertaining night out and spending a few bucks, but some people are spending hundreds, if not thousands, of dollars on a bad habit that is not helping their financial situation in any way.

I think the point to be made is that there is nothing wrong with having nice clothes, a beautiful dining set, seeing the occasional movie, or eating out. The key question is "Can you afford it?" If you can, great! It's when bad lifestyle habits drain your finances and make it impossible to get ahead that you should be concerned. Old habits die hard, but, as Benjamin Franklin said, "What maintains one vice would bring up two children." Now may be a good time to review your spending habits to ensure that you're not being wasteful.

differentiating good debt from bad debt

I had a boss who once told me, "You can make far more money in a day with your head than you can with your hands." It's true, and many wealthy Canadians have done it by knowing the difference between good debt and bad debt and by using the power of leverage. In speaking with money managers who work with millionaires, I found out that understanding leverage as a wealth-building tool is the single most effective way that the rich become wealthy. Leveraging is also known as "using other people's money."

Good debt produces cash flow; bad debt doesn't. Bad debt is a loan for a depreciating asset (such as a car, a boat, or a trip to Florida), while good debt is something that will grow in value (such as your home, an income property, or a business). Clothing purchased on a credit card is bad debt. Getting a loan to buy a three-unit apartment building is good debt (usually). Borrowing money to go to school, take a professional training course, or make an investment in yourself can also be considered good debt. Bad debt comes from the endless temptation of vacations, dining out, movies, gifts, golf, or other entertainment.

Now of course, we all need to have some fun, but if you want to get serious about your finances, follow this basic rule: *If you are going to buy something that doesn't go up in value, you should pay cash for it*. This can be difficult when buying a car, which is why you should never purchase a brand new, expensive car when you are still in the process of paying down debt. (We will deal later on with cars and why buying brand new is a waste of money.)

Leverage and recognizing the difference between good debt and bad debt is one way that the rich people of Canada become richer. Not knowing the difference is what keeps poor people poor.

Most people have their first experience with leverage and good debt when they buy their first home. You borrow money to buy a house, it appreciates in value, and you get to live in it—it's a winning combination. For example, let's look at a buyer who has $25,000 to put down on a $275,000 home. If that home rises in price to $300,000, then that buyer has effectively doubled his or her money by turning $25,000 into $50,000! Over time, if the home rises $100,000 in value, then the buyer has turned the initial $25,000 into $100,000! This is the power of leverage—using the bank's money to increase your bottom line. At the same time you will be paying down your mortgage on your home and seeing your net worth increase.

The power of leverage, combined with saving and paying down debt, can give you an astounding return on your money. Leverage can also go both ways, which is why you could also open yourself up to greater losses. For example, taking $100,000 of equity out of your home to buy a condo could be a good investment. However, if you purchase a bad unit, the real estate market takes a downturn, you end up with a bad tenant, or your maintenance fees double, you could be in a worse position. Many investors lost money when they borrowed equity from their homes to invest in the stock market. When the stock market crashed during Black October 2008 people not only lost their investments, they also now had to pay monthly interest payments on the losses and they still have to pay the money back that they borrowed against their home! Be very careful when using lines of credit and your home equity to invest. Leveraging must be used with caution and respect.

When borrowing to invest, whether it's a line of credit or bank loan, the interest on money borrowed is tax deductible, which is an added benefit. Often you can just pay the interest from month to month, never paying down the principal. The goal, of course, is to turn your $50,000 loan into $100,000 and then $200,000, and so on.

Leveraging and using other people's money, and knowing the difference between good debt and bad debt, will help you achieve wealth much faster than saving alone.

establishing an emergency fund

It's amazing how many families have joint incomes of $80,000, but still can't write out a cheque for $500 on the spur of the moment without it becoming an exercise in juggling accounts, using a bank overdraft, or taking a cash advance on their credit card. Do you occasionally have to cross your fingers when you hand a clerk your credit or debit card, hoping there will be enough there to cover your purchase? When we don't have enough money set aside to cover an emergency like a refrigerator repair, a furnace breakdown, or a new water pump for the car, we can find ourselves desperate and making rash decisions. We may have to use credit and pile on more debt or end up in a financing deal that will cost much more than if we had the cash at hand to make the purchase or pay the bills. What if your company closed down, went on strike, or you lost your job? What if you had to make an emergency overseas trip to see a sick relative? Having money set aside for emergencies is difficult to do, but it must become part of your total financial strategy.

We are told by financial experts that we should have three to six months' salary saved up in case we lose our job or have an unforeseen emergency, but the truth is most of us don't. I'm the first to admit that I don't have a half a year's salary in my savings account (and with the interest most banks pay for savings, there are better places to keep your money). However, I could liquidate stocks and mutual funds (outside my RRSP) if I needed a large amount of money in a hurry. Hopefully I won't have to and you won't either.

The problem with emergency funds is that people seem to struggle with exactly what an emergency is. A sale on big-screen TVs is not an emergency, nor is an opportunity for a last-minute trip to Vegas with your friends. It's that whole "want or need" thing. It's human nature to want to spend easily accessible money. That's one drawback to having a big pile of easily accessible cash. The emergency fund is a true test of your willpower and discipline.

Home equity loans, cash advances on credit cards, and bank overdrafts are not emergency funds. If you are strapped for cash and your backup plan is to dig yourself further into debt using more credit, then you obviously don't have an emergency fund at all. Definitely try to have at least $1,000–$2,000 in readily accessible cash in the bank so you will not be forced to turn to credit when the inevitable emergency arises. The money should be easily accessible in your bank account, but, depending on your willpower, it may need to be set aside in a separate account from your debit and chequing accounts so you won't consider a Friday night Chinese food craving an emergency. I would also argue that having a large amount of money sitting in a savings account earning 2 percent or having $50 and $100 bills crammed under your mattress earning you nothing is not the best emergency fund.

> If you dip into your emergency fund for an unexpected legitimate expense, top it back up as soon as you can so the fund will be ready for the next "rainy day" when an emergency comes knocking.

If you're considering stocks, bonds, or mutual funds as the source of your emergency fund, consider holding them outside your RRSP. Too many people have savings within their RRSPs but little invested outside of them. Anyone who has ever faced a cash crunch and withdrew money from their retirement savings can tell you what a massive tax hit they took. Remember the cash you got back on your income tax when you put money in your RRSP? Well, if you ever pull money out of your RRSP, the federal government will want back the tax money it gave you as an incentive to save. Depending on your tax bracket, you could remove $10,000 and have to pay back $4,000 in tax. The moral: Never count on using your RRSP as an emergency fund—it will cost you big time.

Your rainy day fund will come in handy when your car battery dies or your furnace quits. You'll be glad you have it when that time comes.

CHAPTER 19

hopping from credit card to credit card

Are you the type of consumer who jumps from one credit card to the next, trying to maintain a low interest rate on your debt? If so, the British would call you a "rate tart." In our credit-crazy society where we don't pay a cent, put no money down, and make no payments for six months, it's increasingly easy to buy now and pay later. Of course, if you borrow from Peter to pay Paul long enough, eventually Peter wants his money back. That's when the credit card hopping can begin! Credit card companies sure make it easy by sending 0 percent interest introductory offers to your door every other week. Of course, the low rates are for a limited time and there are many strings attached, so credit card hopping can easily lead you to leap into a huge pile of debt.

Laurie Campbell, with the Credit Counselling Service of Toronto, says credit card hopping is increasingly common and has become the latest band-aid solution for consumers who have lost control of their spending. Campbell says, "People who come to us for help will have several high-interest-rate credit cards and are hopping around trying to get a lower interest rate. The problem is they continue using their original credit cards so in the end they have a low-interest-rate card with a balance, plus other cards with balances as well. Instead of being better off, they are actually further behind."

Credit card hoppers have to come to terms with why they are ending up with huge balances in the first place. New statistics offer startling insight into just how much debt the average person is in. "Canadians are using 100 percent of their disposable income to service debt," notes Campbell. "Canadians are getting further and further in debt every year and the ability to service this debt will be impossible for many over time."

Fuelling the credit card hopping trend is the number of American credit companies that have come into Canada to set up shop and reel in new customers. They send out tens of thousands of applications every week with low introductory interest rate offers. If the mailing comes at a time of the month when a consumer is feeling particularly bombarded by bills, he or she may decide to sign up. As Campbell says, "If you throw a bowling ball down the lane, chances are you are going to hit a couple of pins." The low introductory rates do allow consumers to transfer the balances from a high-interest card to a low-interest one. Many consumers are optimistic that their situation will improve and that they will be able to get out of debt before the low rates expire. However, if they don't change their spending habits, there is little chance they will get ahead.

Compounding the problem is that credit card agreements are not the same as they were five years ago. The fine print on credit card statements now comes with new rules, such as late-fee charges, over-balance charges, and higher interest rates if you miss a payment. Just missing a payment by one day could cause your low introductory rate of 0 percent to jump to 18 percent or more. The same is true for "convenience credit cheques," which also encourage spending and have hidden fees. Another catch that many consumers are unaware of is that while you may be paying a reduced rate of interest on transferred balances, new purchases or already existing balances will be charged at the higher rate, and the amount of money you pay each month will go to service the low-interest-rate debt while the high-interest-rate debt piles up. Just one shopping spree could leave you in more trouble. Campbell says, "People think, 'The interest rate is really low, so I'll go and buy some things that I only thought about buying, but couldn't afford.' Well, guess what? They still can't afford them."

Of course, it's always a good idea to get the lowest interest rate possible, so if you are serious about reducing your debt load, then accepting a low-rate credit card offer can be a good strategy. It's estimated that one of three people who transfer their balances from cards with higher interest rates have success in reducing their debt load.

The key to success with credit card hopping is closing credit card accounts as soon as the balances are transferred from them. It's when credit card accounts are left open that you run into problems! Many people decide to keep the credit cards active in case of an emergency. This might make sense for a true emergency, but too often "emergencies" become a sale on a digital camera or a night on the town after a stressful day at work. As mentioned in the previous chapter, if you have an emergency fund, you won't need to pay on credit for a new radiator for your car or a plumber to fix your stopped-up kitchen sink.

> Do be aware that every time you apply for credit, it shows up on your credit rating. If you are hopping from one credit card to another and opening and closing accounts, these activities will show up on your credit file and lower your credit score. It can look like you are a credit junkie or someone who has been denied credit all over town so you are searching for it wherever you can. If you have many accounts open, then a lender may also feel your abundance of credit could also quickly turn into an abundance of debt. Either way, credit hopping will negatively affect your credit rating.

So how much can you save with a low-rate offer? Here's an example. If you had credit card debt of $5,000 and you were making the minimum monthly payments, this is how much you would save if you switched from a card with an 18 percent interest rate to one with an interest rate of 8.9 percent.

Credit Card Debt of $5,000

Paying 5% minimum payments

New balances after six months

18% interest	8.9% interest
$4,037.00	$3,851.02

Savings: $185.98

If you were making minimum monthly payments, you would have saved $185.98 after six months. A savings of $185.98 is not a huge amount, but if you did not add to your debt during this period, it would definitely be considered a success. If you are really serious about paying off your debt, then you want to pay more than your minimum monthly payment. For example:

Credit Card Debt of $5,000 at 18% Interest

Paying 5% minimum payment	Paying $250 fixed payment
Debt free in 115 months!	Debt free in 24 months!
$2,096.70 in interest charges	$989.13 in interest charges

By cracking down and paying a flat amount of $250 a month, not only would you save more than $1,100 in interest charges, the debt would be wiped out in two years instead of more than nine! Imagine having that debt hanging over your head for nine years.

An excellent debt calculator is offered through www.credit canada.com. The website can show you just how long it will take to pay off your debt and how much interest your behaviour will cost you.

The bottom line? You need a plan of action to pay off debt. Whether you are paying 6 percent, 18 percent, or 24 percent interest, it's still too much—you want to eliminate it. If you are serious about paying down your debt, then taking advantage of a low-rate credit card to transfer your balances from high-rate cards is a good idea. But if you fall into a credit card-hopping scenario or, as the Brits say, become a "rate tart," then these offers should be shredded as soon as they arrive in your mailbox. The golden rule: If credit is a problem, then one credit card is all you should have. Being a rate tart will reflect badly on your credit score and, as you will see in a few chapters, your credit score is one of the most important signs of financial health you have.

bidding farewell to your credit cards

If you have several credit cards with debt, you should set goals to pay them off one at a time. Start with the highest-interest rate card first. If you have a department store card at 28 percent, you should pay as much money as you can on it every month until you get the balance to zero. If you have other credit cards, make minimum payments on them, but stick to paying off that 28 percent card first. When you get that credit card to zero, call the department store's finance department and cancel the card. Then get to work on your next credit card.

The problem with credit cards that you pay off is that they are like vampires that want to live another day. Here are four good reasons why you should chop up your paid-off cards and call the lenders to close the accounts.

1. You can buckle down and get the balance to zero, but if you don't drive a stake through them, they are there, ready to rise again and rack up debt!

2. If you got the balance to zero by getting a consolidation loan or line of credit to pay it off, you may think you should keep the credit card around just in case, for possible emergencies. But if you haven't dealt with your free-spending ways and have a period of weakness, you will run up the card again. Then you

are left with a consolidation loan and credit cards once again loaded with debt!

3. Whatever the credit limit is on the card, that limit is considered potential debt by lenders. After all, if you don't cancel the card, it will remain open on your credit file and a card that has not been cancelled is just waiting and ready in your wallet or purse to go on a spending spree.

4. Every card you have will lower your credit score (a very important number I'll tell you more about in the next chapter). After I did a story on how to check your credit score, a very upset woman contacted me. "What is the problem?" I asked. She could not figure out why she had such a low credit score. She had few debts, no loans, and always paid her bills on time. After some discussion, it became clear what she did have was a purse full of credit cards—about 15 in all! Whenever a credit card company sent her an application, she filled it out. She had all the major credit cards, gas cards, department store cards, etc. Even though she did not have balances on most of them, as far as the credit reporting agency was concerned, she had credit limits totalling about $100,000, and if she wanted to go on a $100,000 spending spree, she could. I advised her to keep one or two cards, cut up the rest, and close every account to let the cards rest in peace!

5. This is why once you have paid off a credit card, you must let it rest in peace! You have to call your credit card company and say, "I have paid off my account and I am done with your company. Please cancel my credit card." Too many consumers mistakenly believe that once they have paid off a card and cut it up, it's over. Done. Kaput. That is not the case.

Be careful because credit card companies will send you new applications or even new credit cards periodically, hoping to catch you in a weak spot when you may need a credit fix. Don't fall for it. Credit cards are like a bad relationship that should be ended.

obtaining your credit score and credit report

Big Brother is watching you in the form of Equifax and TransUnion, Canada's two major credit agencies. They know every time you sign up for a loan, lease a car, or get a department store charge card.

Did you know there is a magic number they assign to you that banks and lenders look at before they lend you money or approve a credit card? Many of us have heard the term "credit rating," but the proper term for this number is actually "credit score." Until recently, this score was kept a secret from you, but now for a fee you can see how you rate as a credit risk compared with other Canadians. Your credit score is a deciding factor on whether you will be approved for a mortgage, car loan, or credit card. If you're a high risk, you'll pay a higher rate of interest or not be accepted at all. This is not the same as your credit report; you've always been able to get that for free and I will tell you how you can do that in a moment. Your credit score is a mathematical calculation known as a FICO score, which uses information in your credit history to determine the likelihood of whether or not you'll skip out on a car loan or miss a mortgage payment.

FICO stands for Fair Isaac Company, the organization that developed the scoring mechanism for the credit score. This score is used by companies to determine whether you are a safe financial risk or not. In order to even have a FICO score, you must have at least one open account on your credit report and that account needs to have been open for at least six months.

Your credit score is made up of a number of factors and you are judged on a sliding scale between 300 and 900. The higher your number, the better you are as a credit risk. Most people don't know their FICO score, but you should because if you have a high score (the favourable end of the chart), you can use it to your advantage to try to get lower interest rates on loans. It doesn't hurt to find out if you have a low score either because then you can work to improve it. Here is an example of a FICO score from Equifax Canada.

FICO® Score 760
For: Louise Guidry

- Your FICO score of **760** summarizes the information on your Equifax credit report.
- FICO scores range between **300** and **900**.
- Higher scores are considered better scores. That is, the higher your score, the more favourably lenders look upon you as a credit risk.
- Your score is slightly below the average score of Canadian consumers, though most lenders consider this a good score.

Figure 20.1: The Bottom Line: What a FICO Score of 760 Means to You

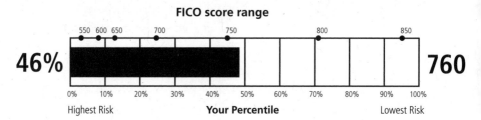

Adapted from illustration courtesy of Equifax Canada.

So why did Louise get a FICO score of 760? Credit agencies judge credit scores based on the following criteria:

- 35 percent of your score is based on your payment history. Have you paid your bills on time? How many have been paid late? Have you ever had a collection agency after you? Have you ever declared bankruptcy? How long ago these things

happened will also affect your score. Something that happened six years ago will not impact your score as negatively as
if you skipped a bill last month.

- 30 percent of your credit score is based on your outstanding
  debt. Are you swamped with debt already and have little room
  left to pay your bills? How much do you owe on your home
  and your car? How many credit cards do you have and are
  they at their limits? The more credit cards you have, again,
  the lower your score.
- 15 percent of your score is based on how long you have had
  credit. The longer, the better. Your past payment history
  can help predict how you'll pay your bills in the future.
- 10 percent of your score is based on the number of inquiries
  on your report. If you check on your own, that's not a problem. However, if there have been a number of inquiries from
  potential creditors, it's possibly an indication that you've been
  all over town trying to get credit and have been turned down,
  so this will reflect poorly and lower your credit score. It
  could indicate you have too much debt or too many credit
  cards. Usually only inquiries from the past year are counted.
- 10 percent of the score is based on the type of credit you
  already have—the number of charge cards you have along
  with outstanding loans. There is no perfect number that you
  should or shouldn't have, but this will be more closely scruti-
  nized if there isn't an abundance of other information on your
  credit file.

So how do Canadians rate? The vast majority of us, about 70
percent, have credit scores between 700 and 850, which is an acceptable range to be in. Someone like Louise, with a credit score of 760,
for example, would be considered a good credit risk.

National Distribution of FICO Scores

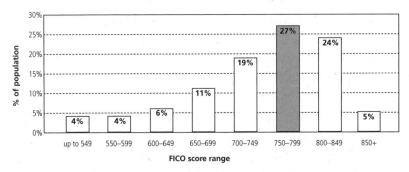

Adapted from illustration courtesy of Equifax Canada.

The delinquency rate for someone in the 750–799 range is 2 percent, meaning that for every 100 borrowers in this category, approximately two will default on a loan, file for bankruptcy, or fail to make a payment for three months. Still, in the lending business these are considered good odds and a very acceptable risk, so it's highly unlikely you would be turned down for a credit card or loan. Most lenders would consider offering you attractive interest rates and provide you with near-instant approval.

If your credit score is higher than 850, you are in the top 5 percent of the country with a select group of consumers who have an impeccable credit rating. If you are below 700, your credit rating is on shakier ground. If you are below 600, you may be turned down for loans and credit cards and should start working to turn around your credit score. The lowest category, which has credit scores between 300 and 500, has delinquency rates of 78 percent! Anyone in this zone will have a tough time getting credit of any kind. See the Appendix for Equifax Canada's "Summary of Factors Affecting Your Score."

One of the best ways to improve your credit score is to stop borrowing money! Apply for credit only when you really need it. Avoid signing up for new credit cards and maxing out the ones you already have.

Your Credit Report

Every major financial transaction involving a lender is kept on file with Equifax and TransUnion, and every time you're late paying a bill, it's a black mark on your record. Your credit report also tells lenders if you have ever declared bankruptcy or co-signed for a loan, as well as your personal information, such as date of birth, addresses, employment information, creditors, payment history, and inquiries that have been made into your credit history. You should know that all credit information, good or bad, is kept on file for six years (some provinces could keep it as long as seven years and Prince Edward Island keeps bankruptcies on file for 14 years). Information like failing to pay a credit card bill for several months will come off at the end of the six years in a systematic purge. That's why if you have had bad credit in the past, there is hope for getting your score back in shape.

Obtaining Your Score and Report

By going online at www.equifax.ca or www.transunion.ca and paying $25 (including tax), you can obtain both your credit score and credit report (this is the only way to obtain your credit score). Because of the cost, I would not recommend that you check your credit score often; however, I would check it once and print off the paperwork along with your credit report for your files. This way you can make sure everything is in order and you can work to improve your score. You may wish to check your score again in a year or two to see if it has improved. It doesn't hurt to check your credit score before you apply for a loan so you will not have any surprises when you are sitting across from the bank manager. Also, keep in mind that your ability to pay back a loan is also based on your income, so don't think that with a good credit score you can borrow all the money you want!

If you have a low credit score, you can and should work to improve it. First, review your credit report to make sure there are no mistakes. You can correct errors by contacting one of the credit reporting agencies. However, if the negative information is correct, it will remain on your credit file. Second, close accounts you no longer use or need. Too often people pay off credit cards and even cut them up, but fail to close the account with the lender. An active credit card account can hamper your ability to get new credit. Third, you should reduce your balances on cards to less than 75 percent of your available credit (30 percent is preferable). Fourth, the most important consideration is to pay your bills on time! This cannot be stressed enough. Finally, don't let anyone make an inquiry about your credit score unless they absolutely have to, as repeated inquiries can lower your score. Doing these things will not have an immediate impact on your credit score because it takes time for your score to improve.

To get your credit report free of charge, you can call Equifax at 1-800-465-7166 or write them at Equifax Canada Inc., Consumer Relations Department, Box 190, Jean Talon Station, Montreal, Quebec, H1S 2Z2. You can also call TransUnion at 1-800-663-9980 or write them at 170 Jackson Street East, Hamilton, Ontario, L8N 3K8. It will take 10–15 days before you get your credit report in the mail. When sending in for your credit file, you should include your name, including any maiden name, daytime and evening phone numbers, your current address, and previous address (if you've moved in the past few years), your date of birth, and marital status. Include your social insurance number and photocopies of two pieces of identification, such as a driver's licence or credit card. TransUnion also requires a photocopy of a utility bill. If you are requesting credit information for your spouse, then include his or her name, social insurance number, and identification as well.

When you receive your credit report, it will have a list of the lenders you have dealt with, the type of loans, balances, credit limits, date of last activity, and the number of times you have been 30, 60, or 90 days late in making a payment. It will have information about bankruptcies, judgments, and collection agencies. It will also list the number of times companies have requested a copy of your credit report. It will also tell you "soft" inquiries, which are when lenders look at your file. These soft inquiries are displayed to you, but do not affect your credit.

If you have never checked your credit score or credit report before, I would highly recommend that you start. You can then see how you rate compared with other Canadians. Again, don't check this often; once a year at the most. Checking your score regularly will let you know if your FICO score is improving, if your credit report is mistake-free, and also if you have been the victim of identity fraud—something I will address later in this book. Your credit score and credit report are two of the most important financial tools you have, so treat them like gold.

dealing with collection agencies

If you start missing loan payments or are late in paying your credit card bills, chances are you have a debt problem and you may one day find a collection agency knocking at your door. Having an account sent to a collection agency can have dire consequences and put a black mark on your credit report that can be difficult to remove. You should do everything possible to avoid having a debt go to collections. If you have defaulted on your financial obligations, don't panic; try to deal directly with the company you owe money to. If you can't make a payment, tell them why and when you hope to catch up on your accounts. This will show them you are serious about paying the money back. If your bills pile up too much and you have no way of getting ahead of the debt you have created, you may find that the company will send your account to collections rather than deal with you.

Dealing with a collection agency can be a frustrating and stressful experience, but you must remember that it is simply an organization arranging repayment for the money that you owe. Here are some tips for dealing with collection agencies.

- Be civil and realize that the collection agency's involvement is nothing personal. Once your account is paid in full, you won't have to deal with them again.

- Once a collection agency is involved, deal directly with them. There is no need to contact the original business unless there is an error. If there is a mistake or you dispute the amount owed, advise the collection agency and the creditor immediately and do your best to provide documents to back up your case.
- If possible, try to settle the account and pay the money immediately. If you can't, and for many people it isn't possible as this is the reason the collection agency is calling, try to arrange a schedule for repayment.
- Try to offer alternative methods of restitution, either in a lump sum or a series of monthly payments.
- Never pay off debts by sending cash. Instead, make payments in a way that you will have proof of payment. A receipt or cancelled cheque can prevent arguments later.
- Once you make arrangements to pay off your debt, be sure not to miss payments or bounce cheques. If you do, you could end up in court, have your wages garnished, have your assets seized, as well as receive a major blemish on your credit report that will haunt you for six years.

Because collection agencies are often promised a larger commission if they can get you to pay sooner, some can be quite aggressive. Regulations differ across the country, but generally a collection agency cannot try to collect a debt without notifying you first in writing. Collection agencies cannot make harassing telephone calls or give false or misleading information that could damage your reputation. If you have been contacted by a collection agency and truly feel you don't owe anything to anyone or you believe you are being treated unfairly, contact your provincial Ministry of Consumer and Commercial Relations to find out what options are available to you.

steering clear of payday loan services

Anyone caught in a financial crunch may feel the need to go to a payday loan or cash advance service. Don't do it! Borrowing from these guys will almost certainly ensure you'll never get ahead. Following complaints that many payday loan services were acting like loan sharks, moves are underway to rein in exorbitant insurance fees, administrative costs, and interest charges.

It's a billion-dollar industry in Canada, with as many as 1,500 outlets and more opening all the time. Typically, consumers who find themselves short of cash use their paycheque as collateral to borrow several hundred dollars for a period of not more than two weeks. While some may feel a quick cash fix could help them over a financial "hump," unfortunately, many clients of these services get caught in a debt spiral.

As banks vacate small towns and poorer urban areas, these high-interest-rate loan services are moving in, and there is concern that they are exploiting the working poor. The federal government has announced plans to give the provinces new powers to crack down on the payday industry, and with the heat on, there are positive changes taking effect that will help protect consumers.

The Canadian Payday Loan Association, a lobby group that represents about two-thirds of payday loan stores, now has "The Code of Best Business Practices," a voluntary code that it says will help protect consumers. One practice it has put an end to is "roll-over loans," which allowed customers to take out a second loan to pay off the first one, resulting in compounded interest.

> Rollover loans create an endless cycle of loans with high interest charges and administrative fees that can leave some customers borrowing for years, unable to pay back the original amount they borrowed in the first place.

I have interviewed people who have been caught running from one payday lender to another, borrowing from Peter to pay Paul. One man told me his situation was so desperate that he owed more than $6,000 and was using 13 cash advance services at the same time before he finally attended credit counselling.

The Association of Community Organizations for Reform Now (ACORN) has been leading the charge on payday loan reforms. ACORN was the first organization in Canada to be vocal about how the payday industry was taking advantage of consumers and operating with few rules and regulations like it was in the Wild West. Its goal has been to lobby the government to make sure that consumers, especially low-income earners, are not paying outrageous interest payments for short-term loans. ACORN argues that interest rates charged by payday lenders should be criminal under Canadian law. According to section 347 of the Criminal Code, annual interest rates for loans must not exceed 60 percent.

> ACORN calculates that cash advance services break the law every day by routinely charging annual rates between 300 percent and 900 percent interest. ACORN argues that if, for example, someone were to borrow $400 for two weeks, with a lending fee charged of $51.84, this is an annual interest rate of 1,092 percent. ACORN wants interest rates capped and tighter restrictions placed on how payday loan services operate. The Canadian Payday Loan Association argues that comparing two-week loans to annual loans is like comparing weekly car rentals to car ownership. The industry claims that payday lending allows Canadians to get small, short-term loans without having to turn to friends or family.

One thing is clear: If you or someone you know is using payday loan services often, then they have other financial problems that must be dealt with. If you have an emergency fund, can plan ahead, and know how much money is flowing in and out of your life, you can avoid ever having to walk into a payday loan store. Don't let payday loan stores make money off you.

If you have a concern or a complaint about the payday loan industry, you can call toll-free 1-800-413-0147 or go online www. atcplaacps.ca. All complaints will be investigated.

declaring bankruptcy

You may think of someone who declares bankruptcy as a reckless spender on unemployment or welfare who is racking up bills that he or she has no intention of paying back, but the truth is such people are working steadily, have a good income, and may look a lot like your next-door neighbour or even you. The latest research finds that many consumers who turn to bankruptcy are middle-class people in their thirties and forties who are going through a life-changing event, such as a job loss, illness, or divorce.

In Canada in 2007 there were 108,830 total insolvencies. Of this number, 99,282 were consumers while 9,548 were businesses. The number of insolvent Canadians was almost nine times higher in 2007 than it was in 1976.

Hoyes, Michalos, and Associates performed a study in 2007 that found that the typical person declaring bankruptcy is an average Canadian living paycheque to paycheque. Douglas Hoyes, a bankruptcy trustee with the firm, says, "Many families that are overspending can squeak by paying the bills with two incomes, but as soon as one person loses a job or leaves the household, it's only a matter of weeks before the mounting bills become a serious problem."

Based on individuals and families they assisted over three years, the firm says its research found Canada's typical bankruptcy case to be someone they refer to as "Joe Debtor." Let's look at some of the data on who is going broke.

Gender of Insolvent Debtor

Gender	Distribution
Male	56%
Female	44%

Age of Insolvent Debtor

Age	Distribution
20–30	19%
31–40	30%
41–50	28%
51–60	15%
61–70	6%
Over 70	2%

Marital Status of Insolvent Debtor

Marital Status	Distribution
Married or Common-law	40%
Single	29%
Separated	18%
Divorced	11%
Widowed	2%

The average Joe Debtor is ...

Weighted Average Age: 42 years old

Gender: Male

Total unsecured debt: $51,106

Likelihood they own a home: 21% (one in five clients are homeowners)

Average mortgage value: $122,108

Average family size: two people (including the debtor)

Average monthly income: $2,071 net of deductions

And how is the $51,106 in unsecured debt that Joe Debtor owes split up?

- He owes major Canadian banks $24,115, including loans, lines of credit, and credit cards.
- He owes other major credit cards $7,585.
- He owes Canada Revenue Agency $5,276 (37 percent of the firm's bankruptcies have debts with CRA; the average debt is $11,967 for those who do).
- He owes high-interest lenders $4,401 (61 percent of the firm's clients owe debts to high-interest lenders like payday loans [see more on payday loans in Chapter 23]; the average debt is $4,938).
- He owes miscellaneous other creditors $8,197.

The events that lead to bankruptcy are, unfortunately, quite predictable, and bankruptcy trustees see the same signs over and over again. Hoyes elaborates, saying, "You may be cruising through life and everything seems fine. You have a good job, you're married, you've bought a house, leased a car, bought some furniture on credit cards, and taken out a line of credit. But if a life-changing event happens to you, then, unfortunately, many people are only one or two paycheques away from serious financial trouble." Here are the reasons that more than 100,000 Canadians went bankrupt last year.

Causes of Insolvency

Causes of Financial Difficulty	Rate
Overextension of credit, financial mismanagement	40%
Job-related (unemployment, layoff, reduction in pay)	33%
Unable to service debt (low income, business failure, other reasons)	22%
Marital or relationship breakdown	16%
Illness, injury, and health-related problems	16%

Numbers do not add to 100% since some debtors gave more than one cause for their insolvency.

If you recognize early enough the financial problems you have created for yourself, it is possible to change your situation and avoid bankruptcy. Hoyes says, "You can get a debt-consolidation loan with the bank and dramatically cut your expenses so the final option of filing for bankruptcy isn't necessary, but you have got to take action fast because financial problems don't go away on their own.

"If the bank won't lend you money, a consumer proposal is becoming an increasingly popular way to make a deal with your creditors and avoid bankruptcy," says Hoyes.

The most important thing to do is to know exactly where your money is going. The role of a bankruptcy trustee is to show a cash-strapped consumer his or her true financial picture. Hoyes adds, "We sit down with people and help them make a list of everything they owe and put the interest rates beside it and that alone is a shock to most people. We then make a list of what it costs to live every month. When you see that you bring in $2,000 a month and it costs you $2,000 a month to service your debt, that pretty much is the wake-up call that you've got to do something drastic to change your situation."

If you have sought professional help from a debt counsellor or bankruptcy trustee and they feel that bankruptcy is the only way for you to get a fresh start and relieve your debt burden, you may have to consider filing for bankruptcy.

When Bankruptcy Is the Only Way Out

Declaring bankruptcy is not a decision to be made lightly and as a consumer reporter, I often hear from consumers who regret having done it. It will affect your credit history for seven full years and be permanently kept on file in Ottawa in a national database.

If you decide to move ahead with the bankruptcy process, your assets will be turned over to the trustee, who will notify all creditors of your bankruptcy and ensure that they no longer seek payment outside of the bankruptcy process. You will be required to attend financial counselling and you will be in bankruptcy for a minimum of nine months. During that time you will have to submit monthly statements of your income and expenses.

Declaring bankruptcy will eliminate most of your debts and provide immediate relief from legal actions by creditors. You sign over most of your personal property to a licensed trustee in bankruptcy.

You will lose any equity in your home and car, although the rules vary from province to province. New bankruptcy rules are expected to come into force in 2009 that will allow bankrupts to keep their RRSPs (except for contributions made in the year before bankruptcy). Under the new rules, student loans that are more than seven years old will be automatically discharged in a bankruptcy, as compared to the current 10-year rule.

Once a bankruptcy is underway, the trustee will sell your assets and use the money to pay off as much debt as possible. Any remaining debt, with certain exceptions such as court fines, alimonies, or child support, is then legally eliminated. You will be allowed to retain certain things such as clothing, furniture, and tools if they are required for your occupation. Laws regarding what you can and can't keep vary from province to province. To qualify for bankruptcy, you must owe at least $1,000 and be unable to make regular payments on time, or owe more than the resale value of what you own.

If your affairs aren't complicated and you owe less than $75,000, excluding the mortgage on your residence, you can make a "division two proposal" or "consumer proposal" to creditors. It will help you avoid bankruptcy. Such a proposal may seek an extension of time for payment, reductions in interest rates, and repayment of less than 100 cents on the dollar. If those who are owed money agree to a proposal, bankruptcy can be avoided.

Owing in excess of $75,000 is known as a "division one proposal," but in the event it is refused, it leads to automatic bankruptcy. Many people facing bankruptcy are concerned about their long-term credit rating. However, if their debts are totally unmanageable, their credit rating may already be in an awful state; declaring bankruptcy might not be any worse.

Under the new bankruptcy rules, the debt limit for a consumer proposal will be increased to $250,000, so in the future more Canadians will be able to take advantage of this simplified alternative to bankruptcy.

Life after Bankruptcy

The bankruptcy information will come off your credit rating after seven years unless you have been bankrupt more than once.

Once you have declared bankruptcy, you will face extra scrutiny when you apply for credit in the future. You could have difficulty acquiring a credit card and may need to apply for a secured card, which is secured by funds you have deposited with a bank or credit union. You will have to tell potential lenders you have declared bankruptcy (they will know anyway), so you will have to try to convince them you're a good risk because of your current financial situation and employment income and not a bad risk because of your past mistakes. You may not be able to get loans or you could be penalized by paying higher interest rate charges.

Just to add insult to financial injury, you will have to pay about $1,500 to declare personal bankruptcy! Since you likely can't afford it, the trustee is paid with assets from the bankrupt estate, or the trustee will allow you to make monthly payments during the bankruptcy. While the bankruptcy information does roll off your credit rating in seven years, it is permanently listed in Ottawa, something that's been done since 1978. For a fee of about $8, anyone can search the archives to see who has declared bankruptcy (see Industry Canada's website at www.ic.gc.ca for further details). If you find that you are having problems paying bills, you should speak to a credit counsellor before it gets to the point where bankruptcy becomes your only option. It's something you really don't want to do and with the proper financial planning, it can be avoided.

More information on credit counselling and bankruptcy alternatives can be found at www.moneyproblems.ca; information on bankruptcy can be found at www.bankruptcy-canada.ca.

avoiding credit repair agencies

If you have dug yourself into a deep hole and now have credit problems, don't expect a "credit repair agency" to come to the rescue. They won't and they can't. You may come across ads on the Internet, newspaper, or radio that promise to clean up and erase your bad credit history. These companies call themselves credit advisers, credit rating correction services, or credit consultants. The ads usually say something like "Can't get a loan because of bad credit? We can help!"

The truth is that no one can repair your credit file and erase your overspending ways. If you defaulted on loans and didn't make credit card payments on time, you can't just pay someone to remove your past mistakes. There is a legal time limit that your credit history must remain on file and there are no loopholes that any credit agency can use to have your credit history altered before that time is up. (Only the credit bureau can remove negative information, and that's only if it's incorrect; they'll correct the error for free.)

The federal government is concerned about a new trend in which credit repair companies not only promise to clean up your poor credit record, but also help you establish an entirely new credit identity. It's illegal to lie on credit applications, pretend to be someone else, or use a different social insurance number. You should be cautious of any company that encourages you to omit or misrepresent your bad credit experience when you apply for new credit, or tells you to use a different name, address, phone number, or social insurance number. Anyone who says it's all right to establish a new credit identity is telling you to break the law.

Another tactic used by credit repair agencies is to guarantee that they can get you a car loan or credit card regardless of your credit history. Don't expect these companies to honour their guarantees. If you're dealing with them in the first place, chances are you are not in the best financial shape to go after them if they take your money and run. If you do get a credit card with their help, it may be a "secured" bank credit card with expensive upfront fees that require you to deposit money in a savings account as security. You could then be charged interest on your own money.

> Beware of credit repair companies that ask you to dial a "900" telephone number. It could cost you $2 or $3 a minute to find out useless information.

The best way to improve your credit rating is to use good credit practices. Eventually your past mistakes and bad credit history will roll off. Telling a lender up front about your credit problems before they find out about them (which they will) can improve your chances of getting a loan if you are able to show you have made a recent effort to improve your handling of credit.

PART 2

SAVING MONEY

Saving money is easy to talk about, but hard to do. Temptation lurks around every corner—a faster computer, a nicer car, a night on the town, or a weekend away. All of it is something we want and, of course, the only way to get it is to spend money.

Learning how to say *no* to yourself takes discipline and if you're not used to doing it, changing your lifestyle will come as quite a shock, but it can be done and you will be surprised at how quickly your savings add up.

During the early days of my career as a general assignment reporter, I interviewed the latest lottery winners. When you see someone win $22 million, you realize why people might prefer to think about hitting the jackpot than worry about retirement. Well, consider these odds: The chances you'll win the jackpot in LOTTO SUPER 7 are one in 62,891,499. The odds for LOTTO 649 are better, at about one in 13,983,816. Many people are hoping they will strike it rich at the casino; gambling has become a huge and expensive pastime for Canadians. It seems that everyone wants to get rich the easy way, but consider this calculation.

What if someone who spent $20 a week on lottery tickets or gambling saved it instead and was lucky enough to have a 10 percent return on the investment?

1. $20 a week × 52 weeks a year × 10 percent × 30 years = $206,329
2. $20 a week × 52 weeks a year × 10 percent × 40 years = $553,396
3. $20 a week × 52 weeks a year × 10 percent × 50 years = $1,453,598

Twenty bucks a week over 50 years equals almost $1.5 million! Imagine saving your own jackpot! (I know, 50 years is a long time, but, hey, we're all living longer.) The point of this example is to show that even a small amount, just $20 a week, can become a fortune over time.

There is nothing wrong with buying lottery tickets and if you do, I hope you hit the jackpot, but don't count on winning the lottery or inheriting a fortune and ignore the need for a long-term financial plan. I have to admit I've met over a dozen people who have won the lottery—and won big. If you do like to play the lottery but don't want to drive to the store, stand in line, wait to buy tickets, and go through the process of checking them, you can sign up with a lotto sub-scription service. Hey! I said it's all about balance, right? The "Lotto Advance" (just Google "lotto advance" depending on your province) service allows you to pay once for the year and you play the same number in every lottery draw. No lineups, tickets to buy, no check-ing, no hassles. This way, if the lottery gods decide to shine on you, they just send you the cheque in the mail. I'm not saying that you should play the lottery, but if you're wasting gas driving to the store and losing precious time standing in line, the Lotto Advance System might be an option for you. And just in case you don't win the lottery, now we'll look at ways to save money on credit cards, car insurance, and groceries. Whenever you spend money, you'll want to think about how it can help you achieve your goals.

tax savings: new rules can save you money

Since I first wrote this book there have been some tax changes that can help all Canadians save money.

The children's fitness amount: This is a great addition that is long overdue, especially if the government wants to keep kids active and give parents a break. For children under 16 you can deduct up to $500 per child if they are registered in a program of physical activity. Whether it's hockey, soccer, or dancing, you can claim $500 a year. That can help take some of the sting out of buying those new skates or dancing shoes.

Amount for children born in 1990 or later: There is a $2,000 tax credit providing as much as $306 for each of your or your spouse's or common-law partner's children if they lived with you throughout the year and were under the age of 18 at the end of the year. Your accountant or tax software should catch this profitable deduction, but it's good to know about so that you won't miss it.

Public transit amount: Do you take the bus or subway? If you do, you may be eligible to claim the public transit amount to help cover the costs of certain public transit passes and electronic payment cards for commuting within Canada.

Textbook tax credit: Textbooks are expensive, so don't miss this one if you or your children are in school. This tax credit of up to

$65 a month will help students with the cost of textbooks while attending post-secondary education.

RESP Contribution Changes: There has been an increase in the lifetime contribution limit to a registered education savings plan to $50,000, an increase in the Canada Education Savings Grant to $500 a year, and removal of the $4,000 per year contribution limit.

Tradesperson's tools deduction: This new deduction gives tradespeople a break when buying new tools necessary for their jobs. A deduction of $500 annually is allowed to help cover the cost of new tools.

Registered disability savings plan for disabled people: These plans operate like RESPs in that payments made to them are not tax-deductible and withdrawals are taxable, but there is no tax on the earnings while in the plan, and the government will make a matching payment into the plan, called a Canada Disability Savings Grant.

Pension splitting for seniors: This can create huge savings for some seniors. Under the new rules, the higher-earning spouse may be able to transfer as much as 50 percent of his or her pension income to the lower-income spouse, resulting in potentially huge tax savings.

Age limit increase for RRIF conversion: There has been an increase to 71 years old in the age limit for converting an RRSP to an RRIF.

Unlocking RRSPs: The federal government is allowing seniors, pensioners, and those facing hardships a chance to withdraw up to $22,450 a year from their locked-in RRSPs. Individuals 55 years of age and older will be able to convert on a one-time basis 50 percent of their life income funds in a tax-deferred savings account with no maximum limit. (These rules apply only to RRSPs regulated by Ottawa, such as federal public servants and employees of transportation and communications companies. Different rules apply to locked-in funds regulated by the provinces. If in doubt, speak to an accountant.)

CHAPTER 27

the tax-free savings account

A tax-free savings account? Sounds too good to be true, but starting January 1, 2009, the Canadian government will allow everyone to start socking away up to $5,000 a year tax-free! Federal Finance Minister Jim Flaherty calls the tax-free savings account, or TFSA, the most important tax-savings vehicle to be introduced since the creation of the RRSP in 1957. Flaherty told me, "We already have a retirement plan. This is a savings plan for everything else." It is similar to a registered retirement savings plan in that everything you put into the plan is allowed to grow tax-free. The only difference is that you do not receive a tax deduction the way contributions are deducted from your income as they are for an RRSP. However, and this is where it gets interesting, everything that grows in the TFSA grows completely tax-free and you can withdraw it at any time without paying a tax penalty! If there is $23,000 in there, take it out—it's all yours! Not one penny goes to the government. While RRSPs have always been an important savings vehicle, I have always taken issue with the fact that even though it's your money, you can't get at it without paying a huge penalty (more on that later in the book). It's why the tax experts and I think you should consider using one. Inside a TFSA you can hold cash, stocks, bonds, or any other investment you can hold in a regular RRSP. You just have to be 18 years old to open one, and parents who want to help their children save could even top up a child's TFSA to help him or her save for cars, weddings, or a home.

Gena Katz is a tax expert with Ernst & Young, and believes that the TFSA is a great way for Canadians to save regardless of their income. "It's good for anyone who can and wishes to save. The wealthy have a greater ability to save, and individuals that are subject to higher marginal tax rates will have a greater tax benefit with a TFSA." Katz says that people should not abandon RRSPs in favour of TFSAs, but use them as an additional savings vehicle. According to Katz, "TFSAs provide a great opportunity to save for a car or a house. If a couple each contributes $5,000 to a TFSA for five years and, assuming an annual return of 8 percent, they'll have about $63,400 for a down payment in five years. These funds could also be used to supplement retirement savings or as additional savings for education."

Let's face it. With all the costs of living these days, it can be very difficult to set money aside for savings. I remember the groans when I mentioned this new tax-savings plan on "Canada AM" when it was first announced. A studio cameraman said, "Come on, Pat. Now I'm supposed to save in my regular savings account, RESP, RRSP, and now a TFSA? There is no way I'll have any money left for that!" Saving can be a daunting task, but why not try to use a savings vehicle if you can? Here are some examples to show how you can reap the benefits of a TFSA. It will depend on your income level and marginal tax rate as to how much money the tax-free savings plan will save you over time. The higher your income, the higher your savings will be. For this example, I used someone with an income between $80,000 and $120,000. The tax-free calculator is available at the federal government's website at www.budget. gc.ca/2008/mm/calc_e.html.

Example 1	Example 2
Tax-Free Savings Account	Tax-Free Savings Account
Save $5,000 annually	Save $5,000 annually
For 10 years	For 25 years
10% growth	10% growth
Tax-Free Savings Account	Tax-Free Savings Account
In tax-free savings account $83,577	In tax-free savings account $515,736
In taxable account $72,581	In taxable account $342,041
Tax savings $10,996	Tax savings $173,695

Those tax savings are huge and while the example uses growth of 10 percent, this is possible with proper money management. Besides, even if funds are limited, the TFSA can make as much sense for someone who is currently at a low income level and therefore low tax rate if he or she expects to have higher income and tax rates in retirement. Katz says, "In that case, the tax-free withdrawals from the TFSA in the retirement years provide overall absolute savings. In addition, because the TFSA does not generate income for tax purposes, there is no concern that it will create a clawback of Old Age Security Benefits, which can be eroded at higher income levels." As for which tax savings vehicle Katz prefers—the RRSP or the TFSA—she says, "If you have enough savings for both, use both. Take advantage of all tax-assisted savings you can. The amounts that can be contributed to an RRSP are much higher ($20,000 for 2008, but max of 18 percent of prior year earned income). If you have limited funds for saving, keep in mind RRSPs work best if you are getting the tax deduction in relation to the contribution at a high rate and you expect your income and tax rate in retirement (when funds are being withdrawn) to be at a lower rate." If you decide to invest in stocks or riskier investments inside a TFSA, you should also know that while losses can be deducted from your income in a regular unregistered trading account, they cannot be with a TFSA.

So to wrap up, a TFSA allows you to save $5,000 a year tax-free. You can withdraw the funds at any time without penalty. The growth is sheltered from taxes. Unused contribution space can be carried forward and any withdrawals can be put back into the TFSA at a later date. There is also no age at which withdrawals are required, so you can retire the funds when a new baby arrives, if you want to buy a cottage, or wait until your retirement. According to Katz, "there are no real drawbacks to using a TFSA instead of an RRSP, except that because funds can be taken out at any time and at no cost, it might not provide the same discipline that an RRSP does to ensure funds are actually there when you retire." At the time of writing this book, banks and other financial institutions are trying to get their house in order to get tax-free savings accounts ready for the public. I, for one, am going to take advantage of it.

understanding interest rates

Of the main expenditures in our lives, there are only so many things we can control. A huge chunk of our paycheque goes to income, property, and sales taxes. Then insurance costs gobble up more of our money as we pay premiums for home, car, and life insurance.

There is one area, though, that is a huge expense in our lives, one that we can control, and that is how much money we spend on interest. Think of the tens of thousands of dollars we give banks for our homes, cars, personal loans, lines of credit, and credit cards. In our lifetime we will spend hundreds of thousands of dollar on interest. Interest charges separate the consumers who get ahead from the ones who fall behind.

Trying to curtail the amount of interest we pay by trimming interest costs on our mortgage, avoiding high interest costs on car ownership, and paying off credit cards is an essential part of a smart financial plan. Figure out just how much money you pay in interest charges every month and the amount may surprise you.

It's very possible that your monthly interest charges look like this:

Mortgage	$753
Car loan	$62
Consolidation loan	$54
Line of credit	$85
Credit cards	$68
Interest per month	$1,022

When you see just how much of your income is going to service debt, you will realize how important it is to pay down your debt to get ahead. While paying some interest may be necessary to function in our society, you can and should do everything possible to limit the amount of interest you pay. If it is not possible to pay "cash on the barrel," then you must take steps to make sure you are getting the lowest lending rate possible.

> Keep an eye on interest rates because interest is a positive and a negative factor on your finances. Compound interest will help your investments grow over time. But high interest rates on loans and debts have the opposite effect, causing you to fall behind as payments go toward interest charges rather than paying off the principal.

Interest rates on debt will fluctuate due to global market forces, the supply and demand for money, the current and expected rates of inflation, the length of time the funds are lent or borrowed, and monetary policy. While Canada has been enjoying interest rates at historic lows, at some point they will go up. Rates started to creep up in 2008 but had to be slashed to help bring stability to our economy due to the global credit crisis. Depending on how much debt you have, a sharp increase in interest rates could have a dramatic and even devastating effect on your finances. Canada's central bank, the Bank of Canada, sets the bank rate, which sets the standard for interest rates at all of Canada's major banks and financial institutions.

There are many variables that will affect how much the interest rate will be when you go to borrow money: whether the loan is secured or unsecured (a bank can repossess a car, but not a holiday in Mexico), your credit rating, the prevailing interest rates, and your history with the bank or lender.

The business of lending money has become very competitive, so always keep in mind that the posted rate at a bank is just a benchmark that you can use to start your negotiations. You should do the calculations for mortgages and car loans yourself before going to a lender so that you already know what the payments and interest will be. Loan calculators can be found by typing loan calculator into any search engine on the Internet or by visiting your own bank's website.

Go to a bank that is already aware of how much you want to borrow, the loan term in months, and the interest rate you are prepared to pay. Check out the lending rates at other banks before agreeing to a loan and be a shrewd negotiator! Be ready to play hardball to try to get the lowest rate you can. You'll see that even negotiating an interest rate just half a percent lower can save you hundreds and even thousands of dollars over the long term. For example:

Home Loan

Mortgage amount	$250,000
Interest rate	7.5%
Amortization length	25 years
Monthly payment	$1,829
Total interest paid	$298,466

The same loan with an interest rate 0.50 percent lower looks like this:

Home Loan

Mortgage amount	$250,000
Interest rate	7%
Amortization length	25 years
Monthly payment	$1,751
Total interest paid	$275,147

You can see that by negotiating an interest rate just 0.50 percent lower, you can save $78 every month on this mortgage and over time you will pay the bank $23,319 less in interest costs! Imagine that! By simply negotiating half a percent in a banker's office, you can save more than $23,000. That's why it's so crucial to shop around for loans, especially a mortgage.

Making banks compete against each other for your business and letting them know you are looking for the best rate can help you get an interest rate break. After all, a bank would rather give you a loan at a slightly lower interest rate than lose your business altogether, and wouldn't you rather have the $23,000 in your account than theirs?

choosing the right credit card

While some consumer advocates want you to get out the scissors and cut up every credit card in your wallet, the truth is that for most of us, a credit card has become a necessity. Of course, if you have 12 of them, you should start snipping (and, of course, contact the card companies to officially close the accounts!).

The Financial Consumer Agency of Canada says that 40 percent of Canadians don't know the interest rate they are paying on their credit cards. Forty percent! That's amazing but true; I once stopped shoppers outside a mall and asked them if they knew what interest rate they were paying on their credit cards and about half of them didn't know.

Too many consumers worry about point plans, air miles, and other offers from credit card companies to think about their credit cards objectively. I interviewed one woman shopping in a department store who excitedly explained that if she spent another $500, she would be able to get a free coffee maker. She would have been a lot better off simply buying the coffee maker instead of going on a mad spending spree.

One of the best marketing campaigns I have seen in a long time is the credit card that has teamed up with a gas station to save you "two cents a litre" every time you use it. This is an excellent credit card loyalty program for the gas station, the credit card company, and the consumer if he or she pays off the balance each month. Suppose you fill up your car once a week with 50 litres of gas, so you will pay $1.23 a litre at the pump instead of paying $1.25. When you do the math, you find that the average person will save about a dollar each fill-up. If people buy gas once a week, they will save $52 a year. That's great if they're paying off their credit card balance every month, but if they're not, they're letting hundreds or even thousands of dollars pile up on a credit card that has an interest rate of 19 percent. That $52 of annual savings will quickly be gobbled up in interest charges. The same is true of credit cards that reward you with air miles. If you pay off your balance every month, then you may eventually "earn" a free trip. If you don't, that free trip may really cost you plenty in interest charges.

If you carry a balance, which about half of all Canadians do, it's the interest rate, not the perks, that should determine the card best for you. Balance carriers should consider a value credit card that has an interest rate as low as 10 percent. Compare that to the 19 percent most credit cards charge in interest fees or the 28 percent that some department stores charge.

As you can see, department store cards are not worth having if you carry a balance. Getting a free blender for using your card is no bargain if you have paid the store $700 in interest. These cards make it almost impossible to pay off the balance.

Credit Card	Balance on Card	Interest Rate	Annual Interest Charges
Low-rate card	$2,500	10%	$250
Major credit card	$2,500	19%	$475
Department store card	$2,500	28%	$700

If you have high-interest debt, you should work to pay it off immediately, transfer it to a lower-interest-rate card, or consider a consolidation loan at a much lower rate (and remember, you must close down that card's account). A low-rate value card may have an annual fee of $45 or so, but the cost is worth it if you are carrying debt on a credit card. Check with your bank; chances are they have one. Tell them you don't care about toasters or air miles, just the card with the lowest interest rate. It will save you money as you pay down your balance because more of your payment will go to the principal and not interest payments. This one low-interest credit card is all you need. Ensure that you review your credit cards annually to see if they are still the best choice for you.

getting the best car insurance

Car insurance premiums have gone sky-high over the years so much so that many young drivers and even older ones can afford only basic liability to drive a car. This is fine if you drive an older car worth only a few thousand dollars, but is not so good if you have a newer car worth $5,000 or more. Now more than ever, it's important to shop around to make sure you are getting the lowest premiums possible. Rates depend on your age, marital status, gender, type of vehicle, and your driving record. You should review your insurance costs often since as long as you're driving, you have insurance bills to pay, and the truth is that many people are paying too much. Auto insurance is under provincial jurisdiction. In British Columbia, Saskatchewan, and Manitoba the government provides coverage, while in other provinces it's handled by private insurers. In Quebec, auto insurance is a public/private split, with physical damage and liability coverage provided by private insurers and bodily injury coverage provided by the government. While some provinces have "no-fault" insurance, this doesn't mean that drivers won't be penalized if they caused the crash. "No-fault" means that after an accident, claims are paid out quickly to avoid delays, but the insurance companies will still investigate to determine who's to blame and their insurance will go up.

Lee Romanov is the president of The Consumer's Guide to Insurance and runs the Internet-based insurance service www. insurancehotline.com. This website allows you to enter your personal information to find the insurance company with the best rates for you. It's been operating since 1994 and handles between 2,000 and 3,000 quotes a day on car, motorcycle, home, life, and business insurance. Romanov says, "Over the last 10 years the car insurance companies have really focused in on what they are looking at insuring. That means the spread between insurance rates has actually widened. It's really important now to match your profile with an insurance company that caters to what you drive, where you live, and your driving record." Many people want to stay with their insurance company out of loyalty, thinking this will lead to lower rates, but that's not necessarily true. I take many calls from irate drivers who say they've been with a company for 20 years, but won't be renewed because of two speeding tickets. Romanov explains, "Whether you've been with an insurance company 20 minutes or 20 years, they have filed regulations with the government on the kind of business they will accept and the kind of business they won't accept on renewal. If you don't match what they will accept, they will non-renew you."

Minimizing Your Car Insurance Costs

To keep your insurance costs as low as possible you need to
- keep a clean driving record
- always keep your insurance active
- renew your licence on time
- take part in group insurance
- choose the best insurance company for you
- make yourself a desired insurance risk
- make only necessary claims
- take only necessary coverage
- fight every ticket
- avoid being labelled "at fault" in an accident
- consider how new drivers affect your policy rates

Keep a Clean Driving Record

At-fault accidents and driving convictions such as speeding tickets and other traffic violations will cause your rates to increase dramatically. Serious offences such as dangerous driving or impaired driving will cause long-term harm and expense. According to Romanov, "There are cases where if you have had three minor tickets, they will non-renew you. In some cases, if you have had two minor tickets and one accident, they will non-renew you. Every insurance company has its own regulations, the same way they have their own rates for every particular car and driver."

Always Keep Your Insurance Active

I get complaints from viewers who have mistakenly let their insurance run out. They may have been on a holiday or they may have sold one car and were waiting a month or two before buying another. You should never let your insurance lapse! Doing this can dramatically affect your rates and cause you to start over as a new driver with some insurance companies. Romanov agrees this is how rates can skyrocket. "You never want to let your insurance lapse. You may find yourself being thrown into a non-standard, high-risk market known as the facility market, and there are only about six or seven markets out there that will take high-risk drivers and their rates are extremely high." If you drive a company car and decide to give up your own personal car and insurance, you should ask your insurance company if this will affect your rates. (If your company keeps a record of your personal driving experience, there shouldn't be a problem. If they have blanket or fleet coverage and can't identify which individuals had accidents, it could pose a problem.)

Renew Your Licence on Time

You'll also run into trouble if you don't renew your driver's licence on time. Some drivers get their renewal reminder in the mail, but don't renew it until three or four months later. That shows up on your driver's abstract and can create the same kind of problem with an insurance company as tickets and accidents. Romanov warns, "It could be enough to put you into a high-risk market or cause you to have to retake your driver's licence." If you're late renewing and it shows up on your motor vehicle driver's abstract, your insurance company may see that you have been driving without a licence and jack up your rates substantially.

Take Part in Group Insurance

One thing that I would definitely recommend is group insurance. We have a plan where I work and it has brought my insurance premiums down hundreds of dollars. The idea is that while most insurance companies have to draw on the general population, companies or professional groups such as nurses or teachers have already been pre-screened so they must adhere to a certain level of conduct to be employed in that profession. Romanov says, "There are companies that cater to groups and you should look into it and see what your quote is. I don't think that should stop you from checking out other insurance companies as well because sometimes the group rates don't cater to what you particularly drive or your driving history."

Choose the Best Insurance Company for You

The single best thing you can do, according to Romanov, is to make sure you are matched with the best insurance company for your profile. The most obvious way you can do this is to find a company with the lowest rates for your driving situation. For example, when an insurance company jacks up someone's rates from $1,500 a year to $5,000 annually, these are "go-away rates"; the company is basically telling you to go away! It's the first clue that you should start looking around for another company to insure you.

Make Yourself a Desired Insurance Risk

Where you live, how far you commute, multi-vehicle discounts, and the make and model of your vehicle will also have a big impact on premiums. Some cars cost more to repair, have fewer safety features, or may be targeted by thieves. The Canadian Loss Experience Automobile Rating (CLEAR) system rewards car owners with lower premiums for buying vehicles that experience fewer and smaller losses. For information on car ratings, contact the Vehicle Information Centre of Canada (VICC) at www.vicc.com.

Make Only Necessary Claims

You also definitely don't want to make claims. Unfortunately, many drivers are now self-insuring or subsidizing insurance companies by repairing their own scratches, dents, and windshield cracks. As maddening as it can be to pay to repair your own car when you're paying for insurance, it really is wise to look after minor repairs. "Insurance companies base their rates on risk whether you paid for the claim, whether they paid for the claim, and whether the claim was $70,000 or $300. A claim is a claim," says Romanov. "Insurance really isn't meant for maintenance. It's really directed toward catastrophic loss. You really want to save the big stuff for the insurance companies."

Take Only Necessary Coverage

You can save money by raising your deductible or taking collision off an older vehicle. Once your car reaches 200,000 kilometres or is eight to 10 years old, depending on the model, it may be worth only $2,000 or $3,000. You could save $300–$500 a year by declining collision insurance (the coverage that pays for repairs if you're in a crash). If the car is worth several thousand dollars, there is some risk in case you do get into a fender-bender; however, even then you will have to pay the $500 deductible to get the car repaired. Don't take collision off a car too soon, but don't waste money insuring an old clunker either. You may also want to keep comprehensive insurance on the car, but drop collision. Comprehensive insurance is a lot cheaper and will cover things that collision won't such as fire, theft, vandalism, damage from trees, storms and hail, impact with animals, and water damage. (Policies differ, so check exactly what is covered if you opted only for comprehensive.)

Fight Every Ticket

You should also be aware that when you get a ticket from a police officer—whether it's for speeding, not wearing a seatbelt, or because you forgot your licence at home—it could affect your insurance. Romanov is adamant that you should fight every ticket in court just in case you get another one shortly after. She insists, "You may not think that one ticket matters, but if you have one ticket and then six months later you get into an accident and if it's your fault, you could get a second ticket as well. With some insurance companies, two tickets and one accident can cause you to be non-renewed even if you've had 25 years with a perfect driving record. It could happen fast and your rates could increase by thousands of dollars overnight." Even U.S. and out-of-province tickets can show up on your driving record. Most provinces and states have reciprocity agreements, so your speeding ticket in Florida or New York could affect your insurance when you get home. It's not a perfect system; sometimes the tickets show up and sometimes they don't. And fighting a ticket doesn't mean pleading guilty with an explanation. "Never plead guilty with an explanation because it's just saying you're guilty. They may lower the fine, but a ticket is a ticket. What you need to do is plead not guilty and leave it up to the courts to prove that you are guilty."

If you get one speeding ticket, half of the insurance companies in Canada will raise your rates and half won't, so one ticket could cause your insurance rates to go up anywhere from zero to $500. Two tickets can mean increases of $500–$1,500 and an accident can increase rates anywhere from $1,000–$2,000; some companies actually have a spread of up to $8,000 if you have an accident. Tickets stay on your record for three years and accidents for six years.

It's good to know that red-light camera or photo-radar tickets do not appear on your driver's abstract. The reason is that they can't identify the driver; they can identify only the car, so if you were going to fight a ticket, you should be more inclined to fight one given to you by an officer than you would a machine. Keep in mind as well that when an officer says he or she will reduce a fine so you won't get demerit points, a ticket is a ticket, whether you get points taken off or not. It could take you five tickets to affect your licence, but just one or two could greatly affect your insurance rates. If your premiums do go from $2,000 a year to $7,000, the insurance company is basically telling you to go elsewhere and you should (but they'll accept your money if you choose to stay with them).

Avoid Being Labelled "at Fault" in an Accident

Romanov points out that it's important to make sure you are never labelled at fault in an accident. Even when following through with the adjuster, you have to ensure that you are not even labelled partially at fault. "If they classify you as partially at fault, you might as well be completely at fault rate-wise with an insurance company." In a lot of situations people talk themselves into tickets and careless driving charges even though they weren't being careless. An example would be if you get into an accident and then you say to the police officer, "I didn't see the car" as opposed to "I didn't see the car until it was too late." The first situation is careless driving. The second one is not.

Consider How New Drivers Affect Your Policy Rates

Get ready to open your wallet wide if you have a teenager who will be driving the family car. As soon as your child gets his or her G1 or G2, the game changes. Their rates are so high that what you now need to do is find the insurance company with the lowest rates for the youngest driver and the youngest male driver in your family. Romanov says, "The kids now direct which insurance company you should be with because the spread of rates are greatest for them." New drivers should take a driver's training course, which could help them reduce rates by as much as 30 percent.

Remember, while your insurance is valid in Canada and the United States, you need additional insurance once you enter Mexico. For more information on insurance, check the Insurance Bureau of Canada's website at www.ibc.ca. You can also compare insurance rates at Romanov's www.insurancehotline.com, where 80 percent of insurance companies are represented. The site will give you the top three companies with the best rates for your situation and contact information. The quotes are free, but in some circumstance there may be a charge of about $10 if a person has multiple tickets and accidents and it is difficult to find a company to insure him or her. It really is worth checking out.

Obtaining Gap Insurance

Gap insurance is for customers who lease cars or take out a loan to buy them, although most insurance companies offer it only on new cars, not used ones. For only a few dollars a month, gap insurance will pay the difference between what you owe and what the vehicle is worth in the event the car is stolen or written off in an accident. A brand-new car will nosedive in value as soon as you drive it off the lot. So what happens if the car is stolen, in a fire, or a serious accident?

If you have contracted with a leasing company to make payments of $450 a month for 48 months, this means you've agreed to pay a total of $21,600. If, 10 months in, you have a serious accident and the car is written off by your insurance company, they may assess the car's value at $15,000. You have made only 10 payments, so according to the contract, you still owe the leasing company $17,100. The insurance company has to pay you only the fair market value of the car, so you are on the hook for the difference of $2,100. Many people assume an insurance payout will always be enough to tidy up loose ends and pay off the remaining lease payments, but that's not always the case. Gap insurance would pay that $2,100.

The same is true of a vehicle loan. Suppose you borrowed $40,000 over five years at 7 percent interest. Your monthly payment is $792. Your total obligation with interest is $47,523. If you experience total loss, you could owe the bank more than the vehicle's fair market value, which is all your insurance payout will be. Gap insurance will protect you.

When leasing or buying a new car, ask your insurance agent to include gap insurance. It would be unfortunate in the event of a total loss of a vehicle to have to pay thousands of dollars to clean up a lease or loan for a car you can no longer drive.

Leasing Insurance

There is also a relatively new product on the market called "walk-away insurance." I don't necessarily recommend it because I don't recommend leasing as you will read later in this book. However, if you must lease, it is something you may wish to consider. Walkaway insurance allows you to walk away from your leasing payments temporarily or return your vehicle and walk away from your financial obligation and the company says that in most cases, they will cover most, if not all, of the difference.

The walkaway plan cancels your auto-related debt when unforeseen life events occur such as unemployment, accidental death, loss of driver's licence, and disability. Everyone qualifies for coverage, regardless of age, health, or employment record. Again, you may want to think about it if leasing is really for you, but if it is, you can check www.walkawayprotection.com for more information.

buying life and disability insurance

No one likes to talk about the unexpected, unfortunate events in our lives, but not planning for death or potential disability won't make them any less difficult for you and your family if and when they strike.

Life Insurance

We've all heard people remark, "I'm worth more dead than alive." Unfortunately, this may be true because many of us want to make sure there is enough money left behind to keep loved ones comfortable and financially secure in the event of our untimely death.

It's not pleasant to think about, but what if you died tomorrow? What if your spouse died? Would your family be able to stay in their current home? Would your children be able to attend college or university? Could your family afford daycare, vacations, and the lifestyle they've become accustomed to?

Some form of life insurance coverage is crucial to almost any financial plan. If you're single with no dependants, you may feel you don't need life insurance, or you could have coverage and make the beneficiary a brother, sister, parent, niece or nephew, or charity. You should make sure that you have at least enough insurance to cover your funeral costs so that the expense and undue hardship on a retired parent or family member with limited income can be avoided. Once you have a life insurance policy, you can change jobs, remarry, or become seriously ill, and no matter what happens, you will be covered.

You will have to decide how much coverage you need and what kind to choose. Some financial planners say that five to seven times your current income is enough. Three times is the minimum you should have as long as you have mortgage insurance to ensure your home will be paid off if you were to die.

While policies may have different names or descriptions, generally speaking, there are three kinds of insurance to choose from: term, term to 100, and permanent.

Term: This is the most inexpensive type of life insurance policy because it's basically pay as you go. It's chunks of insurance in five-, 10-, or 20-year terms. The younger you are, the cheaper the premiums. The premiums increase as you get older and renewability of coverage will terminate, usually at age 65. The policy also has no cash surrender value, so if you close down the policy while you're alive, you won't get any money back. (Still, that's a good thing!)

Term to 100: A term-to-100 plan is basically unending, no-frills term insurance. This kind of plan can provide you protection until you are 100 years old if kept in force. The premium cost is lower than permanent policies, but again, there is no cash surrender value.

Permanent: Permanent life insurance is also known as whole life or universal life insurance. It provides an investment component as well as a cash value option. If you agree to give up the death benefit, you can cash in the policy for money that has built up in the plan. Whole and universal plans cover you for your entire life and your premiums won't change. Your payments will be determined based on your age, job, health, and other risk factors. One of the major drawbacks to this type of coverage is that it can be very expensive; you will have to pay huge premiums every month. If you terminate early, your insurance will be cancelled and there will be penalties to pay. Even though the premiums are expensive, it could take as long as 10 years before the cash values in the plan become sizable enough to offer you adequate insurance protection.

You can buy life insurance several ways. The most common is through an insurance broker. Your company may offer some form of life insurance through a payroll-deduction plan, and you also have the option of taking out life insurance on your mortgage through your bank.

Always be honest on your life insurance forms! If you have a history of heart disease or still smoke behind your spouse's back, it could cause the policy to be voided in the future. Once you disclose any health problems and your life insurance policy is in place (and you're making payments), then you're covered. I do get complaints from viewers who are diagnosed with a serious medical condition and have difficulty trying to get life insurance or insurance becomes unaffordable. Still, be wary of life insurance policy advertisements that promise low monthly premiums with no medical exam. (You know the ones. It's Gloria on the phone, and she's just bought life insurance!) The payments may be low, but the payout will be too. I've heard from families who have paid $10,000 in premiums on these limited policies only to get back $6,000 when the individual died.

Coverage can be complex, so be careful not to get talked into any life insurance plan without knowing exactly what you are signing up for. You should also be aware that most life insurance agents are paid a commission by the insurance company issuing the product. For many people, term insurance may be the best choice because it is a way to have coverage as you pay down your mortgage or raise your children. You don't want to pay too much for insurance, but you want to make sure you have adequate coverage to protect your family.

For free information on all life insurance matters, you can go to the Canadian Life and Health Insurance Association's Consumer Assistance Centre. It is a non-profit, non-sales line in French and English that has been in operation since 1973. For answers to any life insurance questions, call 1-800-268-8099 or check out the website, www.clhia.ca.

Disability Insurance

Disability insurance is essentially income-replacement insurance that you buy in case an accident leaves you alive but unable to work. While many of us believe that becoming disabled won't happen to us, statistics show that half of all mortgage foreclosures are due to disability. One of our most important assets is our ability to earn income. Once this is taken away from us, it can have devastating consequences in our lives because our bills don't stop when our income stops.

Lifetime Earnings
If a worker is 35 years old and earns $5,000 a month in gross income, and his salary increased 5 percent a year, by the time he was 65 years old, he would earn $3,986,331 in income. This just goes to show how productive a person is and the amount of income he or she could lose through permanent disability.

While most people recognize the need for life insurance, many do not realize just how important disability insurance is. According to the insurance industry, if a disability lasts at least 90 days, it is likely to last three years or more for a 35-year-old person or four years or more for a 45-year-old person. This is why you must take into consideration what would happen to your financial situation if you had a serious accident or illness.

You can get disability coverage from individual insurance plans (about 750,000 Canadians have their own individual policies), government plans (Workers' Compensation or Employment Insurance), or group insurance plans (through your employer, union, or professional association). Usually you will also have disability coverage through auto insurance policies in case you become disabled in a car accident. These plans will pay between 65 percent and 80 percent of your gross earnings, and the payouts may or may not be tax-free. (If they paid more than that, you might not want to return to work.) There are three types.

Non-cancellable: The policy can't be cancelled during the contract and the price cannot be raised.

Guaranteed renewable: The insurer must renew the policy, but can raise premiums.

Commercial: On the anniversary, the insurer can decline to renew the policy or charge more to reflect previous claims.

Here's what happens if you become sick or injured. Group plans through employers cover you for short-term sick leave, up to two weeks of illness. When your sick days run out, you will then go on short-term disability. This will pay about 70 percent of your earnings for 15, 26, or 52 weeks. After this, you will go on long-term disability, which will last two years if you can't do your normal job and longer if you can't do any job.

If you are self-employed, you really should have some kind of disability insurance to save your business in the event you or your partner become ill or disabled. How much disability insurance you need depends on your lifestyle, family responsibilities, debts, financial resources, and long-term dreams and goals.

If you have questions regarding disability insurance, you can call the information centre of The Canadian Life and Health Insurance Association at 1-800-268-8099 or check out its website, www.clhia.ca

Life and disability insurance don't have to be expensive. Both can give you peace of mind as you pay down debt and save money, working your way toward wealth.

doing your income taxes

We all feel we pay too much tax. We pay tax on our paycheques, our property, gasoline, and almost everything we buy. When you think about how much tax we pay, it's amazing how many people don't bother to try to fully understand their own tax situation.

I always look in bewilderment at people in their forties, fifties, and sixties, sitting outside a tax-preparation kiosk in a mall because they have no idea how to do their taxes. I know people who say they don't understand how the tax system works, so they give a shoebox full of receipts to their accountant and let him or her figure it out. Only about half of us complete our own tax returns. If you have a complicated tax situation, such as a business or an income property, you may really require the expertise of a tax professional, but some people let someone else do it just because they have no desire to figure out how to fill out a tax return. Take the time to understand your tax situation—it's an area where you can save hundreds to thousands of dollars a year.

Evelyn Jacks is the author of 30 books on personal finance, and her book, *Essential Tax Facts*, has 235 tax tips that people should be aware of. Jacks says, "Knowing even a little bit about your taxes can bring huge, huge benefits. Your knowledge is going to be cumulative. You can't know it all at once, but people should jump in because I am willing to bet that everyone who tries will find immediate benefits that can be turned around as new capital to help get them out of debt." With the tax software that's available, doing your taxes is now easier than ever. The tax programs can walk you through and help you find out not only if you are filling out your return properly, but they can also give you ideas about how to pay less tax next year. "I strongly believe every Canadian should do their own tax return at least once in their life and they should take it upon themselves to teach their children to do their own tax returns as well. Gone are the days of complicated repetitive calculations involving federal and provincial tax tables. Now the software does it for you," says Jacks.

Even if you have a fairly general return, it can be worth it to see a professional to ask questions and to ensure you are filling out your return correctly and getting every deduction you deserve. Jacks says, "The data that you are entering into your return are very important because a tax return can be done correctly many different ways. Your objective is to do your return to your family's absolute benefit and that's where many Canadians miss out." The tax department won't know if you had a baby, started a small business, or sent a teenager off to university unless you tell them, so if information is not entered correctly, you can miss out on thousands of dollars in credits and deductions. If a senior has been confined to a wheelchair and did not know they are entitled to the disability amount, that could cost them just under $2,000 a year. Jacks says, "My motto has always been there is no such thing as a stupid tax question. You know what's going on in your life and your tax adviser needs to know because it all comes down to the amount of money that can end up in your pocket." Finding out how to maximize your tax savings can help you get a larger refund, which can be applied against your debt. Many people need to change their approach.

I am always surprised when someone files his or her taxes late and incurs late filing charges. Why would anyone do this? Your taxes affect you all year long and with every paycheque, so filing is not a surprise, and most Canadians should look forward to tax time because they'll receive a refund, which is really a payback of your interest-free loan to the government.

Part of a solid financial plan is understanding how taxes affect your income. If you haven't been doing your own taxes, buy a tax software program and do them. If you have done your own taxes for many years, it's worth it to go to an accountant to ensure that you are doing them correctly. There may be a cost of $100–$250, depending on the complexity of your taxes, but it will be well worth it if the accountant can find one area where you can save money. It can also give you peace of mind that you are doing your taxes correctly. You should dig and dig for every deduction that you're entitled to. If you don't fight for your tax refund, no one else will!

hitting the sweet spot

I was with someone when the iPod music player first came out years ago. "Can we make a quick stop?" he asked. "Sure, what for?" I asked. He wanted to be the first one to get the new iPod. The price tag was about $1,000. This person already had a music player, but needed to have the newest and the best. I looked in disbelief as he plunked down his credit card to pay a $1,000 for this little music device.

Now, we all know that the iPod has become one of the most popular music devices of our time, but within a few short years the price of the iPod dropped first 20 percent, then 40 percent, and now more than 80 percent. They are not only cheaper, they're better, too. The iPods sold now hold more music, are easier to use, and are more dependable. There are even mini-iPods for less than $100.

This is not a fluke. As surely as taxes will rise, consumer goods will drop in price because they are mass-produced. The first people who must have the iPod, plasma TV, or digital video recorder are helping to pay for the research and development costs. All of these consumer goods improve over time as the flaws and kinks are worked out. (Many people contacted me to complain about the first plasma TVs, which suffered permanent "burn in" on the screen because of TV station graphics that were constantly on screen—like a station logo in the corner.) It's one of the ironies that the people who are the last to buy digital cameras, camcorders, and laptops end up with better products at a cheaper price than those who had to have them right away.

This is the "sweet spot"—that place where a consumer good has become popular enough to be mass-produced, the price has fallen, and the design flaws and kinks have been worked out. When buying any consumer product, this is the zone you want the item to be in. Hitting the sweet spot may be easier to do with some products than others, but it can always be done. And until the sweet spot happens, the product likely isn't worth getting. Who needs a product with a format that doesn't match with others, that wasn't popular enough to have extra parts produced, or that can't be repaired because it has been discontinued? Whether it was the CD player, DVD player, digital camera, or HDTV, they all started out very expensive and dropped in price.

Never be in a hurry to buy into new technology. Let the Joneses buy it first. You can always get it later when it's better and cheaper.

trimming the grocery bill

It was Benjamin Franklin who said, "A fat kitchen makes a lean will," and he was right. That is even truer today because of "foodflation," the inflation of almost all food prices across the board and around the world. It's estimated that between 2007 and 2008, food prices have gone up by almost 25 percent worldwide. Restaurants are either increasing prices or reducing portions. Consumers worldwide are facing rising food costs in what analysts call "a perfect storm" of conditions. There are huge changes in the global economy, oil prices are soaring, there are lower food reserves than ever before, and growing consumer demand in populous countries like China and India. Add in droughts, flooding, and other weather-related crises and it all adds up to you paying more for bread, pasta, and almost everything else in your grocery cart. Sadly, people in some Third World countries are clashing over food, and while chances are you will never have to fight for your food, you will be paying more for it.

I remember being behind someone at the grocery store who was shopping with her son. They had two grocery carts jammed full of all kinds of prepared food, junk food, comfort food, and a few of the necessary staples. While I'm usually not that interested in what people are buying, I was shocked when their food bill rang in at more than $450! It didn't look like they were preparing for a party either. This seemed to be what they were buying on a regular basis.

Many people now spend more money every month on food than they do on their car! That makes buying groceries the second-highest monthly expense after paying your mortgage or rent. Many people don't think of including food in their financial planning because it's a necessity and we need it to survive; however, this is one area where people lose control every week and overspend.

> Saving just $20 a week on your grocery bill can save you more than $1,000 a year. Saving $60 a week could help you save more than $3,000 a year.

I first met Kimberly Clancy when we did a story on "Canada AM" about trying to save money on your grocery bill. Clancy runs her own website, www.frugalshopper.ca. The site is a wealth of frugal knowledge, where Canadians can go to find out about sales from coast to coast, free shopping advice, coupon tips, and ideas on how to shave money off their grocery bill. I went shopping with Clancy and the two of us had the exact same shopping list. The money she saved was amazing.

Without using coupons, I spent	$133.89
Using coupons, Clancy spent	$23.45
That's a savings of	$110.44

Imagine saving $110 on your grocery bill! On this visit Clancy used some freebie coupons she was saving up for our demonstration, but she says she routinely saves about 25 percent or more on her grocery bill every week using coupons, flyers, and by watching for sales.

Clancy says, "I think many people spend way too much money on groceries, especially when you go to the premium grocery stores. These high-end chains will have beautiful layouts, fancy displays, and better lighting, but most premium outlets also own a budget grocery chain that has prices that can be 30 percent cheaper and the food comes from the same warehouse."

For the revised edition of this book, I wanted to catch up once again with the "Coupon Queen" for a shopping trip. Now for this trip she saved up free food coupons and we went on a very memorable shopping spree. She got cereal, milk, juices, cheese, margarine, yogourt, and a number of other items that added up to $71 at the cash register. But when Clancy handed over her coupons, everything in the shopping cart was completely free! That's right—$71 worth of groceries for nothing! So how does Canada's Coupon Queen try to keep her grocery bill down? "The very first thing I do when I go to the grocery store is look at the flyer. I'm looking for what I think is a good deal. The best deals are often on the front cover. They are called lost leaders, and they can be really great deals, but it's really important to know your prices because that's not always the case."

Clancy also has her prized coupon box, which she never leaves home without. "Coupons are available as promotions from companies, in magazines, newspapers, off the Internet, and they are all for people to use. You just have to know where to look to find them." Clancy says that because food prices are on the rise, competition for your grocery dollar will be fierce in Canada and there will be more sales and deals to get you in the store. Meat prices have gone up, but meat usually goes on sale and every week there is usually a meat deal. Clancy says, "Whatever is on sale, that's what I buy. But I also buy a little bit more to store in the freezer too." There are also some areas where certain foods are costing less. Clancy says, "With the strong Canadian dollar, the price of some produce is dropping and becoming more affordable, so try to eat more fresh food." When I spoke to her three years ago, she said she was spending about $50 a week to feed her family of five. With foodflation, she now spends about $80–$100 a week to feed a family of five. "Although I often spend less than that and don't worry—everyone is well fed," she adds with a smile.

With the price of gas what it is, you don't want to run around from store to store or the savings on food will quickly be eaten up by what you will spend on fuel. Some stores are now price-matching flyers, and that is something you should ask about on your next shopping trip. Still the Coupon Queen says that knowing your prices is critical if you want to save money. "The best way to save money is by recognizing deals. Not knowing your prices is going to cause you to spend more. I think my grocery bill would at least be double if I didn't know my prices. After that I would say that coupons save me the most money."

Of course pro-shopper Clancy also holds stores and food manufacturers to freshness guarantees and calls them to ask for free coupons if there is ever a problem. She had a free $5 coupon for milk. "How did you get that one?" I asked. "Oh there was a small leak in one of the milk bags, so I called the consumer hotline number on the bag and they sent me a free $5 coupon," she beams. Even when she checks out, she makes sure she collects her free air miles too.

Other ways to save on groceries? Buy store or generic brands instead of national brands. They are usually much cheaper and just as good. (National brands have to hike their prices to pay for those expensive TV commercials and magazine ads.) Beans that are canned for more expensive national brands are the same beans that go into the cans sold under the store's name brand. I'll never forget touring a bottled water facility and seeing water going into different bottles with different labels. It was the exact same water being bottled, but the prices ranged from 89 cents a bottle to $1.59 for the same H_2O! Often, no-name camera film, batteries, and blank CDs are also manufactured by the same companies that produce the more expensive national brand. It just makes sense to try the cheaper brand, and if it works or tastes fine, then stick with it.

Warehouse shopping and buying in bulk are also good ideas, but you can easily walk into a warehouse store with the best intentions to save money and walk out with only eight items that cost you $150, so care must be taken here as well.

Grocery Shopping Do's

- Do plan ahead
- Do use meal plans
- Do get organized
- Do avoid impulse shopping

Grocery Shopping Don'ts
- Don't shop on credit
- Don't buy name brands
- Don't buy junk food
- Don't buy food you're not sure you'll eat
- Don't shop when you're hungry

Admittedly, I'm not someone who would spend too much time clipping coupons, and many of us would find it hard to make the effort or find the energy to bother. While manufacturers issue about 2.6 billion coupons a year, only 97 million coupons are redeemed. Many people who clip coupons are stay-at-home parents, retirees, and students, but Clancy says everyone can benefit. "Everyone has to eat and anyone who wants to save money can. Food is something we have to buy anyway and you should try to find savings, especially if you are spending hundreds of dollars a week on groceries." In case you wondered if grocery stores hate taking coupons (the cashier will have to take slightly longer to ring you through), they don't. Clancy says, "Stores don't mind because they actually get reimbursed the full value plus a handling fee, so for them it's actually better than if someone was paying cash for it." For more information on coupons, you can check Clancy's website, www.frugalshopper.ca. It's a discussion forum where members share ideas, coupon leads, and information on other deals. You can also type free stuff into Google or any other search engine and you may be surprised at what you find!

click, click, save, save: using the Internet to save money

The Internet is an excellent tool for doing research to save money on a number of things, but it has also enabled people to shop easily for used items in their own community. I'm not a huge eBay fan as I often hear stories from viewers who have had problems buying things using the website. Items can get lost in shipment; you can be the victim of fraud; or shipping, handling, and brokerage fees may make the purchase not worth it. eBay can be great for hard-to-find items and collectibles, and many people are big fans of the site, but why buy items that are 2,000 kilometres away when you can often find the same things in your community? You can go and see them for yourself and eliminate the possibility of fraud. That's why two of my favourite websites for searching for goods are www.craigs list.org and www.kijiji.ca.

These two websites are the reason why newspapers are having so much financial trouble today. The classifieds are one way that newspapers generate huge revenues. The only problem is that for many people, it's not worth taking out an $80 classified ad to sell a $100 bicycle. By using craigslist and kijiji, you can search for items in your community. Couches, tires, rims, desks—any used item that people want to sell can be found on these websites. The sellers are people in your area, so there is no need for shipping and handling. You can also inspect the item before you buy it. Let's face it—many of us have things we need for a while and then no longer have a use for such as a child's wagon, a swing set, or a stereo. You can easily search for items and when you find what you are looking for, you just send a note to the seller. You can also take a photo of things you want to sell yourself and put them on the site for others to see.

I personally have sold tires, rims, bicycles, TV stands, desks, and office chairs this way. I've purchased ski helmets, video games, and pet carriers. Most items are in great shape and you can buy them for a fraction of the price. Why buy new when you can buy something from a neighbour that's still in good shape? It's also a way to clean out your basement and garage and get a few bucks for things instead of taking them to the dump. The next time you need something, check out these sites before buying new.

If you don't want to spend any money at all, there is another phenomenon sweeping the Internet called Freecycling. The Freecycle Network is made up of almost 5,000 groups and has about 6 million members worldwide. It's a non-profit movement of people who give and get stuff for free in their towns and cities. Their motto is to reuse items to keep things out of landfill sites. Membership is free. To sign up, simply go to www.freecycle.org and find your community. If you have a kitchen table that is too good to throw out, but you don't want it anymore, you can offer it for free on your local Freecycle website. Another member who wants the table replies to the posting and comes to pick it up. No money exchanges hands— one member gets a table, the other gets rid of it. There are rules. Everything must be offered for free. The items should be described in great detail—flaws and all—and items should be safe and legal. From skateboards to wedding dresses and lamps to air hockey tables, there are all kinds of free items to choose from. Just keep in mind that to get free stuff, you have to give away free stuff too. If you are interested in signing up, a good tip is that as soon as you do, put up one or two items to give away. That will show you are interested in being part of the freecycling community. It's a great concept and one worth checking out, especially if you want to save money and help your neighbours and the environment at the same time.

renting to own

Why would you rent to own anything? Other than in a few very specific situations, renting to own is a terrible financial move. Don't do it. Renting to own is a system set up by financial predators to bilk cash-strapped, low-income earners out of their money. You need a new fridge and can't afford one? We'll rent you one. Want a new TV for the Super Bowl, but don't have the cash? We'll rent you one and maybe one day it will be yours (sure, once you've paid two, three, or four times what it's worth).

The best way to buy anything is with cash. Need a dishwasher, but don't have the money? You may be tempted to put it on a credit card or payment plan, and either option is better than renting. Rent-to-own centres cater to consumers with no savings, a poor credit history, or just an insatiable itch to get a stereo fast with no money down. You may be swayed by low weekly or monthly payments, free delivery, instant approvals, and free repairs, but it doesn't matter. It's almost always a rotten deal. Consider this: If you rent a washer and dryer set for $24 a week for 112 weeks, the total rental price is $2,688. If the washer and dryer could have been purchased for $1,150, you have paid $1,538 more for the set than it was worth!

There are only a few instances where renting to own might be a viable option. If you're starting a small business and need equipment, renting can get you up and running until you can purchase equipment of your own. If you had to relocate for work or are a student going to school somewhere for a short period of time, renting could save you from having to move appliances or furniture across the country. If you are going through a divorce, you may want to rent appliances until you receive your share of household articles under a divorce settlement. Still, for most people, a better route than renting to own is buying something used out of the classified ads or from a used-appliance store.

A Note to People in Ontario

Do you still rent your hot-water heater? Why? You likely don't rent your stove or computer, so why are you still renting your hot-water heater? In most other regions of the country, consumers have figured out you should own your hot-water heater instead of renting it. It's just a giant kettle, but the gas company has done an excellent job of convincing some consumers they should pay $15–$20 a month to rent it. This is similar to when people used to rent phones from the phone company (some still do) instead of buying them.

If you're renting a hot-water heater, phone your gas company and ask them how much it will cost to buy it. I have purchased two homes in my life and immediately bought the hot-water heater as soon as I moved in. (Each was less than $100—and then I had no more rental fees!)

More and more people are now buying their hot-water heaters (especially since I did a story on this on CTV), so the gas company is now charging a removal fee to try to recoup some of the cash they are losing from people figuring out this "cash cow." Even if you have to pay a fee, it may make sense for you to buy a hot-water heater either from the gas company or a home-supplies store.

The key is don't rent it—own it! You will save hundreds and possibly thousands of dollars over the life of the hot-water heater. It's also a good selling feature when you sell your home. You can tell the prospective buyer, "Oh, and don't worry about hot-water heater rental fees. I own the hot-water heater and I will throw it in as part of the deal." You wouldn't want to move it anyway.

keeping cash register scanners honest

Did you know that if a cash register rings up the wrong price on an item at the checkout, you may be entitled to get it for free or $10 off? Well, it's true.

The Scanner Price Accuracy Voluntary Code was introduced June 11, 2002, and is designed to keep store checkouts in Canada accurate and honest. It has been endorsed by Industry Canada's Competition Bureau and is designed to demonstrate retailer commitment to price-scanner accuracy. More than 5,000 Canadian stores have agreed to honour it. While it's the law in Quebec and voluntary in the rest of Canada, most consumers still don't know about it, but you should. Here's what it says:

> On a claim being presented by the customer, where the scanned price of a product at a checkout is higher than the price displayed in the store or than advertised by the store, the lower price will be honoured; and (a) if the correct price of the product is $10 or less, the retailer will give the product to the customer free of charge; or (b) if the correct price of the product is higher than $10, the retailer will give the customer a discount of $10 off the corrected price.

So if the wrong price comes up on a can of tuna or jar of pickles, it's free. If you're buying a more expensive item like a drill at a hardware store, then you're entitled to $10 off. The biggest overcharges are usually found in department stores and home-improvement centres, usually because goods are priced higher than grocery store items. Either way, it pays to pay attention. If you have a full cart and are tossing your groceries on the conveyor belt, a good checkout clerk can have them scanned and into bags before you know it. That's why you should be watching as your goods are being scanned in. The consumer also has to catch the mistake and be aware of the policy. Stores don't go to great lengths to let people know about it since every inaccurate price that's rung up will cost them money.

> Some stores have installed self-scanning technology so that consumers can scan, bag, and pay for groceries themselves. This means you can scan at your own speed, checking prices as you go along.

The Competition Bureau first rang the alarm on scanner accuracy in 1996 when it conducted a price-accuracy survey of 162 businesses including grocery, drug, and department stores. Out of 15,000 items purchased, there was a combined average error rate of 6.3 percent. This included a 3.0 percent overcharge rate and a 3.3 percent undercharge rate, so the mistakes were not always in favour of the store. Technophiles were quick to point out that the mistakes with the scanning technology, which reads the Universal Product Codes (known as UPC symbols or bar codes) were the fault of human error and not the technology itself. Most pricing errors are the result of a clerk failing to enter prices correctly, stockers not changing the prices on the shelf, and stores not switching prices when items are on sale.

In 2005, a new 14-digit bar code was introduced worldwide, expanding on the current 12- and 13-digit bar codes used by retailers, and there are fears that as adjustments are made to stock and databases, there may be even more mistakes at the checkout. So what can you do? Watch closely as purchases are rung in, especially sale items, where most of the mistakes are made. You may wish to keep goods on sale at the beginning or the back of the conveyor belt so you can watch them as they are scanned in. Take flyers with you when you shop so you can point out to the clerk the true price in case of a mistake, and double-check your receipts at home. If you see a pattern of incorrect pricing, report it to the store manager.

Now that you know about the policy, you should use it. The next time an incorrect price pops up on the register when you're shopping, tell the clerk you're aware of the Scanner Price Accuracy Voluntary Code and that you want your free can of soup or $10 off the lawn mower. I'm going to try it from now on. Ten bucks is 10 bucks, and it's the only way to get stores to become more accurate.

If you have a scanning complaint that cannot be dealt with at the store level, call the Scanner Price Accuracy Committee at 1-866-499-4599. You can also go to the Retail Council of Canada's website at www.retailcouncil.org to find out more about the policy and see the list of stores that have agreed to abide by it.

refusing extended warranties

Buy anything these days and chances are you will be pitched an extended warranty to go along with it. "Don't you want to protect your investment?" It's amazing how a salesperson will spend 10 minutes telling you how great something is, only to then tell you how it's likely to break down and need repairs once you've bought it.

You should know that extended warranties, also called service agreements, are a profit generator for stores—a cash cow. That's why employees are pushed by upper management to sell them and are especially eager to do so if they are on commission.

Extended warranties can be expensive—as much as 20 percent of the purchase price of the product. If you buy a $100 DVD player, you don't really need to spend another $20 just in case something goes wrong with it. It probably comes with a one-year warranty anyway, and if you buy it using a major credit card like a Visa or MasterCard, in most cases the warranty doubles, so you are already up to two years' protection. Also, chances are that if something is going to go wrong with it, it usually happens not long after you get it home.

Consumer Reports magazine studied repair rates on consumer goods and found that extended warranties are rarely worth buying.

Statistics show that the odds a product will fail in the first five years are one in four. Depending on what you've purchased, you may want to replace it rather than fix it anyway. The cost of a repair could also be close to what you would have paid for the extended warranty in the first place.

Extended warranties may be from a third party, so you may not even get service from the store you bought it from. Another tier of customer service can lead to delays.

If you do buy an extended warranty, never lose your paper-work as the company may say the onus is on you to prove that you do have coverage. No paperwork could equal no coverage.

Extended warranties are sometimes worth having and there may be extra features that make them worth considering. When we bought our refrigerator, we were told that if we purchased an extended warranty for $100, we would receive three water filters (for the water dispenser and icemaker), which were worth $30 each, so it seemed like the warranty was worth getting. As luck would have it, the icemaker quit working two years later and did need service (I have since found out there is a big problem with icemakers in re-frigerators). In this case, it paid off for us. Extended warranties may also be a good idea for treadmills and laptop computers because they can be expensive to fix. I would say don't bother getting an extended warranty on new flat-panel TV sets. Why? A survey found that these sleek new flat-panel LCD and plasma sets are very reliable and break down only 3 percent of the time. If they do have a problem, it's usually within the first year, so it will be covered by the warranty that comes with the TV for free. Just keep this in mind if you are buying a new TV and the salesperson is trying to sell you a $200 "service contract" to go with it.

I get many consumers asking me about extended warranties for cars. The general rule is that warranties offered through car manufacturers and new car dealers are more reliable than warranties offered by used car dealers (third parties). Also, you will be pres-sured to sign an extended warranty when buying a new car. Don't. If you decide later that you want the warranty, you can go back and purchase it when the three-year warranty that comes free with the car is up. That doesn't mean that you should, though, as many of these warranties are expensive and offer extremely limited protection. I've had complaints from the public about used car warranties that say they will cover only new parts that fail. Well, every part on a used car is used, so the warranty is useless.

Someone who was buying a used car told me the salesman told him he could get a three-year warranty for $1,500 with the car. He declined, so the salesperson dropped it to $1,200, then $900, and as the person was driving away, he yelled "How about $600?" This tells me two things. What are these warranties really worth if the price can drop by more than half in just minutes? And if you are someone who must have a warranty, make sure you negotiate as there appears to be a lot of room for haggling.

Usually you are better off putting the money for the warranty in the bank. That way you will have the money there for your first repair, and if there are no breakdowns, you will be ahead.

The best advice is not to get pressured into spending more money on extended warranties just because a salesperson is advising you that it's a good move. You should spend as much time considering the warranty as you did the item you were purchasing.

unearthing unclaimed balances

Is there a chance that you may have unclaimed money in the bank? Most of us would say no because money is scarce and it's not often that we would allow any to go missing, but the truth is that 750,000 Canadians have left money behind in bank accounts. Over $225 million in unclaimed money is piled up in a vault in Ottawa, just waiting for someone to claim it. Is some of it yours?

When I did a story on unclaimed bank balances for CTV's "Canada AM," I heard from Canadians across the country who were excited to find out they were getting an unexpected payday. I found money for a 93-year-old man, a Toronto hospital, a minor hockey team, and the Canadian Cancer Society. I heard from people like Bonnie, who wrote: "Thanks for the story on forgotten bank accounts. I had money in the Bank of Canada I forgot about! A nice sum too—$500! I'm going through the process of claiming it right now." Lawrence wrote: "Thanks for the tip on unclaimed balances. I was in the military and moved quite frequently. I'd forgotten about an old savings account from 21 years ago. There was just over $500 in it, which will come in handy."

How do we lose track of our money? People move around, get deposits they didn't know about, or, for whatever reason, have just forgotten they have an account. Once money sits dormant in a Canadian bank account for 10 years without the bank being able to contact the owner, it must be sent off to Ottawa and the Bank of Canada for safekeeping. Balances of $500 or more will be kept indefinitely until they are claimed. If it's less than $500, you've got 20 years (10 years at the bank branch and then another 10 at the Bank of Canada). After that it's too late, and the money becomes the property of the Canadian government.

Finding out if you have unclaimed money is just a couple of mouse clicks away. It's a free service and it's definitely something you should try. Go to the Bank of Canada website (www.bankof canada.ca), select the Services menu, and click on Unclaimed Balances. Follow the links, type in your name, and hope for the best!

Also try names of family members, friends, local charities, churches, and sports teams. If you do find unclaimed cash, it's not automatically yours—you do have to prove you are the legitimate owner. You will have to show that you had prior dealings with the bank that turned over the funds and explain why you left the money behind.

There are forms to fill out to prove you are the rightful owner of the forgotten cash, and you will have to provide your signature for comparison purposes. The bank will also want to see an original bank passbook, bank statement, or some kind of proof that you resided at the address used for the bank account. It will take 30–60 days for you to receive your funds. If you're an heir to the estate of the owner of an unclaimed balance, or an officer of an organization or charity, you must contact the bank directly.

A full list of unclaimed balances may also be purchased on a CD-ROM for $72, plus GST and PST, plus $3 for shipping. Of course, if you have Internet access, just go online and give it a try. If you don't find money for yourself, you may for a family member, friend, or charity in your area. There is nothing quite like an unexpected payday.

PART 3

PLANNING FOR WEALTH

Now that you know it is possible to pay down debt and save money, you will have to start planning for what you will do once you begin accumulating wealth. At this point in the book, it should be clear that the problem most people have with money is overspending—buying things they don't need and can't afford. We know that consolidating debt without taking a hard look at our spending patterns dooms us to repeat the same scenario again and again. We see that the biggest enemy of our financial situation is compounding interest on credit cards, loans, lines of credit, and mortgages, which makes us slaves to interest payments and keeps us from paying off the principal. We're aware that we should think about every dollar we spend and make an effort to make the right decisions every day to try to achieve our goals. Best of all, we know it's possible for anyone to become a millionaire over time (80 percent of millionaires are first-generation rich) with the right habits, strategies, and willpower.

When you start saving, the amounts will seem small in the beginning, but over time, as you pay off loans (and don't take out new ones unless they are part of your wealth-building strategy), build equity in your home, and reap the rewards of compound interest on savings and investments, you'll naturally find yourself thinking about accumulating and managing your wealth. What should you do with your savings? Where would they best be put to work? Should you buy an income property? Who should advise you?

Just being frugal and a great saver isn't enough; you'll need to become a shrewd money manager to make your financial dreams a reality. Good money management doesn't just happen—you have to make it happen by partnering with professionals whose skills you need and by taking some important preparatory steps.

CHAPTER 40

partnering with financial advisers

When it comes to managing your money, you are the best person to be in control of what is happening to your investments. However, there are many reasons why you might want some assistance:

- It can be a daunting task to manage your own investment portfolio.
- Financial information at the company water cooler, in the newspaper, or on the Internet may be old, biased, or just plain far off the mark.
- While we all have friends or co-workers who are happy to tell us about the stock they have that tripled and how they can help us do the same, chances are they are not so boastful about the three that tanked.
- Many of us simply do not have the time, the business background, or the expertise to study markets as well as a professional financial adviser.

Admittedly, if you are concentrating on paying down debt, you may find you have limited funds to set aside in your investment nest egg. In the beginning, then, you should consider using forced savings (automatic withdrawals) to allocate money for mutual funds (inside and outside your RRSP) with your local bank until you have amassed $20,000–$30,000. As your investments grow, you may become ready for a professional to take a more hands-on approach and guide you as you manage your portfolio.

We met Andrew Cook earlier in this book. Cook is a partner with Marquest Asset Management Inc. in Toronto. He manages funds with Gerry Brockelsby, Marquest's founding partner, and portfolio manager Alice Tsang. Cook manages accounts worth millions of dollars. He says you can approach most firms to get started with an investment plan; however, some organizations will expect you to bring $30,000, $50,000, or more to open an account. Cook says, "Realistically, you need a threshold amount of money to get appropriate attention."

Cook says that while the investment landscape can be quite confusing, it isn't rocket science, so you may not need a financial adviser. He says you should base your decision on whether you should hire someone to look after your portfolio on the amount of time you have available to monitor your accounts, your level of interest in following markets, and, from a practical aspect, whether you have enough money to get proper attention from an investment adviser.

Once you have decided to hire a financial adviser, then you should interview two, three, or more to find someone you are comfortable with. It's important to ask for references and actually check them. You will want to feel comfortable with them and be able to trust them.

> When interviewing an adviser, ask about his or her education, experience, investment philosophy, specialties, references, size of the client list, amount of an average client portfolio, and the adviser's disciplinary history.

A good financial adviser will be in the loop on current market trends and be aware of good investment opportunities before they become widespread public knowledge. They can also talk you out of risky investments that might be hazardous to your wealth! A financial adviser can steer you through the vast landscape of investment partnering with financial advisers' products and narrow them down to a list that is appropriate for you, your risk profile, and investment goals. They can also offer advice and provide insight into longer-term trends in the markets.

But Cook says that even when you have an adviser, the ultimate responsibility rests with you. "It is your money. You have to determine whether the adviser's advice is reasonable. If it does not make sense, don't do it. It should be easy to understand and make common sense. It can be intimidating given the different types of investment vehicles and the number of funds available, but I cannot emphasize strongly enough that common sense will help people make the right investment decisions," says Cook. If it does not make sense to you, and cannot be explained simply, it probably does not make sense and you should not do it. He insists, "There is simply no reason why you should buy something you cannot understand. There are enough [understandable] investment vehicles out there ... to help you achieve your goals."

When choosing any financial adviser, you will want to know how they get paid. "Ask how the adviser is compensated to gain insight into his or her motivation. You ultimately want the adviser's interests aligned with yours," suggests Cook.

Financial Advisers Make Money Either:

- by the hour
- by flat fee
- by commissions on investment products sold
- through a percentage of assets managed on your behalf

Compensation is extremely important, so you should ask about any charges that you will incur when a purchase is made and when the investment is sold and if there are ongoing annual fees you will also be responsible for. Advisers who charge a fee for advice don't make money by getting you to buy and sell something; theoretically, they are more likely to act in your best interests because they don't make money from every transaction they recommend. The downside of this is that they may not have the incentive to follow your portfolio as closely as you may wish. Cook says, "Advisers that charge a commission may be more likely to pay closer attention to your portfolio because they only get paid when you do a transaction. The risk here is that the incentive to generate commissions may impair the objectivity of their advice." This is called churning accounts, and investors must be aware that when investments are being bought and sold within their portfolio, there may be substantial charges being generated. The bottom line is to make sure that you know how your adviser is compensated and that you are comfortable following his or her instructions and suggestions.

Protecting Yourself

The vast majority of financial advisers are professionals operating with your best interests at heart; however, it is your money and you must be aware at all times what is happening with it. As Benjamin Franklin said, we must "oversee our own affairs with our own eyes and not trust too much to others. Trusting too much to others' care is the ruin of many."

The Small Investor Protection Association works to make people aware of how the investment industry operates, provides financial guidance, and fights for improved regulations, audit, and enforcement to benefit investors. Stan Buell, the association's founder, is concerned that many people working as "advisers" may have a conflict of interest because they are really no more than sales representatives selling financial products to generate commissions. Buell says, "The industry is misleading the public by saying that these people are financial advisers and investment consultants. The people working in the industry are pushed to sell certain investment products and they will do it whether it is good for the investor or not." It's important that your adviser has you complete a know-your-client (KYC) form, which asks you all sorts of questions, from your age to how well you sleep when the markets become volatile. KYC forms are important to have so that your adviser clearly knows your investment knowledge, market experience, tolerance for risk, and financial goals. Younger people can afford to be more aggressive in their investment approach because they may be prepared to ride out the ups and downs of the market, while older people should be investing more conservatively because they may need the money soon. Older Canadians have no need for risky investments and should never put savings at risk; savings are simply too hard to replace.

To protect yourself in the event of impropriety, ensure that you have proper documentation of your relationship with your financial adviser. It's imperative that you receive monthly evaluations that show the value of your account, and they should be produced as a company standard, not as a handwritten or typed report. Problems often arise between investors and their financial advisers if much of their correspondence is verbal in nature, which can be difficult to track and hard to prove. Written statements will establish a paper trail of your transactions.

Never give power of attorney to an investment adviser because this will give the adviser full and complete access to accounts to trade, buy, and sell at will. Ask questions and monitor your accounts and never assume your money is safe just because it is in the care of a financial adviser.

Buell has a special warning for people in small-town Canada, saying they need to be extra wary of slick financial advisers out to take advantage of people. "Don't deal with the little guy because any guarantees you are given are only as good as the person or company giving the guarantee. There are too many cases where small-time fraudsters take off with millions of dollars and then the money is gone and there is no chance of getting it back. Dealing with larger firms or bank-owned brokerage companies is not necessarily perfect, but in the event something goes wrong, you will at least be able to get some of your money back," says Buell.

For more information on the Small Investor Protection Association, you can visit its website at www.sipa.ca. You can also check out these websites for investing information:

- Industry Canada's business and consumer site—www. strategis.gc.ca
- The Investment Funds Institute of Canada—www.ific.ca

choosing a lawyer

If you are lucky in life, you will require a lawyer for very few things. Hopefully, if you do, it is to help close a profitable business deal, buy a house, or deal with an inheritance left to you by a wealthy relative. Too often when you need a lawyer, something bad is happening— you are either being sued, facing criminal charges, or going through a divorce. None of these situations are pleasant and neither are the lawyer's bills that come with them.

Choosing a lawyer is one of the most critical decisions you will make. Unfortunately, it's often a decision not made logically. Michael Reilly, of the Ajax law firm of Reilly D'Heureux Lanzi LLP, says, "Many people are referred to a lawyer by friends and family. This is a good start as you can receive feedback about the lawyer, but be careful. Unless the person giving you the referral works in the legal profession, his or her opinion about the legal ability of the lawyer is likely to be an uneducated one. Almost everyone thinks his or her own lawyer is the best. How else can one justify spending hundreds of dollars an hour?"

In addition to referrals, lawyers can be found through the Yellow Pages, the Internet, and the Lawyer Referral Service (also listed in the Yellow Pages). Reilly says it's important to find a lawyer who has experience in the area of law you need. "You need to narrow your search to lawyers who practise primarily or exclusively in the area of law you require. Most lawyers restrict their practices to one or two main areas." While lawyers can practise in any area of law they choose, Reilly says that regardless of their experience, some lawyers will take a case in any area, learning as they go. He says, "Steer clear of these lawyers. You wouldn't want your family doctor to do your bypass surgery, so don't hire your real estate lawyer for your divorce."

> Having a lawyer on retainer is not necessary unless you are in need of legal advice on a regular, permanent basis. Generally you should call a lawyer only when you need one.

Reilly says that unless you are very wealthy, your choice of lawyer will likely be guided by what you can afford. "Although it is unlikely a lawyer will be able to accurately estimate the cost of your case over the phone, you can at least determine the hourly rate and narrow your list of potential lawyers according to your price range. A general rule, although certainly not accurate in every case, is the better the lawyer, the higher the rate," says Reilly. So how much should you expect to pay? Hourly rates range from $125 per hour to $500 per hour or more depending on years of experience, geographic location, and the particular area of law. If your income is modest, you may qualify for Legal Aid. Except for criminal law, lawyers who accept Legal Aid certificates are often inexperienced. Reilly adds, "This is not always true, however, and many talented and experienced lawyers accept Legal Aid certificates." (You can check the Yellow Pages for the Legal Aid office closest to your home.)

After narrowing your list to three or four lawyers who practise in the area of law you need with hourly rates you can afford, you need to meet them. Reilly insists, "Do not hire the first lawyer you meet. You will be working closely with your lawyer for months and maybe years. You must be able to develop a working relationship." Reilly advises that you should comparison shop and gather information about each lawyer's experience. "Ask for an opinion on the merits of your case, strategies he or she might suggest, and the chances of success. An important question that is rarely asked is how many years the lawyer has been practising, and how many years were in the area of law you need." It's also a good idea to ask if the lawyer you are meeting with is the one who will be handling your file because sometimes senior lawyers hand over cases to more junior lawyers. Reilly says, "This is not necessarily a bad practice, but you should know before it happens." Depending on the nature of your case, your lawyer may not be able to fully answer all of your questions; however, this is not an indicator of an inexperienced lawyer. "You should beware of a lawyer who seems too sure of the result and is more interested in discussing his or her retainer than your case. Most lawyers will expect you to be interviewing others and not pressure you to sign a retainer agreement and provide a cheque right away."

Many lawyers will offer a free initial consultation, but don't expect several free visits to go over your case. Confirm in advance that the lawyer's first visit is free or you could get stuck with a bill for your introductory meeting. Any lawyer to whom you are referred through the Lawyer Referral Service will offer a free 20-minute consultation.

Unfortunately, there are times when people have hired a lawyer only to find as their case proceeds that they have hired the wrong person for the job. If you feel you have, Reilly says, "Simply put, get a second opinion and, if necessary, fire the lawyer and get a new one. It is costly to change lawyers, but the chances of success in your case decrease if you do not have full confidence in your lawyer's advice."

If you believe your lawyer has made an error, overcharged you, or acted unprofessionally, consult another lawyer for an opinion. Your options include suing your lawyer, assessing his or her account with the court, and making a formal complaint. There are law societies in every province and territory in Canada that a lawyer must belong to in order to practise law there. You can check the Canadian Bar Association's website, www.cba.org, for more information on how to file a complaint, choose a lawyer, or how to obtain legal aid in your area. For more information on Reilly's firm, visit www.reillylegal.com.

preparing a will

As you save money, pay off debt, and watch your equity and investments grow, you will want to ensure that you have a will so that your wealth is distributed to your loved ones as you would wish. Every adult Canadian should have a will, but for some bizarre reason, half of us don't. Some of us may be paranoid that writing a will is a self-fulfilling prophecy: Write a will one day and we'll drop dead the next. Others shy away from the expense of having a lawyer draw up a proper will, but it's money well spent for the family you leave behind. Having a will professionally drawn up, complete with powers of attorney (documents that give authority to others to look after your affairs if you're in a coma or, for medical reasons, are unable to make decisions for yourself), costs about $250, or about $500 for a couple.

Why have a will? If you die without one, the law of the province where you live writes one for you. Each province has its own intestacy rules that provide a list of people who will inherit if a person dies without a will.

> You should update your will after important life events, such as a marriage, the birth of a child, a divorce, or the death of a spouse.

Inexpensive do-it-yourself will kits are available, but they are not recommended, especially if you have substantial assets. None of us really want to spend $250 to have a will drawn up, but if you have equity in your home, investments, and prized possessions you want to leave to certain individuals, then a proper will is a must. A will kit can't offer advice and the one-size-fits-all approach does not take into account unique family situations. If mistakes are made and you're gone, the will is left open to interpretation and can be challenged in court.

You may also want to consider preparing a living will, which spells out your wishes as to the kind of care you want to receive after an accident, illness, or when you are unable to speak for yourself and your condition is terminal. Some also refer to this as the "pull the plug" document. For more information on living wills, visit the website organized by the University of Toronto Joint Centre for Bioethics, www.utoronto.ca/jcb, which provides samples of living wills and instructional booklets, or call them at 416-978-2709.

For more information on wills, visit the Canadian Bar Association's website at www.cba.org.

Preventing a Family Fight

None of us like to think of our death, but having a will can prevent huge legal bills, stop bureaucratic red tape from tying up your estate, and, most importantly, prevent family feuds when dividing up assets.

As much as parents may think their children won't fight when dealing with their estate, money does do strange things to people. No one knows this better than wills and estates lawyer Les Kotzer. He and Barry Fish, of Fish and Associates in Thornhill, Ontario, have a law practice that tries to help people avoid family fighting over inheritances. Together they wrote the book *The Family Fight: Planning to Avoid It*. While it's important to have a will for many reasons, Kotzer says the main one should be the preservation of families. He became concerned after seeing a dramatic increase in family fighting among his clients. "It may be fighting that doesn't go to court and it's not over millions of dollars, but even when families fight over smaller things, they end up no longer talking to each other and it can really lead to the destruction of relationships," says Kotzer. He adds, "I've had families throwing things in my office and yelling at each other, calling the people they used to walk to school with thieves and liars. Things can go downhill very fast."

Many people assume everything will go smoothly because family members love each other, but that's not always the case. Kotzer says, "Anybody who doesn't have a will would be very foolish to think this is the best way to leave a legacy for your family. If you don't have a will, there is a greater chance of a family fight. They may be fighting over this and that and there is nothing in place to guide the children on the distribution of your personal assets, anything to tell them how to divide up your home and investments."

Family fighting is on the rise, partly because of the difference between the two generations. Kotzer sums it up this way: "There is a joke that goes, why did the baby boomer end up with $1 million? It's because his parents left him $3 million." We are now experiencing possibly the greatest transfer of wealth between two generations as the hand-off takes place from the thrifty, Depression-era parents to their free-spending baby-boomer kids. Kotzer elaborates: "The Depression-era parent was, for the most part, very wise. As a wills lawyer, I see the large amounts of money being passed down. They were more likely to save for a rainy day; ... often they will come into my office and say that they have no debt—none! They have no mortgage, no loans, and often no credit cards." The boomers are often another story. "What I'm seeing is the baby boomer—the ones that have a home, a cottage, expensive cars, and expensive home theatre systems—now inheriting money from their Depression-era parents. While their mom and dad may have reused containers, clipped coupons, and kept brown-paper bags so they could use them again the next day for lunch, they are leaving their money to their children, who are loaded with debt."

Unfortunately, many baby boomers are counting on an inheritance so they can pay down mortgage debt, car loans, lines of credits, and credit card debt. People have high expectations that when their parents pass away, they will have a mattress to fall back on to pay off all the bills they have accumulated.

Problems arise when children find out there may not be enough money to go around. "Parents also make assumptions, such as, well, I'm sure if Billy needs money, Bobby will give it to him after I die." Kotzer says to never assume your kids are going to help each other financially after you pass away because even though Bobby may have a great love for Billy, Bobby's wife may say, "You are not giving one cent to your brother because I can't stand him." Another factor is that people are living longer and the parents of baby boomers may need to spend their money to look after themselves. They will need medical care and money for nursing homes. They probably also didn't expect a lot from their parents because their parents didn't have much to leave behind for them.

Kotzer cautions that before involving lawyers in any family dispute, people should pull out old photo albums and review pictures that show siblings running on the beach, taking baths together, or blowing out candles on a birthday cake. For more information, check Kotzer's website, www.familyfight.com.

PART 4

INVESTING WISELY AND BUILDING WEALTH

Wealthy business people will tell you that "the first million was hard to make, but the next 10 million was a lot easier." This alludes to the fact that it is difficult to scrimp and save and invest your first few thousand dollars, but once you get started, have good habits, and get the stock market and compounding interest on your side, it becomes a lot easier.

Having wealth to use in your favour is why the rich get richer. If someone has $1 million and is able to get a 10 percent annual return on the investment, that's $100,000! This rate of return on investments is difficult to achieve in fluctuating real estate and stock markets, but it does show how wealth can be generated. Once you are able to put away tens of thousands of dollars, you, too, will be able to watch it grow in the various investment vehicles you choose.

Once you begin paying down debt, spending less than you make, and taking steps to prepare for wealth, you can begin setting aside money for the future and build the wealth you desire. You will see that a plan is necessary to help you manage your savings so you can benefit from compound interest, government tax incentives, and the stock market. In the following chapters we will look at the power of forced savings when it comes to RRSPs and RESPs. We will address managing your mortgage so you can pay it off faster and give less money to the bank in the form of interest payments. We'll look at purchasing a second property, either a cottage or chalet or an income property.

As your savings and investments grow, so will your security and confidence. You will feel good about your financial position and know that you have money set aside to care for you and your family.

investing à la Andrew Cook

If you manage your own stocks and mutual funds, you may be playing the market with your fingers crossed. You should know there are many mistakes that novice investors make in their rush for big returns and easy money.

As mentioned earlier in this book there are so many investments to choose from and different risk factors associated with them that you may require the advice of a professional money manager. It's common sense that a financial adviser, someone who spends every hour of the day following trends in the market and dealing with the world of finance, will have a better understanding of what the future may hold than the rest of us.

Once you have achieved a certain level of wealth, you will want to consider this step. Of course, even financial advisers don't have a crystal ball, but they can save novice investors from making common mistakes that, unfortunately, are made all too often.

Andrew Cook, whom I mentioned earlier in the book, is a partner in Marquest Asset Management Inc., based in Toronto. He is a portfolio manager who deals with individuals worth millions of dollars. Cook describes his role this way: "We are growth managers and manage money for institutions and high-net-worth clients. We are focused on absolute returns rather than beating a benchmark, such as the TSX exchange. Our funds have a performance fee structure, which aligns our interests with those of our unit holders and keeps us focused on absolute returns." In other words, if the clients make money, Marquest makes money—a win-win situation. So what can the average Canadian learn from a money manager like Cook, who supervises millions of dollars within his investment company?

Do Diversify

Cook says one of the biggest mistakes investors make is not diversifying properly: "Either owning too much of a certain stock or fund as a percentage of your portfolio. While this can generate big returns, it can also generate big losses very quickly." We've all heard the saying, "Don't put all your eggs in one basket." This basic approach to investing makes sense at all levels, whether you are starting out or are already a high-net-worth individual. Taking on unnecessary risk is really gambling with your investments, similar to spinning the roulette wheel at a casino. Cook explains, "It takes a long time or a big win to make up for big losses. In order to get back to even from a 50 percent loss, you have to have a 100 percent return. Investors must realize that investing is a marathon, not a sprint." Cook also says that while stocks are an important asset class, so are bonds and real estate.

Don't Chase Returns

Another common mistake made by the novice investor is "chasing returns"; in other words, investing in stocks that have already generated outstanding value. "There is a tendency for investments [that] have outperformed for a time to follow this with a period of underperformance. This can result in people putting money into assets at exactly the wrong time," warns Cook. In some cases, this mistake is compounded when the cash for a new investment is raised by selling investments that have underperformed and are poised to outperform. "Chasing returns can also lead to lack of diversification because human nature tends to lead people to believe that investments [that] have outperformed are less risky. Investors can also fall prey to the greed factor, which can lead them to make bad investment decisions." Michael Douglas, in the movie *Wall Street*, may have said that greed is good, but many investors have lost a large percentage of their portfolios because they were greedy.

Do Know Yourself

Cook advises that investors review their current assets, risk tolerance, and goals when making any and all investment decisions. What might be a great investment for your neighbour might be a terrible one for you. Remember, even when you have an adviser, the ultimate responsibility rests with you.

Don't Make Emotional Decisions

It's also human nature for investors to want to hold onto a stock that has dropped in value so they can at least break even when the stock rises to the price it was purchased at. The only problem is that it could take years for this to happen, so your money could be better put elsewhere. The other problem (as some investors know all too well) is that the stock may never return to the value it was purchased at or may become worthless. Thousands of investors held Bre-X stock, which skyrocketed, only to have no value whatsoever later. Many investors who decided to take some profit when the stock was high did well. Others who held on until the end were left with worthless stock certificates. Cook says, "Not selling when an investment is in a loss position and the fundamentals turn bad is another error many investors make."

Cook explains that it is normal not to want to sell at a loss, but that you are better off taking your losses and investing the remaining capital in something with positive fundamentals. He encourages investors to ask themselves this question: "Would I be more upset if the investment continues to go down than I would be happy if it goes up?" The answer is usually *yes*. It is psychology that keeps people hanging onto losing investments for too long.

Cook says there are two reasons to sell: to prevent further losses and to improve the psychology of the investor. "Hanging onto bad stocks expends too much time and energy on negative events rather than focusing on finding positive investments."

Do Dollar-Cost Average

As this book will tell you several times, one of the best possible ways to invest for the future is forced savings. Whether money is directed to a savings account or a stock plan, it's one of the easiest and most beneficial strategies. It is almost always better to invest over time than to try to make large investments all at once. "I think the best strategy is to invest money on a regular basis," says Cook. "This ensures that money is actually invested, rather than constantly post-poning the decision. It becomes habitual. Additionally, you are not making a huge investment decision, which can be intimidating—it can be done in small increments."

Do Pay Attention to Trends

The stock market is now not necessarily a "buy-and-hold stock market," and it is important to look at long-term trends. Cook says that different rules apply to different types of markets, and as these trends unfold, they become accepted as common wisdom because these trends last for 10–20 years. The "buy-and-hold" strategy, for example, works well in a long-term, up-trending market, such as we were in from 1980–2000, but this is a recipe for underperformance in a "sideways" trending market, such as we are in now and are likely to be in for the next five to 10 years. Suggests Cook, "In this envi-ronment, active management is required to generate above-average positive returns." Active management meaning watching stocks as they rise and fall and buying and selling as they move sideways through the market. This is when a money manager uses his or her experience to know when to get in and get out as stocks rise and fall. For more information on Cook's investment company, visit www.marquest.ca.

As I asked many experts for this book, I also asked Cook if he had any advice that he might wish to pass on to Canadians regarding saving or spending habits. He said that some friends recently told him about a deal on barbecues: If they all went in together and purchased several at once, each person would save $500. So how much would the barbecues cost? Well, barbecues normally selling for $3,000 would only be $2,500. Cook declined his friends' offer. "I remembered the words of my father, Arthur Cook, who used to say, 'I guess we can't afford to save that much.'" Certainly it's a barbecue Cook could likely buy, but I guess he would rather spend less and put the difference into a good investment.

taking part in day trading

Day trading, or short-term investing, can be extremely risky. Day traders buy stocks and hold them for a few minutes, hours, or days, hoping to buy on a dip and sell on a spike. Too many people are gambling with their investment accounts or within their RRSPs. Some are risking money for their daily living expenses, home, or retirement.

I have heard from viewers who are suicidal after investing a huge portion of their life savings into a single stock, hoping to double their money. One viewer told me he bought stock that immediately took a 25 percent drop. Rather than take a loss, he held on, hoping it would come back, but it dropped again another 25 percent. He sold and lost half of his life savings. He said he couldn't bear to tell his wife what he had done.

Playing the market this way is the same as playing the slots at the casino: The odds are against you.

CHAPTER 45

minimizing pricey fees for funds

If you are like many Canadians, chances are you have mutual funds in your investment portfolio. Whether they are inside or outside your RRSP, it costs you every year to hold mutual funds. Unlike stock holdings, mutual funds charge an annual fee to compensate the companies that manage them. Some mutual fund companies are charging big fees that are not always clear to investors. That's why you should know the management expense ratio, or MER, of every fund you own.

Whether your fund is making money or not, you must still pay the MER, the percentage of your fund that will go to the mutual fund company annually. The size of the MER makes a huge difference in how much the fees will cut into your earnings. For example, if a mutual fund has an extremely low MER of just 0.18 percent, then on a $10,000 mutual fund, the cost of holding the fund for three years is just $58. If a mutual fund has an extremely high MER of 3.1 percent, then on a $10,000 mutual fund, the cost of holding it over three years would be $1,029. That's a huge difference.

You can find the MERs for a mutual fund by checking its prospectus or you can get the information online from the following websites and many others: www.globeinvestor.com, www.fundlibrary.com, and www.morningstar.ca.

You may be getting more hands-on management with your fund if you pay a higher MER and higher returns, but that's not always the case. While most funds typically have MERs of about 1–2 percent, you should check every fund you own to see what the management fees are. If you have mutual funds through your bank or a broker, you can ask them what the MER is for your funds or check online through your bank or financial company's website.

If you do own funds with high MERs, you may want to monitor them closely and compare them to funds with lower MERs. If the lower MER funds are performing about the same, it may be worth making the switch to the funds with lower expense ratios.

If you're looking to buy a fund, a general rule is to avoiding buying "front-end load" funds because for these you pay a sales commission upfront. Look for no-load funds and funds with low management expense ratios.

CHAPTER 46

benefiting from RRSPs

By now, most of us know about the benefits of the Registered Retirement Savings Plan, or RRSP. Created in 1957 to help Canadians save for their retirement, RRSPs allow us to deposit money into a fund for our old age. For every dollar you put into an RRSP, you get a tax break from the government. As your RRSP nest egg grows, it is sheltered from tax. It also encourages us to save for our retirement as we take on the burden of looking after ourselves.

The RRSP is generally regarded as one of the best tax shelters around, and when I interviewed personal finance expert Garth Turner, who was once Canada's minister of national revenue, he called the RRSP a must. Turner told me, "Canadians should view an RRSP like a large bubble where you can stack your financial assets. They are then free to grow and compound within the bubble, which shields them from taxes. Contributing just $100 a month can result in a quarter-million-dollar RRSP in just 25 years. It's the best leg-up on the future you are going to get!"

Investing in an RRSP makes good economic sense. At tax time the amount you have contributed to the plan is deducted from your taxable income, so chances are you will get a refund cheque. Your money grows in the plan, sheltered from taxation, and when you finally do need your money, you roll your RRSP assets into a Registered Retirement Income Fund, or RRIF, which further defers taxes as long as you take out a minimal amount each year. Assets can be transferred to an RRIF at any time; however, all RRSPs must be converted by the end of the year in which you turn 71.

Generally, you can contribute 18 percent of your income. The more money you make, the bigger the tax break you get. For example, if you contribute $5,000 in one year and are in a 40 percent tax bracket, you will get an immediate tax savings of $2,000. If you are in a 54 percent tax bracket, you will save $2,700. You immediately save money for your golden years.

It's hard to come up with several thousand dollars all at once, which is why contributing throughout the year, perhaps every month or every paycheque, is a good strategy. You can also load up your RRSP with any investment vehicles you want, such as low-risk GICs, savings bonds, mutual funds, stocks, and small business shares.

> You may want to consider contributing to an RRSP plan for the spouse who is the lower-income earner. You will get the same tax break as if you'd invested in your own name, but when the money is withdrawn, it will be taxed at a lower rate.

It is now widely advised that if you don't have enough money to put in an RRSP, you should borrow from the bank to make a contribution, but that's not true for everyone. It does enable you to get a refund cheque, which you can apply to the loan. If you do use your refund to pay off the loan, then borrowing money from the bank to put in your RRSP is a good idea. Unfortunately, most of us don't.

The government has changed restrictions on RRSPs so you can catch up on missed contributions; however, you cannot overcontribute more than $2,000 to your RRSP or you will be penalized.

So an RRSP is the best way to finance your retirement, then? Well, I have to admit that I have some concerns about RRSPs and the way the system operates. Here are a few of them:

- Have you talked to a retired person about his or her RRSP? That's when you hear the response, "RRSPs equal tax deferral, not tax savings."

- If you ever go to the bank to buy an investment property, the bank treats your RRSP as if it's not even there. It's like MC Hammer's rap song, "U Can't Touch This." If you want to use your RRSP to pay down debt, U Can't Touch This! If you want to take money from your RRSP for a home renovation, U Can't Touch This! If you are ever in a pinch and really need your RRSP money, you are taxed so heavily (depending on your tax bracket) that you can lose half of what you are taking out, meaning—you guessed it—U Can't Touch This!

- If the federal government ever becomes so cash-strapped that it's looking for money, it may not be able to control itself and may just tap into the billions of dollars of RRSP money that the baby boomers have saved up.

While almost every tax adviser says an RRSP investment is a great way to go, most add that this is so if you reinvest your tax refund, which most of us don't. Another problem is that people may feel they are getting ahead by saving $10,000 a year in their RRSP, but they continue to dig themselves $10,000 a year further into debt.

An RRSP is a great idea and I do believe it's wise for all Canadians to have some money in an RRSP, but what is most important is to have a balanced portfolio—money invested in an RRSP, money invested outside of an RRSP, real estate holdings, and savings. I believe too many Canadians are putting too many eggs in the RRSP basket. They have tens of thousands of dollars there that they can't get at until they are over 65!

Granted, I would not want to dissuade anyone from saving money for retirement, as we all should. Certainly anyone who does not have a company pension plan or someone who is self-employed should consider hefty payments to his or her RRSP. Many advisers say that the tax break offered by the government is too good to turn down. I find that it is equally and perhaps more important to have money outside your RRSP and a plan to pay down debt. While RRSPs are part of a well-balanced retirement plan, debt reduction is just as important.

debunking financial myths

We've all heard that we need to have at least $1 million to retire. While that is an excellent goal to shoot for, too many of us may be worried that if we don't have that much to fall back on, we could be in serious trouble. As the consumer advocate at CTV, I am pitched many books by many authors. A couple of years ago, one called *Smoke and Mirrors: Financial Myths That Will Ruin Your Retirement Dreams* by David Trahair came across my desk. It was unlike many of the self-help books of the day as its message was that you don't need $1 million to retire, you don't have to be in the stock market, and you shouldn't borrow money to put in your RRSP.

For the latest edition of my book, I wanted to touch base with David Trahair to see if his feelings had changed following falling stock markets, a jittery economy, and rising prices. Trahair says, "I think the rocky markets further support this idea of a no-risk solution. That is, totally paying off all debt, including the house and mortgage, before you retire is even more attractive than trusting the stock market to pull you out of all your problems. You are dealing with your family's future here and your ability to retire. Don't gamble your family's future by trusting the stock market because you just never know where it's going to go." Trahair, an accountant by trade, continues to believe that making your total strategy paying down debt is the best and safest way to go. He says the stock market declines in 2008 have many people hoping they can win back their losses in 2009 and 2010. While some analysts would say you can, Trahair remains skeptical. "A lot of people have lost a lot of money, and then it gets even worse because people think, 'How am I going to make up for this decline of 20 percent or 25 percent in my RRSP or investments?' It then can get worse because then they think, 'I have to trust the stock market even more,' which, in my view, is a losing strategy."

The message from chartered accountant and author David Trahair is that Canadian banks and investment companies are using scare tactics to get Canadians to hand over their money. His take was that the more the banks can convince you that you need to borrow from them, the more money they can make off you in interest, fees, and commissions. While his view is different from the mainstream, it is one that everyone should consider as almost everyone agrees there is nothing wrong with paying down debt.

> I think a lot of Canadians are as fed up as I am about a lot of the messages that come from these big financial conglomerates. I think people are worried about their retirement plans and I can understand why because there are so many conflicting messages out there about needing millions of dollars to retire.

We've all seen the commercials during RRSP season about how you need $800,000–$1.2 million to retire comfortably. It's this message that Trahair says gives people a sense of hopelessness.

> The reality is that if people can get control over their finances and pay down their debt, the average Canadian will need nowhere near $1 million in an RRSP to retire comfortably, which is good because the average Canadian is never going to get anything close to $1 million in his or her RRSP. You would need to save $20,000 a year for over 30 years to build up that kind of portfolio. With the cost of living and raising children, there are not too many Canadians who have $20,000 lying around at the end of every year.

Since everyone's personal finances are different, you may need a lot less than $1 million; even $200,000 may be plenty to retire with. You have to think about what you want to do once you retire. If you plan to take an ocean liner to every seaport in the world, then you will need a lot more money than if you want to babysit your grandchildren and spend time gardening. Trahair says, "One of the seven habits of highly effective people is to begin with the end in mind, and, unfortunately, the majority of Canadians don't do that. They don't even think about their current state of finances, let alone what it's going to look like when they retire. If they did, they would increase their odds dramatically that their retirement would be comfortable or even better than their current situation is." You may be able to pull off a lifestyle of conspicuous consumption when you're earning a big salary, but it will be almost impossible to keep up your high-spending ways once you retire. You will either have to work longer or significantly cut back on your spending.

Trahair says that many financial elements change when you retire. You could be receiving money from a company pension plan, Old Age Security, and the Canada Pension Plan. You likely may not be burdened with mortgage payments or have your children's education to worry about. You wouldn't have CPP and EI withheld from your income, and you would probably be in a lower tax bracket, so you would be taxed less. You wouldn't be putting any more money away for RRSPs; in fact, you'd be drawing money out. If your debts were paid off and you had control of your finances, you would need significantly less than you currently do.

Getting rid of all your debt before you retire is key to needing less money at retirement. Trahair says, "The lack of a cash outflow is as good as, if not better than, a cash inflow." For example, suppose you have paid off your mortgage. Your payments used to be $2,500 a month, but now that $2,500 a month isn't flowing out. If your mortgage is not paid yet and you still need $2,500 a month to pay it, you will have to take as much as $4,500 out of your RRSP because you will be taxed on it. Therefore, your best bet is to have no debt at all in retirement.

There is a rule that is often quoted that says you will need 70 percent of your pre-retirement income after you retire to maintain your standard of living. That may be the right percentage for some people, but not for everyone. Trahair says, "In my case, since I track my finances and I project what our expenses will be after retirement, I believe we can maintain our standard of living once the kids move out and the mortgage is paid off on just 40 percent of what we are currently earning." This is just a minimum and, of course, we should try to save more; however, Trahair's plan can give you some peace of mind that you don't really need $1 million or 70 percent of what you are currently earning to retire comfortably.

Trahair is also against the idea of borrowing money to put in an RRSP. "The banks have created a brilliant strategy by telling consumers they need to borrow money from them in order to top up their RRSPs. They loan you money and you immediately give it right back to them. They win on both sides of the ledger." Banks want to make money off your money. "If they can convince you that you are going to need $1 million or more, then you are going to have to send them a heck of a lot of money and that makes them rich. The more you send them, the more they make."

He compares the banks to a large matching service.

They take $100,000 from an older retired person and pay him or her 3 percent interest at the end of the year. They then turn around and find a younger individual and lend them that $100,000 for a mortgage and charge 7 percent interest. The younger person is required to start paying the money back within two weeks, and payments are top-heavy with interest, so the banks are making a lot on that spread. My conclusion is that if the bank is winning, then who is losing? It's the people who are borrowing or investing with them.

Trahair says many investment houses want personal finance strategies to seem complicated so that they can say it's so difficult that you won't be able to handle your finances, but they will be happy to do it for you. He insists that it's really not that complicated. "The key to getting your finances under control is very simple. If you spend less than you make every year, pay down debt, and put money aside, then things will work out fine. If you spend more than you make every year, no strategy is going to save you."

The RRSP Trap

Now, I am not against RRSPs and, for the record, neither is Trahair. However, a problem arises when people use RRSPs as their sole savings tool for their retirement. Trying to stuff as much money as you can into your RRSP is not only unnecessary, it could also hurt you down the road when you retire.

You get a tax deduction when you make an RRSP contribution, but it comes at a cost. The cost is that when you retire and start taking money out, you will be taxed at that point, so it is really a deferral of tax, not a savings of tax. While those who borrow to put money in their RRSP can see a benefit if they immediately reinvest their tax refund, most of us don't. We just spend it on additional lifestyle things, like a more expensive vacation or a big-screen TV.

"Even if someone's RRSP does well, there are problems with the RRSP at the end of the road," says Trahair. "When you turn 71 years of age, you are required to convert your RRSP into a [registered] retirement income fund (RRIF) or annuity and the government then tells you how much you must take out each year, every year. There are minimal amounts that you have to take out, whether you need the money or not. That is one way that the government gets that tax refund back later on in your life." For example, currently, the minimal withdrawal amount is 7.38 percent in the year that someone is 72 years of age. If you had a $1 million RRSP, you would have to take $73,800 out of your RRSP or RIF, whether you wanted to or not. Even if you had your finances under control and you didn't have a lot of expenses, you would still be forced to take that money out regardless and pay tax on it.

Trahair says there is another reason you don't want to have an excessive amount of money in your RRSP. "The second negative is that most Canadians have Old Age Security starting at age 65. It's the only free money you will ever get, but it starts getting clawed back once your income meets a certain amount, and currently that's just under $65,000. So if someone actually had $1 million and was taking $73,800 out of their RRSP, they would have part of that Old Age Security clawed back. It's money you deserve, but wouldn't be able to get from the government."

The third reason that you don't want an RRSP loaded with cash is what happens at your death. When one spouse dies, the value of his or her RRSP or RRIF can go to his or her spouse tax-free. But when the second spouse dies, the whole remaining balance of the RRSP and the spouse's RRSP goes on the final tax return of the second spouse to die. The government gets a huge tax grab at that point. Trahair cites an example: "The top tax bracket in Ontario is 46 percent and it kicks in at approximately $123,000 of taxable income. So if they had $400,000 left in their retirement income fund combined, approximately $277,000 of that is going to be taxed at 46 percent, so about $127,000 in tax will be owing on the final tax return." This might not make much difference to the person who is dying, but if they have children who they are passing their estate on to, it's a huge chunk to lose.

Clearly, there are negatives to building up a huge RRSP nest egg. If you already have a large amount of money in your RRSP and have concerns, raise this issue with your investment/tax adviser to see how you can try to limit the amount of tax you pay.

When I ask Trahair about the best advice he has ever received regarding personal finance, he quotes an article he once read: "I saw an article by John Templeton, the original Templeton, one of the best investors of all time, and the conclusion that he came to in this article was that the best thing that you can do—and this is from an investor—is pay off debt first. I couldn't believe that he would say something like that, but that's what he said, and that is what I would say. Pay off debt first. I would say if there is an enemy of personal finances out there, it's debt. You should try to have no debt. It's a simple philosophy that is easy to say, but difficult to do."

Looking forward, Trahair has concerns about the U.S. economy and how Canadians will be affected. "What is really scary at this point in time is what's going on in the United States. It's really bad on many different fronts, not just the stock market. There is the housing market and the job market, and are we sure the stock market is going to bounce back and do what it's done over the past 50 years? I'm just not convinced." Trahair says that since he is not an investment adviser, he has nothing to gain whether people trust the stock market or not. "But I think when people talk about their personal finances, they focus on the positive and they don't want to talk about the major problems they have had. I recommend that younger people talk to their parents or other retired people and ask them what they did right or they did wrong and try to learn from their mistakes rather than make your own mistakes." He says he personally stopped making RRSP contributions a number of years ago. "I am 49 years old and my focus is on controlling expenses and paying off debt, which is admittedly hard. But once all the debt is paid off, the kids have moved out, there should be a large amount of money coming in each month. My RRSP room will have carried forward, so even as late as five years before my retirement, when my income should be the highest of my working life, I will have excess money to make RRSP contributions and will be getting a tax refund at the top tax bracket." This accountant says he will still not get risky with investments in the stock market. "When I start getting back into RRSPs, it's going to be fixed-income guaranteed GICs, term, and deposits. I literally will not get back into the stock market."

Trahair's view is not for everyone, but it is another perspective. For more information on his book, check out www.smokeand mirrors.ca.

CHAPTER 48

setting up RESPs

As the consumer reporter for CTV, I get complaints from viewers who have contributed to various registered education savings plans, only to find out later that not all the money is there when they need it, or the plans have such restrictions that if a child decides not to go to school or his or her marks aren't high enough, the plans are severely penalized. One family saved $57,000 in an RESP, but when they decided to transfer the funds to their bank's RESP plan, the plan had $20,000 deducted! That's right—they got only $37,000. There are so many problems with some of these smaller plans that are not affiliated with major banks that my best advice is to open an RESP with your bank or credit union to minimize problems.

One of the most important things that parents can do for their children is to help provide them with an education, preferably college or university, rather than the school of hard knocks. Young people who enter the workforce without an education beyond high school are forced into mediocre jobs with limited earning potential. According to Employment and Immigration Canada, jobs for people with only a high school education are disappearing, while jobs for workers with post-secondary education are tripling. And check out this statistic: A university graduate will earn $1,580,000 more in his or her lifetime than a high school graduate will. Employment and Immigration Canada says this amount could triple by the year

2015—just one more reason to tell your kids to stay in school. Even young entrepreneurs who want to start their own business should have a degree or diploma to fall back on in case their venture doesn't work out. Time in university or college is a great life experience as well.

Two-thirds of new jobs require education beyond high school, and tuition fees for courses can top $4,000 or $5,000 a year. Professional degrees for doctors, lawyers, and dentists can cost as much as $12,000–$15,000 annually. Add on the expenses of books, supplies, transportation, rent, and other living expenses and you'll want to make sure you are socking some money away for your kids.

> The Canadian Bankers Association estimates that for a child who is three years old today, in 15 years, four years of education for a student living away from home could cost as much as $75,000–$100,000.

While some subscribe to the theory that students will work hardest in university if they are the ones footing the bill for the cost of their education, with rising tuition and the added costs of attending school, it is now almost impossible for even the most frugal student to save enough from summer jobs to pay for college or university. And many parents don't want to see their children step off the podium with a degree, only to be saddled with tens of thousands of dollars in student loans as they prepare to enter the workforce. This is why a Registered Education Savings Plan, or RESP, is a must for all families.

The RESP program was created by the federal government to allow families to save up to $4,000 per year per child, to a lifetime total of $42,000 per child, in a tax-sheltered plan. Changes in 2008 allow for a lifetime contribution limit of $50,000, but there is no annual limit on contributions. The first $2,000 put in the plan is eligible for a Canada Education Savings Grant (CESG) of 20 percent every year. That means that for every dollar you put in an RESP, the federal government will contribute 20 cents up to $400 per child, per year. You can receive this grant of $400 a year for 18 years for a total of $7,200, which means the government is paying for your child's first year of university for free! Families who earn $35,000 or less per year receive a bigger benefit. The government will match 40 percent on the first $500 saved in an RESP and 20 percent on the next $1,500 saved. This allows the family to receive a benefit of $500 annually. For a family earning between $35,000 a year and $70,000 a year, the government will match 30 percent on the first $500 saved and 20 percent on the next $1,500. This allows a $450 annual benefit.

The Lee family has decided to put $166.67 away every month for their child, and is considering both a non-RESP account and an RESP account. Here's what the accounts would look like after 18 years if both accounts had a compounded annual rate of return of 6 percent.

	In a Non-RESP Account	In an RESP Account
Principal	$36,000	$36,000
Interest earned after tax	$14,700 (tax rate of 40%)	$29,000 (tax sheltered)
Canada Education Savings Grant (CESG)	0	$7,200
Interest on CESG	0	$5,800
Total	$50,700	$78,000

As you can see, adding $400 a year from the government to the principal, and allowing it all to grow in a tax-sheltered account, the RESP account would provide the Lee family with $27,300 more for their child's education and it's free money!

Many families find it difficult with utility bills, mortgage, and car payments to find extra money to put away for their children's education. When we see our children playing on the carpet or riding a bike, university and college seem so far off. But time flies and you will be pleased that you have put money away when it's time for them to take their high school graduation photo.

The easiest way to save is through our old friend, forced savings. Having the money come straight out of your account every payday or every month is the easiest way to get an RESP started. This way, you also have the benefits of dollar-cost averaging over time (buying the investment as it fluctuates up and down). This, coupled with the 20 percent education grant from the federal government, will have you well on your way to saving for your child's education.

With RESPs, the savings you set aside for your children grow tax-free until your child is ready to go to any college or university in Canada or around the world (almost all private or trade schools are also eligible, but you may wish to check to make sure). The person putting money into an RESP does not get a tax deduction similar to that of an RRSP; however, since there is no tax benefit when the contribution is made, the contributions can be withdrawn tax-free. Any interest, dividend, or capital gains income earned on the money is taxable, but since students are essentially broke, they would effectively pay little or no tax.

RESPs are offered through most financial institutions, such as your local bank, and anyone can contribute—grandparents, aunts and uncles, and even friends. It is usually a good idea to have an RESP in a low- to medium-risk investment (such as a balanced mutual fund) because you would not want it to take a large dip when your child is ready to use it. Most banks offer RESP funds that you can take out depending on when your child will need the money. That way risk is lessened as you get closer to needing the funds. Your bank or financial adviser will be able to advise you as to which investment vehicle may be best depending on the age of your child.

What happens if little Johnny does not go to school? If your child does not go on to a post-secondary education, you will either have to repay the 20 percent grant to the federal government, use the money for another child's education, or donate the earnings from the plan to a post-secondary institution of your choice.

You can also create other savings programs in your children's names for their future, such as an informal trust. This is a regular, non-registered investment account set up for the purpose of investing funds for a child. The money is held in trust for the child until he or she reaches the age of majority, at which time the child can use the money for anything—education, yes, but also backpacking through Europe, or a down payment on a condo.

By starting an RESP early, taking advantage of compound interest, and using contributed dollars from the federal government, you can get an education nest egg growing for your child. As education costs continue to rise, planning ahead could give you peace of mind and help your family avert a financial crisis down the road when those big education bills start rolling in. It's working for our family and can work for yours, too.

participating in company stock purchase plans

Many workplaces across Canada have company stock plans that allow you to purchase shares in your company at a reduced rate. Employee stock purchase plans, or ESPPs, are a great way to purchase stock at a bargain, essentially buying your company on sale. Your bosses are hoping that by being a part owner, you will work hard to keep the stock price soaring. I was a big booster of these kinds of plans, convincing many employees at CTV to take advantage of the BCE stock purchase plan we had—that is, until Bell Canada reduced its stake in CTV and the network acquired new partners. So for now, I have no stock purchase plan. However, I enjoyed the benefits while it lasted.

When it comes to ESPPs, some employers are more generous than others. The plan may allow you to buy three shares and get one free. Or it may allow you to spend $50 on a company stock and have it matched with $25. However it operates, taking part in a company stock plan is a no-brainer—it's free money! There are also stock bonus plans where an employer gives shares to an employee free of charge. Who wouldn't take part in that plan? Management positions may also be rewarded with "stock options," which give someone the opportunity to purchase shares at a predetermined price, usually far below their market value.

Because the money is deducted from your paycheque before you get a chance to see it and spend it, there is forced savings at work.

For whatever reason, some people who work for companies with stock purchase plans don't take part in them. They may feel they can't afford to or shy away because they don't fully understand how a company stock plan works. Well, find out! If you contribute $3,000 a year and your company matches you $1,000, you have added an extra $1,000 to your income.

Many of these plans will allow you to cash in your shares at any time; others allow you to cash in after a set period, such as one year. This means that even if you are trying to pay down debt, you can still make a stock purchase plan work for you. You can cash in the stock at the appropriate time and use the "free money" to pay down debt, or buy mutual funds or other stocks to put in your RRSP. If you have a self-directed RRSP, you may also be able to transfer your company stock right into your RRSP as is.

If the stock pays an annual dividend (a reward simply for holding the stock, which may range from 2–4 percent), your holdings will go up. Hopefully, over the course of the year the stock will also increase in value, but even if it doesn't, you will be buying the stock frequently (usually every two weeks) as it fluctuates up and down, giving you the advantage of dollar-cost averaging. (Every two weeks you'll pay whatever the current market price is, whether it's $25, $23.50, or $26.) It's possible you'll have a lower average cost than if you'd made one lump-sum purchase. Here is an example of how it can work in your favour. If someone worked for Widget Company Inc. and the company discounted stock for employees by 25 percent, here's how it would look after a year.

Offering date: January 1, 2006
Market price: $20/share
Employee purchase price: $15/share (with 25% discount)
If 200 shares are purchased in the first year:
    200 shares × $15/share = $3,000
If, at the end of the year, the market price is $22/share:
    200 shares × $22/share = $4,400
This equals $1,400 free for the employee!

Of course, the stock price could drop as well, but even if it does, you will be buying stock at the reduced price and your company will still be matching it with a free 25 percent.

A good ESPP strategy is to use any raise you receive to increase the amount you contribute to your stock plan. Although most companies have a limit as to what they will match (such as up to 10 percent of your salary), you may still be allowed to buy extra stock, and since the plan is already set up, why not take advantage of this forced savings strategy?

There is one very strong warning I would give about company stock plans and that is that at some point you must diversify! You do not want to be holding too much of your company's stock if it goes into a slump, and especially if it takes a permanent nosedive on the markets. A good example of this is what happened to thousands of Americans who had invested heavily in Enron through their company stock purchase plans. Many saw their investments dwindle from half a million dollars to next to nothing. Their shares became practically worthless. You should never have 100 percent, 50 percent, or even 30 percent of your savings in a single stock, whether it's your company's or not. No more than 10 percent of a retirement account should be in any one stock. So, as your holdings increase, sell some company stock and put the money into blue-chip stocks, bonds, or other investment vehicles.

You should always take advantage of any offering by your employer that will increase your bottom line. Being part of the company stock plan is a great way to do that. If your company has one and you feel you can't afford to be part of it, consider this: You can't afford not to be.

owning (not renting) your home

It constantly amazes me that some people who can afford to buy a home don't. I have known people who are lifelong renters and I just don't get it. I know a person's financial situation can make it difficult to achieve homeownership, but some spenders can afford to buy a house but choose not to because it will affect their spending habits. "Oh, I don't want to be house-broke," they'll say. Well, buying a home is one of the most important steps you can take to secure your financial future. Early in life you may have to rent rooms, apartments, or housing for schooling or a first job, but the goal should be to get into a home and stop paying rent as soon as possible. You simply cannot get rich by renting. You just can't.

I know someone who is a lifelong renter. He has "talked the talk" about buying a home, but enjoys his twice-yearly holidays and high-tech toys too much to save up a down payment. He told me recently that a house he had considered buying 10 years earlier had gone up in value nearly $100,000. He would have bought it, should have bought it, and could have bought it, he said, but he didn't. Now he's been told the rent for his apartment is going up to $1,200 a month.

He's been renting for 20 years   20 years × $1,200 a month = $288,000

If he rents for another 30 years   30 years × $1,200 a month = $432,000

Over 50 years that's $720,000, which would have bought a pretty nice house.

Renting makes the landlord rich and keeps you poor. Why would you want to pay off someone else's mortgage when you could be paying off your own? There is also something empowering about owning your own home. There is peace of mind and security in knowing that you own real estate and no one can evict you from your living space.

Owning a house is a great forced savings plan because you have to make those payments to keep your mortgage in good standing—and you will. The first year or two of home ownership can be trying as you get used to mortgage payments, utility bills, and taxes, but it gets easier.

There is a double benefit that renters never see: As you pay off your home, it also increases in value. Over time real estate has always gone up. There have been dips in the real estate market in the early 1980s and the early 1990s, but over the long haul, housing has always increased in value. During the last 10 years in Canada, many homes have risen in price by 30 percent, 50 percent, and, in some markets, by 100 percent. Imagine buying a home for $200,000 and having it increase in value to $300,000, or buying a $300,000 home and watching it increase in value to half a million dollars. A $200,000 increase is something a renter will never see. Housing prices over the past five years have seen annual increases of 4–9 percent, depending on your location in Canada.

Will the real estate bubble burst? There is no doubt the housing market has cooled since the first edition of this book. It had to cool down after the overheating that was making housing prices skyrocket—you should see what $1 million gets you in Toronto these days! But no one expects a huge slide in prices on the scale of what happened in 1982 or 1992. And you have to live somewhere, right? Over time, a home is the best possible investment you can make.

the 35-year mortgage
why you should avoid it

Do not pay until 2049! Sounds like a tempting offer, but do you really want to make payments for a house for the next four decades? I was one of the first consumer advocates to raise serious concerns about the zero down, 40-year mortgage offered by banks and other lenders. In 2006 the maximum amortization period was extended from 25 years to 40 years and through 2007 and 2008, the 40-year mortgage was the choice for many homeowners who wanted to have lower monthly payments. It set off alarm bells all the way to Ottawa and the Bank of Canada. One of my first questions to banking industry officials was: Isn't there a chance we could end up in the same situation as Americans who bought houses they couldn't afford? "No, it could never happen here. It's a different situation. We have different criteria for lending," was the response. But that's the same concern the Bank of Canada Governor Mark Carney had. He told members of Parliament on the House of Commons finance committee in 2008 that he was worried about the increasing popularity of the 40-year mortgage in Canada. Carney said, "We have concerns with the increased prevalence of very high loan-to-value mortgage products. They add to momentum in the housing market and if everyone has a 40-year amortization mortgage, then you just have higher housing prices." In 2008 it's estimated that more than half of first-time homebuyers decided to go with a mortgage of 30–40 years rather than the usual 25.

To help protect Canadians from a U.S.-style sub-prime mortgage meltdown, the 40-year mortgage with no money down has been disallowed. The maximum amortization period is now limited to 35 years and the government will also require a minimum down payment of 5 percent of the home's value. It will no longer guarantee mortgages in which the buyer has borrowed the total amount. The new rules took effect on October 15, 2008. Canada's finance department says reducing the amortization period from 40 years to 35 years on a $200,000 mortgage, for example, with a 6 percent interest rate, would increase the borrower's monthly payment by only $41, but the borrower would save $49,000 in interest payments.

If you do go with a 35-year mortgage, you'll have lower monthly payments and get to move into a more expensive home than you could otherwise afford. The downside—and it's a big one—is that your payments will be so top-heavy with interest that you won't build up any equity in the home for many years. You will also have to pay tens of thousands, even hundreds of thousands, of dollars more in additional interest payments than if you went with a 20- or 25-year mortgage. Let's take a look at the figures using a $300,000 mortgage with a fixed interest rate of 7 percent.

Mortgage Amortization Interest Cost

$300,000 15 years $182,354

$300,000 25 years $330,373

$300,000 35 years $496,145

$300,000 borrowed over 35 years will cost you almost $200,000 more than what you borrowed in the first place! $313,791 more than if you borrowed it for 15 years and $165,772 more than if you borrowed it for 25 years. Now that's a lot of money! As you may have guessed, I was no fan of the 40-year mortgage and I'm not one of the 35-year mortgage either. When I did the story on the 40-year mortgage, I heard from viewers who told me that a 40-year mortgage got them in the door of a home they could otherwise not afford, and that over time they felt their home would appreciate in value, which would offset the money paid out in interest costs.

It's true that real estate does appreciate at about 6 percent a year over time. The only problem is that it doesn't do so every year. There can be periods of tremendous growth followed by huge dips that could take years to recover from. Therefore, you could sign a 35-year mortgage and since you are paying off very little equity in the first five to 10 years, you could end up in a negative equity position. This is, of course, what happened in the United States when a huge housing disaster was created by the sub-prime mortgage meltdown. Hundreds of thousands of Americans were forced to renegotiate their mortgages just to hold onto their homes. For tens of thousands of others, it was so bad that they just walked away from them.

I took my first mortgage over 15 years (and it was tight to make those payments!), but the norm has been to take a 25-year mortgage. (If you do biweekly payments, you can knock four years off, as you will see in the chapter ahead.) Bankers also say that while many people sign up for 30- or 35-year mortgages, they do so with the intention of paying it off much faster than that. The problem is that we are creatures of habit, so when we are paying an amount of money, we get in a groove and do not want to pay more than what we are already paying, so think long and hard before signing a 30- or 35-year mortgage. The bank will love you for it, but you may regret it if you are about to retire and you are still making mortgage payments after 35 years. Your best strategy is to try to become mortgage-free as soon as you can. I can tell you how to do that in the next chapter.

managing your mortgage

A home is the largest investment most of us will make, so negotiating a mortgage is one of the most important financial decisions we are faced with. Managing your mortgage wisely over time can save you tens of thousands of dollars and see you pay off your home years earlier than if you took a hands-off, pay-it-and-forget-it approach. Often when you apply for a mortgage, the bank automatically qualifies you for the 25-year amortization and doesn't bother to explain all the money-saving options available to you so they can keep you locked in as long as possible. It's important that you make the best decisions regarding interest rates, scheduled payments, additional payments, and mortgage terms.

Interest Rates

Keeping track of your mortgage and interest payments is now easier than ever to do with the financial software available and the mortgage-interest calculators provided on the Internet. Most major banks have mortgage calculators on their banking websites (they just don't always make them easy to find). You can plug in your mortgage figures to see how much you're paying in interest along with the principal you've borrowed. The amounts can be shocking, and it's this surprise that's a sign that you should understand how calculating your mortgage works.

Calum Ross, senior vice-president of The Mortgage Centre–
Mortgage Professionals Inc. in Toronto, says, "The average consumer does not feel comfortable sitting across from their banker
playing hardball and negotiating a lower interest rate. In fact, once
you're in a mortgage product, the natural Canadian tendency is to
forget about it. It comes out of your account every week, biweekly
or monthly, and, unfortunately, people don't get involved in the act
of monitoring their mortgage." He continues, "Most people want
to get the best interest rate, but in practice, people want to save the
most money and there are different mortgage products available that
can help you do that." For an example of how negotiating even half a
percent less can save you tens of thousands of dollars, review Chapter 28, "Understanding Interest Rates."

Shorter Amortization

The most obvious way to save money is to pay back your mortgage
as soon as you can. By just paying a few hundred dollars more a
month, you can pay off your home five to 10 years earlier! Suppose
Surjit and Jasmine buy a house and need a mortgage of $322,000.
Let's say they negotiate an interest rate of 7.5 percent and agree to
amortize the mortgage over 25 years.

> $322,000 mortgage at 7.5% interest rate over 300 months = monthly
> payment of $2,356
> Total amount of interest paid to the bank over the term of the mortgage
> = $384,680
> If Surjit and Jasmine made an effort to pay the money back in 20 years,
> they would save considerably.
> $322,000 mortgage at 7.5% interest rate over 240 months = monthly
> payment of $2,572
> Total amount of interest paid to the bank over the term of the mortgage
> = $295,159

Surjit and Jasmine's monthly payment would go up only $216,
but they would save $89,521 in interest payments and would pay off
their mortgage five years sooner! Let's see what the savings would
be if they tried to pay it back in 15 years.

$322,000 mortgage at 7.5% interest rate over 180 months = monthly payment of $2,964
Total amount of interest paid to the bank over the term of the mortgage = $211,530

Surjit and Jasmine's monthly payment would go up another $392, but they would save another $83,629 in interest payments and would pay off their mortgage in 15 years. I'm aware that you would need a good income to make these kinds of mortgage payments, but it does show how a shorter amortization period dramatically reduces your interest charges.

Accelerated Biweekly Payments

Making accelerated biweekly payments (every two weeks) is an excellent strategy because you will make 26 payments in a year instead of 24. This allows you to make two more a year. The savings are similar to that of a shorter amortization period. By matching biweekly mortgage payments to your paycheque, you won't end up searching for money at the beginning of each month. Using Surjit and Jasmine's example of a $322,000 mortgage with an interest rate of 7.5 percent and a 25-year amortization illustrates the savings that accelerated biweekly payments can have.

$322,000 mortgage at 7.5% interest rate over 300 months
= monthly payment of $2,356
Total amount of interest paid to the bank over the term of the mortgage
= $384,680

However, if they make accelerated biweekly payments ...

$322,000 mortgage at 7.5% interest rate = biweekly payment
of $1,178
Total amount of interest paid to the bank over the term of the mortgage
= $296,169

The amount they pay every four weeks remains the same as their monthly payment of $2,356, but the extra payment each year makes a huge difference. In this case the mortgage would be paid back in 20.2 years, almost five years sooner, and they would have saved $88,511 in interest payments.

Lump-Sum Payments

It's not always possible to put an extra "lump-sum payment" on your mortgage, but those who do will pay off their mortgage substantially faster and save tens of thousands of dollars in interest. Let's use Surjit and Jasmine's example once again.

$322,000 mortgage at 7.5% interest rate over 300 months = monthly payment of $2,356

Total amount of interest paid to the bank over the term of the mortgage = $384,680

Now, assume that Surjit and Jasmine are able to put a lump-sum payment of $1,000 a year, every year, on their mortgage. Doing this would allow them to pay off their mortgage in just 22 years and 10 months and pay $343,923 in interest—a savings of $40,757. I prefer the accelerated biweekly plan because it is like forced savings and once it's set up, you have to make the payments.

Saving an extra $1,000 a year can be difficult to do; however, if you could combine an accelerated biweekly payment approach with lump-sum payments, you would be well on your way to owning your own home even faster.

Additional payment features may be available to you. Some lenders now offer a 20/20 prepayment option. This allows you to increase your payments by 20 percent or pay off up to 20 percent of your original balance each year. There may also be a match/miss payment option. This allows you to match one or more of your payments and miss one at a later date for each matched payment within the term. In some cases, the bank will have set limits on the number or size of additional payments you can make each year, or they may only allow you to make the payment on the anniversary date you signed your mortgage, which may be a time you don't have extra money handy. Whatever you do, you should be asking your mortgage holder what options are available to you to pay down your mortgage faster.

Mortgage Term

As well as deciding how many years you will take to pay back your mortgage, you must also decide how long you plan to lock in for. Historically, homeowners save money when they sign up for short-term mortgages. Ross says, "Just as we know over the long run that stocks will outperform bonds, which will outperform money markets, we also know that there are benefits to short-term and variable-rate mortgages. The real philosophy to save money is to go one year or go variable." Ross says homeowners should know that "people in the mortgage industry get paid more the longer the term you go with."

Not everyone can handle the stress of going short term, especially if they have a large mortgage and they're cutting their payments close. They may feel they can't afford to, but the truth is they can't afford not to. Ross says, "Some people don't have the stomach for variable-rate mortgages. However, we know that 88 percent of the time over the past 30-year cycle ... someone is going to save an average of $22,000 in interest per $100,000 borrowed on a 20-year repayment." The problem with short-term mortgages is that a hike in interest rates can have some mortgage holders concerned that interest rates will spike and that's when they panic and lock in for the long term. Ross calls this myopic loss aversion. He says, "Myopic loss aversion, in layman's terms, is that most people have long-term intentions; however, when something changes in front of them, they all of a sudden act like a deer in the headlights."

Consumers who buy into a five- or seven-year mortgage are really paying extra for peace of mind. It's really like mortgage insurance, which can be expensive. "What a longer-term or fixed-term product really is giving you over a shorter-term mortgage, no matter which way you slice it, is peace of mind. It's peace of mind against the interest rate going up for a longer period of time. People buy insurance to share risk, and really what you are doing is paying extra to cover yourself against interest-rate risk," says Ross. Taking a long-term mortgage could also see you paying huge penalties if interest rates drop and you want out of your mortgage. (I will discuss this in the next chapter.)

As you pay down your mortgage, you should also be thinking about what do to with the equity that is building up in your home. Ross says, "You should be looking at taking any equity and putting it into investment vehicles that will allow you to deduct interest. The key is to channel non-tax-deductible debt to become tax-deductible debt." If you borrow to invest, the interest you pay is tax deductible. For example, if you took $50,000 from your home's equity to buy mutual funds and the bank charged you 5 percent interest annually, you would pay the bank $2,500 a year in interest charges. But since you borrowed to invest, the entire $2,500 is tax-deductible. Once you start paying down your home, this is an option you may wish to explore with your financial adviser or banker.

When you renegotiate your mortgage, you should always try to keep your payments the same as before. If the interest rate drops, there may be a temptation to make smaller payments so you will have the extra cash left over to spend. Resist this temptation if you want to pay down your mortgage faster. If you remortgage and move to an interest rate of 5.5 percent from 6.5 percent, you should keep your mortgage payments the same. If you don't and spend that 1 percent interest savings, you will not be paying down your principal as fast as you could if you left your payments as they were.

You should also resist the temptation to skip a payment when your bank makes the offer. It's pitched as a way to give you more spending money around the holidays, but it's just another way banks try to get more interest payments out of you in the long run.

We need to be more proactive in our mortgages. For on-line mortgage calculators and more information, check out www.calumross.com. You should also look at your lending institution's website to review what mortgage payback options are available to you so you can try to become mortgage-free faster.

breaking your mortgage

When you lock into a five-, seven-, or 10-year mortgage for "peace of mind," you may think you are further ahead in case interest rates go up, but what if they drop? If interest rates go down, you are locked into a mortgage with a higher rate than what the market will currently give you.

This is when you have to calculate if it's cheaper to break your current mortgage agreement and pay a penalty to the bank, or ride out the mortgage payments until your term is up. Some consumers mistakenly believe that they can get out of a mortgage by paying a three-month interest penalty, but that is not the case. You have to pay three months of interest or the interest rate differential, whichever is greater. The interest rate differential penalty can be quite high; however, in some cases it may be worth paying a penalty to take advantage of lower rates.

The interest rate differential is a penalty for early prepayment of all or part of a mortgage outside of its normal prepayment terms. This is usually calculated as the difference between the existing rate and the rate for the term remaining, multiplied by the principal outstanding and the balance of the term. It sounds complicated, but what it means is if you want to break your deal with the bank, they are going to stick you with a huge financial penalty.

Mortgage holders really need to understand when it makes sense to break a mortgage to get a better rate and when it makes sense to stick with the rate they have. Calum Ross, of The Mortgage Centre–Mortgage Professionals Inc., says, "The people who refinance the most in this country are six-figure income earners. These people have the financial knowledge and advisers who can crunch the numbers to let them know when it makes sense to refinance."

As soon as there is a spread of more than 1 percent interest between what you are paying and current rates and you have more than one year left on your mortgage, you should consider paying a penalty to get out of it. "I have a client who locked in for 10 years. His cost to break his mortgage was $17,000. This is an uncomfortable figure to be sure. However, the truth of that matter is he will save $40,000 over the next nine-and-a-half years."

If you have locked in, you need to do the math to see how much you will save and whether it's worth getting out of your existing deal with your lender. Ross says, "It's really not about the penalty and that cost can look horrific. It's about the savings. You've got to run the math." Here is an example of how a lender will calculate the penalty.

Amanda has a mortgage of $100,000. She is paying 8 percent and there are three years left on her five-year term. Her outstanding balance is $97,218. Amanda is considering breaking her mortgage and taking out a new one at the 6-percent interest rate currently being offered. Amanda would have to pay a penalty based on three months' interest or the mortgage differential, whichever is higher. The three-month interest penalty equals

Outstanding balance × monthly interest rate of Amanda's mortgage × three months = $97,218 × (8% ÷ 12 months) × three months = $1,944

The three-month penalty equals $1,944.

To figure out the interest rate differential, we take the interest rate on Amanda's mortgage (8 percent) minus the current market mortgage rate (6 percent).

8% − 6% = 2% (interest rate differential)

The interest rate differential penalty equals

> Outstanding balance × monthly interest rate differential × months left
> on mortgage = $97,218 × (2% ÷ 12 months) × 36 months = $5,833

The interest rate differential equals $5,833.

If Amanda wanted to break the mortgage, she would have to pay a penalty of $5,833 since it is the higher of the two calculations. So would it be worth it?

If she stayed with her current mortgage with a 15-year amortization:

> $97,218 mortgage × 8% × 36 months = monthly payments of $929.07
> interest paid over three years = $22,057
> mortgage remaining after three years = $85,829

If Amanda took a new mortgage with a three-year term at 6 percent with a 15-year amortization:

> $97,218 mortgage × 6% × 36 months = monthly payments of $820.38
> interest paid over three years = $16,383
> mortgage remaining after three years = $84,068

What does all this mean? Well, if Amanda decided to pay the penalty of $5,833, she would save $5,674 in interest and her mortgage would be $1,761 less with the lower rate. Amanda would save about $1,500 by breaking her mortgage and going with the lower rate.

* * *

If you are locked in and wonder if you should break your mortgage, you can always talk to your bank or lender. Ross says, "You also want to ask them if there is any possible way to minimize the penalty amount that you have to pay." You may be able to make a lump-sum payment or "blend and extend" your current mortgage rate with a lower rate. By combining your higher rate with a lower one, you can take advantage of lower rates without having to pay a penalty.

Things to Remember When You Switch Banks or Break Your Mortgage

- A penalty may apply if you wish to switch institutions before the end of your mortgage term.
- You may have to pay legal fees to discharge the old mortgage and register the new mortgage.
- Other administration fees may also apply.
- Don't hesitate to ask the lending institution whether it is willing to pay part or all of these fees. If not, ask yourself if the savings of going to a new institution are greater than the cost of switching.
- If you initially received a discounted rate, the financial institution may apply this discount to your current mortgage rate.
- If you received a "cashback" instead of a discounted rate, you may have to reimburse a portion (or all) of the cash you received.

You will never be faced with paying a huge penalty or have to worry about the interest rate differential formula if you go with short-term mortgages for no longer than a year or two. But if you have locked into a long-term mortgage and interest rates have dropped, you should investigate if you can save money by paying a penalty to get out of it.

CHAPTER 54

considering reverse mortgages

If you are an older Canadian whose home is entirely paid for, you may be intrigued by reverse mortgages after hearing commercials about them. Reverse mortgages are a way to stay in your home as long as you want while at the same time receiving payments from a reverse mortgage company. Sounds great, but before embracing this concept, it's important to know exactly what you are signing up for.

With a regular mortgage, a bank lends you money, you make payments, and eventually you own your own home. The opposite is the case with a reverse mortgage. You own your own home, you receive payments, but in the end the reverse mortgage company can own your home or at least a substantial part of it. Reverse mortgages may be ideal for someone who has no children or dependants and plans to spend the rest of his or her life in the current home. However, even though many of us think we would like to be in our own home forever, no one knows what the future holds; you may not be able to manoeuvre stairs or cut the grass as you get older.

A reverse mortgage allows homeowners to turn the equity in their homes into cash without having to sell their house. The concept is aimed at people who have paid off their homes and own them outright. There is then money to enjoy in retirement, no repayments are required during your lifetime, you can stay in your family home, and the proceeds you receive are tax-free.

The disadvantages? A reverse mortgage can eliminate your home equity. Repayment to the reverse mortgage company is due upon the sale of the home or your death. The longer you belong to a reverse mortgage plan, the more equity is depleted from your home. This can take away from any inheritance that you plan to leave your heirs. If you have children, you would be far better off telling them you are considering a reverse mortgage so they can help you decide if there is a better option. Too often, parents move ahead with a reverse mortgage without their children knowing about it.

Be very cautious about signing a reverse mortgage and consider lines of credit, home equity loans, or other options before locking into a plan that depletes your equity rather than increases it.

using the equity in your home to buy real estate

The first piece of real estate you should own is your home. If you can buy a home for $100,000 and sell it for $400,000, you won't have to pay a penny in capital gains because it is your principal residence. It's really the best financial move you can make.

Once you have a home and start paying down the mortgage, it will also (depending on current market conditions) begin appreciating in value. Before long, you will have equity in your home that could be used for other things, such as purchasing other real estate.

There are many different ways to make money in real estate and various formulas for achieving it. You could purchase a recreational property, rental property, or simply create a basement apartment in your home.

Douglas Gray, the author of *Making Money in Real Estate*, is an authority on how Canadians can make real estate investing work for them. Gray agrees that first and foremost, owning your own home is the best way to get into the real estate market. "Seven out of 10 Canadian millionaires have made money in real estate and many of those just did it with their own principal residence that they bought at the right time at the right place. They had a long-term hold and before they knew it, they were sitting on $1 million worth of real estate."

While most of us see the obvious benefits of home ownership, the majority of Canadians do not move beyond owning more than a single property. Gray says, "It's fear of the unknown, but people should realize there are ways you can get into real estate gradually so you have total comfort and very minimal risk."

According to Gray, there are 10 reasons to invest in real estate in Canada.

1. *Attractive return on investment:* Historically, real estate has increased in value greater than inflation and many other forms of investment.

2. *Tax advantages:* There are many tax breaks, including writing off loan interest on investment properties or rental suite income against a portion of your home-related expenses.

3. *Low starting capital using the principle of leverage:* Using a small amount of money and borrowing the rest (using other people's money) is an excellent investing strategy. Many people have become millionaires by applying this principle.

4. *Low risk:* Any investment has risk and you can lose money in real estate, but Gray says the reasons people lose money are well known and can be avoided when applying proven principles.

5. *Appreciation:* Even with dips, slumps, highs, and lows, the national average for real estate in Canada has increased in value 5 percent each year, every year, for the past 25 years.

6. *Equity buildup:* As you make payments on your mortgage, you are paying down the principal. As you reduce debt, you build up equity.

7. *Inflation hedge:* Over time, land appreciation has been 3–5 percent greater than inflation.

8. *Increasing demand for land:* You know what they say about land: They're not making it anymore. With population increases, immigration, and the decreasing supply of land, prices will continue to rise.

9. *Part-time involvement and flexible options:* Investing in real estate does not require more than part of your time.

10. *Real estate investing skills can be learned:* Compared to other investments, buying and selling real estate is a relatively straightforward process. Anyone can learn the basic fundamentals of real estate and, with research, avoid the classic pitfalls.

Before you decide to dive into a real estate investment, you have to determine the kind of property owner you want to be. Gray says you have to analyze the kind of person you are and what it takes for you to sleep soundly at night. "You have to know yourself really well. Are you debt-averse or not? If you are, you are going to have trouble with leverage, which is very important when you invest in real estate. Secondly, do you want to manage [the property] yourself or do you want someone else to manage it for you?" Then you have to research what is out in the marketplace and decide on the areas that interest you. Are you going to buy a condo, a townhouse, or an apartment? Maybe you want to buy a recreational property or a cottage lot. When you have a clear focus on the kind of real estate you are interested in, you need to also examine your debt threshold level, both psychologically and financially. You will need to look at what skills you bring to the investment property and how much time you have available. Gray says equally important is knowing what your long-term or short-term hold period is.

Buying another home, condo, duplex, or multi-unit building can be a way to accumulate wealth quickly, but it is not without its challenges. That said, we have all heard of the successful businessman who purchased one two-unit building and then used the equity built up in that property to buy another one, and then another one, and so on. It can be done—I know someone who has done it.

Gray says, "You have to define yourself and what kind of commitment you are prepared to make or able to do. If you have a busy life, you might not be able to deal with landlord-tenant issues, which is why you may want to have a property-management company look after the property, select the tenants, and do the maintenance."

A property-management company may take 10 percent of the monthly rent to look after the property for your peace of mind, or you may want to do it yourself. Either way, you would select the property based on the same sound principles that you would use to choose your own home to ensure it is likely to increase in value and will be attractive to another buyer when you sell it.

Buying Investment Property When a Child Attends College or University

Buying a condo, townhouse, or other residential unit for a student heading off to college or university for three to five years is an excellent way to get yourself into an income property (and give your child an education in real estate at the same time). If your children are heading off to university, they have to live somewhere, and this may be an opportunity for you to buy a place for them to stay. Gray says, "Parents who have children going to university for four years may think, 'Why shouldn't I buy a condo or apartment unit for my child while he or she attends school?' If there is another child coming up behind them, the unit could be in the family for four, six, to eight years." If the unit is in the family, parents can have an expectation that it will be looked after reasonably well. It will also save you money because you would otherwise be paying rent for other accommodations you don't own anyway. Gray says, "Over time you will get capital appreciation. It's an excellent investment and a lot of parents are doing it."

There are pitfalls, though, and one of the most important considerations is deciding whose name will be on the property—your child's or yours. If you have the property under your child's name, then your child will get the capital gain benefit tax-free because it's his or her principal residence. If you put it in your name, then it's an investment and you may have to pay tax on a capital gain, but you can write off any interest you are paying because it's an investment property. Gray says, "The risk of putting it in your children's name is that they could make an imprudent decision that may affect the value of the property. For example, they might cohabit with a partner and then it doesn't work out and the partner says [he or she] wants a cut of the action on the property." There could also be debts that attach themselves to the property because utility bills weren't paid or maintenance fees were in default. Gray says, "If the parents are putting up the money and they are holding the mortgage, then it is they who should have their name on the property to protect themselves."

If it's a house that you purchase, you or your child can rent it out to three or four other students. That can actually get cash flowing in that can help pay down the mortgage. You will also have the upkeep of the house to worry about, such as cutting the grass, shovelling the snow, and changing the furnace filter. If it's a condo, there will be maintenance fees, but the basic maintenance will be looked after. You have to weigh the pros and cons.

Choosing a Property

Over time a home will increase more than a condominium in value because of the land it sits on. As with any investment decision, you will have to research the geographic area. Is it in an attractive area for the things that are important to you, like safety, transportation, and shopping for necessities? Call the local police department to ask about crime and crime statistics in the area. You will want to ensure you feel comfortable if you are going to have two daughters living on their own five hours away from you. Also, is the property likely to be worth more when you plan to sell it? Will others see the same opportunities that you did? There is no such thing as easy money and your child may have to worry about roommates not paying the rent instead of concentrating on his or her studies. Still, if you have accumulated equity in your home and your children have to live somewhere for a set period of time when they attend school, it is an option that should be considered. It could pay off nicely and give your child a lesson on the value of property ownership. For more information, check out Gray's website at www.homebuyer.ca.

Renting Out a Portion of Your Home

Renting out the basement of your home is one way to segue into the landlord business. This may be ideal for someone who has been a lifelong renter and is only now jumping into the housing market. Purchasing a home that is already set up for a basement apartment or that can be easily converted to one (via a side entrance or separate entrance) is an option for people who would be able to rent out the basement (or even the top floor of the house) to a tenant to help with the mortgage payments until they can afford the house they really want. An extra $600 a month from a tenant will go a long way toward paying the mortgage. You might also want to keep the property as a secondary rental property when you move out. Renting out a portion of your home may also be an option for a retired person who is looking to generate extra income. You should check with local bylaws concerning the law regarding basement apartments in your municipality, although Gray says, "The reality is that people do it whether they are bylaw compliant or not."

CHAPTER 56

purchasing a cottage or chalet

Cottage and chalet prices have skyrocketed over the past decade as baby boomers looking for a place to unwind, relax, and listen to the loons have gone on a buying spree. With waterfront lots becoming scarce, some investors are taking to the ski hills to buy chalets or even to the countryside to buy hobby farms.

While the real estate prices experienced double-digit increases in many markets across the country, the slowing economy, higher gas prices, and a depressed stock market have finally caused cottage properties to stop skyrocketing in value and with the crash of the stock market in the fall of 2008 many cottage owners are having to re-evaluate whether the expense of cottage ownership is really for them. The credit crisis which led to so many financial problems has caused more for sale signs to pop up in cottage country. Here's what the Royal LePage *Recreational Property Report* over the past four years has shown when comparing the cost of waterfront cottages found across Canada.

Recreational Property Price Summary
Standard Land Access Waterfront Properties
(Average Price by Province)

Province	2004	2005	2006	2007
Prince Edward Island	$115,000	$119,375	$115,000	$225,000
New Brunswick	$79,375	$84,375	$91,875	$146,625
Nova Scotia	$147,000	$146,500	$162,167	$149,700
Newfoundland	$47,500	$53,000	$85,000	$86,500
Quebec	$328,667	$412,500	$483,333	$525,000
Ontario	$327,574	$351,212	$454,960	$469,500
Manitoba	$204,167	$262,500	$358,333	$382,333
Saskatchewan	$150,000	$157,500	$157,500	$250,000
Alberta	$500,000	$625,000	$900,000	$737,500
British Columbia	$135,125	$144,575	$996,000	$1,009,083
National average	$203,441	$235,654	$380,507	$427,589

For the most part, there have been steady increases year after year. (I'm not sure why the data show the huge jump in British Columbia unless there was an error or they were comparing inland cottages in 2004 and 2005 and then switched to waterfront for 2006 and 2007.) A cottage or recreational property can be a wise move in life because you will be able to enjoy it as a secondary place to spend quality time, and it will almost definitely increase in value. Hindsight is 20/20, but anyone who already purchased a cottage or has one in their family has seen it increase in value tens of thousands or even hundreds of thousands of dollars.

Many people may feel that they have missed their chance to buy cottage property, but it could still be a good investment opportunity, according to Douglas Gray, author of *Making Money in Real Estate*. He says, "If there are properties that you are interested in that are in high demand because of their proximity to major cities, they may be unaffordable to you, so what you should do is go farther. Maybe it's a three- or four-hour drive instead of a two-hour drive. The farther out you go, the less expensive it's going to be, and it may then be within your affordability. Besides, within five years, people are going to be moving farther out anyway, so your property will increase in value." Gray recommends that you go to a less well-known lake instead of a better-known lake if that's what it takes to get a cottage property that you can afford. Aside from personal use, he says, you should always be thinking about resale.

Real estate has been so hot in some areas of the country—whether it's Shediac, New Brunswick; Haliburton, Ontario; Cranbrook, Alberta; or Hatheume Lake, British Columbia—that some worry that the real estate bubble could burst, but Gray is optimistic even for someone considering cottage properties today. "If you take a look at the big picture of real estate in Canada over the past 40 years, real estate across the board has averaged 5 percent growth a year, every year. There might be cyclic periods when there is a slump, but you know it will go back up and eventually [be] higher than it was before. We've seen this historically and cyclically. In that sense, buying a recreational property is a good long-term hold decision without doubt."

You can check out the possibility of recouping some of your costs by renting out your cottage or chalet, but the flip side is that it can be a hassle to constantly drive up to the property to clean up empty beer bottles and sweep the floor before the next renter arrives. However, there are now management companies that will book renters and look after the property for a portion of the rent. This is especially true of chalets at popular destinations. Management companies will book the renters, assume liability, and scrub the bathtub after they have left. Usually the split on rent is about 50/50. With the property being used to generate income, you can pay down your recreational property sooner and get tax advantages as well.

No matter what, don't be an impulse buyer when buying any recreational property. Do comparative research to find out why a particular property is the best value or location for you. When you find a place that you want to buy or after you've short-listed a few properties, you should find a home inspector who is familiar with cottages who can look at it/them from every point of view. There are things unique to cottage properties that you might not have to consider in a metropolitan area, such as ant infestations eating away at the wood or whether the local water is drinkable. The last thing you want to do is buy a property where the well is just about to go dry. A home inspector familiar with cottage properties can give you an idea of what you can expect and warn you of any improvements that may be necessary.

taking steps toward effective home and tenant insurance

I consider home and tenant insurance as must-haves to protect you, your guests, and your possessions. There are some steps you can take that will help you get the most out of them should you ever need to call on them.

Home Insurance

The best way to not be disappointed when it comes to making a claim on your home insurance is to know exactly what you've purchased. Make sure you have "guaranteed replacement cost" insurance on your home to ensure there will be enough money to rebuild it in case of catastrophic loss. If you have actual cash value coverage and your expensive plasma-screen TV is stolen, you won't get a brand-new one; depreciation will be taken into consideration and you will be given a cheque based on what it's worth now, not what you paid for it.

Just as car insurance claims have become something you should file only if you have a major event like an accident or your vehicle is stolen, the same is now true of home insurance. When you do make a claim, it should be a big one because there is nothing that insurance companies hate more than claims. Claims can make your premiums rise and cause you to have your insurance cancelled.

Finding savings with home insurance is difficult, but possible. One way to save money on your policy is to raise your deductible from $250 or $500 to $1,000. This can reduce your annual premiums by as much as 10–30 percent. Having a $1,000 deductible means you will have to come up with the first grand if you need to make a claim, but in 15 years of home ownership, I never have and most of us don't. You can try combining home and auto insurance coverage for savings. Ask if there are deductions for fire extinguishers, a monitored burglar alarm, and deadbolt locks. Generally speaking, if you are in a low-claim zone, your rates are low. If you're in a high-claim zone, your rates are higher. It's best to review your coverage regularly and shop around to make sure you are getting the best rate possible.

Tenant Insurance

If you are a renter, you should have tenant insurance. Like mortgage insurance, it includes liability coverage and protects your possessions. This can protect you against unforeseen accidents that may damage another person or his or her property. It will protect you if someone slips in your apartment or if you damage other units in your building with an overflowing bathtub.

Home Inventory

If you did have a fire or were the victim of a break-in, could you remember everything you own? If your home burns down and you have $200,000 worth of contents coverage, you are not simply handed a cheque for $200,000. You will have to give a detailed list of everything that was lost. The fridge, dishwasher, and big-screen TV come to mind quickly, but jewellery, artwork, CD collections, pots and pans, curtains, and all your clothing are difficult to remember.

Making an inventory is time consuming, but once it's done, it's easy to update. A home video camera is a quick way to take inventory, but an insurance company would rather see detailed lists, receipts, and serial and model numbers. Once lists are made, they should be kept in a safe place, such as a safety deposit box or left with a friend or family member. Some insurance companies offer inventory lists to help you make an accurate record of your contents.

Additional Coverage

Special items, such as jewellery or hobby collections, should be appraised to give accurate assessments of their worth. They may require "a rider," which is additional insurance. Wedding rings, collectibles, or expensive bikes may have a limited payout. For example, many policies will pay only $250 per bike unless you have purchased additional insurance.

You may be able to purchase coverage for exclusions, but even if you cannot, you should be aware of your policy's exclusions. Exclusions are certain things, such as "acts of God," that home insurance will generally not cover. A tree falling onto your house may not be covered. While a leaking hot water heater that floods your basement will be covered, a flood caused by water from outside your home will not be. Damage caused by ice dams (water freezing and backing up on your roof) and sewer backups are not necessarily covered unless you have ice dam and sewer backup coverage, which may be extra. Damage caused by a rotting roof, rodents, or mudslides is also generally not covered.

You should never leave your home with an appliance running because this is often when fires and floods occur (like dryer fires due to lint traps that were not cleaned).

It's always a good idea when taking a vacation to shut off the main water valve that comes into your home because most floods happen when people are away. Usually a hot-water hose on the back of the washing machine or a hose connected to the dishwasher bursts.

If you are planning to be away for more than four days, you may have to have someone check your home, or your insurance coverage could be voided. Check this important detail before taking a lengthy trip.

If you purchase a woodstove, buy a pool, or add square footage to your home, you should notify your insurance company. You do not want to have something happen and then find out your coverage has limitations because you were not completely honest and forthcoming with your insurer. For many of us our home is our largest asset, so it's vital to make sure there is proper coverage in case of a major flood or fire.

CHAPTER 58

renovating your home

If you plan to stay in your home for a long time, you may want to get your castle exactly as you want it, but always renovate with resale in mind. If your goal is to increase your sale price, you needn't spend tens of thousands of dollars remodelling kitchens, building home theatre rooms, and putting in hot tubs. Some renovation projects will give you more bang for your buck when you sell your home.

> If you fix up your home a little at a time, you can enjoy the improvements. One project a year is easier to budget for than a major gutting of your home all at once.

Painting

The easiest and most inexpensive way to give a home a whole new look is to paint it from top to bottom. Before you do, you may want to have a colour consultant guide you. They will charge anywhere from $100–$175 to come into your home, tell you the latest popular colours and trends, and guide you on how you should paint the various rooms so your house "flows," which is especially important in today's open-concept homes. Colour consultants say they also act as marriage counsellors because often a colour chosen in a store doesn't look the same on the wall. Anyone who has had to repaint a room several times because a spouse didn't like the colour may find the services of a colour consultant worth it. I know I did. You can ask for them at most paint stores or look in the Yellow Pages under Interior Designers.

The Kitchen

The kitchen is now one of the most popular renovation areas for homeowners, and it's also one of the places where it's easy to go overboard and spend tens of thousands of dollars too much. A built-in refrigerator and professional-style range can cost $15,000; custom cabinets, another $40,000. Unless you are totally loaded with cash, there is no way you should be seriously considering spending this kind of money. You don't want to go on a $100,000 spending spree only to recoup 20 percent of your costs when you sell.

It really is possible to make responsible purchase decisions and end up with a beautiful, functional kitchen. You can get quality appliances at a fraction of the cost of professional-style ones, and consumer research has shown that they are just as reliable. Paying more for fancy stoves, fridges, and dishwashers doesn't always mean you won't have a breakdown. It's a good idea to upgrade the flooring and decor as well to give your hub a fresh look. Instead of getting new cupboards, you can replace old door handles and hinges with modern-looking hardware for a fresh appearance.

Bathrooms

Bathrooms are another place where the money you spend can be recouped at resale, especially in today's market where people want to turn their bathrooms into their own personal spa, a place to get away from a stress-filled day. Bathrooms are also areas that show their age fast, so an update, even an inexpensive one, can help beautify your home and get it ready for resale. Again, you can go overboard in a washroom renovation and spend way too much. (I saw a $4,000 toilet in one high-end plumbing store.) Paint, tile, and new faucets and fixtures can be done relatively inexpensively. A soaker tub or new shower can add appeal or an old one can be refinished. If your home has only one or two bathrooms, consider adding another.

An extra bathroom can help you avoid lineups now and pay off when you put your house up for sale later.

Fireplaces

A fireplace can be a pleasant addition for those cold winter nights as people cocoon in their homes. It's also a renovation that can help you sell your home. A real wood-burning woodstove or fireplace can be a nice touch, but they're a lot of work and may cause your home insurance to increase. A better bet if you have natural gas in your home already is to get a gas-burning fireplace. They are pleasant to look at, help a house heat up quickly, and you can turn them on and off with the flip of a switch. Electric fireplaces have also improved over the years and the new ones no longer have that cheesy look of an orange plastic flame over a heater fan. They are not too expensive, can heat a room within minutes, and be set on a thermostat. They can even run without throwing heat for when you just want to set the mood. An electric fireplace can be a great addition to a home or condo and when you move, you can take it with you.

Flooring

Good flooring can make all the difference. Nothing stands out more than old, damaged floors or stained and worn-out carpet. Hardwood floors are all the rage and can help add to the value of your home. If you're lucky, you may have some old hardwood floors under your wall-to-wall carpet, just waiting to be uncovered. Sanding and refinishing them can give a room a whole new look.

If hardwood is too expensive for your budget, laminate flooring looks almost as good at a fraction of the price. Carpeting or tile in neutral tones can also freshen up a home and give it a modern look.

Finished Basement

One of the best ways to add extra value to your home is to add square footage. While a new addition is a major renovation and huge project, refinishing a basement doesn't have to be. All of a sudden, a 2,000-square-foot home has another 1,000 square feet of living space. It's a great place to put a family room, pool table, or home theatre. You'll be glad you made the investment and it will pay off when you put the house on the market.

Landscaping

Your home doesn't need to have the ultimate in landscape design, but it should at least be comparable to other homes in the neighbourhood. Curb appeal says a lot, especially when a potential buyer pulls up in front of your house. Low-maintenance hedges and trees, hanging baskets, and a well-manicured lawn will help increase your home's appeal. A seating area in your backyard, possibly an interlock patio or a deck, will give you and a future homeowner a place to unwind in privacy.

Pools

Pools have become extremely popular and if you want one, you will be faced with the same decision every pool owner must make: in-ground or above-ground? The in-ground pool is obviously the more appealing choice. However, in-ground pools are expensive— between $25,000 and $40,000. You will then have to pay for the landscaping around it.

While an in-ground pool is a beautiful addition to any home, an above-ground pool is too and may be the better choice. Why? They are a fraction of the price, at about $5,000. And they're practical, pleasing to look at, and offer the same family fun as an in-ground pool.

In-ground pools limit your market when it comes time to sell your home since not everyone wants a pool. Some real estate studies have shown that the value of a home decreases as soon as a pool is put in. When buying a home with an in-ground pool, an agent will tell you you're getting the pool for free. When selling an above-ground pool, you can say to the person who wants to buy your home, "Do you want the pool or not? If you want it, you can have it. If you don't, I'll have it removed before you move in."

While pools are a lot of fun, they are also a lot of work—filters to clean, chemicals to add, pool openings and closings. It may be worth it when your children are younger and enthusiastic about swimming, but once they're older, the pool may lose some of its sparkle. I have seen neighbours whose children have left home who may use their pool only two or three times a summer. I've done stories where people have had to pay $10,000–$15,000 to fill in a pool. Just weigh your options carefully before deciding and don't buy an in-ground pool just to "keep up with the Joneses."

dodging home renovation rip-offs

Every couple of weeks I get a call from a viewer with a complaint about home renovations. They always go the same way. "He seemed like a nice guy. He got right to work. He said he needed money up-front to buy supplies. Once he got the money, he never came back. When we phone him, we get a pager and he never calls us."

It's amazing how many people will research for months before buying a television set, but they entrust a complete stranger, just someone who left a flyer in their mailbox, with a $20,000 home renovation project. I did a story with one CTV viewer who gave $20,000 to a home renovator to do her basement. He left with the money, completing very little of the job. She then hired another renovator, who said, "Don't worry, I would never do that to someone," and he took another $25,000 from her without doing the job! By the time I caught up with him, he was in jail for another renovation fraud. There are reputable, hard-working contractors out there, but, unfortunately, the profession is overrun with scam artists who start jobs with no intention of finishing them.

Renovators may offer to save you money by doing a job "under the table" in order to avoid taxation, but not having the proper paperwork, contracts, and receipts can lead to problems later. Even if a dishonest or unprofessional home renovator does complete the work, they will cut corners, use inferior materials, and work shoddily. I have investigated cases where renovators have ripped off homeowners for hundreds to as much as $80,000.

Word of mouth is your best bet to find a good contractor because if a friend or family member has had a good experience with the contractor, chances are you will, too. If you really can't find anyone on your own, check with the local building supply store to see if they can recommend someone reputable. Avoid contractors who come to your door or drop off flyers in your mailbox. And make sure you can get a hold of your contractor if you need to. When things are going well, your calls to a cellphone or pager will be returned, but when there is a problem, they may disappear. Knowing their physical address can help, so you can track them down if things go wrong.

It's always a good idea to get at least three quotes on any major job. Work to be done should be detailed so it's not open to interpretation. If you want a toilet, you can pay $80–$4,000 for one. If you don't make it clear which one you want, you will get the cheapest one on the market. One way to keep track of prices is to buy the items yourself, although a contractor may get a special rate on materials. For example, trees you would buy from a nursery may cost you $149, but contractors may get them for $79. You can use this information to negotiate an even better deal. If you buy the drywall and plumbing materials yourself, you will have them in your possession if a renovator quits before the project is complete. You can also write a cheque directly to a building supplies store and have the materials delivered straight to your home.

Another good idea is to never pay too much money upfront. A contractor may say they need a 30 percent deposit to secure them and then another 30 percent to begin. This means you have given them more than half the money before they've done anything! If you're going to get lousy work, that's when it will begin and when you complain, they just won't come back. If a contractor is too eager to get money before starting a job, this may be a clear sign they're not legitimate. Even a reputable contractor may require some money upfront to buy materials, but the amount should not be excessive.

The best way is to have a payment plan where you pay the contractor as the work progresses—possibly in 10 percent or 20 percent increments.

One major problem with renovations occurs when people don't have a clear plan set out for their renovations. There should be a contract that spells out the details.

- How much will labour cost?
- How much will materials cost?
- Is the contractor responsible for the debris left behind? Will they transport it to the dump or will you?
- What is the warranty or guarantee?
- Is the quote a firm price or could it change halfway through the project?

All your plans and instructions should be put in writing because verbal promises mean nothing when a problem arises. Most bad renovators are knowledgeable as to how the law works, so when you say you will call the police, they don't care. If a renovator takes $35,000 from you and does absolutely no work, it's fraud; however, if they begin the job and then quit, it's a civil matter for the courts. The police won't get involved, you may need a lawyer, and even if you win your case, you're still not assured of getting your money back. That's why it's so important to choose the right contractor.

> Is there a way to know for sure how much experience a contractor has so you can be sure you are getting a quality job? Do they have similar projects that you can see and references that you can check?

CHAPTER 60

selling your home

Properly preparing your home for sale can increase its value dramatically. Making the right moves could help you profit tens of thousands of dollars.

A new tactic being used by some real estate agents is house staging. They will hire a "staging team" to come into your home and make cosmetic changes to make it feel like an upscale property. According to Dianne Usher, area manager with Royal LePage and director of The Canadian Real Estate Association, "House staging and preparing your home for sale is not a new phenomenon, but we've put it into a different package and we are promoting it now whereas we weren't before." Stagers may repaint rooms, rent upscale furniture, hang expensive paintings, and bring in art sculptures. They will even go to the trouble of adding a grand piano if it can create a certain ambience in a home that could add thousands to its asking price.

You can pay a stager $250 for advice and an hour or two of his or her time to come to your home and make suggestions, or you can pay the stager thousands to paint the walls, redecorate, and hang expensive art.

In the red-hot Toronto real estate market, it may be worth spending $20,000 on house staging to try to add another $50,000 to your selling price. That said, if you are selling a house in a rural area or small town, even the most expensive Picasso may not be enough to have someone buy your home—there has to be a reason to move there.

Renting furniture to help you sell your house might seem extreme, but Usher says, "The quicker a home sells, the more money you can make." I know myself from touring large, empty homes that they can feel impersonal and cold. It's why model homes look so great—they are loaded with the latest interior design trends and modern furniture.

Usher is adamant that staging is not just for high-end homes. "Even if you are selling a modest home, if you have unfurnished rooms, you can rent sofas for the living room, a dining room table, and art for the walls. Homes can be empty because of a marital situation or because the house is brand new."

Timothy Badgley, an interior designer and owner of Acanthus Interiors in Port Hope, Ontario, says that many homes are in need of a pre-sale makeover. "The good news is that unlike major renovations, house staging is a simple and inexpensive way to bring your home up to date." He suggests 10 things you can do before putting your house up for sale.

1. Keep It Clean

Is every room neat, spotlessly clean, dusted, and uncluttered? Steam-clean carpets and wax floors. Wash walls, heating, and A/C vents and light fixtures. Pay special attention to bathrooms and the kitchen. Make sure the tile grout is mildew-free and the baseboards are scrubbed. Clean the refrigerator and stove, as well as the washer and dryer. Don't forget about windows! Make sure that all window-panes, ledges, and blinds are spic and span. Ensure that the taps are drip-free, the drains flow, and the toilets don't run and run.

2. Lose the Clutter

Have a yard sale or take old furniture, clothing, and knick-knacks to Goodwill. Organize shelves, put away items, and purge your home of unnecessary items. Make sure that your kitchen and bathroom counters are free of small appliances and personal effects. Some businesses will come and pick up your junk for free.

3. Create the Illusion of Space

After de-cluttering, reorganize. Remove excess furniture to make rooms feel more open. An oversized couch can actually make a room seem smaller than it is, so consider moving it out and replacing it with a smaller couch, or if it's a sectional, remove one of the sections. Clean and organize your closets. Store unnecessary items somewhere else or rent a temporary storage unit. Use strategically placed mirrors to create the illusion of more space.

4. De-personalize Your Home

Make your home "anonymous" so that buyers can envision it as their potential home. Put away any family photos, sports trophies, collectibles, knick-knacks, and souvenirs. This will also help to remove clutter and create more space.

5. Freshen It Up

Adding a fresh coat of paint and laying new carpet will clean and brighten up your home. Choose neutral colours and make them consistent throughout the home. If you choose to wallpaper, make sure that the paper is properly applied, your colour choice is neutral, and patterns are kept to a minimum.

6. Make a Good First Impression

Walking into a home with fingerprinted screen-door windows or cluttered entranceways can influence a potential homebuyer's decision. Strong odours can ruin a sale, so pay attention to pet, cooking, and cigarette smells. Light delicately scented candles or have cookies baking in the oven when you're showing. Fresh flowers can help to brighten and energize your home.

7. Enhance Curb Appeal

Homebuyers decide whether or not to look inside a house by the appearance of your home's exterior. Paint or wash the outside of your home. Keep your lawn trimmed and flowerbeds weeded. Clear the driveway and yard of children's toys and unsightly trash cans. Use urns to define walkways and ensure that windows are clean. Replace broken or dated light fixtures. If you have a garage, make certain it's neat and clutter-free.

8. Make Modern Choices

Ensure that the decor of your home is modern and tasteful. Replace outdated furniture, wall coverings, and window treatments. Add colour to the neutral tones on your walls and floors with removable items such as throw pillows or bedding. To create a minimalist and contemporary space, steer away from too many personal touches.

9. Relocate the Pets

Take your pets with you when your house is being shown, or at least keep them outside. Pets underfoot will quickly put a damper on an otherwise positive showing. Make sure your house is odour-free and spotless. Be sure to empty and hide unsightly kitty litter; lint brush your furniture; and put your furry friend's toys, dishes, and scratching post away during showings.

10. Beautify Your Backyard

A house showing doesn't end at the back door—buyers will be influenced by the state of your backyard. Keep the lawn, hedges, and flowerbeds manicured. Try to recreate an entertaining area by cleaning, sweeping decks, and setting up patio furniture. Put away gardening tools and kids' toys. If you have a pool, ensure that the cover is pulled back, the water is inviting, the lining is algae-free, and the pool supplies are stored. Buyers may want to look in your garden shed, so keep it organized and clean.

Even if you're not putting your house up for sale, it's a good idea to have it appraised every year or two just to see what it's worth on the market. While the bank will do this for a fee, you can have a real estate agent do it for free. They, of course, will hope that you will use them when you go to sell and if you are satisfied with their services, you just might.

It can also be a good boost to know that as you pay down your home, it's also increasing in value. Of course, it's not as gratifying if you find out your home has gone down in value. It will all depend on the current market conditions. For more information on house staging, check out www.totaltransformations.net.

CHAPTER 61

earning money at home

Many of us would love the opportunity to make cash from home, either as a full-time or part-time job. Whether you're a stay-at-home parent, student, retiree, someone who wants part-time income while looking for full-time work, or someone who wants to work full-time from the comfort of your own home, it can be beneficial to earn income while staying home. Unfortunately, this is an area where many shameless scam artists rip off people.

> We've all seen the ads saying you can get rich stuffing envelopes, assembling products, or reviewing books. While most of these job opportunities are scams, you should not be deterred because it is possible to earn money working from home.

Belinda Hansen is the founder of www.canadianhomeworker. com and a long-time homeworker. In 1997, she put a career in the media on hold to take care of her children and her father, who had suffered a stroke. Knowing she would be at home for an indefinite period, she began to search out legitimate jobs for the homeworker. "A lot of people think it's just stay-at-home moms who want to work from home. While they are a large group of the stay-at-home workers, there are also people not satisfied with their regular workplace, from CEOs to managers on down. They may feel stuck in a rut and want to explore and try something new and exciting," says Hansen.

I get complaints from people who paid to sign up for jobs stuffing envelopes and, of course, the job never materialized (machines stuff envelopes at the rate of thousands per hour, so this isn't a realistic job for people to do efficiently). Another popular scam is jewellery assembly—you pay in advance for a kit that comes in the mail. Hansen says, "You actually get a kit with pieces of jewellery, beads, and wires, and they ask you to create the jewellery according to their instructions. You send the completed jewellery back and they send you a note saying your work was not up to their standards of quality control. They then have your money and the jewellery, which they sell, and of course you get nothing." Another popular scam gets you buying a book that promises a listing of companies that hire home workers. The books are usually $50 and if they do send you one at all, it's filled with outdated, useless information.

The key to not getting pulled into a scam is to never spend money in advance to get the job. "If someone is asking you for money in order to work at home, that is definitely the number one red flag that a job is not legitimate. Another red flag is if you are asked to work ahead of time without a contract."

So what kind of work can you do from home? Running a daycare, offering music lessons, baking, tutoring, cutting hair, telemarketing, pet sitting, sewing, data entry, fundraising, internet translation, and customer service are just a few of the jobs available.

You should try something that you truly like and are interested in, possibly turning a hobby into a money-making venture. Hansen says, "I always tell people to look inside of themselves and think about what they would really like to do. Do they have a certain skill set that they have always wanted to pursue or make into a full-time career? You can't do something successfully from home unless you actually love it." To be successful, you will have to be persistent. "You need to think about ... how many hours [you] can ... put in to do that job. If you can only do it five hours a day, don't take on a job that will involve so much work it will be keeping you up at night."

I did a story with a woman who thought that brides should have the option of renting their wedding dress instead of buying it. She created a business whereby she buys wedding dresses from women who just got married, and then rents the gowns to new brides. It's turned into a very successful business and is run out of her home. (You can check out the company's website at www. gowngoround.com.)

Hansen agrees that sometimes the best job you can get is one you invent for yourself, but if that's not possible, Hansen claims, "The best thing you can do is network. I always encourage people to go to their local chamber of commerce and try to join a business group. There may even be a women's business networking club. Your local chamber of commerce can help provide you with all kinds of contacts who may be able to use your services." If you're a great writer or have desktop computer skills, someone may need that kind of help in the community. Find out if there is a need for a fashion designer, cook, or seamstress. Businesses may need homeworkers to input data into websites or call customers. Companies also hire people for work overflow in case a secretary or researcher needs help catching up. In time, you could be able to develop your talent into a stand-alone business.

There are also tax advantages to working at home. Hansen says, "You could work at a job and earn $80,000 annually, but only take home about half that.... When you work from home, you could actually make $40,000 working on contract. You add GST if you have a GST number and you're actually making more than when you were earning an $80,000 salary." I'll have more on home business taxes shortly.

What you don't get working at home are job benefits. "What works best is if one person can work at home and have a spouse that works for a company that has benefits. Therefore, one has the flexibility to work their own hours and look after the family while the other has the base of security with benefits to help make the family secure." That's not possible for everyone, but it may work for many people.

There are also job auction sites, such as Elance at www.elance. com. At this site, projects are put up for bid and you basically bid against other people to get the job. Hansen says, "It's for freelancers, Web designers, writers, researchers, and graphic artists." The only problem is that bidders get into a frenzy and drive the price down, and the lowest bid always seems to win. The site is not for everyone, but may be worth checking out, depending on your skills.

As for Hansen, she says her current employer liked her so much that they developed a full-time job around her skills and timetable. "My job has turned into many things. I'm so used to working at home now I will bake a cake or dinner, and then come back to my computer and work, and then go back to doing something else. I have people working for me now and it seems strange because those people are at the office and I am managing them from home. I'm also really glad I can be here for my family, and for me, that's just the most important thing." For more information, advice, and tips on working from home, check out Hansen's website at www. canadianhomeworker.com.

Tax Advantages of a Home Business

If you decide to work from home, there are excellent tax advantages that can help make a home business extremely profitable. Evelyn Jacks is one of Canada's top tax advisers and is also the author of the bestseller *Make Sure It's Deductible*. In the book, she discusses how to start a tax-efficient small business, write off deductions, make smart asset purchases, benefit from your home office and auto, and put your family on the payroll and write them off.

Jacks says, "In order to get the tax advantages, what you have to be is diligent with your record keeping and you have to think of tax first in every expenditure that you are considering making." To do this, open a separate business bank account and have a separate credit card for business expenses. This helps with your record keeping because you're keeping your business and regular expenses separate. Jacks says, "It also preserves all your personal affairs for your tax auditors, as you should never give a tax auditor a reason to go through all your personal and business affairs."

One of the most lucrative tax deductions for any home business is the ability to write off a portion of your home as a home office. It must be a separate space away from the rest of the living area of the home and you can prorate your home expenditures according to square footage of that separate office space. These write-offs include mortgage interest, property taxes, maintenance, utilities, etc. The home office could be 10–20 percent of your home, depending on the size of your business and can lead to major deductions.

If you have a home business that requires you to use a car, you will need to have an automobile expense log to show the total distance driven every year and how much of it's for business and personal use. You really should keep good driving records as Jacks says, "This is one of the most audited areas on the tax return and most people really have trouble keeping that log. Due diligence is important because small business owners have a greater risk of an audit than someone who is filing just one T4 slip, a copy of which the employer sends directly to Canada's Revenue Agency."

Expenditures fall into two categories. First, there are those that are used up in the normal case of business, like wages and office supplies, and are 100 percent deductible. The second group is capital expenditures, assets that depreciate over time. Jacks says that many people make mistakes there. "For example, they put a new roof on their garage for a business and they want to write that off completely on their taxes. That improves the useful life of the asset, so it must be written off over time," says Jacks. There are certain restricted expenditures; things like meals have a 50 percent restriction.

Having all your business affairs in order will do you no good if what you're operating is not a real business. It's legitimate only if you can show a reasonable expectation of profit. I remember a story about a magician in rural Newfoundland who ran his business at a loss for 17 years. Finally, the federal government told him he could not make a living as a magician in rural Newfoundland and denied his claim. This may have been a case of someone pulling a rabbit out of a hat a few times a year to write off expenses and claiming he had a legitimate small business (but it did work for 17 years!).

Jacks says, "If you have a hobby that has no expectation of profit, the government is not going to allow you to write off your losses." Jacks says that recently the government has firmed up requirements and proposed that you need to show profit not just year over year, but also on a cumulative basis over the life of the business.

It's quite common for businesses to have to spend money in order to make it, so spending $10,000 today to acquire a contract that could help translate into $20,000 worth of income is acceptable because there is clearly a reasonable expectation of profit. If year after year, either because of mismanagement or lack of revenue from your activities, you continually write off losses, then the government will say this does not show legitimacy as a business enterprise. You must show a reasonable expectation of profit within a reasonable time frame. Jacks says, "It boils down to simple business planning because why would you spend time and money on an activity unless there was a reasonable expectation of profit for you? Most people in business don't intentionally go out to lose money. If it is your intention to build your endeavour into a profitable enterprise, then absolutely you can write off car expenses, a home office, the cost of assistance, advertising, and many other things."

The act governing taxation is not specific about what you can and cannot write off; it just gives guidance. You have to think about each individual item you want to buy. Is it an expenditure incurred to earn income? If the answer is yes, then it's deductible. You can hire family members, but you have to show that they have worked for you in a job that you would have hired a stranger to do and at similar wages. Jacks says, "Don't just try to pay people a lump sum at the end of the year. You should be able to show the person was on the payroll and that proper record keeping took place. I find that many family businesses miss out on legitimate deductions that could have helped them earn extra income."

More deductions equal a larger refund, which can be used to help pay down debt or finance future projects for your business. For more information, check out Jacks's website at www.knowledge bureau.com.

thinking seriously about cars

For most of us, after our home, the next largest purchase we will make is our vehicle. I want to dedicate several chapters to owning and operating a car because it's an area where many people waste money—simply getting from A to B!

I get the urge to buy a brand-new, high-end luxury car as much as the next person. You are what you drive, right? That's the message car companies would have us believe. Now, there is nothing wrong with driving an expensive car if you can afford it. However, when it comes to cars, too many people are trying to keep up with the Joneses! They are spending thousands of dollars a year more than they need to, trying to maintain an image that is unrealistic for their bank balance.

Someone once told me that he got a great deal on a car. "What was it?" I asked. He said he had purchased a luxury import that was listed at $72,000, but he got it for only $65,000. In his mind, this was an incredible savings—a steal of a deal. The only thing I could see was that he paid $65,000 for a car that couldn't hold a set of golf clubs.

The price of a car is just the start. There are many other costs associated with luxury car ownership.

- What kind of gas will this luxury car take? High octane, no doubt. Add another 8.13 cents a litre (depending on where you live in Canada) to every litre of gas you will pump into this car for as long as you own it.

- How much is car insurance? Higher for sure, and many people don't even bother to check this before they sign a contract to buy a new car.
- This beautiful new set of wheels may be a target for thieves. Do you have a security system for the car? You'll need one.
- How much is regular maintenance? Is an oil change going to be $85 instead of $35?
- Is special maintenance required because it is a fancy import?
- Is the hourly rate for mechanics $25 an hour more because it's a luxury car?
- What about parts? Will they be harder to find and cost you more because the car is not a mass-produced domestic car?

Don't get me wrong. There is nothing wrong with luxury car ownership if you can afford it. If your house is paid for, the kids have graduated from university, your credit line is paid off, and you must have a luxury vehicle to reward yourself, then go ahead. Just realize that there are added costs to buying a luxury car or even a brand-new car, for that matter. In the following chapters we will look at ways to drive dependable cars at reasonable prices, which will get you where you have to go and still allow you to save money and pay down debt.

Also, keep in mind there is no cooling off period when buying a car! Every few weeks I have a viewer phone me who has put a $500 deposit on a car only to change his mind when he got home. As soon as both sides have signed a contract, the seller is not obliged to let you out of the deal if you change your mind. A car dealership cannot keep an extremely large down payment such as $3,000, but they are allowed to keep a reasonable amount of money because they can claim they lost opportunities to sell the car to others because you agreed to purchase it. Never agree to buy a car either if the deal hinges on financing as a dealer will always be able to get you a loan but it may be one with an interest rate at 28 percent! Bottom line: never sign any contract to lease or buy a new or used car unless you are positive you want the vehicle.

buying a car in the U.S.

When the Canadian dollar hit parity with the American greenback during September 2007 and then surpassed it, closing in on $1.10 later that year, Canadians wanted to see bargains to reflect our strong loonie. The cross-border shopping blitz was on as Canadian shoppers went south to get deals on clothing, electronics, and groceries. When stores here did not lower their prices, there was a backlash as consumers demanded to know why we weren't seeing the benefits of our strong dollar in Canadian stores. The most money to be saved was on big-ticket items like cars, boats, and motorcycles. When I found U.S. car dealers selling cars in Canada at discounts and people flying to the U.S. to drive back cars that were $10,000-$15,000 cheaper, everyone took notice. I interviewed a Toronto man who bought a one-year-old Audi A4 in Nashville, Tennessee. He figured that even after taxes, airfare, hotel, and all importation costs, he still saved about $12,700. That's a lot of money! Plus, he will profit if he sells the car in Canada too.

There was no doubt that for a period of about one year, there were great deals to be had if you wanted to take the time, do the paperwork, and find a car in the states. Not long after I and other media outlets started digging up these great American deals, Canadian dealerships pressured auto manufacturers to forbid American dealerships to sell to Canadians. If you were lucky enough to find a dealership that would sell to you, the warranty was usually invalid. Many people got some great deals on cars, and there are still a number of American cars coming across the border. In 2007 there were 170,000 Canadians who bought cars in the U.S. If that number sounds high, it's because many of those Canadians were dealers buying U.S. cars to resell on their own lots. Following the backlash, car companies in Canada were forced to lower their prices, and while there are still differences, the pressure did create price cuts of $2,000–$15,000 depending on if you were buying a Porsche or a mini-van. The slowing economy, combined with a weak auto sector, also led to price cuts, meaning that for the first time in a long time, vehicle prices in Canada were actually on the way down. Now as car prices dropped something else happened. So did our once soaring loonie! Following the credit crisis, Black October 2008, and other pressures our loonie fell with a thud to 79 cents when compared to the U.S. dollar. Canadians are no longer complaining about the difference in car prices and in fact some analysts say when factoring in the dollar's new value Canadians and Americans are paying about the same—not only for cars but also electronics, groceries, and other items. However, there still may be a reason you wish to buy American, and if you do here are are some of the charges you will face when you bring a vehicle into Canada.

2008 Model Year Domestic Automobile

Purchase price (includes invoice price and state taxes) = U.S. $50,000

Value for duty (price converted to Canadian currency at current rate of exchange): $50,000 × $1.05 = Can. $52,500

Duty at 0% = 0

Excise tax on air conditioner = $100

Excise tax on green levy = $1,000

Value for tax (value + duty + excise tax) = $53,600

GST ($53,600 × 5%) = $2,680

Total cost = $56,280

Total duties & taxes paid to CBSA (amount paid to cross border) = $3,780

- Must also pay a registration fee of $206.70 ($222.21 in Quebec)
- Duty paid at rate of 6.1 percent on any vehicle manufactured outside of North America
- Motorcycles are duty-free
- Vehicles over 25 years old are duty-free
- Green levy varies from $1,000–$4,000 depending on the fuel economy of the vehicle
- Provincial tax due when licensing vehicle
- Vehicle will have to undergo inspection by an authorized mechanic to check compliance
- IMPORTANT: Always check with Registrar of Imported Vehicles (www.riv.ca) or 1-888-848-8240 before purchasing a car in the U.S. to make sure it can be brought into Canada
- Vehicles imported from the U.S. must be reported to U.S. Customs 72 hours prior to export

Since you have to pay the green levy, excise tax, and other taxes if you buy a car in Canada, you could find a good deal on a car in the U.S., but it is almost always on luxury high-end vehicles and again any savings will depend on the exchange rate of our dollar. With the economy in the U.S. still facing troubling times, there may also be deals on boats, motorcycles, and other big-ticket items as well. My advice is that if you are buying a high-end luxury item such as an $85,000 sports car, then you should definitely see if there are savings to be had by buying in the U.S. If you're buying a $20,000 used car, chances are the savings won't be as great and not worth the hassle. The Canada Border Services Agency offered free classes on how to import a car at the height of the cross-border frenzy. For more information, check the Canadian Border Services Agency hotline at 1-800-461-9999 or their website at www.cbsa.gc.ca. There are many forms to fill out and regulations to follow, but it can be worth it if there is a huge difference in price in the car you are looking at. There are also brokerage services for hire that will buy the car in the U.S. for you for a fee. If you go this route, do your research as well as they are trying to profit thousands of dollars from a car and it's work you could do on your own if you have the time to do it.

CHAPTER 64

buying a new car

Since I wrote the first edition of this book, the auto industry has undergone major restructuring and, in many instances, cars are cheaper today than they were in 2008. With higher fuel prices, SUVs have dropped in value, which is great if you want to buy one, but not so great if you already own one. I am not someone who buys new cars, but I can understand why many people are only comfortable buying from a new car dealer. If you have attained a certain level of wealth and feel that you must have a brand-new car, then you will want to make sure that you get the best deal you can. (Still, I would strongly advise you to read Chapter 67 on buying nearly new because I feel that nearly new is one of the best values in the car marketplace today.)

> If you are deep in debt, a new car is the last thing you should be buying. I asked Dennis DesRosiers, one of Canada's leading independent automotive consultants, what someone in debt should buy and he said, "If you are buried in debt, stick with the car that you have. Don't go into additional debt to buy a vehicle. A new car is one of the worst debts that you can possibly add to your ledger. If you have a high debt load and you are desperate for a vehicle, buy a beater. It's amazing how high the quality is of nine- and 10-year-old used cars in the marketplace."

If you feel you must have a new car, be ready to deal when stepping into a showroom. DesRosiers says, "It is shocking how

268 |

many consumers walk into a dealership and have zero understanding on what kind of vehicle they want or the way they plan to pay for it. The worst three words you can tell a dealer are 'I don't know.' You really have to do your homework and be prepared."

There are three elements to any good negotiating process: time, information, and money.

Time: If you have time on your side and don't need a vehicle right away, you can shop around, compare the competition, and wait for a sale or financing offer. If you don't, and need a car right away, you may get stuck having to buy something that's not really what you want and pay too much money.

Information: With the Internet, new car reviews, manufacturers' websites, and independent publications, there is a wealth of information on vehicle pricing, fuel economy, reliability, options, comfort, space, and performance. A good buyer can walk into a showroom knowing as much or more about a car than the salesperson selling it.

Money: Before you go to buy a car, you should know how you are going to pay for it. You should be pre-approved at your bank or at least have a good idea about the vehicle financing that will be offered. Too many people choose a car without thinking clearly about how they will pay for it.

As for new car pricing, something interesting has been happening in the marketplace. DesRosiers says, "From a pure MSRP [manufacturers' suggested retail price] point of view, the average price of vehicles has deflated. It has gone down on [the] equivalent product for five years in a row in Canada. The fact that the MSRP has been going down has led consumers and the industry to option these vehicles up and to sell higher trim levels. Buyers are getting a lot more options and accessories." So while list prices drop, real prices can still go up. That's why when you see a car selling for $19,999, it can often cost you about $35,000 when you drive away in it. The average new car transaction price in the industry is about 22 percent above MSRP

It's not just the options that add to the price, however—it is the taxes and fees to get a new car out the door. DesRosiers says that the new vehicle is the largest tax target in this country, and it's true. You have to add federal and provincial sales taxes, tire tax, air conditioning tax, energy taxes and environmental taxes, dealer preparation, delivery charges, etc.

And once you pay all these fees and taxes, the car drops in price dramatically as soon as you drive it off the lot! DesRosiers explains: "It depends on the brand, but generally speaking, a new car depreciates 20–30 percent the day you drive it off the car dealer's lot." That means if you buy a new car, you are paying all the taxes and charges just to get it on the road. Do you think the person who buys it after you will thank you for that? I doubt it.

If you are buying a new car, you have to consider what it may be worth when you sell it. DesRosiers says, "The average price of a four-year-old Honda passenger car is somewhere between 50 percent and 60 percent of its original MSRP. The average resale price of a GM, Ford, or Chrysler was somewhere between 30 percent and 40 percent of its original MSRP. A consumer who bought a Honda for $37,000 could still sell it four years later for $25,000. The consumer who may have thought he got a great deal buying a new GM at $32,000—$5,000 less—may find when he goes to sell it in four years [that] it's only worth $12,000." So when you are buying new, you're better off to purchase a high resale-value vehicle, which will be worth more when you sell it or trade it in.

If you must buy new, be aware that new car models are coming out earlier and earlier. I had one couple call me who were upset that they bought a brand-new 2007 Volkswagen in the spring, only to see a 2008 model parked beside it when they went to pick it up.

They hadn't even driven their new car off the lot and it was already one model year old.

DesRosiers says that typically, dealers clear out models from August to November and may offer discounts, but by buying late in the model year, the vehicle will lose one year of depreciation very quickly. This isn't a big issue if you plan to keep it for seven or eight years, but it is if you plan to trade it in a year or two because the resale value will be lower.

Take the vehicle for a test drive, and DesRosiers recommends that you test drive the dealership as well to ensure they are trustworthy, professional, and knowledgeable. DesRosiers says, "I believe consumers should trust their gut. If deep down they feel uncomfortable with a dealership, then they should go somewhere else."

Before deciding on any car, call your insurance company to see how much it will cost for insurance. Premiums vary widely depending on the make and model. A luxury or sports car can have substantially higher premiums than a family sedan.

There are a few last-minute but important details to consider. Don't rush the financing; the buyer who shops first and worries about financing later could be in for an unpleasant surprise. Watch out for extras when closing the deal, such as rustproofing, undercoating, and other dealer options that may be done elsewhere at a cheaper price. If you are trading in a vehicle, know what it's worth and consider selling it privately to get more money for it. Again, consider if you really need a brand-new car. If you are planning to keep it for a long time and can afford it, go ahead. If you are trying to pay off debt, consider the nearly new car—it's really the better option.

financing at 0%

Financing at 0 percent! Wow, let's all buy a new car! There are few offers as enticing when looking for a new set of wheels as 0 percent financing. When you do the straight calculations comparing an interest rate of 0 percent to 7 ½ percent on a $20,000 car loan over 24 months, it shows you can save $1,600. Over 36 months, you can save almost $2,400. On a $35,000 car loan over three years, you can keep an extra $4,200 in your pocket. Sounds great! I'll take a new car for me and my wife! Zero percent financing is a no-brainer, right? Well, think again. The problem is in the fine print, which reveals that 0 percent offers don't equal 0 percent at all. I have to admit that since I first wrote my book, these 0 percent offers have gotten much better at being clear about the true savings you will experience, but there are drawbacks to these loans you should know about.

Often they are used to get you in the door, along with other offers like "zero down" and "zero payments for six months." Car dealers aren't in the charity business and most of these offers are designed to get money from you one way or another. An incentive upfront usually means higher costs down the road. It's up to you to calculate which approach is best for you.

The advertising for 0 percent financing can be very misleading. In some deals in the fine print you'll see that taking a loan with the dealer at 0 percent means that you'll have to "forgo certain cash incentives." Well, those cash incentives really add up. You may find you are far better off borrowing the money from your bank and paying cash for the car rather than going for any 0 percent financing deal. Check out the fine print in this 0 percent financing ad from a major manufacturer having a sale on new cars and trucks:

"If customers choose 0 percent financing, they forgo additional incentives available to cash purchasers. The effective interest rate factoring in these incentives could be up to 8.5 percent."

What? They're admitting that 0 percent financing is really the equivalent of an 8.5 percent interest rate? Yep. There has been pressure on auto manufacturers to make financing details clearer for consumers. They're doing so, but often the clearer details are buried in the fine print. Not every 0 percent deal will be equal to 8.5 percent because the cash incentives will vary, but it's clear that 0 percent financing is not really what it seems.

If a rebate is offered, your best deal may be to take the rebate and borrow money from your bank. If the rebate being offered is $3,000, let's see how that compares to 0 percent financing.

	0% Financing	Bank Loan
Price of the vehicle	$20,000	$20,000
Rebates or cash incentives	0	$3,000
Amount financed	$20,000	$17,000
Number of months in loan term	36	36
Loan interest rate	7%	0%
Monthly payment	$555.56	$524.91

With the 0 percent financing offer, your payment would actually be $30.65 higher every month. Over the life of the three-year loan, you would actually pay $1,103.40 more for the car. So much for 0 percent financing on this deal!

Even if you were to take this same car loan over four years, you would still be better off with the bank loan at 7 percent.

	0% Financing	Bank Loan
Price of the vehicle	$20,000	$20,000
Rebates or cash incentives	0	$3,000
Amount financed	$20,000	$17,000
Number of months in loan term	48	48
Loan interest rate	7%	0%
Monthly payment	$416.67	$407.09

With 0 percent financing, you would still pay $459.84 more than if you took out a loan at the bank at 7 percent!

When you are buying a car, there may not be a rebate offer, but if you are paying cash, there is usually a "cash price" that can be several thousand dollars cheaper than the list price. A shrewd negotiator can save hundreds or even thousands of dollars off the list price. As soon as a dealer knows you are interested in the 0 percent financing offer, they will usually bring all negotiating to a standstill. They will assume you don't have the money to pay cash for the car and will take away your bargaining power. "Sorry, I can't go any lower—not with 0 percent financing. I'm already losing my shirt on this deal." That's not true. The price of the car and the cost of financing are two separate issues. Also, keep in mind that:

- You may need a perfect credit rating to qualify for 0 percent financing.
- There may be a shorter loan period, larger monthly payments, and the offer may be good only on a limited number of models or cars left in the showroom (ones the dealer is trying to get rid of).
- Offers of 0 percent financing can also be used as a "bait-and-switch" tactic. You are lured into the showroom with promises of 0 percent financing, only to find out you don't qualify. Of course, then the dealer shows you other cars that he can sell you "with financing to fit your budget."

Now, all of this doesn't mean you should ignore 0 percent offers, and with the turmoil in the auto industry, there are presently
some good financing deals, but you really need to study all your
options carefully before signing any contract. You can find calculators online that can help you determine which is the better deal for
you by typing "0% financing vs. rebates" in any search engine. I
found a good calculator at www.consumerreports.org. Keep in mind
that you're better off with a good used car anyway, which I'll address
soon in the following chapters.

CHAPTER 66

leasing a vehicle

Since I wrote the first edition of this book, there has been a huge change in the leasing landscape. I have always felt that "leasing was fleecing" and never understood why consumers would put $3,000 down on a vehicle and pay $500 a month for four years, only to turn in the vehicle and start all over again when the four years were up. Then something strange happened in 2008. Dealerships on the gravy train, raking it in with leases, suddenly got caught with thousands of vehicles being returned that were worth less than they could sell them for. General Motors declared that "leasing is history." Chrysler also decided that leasing was no longer profitable.

Leasing was always a way for Canadians to drive a car that they otherwise couldn't afford. Dealers would make $22,000 leasing a vehicle, then have it returned and sell it for $18,000. The problem occurred when returned vehicles that used to sell used for $18,000 were worth only $12,000. That's when the industry decided it needed a new formula to make money off consumers. Leasing will always exist, but before you go that route, you should decide if you really want to rent a car instead of owning it. Do you really want to pay hundreds of dollars a month for years and then give the car back to a dealer so he can sell it for a profit? Do you really want to pay for wear and tear, scratches and dents, and excess kilometres before giving the car to someone else? Leasing is just a long-term rental.

Phil Edmonston, author of the popular series of Lemon-Aid Used Car Guides, says, "Leasing a new or used vehicle is almost never a good idea unless you can put the capital you will save to work in your own enterprise and get much more money out of it for your endeavours." He continues, "If you can't afford a vehicle and must lease one in order to afford it, then you should go immediately to the used car choices. Overall, leasing is a means whereby sellers give you the illusion that an overpriced new vehicle is a reasonable buy."

Why do people lease? A lower monthly payment is the main reason. Driving a vehicle that is covered under warranty is another. For many people, it's also a chance to "upsize" the car they drive (they may really only be able to afford a minivan, but through leasing, they can have a luxury SUV for the same monthly payment). There may also be a "down payment" required at the beginning of a lease that does not build up equity in the vehicle; it's just a leasing payment in advance to make the monthly payments seem smaller.

Just keep in mind that when you lease a vehicle, you never build up equity in it the same way as if you were making loan payments (remember, it's really a rental). There are also added costs to leasing that are spelled out in the fine print, which no one ever bothers to read. And there are limitations to what you can do with the car because you don't own it! Here are some things to think about.

Repairs

You may have to repair minor scratches and dents. Larger repairs, which you'd take care of when you had the money, may have to be done immediately. One viewer told me that two months before she was to turn in her car, she bumped into a light pole in her parking lot. She didn't want to tell her insurance company because she didn't want a claim to raise her premiums. She had to spend $2,500 of her own money to repair the car before handing it over to the leasing company. If it was her own car, she could have waited to repair the dent (or even left it as is if she wanted to), but couldn't because it was a leased vehicle.

Also, keep in mind that when you lease a car, you have to pay for the oil changes and general maintenance. Any major non-accident-related repairs should be (but are not always) covered under warranty.

Excessive Wear and Tear

You could be charged for excessive wear and tear, and if you miscalculate the number of kilometres you planned to drive, you could be hit with hundreds or even thousands of dollars in excess kilometre charges. A lease may allow someone to drive 20,000 kilometres annually for a total of 60,000 kilometres over three years, but if a consumer racks up 76,000 kilometres during the lease contract, he or she will be hit with an excess kilometre penalty charge. If the charge is 13 cents for every kilometre over the limit, that 16,000 excess kilometres would mean an additional charge of $2,080!

A cigarette burn in the carpet or a rip in the seat also allows the leasing company to charge you for excess wear and tear. They could even charge you for balding or mismatched tires. The excess wear-and-tear clause is one area where a dishonest dealer can try to line his pockets, getting you to pay for minor problems. Your security deposit may help if you left one, but make sure you get your security deposit back if there is nothing wrong with the car.

Travel Limitations

Because your name is not on the ownership, some leasing deals forbid you from removing the vehicle from your province or territory for an extended period unless you have permission from the leasing company. It's kind of like needing Mom or Dad's approval to take the car somewhere. (Who needs to relive that!)

A Lease Is a Binding Agreement

Another problem arises when people sign long-term leases and die, lose their job, get divorced, or experience a major life change. Sure, that two-seater sports car was great when you were single, but it won't be so handy with a baby on the way. I have done stories where a husband has leased an expensive pickup truck and then dies, leaving the leased truck to a widow, who doesn't even drive. Still, she is expected to make the payments.

Many people believe incorrectly that they can simply return the vehicle to a car dealership if suddenly they don't need it, but you have signed a contract and the dealer will expect you to fulfill your end of the bargain.

Types of Leases

You also have to be very careful what kind of lease you sign. In a closed lease, the most common kind used by major dealerships, you make a set number of payments during a specific time period of (usually) two, three, or four years. In an open-end lease, you also make a set number of payments over a specific time frame, but here's where this kind of lease differs: When you bring the vehicle back, you may have to make one last payment to cover the difference between "the actual value of the vehicle" and its "residual value." This means the car dealer could hit you for an additional payment of hundreds or even thousands of dollars. For example, if the vehicle had a residual value of $12,000, but the leasing company could sell it for only $10,000, you would have to pay an additional fee of $2,000. If the vehicle is sold for more than the residual value, the consumer might be refunded the difference—like that would ever happen!

If you can't afford to buy it, you can't afford to lease it.

At the time of writing this, I have just been contacted by a young couple who signed an open-ended lease. They turned the car in to the dealer, who sold it for $8,500 and then ordered them to make an additional payment of $2,200. Needless to say, they were shocked! They had not read the contract and were upset that the money they had been saving to buy a new car would now have to be used to make one final payment on a car they would never own.

If you do have to get out of a lease midway through your contract, you may have to sublease the vehicle to someone else (www.leasebusters.com is a website that, for a fee, brings together people who are looking to get into and out of car leases). You may have to purchase the car at a buyout price set by the leasing company or make the monthly payments until you have fulfilled your obligation. Either way, you could be on the hook for thousands of dollars to get out of a leasing deal.

Lease Length

Avoid leases that are longer than the manufacturer's warranty. Some dealers may try to get you to sign a 39-month lease rather than 36 to make the payments seem lower. However, when the warranty is up, you could be required to make repairs to the vehicle prior to giving it back.

Don't lease after December 31 as you will then be leasing a car model that's half a year old. Cars depreciate quickly, so if you must lease, strike a deal when the new models come out, which is usually between September and December. You can also shop around for deals to see if the car you want to lease can be found cheaper some-where else.

I realize that some consumers feel that leasing is for them. Some drivers who lease say they don't mind the perpetual monthly payment as long as it allows them to drive a new car that is under warranty. If you must have a new car every three years, take excellent care of vehicles, drive less than the annual mileage allowed in a leasing agreement, and hate haggling with car dealers over trade-ins, then maybe leasing is for you if you realize that this is the most expensive way to drive a new car.

Do the math on purchasing a two- or three-year-old car instead of leasing a new one and you may find that you will pay less in loan interest than leasing finance charges and you could have a similar monthly payment. You will also end up owning the car and not renting it.

buying a used car "nearly new"

The best value on the road today is the "nearly new" vehicle, which is a vehicle up to four years old. As vehicle prices fall and many people choose new car options with financing offers, it makes sense to look at the used car market, where there are many excellent cars with 50,000–100,000 kilometres. Every year there are hundreds of thousands of nearly new cars put up for sale. Leasing used to account for about 40 percent of new car purchases, and since consumers can walk away at the end of their lease, many do. The last five vehicles I have purchased have been two- to four-year-old vehicles that have just come off a lease. In the previous chapter, I mentioned how leasing is changing, but there will always be good-quality used cars for sale that can save buyers thousands of dollars than if they were purchased new.

Canada's leading automotive expert, Dennis DesRosiers, says a new car depreciates about 20–30 percent as soon as it is driven off the lot, so if you buy that same vehicle a year or two later, you can save a lot of money. On average, vehicles depreciate about 10 percent a year after their initial depreciation, but how much really depends on the manufacturer. DesRosiers says, "The brands that play heavily into the fleet markets—the ones that sell a lot to daily rentals, government agencies, and utilities—have their vehicles depreciate quicker than the companies that don't sell into fleets." That's why

GM, Ford, and Chrysler typically have lower resale values on many of their products, and Toyota and Honda tend to have higher resale values. It's why one- to four-year-old domestic vehicles can be an excellent value. GM, Ford, and Chrysler products can be a tremendous deal because of their huge depreciation.

While a few years ago you could buy a two-year-old domestic vehicle with about 80,000 kilometres on it for half of its original selling price, this has changed slightly. Phil Edmonston, of the Lemon-Aid series of car guides, says, "It used to be two to three years old was the best deal on a nearly new car. It's really been moving to almost three or four years old because the depreciation really becomes important in about the third or fourth year." I noticed this myself with the last car that I bought. After buying two-year-old domestic cars that were half their price, I had to buy a car that was three years old to get the best value possible.

Edmonston says part of the reason for the shift is "because of the resurgence of the used car buyer in the market and people realizing the terrific value of used cars." Nearly new vehicles may still have some of the manufacturer's warranty remaining, and because of their age have the latest designs and safety features. While used vehicle sales used to average 1.4 million units annually a decade ago, Canadians are now buying 2.2–2.4 million used cars every year.

While you may have shied away from used cars in the past, the nearly new car is not someone else's problem. Nowadays a vehicle should last up to 300,000 kilometres, whereas 20 years ago they lasted only 150,000 kilometres. DesRosiers says, "New vehicles are of such high quality you can't help but end up with high-quality used cars. The invasion of high-quality Japanese vehicles forced everybody up the learning curve, so over the last decade it is unusual to have a low-quality vehicle manufactured. Just about every vehicle is currently well manufactured and that has resulted in an incredibly high-value used vehicle marketplace."

One of the best ways to get a deal on a vehicle is to find one that has just come off a lease. You can find these off-lease cars privately or on a dealer lot. DesRosiers has an excellent formula to help you calculate the value of a nearly new car. The average vehicle lasts about 300,000 kilometres and costs about $30,000; the capital cost to own a new vehicle is about 10 cents per kilometre over its lifetime. This calculation can be used to determine the value of a nearly new vehicle as well. Divide the price by 300,000 kilometres minus the odometer reading.

A three-year-old vehicle selling for $25,000 with 100,000 kilometres on the odometer costs about 0.125 cents per potential kilometre of use.

$$\$25,000 \div 200,000 \text{ kilometres } (300,000 - 100,000) = 0.125 \text{ cents}$$

This isn't a great deal for a nearly new vehicle when you consider that a new vehicle is only 10 cents per potential kilometre of use. A better deal would be a cost of $0.08 to $0.10 cents per potential kilometre of use or about $18,000–$20,000.

This formula works only if you compare identical makes and features of new and used vehicles.

Because of its relatively young age, a nearly new vehicle will likely have few problems. There may be some repairs down the road, but if and when they happen, don't forget what you paid for the vehicle in the first place. Even if you needed a $500 repair, remember the thousands you saved when you bought the car.

When buying any used car, there are things you have to watch out for. We'll discuss them in our next chapter when we look at cars that are four years old or older.

buying a used car four years old or older

The used car gets a bad rap. Cars are more reliable today than they were 20 years ago, and a good used car can get you around at a fraction of the cost of a new one. Phil Edmonston, author of the Lemon-Aid series of car guides, says, "Canadians are keeping their vehicles about nine years in the West and a little less as you move east. So Canadians are getting a lot more out of their vehicles. With the high cost of new cars, used cars are a great option." One area where the used market has seen excellent results in vehicle longevity is the light truck market. "The light truck market has really exploded in the sense that light trucks are very popular, and 50 percent of light trucks are still on the road after 20 years," says Edmonston. (I guess that explains why I see so many of them around.)

Many people avoid the used car market because when you buy a used car, you could end up with a clunker. The older the car and the higher the mileage, the greater the chance you will have problems down the road. However, you'll also have a lower purchase price or lower monthly payments if the car is financed, and generally lower insurance costs because it's an older car. It's the repairs that hurt your wallet, so you want to do your best to make sure the car you are buying is in good condition.

Now that used cars are more reliable, you might think this is bad news for car dealers, but Edmonston says that's not so. "Car dealers make much more money selling used cars than they do selling new cars because of the warranty obligations of new cars, servicing obligations, dealing with manufacturers, and rebates. Dealers are looking for good used cars as much as possible because the market is shifting in that direction." Some new cars are dropping in price because of rebates and overproduction, and as new models drop in price, it forces used models of that same car to drop in price as well.

The Internet offers more information than ever before when it comes to buying a used car. At www.autotrader.ca, a search option allows you to enter the model you are looking for and the area where you live to see how many models are out there and what they are selling for. You may find there are 168 2002 Honda Civics selling for between $5,400 and $12,800. You can also compare cars for sale with similar mileage and options. It's a great place to start your search.

Car pricing is generally arrived at using car-pricing guides known as the "red-and-black books." These guides are produced for the auto industry and are used by dealers, banks, and insurance companies to determine car values. (The blue is *The Kelley Blue Book*, which is sometimes referred to as the "black book" as well. The "red book" is *The Canadian Red Book*; more info is available at www. canadianredbook.com.)

Prices vary in the two books. Edmonston says, "The prices are higher in the blue book than generally you will find in the red book. You might want to use the blue book if you're selling a used car and the red book if you are buying one." The books will show the original selling price (MSRP), the wholesale price (what dealers charge other dealers), and the retail price (what dealers charge us). These guides are updated four times a year and can be purchased for about $100, but you can find them for free at a library's reference desk, a credit union, or your local bank. If you are on good terms with a dealer, they may even let you have a peek.

You want to do as much research as you can on a model's track record, reliability, repair history, and problems specific to that vehicle, such as bad transmissions or faulty power options. Is it likely to be a rust bucket? Will the car be certified and emissions tested? You shouldn't buy a car that isn't unless you are extremely knowledgeable about cars, or you could be hit with huge bills just to get it on the road. You should also take the car to a mechanic for an inspection. For about $100, a good mechanic can tell you what kind of shape the car is in and what repairs it may need down the road. They can also give you an opinion as to what you should be willing to pay for it. If someone won't allow you to take a car to a mechanic, consider it a sign you shouldn't buy it.

Also, take into consideration how far you will be driving the car to help determine its useful life according to your lifestyle. Will it just be a "grocery getter" or will you be racking up kilometres going back and forth to work and on family vacations?

For peace of mind you may want to buy a car with a warranty, but be careful because many offer very limited coverage. Used-vehicle warranties from the manufacturer or a reputable dealer may offer some protection, but third-party warranties on small car lots are notorious for being almost worthless and having many loopholes.

Many people are cautious about this approach, even though you can find a good used car privately. Edmonston says, "If people are worried about buying another person's problem, they generally shouldn't be. The problem is not people buying from people, it's people buying from dealers."

If buying privately:

- Ask the previous owner for maintenance records. Is there proof that the oil has been changed regularly?
- If a new battery or water pump was installed recently, do they have the paperwork to show it?
- Look for mismatched paint on body panels. Do panels and seams line up perfectly?
- After running the car for a while, park it in an area with dry pavement. Check for oil, transmission, or coolant leaks, which are telltale signs of problems ahead.

- Take the car for a long test drive. You would be surprised by how many people don't.

With the overwhelming increase of data accumulation on vehicles, consumers can now arm themselves with more information than ever before. The used-vehicle information package, available from most transportation ministries for about $20, can tell you who owned the car and if it has been branded a write-off by an insurance company. While the seller in a private sale is supposed to provide this to you, a dealer doesn't have to. Even if you are buying a car from a dealer, buy the used-vehicle information package anyway to see who owned the car.

There are now private companies that track vehicle histories. Edmonston says one such company worth considering is a new one—CarProof in London, Ontario. "I saw what they did when a lady that was thinking of buying a car wanted them to check it. It turned out to be a wreck out of the United States, so she was glad she did," says Edmonston. You can find out more about this service at www.carproof.ca. For about $40, CarProof will verify the car's registration, see if there are liens on the vehicle, determine if it has ever been written off by an insurance company, and check its odometer record.

There are also excellent consumer guides that can help you narrow down your search. Edmonston's Lemon-Aid series of car guides is now going into its thirty-fifth year. The guides are available in the reference section of every library. For more information, check out www.lemonaidcars.com.

looking out for scams when car buying

Here are a few of the unfortunate things that can happen when you're buying a car.

Curbsiding

I received a call from a young woman who said her mother had worked in a hair salon for 15 years and had been saving up to buy a car. When she finally found one she liked, she bought it with cash. Because she paid cash, the bank did not do a lien check on the car and within weeks, the vehicle she had saved for for so long was repossessed from her driveway. Why? The man who sold it to her was a con artist. He borrowed money from the bank, bought the car, and then sold it to her. When his bank didn't get paid, the car was tracked down to her home and towed away. Sadly, the woman received nothing for the car and returned to her job at the hair salon by bus.

This is known as curbsiding, and if you are considering buying a used car, you should know about this practice. Curbsiders are people who sell damaged or stolen cars. Many of these cars have serious flaws and may even have been written off by insurance companies. Curbsiders may tell you they are selling the car for a friend or family member when in fact it's been reconstructed, stolen from the U.S., or had the odometer rolled back.

Always be sure to check that the vehicle registration number on the paperwork matches the number stamped on the identification plate on the dashboard of the car.

If a person is selling several cars, but is not a dealer, chances are he or she is curbsiding vehicles. I have purchased only used vehicles and have found them through dealers and private sales, so I do not wish to discourage anyone from buying used. Just be cautious if someone is trying to close a deal too quickly or does not have the proper paperwork—the person could be a curbsider. You could get stuck with a former wreck that's unsafe to drive or a stolen car that could get repossessed from your driveway.

Odometer Fraud

When buying any used car, you should take into consideration the possibility of odometer fraud. An odometer can be unhooked and rolled back; with digital odometers, a computerized tool can be used to simply type in a new odometer reading. As many as 5–15 percent of all used cars may have had their odometers tampered with.

If an odometer is turned back or unhooked for a while and then reattached, mechanical problems that affect safety could go undetected and unrepaired. You could also face worn-out wheel bearings, tie rod ends, and engine parts. Odometer tampering is a crime, and driving with a disconnected or inoperable odometer is against the law. On average, most drivers accumulate about 20,000 kilometres annually on their vehicles. If a used car's mileage is substantially lower than this figure, there should be a reasonable explanation why this is so. When shopping for a used car, look for signs that validate the odometer and the car's condition. If buying a car from a dealer, try looking out for scams by contacting the previous owner to verify the mileage and shape of the vehicle. If buying privately, ask to see the odometer reading on the contract the owner received when he or she bought the vehicle. Ask for oil-change stickers, request service records, inspect how well doors open and shut, and make any other observations you can if you have concerns that the odometer may have been tampered with.

So Your New Car Is a Lemon!

Many consumers believe that when they buy a brand-new vehicle it's guaranteed to be trouble-free. Unfortunately, there are "lemons" that come off the manufacturing line, with gears that won't shift, sunroofs that leak, and brakes that squeal. Many problems are repaired under warranty as they should be, but there is a restriction on what warranties will cover, so your bumper could fall off and you might find out that your "bumper-to-bumper warranty" won't cover it.

The Canadian Motor Vehicle Arbitration Plan, also known as CAMVAP, is an independent agency created in 1994 to resolve disputes between automobile manufacturers and vehicle owners. Best of all, it's free. CAMVAP has handled over 73,000 inquiries from new car buyers and held 4,622 hearings in 446 communities across Canada. More than 70 percent of all cases in 2003 resulted in an award or settlement favouring the consumer. CAMVAP has ordered 696 vehicles be "bought back" by dealerships at a cost of $13.5 million. Another $525,000 was ordered reimbursed to consumers for car repairs.

CAMVAP requires that both parties agree to accept the decision of an impartial arbitrator as binding and final. It can order repairs to a vehicle, a buyback of the vehicle, reimbursement of repair costs, and out-of-pocket expenses up to $500. Your vehicle cannot be more than the current model year plus four years old or have travelled more than 160,000 kilometres. Your car must be for personal use only and cannot be used as a taxi, limousine, hearse, snowplow, or for police, fire, or municipal services. CAMVAP wants you to try to settle your dispute before it gets involved, but if that doesn't work, call CAMVAP's toll-free hotline at 1-800-207-0685 or check out www.camvap.ca.

CHAPTER 70

asking for a raise

When people don't deal with their debt or get ahead with their savings, they often start to believe that part of the problem is they just don't make enough money. Broke consumers think that if only they had a better salary, they would be out of their financial mess. The truth is that if they haven't dealt with their overspending ways, they will never get ahead. If they make $40,000, they will spend $43,000. If they make $60,000, they will spend $65,000. There are high-income earners who make $150,000 a year and spend it all on luxury cars, fine dining, and expensive vacations. They are not wealthy and never will be—they are just living the high life. The adage "It's not how much you make, it's how much you save" is very true.

This said, at some point you will want to ask for a raise and should, but there is a right way and a wrong way to go about it.

Barbara Moses, career guru and bestselling author of *What Next? The Complete Guide to Taking Control of Your Working Life*, says that many employees make the mistake of asking for a raise because they are in dire financial straits. Pleading with the boss for more money because the bills are piling up is not only unprofessional, it's also embarrassing. Moses says, "Your needs for a raise are completely irrelevant to your employer. It's how you are contributing to your company and whether you are already being fairly paid that matters."

Instead of telling an employer you need a raise because you are planning a vacation or that you bought a hot tub and your electricity bill is now higher, you need to arm yourself with information that will justify a jump on the pay scale. You have to research and do your homework to make sure you are worthy of a raise before you go and ask for one.

Moses says that first of all, you have to be realistic. "You have to start with an understanding of what your job is worth and, secondly, what your value is to your employer. Unfortunately, a lot of employees overestimate their value to a company." This is when you have to think about the kind of employee you really are. Are you a go-getter; a company person; a hard worker who gets the job done, who finishes tasks, and takes pride in your work? Or are you someone who comes in late, leaves early, and muddles along at your job, doing the bare minimum to get by? Are you the complainer, the person with a bad attitude, the person who can't be trusted to get the job done? If you were the boss, would you give yourself a raise?

Bosses, generally speaking, want employees who work hard unsupervised, whom they can trust to do not just a mediocre job but an excellent job. They want employees they don't have to constantly watch, coach, or praise. They don't want needy workers. They want people who do their work well so they can get on with the business of being the boss. You should strive to be an ideal employee if you want to get a raise.

The many breaks workers will take throughout the day, whether it is surfing the Internet, running errands, or smoking, may be a concern to bosses. As someone who was a smoker briefly when I was younger, I don't like to pick on smokers; I realize it's a difficult habit to quit (but one you should for health reasons as well as financial ones). Still, I am surprised at the sheer number of smoke breaks people in the workplace will take in a given day. Years ago, when employees could smoke on the job or at their desk, perhaps they could get the same amount of work done. However, anyone wanting a cigarette now must leave the workplace, go outside, and find a suitable place to light up. It takes about eight minutes to have a cigarette and if we add two minutes to prepare for the smoke break and another two to get back to work after, we are looking at about 12 minutes. It's not uncommon for some smokers to attempt a cigarette break every hour. In an eight-hour workday, that is 96 minutes of smoking breaks. That's a lot of time! That's 480 minutes a week or eight hours—a complete workday! That's about 50 days a year lost to smoking! Now of course other employees take different breaks—breaks for coffee, to surf the Internet, or to read the paper. What this calculation shows, however, is that all these breaks really add up. Don't think your boss doesn't keep tabs on who is doing what. Keep all your downtime in mind before you knock on the boss's door to ask for a raise.

According to Moses, the key to getting a raise is to ruthlessly analyze your accomplishments over the past year to identify what you have contributed to your company's bottom line. She says, "Can you say to your boss, this is what I have done this year that has generated the company a significant amount of income?"

She says you should also look at your workload and determine if your job function has changed. "You may be described as an assistant manager when in fact you are doing manager-level work. Maybe your duties have changed, but your job title has not. This can be a strategy to show your boss that you are deserving of a raise."

Another plan of action that can work for you is to simply go to your boss and say, "I want a 10 percent raise and I want to know what the best way is to get it." Being aggressive can show that you have drive and want to get ahead within your company.

This approach brings to mind the conversation between Tom Cruise and Cuba Gooding Jr. in the movie *Jerry Maguire*. If you recall, Cruise had to shout, "Show me the money!" to satisfy his football star client. But he started out by saying, "Help me help you." This is the message you want to give your superiors. By saying to your boss "Help me help you," you are really saying you want to demonstrate that you are worthy of a 10 percent raise.

When you take this approach, a couple of things can happen. "The boss might say, 'Here is what you need to do to get a raise.' Or the boss might say, 'I just don't have that 10 percent discretionary control' and it may be very true that he or she does not," explains Moses. It's good to find out just who has the authority to grant you a raise, and there is certainly no harm in asking. In fact, putting the cards on the table can help you find out who is in charge of the company purse strings so you'll know who can approve a pay increase.

Check job boards like www.monster.ca to see if similar jobs are available and how much they pay. Doing so gives you leverage in negotiating for a raise. Remember, knowledge is power.

Moses says that depending on the company you work for, there may be limits as to what they will pay even though a similar company may pay more. "Companies have salary scales. Depending on the company, they may decide they want to be in the industry's top 10 percent or top 30 percent or even the bottom 10 percent. In other words, you should understand that if you are a director of research and development in one type of organization, you might be able to earn a greater salary in another organization because of how their pay structure works." It will also depend on the kind of job you have. I know someone who owns a trucking company and the salaries paid are determined on mathematical equations based on mileage, distance, weight, and time. These factors will dictate the salary of the worker and no amount of charm and persuasion will change the math.

Moses adds that "You are of much greater value if you are working in a sector where keeping people happy is very important. For example, the pharmaceutical industry tends to pay people very well and tries hard to keep their employees happy. Most of the workers are very well educated and therefore very expensive to replace." By contrast, if you are working in a sector where education and job skill levels are not as high, then you will be easier to replace and have less bargaining power because there is a bigger pool to draw from to replace you.

However, if you are truly deserving of a raise, it's in your current company's best interests to keep you happy by granting you a pay hike. If they don't, in a hot job market, you can vote with your feet and go elsewhere for another job with better pay and benefits. If you ask for a raise and don't get it, but decide to stay with the company, you have still let your employer know where you stand. Good employers will respect you for asking and will keep you in mind when preparing future budgets.

CHAPTER 71

changing careers

Years ago, people chose one career and stuck with it, but chances are you will switch careers two, three, or four times in your working life. People are living longer and you may wish to try something new when you reach 50; after all, you may still be working for another 20 years. You may also decide to work for yourself and open your own business, which has its own risks and rewards. If you are in a job that is no longer desirable or is not paying you as much as you feel you deserve, you should look at your options. If you want to stay in good financial shape and make sure your bank book doesn't take a hit if you decide to chart a new course, you will want to make sure you manage your career choices wisely.

Career guru Barbara Moses says that changes in the workplace have transformed the way we should think about our jobs. It's imperative to be a "career activist" and take charge of your career choices. Moses says, "You should always keep your job skills up to date so that you can always find someone else to sell them to. You don't necessarily have to have an employer waiting in the wings to hire you, but you should ensure that if you needed to or wanted to, you could sell your skills to someone else." You may be content in your current position, but at any time you could be the victim of a new boss, downsizing, or restructuring. Moses says you have to be ready to jump ship if the time comes. "What you want to say from an individual's point of view is that you are ready to jump ship if you had to because if you can't jump ship, then you don't have choices." Keeping your skills up to date may mean upgrading your education and following the latest trends and shifts in your industry.

Often when people think about changing careers, they think of it as a radical move, but it doesn't have to be. You can make a transition from one career to another without experiencing major upheaval in your life. "People can retool their career at any time, but there are different ways of doing it," says Moses. "A lot of people think the only choice is to make a grand career change, which is usually very expensive because it often involves going back to school. If you do this, typically your great experience in your former profession will not be recognized, so essentially you are starting out all over again."

It makes far better sense to reconfigure your skills. For example, a police officer could become a security expert or a teacher could become a trainer. This allows an easier transition than a machinist becoming a florist. Constantly thinking about your career and making sure you are in a position to jump ship if you had to will also lessen some of the stress and anxieties of worrying about what could happen if you did lose your job. It will help you regain personal power and confidence and allow you to feel that you have options and something to offer not just one company but several.

If you are considering changing careers, you may be tempted by the latest hot prospects on job boards or trends in the newspaper. Moses says to be careful before committing to a new direction in your life based on careers that seem hot at the time. "I never believe that anyone should make a career choice based on what jobs are hot and what's not. What's hot tomorrow could be rendered obsolete six months down the road because of changes in government, new technology, labour shortages, immigration, or policy changes. That's not the right way to plan your career. You should plan your career based on what you want to do and what you are good at. Forget the hot jobs."

For more information on Moses, check out her website, www. bmoses.com.

Since this book is about getting out of debt and building wealth, I also asked Moses about her own personal experiences with debt and money management. She agrees that many people are overspending and digging themselves into debt for all the wrong reasons. "People can be owned by stuff and then they have to buy more stuff to complement the stuff they already have."

She says her father gave her some interesting advice when she was getting married. Her dad told her, "Mom may put pressure on you to get silver. Then when you have silver, you are going to want china. Then when you have china, you are going to need a place to display that china. Then one day you are going to get up and you will see all this stuff around you that doesn't add any value to your life."

Moses advises, "Know what is really important to you and never make a purchase without taking it through a sieve of how [this will] add pleasure to your life. Many people use money as a place-holder to satisfy all kinds of other things. When people feel good about their lives, money is less important." It's something Moses also refers to as "decrapifying"—getting rid of the crap in your life that does not have true meaning. She says, "Evaluate your successes and what you have not against others, but by your own internal standard, and be happy with what you have, rather than what you don't have."

I think your father would be proud, Barbara.

CHAPTER 72

giving to charity

"You can't take it with you," and you can't. That's why having all the money in the world will not make you a happy individual. It's why I would like to end this book talking a little bit about giving back. Once you get a handle on wasteful spending and have your financial situation under control, you may want to consider giving back to the community in some way. It could be your local hospital, church, or school. You might decide to donate to the food bank on a regular basis or sponsor a child in a Third-World country. When you do it, you will realize that it truly is better to give than to receive.

For years my wife wanted our family to sponsor a child in Africa. "If we all do our part ...," she would say. I always felt our money was better off in a mutual fund or paying the next bill that came through the door. While it is important to get your financial house in order, there will come a time when your good habits will have saved you money that you can use to help others. Think about this: If you have a credit card bill of $2,000 with an annual interest rate of 18 percent, you are giving $30 a month or $360 a year in interest charges to some huge, faceless corporation. Imagine if that credit card was paid off one day and you instead gave that $30 a month to sponsor a child stuck in poverty. You could help a child in a dire situation enjoy a better life, go to school, and get medical care.

We sponsor a child in Zimbabwe through World Vision Canada. His name is Sibanda Nkosiyapha and we have sponsored him since 2002. It has been a joy to watch him prosper over the years and be kept up to date with his cards and letters. He is now about 13 years old. This little boy has AIDS. We give $40 a month, a little more than the usual $35, so World Vision can buy extra drugs to help him lead a normal life. It is a joy to get a letter from him once in a while or a photo to see how he is doing. (He is the son I never had!)

I was fortunate enough to travel to Africa with World Vision in the fall of 2004. I went to Gulu, Uganda, and was shocked at the conditions that people continue to live in. I saw entire families live in homes no larger than what Canadians might have for a garden shed. For me the trip was a huge eye-opener to the poverty that still exists in the world and also a reminder of the wonderful life we are able to enjoy in Canada.

Since this is a book about saving money, keep in mind that for any charitable donation you make, you'll be issued a tax receipt, so you could get 20–40 percent of your donation back at tax time! This is just one more reason to consider charitable contributions when your financial picture improves.

Index